XIAO BAI

LA CONCESSION FRANÇAISE

Roman traduit du chinois
par Emmanuelle Péchenart

OUVRAGE TRADUIT AVEC LE CONCOURS
DU CENTRE NATIONAL DU LIVRE

OUVRAGE TRADUIT AVEC LE CONCOURS FINANCIER
DE LA RÉGION PROVENCE-ALPES-CÔTE D'AZUR

Éditions
Philippe Picquier

Ouvrage publié sous la direction de
CHEN FENG

Titre original : *Zu Jie*

Mas de Vert
B.P. 20150
13631 Arles cedex
www.editions-picquier.fr

Conception graphique : Picquier & Protière

Mise en page : Christiane Canezza – Marseille

ISBN : 978-2-8097-1172-1

And walked like an assassin through the town.
And looked at men and did not like them.
But trembled if one passed him with a frown.

W. H. Auden
In Time Of War : A Sonnet Sequence with a Verse Commentary

In fact, when the moment came, Power had not so much to be seized as to be picked up. It has been said that more people were injured in the making of Eisenstein's great film October (1927) than had been hurt during the actual taking of the Winter Palace on 7th November 1917.

Eric Hobsbawm
The Age of Extremes : The Short Twentieth Century, 1914-1991

Le lecteur trouvera en fin d'ouvrage une Liste des personnages et un Index regroupant les notes de l'auteur (qui concernent fréquemment les noms propres, de lieux notamment, et indiquent les transcriptions ou les équivalents actuels) et celles de la traductrice.

PROLOGUE

Mardi 19 mai 1931 (an XX de la République), 2 h 24.

Une violente secousse ébranla le mur de la cabine, il y eut deux brefs coups de sifflet, Xue ouvrit les yeux. Avec la tête sous le drap, le bruit des vagues ressemblait à des coups de tonnerre venus d'un autre monde. Ce monde-ci, en dessous du drap, était toujours aussi confortable et tiède, bien que soumis à un doux balancement. Même le dos nu de Teresa tremblait dans l'obscurité. Il mit longtemps à comprendre : les machines s'étaient remises en route.

Au-dehors flottait une brume compacte. On ne voyait plus les étoiles et s'il était monté sur le pont à cette heure, il aurait probablement eu l'impression d'évoluer dans un rêve au milieu des ténèbres opaques, dépourvu de repères sur le sol glissant et hasardeux, le corps saisi de froid, et même menacé de la perte de contrôle… On entendait le ressac, sans distinguer la mer qui s'étendait dans l'obscurité infinie vers les lointains et, de ce côté, à plusieurs centaines de mètres, jusqu'aux bouées du ponton d'accostage dont on voyait clignoter faiblement les feux à travers mille épaisseurs de brume.

C'était marée montante. Le pilote était déjà à bord. Le *Paul-Lécat* avait effectué une manœuvre et rectifié de quinze degrés à droite la position de la proue, l'arrière du bateau en virant à tribord avait manqué heurter le croiseur italien *Libia* qui venait de jeter l'ancre d'eaux profondes, il y avait quelques heures à peine. Ils stationnaient depuis hier soir dans cette zone de mouillage temporaire à l'entrée de l'estuaire du Yangtsé, approximativement à 31 degrés de latitude nord et 122,32 degrés de longitude est, non loin de l'archipel de Zhoushan.

Le navire quittait le mouillage à grande vitesse. Dans deux heures la marée serait pleine, il ne fallait pas manquer le moment pour emprunter l'Astrea Channel. Au nord les bancs de sable affleuraient, le fond de la voie navigable était également plein de vase. A marée basse, certains endroits du littoral se trouvaient à moins de vingt pieds de fond, le *Paul-Lécat*, avec une jauge de sept mille cinq cents tonnes et un tirant d'eau de vingt-huit pieds, devait passer à marée haute pour pouvoir atteindre la prochaine zone de mouillage de Wusong, à l'embouchure du Huangpu.

Ce chenal de navigation venait juste d'être ouvert aux paquebots. Auparavant, les navires de gros tonnage, pour franchir l'estuaire en allant vers le Huangpu, empruntaient la voie la plus au nord qui contournait les hauts-fonds et l'île Changxing, où la zone littorale était encore plus difficile à repérer. L'année précédente, le *Paul-Lécat* avait bien failli y rester et mettre un terme à ses quinze années de carrière en mer. Dans le brouillard dense d'un jour d'hiver, il avait heurté de plein fouet les récifs d'Amherst Rocks, qui avaient déjà causé la perte d'innombrables bateaux. C'était d'ailleurs après le naufrage d'un petit croiseur anglais qui portait le nom d'Amherst qu'on les avait appelés ainsi.

Le *Paul-Lécat* avait été mis en cale sèche à Shanghai. Il venait d'en sortir, en janvier dernier, pour effectuer la traversée jusqu'à Marseille. Au retour il avait fait escale à Haiphong puis Hongkong, et regagnait maintenant Shanghai.

Le navire stoppa les machines avant l'embouchure du Huangpu, à Wusong. Une heure plus tôt, on avait de nouveau frôlé l'incident avec un bateau de commerce qui faisait route en direction de l'estuaire, les deux vapeurs étaient passés bâbord contre bâbord – *pass port to port*, comme l'écrirait le pilote en consignant les observations du jour dans le livre de bord. La surface de l'eau était masquée par le brouillard, il n'avait pas entendu la corne de brume de l'autre bateau et, lorsqu'il avait vu ses feux rouges de bâbord, les deux navires étaient près de se percuter. Quinze degrés à droite. En manœuvrant pour céder au dernier moment le passage, le *Paul-Lécat* avait bien failli se retrouver hors du chenal de navigation et s'enliser sur le côté de la digue de sable.

Une faible lueur rouge s'infiltrait par la porte et Xue en l'ouvrant avait eu des sueurs froides, le paquebot arrivait en face, son château comme un énorme building en train de s'écrouler et prêt à l'ensevelir. Il avait réintégré la cabine et la chaleur des draps. Teresa avait un sommeil d'animal, avec de lentes respirations sonores, parfois entrecoupées de spasmes. De l'ongle de l'index, il lui parcourut l'épine dorsale, effleura une grande tache de vin qui s'étalait comme un nuage violet entre ses omoplates.

Dans ce voyage il faisait office d'accompagnateur. Il connaissait son nom, mais en dehors de ça, malgré tout le mal qu'il s'était donné pour en savoir davantage sur son compte, il n'avait réuni que de vagues informations. D'ailleurs personne ne lui demandait d'être un agent de liaison, être un amant correct aurait dû lui suffire. *Elle s'y connaît mieux que personne en antiquités et en bijoux précieux. Elle possède un grenat vert strié d'une inclusion dorée en queue de comète. Elle aime fumer cigarette sur cigarette, surtout au lit. Elle a de mystérieuses relations à Hongkong et Saigon.* Certaines allégations relevaient purement d'une fantasmagorie professionnelle – les personnages énigmatiques excitaient toujours son imagination. Il était photographe et vivait des travaux qu'il parvenait à vendre à certains organes de presse, d'importances diverses, des Concessions. Ses jours de chance, il arrivait à tirer cinquante dollars d'un cliché de scène de crime.

Ils avaient fait connaissance sur les lieux d'un meurtre, près du corps de la victime. Leur seconde rencontre, c'était au Lily Bar, dans le quartier de Hongkew, à côté d'un salon de massage signalé par une lanterne – à l'époque, il l'avait trouvée tout à fait semblable aux Parisiennes représentées dessus.

En fait, il venait juste d'apprendre comment elle se prénommait. A l'hôtel Continental, à Hanoi, il avait entendu des gens l'appeler ainsi – Teresa. Avant, il savait seulement qu'on l'appelait *Meiye Furen*, Dame Feuille de Prunier. Tout le monde disait qu'elle était allemande, mais il avait fini par comprendre que c'était une Russe blanche. Elle le rendait fou. L'Astor House Hotel de Shanghai, le Continental de Hanoi… sur ces vastes balcons, le long de ces corridors immenses, avec les ventilateurs qui tournaient au-dessus de vos têtes, impossible de savoir d'où le vent soufflait. L'air était chargé d'une voluptueuse odeur de fruits tropicaux, la brise qui entrouvrait les rideaux vert pâle séchait les corps en sueur. Il était bien près de tomber amoureux, et puis…

Maintenant, à marée basse, le bateau devrait attendre douze heures au mouillage la prochaine marée avant de poursuivre sa route et d'emprunter le Huangpu. Un autre pilote monterait à bord.

Xue écarta le drap, sauta hors du lit et s'habilla pour aller sur le pont, où il se rendit compte que le bateau était encore loin d'accoster. L'horizon blanchissait peu à peu, un vent froid se glissa dans son col et il fit demi-tour pour rejoindre la salle à manger, il avait besoin d'un thé chaud.

Une autre cabine de première classe, à tribord. Leng Xiaoman aussi était en train de se lever. Le plan prévoyait qu'elle se rende à la station radio et transmette un message urgent.

Elle devait agir discrètement, sans réveiller son mari endormi près d'elle. Cao Zhenwu était en mission spéciale, envoyé par un haut dignitaire de Nankin. Nankin qui était actuellement le siège du gouvernement nationaliste et la capitale de la Chine. Cao Zhenwu devait préparer secrètement la venue de cette huile du Kuomintang à Shanghai, dans la Concession française, puis l'escorter jusqu'à Canton.

Il ronflait par à-coups. Sa respiration était aussi inégale que son caractère, tantôt aimable tantôt emporté, insaisissable. Leng Xiaoman le regarda, dans un curieux état d'esprit. Il lui faisait peine, finalement. Elle avait cherché, dans sa vie quotidienne, des raisons de le détester. De toutes ses forces, elle avait fait le tour des choses qui pouvaient l'insupporter chez lui, sans rien trouver de réellement déterminant. Mais ce sont des raisons plus sublimes, des vérités aveuglantes, qui donnent un vrai sens à notre vie et peuvent en changer le cours, et n'est-ce pas cela qui importe ?

Arrivés Wusong entrée sur zone comme prévu accostage dix heures – Cao

L'opérateur radio envoya le message à l'indicatif XHS, celui de la station côtière de Shanghai. Une demi-heure plus tard, dans l'immeuble des télécommunications, 21b Szechuen Road, le préposé de nuit ouvrait la porte vitrée et se rendait au comptoir, où il remit le télégramme à un homme qui attendait depuis déjà deux heures. Un certain M. Lin, réceptionniste au China Travel Service.

La porte du restaurant était fermée. Xue retourna à la cabine, Teresa dormait toujours.

A Hanoi, il avait décidé de rompre, de se libérer d'elle une bonne fois, de ne plus occuper sa chambre ni son lit. Elle s'était bien moquée de lui. Sa résolution était prise d'aller réserver une cabine en troisième classe. Il était sorti en courant de l'hôtel et en fureur s'était rendu jusqu'au port. Debout sous un palmier, les pieds dans les crachats rouges de bétel, il avait contemplé les petits vendeurs sur le quai, en courtes vestes noires annamites, il avait respiré l'air chargé d'entêtantes odeurs de sueur… et sans savoir pourquoi, il était retourné à l'hôtel.

Elle n'avait même pas cherché à le rattraper, elle savait qu'il reviendrait bien gentiment de lui-même. Il était jeune, sept ou huit ans de moins qu'elle. Elle le tenait sous sa coupe. Qui était-ce ? Qui est cet homme ? avait-il demandé. Elle avait répondu : M. Chen. A Hongkong, elle était sortie seule, l'abandonnant une journée entière à l'hôtel. Il avait cru d'abord qu'il s'agissait d'un Russe, un de ces Russes blancs contraints de céder leurs derniers bijoux. Sur le bateau, entre Hongkong et Haiphong, il l'avait aperçu, ce Chen. Teresa avait feint de ne pas le connaître. Ce type louche avait fait route avec eux jusqu'à Hanoi et, dans le hall de l'hôtel, Xue l'avait clairement entendu qui la hélait – Teresa. Il était descendu pour s'acheter un paquet de cigarettes, et c'est à ce moment précis qu'il l'avait vue entrer dans la chambre de Chen.

Elle n'était rentrée à leur chambre qu'à minuit. Il l'avait interrogée, en rage il l'avait poussée contre le mur et avait soulevé sa jupe, avait tiré sur sa culotte de soie et tendu la main pour la toucher. Elle n'avait même pas pris la peine de se laver. Elle souriait en le regardant, jusqu'à ce qu'il lui demande : Qui est-ce ? Pourquoi nous suit-il depuis Hongkong ?

Elle l'avait repoussé, s'était moquée de lui. Mais pour qui se prenait-il ? Pour quelqu'un qui était tombé amoureux d'elle, pour quelqu'un que sa façon de fumer rendait fou. Elle fumait sans filtre, sans aucun fume-cigarette d'ambre ou de jadéite, jamais, avec des brins de tabac collés à ses lèvres rouges, ses courts cheveux bruns ébouriffés jetant une ombre équivoque sur son visage blême.

Il était assis sur le lit, elle dormait profondément. Son sac à main était posé sur la table de nuit, il n'avait jamais fouillé dans ses affaires avant, il ouvrit le sac, dans le halo de lumière gris argent projeté par le hublot apparut un objet métallique, très noir, il s'en saisit. Un pistolet.

Le sac lui fut arraché des mains tandis qu'un coup de pied dans les fesses le jetait à terre. Teresa était assise sur l'oreiller. L'éclat blanc-gris, par le hublot, virait à l'orange, elle le regardait, ses épaules nues baignées de lumière, fraîches et transparentes. Il sentit le chagrin qui montait, il se leva, attrapa son appareil photo et quitta la cabine.

La brume avait fini de se disperser à la surface du fleuve, l'eau étincelait et le soleil teintait de rouge sang le pont peint en blanc. Il descendit sur le pont inférieur et marcha vers l'avant du bateau. Des câbles, des bâches, les chaloupes rangées par ordre de numéros… Des grappes de passagers s'amassaient contre le bastingage, le soleil se levait.

Des chaises et des tables étaient disposées là, mais la toile des sièges était humide, alors personne ne s'asseyait. D'autant qu'il n'y avait personne ici à cette heure, le vent soufflait trop fort à la proue. Il s'appuya au garde-corps, sept ou huit navires étaient accostés, disposés en éventail, la proue orientée sud-ouest en direction de Wusong. Le plus proche était un vapeur postal américain, le *President-Jefferson*, les flancs battus par les flots, à pleine charge, la partie émergée de sa coque peinte en orange couverte de gouttes d'eau, comme un gros animal glabre au corps perlant de sueur. Des ordures restées en surface s'amassaient tout autour de la ligne de flottaison, survolées par des mouettes à la recherche de déchets comestibles. Il lança ses imprécations vers le ciel, et l'apitoiement sur soi laissa bientôt place à la colère.

Une ombre blanche palpita au coin de son œil, un petit carré de soie… un mouchoir. Il dansait dans le vent au-delà du bastingage, comme la corolle d'une méduse blanche qui s'ouvre et se rétracte. Xue tourna la tête, une femme se tenait appuyée à l'autre extrémité du garde-corps, en manteau de drap noir et robe chinoise à carreaux verts et blancs (une mince bande de tissu était visible en dessous de son manteau). Le soleil levant, du côté de l'estuaire, illuminait le bateau sur tribord, illuminait les cheveux de la femme, ses joues étaient parsemées d'éclairs scintillants, on aurait dit qu'elle pleurait. Il avait l'impression de l'avoir déjà vue, ce visage très blanc, ces prunelles éblouies par le soleil, des larmes qui semblaient transformées en gouttes dorées, il se demanda dans quel film cela pouvait bien être. Il était sûr de l'avoir déjà vue quelque part. Est-ce qu'elle ne tenait pas le rôle principal, mais de quel film ? Il n'arrivait pas à en détacher son regard, et resta un moment sans retrouver ses esprits.

La cloche sonna, invitant les passagers à se rendre à la salle à manger. Leng Xiaoman, d'un revers de main, se frotta le visage. Elle l'avait remarqué, cet homme plein d'une colère qu'il semblait ne pas savoir comment exprimer, et elle faisait demi-tour pour s'en aller quand elle aperçut l'appareil photo pendu à une bandoulière très longue, qui lui arrivait presque au ventre. Le cache était ôté et il avait le doigt sur l'obturateur. Elle s'esquiva rapidement.

Vers huit heures trente, le pilote monta par l'échelle de coupée à bâbord. Il était chargé de guider le vapeur pour son entrée dans la passe de Wusong, puis sur le Huangpu jusqu'au terme de la traversée, l'International Settlement de Shanghai. Deux mois plus tôt, le pilote aurait pu monter à bord à midi, la prochaine pleine mer étant à plus de deux heures de l'après-midi.

La raison de cet horaire modifié résidait dans de nouvelles pratiques dans la gestion du port. Un règlement signé de la main du commissaire aux affaires portuaires fixait désormais à sept heures trente l'entrée en service des pilotes. Les compagnies maritimes devaient transmettre quotidiennement les avis de lamanage concernant les entrées de bateaux dans le port, et les autorités portuaires y affectaient les pilotes de service. Une manière, à les en croire, de faire gagner une journée de paie aux pilotes.

Le syndicat des pilotes avait très rapidement envoyé une note demandant à tous d'appliquer à la lettre le règlement. Autrement, le boulot serait récupéré par d'autres. Ces derniers temps, en effet, de soi-disant pilotes s'introduisaient sur les navires, dépourvus de permis officiel et surtout de l'indispensable connaissance du secteur, ils se trouvaient promus à ce poste simplement pour s'être tapé sur l'épaule avec le capitaine près du ponton, sans parler de leurs tarifs très avantageux, et ils avaient le culot de guider les bateaux dans le port. Des usurpateurs qui profitaient d'une organisation inconséquente, et il y en avait long à dire là-dessus.

Ces dernières années, le marasme où était tombé le commerce international avait fait régulièrement dégringoler la valeur de l'argent et désormais les pilotes pleuraient misère dans les bureaux. Depuis plus d'un siècle, leurs services avaient toujours été rémunérés en taëls argent, quand dans le reste du port les salaires étaient calculés selon le cours de l'or. Cette pratique leur coûtait cher à présent, car pour un même travail ils touchaient une somme qui avait considérablement diminué, en même temps que le taux de change. S'ils bravaient vents et marées pour faire ce travail, c'était bien pour gagner des sous, non ? Le syndicat s'était plaint au commissaire des affaires portuaires, qui bien sûr s'en lavait les mains. Le ministère des Transports du gouvernement de Nankin avait produit récemment une note officielle spécifiant qu'avant la fin 1933 il aurait repris en main tout le service du lamanage. Le commissaire aux affaires portuaires, sommé de se trouver de nouveaux revenus, avait-il la tête à s'occuper de tout le monde ? Il ne restait qu'une solution au syndicat des pilotes, déclencher la grève, eh bien allez-y, bloquez le Huangpu, comme le criaient certains – un vrai chahut dans les bureaux. Résultat, loin d'augmenter la rémunération de leurs services (« Vous n'avez qu'à attendre que le commerce international sorte de la crise », leur avait dit l'inspecteur des douanes), la grève avait fait surgir des foules de pilotes autoproclamés.

Et voilà où on en était : obligés de se tirer du lit dès la première heure pour aller gagner sa croûte – de haute lutte, on aurait pu dire.

Le pilote n'était pas monté seul à bord, quatre hommes en courte veste d'ouvrier étaient arrivés par une seconde vedette jusqu'au *Paul-Lécat*, où les deux embarcations s'étaient arrêtées l'une derrière l'autre au pied de l'échelle de coupée. Le pilote devina que c'étaient des émissaires d'une société secrète, il avait vu qu'ils portaient des armes.

Quand les quatre hommes arrivèrent dans la cabine, Cao Zhenwu était prêt, il s'était habillé et avait pris son petit-déjeuner. Ses deux gardes du corps emportèrent les bagages sur le pont. Il resta assis dans un canapé des premières classes, Leng Xiaoman se tenait dehors, près du bastingage. Il ne savait pas ce qui l'avait décidée à le suivre dans ce périple, alors qu'elle gardait cette mine renfrognée depuis le départ. Elle frissonna soudain, vint ouvrir sa valise, d'où elle tira un foulard rouge qu'elle se mit sur la tête.

Cao Zhenwu avait averti de son arrivée la police de la Concession française, mais il avait aussi obtenu la protection de la Bande noire. Sans attendre l'accostage dans l'International Settlement, il allait débarquer au quai Kin Lee Yuan, qui se trouvait sur la Concession française. Dans la sphère d'influence du patron de la Bande noire.

Les deux vedettes quittèrent le navire en même temps. Dans l'une avait pris place un Français, qui avait embarqué à Haiphong après être venu par le train de Hanoi, d'où il était envoyé par les services de la Sûreté pour remettre certains documents confidentiels au chef du service politique de la police française. Dans l'autre vedette étaient assis Cao Zhenwu, son épouse, leurs deux gardes du corps, ainsi que les quatre hommes de main de la Bande noire. Au bout de très peu de temps, madame déclara qu'elle se sentait mal et voulut absolument s'extraire de la cabine pour « prendre l'air ».

Il faisait grand jour. Lin Peiwen était assis sur la rambarde mangée de rouille, au-dessus de l'escalier qui plongeait de la jetée jusqu'au fleuve, plus bas que le niveau de l'eau. Une mousse grisâtre flottait le long du quai, parmi des morceaux de bois pourri et des feuilles de chou. C'était un débarcadère pour la pêche, il avait pu observer quelques dockers assis sur le quai Kin Lee Yuan à proximité, avec leur insigne en cuivre autour du cou ; seuls les ouvriers qui le portaient étaient autorisés à pénétrer jusque-là. Lin regarda, sur l'autre rive, Liujia Zui, que le Huangpu contourne en décrivant un brusque virage vers le sud. Liujia Zui, le « Bec des Six Maisons », dessinait un petit cap bordé par le chenal de navigation, les gens disaient qu'autrefois vivaient là six familles, qui lui avaient donné son nom. Maintenant il n'abritait plus seulement six familles, toutes les entreprises avaient construit des entrepôts dans ce secteur, une succession de hauts murs noirs longeaient la rive, coupés par quelques misérables champs de colza épargnés, comme des chicots qui tiendraient encore dans une bouche édentée. Au milieu de tous les bateaux qui débouchaient sur le fleuve de ce côté-là, il n'arrivait pas à repérer les deux petites embarcations qu'il cherchait. Dans les journaux, on disait que les services de dragage allaient lancer un chantier pour combler avec des pierres et des gravats une fosse profonde qui s'ouvrait là.

Au petit matin, il s'était servi de faux papiers pour récupérer le télégramme envoyé par l'opérateur radio du navire. Il en avait déjà transmis le contenu à Lao Gu : la cible serait présente selon le plan prévu. Dans un certain sens, il s'agissait de la star du jour, et les autres, à commencer par lui-même, Lin Peiwen, n'étaient que des seconds rôles.

A l'aube Gu Fuguang, alias Lao Gu, était à l'embarcadère Lanni Du à Pudong. Avec deux autres personnes, il avait loué les services d'un batelier pour effectuer la traversée. Les Concessions étrangères n'autorisaient qu'un petit nombre de compagnies chinoises et étrangères à assurer la liaison entre les deux rives et l'interdisaient aux particuliers. Mais dans le cours immense et ondoyant du Huangpu, il y avait encore suffisamment de gens prêts à braver l'interdit pour transborder des passagers.

Ils prirent place dans une Peugeot marron à quatre portes qui les laissa à l'entrée de la gare maritime, sur le quai Kin Lee Yuan. Lin Peiwen aperçut les deux vedettes qui débouchaient de la courbe l'une derrière l'autre, il vit qu'à l'entrée de la cabine se tenait une femme, appuyée à la rampe chromée, son foulard rouge voletait dans le vent du large. Il fit demi-tour et s'éloigna, sortit des docks de pêche par un trou dans le grillage. Arrivé auprès de la Peugeot, il fit un signe de la main.

Ge Yamin sauta hors de la voiture et se perdit dans la foule. Il y avait du monde à l'entrée de la gare maritime, sur le quai de France. Lin Peiwen reconnut le journaliste, avec ses airs de comploteur, on ne voyait que lui.

Dire qu'il était journaliste, c'était faire honneur à Li Baoyi. L'agence Arsène Lupin n'avait jamais dépassé un effectif de trois personnes. Un bulletin tous les trois jours, une grande feuille in-quarto par semaine. Après avoir eu l'information, il était accouru à la première heure. Mais la nouvelle était trop effrayante, il n'avait pas eu le courage de la garder pour lui et l'avait vendue à quelques autres journalistes, à la maison de thé. A cet instant, ils se tenaient pour la plupart avec lui, d'autres avec leurs appareils photo attendaient quelques mètres plus loin.

Cheng Youtao, l'inspecteur en chef du commissariat de la Porte du Nord dans la Concession, entrait justement par la grande porte avec quelques agents. Un personnage important devait débarquer ce matin, la Bande noire assurait sa protection rapprochée mais la police avait la responsabilité d'écarter les gêneurs et de boucler l'accès au pont flottant du débarcadère. Les voitures s'y rendraient directement. De la Peugeot marron on vit l'apparition des forces de police, l'auto redémarra lentement et dépassa l'entrée de la gare maritime.

Gu Fuguang prit position à l'angle de la rue Taikoo ; sous sa longue robe, il cachait un Browning M1903 dans la poche gauche de son pantalon de serge grise, une poche ajoutée spécialement, plus profonde, idéale pour un petit calibre. Dans son dos, une curieuse bâtisse sans fenêtres abritait les chambres froides des établissements de pêche Shunchang. Gu Fuguang était inquiet, les choses se présentaient mal, le débarcadère était bouclé et personne ne pouvait circuler près du pont flottant. S'il y avait plusieurs voitures, si leurs rideaux étaient tirés…

Posté de l'autre côté de la rue, Lin Peiwen scrutait les lieux derrière Lao Gu. Après deux minuscules rues parallèles à la rue Taikoo, se trouvait le poste de garde, proche des grilles qui fermaient la Concession française au sud. Plus loin encore, là où le quai de France devenait Ouei Maloo, on entrait en territoire chinois ; l'immeuble à l'angle abritait le siège de la police maritime de Shanghai. Lin Peiwen était chargé de surveiller étroitement ces deux endroits. Mais le poste d'observation crucial était celui de Gu Fuguang, qui avait sous les yeux tout ce qui se passait à l'entrée de la gare maritime.

Leng Xiaoman avait débarqué. Elle aussi s'était aperçue que quelque chose clochait. Il y avait trois Ford huit cylindres, elle avait pris place dans celle du milieu, à côté de Cao Zhenwu. Elle ne savait pas si les autres pouvaient voir dans laquelle elle se trouvait, les rideaux étaient soigneusement tirés. Elle prit sa décision et dès lors cessa de douter.

L'inspecteur en chef Cheng Youtao se tenait sur le pont flottant pour accueillir les arrivants. Il avait ordonné aux deux gardes du corps de lui remettre leurs armes. Dans la Concession française, il était interdit aux citoyens ordinaires de porter des armes sans permis, c'est pourquoi la Bande noire se chargeait de la sécurité.

Il était tout juste dix heures, comme Li Baoyi le rapporterait ensuite à Xue dans la maison de thé, il venait d'entendre sonner le carillon des douanes, il en aurait juré.

C'est alors que les détonations commencèrent, une multitude de pétards se mirent à exploser en chaîne derrière des rickshaws qui faisaient la queue à l'entrée de la gare maritime. Plus tard, la police prouverait l'existence de ces pétards, accrochés aux grilles qui entouraient la gare maritime. Sur une surface bien délimitée, le sol serait jonché de petits lambeaux de papier exhalant une forte odeur de poudre. Quand se produisait ce genre d'incident, les forces de police de la Concession avaient des réflexes conditionnés. Les pétards étaient largement utilisés dans les petites manifestations sans ampleur qui avaient lieu ces temps-ci. Si cette pétarade ne risquait pas de causer le moindre dégât, les crépitements en chaîne suffisaient à produire un beau chambard.

Un rickshaw s'était extrait de la file et bloquait l'accès à la voiture où se tenait Leng Xiaoman. La vitre était ouverte, elle tira le rideau, sortit la tête et, s'enfonçant l'index au fond de la gorge, se mit à rendre le lait de son petit-déjeuner. L'auto s'arrêta brusquement, la tête de Xiaoman brinquebala et ses vomissures aspergèrent la carrosserie. Elle n'avait pas vu Ge Yamin derrière le pousse-pousse. La portière s'ouvrit violemment, Leng Xiaoman, attirée dans le mouvement, tomba au pied de la voiture, elle entendit les coups de feu, comme un coup de massue dans les tympans.

Les buildings le long du Bund renvoyaient idéalement l'écho de la pétarade, mais Gu Fuguang n'avait pas le loisir d'apprécier le remue-ménage provoqué par l'explosion des pétards, tout entier tendu vers l'issue finale. Il vit Leng Xiaoman tomber de la voiture et se dit qu'il pouvait imaginer l'état d'esprit où elle se trouvait.

Comme le geste décisif était revenu à Ge Yamin, le coup fatal ne serait pas son œuvre, et elle n'aurait droit à aucune reconnaissance. Elle avait pourtant suffisamment prouvé à l'Organisation le courage dont elle était capable. Et nul n'ignorait l'implication de Cao Zhenwu – ex-officier du Guangxi, au commandement de la cour militaire de Shanghai durant l'Expédition du Nord – dans la mort de Wang Yang, son premier mari, glorieusement sacrifié en prison. Gu Fuguang avait malgré tout décidé que l'exécutant serait Ge Yamin. L'effet produit était primordial, il fallait que le coup soit donné au milieu de la foule. Heureusement, il n'avait pas prévu que l'exécution ait lieu sur le pont flottant, sinon, comme le débarcadère venait d'être bouclé, c'était l'échec assuré. Gu ne songeait qu'à donner le maximum de visibilité à leur action. Il savait bien pourquoi Ge Yamin avait réclamé avec tant de fièvre d'en être chargé. Wang Yang, l'homme qu'avait fait fusiller Cao Zhenwu, était son demi-frère, né du même père, et son maître à penser. Mais il était surtout celui qui régnait, et régnerait toujours du fait qu'il était mort, sur le cœur de Leng Xiaoman.

Ge Yamin tendit le bras presque jusqu'à l'intérieur de la voiture et fit feu. Les trois balles du Mauser atteignirent Cao Zhenwu à bout portant, la dernière le frappa à la tempe, au point vital.

Pour Cao Zhenwu, c'était évidemment le dernier acte. Mais pour Gu Fuguang, c'était le premier acte au contraire, un signal hautement chargé de sens, et un avertissement destiné aux Concessions et à Shanghai.

Les policiers de la garde municipale présents sur les lieux n'avaient pas réagi. Il était déjà trop tard. Par la suite, au cours des multiples réunions consacrées à cette affaire, ils affirmeraient simplement que tout s'était passé trop vite pour pouvoir agir de façon adéquate.

De même, les hommes de la Bande noire n'avaient rien vu venir. Ils s'étaient répartis dans les deux véhicules de tête et de queue et venaient juste d'y prendre place. Comme au tomber de rideau, au théâtre, durant ces quelques secondes où tout le monde souffle un bref instant, il y avait eu ce relâchement fatal qui annihile toute possibilité d'agir, et dont avait profité le tueur.

Lors de l'enquête menée par un certain « groupe de recherches » envoyé par le gouvernement nationaliste de Nankin, diverses questions seraient soulevées. N'y avait-il pas lieu de s'interroger sur l'obligation faite aux gardes du corps de Cao Zhenwu de remettre leurs armes ? D'autre part, par quel canal l'assassin avait-il pu apprendre l'heure à laquelle Cao Zhenwu allait débarquer ? Il fut suggéré de s'intéresser aux hommes de main de la Bande noire. Mais ces questionnements tombèrent d'eux-mêmes, car on apprit très vite que l'épouse de Cao Zhenwu avait envoyé un télégramme à la station côtière au moment du mouillage à Wusong. L'enquête, dès lors, se concentra sur elle et les preuves s'accumulèrent aisément, son passé stupéfiant, les télégrammes qu'elle avait envoyés de Hongkong, son foulard rouge, sa crise de vomissements. Mais on avait perdu sa trace. Sa photo parut dans les journaux, les gazettes de la Concession publièrent de longs articles à son sujet, échafaudant de nombreuses théories propres à susciter chez le lecteur les imaginations les plus torrides et les plus romanesques.

On s'intéressa au formulaire rempli par le destinataire du télégramme, ce M. Lin du China Travel Service, mais l'homme resta introuvable et la piste s'arrêta là. Une piste plus probante concernait le journaliste Li Baoyi, mais c'était un citoyen de la Concession et Nankin ne pouvait donc pas faire grand-chose d'autre que prier la police française d'enquêter sur lui. Les comptes rendus d'interrogatoire furent passés au crible, ainsi qu'un rapport de la main de l'inspecteur en chef du commissariat de la Porte du Nord, Cheng Youtao. On conclut que Li Baoyi n'avait rien à voir avec les commanditaires du meurtre, il avait seulement été renseigné par un coup de fil anonyme à son agence.

L'après-midi du jour suivant les faits, il reçut une enveloppe en papier kraft. Ayant des accointances avec le milieu et connaissant son affaire, il négocia le contenu de l'enveloppe auprès de journaux chinois et étrangers renommés, mais comme il n'avait pas publié ces informations dans sa propre gazette, il n'avait pas enfreint les règlements concernant les enquêtes journalistiques. Personne, côté Nankin, ne s'inquiéta plus avant à son sujet et, finalement, des pourparlers s'instaurèrent pour une extension de la coopération avec la police de la Concession française.

Pour ce qui est du meurtrier, que ce soit la cellule de Nankin, la police française ou la Bande noire, nul ne put rien obtenir sur son compte. Parce qu'après avoir ouvert le feu sur Cao Zhenwu, il avait retourné son arme contre lui et s'était tiré une balle dans la tempe. Le médecin légiste qui pratiqua l'autopsie découvrit qu'avant de tirer il avait mordu la capsule de cyanure qu'il conservait sous la langue. Le coup de feu dans la tempe n'était qu'une garantie supplémentaire.

I

Lundi 25 mai 1931 (an XX de la République), 9 h 10.

L'intérieur de la maison de thé Morriss ressemblait à une cabine de bateau. Cet aménagement n'avait rien pour surprendre, car pas mal de commerçants européens, surtout les plus âgés, se piquaient d'adopter ce style : s'octroyer le titre de capitaine, poser quelques hublots dans une pièce, accrocher un gouvernail au mur. La salle, d'ailleurs, pour être exact, ressemblait davantage à un belvédère hexagonal flottant dans les airs. La rampe de l'escalier à plusieurs volées était couverte d'une feuille de laiton et de larges fenêtres s'ouvraient sur trois faces de la grande salle du deuxième étage. Quand on passait la tête par n'importe laquelle en direction du nord-est, on pouvait voir le champ de courses.

L'ambiance était bruyante et survoltée, on se serait cru dans une écurie, ce qu'était en effet l'endroit avant d'être transformé en maison de thé, ses deux grandes portes, au rez-de-chaussée, avaient des poignées rondes et noires en forme de fer à cheval. Li Baoyi les touchait à chaque fois qu'il entrait.

La maison de thé constituait une sorte de chambre de compensation pour tous les gazetiers de la Concession, parce qu'elle était juste à côté du champ de courses. Par beau temps, placé devant la fenêtre plein nord, on distinguait très bien les chiffres inscrits en couleur sur les tableaux d'affichage à côté des tribunes, les cotes, les numéros du sweepstake, et tout et tout. Avant même que les portes soient ouvertes au public, des groupes compacts se formaient à l'extérieur. Li Baoyi, les yeux posés plus loin à l'intérieur de l'enceinte, sur la piste argileuse qui servait à l'entraînement des chevaux le matin, observait une pouliche à la robe noire luisante qui s'avançait tranquillement, tenue à la bride dans l'espace libre, quelques crottins s'échappant à l'occasion d'entre ses fesses rebondies. Un lad se précipitait comme s'il s'était agi d'un trésor pour les ramasser à la fourche et les recueillir dans un panier en bambou.

Li Baoyi cracha des feuilles de thé qui lui collaient aux lèvres. Pouah ! Même le thé sentait la pisse de cheval, ici. Avant-hier samedi, de très bonne heure, les policiers de la Porte du Nord étaient venus chez lui. Ils l'avaient tiré du lit, encore en plein rêve, l'avaient traîné hors de son cagibi à l'entresol où rôdait une éternelle odeur de poisson frit. Ils l'avaient jeté à l'arrière de leur véhicule, il y faisait noir comme dans un four. Ensuite ils l'avaient pareillement traîné hors de la voiture et l'avaient fait entrer dans une petite pièce aux murs d'un blanc aveuglant. Bien lui en prenait de ne jamais fermer sa porte, mais pourquoi l'aurait-il fait ? Sa chambre ne cachait pas le moindre objet de valeur. Du reste, quand des inconnus franchissaient d'autorité l'entrée du *longtang*, traversaient la cour pour s'introduire directement par la porte arrière dans la cuisine et empruntaient l'escalier de bois tout grinçant, aucun risque que la vieille Yang, à l'étage en dessous, ne soit pas alertée ! Mais qui oserait se mettre en travers du chemin de policiers avec uniformes, insignes sur le col, sifflets et matraques ?

Aussi, quand ils avaient soulevé la couverture sur sa tête, Li Baoyi dormait comme un bienheureux. Très poliment, les arrivants lui avaient demandé de s'habiller. C'était seulement après le parcours compliqué, quand ils avaient arrêté leur voiture et l'en avaient fait sortir devant un bâtiment de briques rouges, qu'il s'était enfin réveillé et leur avait demandé qui ils étaient.

A ce moment, ils étaient devenus moins polis, il avait reçu une claque derrière la nuque. Il savait bien qui était l'homme dans la pièce aux murs blancs, c'était le chef du poste de la Porte du Nord, l'inspecteur Cheng. Cheng le Grêlé, il ne connaissait que lui, un membre de la Bande noire, un voyou comme vous et moi, pour dire la vérité, mais celui-là, c'était une huile. Il lui avait débité des généralités, avait donné quelques noms, mais cela n'avait eu aucun effet et de nouveau il s'était fait taper dessus et menacer de la planche à clous, et il avait bien été forcé de se mettre à table. Il ne savait rien du tout. Avant l'attentat, il n'avait aucune idée de ce qui allait se passer, sinon, évidemment qu'il aurait averti la police, il était un bon citoyen. Bon, d'accord, il n'était pas vraiment un bon citoyen, mais simplement c'est le courage qui lui avait manqué. Il avait juste appris que ce matin-là, sur le quai Kin Lee Yuan, quelque chose d'énorme allait arriver. Il avait reçu un coup de fil anonyme à sept heures. Pourquoi s'était-il rendu si tôt à son agence ? En fait, il n'était même pas rentré chez lui, il avait joué aux cartes jusque tard dans la soirée. Pourquoi avait-il cru à ce que racontait ce coup de fil anonyme ? Et comment se faisait-il que les autres journalistes l'aient cru, lui ? Il ne savait pas – à ce moment il avait reçu une bourrade dans les épaules – mais non, il ne savait vraiment pas pourquoi il y avait cru. Le ton, sans doute, le type au téléphone parlait d'une voix caverneuse, on aurait dit un courant d'air froid sortant du combiné. Et comment il avait fait pour que les autres y croient ? C'était d'une simplicité – il avait de nouveau senti un coup derrière la nuque, les sous-fifres de l'inspecteur Cheng n'appréciaient pas ce ton facétieux – mais c'est comme ça, les journalistes, non, il faut bien qu'ils suivent le moindre souffle de vent pour sentir d'où vient la pluie ?

L'inspecteur Cheng l'avait laissé rentrer chez lui. Au moment de le libérer, cependant, il l'avait prévenu : si lui, Li Baoyi, avait été assez bête pour braver la police en publiant lui-même la déclaration, son compte était bon. Il aurait eu toutes les chances de passer des années à l'ombre dans la prison du quartier général de la garnison de Longhua. Au lendemain du meurtre du quai Kin Lee Yuan, quantité d'articles étaient parus dans les journaux de la Concession, étrangement, ils publiaient tous en annexe une déclaration des organisateurs du meurtre adressée à la population de Shanghai, qui n'était pas passée entre les mains du bureau de la censure de la municipalité spéciale de Shanghai, en son siège de l'East Asia Hotel.

Les clients de la maison de thé commençaient à affluer, Li Baoyi était assis près de la fenêtre donnant au nord, Xue en face de lui de l'autre côté de la table de bois carrée, son appareil photo posé dessus.

— Quelle idée de ne pas être là, aussi ! Le soir même, je t'ai cherché partout et, le matin, je suis monté ici pour te trouver, tu n'y étais pas.

Cette fois Li Baoyi disait la vérité, celle qu'il avait cachée à l'inspecteur Cheng.

Xue était manifestement ennuyé d'avoir manqué ça, une nouvelle que Li Baoyi avait été contraint de vendre à d'autres. Il se remit à examiner une par une les photos. Certaines avaient été publiées dans les journaux. D'autres, il ne les avait encore vues nulle part, c'étaient celles prises par le journaliste du *China Times.* Le gars en avait tiré une série pour Li Baoyi.

C'était ce genre de photos qu'aimait prendre Xue. Le corps du suicidé occupait toute la moitié supérieure droite de l'image. L'homme était tombé au pied de la voiture, sous la roue de secours fixée au capot arrière. Un liquide noir courait sur le sol, à proximité de l'arme. Le *Shanghai News* parlait d'un automatique, certaines gazettes d'un revolver, probablement pour l'effet que ça produisait. Sur une autre photo, derrière le visage d'un policier, de sa visière et de son sifflet (qui était trop proche de l'objectif et ressemblait à une fleur fanée toute noire), l'appareil avait saisi au vol la portière ouverte et l'homme tué sur la banquette arrière. Au-dessous de la portière apparaissait un pan de tissu noir, c'était le manteau de la femme. Cette femme, l'épouse de la victime, on la voyait ailleurs, un peu floue, elle avait la main appuyée sur le sol et redressait la tête avec effort, une trace de vomi encore au coin de la bouche. Li Baoyi avait vu une autre photo d'elle, dans le *Millard's Review* qui reproduisait un ancien article où était relaté le mariage de M. Cao Zhenwu. Et un journal qui avait ses informateurs à la garde municipale rapportait que l'épouse de Cao Zhenwu était impliquée dans sa mort et qu'elle faisait maintenant l'objet d'un mandat d'arrêt.

Xue fit ses commentaires, la scène était beaucoup trop confuse, le journaliste du *China Times* n'avait évidemment pas su faire la mise au point.

— Je l'ai vue, cette femme, sur le bateau, je l'ai prise en photo. Des photos bien meilleures que celles-ci, ils ne savent pas prendre des photos, ils n'ont pas de bons appareils et n'ont pas la technique.

— Apporte les tiennes, que je les regarde.

— Je ne vais pas les brader, répondit Xue, la tête ailleurs. Cinquante dollars pièce.

Li Baoyi n'était pas très intéressé, l'affaire était vieille de plusieurs jours, cela faisait presque une semaine déjà que tous les quotidiens de la Concession s'y rapportaient à longueur de colonnes et aujourd'hui tout le monde en était lassé. Il n'y avait que lui, Xue, à se passionner encore et à vouloir faire du foin.

— Cette femme, c'est une communiste, en fait.

Xue ne voulait pas lâcher. Il enchaîna :

— Mais d'ailleurs, comment se sont-ils adressés à toi ?

— J'étais dans la rue, ils m'ont intercepté et m'ont invité à monter à bord d'une voiture.

Toujours aussi gonflé. En fait, une femme était arrivée sur lui alors qu'il marchait dans la rue, elle l'avait giflé et insulté, et avant qu'il ait compris de quoi il retournait, quelqu'un était venu pour ramener le calme et on l'avait entraîné jusqu'à la voiture. Ils l'avaient kidnappé. Mais il n'avait pas trop envie d'en parler à Xue, c'était un peu infamant.

— A quoi ressemblent-ils ?

— Des sourcils rouges, des yeux jaunes ? La bonne blague – tu n'as jamais vu de communistes ? On ne voyait que ça dans la rue, il y a quelques années.

Mais en se rappelant ce type, il avait froid dans le dos. La quarantaine, un feutre vissé sur le crâne même à l'intérieur, il l'observait, les yeux dans l'ombre sous sa bordure rabattue, et fumait cigarette sur cigarette. Lui, il n'aurait pas osé faire le mariole, cet homme était bien plus effrayant que la police, il ne demandait rien mais savait toujours ce que vous pensiez. Plus il était poli et plus il faisait peur à Li Baoyi, il semblait pouvoir lui tirer dessus pour une peccadille, et son flingue était posé sur la table.

Il l'avait averti, pas question de faire le malin et d'aller prévenir en douce la police. Toutes leurs exigences devraient être remplies, il lui faudrait être à neuf heures au quai Kin Lee Yuan, garder en mémoire tout ce qui s'y passerait et bien rédiger son compte rendu. Ils viendraient encore le trouver, pour lui remettre certaines choses. Mais en fait ils n'étaient pas venus, ils lui avaient juste envoyé une enveloppe en papier kraft, qui contenait une déclaration revendiquant au nom du Parti communiste chinois l'exécution de l'élément contre-révolutionnaire Cao Zhenwu ; une signature était apposée au bas de la lettre : *La Section des opérations spéciales du Parti communiste de Shanghai et les Camarades de la Société des Forces unies.* A part ça, l'enveloppe contenait une cartouche, qu'ils lui adressaient pour lui prouver qu'il pouvait leur faire confiance, et comment tu n'aurais pas confiance avec ça ? Pourquoi pas deux, tant qu'ils y étaient, ce n'est pas encore plus convaincant, deux cartouches ?

Il n'avait pas osé diffuser lui-même la missive, il fallait quand même qu'il soit un peu malin, il avait vendu à plusieurs journaux la revendication adressée aux citoyens de Shanghai contenue dans l'enveloppe. Il estimait ainsi avoir devancé leurs exigences et fait mieux que les remplir, parce que les journaux en question avaient beaucoup plus d'audience que son agence Arsène Lupin. Bien sûr qu'il en avait retiré un peu d'argent, c'était son métier, après tout. Il avait même vendu l'histoire à un quotidien étranger, les camarades ne refuseraient certainement pas une diffusion internationale, pas vrai ? Dans les Concessions, les Chinois huppés ne lisaient que les journaux étrangers, ils payaient leur abonnement au mois, les domestiques allaient les chercher le matin dans la boîte aux lettres à la porte de derrière, avant de les leur porter dans le salon. Si ces gens-là venaient encore le trouver, il leur expliquerait, dès lors que la presse étrangère s'emparait d'une nouvelle, c'était comme un écrou desserré dans les vannes du bureau de la censure, le lendemain elle paraissait dans tous les journaux chinois. Voilà qui dépasserait leurs espérances, pas vrai ?

Il n'allait pas tout raconter à Xue. C'était du passé, tout ça, forcément il en oubliait. Les autres ne viendraient certainement plus le trouver. Dans la maison de thé, ce matin, Xue était le seul à être encore à la recherche d'informations. Visiblement, il s'intéressait surtout à cette femme, à l'instant de s'en aller, malgré son mépris pour les prises de vue du *China Times* il voulait que Li Baoyi lui donne toutes les photos où elle figurait. Pas de problème, ce n'était plus d'actualité. Oui, il pouvait les prendre, toutes, oui, de son côté il avait vendu l'histoire entière pour quatre-vingts dollars et il était pleinement satisfait. Et le nom de la femme, il n'avait pas envie de le connaître ?

— Je sais, elle s'appelle Leng Xiaoman.

Et Xue était parti en trombe.

II

Lundi 25 mai 1931 (an XX de la République), 10 h 50.

En chemin, Xue continuait de songer à cette fille, sans parvenir à retrouver à qui elle lui faisait penser. Il repassait dans sa mémoire toutes les femmes qu'il avait vues dans des films, mais pour la plupart c'étaient des étrangères. Etait-ce une expression, l'ambiance, un mot échangé ?… Il n'avait pratiquement pas parlé avec elle. Avec les montagnes d'articles qui circulaient, il n'arrivait pas à savoir si l'image qu'il gardait d'elle était bien celle qu'il avait eue tout de suite, sur le bateau à côté du bastingage…

Alors qu'il atteignait Mohawk Road, quelqu'un lui tapa sur l'épaule, un coup si puissant que son appareil photo glissa et qu'il dut retenir la bandoulière en la crochetant de justesse. C'était Pike.

Pike était américain. Ses gros doigts pelaient, roses comme de la saucisse du Guangdong, et il avait les ongles gris foncé.

— L'acide.

Pike lui avait expliqué un jour, au bar. Il avait ouvert les deux mains et les avait posées, doigts écartés, paume à plat sur le guéridon. La nappe était éclaboussée de taches de thé, on aurait dit qu'il venait de s'y essuyer les mains. Tu peux changer de nom, te laisser pousser la barbe, mais tu ne peux pas changer de doigts. Ils ont une méthode, qui consiste à enduire les doigts d'encre noire et à les appliquer sur du papier blanc, les empreintes sont ensuite conservées, fichées dans des archives. Ainsi de ta vie entière tu n'auras plus aucun moyen de les semer, où que tu ailles la police pourra te dégoter. On ne va pas se couper les doigts, non, alors l'acide c'est un bon truc, ça ne fait pas mal, même en s'en mettant pendant des semaines. Quand Pike lui avait tout déballé dans le bar, ils se connaissaient depuis à peine un mois.

Xue l'avait rencontré dans une petite salle de jeux, à une table de roulette. Dès que les jeux d'argent avaient été interdits dans le Settlement, toutes les salles avaient rappliqué en un temps record dans les petits *longtang* de la Concession française. On voyait rarement des Blancs dans ce genre d'endroits. Pike, immense et maigre, une vraie mante religieuse, promenait ses mains sur toutes les tables des casinos de la Concession. Un type bizarre qui déboule dans votre secteur, cela intrigue toujours, n'est-ce pas ?

Pike était un détenu évadé qui avait traversé le Pacifique. Pourtant, à sa dégaine, on aurait cru un diplomate fraîchement arrivé de l'étranger pour prendre son poste à Shanghai. Le coude droit dans la main gauche, l'index droit posé verticalement contre sa tempe, il se donnait de ses airs, pour paraître distingué – le portrait vivant du jeune Anglais diplômé de la *grammar school.*

Une fois devant l'hippodrome, Pike l'avait entraîné à l'intérieur. Il avait un tuyau à propos du dernier steeple-chase de la matinée, il y aurait paraît-il un coup tordu, une entente secrète entre les jockeys et les propriétaires. Les drivers cosaques prendraient Chinese Warrior en tenaille et le mettraient dans l'incapacité de mobiliser ses talents de sprinter, et alors Black Cacique pourrait créer la surprise. Des foules en délire se pressaient sur l'espace libre entre les grilles et les tribunes, dans une atmosphère de folie. Comme si Dieu avait avancé l'heure du Jugement dernier et convoqué les pécheurs au champ de courses, leurs tickets décidant de qui entrerait en enfer ou au paradis.

Il y eut un bruit strident, les haut-parleurs fixés des deux côtés de la tribune se mirent à grésiller et une voix retentit, d'abord en anglais puis en langue locale : « Selon une décision du comité de gestion du Shanghai Race Club, un steeple-chase supplémentaire sera disputé cet après-midi. »

Une ovation. A l'instant, la foule reflua, la fièvre était à son comble, dans une telle cohue, la moindre rumeur pouvait provoquer un mouvement giratoire qui les aspirerait dans son tourbillon.

Xue changea soudain d'idée, pour l'instant il n'avait aucune envie de se mêler à cette folie. Il déclina l'invitation de Pike et fit demi-tour en direction de l'avenue Edouard-VII, il n'aspirait qu'à aller manger un morceau au Manor Inn, et à souffler un peu. Cet après-midi, Teresa l'attendrait à l'Astor House Hotel. Dans une « cabine de luxe » du troisième étage, à douze dollars la nuit.

Xue était un enfant naturel. Son père, un Français, avait pris le bateau à Marseille avec une valise de vieux vêtements. Après avoir traîné dans tous les bars de Saigon et Canton à vanter ses modèles, il avait atterri à Shanghai où il avait trouvé du travail. C'était une période faste pour lui. La mère de Xue était une Cantonaise à la peau mate, qui portait de longues robes chinoises à col raide montant jusqu'aux bandeaux de ses cheveux. Jamais elle ne s'était vêtue de modèles comme en vendait le père de Xue avant de le connaître, aussi refusa-t-elle tout changement dans son habillement. Elle était toujours là, à se promener contre les côtes blêmes de Xue (précisément dans ce petit médaillon ovale en cloisonné qu'il portait au cou, au bout d'une lourde chaîne d'argent). La chaîne était toute marbrée de taches noires à cause de la transpiration. Même dans ses moments d'oubli total, lorsque, à cause de Teresa qui n'en comprenait pas le quart, les pires cochonneries lui sortaient de la bouche, même dans ces moments-là, sa mère se promenait toujours entre leurs deux corps.

Le père de Xue, pendant la Grande Guerre, dans un élan de ferveur comme il n'en avait jamais connu auparavant, avait abandonné tout ce qu'il possédait pour se jeter en première ligne dans les tranchées de Verdun d'où il n'était pas revenu. Il avait abandonné le foyer fondé à Shanghai, abandonné sa compagne chinoise et, avec elle, le petit Xue, qui n'avait alors que douze ans. On ne pouvait pas dire qu'il ne les avait pas aimés, il leur écrivait depuis le front et ses courriers qui parvenaient à Shanghai après avoir bravé vents et marées contenaient souvent des photographies. Sur l'une d'elles, le contingent zoulou était en train de célébrer un rite collectif, jamais Xue n'avait vu autant de Noirs à la fois, portant pour tout vêtement des pagnes et brandissant des bâtons, les épaules en avant et la taille ployée, extatiques. Il aimait par-dessus tout celle où son père fumait la pipe, pas rasé, les manches de sa chemise complètement arrachées, c'était l'été dans les tranchées. Sur une autre se tenaient des hommes nus, leurs uniformes accrochés au mur, son père, debout devant l'entrée des douches, riait bêtement vers la caméra, une main posée sur son pubis. Cette photo, sa mère l'avait subtilisée, il ne l'avait découverte qu'après son décès. Au dos était écrite une ligne en français : *Poux – Je n'ai pas de poux !* Il se demandait si cette photo n'avait pas contribué au fait que sa mère ne se soit jamais remariée.

Cet hiver-là, son père, en manteau, la gourde en bandoulière à l'épaule, se tient au milieu de cadavres alignés. Des corps en très grand nombre, comme dans un abattoir, alignés par rangées, ou d'autres, parfois pareils à des ordures, amoncelés à l'arrière d'un camion. Le pire c'était encore les blessés, il y avait un gars enveloppé de bandages des pieds à la tête, avec simplement trois trous au niveau du visage.

En tant que photographe amateur, il avait exercé une double influence sur son fils, car on pouvait dire que les clichés qu'il avait envoyés du front (à titre d'héritage spirituel) avaient directement orienté les préférences de Xue en matière de photographie. Si aujourd'hui il se plaisait tant à immortaliser des morts, des scènes de crime, des corps tailladés à l'arme blanche ou transpercés par des balles, des fous rongés par le démon du jeu, des ivrognes, à fixer l'image d'êtres sombrés dans la perdition ou la démence, il le devait sans doute aux photos de son père.

Sa mère lui avait laissé une petite somme d'argent, qu'il n'avait pas mis un mois à dépenser. Par l'intermédiaire d'une entreprise américaine basée non loin du Huangpu, il avait commandé à New York un Speed Graphic 4x5, avec un objectif Compur capable d'atteindre une vitesse d'obturation de 1/1 000. On ne faisait pas mieux pour la photographie de presse, cela pouvait saisir l'instant où une balle pénétrait dans un crâne.

Quand il ne connaissait pas encore Teresa, la photo était sa plus grande passion, juste avant les jeux d'argent. Maintenant que Teresa avait pris la première place, il s'efforçait de combiner ses inclinations, l'entente cordiale régnant sur cet arrangement donnait d'ailleurs d'excellents résultats.

Au Lily Bar, elle avait immédiatement capté son regard. Elle était un peu saoule et parlait très fort.

— Un demi-verre de kvas, plus de la vodka à ras bord. Vous savez me plaire, vous, Monsieur le Duc, lançait-elle à pleine voix.

Monsieur le Duc, un Russe blanc qui servait au bar, était aussi le patron.

La voix chaude de Teresa, légèrement voilée, était faite pour fredonner de vieux airs. Un disque tournait doucement sur le côté du bar, et elle se tenait dans le renfoncement d'une fenêtre donnant sur la rue. Des volutes de fer forgé noir, des carreaux bleus disposés en losanges, ornés d'un corps de femme jaune de chrome. Dehors, la pluie faisait miroiter le sol d'un reflet rouge. Quand une chanson se terminait, Teresa applaudissait à tout rompre en agitant follement les épaules.

Xue n'en revenait pas, il croyait l'avoir séduite et se retrouvait sa prise de guerre, appareil photo en prime. En moins d'une semaine, elle avait renversé les rôles et il ne pouvait s'en prendre qu'à lui-même, il avait toujours manqué de volonté pour résister à autrui, il laissait les choses couler et suivre leur cours, toujours prêt à faire ce qu'on voulait de lui.

Cet après-midi, Teresa devait l'attendre dans sa chambre, au troisième étage de l'Astor House. Sur le lit… Quand elle avait suffisamment trempé dans sa baignoire, on aurait dit qu'elle venait d'infuser dans de la crème tiède additionnée de jus de fruit rose pâle. Elle surgissait de son bain et gambadait vers le lit, comme une pouliche qui grimpe à l'assaut de la rive d'un étang. Elle débordait d'une vitalité que la plupart des hommes avaient perdue chez les Russes blancs, tous ceux qui se prétendaient des princes ou des amiraux et dont le corps énorme se ratatinait dans un coin sombre près du bar – cette caste du Nord, définitivement déchue. Teresa renversait Xue sur le lit, le faisait bander d'une main preste, puis elle le chevauchait, un bras levé comme à la charge, et se balançait martialement d'avant en arrière, on aurait cru un cavalier cosaque brandissant son sabre.

Il l'aimait, à coup sûr, sinon il ne se serait pas mis en fureur contre elle, ne l'aurait pas pourchassée de ses questions. Il l'imaginait se livrant à ses appétits charnels au cours de leur voyage – les vents doux et humides de l'Asie du Sud-Est attisaient ses désirs et elle trouvait qu'il ne lui suffisait plus. Alors elle sortait en catimini de leur chambre d'hôtel et se rendait dans celle d'un autre. Une longue histoire l'unissait sans doute à l'homme qui s'y cachait, quand avec lui-même ce n'était qu'une passade sans lendemain. Il l'imaginait sous le corps d'un autre, les jambes haut levées... Toutes ces images le torturaient, le bourrelaient de honte et de ressentiment.

Puis il se persuada qu'il ne l'aimait pas. Il inversa les rôles et s'imagina que c'était lui le mystificateur, qui la grugeait sur tous les tableaux, parce qu'elle était riche et qu'elle était généreuse. Ces pensées le soulagèrent considérablement.

Quand même, il aurait souhaité comprendre qui était cet homme chez qui elle se rendait clandestinement. Elle ne disait rien. Dès qu'il lui posait la question, soit elle se mettait en colère, soit elle se serrait contre lui, ou alors esquivait la question en faisant celle qui n'avait pas entendu. Il songea à l'espionner en douce, mais il ne savait pas comment s'y prendre, il n'était pas du genre à comploter sournoisement, Li Baoyi, sans doute, aurait su, mais lui, il ne faisait pas le poids.

III

Mercredi 27 mai 1931 (an XX de la République),
13 h 20.

Au début, c'était elle, la Russe blanche, qui avait retenu l'attention du capitaine Sarly. A la garde municipale on enquêtait sur tous les étrangers qui arrivaient dans la Concession française et on les fichait. « Dame Meiye », curieux titre, il ne correspondait ni à son nom, ni à son statut. Sans doute n'étaient-ce que les Chinois de son entourage qui l'appelaient comme ça, elle frayait toujours avec des Chinois.

Elle était arrivée par bateau de Dairen, probablement en provenance de Vladivostok. Sarly, homme du Sud, n'avait jamais mis les pieds dans ces régions septentrionales. Lui, il était corse, comme tous ceux qui désormais occupaient des postes importants dans ses services.

Le vrai nom de cette femme apparaissait dans un certain nombre de documents archivés dans son dossier, dont un rapport signé de la main d'un « Agent de l'Ouest n° 119 » : *Irxmayer Therese.* La note indiquait que Irxmayer était le nom de son mari décédé, un nom allemand, propre manifestement à masquer son identité de Russe blanche.

Le dossier comprenait d'autres écrits, quasi illisibles, qui constituaient les toutes premières traces de la présence de cette femme. La date prouvait qu'ils remontaient aux deux mois suivant son arrivée à Shanghai. Par la suite elle avait filé entre les doigts des indics.

Le mois dernier, sur les pelouses de la garde municipale, route Stanislas-Chevalier, à un jet de pierre des tables en rotin où les dames étaient installées, Martin lui avait livré une information. Le Major Martin était l'homologue anglais de Sarly dans la police du Settlement, la *Shanghai Municipal Police*. Juste à côté d'eux se disputait un tournoi de boule lyonnaise, un sport particulièrement prisé des agents. En plus d'une coupe, les vainqueurs recevaient une caisse de cognac trois étoiles. L'inspecteur Maron, sa boule en main, paume vers le bas, balança le bras lentement et effectua un tir décisif, quelqu'un se précipita sur le terrain, traça un cercle à l'aide d'une corde pour calculer les points gagnants, tous les proches des concurrents se levèrent de leurs chaises en rotin et lorsque le décompte atteignit la cinquième boule, les membres de l'assistance l'acclamèrent joyeusement.

Les personnels coloniaux, loin du pays, vivaient souvent en cercle fermé et, bien souvent, le système d'entraide et d'avantages mutuels excédait de loin les liens qu'ils auraient entretenus dans leur lointaine mère patrie. Des alertes parvenaient souvent à Sarly directement, au cours d'un thé ou dans des petites réunions intimes du même genre. L'information circulait sur ce mode informel, selon une tradition ancienne solidement ancrée. Il ne fallait certes pas accorder une confiance aveugle aux forces de police de Hongkong dépendant de l'autorité coloniale de l'Empire britannique. Dès lors qu'ils se faisaient si peu confiance à eux-mêmes, de quel œil pouviez-vous considérer leurs formules emberlificotées, du genre « *You may have noticed... It would appear from subsequent investigation...* » ?

Martin, qui s'habillait comme pour une battue à cheval, avait sorti un bout de papier de sa poche intérieure. Non pas une obscure carte de terrains de chasse dépendant d'on ne sait quelle juridiction, mais un courrier. La dernière page d'une lettre. Il y était question des déplacements suspects d'un commerçant hongkongais du nom de Chen, qui hantait les petits villages de pêcheurs dans des recoins peu fréquentés de la côte. Une fois éliminées les possibilités d'un trafic d'opium ou d'alcool, l'affaire avait été transmise au service politique de la police de Hongkong. Dans sa conclusion, le document mentionnait au passage le nom d'une Allemande et celui de sa compagnie, Irxmayer & Co. Les collègues anglais de Hongkong avaient découvert qu'elle vivait à Shanghai dans la Concession.

Peu après, parmi les messages qui arrivaient chaque semaine de la Sûreté à Hanoi par le bateau de poste, était parvenue la description précise d'une perquisition assez peu fructueuse. Les activistes indochinois, dans leur grande négligence (et l'épuisement qui les gagnait parfois à ourdir leurs complots), avaient oublié un billet sous un oreiller dans une chambre d'hôtel. Un authentique renseignement, dont le bureau de la Sûreté (*assez généreux, nous voudrions dire*) n'avait pas hésité à remettre l'original aux collègues anglais de Hongkong. Pas d'allégations à la signification nébuleuse, pas de formules de politesse surannées. Un simple numéro de boîte postale, *Post Office Box n° 639*, à Hongkong.

On avait, sans difficulté aucune, identifié le titulaire de la boîte, un commerçant d'une trentaine d'années du nom de Chen Zimi (Zung Ts Mih en cantonais), dont les collègues de Hongkong purent immédiatement constater qu'il était depuis longtemps surveillé. Après une enquête plus fouillée, l'irréprochable M. Chen se révélait un personnage d'extraction mal définie, aux antécédents éminemment troubles. Parmi les marins, dans les bars du port, il se disait que M. Chen, malgré son nom chinois, ne l'était guère plus qu'à moitié. Son père lui-même était décrit comme « *British subject of mixed blood* » sur le document, où l'expression apparaissait entourée au stylo rouge et surmontée en haut à droite d'une grosse flèche courbe (qui avait l'air d'un galurin posé de travers sur la tête d'un clown), pointant un rectangle où était écrit « *Siamese* ».

Dans les bureaux de la Sûreté de Hanoi, l'attention se concentra au moins sur trois autres personnes, en lien étroit avec ce M. Chen. Les Anglais, se prévalant d'une stratégie de surveillance particulière – qui n'était aux yeux du capitaine Sarly qu'une manifestation de leur suffisance, de leur légèreté et d'une confiance excessive dans leur invulnérabilité – s'étaient contentés de les filer et de les prendre en photo, sans les arrêter. Un M. Alimin tenait la vedette (sur une photo floue, il portait un nœud papillon noir et un veston, au-dessus de larges pantalons d'indigène en tissu de sarong à carreaux, et arborait d'épais sourcils et un nez énorme), on le suivait à la trace, comme un loup solitaire errant dans toute l'Asie orientale, à Bangkok, Johore, Amoy, Hankeou, et d'autres renseignements indiquaient en outre qu'il était passé à Vladivostok et Chita, ville où lui avait été dispensée une formation dans certains domaines techniques.

En tête d'un document imprimé, sur la première page, quelqu'un avait écrit à la main : *Selon la décision de la IIIe Internationale, le quartier général du mouvement communiste vietnamien déménagera dans le Sud de la*

Chine. Ses dirigeants arriveront bientôt dans notre ville (Shanghai), leurs noms sont Moesso et Alimin.

M. Chen Zimi était fondé de pouvoir pour une entreprise occidentale enregistrée à Hongkong (il était ce qu'on appelle là-bas un comprador). La propriétaire, une dame allemande (bientôt identifiée en fait comme russe blanche par les services de police), logeait dans la Concession, à Shanghai, au deuxième étage de Beam Apartments, à l'angle des avenues Joffre et Dubail. Un des agents de Sarly, un Marseillais en veine d'inspiration poétique, avait décrit cet endroit comme « un coffret à bijoux d'où émanent des senteurs de magnolias et de fleurs de canneliers ». Le capitaine Sarly avait ordonné un recensement de toutes les personnes qui logeaient là. Quelqu'un avait dégoté un annuaire des « Personnalités de Shanghai » (cette liste longue de près de vingt pages était surnommée « inventaire des produits de luxe » par les secrétaires des services du *baojia* chargés de la gestion des archives) et découvert que cette femme se cachait bien au chaud depuis longtemps dans leurs propres salles des archives. Simplement, alors même qu'elle était enregistrée parmi les personnalités de la Concession, personne n'avait eu envie de se creuser la tête à faire le lien avec sa nouvelle incarnation, une inconnue dont le nom apparaissait sur les bordereaux de la police portuaire. L'« inventaire des produits de luxe » ne contenait pas grand-chose, adresse, profession, numéro de téléphone. Les auxiliaires du service politique de la police avaient mené leur enquête et fait leur rapport. Maintenant, il avait tout sous la main. Sur sa table, dans sa bannette éclaboussée par les rayons du soleil.

Dans le bâtiment de brique qui abritait le siège de la police française, au 22, route Stanislas-Chevalier, les bureaux du service politique se répartissaient entre le premier et le deuxième étage. Il flottait toujours dans ces murs des relents de térébenthine et de paraffine qui prenaient à la gorge. La méthode du capitaine Sarly pour les combattre résidait dans la flopée de pipes sous lesquelles disparaissait son bureau. Avec l'humidité printanière, l'odeur était encore plus pénible, mais à partir de l'après-midi la pièce se remplissait de soleil. Les mûriers plantés à l'intérieur de l'enceinte tendaient leurs branches au-delà des murs, où des gamins dépenaillés, postés sur le trottoir de la route Albert-Jupin, levaient la tête dans leur direction. Les après-midi shanghaiens étaient toujours aussi calmes, surtout dans ce coin au sud de la ville. Il n'y avait que vers la prison, rue Massenet, qu'on entendait des chiens aboyer de temps à autre.

Beam Apartments. L'occupante de l'un des logements était une Russe blanche. Trente-huit ans. Cette *Meiye Furen*, selon le titre dont la désignaient respectueusement les Chinois, consacrait apparemment toutes ses journées à son commerce de bijoux. La boutique se trouvait en face de Beam Apartments, sous une enseigne à son nom, « Eclat ». L'entrée donnait sur l'avenue Dubail et la vitrine, protégée par un store, sur l'avenue Joffre. Il s'agissait d'un petit immeuble en bordure de rue, occupé, au-dessus de la bijouterie, par des Chinois. De longues robes de toile grise séchaient sur la terrasse, quand le vent soufflait, des gouttes d'eau échappées du tissu encore humide éclaboussaient l'enseigne (visiblement, les notes étaient une nouvelle fois l'œuvre du poète marseillais). Le capitaine encourageait son personnel à déployer du style dans les rapports, des détails, disait-il, il ne faut pas hésiter à mettre des détails dans vos descriptions.

Le commerce de joaillerie stagnait. Depuis que les Russes blancs se réfugiaient en masse à Shanghai, beaucoup de pierres à l'authenticité douteuse étaient apparues sur le marché, toutes prétendument extraites des mines de l'Oural. Dans chaque échoppe russe se tenait un Juif à la longue barbe sale, constellée de postillons et de reliefs de nourriture, d'où se dégageait un parfum tout droit venu des steppes d'Asie centrale, comme la toison de quelque énorme bête déployée contre le vent. Les gens d'ici ne croyaient pas trop à ces histoires de membres de la famille impériale, apparentés au tsar par des liens complexes, qui après avoir affronté vents et marée débarquaient à Shanghai avec des bijoux de noces cachés au fond de leurs valises. Aussi, comme l'affirmait l'analyste de la brigade spéciale, qui passait son temps libre à dévorer des Sherlock Holmes, le chiffre d'affaires d'une bijouterie ne pouvait suffire à couvrir le loyer de notre honorable Dame, et encore moins à soutenir le rythme fastueux de ses dépenses quotidiennes.

Plus récemment, quelqu'un avait déposé sur son bureau une liste de noms, une note y était épinglée, expliquant qu'il s'agissait de tous les passagers voyageant à bord du fameux vapeur français au moment du meurtre du quai Kin Lee Yuan. Il l'avait abandonnée sur un canapé, jusqu'à ce que le poète marseillais se mette à beugler d'une voix de stentor, attirant enfin l'attention du capitaine, c'est elle, non, c'est bien la princesse russe de Beam Apartments ? Bon Dieu, quel cul admirable ! – quelqu'un à qui la simple vue d'une liste de noms évoquait un cul était à coup sûr un poète.

Ce n'était probablement qu'un pur concours de circonstances. Selon l'imagination corse du capitaine, toutefois, si cette femme refaisait soudain surface et que vous n'étiez pas mis en alerte par ces apparitions successives, c'est que vous étiez un mécréant. Ne pas y voir la main de Dieu était la preuve d'une foi défaillante.

Le capitaine savait bien que chacun dans ce vaste bâtiment le surnommait « pattes arquées ». Comme un jockey qui a raccroché et qui se désintéresse de sa condition physique, il arpentait le QG en faisant grincer sous son poids les parquets noirs et luisants. Depuis son affectation, l'atmosphère avait changé dans les bureaux du service politique. Les relations du chef précédent, qui était cul et chemise avec le milieu, avaient été relatées directement dans la presse parisienne, sans passer par les autorités de la Concession. L'homme avait été muté à Hanoi.

Le capitaine Sarly avait deux passions qui le distinguaient de son prédécesseur. L'une était les pipes, alignées depuis la gauche de son bureau, où se trouvait la bannette pour les documents, jusqu'aux deux postes téléphoniques sur la droite. Des pipes en racine de photinia, en corail, en ambre ou en jade vert de Chine. Rien d'autre qu'un penchant bien à lui et qui n'avait aucune répercussion sur le fonctionnement du service. Mais son autre manie rendait malades ses subordonnés. Il tenait à ce que toute information soit écrite noir sur blanc et circule d'un bureau à l'autre chez tous ceux en charge de la traiter. On aurait dit que pour lui les choses ne pouvaient se comprendre qu'à condition qu'elles soient couchées sur le papier, avec les nom et prénom du signataire.

Benoîtement assis dans son bureau à fumer la pipe, le capitaine lisait les documents. Le changement d'ambiance se sentait même à l'extérieur des murs. Dès l'arrivée du printemps, la dizaine de mûriers dont les branches s'étiraient jusqu'à la route Albert-Jupin attiraient des bandes de morveux qui, s'ils n'arrivaient pas à s'approcher suffisamment pour cueillir les mûres, grimpaient carrément sur le mur d'enceinte. Auparavant, les agents en faction au rez-de-chaussée se faufilaient immanquablement par la porte de derrière pour en attraper quelques-uns et, après leur avoir flanqué une volée, les forçaient à cirer les souliers, laver les voitures ou faire le ménage. Cet après-midi-là, le capitaine, la tête passée à la fenêtre du deuxième étage, les avait houspillés alors qu'ils s'apprêtaient de nouveau à passer à l'action dans la ruelle à l'arrière du bâtiment.

Originellement, le service politique était subdivisé en plusieurs brigades, elles-mêmes subdivisées en unités. Les affaires concernant les natifs étaient traitées par l'inspecteur principal en charge des Chinois, avec deux inspecteurs chinois à ses ordres. Les membres du personnel étranger (français ou annamites) formaient un bloc, les Chinois un autre. Si les Français voulaient s'adresser aux services concernant les Chinois, il leur fallait passer d'abord par l'inspecteur principal, pour redescendre ensuite les différents échelons. Mais Sarly, dès son arrivée, avait bouleversé les règles. D'un coup de ses pattes arquées poussant toutes les portes du bâtiment, il avait passé au crible le personnel pour décider à sa guise de la composition de la brigade spéciale Maron qu'il venait de créer. Tous les jours, dès leur arrivée, les membres étaient convoqués dans la salle de réunion coincée au fond du couloir du deuxième, pour ce que les autres appelaient « les matines des bâtards du capitaine ». Ce qui irritait le plus les Français, c'était que la plupart de ces bâtards étaient des Chinois. Selon ses théories à lui, le service politique ne devait pas se cantonner dans les hautes sphères, mais travailler en osmose avec la population locale, seule façon de préserver au mieux les intérêts de la France dans les colonies.

Le capitaine se souvint soudain de quelque chose et consulta une nouvelle fois la liste de noms. Il avait remarqué que la Russe ne voyageait pas seule, mais avec un compagnon. Un dénommé Xue Weishi. Hsueh Weiss, autrement dit. Cela le mit en colère, il leur sonnerait les cloches, le lendemain, à matines, pour leur apprendre à pousser leurs enquêtes à fond.

Toutes les preuves concordaient, la compagnie Irxmayer se livrait par en dessous à un autre type de commerce, assez inquiétant. Des ustensiles de cuisine et de la mécanique industrielle, comme l'indiquaient les registres – peut-être bien le négoce qui avait été prévu au départ. Cela ne semblait pas une couverture, simplement un prétexte qui ne manquait pas d'humour : quand les affaires ne marchent pas, il faut bien se spécialiser pour faire face à la concurrence.

En réalité, les caisses que la compagnie Irxmayer faisait voyager dans l'Asie entière contenaient des armes et des munitions. Sous les bâches rigides et les couches de paille souple se trouvait de quoi tuer, de quoi jouer à la roulette russe ou de quoi terroriser, de quoi faire faire ce qu'on voulait à qui on voulait, en somme, à commencer par la guerre.

IV

Mardi 2 juin 1931 (an XX de la République), 9 h 50.

La Ford de Teresa venait juste de franchir l'entrée, Margot courut à sa rencontre.

Ces terres qui s'étendaient au nord de la rivière – sur la carte, elle s'appelait Rubicon Creek – appartenaient au Shanghai Paper Hunt Club. Le principe des courses pratiquées ici était simple : les cavaliers s'élançaient et devaient suivre un itinéraire qu'un préposé du club, chargé d'un grand sac de toile plein de morceaux de papier multicolores, avait auparavant balisé en les semant tout au long du chemin. Depuis trente ans, celui qui remplissait cette tâche, c'était Ah Pau. Ah Pau n'avait pas son pareil, son cerveau chinois n'était jamais à court d'idées farfelues pour glisser ses vignettes entre deux pierres, les cacher parmi les buissons, dans une rigole ou sous le tablier d'un pont, une fois il avait même utilisé une ligne de pêche pour accrocher l'un des signaux de papier au-dessus de la rivière, résultat, un bon nombre de concurrents étaient tombés à l'eau. Personne n'arrivait à prévoir ses facéties et le secret était toujours bien gardé concernant le trajet de la course. Aussi Brennan avait-il engagé Margot à prendre tout son temps pour étudier la carte.

Cette carte était l'œuvre de la bande des devanciers, les premiers pionniers des débuts du club qui avaient exploré le terrain et baptisé les sites selon leur fantaisie, de noms du genre *Three Virgins Jump* ou *Sparkes Water Wade*. « Comment les Chinois appellent-ils ces lieux ? On n'est pourtant pas dans les Concessions, ici… » s'était un jour étonnée Margot devant Brennan. Sur ce point, son mari et lui étaient bien de la même espèce, ils débitaient leurs rengaines de vieux baroudeurs des colonies : « Peu importe comment ils les appellent, nous leur donnons des noms, alors ils sont à nous. »

Son mari, le baron Franz Pidol, délégué à Shanghai de la Compagnie luxembourgeoise du Fer et de l'Acier, se passionnait pour les investissements fonciers. Il s'était mis en tête d'acquérir des champs situés aux abords de Rubicon Creek, parce que, à ce qu'on disait, « même Sir Victor le boiteux allait y mettre les pieds ». Le *Shanghai Municipal Council* examinait en ce moment même un projet d'extension des voies extraterritoriales du Settlement, au-delà des limites ouest de son territoire. L'occasion était trop belle, car avec les crues répétées du Yangtsé qui faisaient déborder le bassin du Taihu, les terres cultivées des alentours étaient pour l'instant transformées en landes.

Dans ce secteur à l'écart des Concessions, Franz Pidol se sentait comme un poisson dans l'eau. Le vent nocturne chargé d'humidité et les moustiques, qui ne laissaient pas les autres en paix, avaient pour seul effet de le tenir éloigné de la chambre de Margot. De là à croire qu'il ne couchait pas… Cette pipelette de Mrs Liddell l'avait bien dit à Margot : ils finissaient toujours par prendre une maîtresse chinoise. Et par aimer ces lieux, ces réunions, ces cigares de Luçon et ces parties de cartes, aimer ce bordel de l'avenue Haig qui proposait toujours de la denrée de première classe – des filles qui restaient assises dans le lobby, sans jamais se déshabiller, pour leur donner un regain d'énergie, à tous ces hommes d'affaires si expérimentés. Autrement dit, les membres de ce petit cercle où Franz Pidol s'était si vite intégré.

Margot, elle, vivait dans la solitude. Il déclarait être tombé amoureux de cet endroit et Margot, aucunement préparée psychologiquement à la situation, s'imaginait encore qu'ils allaient rentrer à l'issue des trois années du contrat de Franz. On pouvait s'attacher si vite à un lieu ? C'est vrai qu'en comparaison, tomber amoureux d'une personne, comme c'était arrivé à Brennan, cela pouvait arriver si vite...

Brennan avait eu le coup de foudre immédiatement. Margot n'avait que deux amis à Shanghai et, en dehors de Teresa, il n'y avait qu'à Brennan qu'elle ouvrait son cœur. Dans le salon de thé de chez Arnhold, lorsque Brennan lui avait suggéré d'acheter un abat-jour en parchemin à dessins vieil or, elle n'avait eu d'autre intention que de transformer sa lampe de chevet pour changer un peu le style de sa chambre. C'était la première fois qu'elle rencontrait Brennan. Elle n'avait commencé à apprécier pleinement l'effet de ce changement que très longtemps après, quand Franz s'était mis à prendre régulièrement le train pour se rendre dans l'arrière-pays.

Mrs Liddell le lui avait bien dit, Brennan, malgré son jeune âge, était un crack en matière de diplomatie. En Australie et en Inde, il avait montré de stupéfiantes capacités dans la résolution d'affaires délicates. Il était maintenant conseiller politique auprès du gouvernement de Nankin et, chargé d'assurer la coordination avec les autorités coloniales britanniques, il était en droit d'adresser directement ses manières de voir au Foreign Office à Londres, sans avoir besoin d'en référer au consul général en poste à Shanghai, Mr Ingram, ou le cas échéant à son substitut à Pékin.

Par la suite, Brennan avait poussé Margot à participer aux courses du club hippique féminin de Shanghai, une idée accueillie par Franz avec enthousiasme. Ensemble, ils l'avaient accompagnée aux écuries de l'école d'équitation de Mohawk Road, où ils avaient choisi une pouliche gris pommelé que Margot avait baptisée d'un nom bien étrange, *Dusty Answer*, dont Franz se demandait comment on pouvait le donner à un cheval – une idée de Brennan, en fait. Jusqu'à l'été précédent, où ils étaient allés prendre le frais en faisant l'ascension du mont Mogan, Franz, qui venait juste d'acquérir là-bas un terrain avec le projet d'y faire construire une pension pour la saison estivale, avait toujours montré beaucoup de sympathie à Brennan. Depuis qu'ils étaient revenus de cette excursion, au contraire, il suffisait que soit annoncée la présence de Mr Blair pour que Franz trouve une raison de décliner l'invitation.

Margot entraîna Teresa vers le champ de courses. L'herbe venait d'être tondue. Les boys chinois s'affairaient depuis l'aube, déménageaient les tables en bois et les sièges de rotin, les essuyaient. Remplissaient des coupes d'argent de punch au gin et de glaçons. Les fourrés constellés de fleurs sauvages attiraient des papillons et des abeilles qui leur voltigeaient dans des jambes. Sur l'autre rive de Rubicon Creek se trouvait un buffle, noir et luisant sous les rayons du soleil. Autrefois il fallait attendre le mois de novembre pour que commencent officiellement les courses. A cette époque de l'année, les récoltes de pois et de coton étaient achevées, on venait de semer le blé d'hiver, le temps était tout à fait clément. Mais depuis les inondations, la région s'était transformée en une zone inculte, alors on avait ajouté quelques courses et avancé la saison, d'ailleurs les commerçants déprimés par le marasme où étaient tombées les affaires avaient besoin d'exercice.

Elles se trouvèrent une table sous les lauriers-roses. Les hommes donnaient de la voix du côté des écuries, celui qu'on entendait le plus était Mario, un dessinateur italien spécialisé dans les caricatures, qui travaillait pour les journaux étrangers des Concessions sur des sujets d'actualité. Margot avait entendu dire qu'il s'était fait rosser par une troupe de soldats errants japonais, la semaine précédente, dans un bar de Hongkew. Il était en pleine querelle avec un Anglais (Margot savait qu'il s'agissait de quelqu'un de la bande de Franz). L'autre répliquait, justement :

— … C'est le gouvernement de Nankin qu'il faudrait ramener à la raison, ils n'ont qu'à les laisser faire, ces macaques de Japonais, s'ils ont envie de faire la guerre, c'est parfait. Qu'ils déclarent la guerre, ensuite on signera de nouveaux traités, on fixera de nouvelles limites aux Concessions, sur cinquante miles des deux côtés du fleuve…

— Et alors la situation tournera à votre avantage, riposta froidement Mario. Les terrains que vous avez achetés prendront de la valeur, et vous éviterez ainsi la faillite… (Il s'énervait de plus en plus en plus.) Mais ouvrez donc les yeux, bande de vieux réacs. Toutes ces histoires de fortunes audacieuses bâties dans l'Orient colonial, c'est fini et bien fini. Nous ne sommes plus avant-guerre, vos stratégies impérialistes foutent le camp. Ces macaques, ils nous mettront tous dans le même panier !

Brennan, maigre et élancé, paraissait très grand au milieu des autres. Il s'approcha de Margot et Teresa pour aller avec elles voir les chevaux.

Les immenses couronnes des châtaigniers s'étendaient jusqu'à la clôture, la petite jument grise se tenait dans un espace libre sous les arbres. Un palefrenier en tunique de coton bleu flatta le cou de l'animal, resserra la sangle et ôta la couverture qui lui couvrait le dos. Sa crinière était soigneusement nattée. La brise apportait un parfum de laurier, la pouliche ombrageuse s'ébroua, gratta puissamment des sabots dans la terre meuble. Margot devait acheter un cheval pour entrer dans le club, lequel exigeait de tous ses membres qu'ils soient les propriétaires *bona fide* de leurs montures. En outre, ce devaient être des chevaux chinois, qu'il fallait appeler, pour être exact, des poneys de Mongolie. Qui étaient issus d'un croisement entre des pur-sang anglais et des chevaux mongols, comme Brennan le lui avait expliqué. Mais oui, c'est un demi-sang. Regardez sa croupe – devant le maquignon cosaque de Mohawk Road, Brennan avait détaillé les caractéristiques de la jument, la main caressant sa croupe –, les chevaux mongols ont la croupe inclinée, celle des anglais est plus longue. Le tsar pensait que si ses régiments cosaques montaient des chevaux anglais à la croupe large, il pourrait vaincre les armées de Napoléon et, pour cette raison, il avait acheté un troupeau d'étalons anglais, on peut donc considérer qu'on doit cette lignée à la maison impériale de Russie.

— Dame Juliana Berners, prieure du couvent St Mary de Sopwell, avait déjà détaillé dans ses traités les cinq qualités qui faisaient un beau cheval : le dos de l'âne, la queue du renard, l'œil du lièvre, l'ossature de l'homme, l'encolure et la crinière de la femme. Un pur-sang de course se tient droit et fier comme une belle femme, la tête haute et le regard posé en avant.

Il venait de répéter ces mots, cette fois à l'intention de Teresa.

Un cheval bai cerise arrivait au galop du nord des terres.

— Ah Pau ! Ah Pau ! s'écria l'assistance.

Le cavalier ovationné par la foule descendit comme une flèche à flanc de colline. Bien que faisant partie des domestiques chinois, cet homme à la cinquantaine bien sonnée était un des piliers du Shanghai Paper Hunt Club. Parmi le reste du personnel il y avait toujours beaucoup de mouvement, certains prenaient leur retraite et regagnaient leur pays, d'autres s'étaient fait tuer pendant la Grande Guerre. Seul Ah Pau servait ici depuis plus de trente ans, avec diligence et fidélité.

Les chevaux, bouillant d'impatience, étaient rassemblés auprès de la clôture des prés côté nord, l'entrée était ouverte, Margot monta en selle et fit un signe de la main en direction du pré où se tenait Teresa, un coup de vent faillit emporter son chapeau et elle lâcha les rênes pour le retenir. Le cheval gris démarra brutalement, Brennan exerça une pression des genoux pour faire avancer le sien, qui dépassa la pouliche d'une demi-tête. Brennan se baissa vivement pour ramasser les rênes et les remettre dans les mains de Margot.

Ladies and Gentlemen, time is up, you may go !

Les chevaux franchirent la ligne de départ mais l'un d'eux heurta la clôture et fit dévier un des poteaux, qui tomba en creusant un trou dans l'herbe. Les chevaux dévalèrent la pente dans un tonnerre de sabots. La brise se leva et parmi les herbes apparut un instant un éclat argenté. Quelqu'un cria : *Tally-ho !*

Brennan lui avait bien expliqué les règles du jeu, l'appel, imité ici, était celui qu'on poussait en Inde pendant la chasse pour appeler les chiens. Quand un cavalier découvrait l'un des signaux de papier cachés dans les buissons ou derrière une pierre, il criait *Tally-ho !* assez fort pour être entendu des secrétaires du club.

Une fois arrivés au pied de la colline, ils se trouvèrent devant un petit carré de choux. Margot en tirant sur ses rênes fit entrer son cheval dans le champ. Quelqu'un sortit soudain d'une hutte de paille, se précipita en courant vers elle et se mit à tourner autour d'elle en trépignant et en criant des phrases dans sa langue que Margot ne comprenait pas. Le cheval prit peur, recula et se mit à piaffer. Brennan la rejoignit au galop, jeta une pièce d'argent, ce qui stoppa net ce ballet folklorique.

Ils ne pouvaient plus rejoindre le gros de la troupe et n'avaient trouvé aucun des papiers qui indiquaient le chemin. Arrêtés sur un terrain plat dans une boucle de la rivière, Margot déplia la carte, Brennan désigna un petit cours d'eau sinueux appelé Zigzag Jump.

Ils dirigèrent leurs chevaux vers l'est, le long de la rive, passèrent un pont, arrivés au pied d'une butte d'argile en forme de pyramide, ils firent halte pour se reposer sous un bosquet. Il s'agissait d'un monument aux morts de la Grande Guerre, offert par le club, qui portait à son sommet une stèle de pierres maçonnées.

Il était près de midi, le soleil brillait sur l'eau vert sombre du ruisseau, des insectes allaient et venaient entre les feuilles et les branches vénéneuses des lauriers-roses. Margot voulait éviter tout contact avec Brennan, si elle s'y risquait, ses jambes ne pourraient plus la porter. C'était elle, plutôt, qui avait eu le coup de foudre – elle le savait bien, la pauvre abeille aux ailes alourdies de nectar, pauvre petite abeille, désormais incapable de se mouvoir.

V

Vendredi 5 juin 1931 (an XX de la République), 9 h 50.

Dans l'obscurité, Xue pensait à Teresa, à ses courts cheveux ébouriffés, étalés comme les pétales d'un bleuet. Etrangement, plus il faisait noir, plus la douleur se faisait sentir, plus les images qui lui revenaient d'elle étaient nettes. Et puis ce n'était pas si étrange, après tout, avec toutes les photos qu'il prenait.

Il ne comprenait pas pourquoi ils étaient venus le chercher. Il savait qu'ils l'avaient conduit à la garde municipale. De là où il habitait, route Joseph-Frelupt, la voiture n'avait tourné que deux fois avant de s'arrêter devant le portail. Il connaissait l'endroit, le siège des services de police, route Stanislas-Chevalier. Ils avaient franchi la grille et pris une allée qui contournait le bâtiment de brique, on l'avait tiré de la voiture, l'allée longeait la façade nord du bâtiment, au pied du mur d'enceinte hérissé de tessons de verre. Les rayons du soleil n'y pénétraient pas, l'air était frais.

On l'avait poussé à l'intérieur du bâtiment. Des boiseries noires protégeaient les murs vert sombre du couloir, le plancher aussi était peint en noir. Il était entré dans ce qu'il supposait être une salle d'interrogatoire, où on l'avait fait asseoir sur une chaise équipée de taquets sur les côtés, dès qu'il avait été assis quelqu'un avait fait pivoter les taquets, qui s'étaient calés contre ses côtes.

Un inspecteur chinois, assis derrière une table, l'avait interrogé tout en remplissant des formulaires portant des cases préimprimées. Quand il en avait rempli un, il le tendait au secrétaire qui occupait le côté de la table, un agent qui savait le français et s'affairait continûment à traduire les textes et les taper à la machine.

Les questions s'étaient rapidement concentrées sur leur voyage. L'inspecteur maintenant ne remplissait plus ses cases, il notait les réponses de Xue sur des feuilles à petits carreaux.

Dans quels endroits vous êtes-vous rendus à Hongkong ? Et à Hanoi ? Et à Haiphong ? Tu ne te souviens que de l'hôtel ? Vous n'êtes pas allés sur le port ? Dans les bars ? Au restaurant ? Qui avez-vous rencontré ?

Mais il n'avait pas grand-chose à dire. Oh si, il était sincère. L'inspecteur lui avait donné dix minutes de réflexion, il se doutait en fait que c'était pour se donner le temps d'aller aux toilettes. Quand l'inspecteur était revenu, ses vêtements dégageaient une odeur de Lysol. Lui ne trouvait toujours rien de plus à dire. Soudain il s'était souvenu (bien sûr, cela n'était jamais sorti de sa tête), à Hanoi, elle s'était rendue dans une autre chambre. Un homme, un Chinois, semble-t-il, il ne le connaissait pas et ne pouvait en dire davantage, si ce n'est que ce type avait décidément quelque chose d'énigmatique (des mots dits avec une certaine joie mauvaise, à la perspective de ce qu'ils risquaient d'entraîner).

— Très bien, je vais demander à mes gars de t'aider à réfléchir.

L'inspecteur les avait hélés jovialement.

Ils l'avaient alors traîné dans une pièce absolument vide. Là, on l'avait poussé à terre, ligoté, et il était resté recroquevillé sur le ciment glacial. Quelqu'un avait apporté un seau en fer-blanc. Terrorisé, il le fixait avec fièvre, observait ce type qui brandissait le seau, l'approchait de sa tête, il avait essayé de résister tandis que l'autre appuyait et, en quelques secondes, il s'était retrouvé la tête coincée, enfoncée dans le seau métallique. Il avait eu l'impression qu'une main lui poignait le cœur. Juste après, il avait entendu des éclats de voix, des pas sur le sol, tandis que son crâne était projeté sur le côté par une force soudaine – venant de l'extérieur du seau – et avant qu'il comprenne ce qui se passait, une poussée tout aussi violente l'avait projeté dans la direction opposée.

La douleur irradiait de différents points de son corps, le premier qu'il réussit à localiser était son nez, coincé contre une arête de la paroi intérieure du seau. Presque rien au début, un élancement, l'impression qu'on aurait en hiver en se cognant la tête contre un poteau électrique. Puis tout son visage commença à le faire souffrir, il lui semblait qu'on lui assénait des coups derrière le crâne avec quelque chose de très lourd, rapidement la douleur devint intolérable. Elle se propagea au cou, sa tête, dans le seau, comme coupée du corps, était promenée de droite et de gauche à coups de pied – à ce moment il avait été certain que c'était à coups de pied qu'ils le frappaient. Ensuite il avait eu mal par tout le corps, toutes ses articulations commençaient à le faire souffrir. Il se dit qu'il avait vomi, il avait l'impression d'avoir un morceau de piment sec qui lui obstruait la gorge.

Il n'avait plus mal maintenant, ses articulations, après avoir été distendues au maximum, cédaient brutalement, le laissant dans un engourdissement bienfaisant. Puis il ne sentit même plus son épuisement, il avait depuis longtemps dépassé le stade de l'épuisement. Simplement, il avait les oreilles qui bourdonnaient, on aurait dit quantité de gens parlant en même temps, une multitude en train de lui hurler dans les oreilles à l'intérieur du seau.

Beaucoup plus tard, quelqu'un secoua le seau, la douleur se réveilla dans son nez et un goût de métal rouillé lui emplit l'arrière-gorge et la bouche. Le seau valsa à grand bruit sur le sol derrière lui, les vitres étaient inondées d'un éclat orange fusant à la lisière des nuages à l'ouest, si violent qu'un voile noir lui passa devant les yeux, il lui sembla revenir à la vie, cette infernale odeur de rouille s'était dispersée et, malgré le soir tombant, malgré la réverbération mouvante des couleurs du couchant par les carreaux, son nez huma pleinement le chaud parfum de la lumière du jour.

On le mena dans une autre pièce, il se rendit compte qu'on l'avait déshabillé avec soin, son costume en lin, fait sur mesure chez Wei Lee, était suspendu à un cintre. Il ne se souvenait plus du moment où on lui avait fait ôter ses vêtements pour le laisser en caleçon et maillot de corps, en remettant son pantalon il contemplait avec une sorte de pitié ses genoux bosselés et malingres, couverts de bleus, incapable de savoir si c'était des coups reçus ou d'être resté agenouillé.

Quelqu'un l'avait relevé et posé sur une chaise comme on sort une photo du bain de révélateur, comme on la suspend à un câble électrique. Le monde retrouve ses lignes droites, se remet d'aplomb après un changement d'angle à quatre-vingt-dix degrés quand on la met à sécher. Sa vision s'éclaircissait peu à peu, quelqu'un le regardait en souriant, non pas l'inspecteur chinois qui était là auparavant, avant qu'on lui mette la tête dans le seau, celui au long visage morose qui ne cessait de sourire et de lui crier dans les oreilles. L'homme qui souriait maintenant à cette place était un Français.

Il se présenta à Xue. L'inspecteur principal Maron, un homme râblé, qui aimait manifestement la cuisine indienne, ses vêtements sentaient le curry et il avait même une petite tache jaune à côté du deuxième bouton de sa veste. Il éclata d'un rire sonore dont l'écho se propagea dans la pièce. Un local orienté au nord, au deuxième étage de la garde municipale, route Stanislas-Chevalier. Quelqu'un apporta une liasse de documents que Xue devait signer. Puis on le fit rasseoir.

On lui avait glissé une cigarette dans la bouche, sans lui demander s'il voulait fumer. Mais il n'entendait pas très bien, ses oreilles ne cessaient de bourdonner.

L'inspecteur principal Maron voulait changer de méthode pour discuter avec Xue. Ils étaient assis comme deux amis en train d'échanger sur un petit problème. Il avait de légers soupçons, et il espérait que Xue pourrait l'aider à les dissiper. Avant que Xue commence à répondre à ses questions, l'inspecteur Maron insista pour éclaircir certains détails.

Il reprit le récit au début de leur voyage. Dès l'instant où il entendit Xue lui expliquer que depuis qu'ils avaient embarqué pour Hongkong, à Haiphong et ensuite à Hanoi, elle avait réglé toutes leurs notes d'hôtel et de restaurant, l'inspecteur Maron se remit à rire de bon cœur. Il tapa sur l'épaule de Xue et lui dit que vraiment il savait y faire.

Mais enfin, quand même, pourquoi vous invite-t-elle ? Pas seulement parce qu'elle est riche, ou alors pourquoi elle ne m'inviterait pas aussi, moi le prestigieux inspecteur principal Maron – auriez-vous davantage de prestige que l'inspecteur Maron, par hasard ?

Parce que vous êtes son amant ? Et que font les amants quand ils ne sont pas au lit ? Vous ne l'avez pas accompagnée ici ou là ? Mis votre costume de bain pour aller à la plage ? Mais alors ça veut dire que vous étiez toute la journée dans la chambre, toute la journée au lit ? Bon, passons aux choses intéressantes – qu'est-ce que vous lui faites, au lit ? Allez, réjouissez-moi un peu, vous n'avez pas envie de réjouir le cœur de l'inspecteur principal Maron ?

Xue avait l'impression de sentir de nouveau sur son corps la brise tiède du Sud-Est asiatique, les draps humides, le lent frôlement des pales du ventilateur au plafond. Espèce de barrique corse, voilà à quoi je suis réduit, parce qu'il faut te réjouir le cœur, et parce que tu te sers d'un seau en fer-blanc. Il se remit à penser à toutes ses photos…

— Au lit, nous fumions des cigarettes et demandions aux employés de l'hôtel de nous monter nos repas. Elle n'en avait jamais assez, si je me sentais fatigué c'était elle qui montait sur moi. Ce qu'elle préfère, c'est quand elle est allongée sur le bord du lit, les jambes haut levées.

On aurait dit deux bras qui se tendaient hors des tranchées, comme ceux des soldats vaincus, que Xue avait vus aux actualités de Nankin. Plus loin que ses genoux sanguins, que ses orteils crispés, ce visage où passaient des ombres, au rythme du ventilateur qui tournait au plafond.

— Continuez…

Maron alluma une cigarette, tapotant la table de ses doigts recourbés, il paraissait tendu dans l'effort d'imaginer la scène, et prêt à croire cette fois que Xue ne lui racontait pas d'histoires.

— Dès que nous faisons une pause, nous fumons. Une seule cigarette, je prends une bouffée, puis c'est son tour. Des Garrik, la marque qu'elle préfère. Elle aime celles à un dollar argent la boîte, les sans filtre, plus épaisses et plus courtes que les Three Fives. Elle sort les cigarettes de la boîte et en remplit un étui en argent. C'est moi qui les allume, elle veut toujours que ce soit moi, elle dit que ses mains sont occupées ailleurs. Si l'étui ne nous tombe pas sous la main, elle me fait chercher partout, quelquefois je retourne toute la chambre sans le trouver. Je pense qu'elle le fait exprès, elle a déjà dit qu'elle aimait me voir aller et venir nu dans la chambre, elle dit que la vue des « côtes chinoises » l'excite, « les côtes chinoises », c'est le surnom qu'elle me donne. A la fin je m'aperçois généralement que l'étui à cigarettes était dans le lit, sous ses fesses, alors elle éclate de rire et dit que comme il est recouvert d'un fin cuir noir et que sa peau ne sent rien parce qu'elle a la chair de poule, elle ne s'en était pas aperçue.

Xue ne s'arrêtait plus de parler, il livrait tous les détails, l'inspecteur Maron avait bien insisté là-dessus. Les scènes lui revenaient à l'esprit par éclairs successifs, comme une étrange inspiration du ciel au milieu de cette débâcle, comme une jouissance secrète venue s'immiscer entre le questionneur et le questionné, on aurait dit qu'une complicité inavouable avait pris corps, l'espace d'un instant, entre cet officier de police à la lourde carrure et le photographe. Les phrases coulaient avec aisance, de plus en plus facilement, pareilles à la brise qui agite les rideaux, pareille au jour qui renaît, lorsqu'après s'être torturé le cerveau toute la nuit l'écrivain aperçoit les premières lueurs de l'aube.

— Quand vous retourniez toute la chambre à la recherche de ses cigarettes, il ne vous serait pas arrivé par hasard de voir des choses suspectes ?

— Une arme ?

Le mot lui avait jailli de la bouche.

— Elle a une arme ?

Pendant une minute ou deux, le chef de brigade Maron l'avait considéré d'un œil bizarre, le regard fixé sur le premier bouton de sa veste en lin où s'accrochait un gardénia sec et décoloré, son pédoncule vert foncé s'insérant parfaitement dans la boutonnière, comme s'il avait poussé là. Il semblait frappé de stupéfaction à sa vue, comme s'il atteignait l'illumination à le contempler. Il s'était remis à questionner :

— Qu'est-ce que vous savez, en définitive ? Les gens disent qu'elle est allemande…

— Elle est russe.

L'inspecteur Maron agita la main d'un air agacé, il n'aimait pas qu'on lui coupe la parole :

— Vous avez vu ses papiers ? Un passeport Nansen, ou bien des papiers d'identité émis par le régime tsariste ? Vous prétendez être son amant, et vous ne savez rien d'elle.

Il s'interrompit à nouveau, il avait l'air prêt à faire une grande révélation, comme pour confirmer son verdict que Xue ne savait rien.

— Celle que les Chinois appellent Dame Meiye, votre Teresa, Therese Irxmayer sous son identité complète, est une *tai-pan*, une talentueuse chef d'entreprise qui possède un fonds de commerce à Hongkong. Elle est bien plus dangereuse que vous ne pouvez l'imaginer, en réalité la police de la Concession redoute que sa présence ne se révèle, disons… hum, un facteur d'instabilité. Nous sommes convaincus qu'elle a de mauvais amis, convaincus qu'elle se livre à un commerce dangereux, et si vous acceptez de soutenir nos intérêts – dont nous espérons que vous saurez convenir qu'ils correspondent aux vôtres – en prenant part à ses affaires, et de nous tenir au courant de la situation et de ces mauvaises fréquentations au moment propice, la garde municipale et moi-même saurons nous souvenir de votre bonne volonté.

Ils étaient deux, le Français au volant, le Chinois à l'arrière avec Xue. L'auto roula jusqu'à l'Astor House et s'arrêta sous la grande marquise en toile disposée devant l'entrée contre la pluie. Quand le moteur se remit en marche, le Français lui sourit et le salua d'un geste de la main gauche, deux doigts pointés sur le bord de son chapeau. Un chapeau assorti à son imperméable, posé en arrière sur son crâne.

Mes couilles, lança Xue à voix basse, avant de jeter sa cigarette, éteinte depuis longtemps, sous la pluie.

Des bruits sourds résonnaient dans la cage d'ascenseur, la grille était fermée. Il décida de monter les étages à pied, il avait besoin de se dégourdir les jambes. Il était fatigué et affamé, à neuf heures ils étaient allés dans un restaurant cantonais du quartier Palikao – il faut que tu manges quelque chose. Mais il avait à peine touché aux plats. Le restaurant était plein de flics qui venaient d'être relevés de leur service.

Quand il avait téléphoné à Teresa, les deux types étaient là à le regarder, l'un debout derrière lui, à quelques centimètres, appuyé à l'encadrement de la porte de la cabine, l'autre en face de lui, seulement séparé par la vitre. Ensuite ils l'avaient raccompagné, très poliment, presque comme d'excellents amis.

Les semelles de bois pleines de boue de ses chaussures clapotaient sur le parquet à motifs, on aurait dit que de l'eau allait en sortir.

Toute la journée, les bruits de voix n'avaient pas cessé dans ses oreilles, même maintenant ils continuaient de l'importuner, ils lui semblaient surgir des lambris qui ornaient les murs des couloirs dans l'Astor House, inopinément, criards et moqueurs, pleins de menace, mais non dépourvus de séduction. C'étaient ces voix, bien plus que son bref accès de terreur, qui l'avaient décidé. Il avait bel et bien connu la terreur ce matin, quand il s'était retrouvé seul dans cette pièce vide, recroquevillé sur le ciment et ligoté, la tête coincée dans un seau en fer-blanc.

VI

Vendredi 5 juin 1931 (an XX de la République),
13 h 15.

Ça ne lui faisait rien, à Teresa, que les Chinois l'appellent Dame Meiye. On économisait une syllabe. D'ailleurs ce nom ne lui appartenait pas, il lui venait d'un Autrichien aux cheveux blonds, un commerçant de Dairen qui le lui avait laissé en partage. Elle aimait bien ce nom, pourtant, il lui permettait d'oublier le passé. Comment serait-elle arrivée à vivre seule si elle n'avait pas mis son passé au rancart, une bonne fois pour toutes ? C'est ce qu'elle répétait souvent à Yindee Chen, sa secrétaire. Chen, le comprador, lui avait montré comment s'écrivait le prénom Yindee en chinois. En thaï, il signifiait « Cœur joyeux », avait-il dit. Il était le cinquième frère aîné de Yindee. Les Chen formaient un vaste clan dont les différentes branches étendaient leurs ramifications à Hongkong, Hanoi et Saigon, Yindee les lui avait détaillées de nombreuses fois mais Teresa n'arrivait pas à comprendre les liens entre elles.

Chen, à Hongkong, était capable de trouver le client voulu pour n'importe quelle marchandise, et la marchandise que souhaitait n'importe quel client. Toujours tiré à quatre épingles, il s'introduisait sous des arcades glauques, grimpait par d'étroits escaliers de bois, poussait les portes, tendait amicalement ses mains fines et soignées, que le client soit un trafiquant, un membre d'une société secrète ou un agitateur.

Dès qu'elle était sortie de la charcuterie viennoise, route Dollfus, Teresa avait senti l'ambiance inhabituelle, elle avait tourné la tête plusieurs fois et fait semblant d'arranger sa coiffure, balayant du regard l'autre côté de la rue, sans rien remarquer. Mais elle sentait des yeux qui l'épiaient derrière son dos.

Le matin, elle s'était rendue chez le tailleur de Yates Road. Pan les Dents d'or était une vieille connaissance, Teresa l'avait recommandé à Margot, il était capable de reproduire un modèle même si on ne lui fournissait que la photo grisâtre d'un magazine de cinéma. Margot avait apporté un coupon de taffetas bleu clair, un tissu qui rappelait vaguement son enfance à Teresa, une large jupe qu'elle avait dû porter pour son dixième anniversaire, au bas de laquelle étaient cousues de petites clochettes argentées – mais, qui sait, peut-être n'était-ce que dans une scène d'un film. Elle se racontait tellement d'histoires sur son passé qu'elle ne savait plus faire la part du vrai et du faux.

Elle venait pour une séance d'essayage avant les coutures définitives de la robe.

— *Look-see, Missie* ?

Le pidgin shanghaien sifflait en s'expulsant d'entre ses dents en or, on aurait cru entendre un ongle qui crisse sur du taffetas. Les pans de tissu cousus à grands points de bâti disposés sur son corps, Margot, à la sortie de la cabine d'essayage, ressemblait à une pâquerette bleue. Brennan en serait fou. Dans le dos de la longue robe du soir s'ouvrait un décolleté profond, Brennan, lorsqu'il la prendrait dans ses bras, pourrait y glisser les mains, descendre plus bas que l'angle aigu qui le terminait, vers un pays de rêve et de joyeux libertinage. Margot racontait toujours à Teresa en détail ce que lui faisait Mr Blair, elle avait décrit par le menu la scène qui s'était déroulée ce jour-là sur la rive de Rubicon Creek, au pied du monument aux morts, elle l'abreuvait de ce genre de récits. Les mains de Brennan, le costume de cavalier anglais de Margot, en tissu chamarré, Margot, appuyée contre le tronc agité de ce jeune arbre. Elle avait piqué un fard, comme si son visage rougissait à nouveau au contact de l'écorce.

Teresa, du coup, pensa à Xue. Cela faisait peut-être une semaine qu'elle ne l'avait pas vu, ce petit bâtard. Un garçon plus jeune qu'elle, de dix ans peut-être, ou pas tant que ça finalement, cinq ou six tout au plus. Mais un garçon chinois, à la peau si douce. Elle devait reconnaître qu'il lui plaisait, qu'elle aimait le parfum frais, pareil à celui du bicarbonate, sur sa peau.

Teresa avait couché avec des chanteurs, des peintres, avec des clients éméchés du Lily Bar, des inconnus qui lui étaient assez familiers. Parmi eux, un Juif tchèque, lorsqu'il était saisi par l'inspiration, se mettait à gribouiller sur un bloc de papier de l'Astor House, des femmes nues, et aussi des hommes, leur engin dressé tracé en lignes dures et anguleuses qui faisaient penser aux cheminées des croiseurs anglais sur le Huangpu, avec leurs arêtes noires bien visibles. Mais aux yeux de Teresa, rien ne valait l'appareil photo de Xue, même les coups de crayon d'un caricaturiste.

Ce petit lascar n'était rien d'autre qu'un photographe du dimanche, un noceur et un baratineur. Il prenait plaisir à s'introduire dans les hautes chambres sombres de l'Astor House, sans allumer la lumière, du fait qu'il était à demi chinois, ni même ouvrir la fenêtre, parce que comme tous les Chinois il avait peur des courants d'air. L'obscurité n'y changeait rien, les mains de Xue ne perdaient rien de leur dextérité, aussi habiles ici qu'à préparer ses dilutions dans son labo. Sous le bref éclair du magnésium, qui illuminait son intimité tandis qu'il la prenait en photo, Teresa voyait apparaître le visage blême de Xue.

La route Dollfus était très courte et se terminait par un virage. Les *lilong* de la Concession française formaient un maillage compact de ruelles, où les spéculateurs immobiliers régnaient en maîtres. Le réseau des voies urbaines, géré par la municipalité, était extrêmement désordonné et le tracé sinueux de nombreuses rues rendait de grands services aux amateurs d'activités parallèles.

Au carrefour avec la route Vallon, Teresa changea d'idée pour s'engager en direction de l'avenue Joffre. Elle écrasa sa cigarette sur les grilles de la librairie russe et jeta le mégot dans le soupirail du sous-sol. Inutile de tourner la tête maintenant, elle savait que juste après se trouvait l'atelier d'un peintre russe, avec ses deux lignes de vilaines lettres tarabiscotées sur la vitrine : *Art Décoration Studio, Orders taken.*

Elle fit halte brusquement, dans la vitrine du peintre russe s'empilaient des quantités de boîtes multicolores. Tout en haut, il y avait un tas de peintures à l'huile dans des cadres, un énorme oiseau noir vous scrutait d'un œil torve, de l'intérieur de la toile, et pointait un bec recourbé comme une serpe en direction d'une statue de femme au corps blanc, entièrement nue, seulement coiffée d'un casque de cheveux noirs.

Entre l'oiseau et les seins de la statue se trouvait un miroir au cadre bariolé. C'était ce qu'il fallait à Teresa… De l'autre côté de la rue, le soleil illuminait une partie saillante du mur, dans le miroir, le conducteur d'un pousse-pousse assis sur le trottoir fumait une cigarette, tout seul sous son platane.

Teresa sortit sa clef et ouvrit la serrure en laiton Eveready. A Beam Apartments, Yindee se tenait au milieu de l'entrée, son « cinquième frère » auprès d'elle, calé dans le canapé. Près de la fenêtre, sur un guéridon, Ah Kuei avait déposé une coupe de gardénias dont le parfum moite rôdait dans la pièce.

Chen arrivait de Hongkong. Une revue de cinéma tenue à hauteur de menton, il avait l'air de vouloir en examiner les photos sous un éclairage différent. Son menton conique le faisait ressembler à une concubine chinoise.

Ah Kuei fit irruption avec un plateau et du thé, puis repartit au pas de course, riant à gorge déployée. Teresa l'avait aussi fait venir de Hongkong et parfois Chen lui rapportait des spécialités cantonaises de ses déplacements. L'odeur du thé se répandit, Teresa adorait le thé chinois parfumé au jasmin. Chen plaisantait toujours à propos du thé russe, en disant qu'il sentait la pisse de chameau, que c'était à cause de la sueur des chameaux qu'utilisaient les négociants du Shanxi pour traverser le désert de Gobi. Les Russes y étaient tellement habitués qu'ils trouvaient insipide le thé importé par train, alors ces filous de marchands le faisaient tremper pendant plusieurs jours dans de l'urine de chameau.

Chen tapait sur son Underwood les bordereaux sur des liasses de papier bleu clair. Il rapportait chaque mois de Hongkong de grosses sommes en liquide et les déposait sur le compte personnel de Teresa. Elle ne s'inquiétait jamais de savoir combien il gardait pour lui. Depuis un siècle, les marchands étrangers ne s'inquiétaient jamais de ce genre de choses, et aujourd'hui leurs pratiques gardaient toute leur efficacité.

Elle ne s'occupait que des fournisseurs. De Berlin, Heinz Markus, de la compagnie Carlowitz, lui avait écrit qu'en tant que soutien du Parti national-socialiste, le groupe verrait ses affaires prospérer, et que si Teresa était prête avec sa compagnie à s'engager au maximum, ils lui donneraient tout l'appui nécessaire. Avec la Grande Guerre, les Allemands avaient perdu une grande partie de leurs intérêts commerciaux en Chine, mais le moment d'un nouveau redéploiement était arrivé. Parmi les nouvelles qui s'échangeaient dans les milieux les mieux informés des Concessions, on disait que le Parti national-socialiste n'aimait pas les Juifs, mais Teresa n'en croyait rien. Et puis on était en Asie, il suffisait de gagner de l'argent et personne ne t'en demandait plus.

Désormais elle n'avait plus besoin de coucher avec les capitaines des bateaux. C'était sa méthode avant pour obtenir qu'ils baissent leurs tarifs. Ils commandaient des petits cargos pourris qui traversaient dans les pires conditions l'océan Indien et la mer de Chine méridionale, alors, quand ils débarquaient à Shanghai, leur soif de plaisirs était inextinguible. Dès lors que s'ouvraient des routes commerciales, les marchandises affluaient en masse. Elle s'était constitué un réseau solide, à Hongkong et à Shanghai, et même jusqu'à Hanoi, Chen savait trouver des amis de toute confiance, sa famille et lui s'étant faits, depuis plus d'un siècle, les alliés fidèles des commerçants étrangers, du moment que les Européens leur apportaient des liquidités et des affaires, ils pouvaient s'entendre avec n'importe qui, que ce soient des politiques, des seigneurs de la guerre, des policiers, des membres des sociétés secrètes ou même toutes sortes de petits ou grands malfrats.

Chen avait ouvert une quincaillerie à Chatham Road où il faisait du commerce de détail. Dans ses bordereaux bleu clair se trouvait la mention de transactions assez inhabituelles.

— Pourquoi changer l'emballage ? C'est si précieux ? demanda Teresa.

— Il y avait un commerçant indien assez bizarre, qui cherchait un cadeau d'anniversaire à faire à sa maîtresse, expliqua Chen.

Le joaillier l'avait serti de pierres précieuses et doré à la feuille. Suivant les instructions de l'Indien, il avait également remplacé tout l'arrière de la crosse par un seul bloc de jade sur lequel était sculptée une danseuse du ventre. Ce commerçant que précédait une odeur de curry avait bien insisté, sous le ventre replet de la femme, sur la partie que cachait un voile, il fallait qu'une légère fente soit « spécialement » visible. Son client, poursuivit Chen, avait totalement foi dans les paroles de la mère de sa maîtresse : avant de le connaître, cette jeune fille était vierge.

Il lui dit aussi qu'il allait conclure un marché à Shanghai. Il s'agissait d'un Coréen. Il sortit de sa poche un autre bordereau, trois lignes y étaient inscrites :

Mauser 7.63 Auto pistol

Spanish type .32 Auto pistol

Chinese (Browning) .32 Auto pistol

— Ce qui fait un total de cinq mille sept cent trente-deux dollars, dit Chen. Quant à la proposition du chevalier Morholt…

« Chevalier Morholt » était le surnom donné par Teresa à l'intermédiaire prussien, à cause d'une cicatrice qui lui barrait le poignet droit, témoignage d'une vieille passion pour les combats au sabre à laquelle il lui était souvent arrivé de s'adonner dans sa jeunesse. Teresa gardait en mémoire une illustration d'un livre d'images qu'on lisait aux enfants par les après-midi ensoleillés, où on voyait le chevalier Morholt se faire trancher la main par Tristan. Elle avait décrit l'image à Chen.

La compagnie Carlowitz suggérait à Teresa de le rencontrer. Un rendez-vous avait été fixé dans un bar de Chatham Road. L'homme avait dit qu'il représentait une entreprise allemande de sidérurgie. Il traçait des plans sur une feuille de bloc-notes parce qu'il pensait que certains termes échapperaient à Teresa. Elle n'avait tout simplement jamais entendu parler de ce genre de chose. Il en avait écrit le nom, en allemand, dans un coin à côté du croquis, Teresa avait conservé la feuille, elle l'avait glissée dans son sac à main en partant. Il ne cessait pendant ce temps de lui parler du Rhin et de la brume grise qui flottait à la surface de l'eau…

Chen tendit un papier à Teresa, il ne s'agissait plus cette fois d'un croquis griffonné sur un coin de table dans un bar, mais de plans dressés en bonne et due forme, soigneusement tracés et tirés en grand sur papier cyanotype. Cela ressemblait à un devoir de géométrie, ou aux illustrations apparaissant dans le cahier central d'un catalogue d'une maison de jouets. Le dessin se divisait en trois parties.

— C'est très dangereux, qui achètera un truc pareil ?

— Oui… c'est dangereux… répondit Chen, l'air préoccupé, en sortant une cigarette d'un rutilant étui d'argent.

— Le réseau est trop petit. Cet objet est trop voyant. Ça va nous attirer des ennuis.

Depuis son retour de Hongkong, Teresa avait un mauvais pressentiment. Et il lui semblait toujours qu'on la suivait.

VII

Vendredi 5 juin 1931 (an XX de la République), 19 h 15.

Teresa possédait une Ford A huit cylindres.

L'auto vert sombre était garée dans l'arrière-cour de la bijouterie, la roue de secours fixée sur le coffre, houssée de bâche blanche. Le soir tombait dans le *longtang*. Un disque tournait quelque part au premier étage, la musique sortait d'une fenêtre et se répandait jusqu'à l'avenue au crépuscule, une voix pointue de petite fille qui chantait en mandarin avec un léger accent du Sud, hunanais ou cantonais. C'était une voix douce et tendre, on aurait dit qu'un trop-plein de cire se répandait sur l'aiguille du phonographe.

Teresa conduisait, elle ne s'était pas fait escorter de ses deux Cosaques. Elle se rendait à l'Astor House. On était vendredi et elle y passerait le week-end. S'ils avaient faim, elle n'aurait qu'à emmener Xue à Szechuen Road pour manger, dans le secteur du Lily Bar.

L'auto s'engagea dans la rue Paul-Beau en direction du nord, les portes noires des *longtang*, tout au long de la rue, étaient grandes ouvertes, des relents d'huile de colza refluaient, Teresa remonta sa vitre. Bientôt elle rejoignit une avenue plus large, les affiches de cinéma se reflétaient dans les vitres à la lumière des réverbères, parfois plus imaginatives et aguichantes que le film lui-même, comme celle de *Tanned Legs*, la comédie musicale de RKO Pictures. Sur l'affiche des *Cosaques*, on voyait John Gilbert et les deux pans de sa moustache en accent circonflexe. Plus loin venait l'enseigne au néon de la vitrine du fourreur, l'ours blanc tape-à-l'œil avec une suite de lettres tarabiscotées dans sa bouche – *Siberian Fur*.

Les buildings dressaient leurs ombres noires immenses des deux côtés de la rue, de plus en plus hauts à mesure qu'elle se rétrécissait. Dans l'obscurité de la nuit, leurs murs de grès et de granit semblaient taillés directement dans une falaise. L'auto franchit Garden Bridge, passa à droite le consulat d'URSS et son beffroi en forme de casque, dont le cimier était constitué par la hampe du drapeau qui flottait au vent du fleuve.

Des années auparavant, le régiment de Cosaques, arrivé à Shanghai sous le commandement de l'amiral Oskar Viktorovitch Stark, était monté à l'assaut de ce bâtiment. Une exultation qui se termina en déroute, tous ces ivrognes en toques de fourrure, massés face à l'entrée de l'Astor House, entonnant leurs chants orthodoxes, avaient entrepris de briser quelques vitres du consulat pour se venger des ouvriers, leurs ennemis de classe (dont la vodka, qu'ils buvaient dans des quarts de tôle émaillée, était loin de valoir la leur). Les femmes se chargeaient de les applaudir, Teresa n'avait même pas eu cette énergie, elle était restée postée à sa fenêtre, dans l'hôtel, son verre de vodka-kvas à la main. Sur le lit, dans la pièce derrière elle, il y avait le fameux peintre tchèque, nu comme au premier jour.

Une bataille rangée se déclencha pour protéger le bâtiment et le consul Koslovsky, qui dirigeait lui-même les opérations, abattit d'une salve de coups de feu l'officier cosaque prêt à mettre la main sur le drapeau frappé de la faucille et du marteau accroché au-dessus de l'entrée (c'est depuis ce temps que le drapeau ornait le sommet du beffroi). Teresa se serait volontiers chargée d'équiper la centaine de soldats cosaques, si ce n'avaient été de tels crève-la-faim. Ce jour-là, elle avait vu Xue pour la première fois. Quand la police du Settlement était arrivée à la porte du consulat, tout le monde s'était déjà éparpillé, il n'y avait plus que lui près du corps, à photographier sans répit, elle s'était dépêchée de s'habiller pour le rejoindre et avait cherché à obtenir de lui une série de tirages. Deux jours après, Xue les lui posait dans la main au Lily Bar. Elle ne les avait examinés que plus tard, au lit, dans la chambre de l'Astor House, un passage en revue qui avait accru son excitation.

Par la suite elle avait ouvert de temps en temps son lit à Xue, puis leurs rendez-vous secrets s'étaient multipliés et avaient fini par se succéder à un rythme soutenu. Elle aimait regarder les photos qu'il prenait d'elle, elle n'avait jamais eu l'occasion de se voir de cette façon, son corps s'y diffractait en détails infinis, sujet à d'imprévisibles métamorphoses, il lui semblait pouvoir se changer en de multiples femmes, certaines laides, d'autres plus belles encore qu'elle ne l'était, mais toutes lui étaient inconnues. Quand elle se voyait tendant la croupe comme une jument, elle n'en ressentait aucune honte, parce que cette jument d'un blanc pur paraissait si vigoureuse et altière, sertie dans son décor de ténèbres.

Ils se donnaient toujours rendez-vous à l'Astor House, ici, elle avait l'impression de vivre sur un bateau. Elle longeait un labyrinthe de couloirs aux murs protégés de lambris de bois brun, qui menaient aux chambres de centaines de passagers. Sur la porte, un carreau de verre dépoli, comme battu par la pluie, s'enchâssait dans un cadre en fer forgé aux volutes en forme de pétales. Celle qu'elle réservait généralement était surnommée « la cabine avant » par les grooms. Exposée au vent humide et aux bruits de la marée. La nuit, lorsque le brouillard se levait, on se serait vraiment cru en train de naviguer en mer, Teresa aimait cette sensation de flottement.

Le living, séparé en deux par une demi-cloison ouverte en forme d'arche, était garni de gros meubles en teck. De larges fauteuils en osier encadraient la table basse, à côté d'un lampadaire en acajou. Au fond de l'espace de réception, une porte à deux battants menait à la chambre.

L'odeur éternelle de l'Asie emplissait la pièce, un composé de brume mouillée du Huangpu et de moisissures de la moustiquaire grise, où se glissaient encore d'étranges relents de répulsif provenant des marqueteries de camphrier, de santal et de cannelier sur les façades du mobilier. Quand elle sortit un peignoir et des serviettes de la commode à cinq tiroirs, le parfum se répandit de toutes parts autour d'elle. Elle traversa la chambre pour aller ouvrir la fenêtre, les cris des mouettes et les sirènes des bateaux montèrent de la surface du fleuve.

La baignoire se trouvait au milieu de la salle de bains, entourée, le long des murs, de poufs, du lavabo et de la cuvette des toilettes. Les femmes de ménage astiquaient les grilles en laiton des radiateurs à les rendre étincelantes. Une suspension descendait du plafond à caissons, presque à lui toucher la tête. Elle trempait, somnolente, dans sa baignoire.

Quand la sonnerie du téléphone la réveilla, elle se précipita ruisselante dans la chambre. C'était Xue, il serait un peu en retard. Sa voix paraissait sourde et anxieuse. Elle n'eut pas le temps de le questionner, il avait déjà raccroché.

Il était déjà plus de dix heures lorsqu'il avait frappé à la porte…

Assise jambes repliées sur le lit, Teresa l'observait en s'interrogeant. Il dormait profondément, le dos tourné, son corps était couvert d'ecchymoses, sur le visage, les jambes, les reins, même ses lèvres étaient éclatées. Pourtant ce n'était pas cela qui l'intriguait le plus. Des bleus, il lui était déjà arrivé d'en voir sur le corps des hommes qu'elle embarquait dans les bars avec un peu d'argent ou en leur offrant un ou deux verres, ce n'était pas chose rare.

Non, ce qui l'intriguait, c'étaient surtout son air et la façon dont il l'avait prise. Une haine sans nom. Il l'avait repoussée jusqu'au bord du lit, lui avait relevé fermement les jambes et l'avait fait rouler en boule, le visage caché sous l'oreiller. Il voulait la retourner, la renverser, faire en sorte que ses plus secrètes sensations deviennent un sujet d'observation, illuminées par la lampe qui descendait du plafond, comme si elles avaient été un nuage d'insectes vibrionnants que la lumière avait le pouvoir de figer sur place. Au-dessus de ses deux jambes relevées, de ses orteils crispés, elle voyait l'ampoule qui se balançait et éclairait les marques qui lui barraient les genoux. Le plaisir avait couru le long de son ventre, elle lui avait agrippé les bras, les fesses…

Il s'était retourné, le membre amolli retombant de son aine gauche à son aine droite, vraiment semblable à un ver marin, brun clair sous la lampe. Teresa avait tendu la main pour l'empoigner, il avait durci avant même que Xue se réveille.

Maintenant, Teresa entendait près de son bas-ventre s'élever une voix entrecoupée et peu audible, comme montant du fond de l'eau, le souffle coupé par l'eau limoneuse du Huangpu.

— Dis-le-moi… dis-le-moi… ils te font ça aussi, tes mauvais amis ?

Elle serrait entre ses genoux cette tête qui lui faisait perdre le fil de ses idées, qui l'empêchait de retenir ses sensations, pressait entre ses cuisses ces joues qui les maintenaient écartées, épongeait de son corps, comme d'un linge trempé, ce visage et ce nez. Elle ne voulait pas se mêler de l'écouter, elle devinait que son esprit brûlait du feu de la jalousie, et certes elle n'avait pas l'intention de l'éteindre.

Une demi-heure plus tard, les mots lui revinrent. Est-ce qu'il parlait de Chen ? Il se méprenait. Depuis le début, elle résistait à Xue, il cherchait à la tourmenter, dans son corps et dans son esprit, et plus elle résistait, plus elle sentait pénétrer au plus profond d'elle le tourment que lui infligeaient ces lèvres. Elle refusait de renoncer à l'adoration qu'il lui vouait, le malentendu entre eux risquait de le faire déchanter, ce qu'elle souhaitait de moins en moins. Elle avait tendance à s'attendrir désormais, avec le temps qui passait. Elle avait changé, devenait incapable de renoncer à ce qui faisait sa joie, la frayeur la prenait à la perspective de ce qu'elle perdrait. Les ravissements du corps et de l'âme ne sont pas choses faciles à conquérir. Elle le réalisait de plus en plus, le bonheur, en fait, c'était cette disposition du cœur.

Elle aurait voulu qu'il comprenne.

— Il n'a rien de mauvais, et puis ce n'est qu'un associé, pour des affaires.

— Quelles affaires ?

Il sauta hors du lit, en bas de sa colonne vertébrale se creusaient deux fossettes plus ou moins apparentes selon l'éclairage, autour desquelles s'étalait un large bleu.

— Ne pose pas trop de questions. (Teresa sentait sa colère monter.) Tu n'as rien à voir avec tout ça. Mais tu ne comprends donc pas… Etre au courant ne peut rien te valoir de bon.

— Mais je veux être au courant, tout ce qui te concerne, je veux le savoir. Depuis trois ans, nous nous voyons dans tant de lieux. J'ai l'impression d'être un gigolo. Je t'accompagne pour boire, pour baiser, pour voyager. Mais j'ignore quelles sont tes activités, je ne sais pas où tu vas quand tu t'esquives toute seule et que tu profites de mon sommeil pour t'échapper…

C'était à son tour de se fâcher, il élevait de plus en plus la voix :

— Je n'ai jamais pu aller chez toi et je ne sais même pas à quel genre de commerce tu te livres. On a besoin d'être armé pour acheter une émeraude ?

— Sache que ce n'est pas une émeraude, mais un grenat démantoïde de l'Oural.

Il saisit son sac à main pour y prendre des cigarettes et dans sa précipitation en renversa le contenu, le pistolet et l'étui à cigarettes tombèrent en même temps sur les draps trempés de sueur. Un morceau de papier bleu-gris s'envola aussi, il y était dessiné… quelque chose qui pouvait ressembler à un étendoir à linge, difficile d'imaginer qu'il s'agissait d'une arme, et pourtant c'était bel et bien une mitrailleuse. Le joyau du Prussien. Le chevalier Morholt en avait méticuleusement tracé les plans, qu'il avait remis comme un trésor entre les mains de Chen, à Hongkong…

Elle récupéra la feuille de papier et dans le même mouvement le pistolet, et les remit dans le sac en fixant Xue d'un œil furibond, avant de se rappeler le coup qu'elle lui avait assené sur le bateau. Avant de se rappeler tout ce qu'il lui faisait, dont elle ne pouvait se passer.

— Et alors, même pour un grenat de l'Oural, on a besoin d'être armé ?

Il alluma une cigarette et la lui tendit.

— Un jour, peut-être, je te permettrai de le connaître. Pas pour l'instant. Peut-être, dans quelque temps, je te permettrai d'être au courant de mes activités. De savoir quelles sont les affaires auxquelles je me livre. Mais le mieux pour l'instant est que tu restes tranquille, que tu tiennes ta langue et que tu ne poses pas trop de questions.

Elle lui passa la main entre les cuisses, appuya l'articulation du pouce contre son sexe et le pressa depuis la racine. De ses lèvres qui sentaient la fumée de cigarette, elle lui embrassa les oreilles, le nez, où elle sentit sa propre odeur, le parfum de son corps. Il se laissa aller sur l'oreiller, sans forces, la douleur de ses blessures aux épaules lui tordit la bouche. Elle passa les doigts sur ses ecchymoses et sur les meurtrissures dans son cou. Il était encore tôt, c'était samedi et ils avaient toute la journée devant eux.

— Tu vas me dire, maintenant, la raison de ces marques, et qui t'a mis dans cet état ?

VIII

Dimanche 7 juin 1931 (an XX de la République), 19 h 15.

Le restaurant s'appelait « Le Bendigo » et se trouvait à l'angle de la route Cardinal-Mercier et de la rue Bourgeat, au rez-de-chaussée de Cathay Mansion. Quand vous étiez assis près de la fenêtre dans l'angle nord-ouest de la salle, vous aviez en face de vous, de l'autre côté de la rue, le Cercle sportif français et le Lyceum Theatre. Ce restaurant tenu par un couple de Juifs servait la meilleure cuisine occidentale de tout Shanghai.

Après la porte vitrée on tombait sur quelques marches, la salle se trouvant légèrement en contrebas, à moitié en sous-sol – non pas pour imiter un quelconque procédé architectural visant à ménager un espace à l'abri de l'humidité, emprunté à un pays de basses terres, ni pour éviter au personnel de se laisser distraire par le paysage extérieur. On disait que c'était l'entrepreneur qui avait économisé sur les ferraillages, au moment de poser les poteaux des fondations, et que le bâtiment s'était mis à s'enfoncer peu de temps après la fin de sa construction.

Une photo du patron était accrochée au-dessus des marches qui descendaient vers la salle de restaurant. Un Juif allemand à la barbe inspirée, comme celle qu'on avait coutume de voir sur le portrait de Karl Marx, quelques années plus tôt, dans les rues. Cette barbe-ci, en réalité, on ne la voyait plus, parce que pour tenir son restaurant le patron l'avait complètement rasée. Au sujet du parcours de cet homme, les versions divergeaient, toutes appartenant de près ou de loin aux légendes de la Concession. Certains affirmaient, par exemple, que l'argent qui lui avait permis de louer cette salle luxueuse pour y ouvrir son établissement provenait des années où il était chercheur d'or en Australie, au temps de sa jeunesse – voyez vous-même, le nom du restaurant n'était-il pas un indice ?

Pourtant, les mieux informés parmi les anciens de la Concession vous racontaient une autre chanson. Ce vieux Romantz, arrivé vingt ans plus tôt comme un mendigot juif qu'il était, dépourvu de tout, même des habituelles valises fatiguées (selon certains, les étrangers sans le sou en tenaient toujours une dans chaque main, quand ils débarquaient après avoir voyagé à fond de cale dans le ronflement des chaudières, mais comment les croire ?). Il arpentait la rive du Huangpu, proche du désespoir. Et Dame Fortune se souvint de lui, un porte-monnaie tomba d'un pousse-pousse. Les occasions de ce genre peuvent mener à des résultats très différents selon ce qu'on en fait. Par exemple, s'il avait planqué le porte-monnaie contre sa poitrine, il aurait pu s'enivrer pendant quinze jours. Mais lui, il ramassa le porte-monnaie et se mit à courir à toutes jambes après le pousse-pousse. L'occasion prit un tour bien différent.

Le propriétaire du porte-monnaie était le commandant de bord de l'Astor House Hotel. Frappé par tant d'honnêteté, il fit de Romantz son majordome et lui confia la mission de veiller sur les couverts en argent et la vaisselle de porcelaine. Romantz y passa douze ans d'une traite. Au début de la dixième année, Dame

Fortune, une seconde fois, jeta son œil bienveillant sur lui et lui envoya une épouse. Mme Romantz était russe. Dans les chambres de l'Astor House, elle fournissait ses services, le temps d'une nuit d'amour, aux commerçants étrangers esseulés. Elle comprit que Romantz saurait prendre soin d'elle avec autant de douceur qu'il traitait les Limoges du commandant, et accepta de l'épouser. Ils décidèrent de se marier sans cérémonie – c'est-à-dire sans passer par la synagogue, car c'était seulement en évitant d'en référer à Dieu que Mme Romantz pouvait poursuivre ses très lucratives affaires. Elle ne manqua pas de l'avertir dès qu'elle eut gagné suffisamment d'argent, ils avaient désormais de quoi ouvrir un restaurant, et le jour de l'inauguration, ils célébrèrent en même temps leur mariage religieux.

C'étaient les légendes de la Concession. La Concession agissait comme une cuve de teinture, elle baignait tous les arrivants dans les couleurs de ses propres légendes. Cette cité, en suspens dans les airs, sans racines, sans passé (et d'ailleurs aussi probablement sans avenir), transformait tous ceux qui y trempaient, quand bien même ils n'étaient que des visiteurs de passage, et les rendait pareils à elle. Sans passé, sans avenir, seulement pourvus de leurs légendes.

M. Chen ne venait pas pour écouter ce genre d'histoires – il n'était ni journaliste, ni touriste – et du reste il les connaissait depuis longtemps. Il avait un rendez-vous. Aujourd'hui, dimanche, il n'y avait pas tellement de clients.

Il logeait à l'Orient Hotel. Par les fenêtres, on voyait l'entrée du Qunyu Fang, le « Quartier des Jades Assemblés », pavoisée de lampions. L'hôtel donnait sur Yuyaching Road mais s'ouvrait au nord-ouest, en oblique par rapport à la rue, comme si l'architecte avait voulu absolument lui faire tourner la tête vers le carrefour pour qu'il hume à plein nez l'odeur de pognon émanant du champ de courses et du Shanghai Race Club. Parmi les instruments mis à la disposition des clients à la réception de l'hôtel, M. Chen avait préféré le pinceau au stylo et s'était enregistré sous le nom de Chen Guyue, qu'il avait calligraphié dans une cursive complètement illisible, façon honnête de ne pas se déclarer. Il n'avait fourni aucun papier, pas plus le permis de résidence délivré par les autorités de Hongkong à M. Zung Ts Mih que le laissez-passer des services de la Sûreté de Hanoi dressé au nom de Paul Tchen. Tous étaient restés dans sa valise. L'obligation faite par les services de police des Concessions aux hôtels placés sous leur juridiction d'enregistrer les clients au vu de leurs documents d'identité était rarement appliquée à la lettre.

Quand M. Chen était sorti tout à l'heure, Lao Qian, le garçon d'étage originaire du Hebei, posté à son comptoir à l'angle de l'escalier, lui avait recommandé d'emprunter le couloir menant à la porte de derrière, parce qu'une foule bloquait l'issue principale. Le mois dernier, le conteur vedette du Luo Chun Ge, Li Bokang, avait été débauché à prix d'or par la salle de spectacle de l'Orient Hotel, où il chantait désormais chaque jour un extrait de sa pièce à succès *Yang Naiwu*. Alors ces temps-ci on avait l'impression que tous les pousse-pousse de Shanghai se donnaient rendez-vous à la porte.

Lao Qian avait posé sa calotte sur le comptoir. Avec sa tunique grise descendant au genou, serrée à la taille par une ceinture de satin, son étroit pantalon noir qui dépassait en dessous, on aurait dit une besace à deux poches suspendue au dossier d'une chaise. Ce midi, les policiers de la garde municipale étaient venus contrôler les registres, et ils avaient montré un intérêt particulier pour ce M. Chen Guyue, glissa-t-il au passage à Chen.

— Vrai de vrai ?

— Aussi vrai que je m'appelle Qian Wenzhong. Le ciel m'entend, jamais je ne mens.

Chen se dit que Teresa n'avait pas tort, il fallait qu'il soit prudent. Le mieux serait de changer d'hôtel au plus vite. Il l'avait mise au courant, près de la piscine de la YMCA, mais elle était un peu absente, et semblait épuisée. Dès qu'arrivait le week-end, elle disparaissait sans laisser de traces. Yindee lui avait dit que Teresa devait être avec ce photographe eurasien aux cheveux noirs, et qu'il ne fallait pas compter lui mettre la main dessus avant la fin du week-end, c'était sa *Maslenitsa* à elle, son petit Carnaval personnel, au cours duquel « plus aucune affaire au monde n'existait ». Il y avait urgence, pourtant, car il venait de conclure un marché.

Ce soir allaient être fixés le lieu et la date de la livraison.

A sa droite était assis un jeune homme à blouson de cuir noir et lunettes rondes. Ce Park Gye-song avait de nombreuses identités, pour ce qu'en savait Chen, ce nom n'en était qu'une parmi d'autres. Il était le représentant d'une maison de commerce de Busan et, à Hongkong, il avait fait une commande à Chen. Il parlait le cantonais aussi couramment que le mandarin.

Un autre, encore plus jeune que Park, était assis très raide à sa gauche. Les deux mains posées à plat sur le bord de la table, il avait l'air d'un scout à l'entraînement, ou d'un pensionnaire d'une école religieuse, prêt à faire vérifier ses ongles par le surveillant. Chen avait choisi un restaurant haut de gamme afin que ses invités se sentent un peu empruntés, et retenu intentionnellement la table du milieu pour mieux apprécier les coups d'œil inquiets qu'ils jetteraient autour d'eux.

M. Lin Peiwen, avait dit Park Gye-song pour faire les présentations. Ils échangeaient très peu, tout était tranquille autour d'eux, il n'y avait ni bar, ni musique, ni miroir suspendu au mur, pour ne pas affecter l'appétit des clients. Partout étaient disposées des fleurs, les tableaux au mur représentaient aussi des fleurs et des fruits. Quand on leur servit le plat principal, Romantz, tout sourires et courbettes, vint en personne faire sa tournée et leur disposer le couvert.

Park Gye-song n'avait aucun respect pour la nourriture, il avait arraché à la main l'arête de la truite fumée. Les couverts d'argent rutilants, entre ses doigts, ressemblaient aux armes d'un assassin.

Cinq petites tables. Plus une grande table rectangulaire au fond, sur une estrade d'une trentaine de centimètres, entourée de grilles en fer forgé avec des vasques de roses à leur pied.

A gauche de l'estrade s'ouvrait un couloir en coude qui semblait mener à une autre salle. La fumée odorante des cigares Alhambra se répandait au-dessus de la table et, entre les deux services de desserts, M. Chen déchira l'enveloppe de ses cigares philippins – *La Flor de Isabela*, murmura-t-il – et il en offrit à ses invités, du même geste qu'il aurait tendu à des hôtes de marque les fleurs du jardin du roi d'Espagne. Mais le jeune Coréen, qui avait la bouche pleine d'entremets, ne voulait pas de cigare. La fumée de cigare était trop âcre, Lin Peiwen n'aimait pas, il s'était rejeté en arrière sur sa chaise rembourrée d'un bon coussin de cuir.

Personne n'avait l'air pressé de parler affaires. Dans une salle aussi petite, si quelqu'un à la table voisine se servait du poivrier (dont le contenu à lui seul coûtait déjà plus cher qu'un repas tout entier), vous sentiez immédiatement l'odeur vous monter au nez. Et justement vous étiez assis en plein milieu. Qui aurait osé parler affaires en un tel endroit ? Cela donnerait à penser que vous étiez un escroc et un baratineur. Et si vos paroles tombaient dans certaines oreilles, vous risquiez des ennuis encore plus graves.

Les tasses à café étaient grandes comme une demi-coquille d'œuf, et hexagonales – ainsi que le reste, les salières, la table, et même la pièce elle-même, tout était hexagonal. A la fin arrivèrent les fruits, cette fois Mme Romantz fit son entrée, avec force sourires et courbettes, tenant sur ses paumes une corbeille en bambou violet tressé où étaient placées deux mangues et deux oranges d'Amérique, puis reprit ses sourires et courbettes, comme pour conclure une représentation particulièrement réussie.

Il était neuf heures du soir, de la musique résonnait vaguement au-dehors, l'orchestre jouait sur la terrasse au dernier étage du Cercle sportif. M. Chen attendait. Il ne savait pas qui devait faire les propositions, il s'était imaginé que M. Gu viendrait, mais ce n'était pas le cas. Quel endroit semblait le plus commode à M. Gu ? Il habitait tout près de la rue Bourgeat et c'est pourquoi Chen avait organisé ce repas ici. La fumée de son cigare décrivait des parcours imprévisibles, on aurait dit qu'elle suivait le swing extravagant du charleston. Chen demanda à ses hôtes s'ils ne voulaient pas aller danser, la phrase eut l'air d'une plaisanterie déplacée et personne ne réagit.

Park Gye-song quitta le restaurant le premier. Tout seul. Dix minutes plus tard, Chen et Lin partirent en même temps.

Au moment où ils sortirent, la représentation n'était pas terminée au Lyceum Theatre, juste à côté, dans le garage Moody, les Ford étaient rangées sur deux files, comme deux colonnes de coléoptères braquant en avant leurs énormes yeux à facettes, figés sur place par la violente lumière blanche. Ils attendirent ensemble, debout à côté de l'entrée du garage pareille à une caverne. Sur la façade de Cathay Mansion en face, seule une fenêtre était éclairée, au deuxième étage, la lumière diffusait un halo bleuté sur l'encadrement blanc crème. Au-dessous pendait une paire de lunettes géantes, les branches de lunettes constituées de deux bras rétractables étaient pour l'instant complètement déployées, les lunettes restaient suspendues au-dessus du trottoir dans la nuit, comme si quelqu'un leur avait décoché un violent coup de poing. Sur les verres se lisaient deux inscriptions, à gauche, *Liang Wendao* et à droite, *Docteur en Médecine.*

Chen ignorait où ils l'emmenaient, soit sa sincérité serait récompensée et il aurait enfin l'occasion d'être reçu par M. Gu, soit il ne ferait qu'attendre de nouveau ailleurs. Il trouvait que le moment était venu de se sentir en droit de montrer son agacement, mais il ne le fit pas. L'auto prit la route Cardinal-Mercier vers le sud, puis, au moment où elle s'engageait dans la route Vallon, Lin dit au chauffeur d'arrêter.

IX

Dimanche 7 juin 1931 (an XX de la République),
21 h 25.

Park Gye-song se cachait dans l'embrasure d'une porte, devant chez le couturier de la route Cardinal-Mercier où la marquise de toile faisait barrage à l'éclat trop vif des réverbères. Il vit la voiture arriver, M. Chen et Lin étaient assis à l'arrière. Il attendit qu'elle eût roulé deux ou trois cents mètres pour les rejoindre. A vingt et une heures passées, ces trente minutes avaient quelque chose d'un entracte, l'avenue se vidait, seul le vent nocturne traversait l'ombrage léger des platanes, charriant une douce humidité et un relent fétide qui donnait à penser qu'une énorme bête tapie dans un coin haletait après un repas trop copieux. Pendant deux minutes entières, la voiture fut la seule à circuler route Cardinal-Mercier. Dans les bosquets, derrière le mur d'enceinte du Cercle sportif français, des chats miaulaient.

Il vit l'auto stationner tranquillement, attendit encore quelques instants avant de décider que rien de bizarre ne s'annonçait à sa suite, nulle présence sournoise alentour, alors seulement il la rejoignit et se glissa à côté du chauffeur. Ils redémarrèrent, Park ouvrit sa veste en cuir et alluma une cigarette dont il fuma le tiers en quelques bouffées. On aurait dit qu'ils ne s'étaient pas séparés et qu'il était assis là depuis le début avec les autres.

Park le Coréen s'était toujours vu attribuer les seconds rôles dans sa troupe de jeunes comédiens. A Shanghai, il avait intégré un groupe d'activistes, où cette fois il jouait un rôle de premier plan. Il faisait la navette entre les différentes îles au large des côtes sud-est de la Chine, Zhoushan, Hongkong, et il lui arrivait de voyager aussi loin que Haiphong ou Penang. Au début, sa cellule avait bénéficié du soutien financier de Moscou, lui-même avait suivi un entraînement pendant trois mois à Khabarovsk. Mais au bout de peu de temps, leur groupe avait été supplanté par d'autres Coréens, dont les activités se concentraient à Vladivostok et à Irkoutsk. Les vieux principes étaient brutalement remis en cause à Moscou. Quelle devait être la priorité absolue, la défense des Soviets ou la poursuite de la révolution mondiale ? Une fois la question tranchée, les vieilles structures avaient dû être réorganisées. Le petit groupe de Park avait perdu l'appui de Moscou et n'avait plus reçu la moindre directive. A leurs risques et périls, ils avaient fait passer des envoyés par la Mandchourie pour aller à Moscou exprimer leur mécontentement à la table du Congrès. Le débat avait été houleux, il y avait même eu des coups échangés (on disait que le fauteur de troubles était le grand frère de Park).

Plus tard, à la suite d'une dénonciation anonyme adressée à la police anglaise du Settlement (un coup de fil dont l'origine était restée indéterminée, selon les bruits qui avaient couru), une escouade d'agents avait investi le local où se réunissaient les Coréens, avenue Dubail (le frère de Park, qui avait sorti son arme pour résister à l'arrestation, avait été abattu séance tenante). On soupçonnait les Coréens de Vladivostok d'avoir trempé dans cette dénonciation. Gu Fuguang, cependant, avait conseillé à Park de ne pas prendre les rumeurs trop au sérieux, car dans la police anglaise on était assez retors pour avoir volontairement brouillé les pistes. Les pertes dans la cellule de Park étaient si sévères que, sans sa reprise en main par Lao Gu, ils n'auraient eu aucune issue.

L'auto tourna vers l'est, des deux côtés de la rue défilaient les toits moutonnants, les murs de brique et les portails en bois des *longtang*. Park Gye-song ordonnait sans cesse de nouveaux détours au chauffeur et jetait de fréquents coups d'œil dans le rétroviseur. Tout à l'heure, à la table du restaurant, il lui arrivait de lever le regard vers les marches et il nourrissait des soupçons dès qu'il voyait une silhouette se profiler au-delà du sas d'entrée. Il ne faisait rien à la légère, il avait reçu une formation stricte et connaissait les techniques de filature.

La voiture tourna dans la rue Amiral-Bayle et s'arrêta à l'entrée d'un *longtang*. Il y avait une quincaillerie en face, le volet n'était pas encore posé sur la porte. Deux hommes se tenaient de part et d'autre du comptoir, le patron occupé à faire des calculs sur son boulier, des rangées de louches, de pinces en bois et de cadres grillagés d'un usage indéterminé suspendus au-dessus de sa tête, et le commis, face à lui, torse nu déjà en ce début de juin, un tissu noir noué autour des reins.

Dès qu'il mit pied à terre, Park alla se fondre dans l'ombre des bâtiments en bordure de rue. Lin, pendant ce temps, guidait leur visiteur vers l'intérieur non éclairé du *longtang*, ils prirent à gauche une ruelle perpendiculaire et entrèrent dans la première maison. On entendait leurs chaussures en cuir résonner dans l'escalier, Park savait combien il était raide, étroit et sombre. Il attendit dissimulé dans un angle du mur, sous le porche que le bâtiment enjambait. Il entendit là-haut les coups frappés à la porte, les bruits de pas puis celui de chaises qu'on déplaçait.

Dix minutes plus tard, il sortit de sa cachette et suivit le même chemin que les autres, jusqu'au local au-dessus du porche. En haut de l'escalier, il ouvrit la porte à persiennes du palier, Leng Xiaoman était postée à l'entrée du couloir menant à la pièce du fond, assise sur un tabouret, ne quittant pas des yeux une bouilloire posée sur le petit poêle, où l'eau frémissait. La jeune femme regarda Park, puis elle se replongea dans ses pensées.

Il entra. Le visiteur était assis à la table, dos à la fenêtre. Gu Fuguang, en longue robe de drap fin gris, avait pris place sur le côté, son feutre, comme un baquet en chêne cerclé de laiton, posé sur la table. Lin Peiwen était debout derrière le visiteur, devant la fenêtre, et soulevait un pan de rideau pour surveiller l'extérieur.

Il s'assit de l'autre côté de la table, face à la fenêtre. Les troupes de Gu Fuguang s'étoffaient. Qu'ils soient de plus en plus nombreux, il s'en rendait compte comme observateur extérieur, et peu lui importaient les méthodes de recrutement pas très orthodoxes de Lao Gu. Il avait confiance en lui. L'homme avait été formé à Khabarovsk, et lui-même y était passé. Mais Lao Gu en savait tellement plus que lui.

Lao Gu était un chef né. Il avait établi rigoureusement sa stratégie, et séparé ses troupes en deux. Les équipes agissaient séparément, indépendantes l'une de l'autre, il pouvait y avoir des interactions entre elles mais selon un plan défini par lui-même et qu'il était le seul à connaître.

Les armes étaient le point crucial. Dans ses desseins révolutionnaires, les armes étaient le capital sur lequel tout reposait. Ils pouvaient en obtenir avec de l'argent, qui pour l'instant ne manquait pas. Après l'attentat de Kin Lee Yuan, ils avaient procédé encore à quelques levées de fonds, de sorte que les problèmes de financement de l'Organisation étaient à peu près résolus.

Dans leur camp au sud-est de Khabarovsk, Park avait aussi appris les techniques de persuasion, comment induire un interlocuteur en erreur, comment lui faire croire que c'est vous qui vous soumettez, et non lui-même. Vous pouvez l'inquiéter ou l'appâter, par le simple pouvoir des mots faire en sorte qu'il soit prêt à vous suivre inconditionnellement, à vous aider et même à remettre sa vie entre vos mains.

Le visiteur tendit une feuille et adressa à Lao Gu un regard circonspect, il avait l'air de s'attendre à ce qu'on lui saute dessus et la lui arrache des mains. Mais Lao Gu se contenta de la recevoir posément.

— Maintenant toute la marchandise est à Hongkong. La date de livraison sera fonction de vos souhaits, nous la ferons transporter à bord de l'*Ixion*, de la Blue Funnel Line. Nous avons pour règle d'effectuer le transbordement en mer.

— C'est d'accord, répondit Lao Gu.

— Le règlement a lieu à la livraison, comme convenu à Hongkong.

— C'est d'accord.

— Cinq mille sept cent quatre-vingts dollars argent.

— Pas de problème.

Du thé avait été servi. Un calme parfait s'établit dans la pièce, seules les feuilles de thé tournaient dans les verres, au rythme des volutes de vapeur. L'invité connaissait son métier, il ne transgressait pas le moins du monde les règles établies et évitait toute parole inutile. Ce M. Chen ne cherchait aucunement à impressionner et ne s'était pas fait accompagner de gardes du corps, ce qui rassurait Park. D'ailleurs, il n'en avait nul besoin. Le moment dangereux restait celui de la livraison, mais celle-ci avait lieu sans face à face, pratiquement comme tout le reste. Bien sûr, il y en aurait nécessairement un au moment du paiement mais, en matière de vente d'armement, les liens de confiance s'établissaient des deux côtés selon des réseaux compliqués, et s'il y avait contact direct, c'est qu'on s'était déjà assuré la garantie de personnages haut placés.

Les automatiques 7,63 Mauser étaient les armes préférées de Park. D'autant que ce que Lao Gu avait commandé à leur invité étaient les derniers modèles, tirant en rafale, qui commençaient juste à être mis en circulation. Pour les combats de rue, toujours expéditifs, les chargeurs mobiles de vingt coups représentaient un atout de poids. C'étaient aussi les armes préférées des sociétés secrètes, d'ailleurs on racontait qu'un seigneur de la guerre venu brièvement chercher refuge à Shanghai, comme un hôte de marque en exil, avait laissé aux patrons de la Bande noire le soin de lui fournir une escorte, et que ses propres gardes du corps, équipés de ce type de pistolets, s'en étaient fait délester à cette occasion. Sous prétexte qu'on ne pouvait porter d'armes sans permis dans la Concession, la Bande noire avait enjoint aux gorilles de ce haut personnage de remettre leurs automatiques, qu'on leur garderait provisoirement. Mais à la fin on ne leur avait rendu que de viles pétoires.

Lin remit le rideau en place, sortit de la pièce, ferma la porte derrière lui et engagea la conversation avec

Leng Xiaoman. Peu de temps après les bruits de voix cessèrent, on l'entendit qui ouvrait la porte du palier et descendait l'escalier.

L'invité s'apprêtait à partir. En dernier lieu, il prévint qu'une fois effectuée la tractation, les deux parties ne se connaissaient plus. Dans leur compagnie, dit-il, on avait pour principe de ne jamais demander au client l'usage qu'il comptait faire de la marchandise, que ce soit chasser le canard, régler leur compte à des amants adultères ou bien tout simplement en décorer les murs de sa maison. En revanche... leur compagnie souhaitait que le client, même dans un élan d'honnêteté dont il pourrait un jour être saisi, évitât de se souvenir d'elle.

— Soyez sans inquiétude, monsieur Chen. Nous ferons encore très certainement affaire. Votre compagnie nous a vendu tout son stock, n'est-ce pas un peu comme si vous aviez notre livre de comptes en main ? C'est une chose que personne ne peut laisser au hasard. Et puis nous connaissons cette règle de bon sens, qui veut que lorsqu'un doigt est gangrené il doit être coupé.

Il n'aurait pu trouver meilleure réponse que ces vérités franches et directes. Le visiteur parut tout à fait rassuré. Lin lui avait déjà appelé une voiture en téléphonant de la quincaillerie d'en face. Pour le retour, il raccompagna seul le visiteur.

Park attendit très longtemps après le départ du taxi. Il n'était pas remonté mais restait à faire le guet, dissimulé dans un coin d'ombre. Il avait vu une silhouette bouger à l'entrée d'un *longtang*, quelques dizaines de mètres plus loin, au moment où le visiteur était monté en voiture. C'était la deuxième fois qu'il voyait cette chemise à rayures aujourd'hui, et cette fois il l'avait bien vue car il y avait une lampe, sous le porche, qui diffusait une lumière jaunâtre, le pan de veston qui s'était soulevé avait mis la chemise bien en évidence. Le temps que Park coure à l'entrée du *longtang*, plus personne n'était visible sur la centaine de mètres de l'allée centrale. Il savait qu'elle menait à une autre avenue, il se disait qu'il avait peut-être tort mais il ne voulait courir aucun risque. La rue Amiral-Bayle était le point de contact de l'équipe de Lin Peiwen, une cache importante. Il rendrait compte le plus tôt possible de cet incident à Lao Gu. Il n'avait pas l'intention de remonter à l'étage, il attendrait dans un coin du porche, sous la partie du bâtiment qui l'enjambait. Dans un petit moment, Lao Gu s'apercevrait sans doute, comme lui-même, de l'air absent de Leng Xiaoman. Elle paraissait distraite, constamment distraite – il se doutait que Lao Gu irait la trouver et lui parler. Le chef d'une organisation clandestine portait de grosses responsabilités et devait être attentif à l'état psychologique de tous ses membres, le plus dangereux étant le relâchement idéologique. En se mettant à la place de Lao Gu, il y avait de quoi s'inquiéter pour Leng Xiaoman, qui était dans une confusion dont elle n'avait même pas conscience.

X

Lundi 8 juin 1931 (an XX de la République), 3 h 32.

Des aboiements résonnaient régulièrement, aigus et lancinants. Leng Xiaoman regarda la pendule sur la commode. Il n'était que trois heures. Elle s'abîma de nouveau dans les interrogations qui ne cessaient de la torturer, jour après jour, sans perspective de rémission ni espoir de délivrance.

Cao Zhenwu, l'homme abattu près de la gare maritime, était sans conteste son époux. Mais c'était surtout son ennemi personnel, par la main de qui était mort son premier mari. Elle n'avait pas su régler ses comptes.

A l'époque où ils venaient de rentrer de Guilin, Cao Zhenwu, fondé de pouvoir d'un haut dignitaire de Nankin, s'activait au sein de la clique militariste du Guangxi, avec le projet de quelque alliance secrète. Si, ce jour-là, elle n'était pas tombée sur Ge Yamin, elle serait probablement à Paris aujourd'hui. Elle ne l'avait pas vu tout de suite, c'est lui qui l'avait repérée. Il l'avait suivie avenue Joffre, puis route Fergusson où elle habitait. Leur villa était le point de ralliement à Shanghai des chefs factieux. La villa était gardée, à l'extérieur, par un policier en armes posté devant l'entrée, et à l'intérieur, par des sentinelles qui n'étaient pas armées car les autorités de la Concession l'interdisaient, alors Ge Yamin n'avait pas osé entrer.

Quand elle était ressortie, pour se rendre dans une petite librairie de la route Gustave-de-Boissezon, il était encore là. Ils avaient suivi ensemble une formation en russe, autrefois. Ils avaient assisté, dans la même salle de classe, aux cours du vieux bolchevique. Sans même avoir besoin de se retourner, elle savait qu'il était là, derrière elle, dans une hostilité palpable.

Le vieux bolchevique n'était pas vieux, le qualificatif venait de ses impressionnants états de service. Des histoires, il en possédait un réservoir inépuisable, toutes des histoires à lui, qu'il avait vécues en personne. A Moscou, à Petrograd, à Paris, il en avait roulé, des policiers et des espions. En cours, il parlait russe, et même si c'était dans la langue la plus simple qui soit (la durée de ces formations n'excédait pas six mois), les scènes qu'il décrivait étaient toujours palpitantes, pleines de vie. Les expressions des visages, le bruit des feuilles qui tombaient, les couleurs des flacons de médicaments. Il était étrange de constater combien les récits les plus ordinaires, dans sa bouche, prenaient toujours des allures de légendes.

Wang Yang aussi, son défunt mari, leur avait donné des leçons de russe. Il était jeune, à peine quelques années de plus qu'elle. Il avait séjourné en URSS. Car après avoir eu la chance d'être absent de l'université de Pékin lorsque Duan Qirui avait investi le bâtiment des étudiants, il n'avait pas eu d'autre issue que de partir là-bas. Alors, de retour à Shanghai, il avait enseigné le russe. Elle faisait partie, comme Ge Yamin, de ses élèves. Wang Yang parlait avec aisance, des mots d'allemand ou de russe se glissaient parfois dans le flot de paroles. Il utilisait un manuel ronéoté, qui s'intitulait

Initiation au marxisme, elle avait su plus tard que ces leçons étaient traduites du russe et qu'il s'agissait de l'*ABC du marxisme* de Boukharine.

Ge Yamin vouait une foi inconditionnelle à Wang Yang. Leng Xiaoman n'en était pas surprise, elle aussi avait fait partie de ses fidèles avant de se marier avec lui. Ge Yamin aurait fait n'importe quoi pour Wang Yang. Aussi, bien que follement amoureux d'elle, il dirigeait ailleurs ses regards enflammés depuis qu'il avait compris que Wang Yang la courtisait.

Or voilà que Ge Yamin l'avait abandonnée, comme les autres. Il s'était « sacrifié » – le suicide correspond mieux à l'idée qu'on a du sacrifice que le fait d'être exécuté. Incontestablement, seul un être animé du courage absolu de se détruire soi-même mérite qu'on dise de lui qu'il s'est « sacrifié ».

C'était elle qui aurait dû tirer sur Cao Zhenwu. Ce geste lui revenait de droit. Mais les autres se demandaient si elle en aurait le courage. Lao Gu avait dit, nous savons que tu es capable de placer le devoir avant les liens affectifs. Dieu sait que l'expression était bien mal choisie, parler de liens affectifs, dans son cas… Mais qu'aurait-elle dit à sa place ? Cao Zhenwu était bel et bien son mari.

En réalité, il y avait des mots enfouis en elle, qu'elle ne prononcerait jamais. J'aurais mieux fait de mourir en même temps que lui. Assise en ce moment devant la fenêtre, au-dessus du porche d'entrée donnant sur la rue Amiral-Bayle, face à la ville plongée dans la nuit, elle en arrivait à se demander si elle était encore en vie.

ALINÉA 6 : SE MONTRER AUSSI IMPITOYABLE ENVERS SOI-MÊME QU'IL FAUDRA L'ÊTRE ENVERS LES AUTRES. TOUS LES SENTIMENTS RISQUANT

D'AMOINDRIR LA VOLONTÉ, AFFECTION, AMITIÉ, AMOUR, RECONNAISSANCE, DOIVENT ÊTRE RÉPRIMÉS, POUR LEUR SUBSTITUER UNE ARDEUR RÉVOLUTIONNAIRE FROIDE ET DÉTERMINÉE.

Elle trouvait que le vade-mecum formulé par Lao Gu n'était pas encore assez abouti, de ce point de vue. Dans son esprit, l'urgence absolue était de refouler ce mépris de soi qui l'envahissait par moments, montant du plus profond d'elle. Si seulement il pouvait avoir raison, que la violence froide ait ce pouvoir régénérant et nous aide à nous débarrasser de l'auto-apitoiement et du dégoût de soi.

Ge Yamin ne cessait de lui répéter la même question : « A quel moment t'a-t-il demandé de l'épouser ? »

Je ne sais pas, je ne sais rien. J'ai été incarcérée à la prison de la garnison de Longhua. Nous n'avions pas de montre, pas de calendriers ornés de femmes en robe chinoise vert tendre, on ne voyait même pas le soleil. Parfois, un souffle de vent dans le couloir apportait des parfums de soleil, des odeurs d'herbe ou de fromage de soja frit…

Tout le monde gardait le silence. Le petit jeune homme aux cheveux indisciplinés qui portait un complet de toile blanche (elle avait su plus tard qu'il s'appelait Lin Peiwen) ne disait mot, la main sans cesse levée vers ses cheveux pour les aplatir. Lao Gu aussi se taisait, il se montrait assez attentionné, lui servait de l'eau bouillante – veux-tu des feuilles de thé ? Si tu as mal à la tête, j'ai du baume essentiel.

Je ne sais pas. Tous les matins, la porte de bois s'ouvrait et le courant d'air provenant du couloir dispersait la puanteur de la nuit qui régnait dans la cellule (jamais elle n'aurait cru que des corps de femmes puissent exhaler des odeurs aussi fortes), puis on entendait le vacarme des grilles, clang, clang, et malgré les parfums de soleil et d'herbe, ce bruit avait de quoi vous glacer de terreur. Il décidait de votre vie et de votre mort, tout dépendait de votre comparution devant le tribunal, vous gardiez des chances de rester en vie en comparaissant, mais sinon on vous menait dans l'espace désert derrière le mur de la prison pour vous fusiller. Durant cette période, tous les jours des gens étaient fusillés. Et moi je ne savais absolument rien. Une des gardiennes m'avait dit, très poliment, « vous n'êtes pas de mauvaises personnes, vous – c'est pour le pays », mais elles n'étaient pas aussi polies avec les autres détenues, qu'elles traînaient dehors pour les rosser lorsqu'elles n'obéissaient pas, des femmes qui frappaient des femmes, et qui mettaient une telle méchanceté dans leurs gestes. Mais elles ne nous disaient jamais rien. Comment aurais-je pu savoir ce qui se passait de l'autre côté, dans les cellules des hommes ?

Ge Yamin s'était soudain mis en colère, la rage qui le secouait était perceptible, il se rongeait le poing, debout devant elle, comme si c'était une nouvelle manière d'exprimer son amour, comme si, puisqu'il ne pouvait l'aimer, il devait se faire souffrir, ou s'il ne le pouvait pas, la faire souffrir, elle.

Il avait subitement brandi le poing vers elle, puis l'avait retiré (comme pour ajuster son coup), il paraissait avoir un ressort dans le poignet, car il avait de nouveau frappé et cette fois l'avait atteinte au visage, au front puis à la pommette. Lin Peiwen s'était précipité sur lui par-derrière et lui avait attrapé le bras, Ge Yamin, les yeux exorbités, tentait de lui échapper, la tête et tout le corps secoués par l'effort qu'il faisait pour se ruer sur elle, on aurait dit une sculpture représentant un homme qui veut se jeter dans le feu.

Elle n'avait ressenti que de l'humiliation. Non parce qu'il l'avait frappée, mais à cause du silence de Lao Gu, qu'elle ne connaissait d'ailleurs pas encore – je suis là au nom de l'Organisation, pour obtenir de vous quelques informations. Il représentait l'Organisation. Et l'Organisation, alors qu'on la frappait, qu'on lui faisait mal, qu'on l'arrêtait, avait gardé le silence. Cela l'humiliait et lui donnait l'impression qu'elle ne comptait pas. Jamais l'Organisation ne viendra te secourir, il faut se sauver tout seul. Un étudiant en droit passait la voir en prison, au nom de la Ji'nan Hui, l'Association d'entraide du Parti communiste. Il lui avait donné des réponses sibyllines, il avait dit, non, je ne suis pas envoyé par l'Organisation, je représente une association humanitaire, je suis de la Ji'nan Hui. Je peux vous fournir un soutien juridique. Libre à vous de croire que mes paroles vous sont adressées au nom de l'Organisation – votre organisation. S'ils exigent quelque chose de vous, il vaut mieux ramper, feindre la docilité, avait-il dit en cherchant ses mots.

Alors elle avait accepté de ramper, et feint la docilité, pleine de mépris de soi, se faisant à elle-même l'impression d'un reptile, une femme-serpent seulement préoccupée de sa survie et de sa sécurité présente. Cao Zhenwu avait ordonné aux gardiennes de la faire venir, il lui avait apporté un peu de nourriture. Il n'avait pas formulé sa demande tout de suite, il cherchait juste à se faire passer pour un homme bien. Ils étaient de vieilles connaissances, du reste, originaires de la même ville, ils avaient fait l'Ecole normale ensemble, dans la même classe. Ils avaient quitté presque en même temps cette ville étouffante de l'arrière-pays, en jeunes gens qui veulent se jeter dans la révolution comme on se jette au feu, lui était parti dans le Sud tandis qu'elle gagnait

Shanghai. Cao Zhenwu avait intégré l'Armée nationale révolutionnaire, et maintenant il était à la tête, à Longhua, d'une cour militaire de cette armée. Et elle, elle était sa prisonnière.

C'était seulement plus tard qu'il avait abordé la question, à mots couverts. Cet endroit dépend de la cour militaire du quartier général de la garnison de Longhua, qui n'appartient pas à ma juridiction. Bien que je les pratique depuis longtemps, Yang Hu et Chen Qun sont des fous, toute la Chine sait qu'ils sont fous. Est-ce que le gouvernement ne doit pas donner une chance à une jeune femme qui a fait fausse route ? Mais eux répondront, qu'est-ce qu'elle est pour toi ?

Tu comprends, oui ou non ? Qu'est-ce qu'elle est pour toi ?

Le café qu'il lui avait servi était encore fumant, c'était quelqu'un qui faisait les choses bien. Il n'avait mis qu'un sucre, deux autres morceaux étaient posés sur le bord de la soucoupe. Qui sait où il avait pu trouver ce genre de vaisselle dans les geôles de la garnison… Ils étaient dans le bureau du chef des gardiens de la cour militaire. C'était une des plus belles pièces du bâtiment, un soleil magnifique brillait par la fenêtre mais, bien qu'on fût en été, la fraîcheur régnait ce matin-là. Il portait la tenue estivale, le pantalon court arrivant aux genoux, sa cravache était posée sur le bureau, il avait presque de la classe. Il avait trois ou quatre ans de plus qu'elle.

Je venais d'avoir trente ans, il m'avait dit qu'il financerait mes études à Paris, que ce serait mon cadeau d'anniversaire.

Bien sûr que j'ai pu comprendre ses intentions. Je n'ai pas relevé. Un jour, l'étudiant de l'Association d'entraide est revenu proposer ses services. Je lui ai demandé conseil.

C'était l'Organisation qui l'envoyait – enfin, c'est ce que je me suis dit.

Lao Gu semblait se réveiller tout d'un coup de sa méditation :

— L'Association d'entraide ne représente pas l'Organisation, c'est une instance caritative, qui fournit l'aide indispensable aux compagnons en difficulté. Ils ne sont qu'un satellite de l'Organisation.

Voici donc ce qu'il en était. Et plus tard, j'ai dit oui. Oui à sa demande en mariage. Il m'a réitéré sa proposition, mais cette fois, en termes clairs. Il m'a dit que le Kuomintang, selon une nouvelle stratégie, voulait augmenter sa puissance de frappe contre les éléments réactionnaires. Il y aurait bientôt de nouvelles exécutions. Tu ne dois plus hésiter, accepte, épouse-moi. Si je peux leur dire que nous sommes de la même famille – est-ce qu'on exclut ses proches lorsqu'on veut mener à bien la révolution nationale ?

J'ai mis une seule condition. En même temps qu'ils me libéreraient, Wang Yang devrait lui aussi sortir de prison. Ceci, m'a-t-il répondu, c'est impossible, si tu es mon épouse, qu'est-ce qu'il est, lui ? Alors j'ai dit que je ne pouvais accepter. Il a longtemps hésité, et c'est seulement là qu'il m'a dit qu'un mois auparavant, Wang Yang avait été fusillé. Dans la cour centrale de la prison. Longtemps, longtemps, je suis restée à pleurer.

Elle se le demandait, avait-elle pleuré, finalement ? Elle pensait que oui, après, elle avait sûrement dû pleurer. Parce qu'elle était faible, parce qu'elle débordait de dégoût pour elle-même. Elle n'aimait pas Wang Yang, ou plutôt, si elle l'avait aimé, c'était quand elle était si jeune.

Une fois, Wang Yang lui avait dit que le véritable révolutionnaire n'avait pas besoin d'amour. Il ne pouvait pas se permettre d'aimer. Du point de vue physiologique, le sexe était un besoin, une hygiène nécessaire. Si un révolutionnaire de profession en éprouve le besoin, il doit le satisfaire de la manière la plus simple, et non pas comme le font les petits-bourgeois, toutes ces manières et ces simagrées à n'en plus finir qui ne sont qu'un gaspillage de temps, des vétilles sans le moindre intérêt.

Est-ce qu'elle avait eu des soupçons ? Si Ge Yamin ne l'avait pas poursuivie de ses questions, aurait-elle fait le rapprochement ? Wang Yang avait-il vraiment été tué avant ? Ou après que Cao Zhenwu avait fait sa demande ? Ce n'est pas si important, en fait, avait dit Lao Gu, Cao Zhenwu est un officier réactionnaire qui a assassiné un révolutionnaire. Mais elle, au contraire, avait compris récemment l'importance capitale de ce détail. Pour elle – et peut-être même aussi pour Ge Yamin.

Celui-ci semblait considérer que cette affaire n'avait pas à voir seulement avec la personnalité de Cao Zhenwu, mais aussi, ou peut-être surtout, avec sa loyauté à elle, Leng Xiaoman.

Maintenant c'était à nouveau Lao Gu qui parlait :

— Essaie encore une fois de te souvenir, la première fois qu'il te l'a suggéré, lui as-tu oui ou non donné une réponse claire ? Ce matin, tu as dit que tu n'avais pas relevé, est-ce que ça signifie que tu n'as rien dit ? Nous n'avons pas beaucoup de temps, nous allons te raccompagner route Fergusson. Très bien, nous estimerons que tu n'as rien dit. Mais as-tu donné un signal suffisamment intelligible ? Qui manifestait clairement que tu refusais ?

Le ton qu'il employait donnait l'impression d'une formalité réglementaire, il lui suffisait d'une réponse pour que le procès-verbal de l'interrogatoire soit dûment complété.

De la rue Amiral-Bayle, par la fenêtre, parvenaient les chocs d'un volet de bois qui battait et les claquements de sabots d'un cheval solitaire…

XI

Lundi 8 juin 1931 (an XX de la République), 5 h 18.

Au-dehors, quelqu'un poussait un gros soupir. Elle regarda entre les rideaux, l'obscurité à l'aube était encore plus profonde qu'en pleine nuit. La rue était comme lavée à grande eau par la rosée, les roues des voitures semblaient tourner sur du papier à aquarelle imbibé d'encre. Un âne tirait une charrette d'excréments, c'était son conducteur qui venait de bâiller…

Le lendemain matin, l'interrogatoire s'était poursuivi. Cela se passait également dans cette maison, au fond du bâtiment d'angle. Dans la pièce contiguë à celle où elle se trouvait maintenant et qui en était séparée par une simple cloison. Mieux isolée de l'extérieur, aussi, car les murs y étaient protégés de panneaux de bois qui étouffaient les bruits. La fenêtre donnait sur la cour, alors qu'ici, dans la pièce au-dessus du porche, les fenêtres donnaient l'une sur le *longtang*, l'autre sur la rue Amiral-Bayle.

Ge Yamin était venu chercher Leng Xiaoman (elle avait refusé que l'aide de camp de son mari l'accompagne pour aller faire ses courses). Elle s'était assise dans le premier rickshaw, Ge Yamin avait pris le second. Dès son arrivée, Lao Gu lui avait dit, si quelqu'un se pointe, je m'appelle Zhang Dongsheng. J'ai été autrefois le gérant d'un commerce de soieries appartenant à ton père, nous nous sommes rencontrés dans la rue. Je t'ai fait venir ici simplement afin que nous ayons un endroit tranquille pour parler du bon vieux temps. C'est bizarre, et en même temps cela n'a rien de bizarre, parce que je t'ai pratiquement vue grandir, j'étais encore commis dans la boutique de votre famille, quand tu étais toute petite, et je t'emmenais acheter des cacahuètes grillées. Je te portais sur mes épaules. Ici, ce n'est pas chez moi, tu ne sais pas où j'habite. Je t'ai conduite ici parce que c'est la maison d'un ami, apparemment il n'est pas là, il n'y a que ce jeune homme (il avait désigné Ge Yamin), d'après ce que tu nous as entendus dire, ce doit être l'homme à tout faire, engagé récemment par ce commerçant.

Au cours du dernier mois de sa classe de russe, Leng Xiaoman avait assisté au cours du Polonais, le vieux bolchevique, il disait qu'il était allé à Bombay, il leur expliquait « les techniques de base du travail clandestin ». Les étudiants étaient suspendus à ses lèvres, parce qu'il ne racontait que des choses qui lui étaient arrivées. C'est pourquoi elle écoutait Lao Gu très attentivement, elle comprenait ce qu'il voulait dire, les raisons pour lesquelles il avait échafaudé ce récit en vue d'une déposition, pour parer à toute éventualité. Il était rodé, il devait avoir une place de responsabilité dans l'Organisation.

Elle était toujours aussi incapable de répondre aux questions qu'ils lui avaient posées la veille. Difficile d'affirmer si son silence avait pu être compris comme un refus clair et net. Elle ne pouvait deviner l'effet qu'il avait produit. Mais lui as-tu demandé de te laisser le temps d'y réfléchir ?

Et même si je l'ai fait ? Est-ce pour autant que Cao Zhenwu, parce qu'il voulait que j'accepte de l'épouser, a pu ordonner à ses agents de tuer Wang Yang ? Il n'avait aucun pouvoir de ce genre à la garnison de Longhua.

Tu n'en sais strictement rien. Et vous, qui doutez de ma fidélité à l'Organisation, vous doutez aussi de ma fidélité à Wang Yang. Mais est-ce que tu lui as été fidèle ? Après avoir accepté de l'épouser, et même avant, est-ce que tu as pensé à Wang Yang ? Durant cette période, tu étais morte d'angoisse, à chaque seconde, l'ombre de la mort planait sur tes pensées, te tordait le cœur. Les conditions de détention te mettaient à la torture et t'empêchaient de te concentrer, t'interdisaient de seulement penser à Wang Yang. La chaleur était torride, vous mangiez mal, on vous donnait une fois par jour de l'eau froide pour vous laver, en quantité à peine suffisante pour s'en passer un peu sur le corps, et tu n'avais pas le moindre sous-vêtement propre. Il n'y avait pas de soleil, tu te servais du peu d'eau qui restait pour faire une vague lessive, que tu faisais sécher à l'ombre sur les grilles. Tu ne pensais qu'à sortir, passer le portail de la prison, aller là où le soleil répandait sa lumière, où l'été ardent ne t'avait jamais paru aussi désirable.

Une fois mariée à Cao Zhenwu, tu n'as jamais repensé à tout ça. Ou plutôt, tu n'osais pas t'en souvenir. Tu n'en avais aucune envie. En sortant de prison, c'est comme si tu étais devenue une autre. S'il n'y avait pas eu quelqu'un pour te le demander, est-ce que tu te serais souvenue de ce qu'il s'était passé là-bas ? As-tu eu des hésitations ? As-tu lutté ? Les choses ne se sont-elles pas finalement passées le plus naturellement du monde ? Cao Zhenwu, qui voulait te sauver, avait besoin d'une raison pour obtenir ta libération, le fait que tu sois sa femme n'était-il pas le meilleur motif qui soit ? Quand lui as-tu vraiment demandé des nouvelles de Wang Yang ? Etait-ce le jour de la tasse de café ? Cette bonne tasse de café fumant ?

Et à la fin, dans l'Organisation, on avait tranché. Sans qu'il y ait eu le moindre signe avant-coureur – en fait, c'était Lao Gu qui avait rompu le silence, il avait dit, l'Organisation te fait confiance.

Tu t'étais sentie déchargée d'un poids énorme. Non, bien plus que ça, tu avais été tout simplement émue aux larmes. La conclusion, tirée en ta faveur, c'était que ta fidélité était attestée.

Mais à partir ce moment, la vie exempte de soucis qui était la tienne depuis ta sortie de prison avait cessé. Cette villa des quartiers sud de Guilin, son jardin et ses ormosias aux graines rouges, Lao Huang, le domestique, et toute sa famille, le projet de grossesse, qui avait tourné court, et puis Paris.

Du jour au lendemain, elle était revenue à la vie d'autrefois, dense, tendue et folle presque jusqu'au bonheur. Ce n'était pas elle, cette fois, qui avait recherché la révolution, c'était la révolution qui était revenue la chercher.

ALINÉA 13 : CELUI QUI SE SENT EN SYMPATHIE AVEC CE MONDE N'EST PAS UN RÉVOLUTIONNAIRE. LE RÉVOLUTIONNAIRE SE CONSACRE SANS HÉSITER À L'ANÉANTISSEMENT DE CE MONDE. IL DOIT EN CONSIDÉRER TOUS LES MEMBRES COMME SON ENNEMI, ET EN CELA LEUR MANIFESTER UNE PARFAITE ÉQUITÉ.

Selon les directives de Lao Gu, elle apprenait par cœur tous les articles, comme les autres camarades de la Société des Forces unies. Ils ne cessaient de les réciter et de les commenter. Au début, cet exercice lui paraissait un peu ridicule. Mais petit à petit, non seulement elle avait cessé de s'en amuser, mais il avait produit sur elle un effet indéniable. Le langage a incontestablement une puissance, il peut vous purifier, vous élever, vous rendre de plus en plus fort. Dans ses moments de faiblesse – le doute la saisissait dès qu'elle se retrouvait aux côtés de Cao Zhenwu – à Nankin, à Guilin, elle était sans cesse en débat avec elle-même. Même à Hongkong, sur le quai, l'idée de l'empêcher d'embarquer l'avait effleurée (mais elle ne savait pas comment aborder la question, et encore moins comment expliquer une suggestion aussi incompréhensible). Même au moment où le vapeur était stationné à Wusong, pendant les deux heures où ils attendaient la vedette qui devait venir les chercher, elle se demandait encore si ce qu'elle vivait était réel ou n'était qu'une illusion. Elle avait pleuré, appuyée au bastingage, parce qu'elle se haïssait d'hésiter ainsi. Le soleil l'illuminait et des mots lui étaient venus à la bouche, elle s'était mise à murmurer cet article du vade-mecum – à ce moment, elle s'en souvint, il y avait ce gosse de riches des colonies, qui la fixait d'un air intrigué.

Il faisait déjà grand jour.

Elle sortait peu, elle se sentait abandonnée. Les autres lui ordonnaient de rester cachée rue Amiral-Bayle, de se montrer le moins possible, surtout la journée. Elle aurait voulu agir mais on ne lui donnait rien à faire, elle n'avait même quasiment pas de visite. Les voisins pensaient sans doute qu'elle était une femme délaissée, ou célibataire, elle passait des journées entières calfeutrée chez elle, sans sortir, pas même le soir, les gens devaient trouver cela bizarre.

D'après ce que les autres lui avaient dit, comme on avait perdu sa trace depuis l'assassinat de Cao Zhenwu, les journaux la détaillaient à longueur de colonnes, sa photo était partout. Selon toute probabilité, elle faisait partie des principaux suspects. Il y avait, paraît-il, un mandat d'arrêt lancé contre elle par la police chinoise, et dans les services de police des Concessions, sa photo devait figurer déjà en bonne place, agrafée sur les tableaux noirs. Elle serait une proie facile dès qu'on aurait examiné son cas et confronté les documents – dans la prison de Longhua, elle avait à coup sûr un dossier complet.

La location de la rue Amiral-Bayle était au nom de Lin Peiwen. Quand Leng Xiaoman était arrivée, ils lui avaient dit que ce lieu était leur point de contact, Lao Gu y venait souvent, on tirait la table devant la fenêtre de la pièce au-dessus du porche et on sortait les dés, les voisins qui entendaient ces bruits sur le bois de la table croyaient à un tournoi de mah-jong, et alors ils n'accordaient plus guère d'importance aux visages inconnus qu'ils croisaient dans l'escalier.

Lin Peiwen, avec ses airs de fils à papa, des livres sous le bras en toute occasion, avait tout à fait l'air d'un étudiant. Qu'un type dans son genre loue un logement et y installe une jolie femme, cela n'étonnait personne. D'accord, la personne en question paraissait avoir quelques années de plus que lui, mais cela aussi correspondait aux histoires les plus banales. Tout au plus, on lui adressait des sourires complices – les jeunes devraient se méfier de ce genre de femmes.

Ces derniers jours, on venait de moins en moins souvent la voir. Les journées passaient dans un calme presque étrange, elle avait du mal à s'endormir le soir et se réveillait tard. Une fois levée, elle passait le plus clair de son temps assise devant la fenêtre, dans l'hébétude, et ainsi s'enchaînaient les heures, toutes pareilles. Et puis hier soir, ils avaient recommencé à utiliser leur point de contact. L'Organisation, quoi qu'il arrive, ne l'oubliait pas, et s'était rappelée qu'elle habitait dans cette maison.

Si on avait cessé pendant un temps d'utiliser ce lieu, lui avait dit Lao Gu, c'est que dans l'Organisation on se souciait de sa sécurité.

Depuis ce matin, elle avait l'impression qu'elle ressuscitait peu à peu. Elle se disait qu'elle ne pouvait pas continuer à se laisser couler, elle devait reparler avec Lao Gu, lui dire qu'elle voulait reprendre part au travail. Elle avait décidé de sortir marcher, elle devinait que si elle persistait à ne pas sortir, confinée ici dans la peur d'être découverte, elle deviendrait réellement une froussarde. Elle oublierait définitivement ce que c'était de marcher dans la rue d'un air dégagé, elle aurait peur de tous les inconnus, elle perdrait ses moyens au moindre regard posé sur elle. Plus jamais elle ne serait apte au travail dans la clandestinité.

Elle se leva, se coiffa et s'habilla, elle allait sortir, ne serait-ce que pour une petite course au marché du Pont des Immortels, vers la rue Palikao. A neuf heures, elle quitta le *longtang*, il y avait toujours aussi peu de passage dans la rue Amiral-Bayle, le bazar-tabac avait déjà ouvert mais les volets n'étaient même pas encore ôtés à la devanture de la quincaillerie, le vendeur accroupi au bord du trottoir se rinçait les dents. Leng Xiaoman, debout devant l'entrée du *longtang*, faisait le guet pour intercepter le premier pousse-pousse qui passerait.

La rue était incroyablement calme. Le soleil jetait une clarté froide près de ses pieds, la rue résonnait de l'eau qui giclait des bassines bruyamment vidées sur la chaussée, l'eau courait sur le bitume, comme si elle se hâtait de s'infiltrer dans le sol. Leng Xiaoman était mal à l'aise, elle avait l'impression que tous les yeux étaient fixés sur elle. Elle se réconforta en se disant que c'était parce qu'elle ne sortait pas depuis des jours. Mais elle sentait quand même un courant froid remonter sous sa robe, le long de ses genoux, elle en avait la chair de poule.

Les types qui se tenaient un peu plus loin, à quelques dizaines de mètres de là, ne lui disaient rien qui vaille. Elle avait beau se raisonner, ils ne ressemblaient pas à des gens ordinaires. Ils inspectaient les environs, l'un prenait la pose en contemplant l'enseigne d'un médecin sur le mur, un autre fumait, bras croisés, les mains enfoncées dans ses manches, et regardait vers ce côté de l'avenue.

Elle se ravisa et prit au sud pour aller chercher un taxi à l'autre bout de la rue Amiral-Bayle.

Au coin de la rue, elle vit un visage qui lui disait quelque chose. L'homme poursuivait sur l'autre trottoir et s'apprêtait à tourner vers l'est, il ne put s'empêcher de se retourner et de jeter un regard en arrière. Il avait un appareil photo en bandoulière, elle le reconnut, mais elle ne sut pas si lui l'avait reconnue. Elle se dépêcha de s'éloigner dans la direction opposée.

XII

Lundi 8 juin 1931 (an XX de la République), 9 h 30.

Xue se sermonna de nouveau, il ne fallait pas la regarder. Pisteur autodidacte, il passait d'une cible à l'autre et maintenant c'était le tour de cette fille qu'il avait rencontrée sur le bateau, la jeune première dont il ne savait plus trop dans quel film il l'avait vue.

Il fallait marcher en face, en aucun cas il ne devait se déplacer sur le même côté de l'avenue. Ni la suivre, ce qui était le meilleur moyen de perdre sa trace. Avancer sur l'autre trottoir, au même rythme que la cible, mais là il pouvait facilement être repéré. Tous les passants dans la rue te toisent, tu te mets malgré toi à raser les murs, tu n'oses même plus allumer ouvertement une cigarette, tout mouvement te semble susceptible d'éveiller les soupçons de la personne que tu files.

Il aurait parfaitement pu tout laisser tomber, prendre le train pour Nankin ou un petit vapeur pour Suzhou. Plutôt Nankin. Il pouvait même y trouver un travail. Il en avait très rapidement abandonné l'idée. Dans quel autre endroit pouvait-il vivre ? Il était à moitié français, à moitié cantonais, fils naturel par-dessus le marché. Sa seule patrie, c'était la ville métisse, ces lieux où les bâtards trouvent leur pays natal, Hongkong, Saigon, Shanghai. Mais aller à Hongkong ou

Saigon ne résoudrait pas son problème, car là-bas aussi il serait dans la zone d'influence de la police française. La raison principale, pourtant, c'était qu'il n'avait pas envie de bouger, il était habitué à cette ville, s'accrochait à elle comme un parasite.

L'inspecteur Maron, celui qui sentait le curry à plein nez, l'aimait bien. Il lui avait dit qu'il dirigeait une brigade spéciale, nouvellement constituée au sein du service politique de la police de la Concession. Il lui avait parlé à cœur ouvert, depuis sept ans qu'il travaillait au siège, jamais il n'avait obtenu la reconnaissance de ses supérieurs ni de ses pairs, ce qui avait fini par faire de lui le policier occidental le plus dévoué à l'intérêt public de toute la garde municipale. Il méprisait ses collègues, toujours fourrés dans les salles de jeux ou les maisons de passe, cul et chemise avec le milieu des sociétés secrètes. Aussi ses collègues le rejetaient-ils. Jusqu'au jour où le capitaine Sarly avait été nommé chef du service politique. C'était un homme bien, disait-il, du moment que Xue s'acquitterait de sa tâche, Sarly le protégerait.

Mais comment ne pas avoir peur ? Ils lui avaient dit que c'était un gang de trafiquants d'armes. Il n'arrivait pas à comprendre pourquoi il n'avait pas choisi de se tirer de là à tout prix. A l'instant, il s'en était fallu d'un cheveu qu'elle ne le découvre (depuis hier après-midi le fait s'était renouvelé plusieurs fois). Il se dépêcha de prendre la tangente, fit demi-tour et pénétra dans un *longtang*, enfila l'allée transversale au fond, et soudain une phrase surgit dans sa mémoire : *Celui qui de son vivant appartient aux Concessions, son fantôme après sa mort appartient aux Concessions.* Un adage qui pouvait constituer une épitaphe idéale, il devrait l'écrire sur un papier qu'il garderait dans son portefeuille, en espérant que s'il lui arrivait malheur et qu'il trouve la mort en pleine rue, quelqu'un saurait le retrouver et s'en servir pour sa tombe.

Hier après-midi, quand Teresa et lui avaient quitté l'Astor House, elle avait pris sa voiture, ils étaient descendus ensemble devant la porte de la YMCA et s'étaient séparés. Elle était entrée. Lui, il avait traversé l'avenue et continué son chemin.

Trente secondes après, il s'était souvenu de ce qu'on voulait de lui. Il avait fait demi-tour et l'avait suivie dans le bâtiment de la YMCA (heureusement, depuis l'an passé on y acceptait les Chinois).

Teresa était entrée dans les vestiaires. Xue avait emprunté un autre couloir qui menait à une porte donnant accès au bassin. Début juin, la température n'était pas encore idéale pour se baigner, il n'y avait pas grand monde dans le bassin. Il avait vu Teresa, tour à tour s'immergeant ou resurgissant hors de l'eau, la jupe de son costume de bain déployée autour d'elle, on aurait dit un poisson zébré vert et blanc environné de plantes aquatiques. Les mouvements de ses pieds et de ses cuisses, qui pédalaient, frappaient l'eau, donnaient des impulsions, ressemblaient à ceux qu'elle avait au lit, dans la chambre de l'Astor House. En cet instant, il n'arrivait pas à imaginer en quoi elle pouvait être dangereuse. Elle s'ébattait vivement dans l'eau, dans une ivresse joyeuse.

Puis ce type était soudain apparu. Dès qu'il l'avait vu, la colère l'avait de nouveau saisi.

Sans aucun doute, c'était un de ses « mauvais amis ». Il devinait que l'idée venait de lui, il connaissait ce genre d'hommes, il les identifiait au premier coup d'œil. C'était lui à coup sûr qui avait entraîné Teresa dans ce dangereux négoce, et qui l'avait séduite – Xue était convaincu qu'ils couchaient ensemble. Teresa remonta sur le bord de la piscine, dégoulinante d'eau, et l'autre s'empara de sa serviette et l'aida à s'éponger, elle le laissait essuyer sa cuisse, son pied posé sur une chaise, sans la moindre gêne, exactement comme s'ils étaient amants, exactement comme s'il devait montrer qu'il était aux petits soins.

Debout au bord de la piscine, l'homme parlait avec Teresa aussi familièrement que s'ils étaient des amis de toujours. Pour la première fois depuis l'avant-veille, Xue se disait que la tâche que lui avait confiée l'inspecteur Maron n'avait rien de mauvais. C'était ce type qui était mauvais. Il décida instantanément d'abandonner la filature de Teresa pour se consacrer à lui.

L'homme, après s'être rendu chez le couturier Peter Pan, était entré chez le chausseur De Luxe, dont il était sorti pour s'engouffrer dans la boutique d'alcools et tabacs d'un Russe blanc, spécialisée dans les cigares de Luçon. Ses goûts se révélaient petit à petit, et ce qui énervait le plus Xue, c'est qu'ils correspondaient à peu près aux siens.

La virée s'était finalement terminée dans un restaurant. Xue n'avait plus qu'à rouler son journal dans sa poche et se réfugier dans une boutique de farces et attrapes de la rue Bourgeat, affecter le plus grand intérêt pour les boîtes à double fond – vous pouviez, paraît-il, en faire surgir un bouquet de fleurs artificielles, une petite voiture, un oiseau en porcelaine ou n'importe quel autre objet à votre guise.

Il se disait qu'il n'aurait pas dû prendre cette carte, ce maudit soir. Il aurait dû se rendre compte depuis longtemps que le Japonais trichait – Pike disait qu'il était d'Hawaï. Zenko (ce nom japonais lui revint) n'aurait jamais dû pouvoir redemander des cartes et le Portugais n'aurait pas dû suivre. Pike alors n'aurait pas touché son as. Il se doutait que ces trois-là étaient de mèche, il s'était aperçu trop tard qu'ils s'étaient ligués contre lui pour le berner. Par moments, il lui arrivait de se dire que cette partie de cartes était à l'origine de la poisse où il se trouvait actuellement. S'ils ne lui avaient pas raflé plusieurs centaines de dollars en un seul tour, il n'aurait pas juré d'arrêter de jouer pendant trois mois, et s'il n'avait pas juré d'arrêter de jouer pendant trois mois, il n'aurait pas accepté d'accompagner Teresa à Hanoi – mais la logique de son raisonnement tournait court avant la conclusion puisqu'il sentait que de toute manière il serait parti avec elle.

Tous de dangereux personnages, que la garde municipale tient particulièrement à l'œil, lui avait dit l'inspecteur Maron. Des marchands d'armes. Il avait vu tellement de gens mourir à cause des armes. Ses mollets étaient saisis de spasmes, comme un reptile moribond. Il ne se comprenait pas lui-même, il avait peur de la mort, mais parfois il avait un courage à toute épreuve. A bien y réfléchir, des gens comme lui, il y en avait partout de par le monde, y compris dans les Concessions. Dans quelle revue l'avait-il lu ? Il existe une catégorie d'humains naturellement portés à l'autodestruction. Des gens incapables de couler des jours tranquilles, des étudiants indubitablement honnêtes et candides qui se lancent dans la révolution, des commerçants indubitablement consciencieux qui s'enflamment au seul bruit de la bille tournant dans la roulette, des dames indubitablement comme il faut et plongées à longueur de journée dans des magazines féminins (où elles lisent même des articles de professeurs en médecine sur les méthodes d'accouchement sans douleur), qui filent des amours illégitimes.

Parmi les subordonnés de Maron, un certain Marseillais, d'un raffinement délicieux, lui avait dit, vous pouvez compter sur nous. Vous avez plus d'importance à nos yeux que n'importe quel détective, parce que vous êtes à moitié français.

Il avait failli être découvert, à l'entrée du Bendigo. En y songeant, le gars avait dû réellement le voir, celui à la veste en cuir noir, dont le menton et la lèvre supérieure se couvraient d'une barbe de plusieurs jours, et qui paraissait si jeune, malgré tout.

Ils dînaient dans un restaurant de luxe, pendant que lui restait posté là comme un imbécile dans les courants d'air. Il s'était senti furieux tout d'un coup. Il le leur avait carrément manifesté, en les regardant fixement depuis le hall d'entrée, il voulait identifier clairement avec qui ce type était en train de manger. Les autres avaient dû le remarquer qui guettait, il avait noté que le gars en veste de cuir noir était resté posté dans l'ombre, le dos collé au mur, et avait surveillé pendant très longtemps les deux côtés de la rue.

Certainement, il l'avait vu, ils étaient devenus particulièrement méfiants, une fois sortis. Il n'avait pas essayé de suivre le taxi. Impossible, évidemment, de le suivre à pied. Quant aux filatures en voiture, on ne voit ça que dans les films, c'est un vrai traquenard. Mais il fallait trouver un moyen.

Il avait couru jusqu'au Lyceum Theatre et surveillé le carrefour depuis le haut des marches, dans l'embrasure de la porte. Quand le taxi était arrivé, il avait retenu le numéro. Il reviendrait nécessairement au dépôt. Il avait attendu son retour et s'était rendu alors au comptoir pour le réserver. Il s'était assis à côté du chauffeur, il lui verserait le double de la course (seulement deux dollars de plus) s'il le conduisait à l'endroit où il avait déposé ses précédents clients. Le *longtang* de la rue Amiral-Bayle où ils étaient entrés après être descendus de voiture ? Le chauffeur s'en souvenait parfaitement.

Planqué sous le porche, il avait attendu que tous ressortent.

Et ce matin il était revenu. Un peu avant neuf heures, il se tenait devant le comptoir du quincaillier. La boutique, presque à l'extrémité de la rue Amiral-Bayle, était juste en face de l'entrée du *longtang*. Il faisait mine de téléphoner, il leva la tête.

Incroyable ! Un vrai miracle – longtemps après, en y repensant, il se dirait toujours que cela ressemblait à un miracle. Au-dessus du porche du *longtang*, derrière le mur de planches à la peinture rouge écaillée, le rideau de la fenêtre, dans la pièce en arcade, se souleva et un visage se profila sur le fond sombre, celui d'une femme, elle jeta un coup d'œil par la vitre, puis se recula, referma la fenêtre et tira le rideau. Xue l'avait reconnue !

C'était sa jeune première du bateau, il avait développé la photo mais, même lorsqu'il l'avait eue sous les yeux, il avait été incapable de retrouver dans quel film il l'avait vue. Il comprit très vite, l'endroit qu'il recherchait était là, derrière cette fenêtre, dans cette pièce au-dessus du porche. Dans son imagination de filocheur en herbe, il n'y avait aucun doute, un trafiquant d'armes et une vedette de cinéma impliquée dans une affaire de meurtre ne pouvaient pas se retrouver par hasard dans le même *longtang*.

Maintenant, c'est elle qu'il allait filer. Il la vit sortir et se rendit à sa suite à l'angle de la rue Amiral-Bayle, pas très loin derrière, mais marchant au même rythme. Il vit qu'elle tournait dans la route Conty vers l'ouest, puis s'arrêtait en faisant les cent pas, il préféra prendre vers l'est.

Une idée curieuse lui vint à l'esprit, l'impression que ces « mauvais amis » avaient formé le projet de ruiner tout sentiment noble qu'il pourrait éprouver dans la vie, et il se demanda où il allait à nouveau les voir surgir devant lui, en quel lieu inimaginable.

XIII

Jeudi 11 juin 1931 (an XX de la République), 10 h 15.

Des années après, quand viendrait pour lui le moment de regagner la métropole – et qu'il serait désormais comme un père pour Xue –, Sarly verrait de ses yeux les dévastations infligées par la guerre aux Concessions. Xue, du fait de contacts assidus avec les belligérants de tous bords (agissant de la sorte par tempérament, probablement), serait traité comme un suspect par le Kuomintang, qui lancerait diverses enquêtes sur lui et irait même jusqu'à l'arrêter. Suite à l'intervention courageuse de plusieurs de ses amis, à commencer par Sarly lui-même, qui fournirait des témoignages en sa faveur ainsi que des documents qu'il irait piocher jusque dans les archives diplomatiques, M. Hsueh Weiss finirait par être élargi.

Et Sarly, lors d'un dîner organisé pour l'aider à se remettre de ses émotions, lui offrirait généreusement de venir vivre en France : il y serait non seulement son hôte personnel mais également, en reconnaissance de sa contribution aux affaires coloniales de la France, celui du gouvernement français. Il pourrait s'installer à Paris. « Bien entendu, tu viendras aussi dans le Sud » – le Sud où Sarly aurait des terres grâce à une somme rondelette amassée durant ses années de service à Shanghai.

Légèrement gris, ils commenceraient à évoquer les vieux souvenirs. Sarly raconterait à Xue : au début, ce n'était pas lui qui avait attiré son attention, mais cette Russe blanche. Dès qu'elle était entrée dans son collimateur, elle avait suscité son intérêt, sans autre raison particulière, il pouvait le dire aujourd'hui en se fichant un peu de lui-même, qu'un certain penchant personnel pour les jolies femmes. C'est pour cette raison qu'il avait mis ses agents à ses trousses.

La suite confinait au miracle et il pouvait l'imaginer guidée par quelque force invisible agissant sur toute chose. La piste initiée avec cette Russe blanche avait soudain évolué d'une manière proprement époustouflante, car elle menait tout droit à l'affaire du quai Kin Lee Yuan.

Se rendant ce matin-là à la réunion des « matines », le capitaine, la moitié d'un croissant dans la main gauche, une tasse de café dans la main droite, tentait, du genou, d'ouvrir la porte. L'inspecteur et chef de brigade Maron lui était venu en aide et lui avait glissé au passage, survolté : « Notre petit chien de chasse semble avoir levé du gibier. »

La brigade spéciale au grand complet l'attendait. Pourtant Maron n'avait rien laissé filtrer des nouvelles. Il tendait une feuille de papier au capitaine, lequel la balaya du regard avant de la glisser en bas de la pile de documents. A l'issue de la réunion, il demanda à l'inspecteur Maron de réunir l'intégralité de pièces concernant Xue, les notes de son interrogatoire, les rapports qu'il remettait tous les deux jours, et enfin tout ce qui avait été enregistré sur lui par la police du *baojia*. Qu'on les lui apporte dans son bureau.

La feuille en question portait des notes, écrites dans un français à la grammaire et à l'orthographe quasi impeccables, qui étaient donc l'œuvre de ce photographe amateur du nom de Xue. Elles livraient des informations étonnantes : il avait filé un ami de la trafiquante russe (Maron avait noté dans la marge qu'il s'agissait d'un comprador nommé Chen), lequel était entré dans une maison de la rue Amiral-Bayle. Alors qu'il retournait dans le secteur, le lendemain, Xue avait découvert sur les lieux une occupante tout à fait inattendue. Cette personne, dont il avait vu la photo dans le journal, n'était autre que la femme de Cao Zhenwu, l'homme assassiné sur le quai Kin Lee Yuan. La dame qui s'était volatilisée à la suite de l'attentat.

Le plus intéressant dans cette histoire, se disait le capitaine, était le soin mis par les meurtriers à diffuser l'information. Ces gens, dont l'enquête allait révéler qu'il s'agissait d'un groupe armé émanant d'une organisation clandestine, avaient annoncé ce qui allait se passer à un journaliste, puis, après les événements, lui avaient transmis des documents, une revendication pleine de rodomontades ainsi que les grandes lignes de l'affaire – afin que le journal donne une version allant dans le même sens que la leur. Ce groupe non seulement commettait un attentat mais se chargeait d'en répandre la nouvelle auprès des organes de presse – détail dont nous pouvons affirmer qu'il serait d'une grande inspiration pour le capitaine.

Au cours d'une séance suivante de « matines », il déclara devant plusieurs membres de la brigade spéciale que la réalité des faits ne serait peut-être jamais établie et se bornerait à cette masse de documents, d'articles découpés dans des journaux, de rapports d'instruction. La réalité des faits, c'étaient des propos récoltés au coin des rues et des rapports d'enquête remis quotidiennement par leurs détectives en civil.

Bref, elle était là, dans tous ces documents, la réalité des faits.

Bien plus tard, le capitaine se rappellerait que durant toute cette période, Shanghai était dans la tourmente. Et ce n'était pas qu'une image. Cette année-là, les pluies de printemps avaient été particulièrement abondantes et les régions avoisinantes subissaient des inondations à répétition. Le ciel ne s'était éclairci qu'au début avril. Quasiment du jour au lendemain, le service politique de la garde municipale, qu'il commandait, était devenu le point névralgique où convergeaient tous les regards. Aussi loin qu'il se souvienne, jamais il n'avait été autant demandé. Même les Anglais venaient lui faire leurs confidences. Le Major Martin, son collègue du Settlement, l'invitait pour des déjeuners de travail dans leur club campagnard, autour d'assiettes remplies de selle de mouton et d'entrecôtes grillées encore saignantes. Il se souvenait qu'y figurait un jeune diplomate anglais, peu loquace, silencieux la plupart du temps. Quand Martin abordait des sujets importants, par exemple les mécanismes établis entre les deux parties pour l'échange d'informations, l'homme se faisait plus silencieux encore, contemplait fixement son verre ou son cigare. Plus tard, des bruits avaient circulé dans la Concession à son sujet (y avait-il personne mieux placée que Sarly pour être au courant ?). Impliqué dans une affaire d'adultère, il avait dû quitter précipitamment Shanghai sous la pression du qu'en-dira-t-on.

Martin, il l'avait dit ce jour-là à Sarly, souhaitait qu'il considère ces conversations comme « la mise en commun de leurs savoirs dans le cadre d'une entente privée ». Parce que – Sarly ne l'ignorait pas – Londres était aux mains de gens qui ne voyaient pas plus loin que le bout de leur nez, à commencer par Ramsay MacDonald : le *Prime Minister* avait toujours été très bien introduit dans les milieux diplomatiques – et Martin avait tourné la tête vers le jeune homme, d'un air de s'excuser. La rumeur qui circulait à Londres, à propos d'espions soviétiques infiltrés au sein du cabinet travailliste, avait de quoi vous ouvrir les yeux. La Grande-Bretagne avait rétabli des relations avec l'Union soviétique et se désengageait dans ses colonies d'outre-mer. On pouvait en voir les effets jusqu'à Shanghai, où les Anglais semblaient laisser intentionnellement les fusiliers marins japonais prendre le relais sur leurs propres positions. Aussi Molotov ne se trompait aucunement, avait poursuivi Martin, seule la France aujourd'hui était l'ennemi n° 1 de l'URSS.

Sarly se souvenait bien de ces entrecôtes, épaisses d'au moins deux *inches*, qu'on faisait saisir pendant trois minutes sur le gaz entre deux grilles de laiton avant de les arroser de crème et de cette Worcestershire Sauce de chez Lea & Perrins, que les Chinois appelaient « sauce de soja piquante ». Il se rappelait quel coup de fourchette il avait alors, c'étaient de beaux jours qui jamais ne reviendraient. Le plus étrange, c'est qu'à partir du moment où il avait quitté les colonies, ses capacités digestives l'avaient abandonné. En ce temps-là, à Shanghai, tout le monde semblait pourvu d'un solide appétit.

— C'est pourquoi, capitaine, certains esprits aiguisés, à Londres, souhaitent que nous établissions des liens plus étroits avec nos collègues de la Concession française.

Oui, c'est ainsi que tout avait commencé. Mais comment Xue avait-il pu être au courant ? Il n'était alors qu'un jeune bon à rien traînant dans les bas quartiers de la Concession, aux abords du Huangpu. Impliqué à son corps défendant dans une enquête concernant un consortium de ventes d'armement, il se débattait pour tenter de s'échapper, comme une mouche prise dans une toile d'araignée.

Au début de l'année, Sarly, par un canal privé, avait reçu un message du Quai d'Orsay l'invitant à « s'apprêter à mettre en place certaines actions propres à attirer l'attention », afin de se conformer à la politique d'embargo désormais instaurée par Paris à l'égard de Moscou. Chez eux, au service politique de la police française, à la différence des méthodes de Martin et consorts, le principe était de réduire les interventions au minimum, la police coloniale avait pour mission d'assurer la sécurité du commerce, pour le plus grand avantage des hommes d'affaires. Les policiers en tiraient leur part de bénéfices et tout le monde était content. Mieux valait laisser en paix les groupes extrémistes et éviter d'avoir affaire à eux, le capitaine allant même jusqu'à considérer que c'était justement leur existence qui rendait les colonies un peu moins mornes et leur donnait un regain d'intérêt. Dans la Concession, on ne comprendrait jamais ce besoin qu'avaient les Anglais de freiner l'extension du pouvoir des sociétés secrètes et d'éliminer les salles de jeux et les bordels, que justement les Français accueillaient à bras ouverts. Alors que dans le Settlement on collaborait avec les nationalistes pour arrêter les communistes, chez eux, on fermait un œil et on ouvrait l'autre, et on lambinait volontairement quand des informations parvenaient sur ces gens, afin de leur laisser le temps d'abandonner leurs positions et de changer de comptes bancaires. Du moment qu'ils se tenaient à carreau et ne causaient pas trop de désordre, la police de la Concession les laissait tranquilles. C'était une vieille rengaine, dans les milieux coloniaux français, que de parler de la rivalité qui les opposait aux Anglais et de s'étendre sur l'ouverture d'esprit dont eux-mêmes faisaient preuve.

Le vent avait tourné du jour au lendemain. La raison, officiellement invoquée, était que les Renseignements tenaient la preuve que les activités subversives des mouvements radicaux en Indochine étaient soutenues par le Komintern et Moscou. Et que les instances fournissant financements et autres soutiens indispensables étaient précisément basées à Shanghai. A bord du *Paul-Lécat* voyageait quelqu'un qui avait rapporté, en provenance de Haiphong, toutes sortes de documents, qui allaient d'un gros volume relié de rapports d'enquête jusqu'à de petits bouts de papier découverts au cours d'une perquisition. Sarly, peut-être simplement pour rendre des comptes, ou parce qu'il voulait réellement laisser une trace, ajouter sa marque dans les annales des services de la police coloniale, trouva qu'il fallait passer à l'action et se mit à compulser le fameux dossier qui était en sa possession. Lui qui avait coutume de dire à ses subordonnés, laissez les choses se calmer, ouvrez l'œil et le bon, certaines fois de gros dossiers se dégonflent pour se réduire à rien, les pistes finissent d'elles-mêmes par aboutir quand il s'agit vraiment de cas sérieux ! Ce genre d'affaire demandait de l'imagination, oui, de l'imagination. Et de l'imagination, il n'en manquait pas.

Il fallait de l'imagination ainsi qu'une parfaite connaissance de cette ville. Ce qu'il prétendait posséder. Dans les quartiers d'habitations grands et petits qu'abritait la Concession, dans tous ces *longtang* pareils à des labyrinthes, quel sale tour pouvait échapper à l'œil du capitaine ? Nous aussi avons notre savoir-faire, bien qu'on critique le laisser-aller des Français, nous savons aussi bien que les Anglais administrer une ville, mieux qu'eux, d'ailleurs, et nous, nous avons le talent de rendre nos colonies plus palpitantes.

Tous les policiers titulaires, dans le service politique, avaient leurs propres « détectives », qui eux-mêmes dirigeaient leurs propres équipes d'indicateurs, et ce réseau irriguait comme des vaisseaux sanguins la moindre portion de la ville, jusqu'à la plus obscure et reculée. Chacun d'entre eux venait le matin remettre son rapport, écrit sur n'importe quel morceau de papier, fût-ce au dos de la feuille d'étain d'un paquet de cigarettes. Quand ils ne savaient pas écrire, ils faisaient leur rapport oralement, que leur supérieur prenait en notes. L'ensemble de ces écrits besogneux et malhabiles aboutissaient entre les mains des secrétaires, qui les classaient et les traduisaient, et ceux qui contenaient des révélations intéressantes finissaient obligatoirement sur le bureau du capitaine.

C'est par ce canal que les petites notes éparses écrites de la main de Xue (certaines sur le papier à en-tête mis par l'Astor House Hotel à la disposition de ses clients) atterrirent sur le bureau de Sarly. Une heure après, le chef de brigade Maron lui remettait en outre l'intégralité du dossier concernant Xue. Non seulement les rapports que ce photographe amateur était capable de rédiger en français avaient éveillé l'attention du capitaine, mais, plus tard, lorsqu'il avait consulté le dossier attaché au permis de résidence de Xue transmis par le poste de police du *baojia* de l'avenue Joffre, il y avait découvert un nom qui lui était familier : Weiss. Pierre Weiss, un commerçant qui avait autrefois habité à Shanghai, dans la Concession. Retourné en France pendant la Grande Guerre, il n'était jamais revenu. Sa maîtresse chinoise et lui avaient eu un fils, dont le nom était Xue Weishi – Hsueh Weiss, un témoin actuellement à la disposition de la brigade spéciale du service politique, engagé dans un travail d'investigation.

L'inspecteur Maron expliqua au capitaine que, selon ses instructions, le poste de police du *baojia* allait envoyer ses agents effectuer une perquisition complète dans le logement qu'occupait Xue, route Joseph-Frelupt. Le capitaine releva alors la tête et ordonna à Maron de stopper immédiatement cette opération, ce à quoi le chef de brigade répondit que les hommes du *baojia* étaient probablement déjà en route.

XIV

Jeudi 11 juin 1931 (an XX de la République), 18 h 15.

Xue fulminait en se demandant comment il allait le faire payer à Maron. Il avait vraiment bien fait de ne pas tout lui raconter, ce matin, route Stanislas-Chevalier, au siège de la police. Quand il était arrivé chez lui, cet après-midi, le spectacle qui l'attendait devant sa porte l'avait glacé d'effroi. Son placard grand ouvert, les tiroirs répandus par terre, les vêtements qui jonchaient le sol, éparpillés, et les journaux, les papiers, étalés sur le lit, ainsi que les photos. Celle où un peloton français s'apprêtait à fusiller un espion au fond d'une tranchée était plantée dans le grille-pain, les canons de fusils alignés pointés vers le pot de confiture. Son père, pour la prendre, avait escaladé la tranchée et dominait de toute sa hauteur l'homme qui allait être exécuté.

Il fit un inventaire. Les documents et les photos qui comptaient le plus pour lui avaient été emportés. Des photos de son père, de sa mère, et aussi de Teresa. L'humiliation le rendait malade, il s'agissait des photos les plus intimes. La pensée que Maron était en train de les regarder le mettait dans une rage folle, il pouvait s'imaginer le mauvais sourire sur son visage.

Aux yeux d'autres que lui, la Teresa qui apparaissait ici n'était peut-être pas belle. Elle faisait la grimace, la bouche de travers ou démesurément agrandie, les narines largement ouvertes. Par un effet de perspective, ses jambes paraissaient épaisses et son derrière comprimé était large et aplati. Mais lui la trouvait belle, il la trouvait ravissante, il considérait que seules des photos de ce genre étaient capables de révéler la « réalité des faits ». Il se souvenait de l'une d'entre elles, surexposée, où Teresa, les jambes recroquevillées, en pleine jouissance, s'exposait comme un fruit de muscadier fendu jusqu'au cœur, laissant paraître sa pulpe laiteuse, ses poils humides (pour une bonne part de sa propre salive, Xue devait le reconnaître, pour être juste).

Il ne savait pas ce que d'autres pouvaient en penser, mais pour lui elles étaient le témoignage d'instants où plus rien n'existait. Il en avait choisi quelques-unes, qui reflétaient assez fidèlement les traits marquants de la physionomie de Teresa et ne risquaient pas de la faire prendre pour un corps mal identifiable, et les lui avait offertes. Il avait conservé toutes les autres, sur lesquelles la police venait de faire main basse. Parce que c'était bien la police, aucun doute là-dessus, et il était sûr que Maron était dans le coup.

Il ne tenait plus en place, dévoré de colère et de honte, depuis le début de l'après-midi. Et dire qu'il s'usait la cervelle, depuis des jours, à échafauder des histoires pour combler l'insatiable appétit de Maron, et à les lui faire avaler, à les lui servir comme du gratin de pâtes, une bouchée après l'autre, sans lui laisser le temps d'assimiler la précédente, pour qu'il en ait plein la bouche, de ses récits, ainsi que de spaghettis qui lui tomberaient un par un dans l'estomac. Il lui avait confié les goûts de Teresa au lit, avait reconstitué son emploi du temps de la journée, là où elle déjeunait, là où elle faisait confectionner ses vêtements, qui elle rencontrait et où. Parfois, pour satisfaire la curiosité de Maron, il était allé jusqu'à inventer des énormités, il lui avait dit qu'il jouait un rôle important dans ses tractations commerciales et qu'elle lui faisait plus confiance qu'à n'importe qui d'autre. Qu'elle ne pouvait pas se passer de lui et qu'il la remplaçait lorsqu'elle n'était pas disponible. Pour se faire valoir, il écrivait ses rapports en français afin d'éviter que des passages essentiels n'échappent à la traduction. Il avait été obligé d'aller se documenter dans des librairies, et avait écumé les boutiques spécialisées dans les publications concernant des affaires criminelles, pour y puiser quelques notions concernant les armes.

Bien sûr il faisait le tri, mettant tout sur le compte des mauvais amis de Teresa. Teresa probablement n'était pas très au courant, elle s'y connaissait mieux en bijouterie et laissait Chen s'occuper d'une bonne part de ses affaires (Maron le lui avait dit, ce type s'appelait Chen). Mais beaucoup de vérités filtraient, en définitive, et ce matin c'était le cas. Il avait raconté à Maron la filature qui l'avait mené à la rue Amiral-Bayle. Comme Maron lui reprochait de chercher à faire diversion, il en était venu à mentionner cette femme, celle qui avait disparu après le meurtre de son mari. Certes, sans trop savoir pourquoi, il avait gardé certaines choses pour lui, alors qu'il était près de parler il avait eu l'impression qu'il valait mieux ne pas tout dévoiler. Il n'avait pas dit à Maron que cette femme habitait dans la pièce au-dessus du porche. Il lui avait même caché l'emplacement exact de la maison : il faisait trop sombre, il ne se rappelait plus très bien de quel *longtang* il s'agissait, et la femme s'était esquivée très rapidement. Il l'avait vue en photo dans les journaux. En tant que photographe, il était assez physionomiste.

Il était dans un total désarroi quand il avait quitté le siège de la police. Ce qu'on l'obligeait à faire l'effrayait tellement. Il avait commencé à regretter dès qu'il avait tourné le coin de la route Stanislas-Chevalier, parce qu'il se disait que ses déclarations pourraient mettre Teresa en danger, il ne cessait de se demander s'il devait l'avertir de ce qui se passait. Mais l'inspecteur Maron lui faisait peur, par-dessus tout, il redoutait qu'on lui enfonce de nouveau la tête dans le seau, de se retrouver dans cette obscurité et cette odeur.

Puis la peur l'avait quitté. Il était descendu au rez-de-chaussée et avait emprunté le téléphone de sa logeuse pour passer un coup de fil. La dame l'observait d'un air consterné, elle avait questionné, pleine de sollicitude, ce voisin de longue date : que signifiait l'intervention de police qui avait eu lieu cet après-midi ? Mais lui, désormais, n'avait plus peur.

Quand il avait eu la communication, il n'avait pas su comment présenter les choses, il avait juste dit à Teresa qu'il pensait à elle (la logeuse montait la garde à l'entrée du salon). Et Teresa avait éclaté de rire. Il avait entendu le bruit de menus objets entrechoqués et l'avait imaginée tirant à elle un grand bout de fil du téléphone.

Planté sur le trottoir, au carrefour, il attendait que le policier annamite qui se tenait au milieu, pareil à une marionnette avec sa coiffe en paille à franges rouges, autorise le passage : en tirant sur la corde, il actionnait une plaque en bois posée sur un axe, et du côté où la face rouge apparaissait, les autos devaient s'arrêter ; quand il l'actionnait de nouveau, elles redémarraient. Avant que la plaque ne tourne, dans une voiture à l'arrêt devant Xue, la vitre côté conducteur s'ouvrit, et Teresa, qui était au volant, lui fit signe de la main.

La voix rauque de Teresa s'éleva :

— Tu es encore en vie ?

La moustiquaire de tulle gris suspendue aux quatre montants du lit de palissandre exhalait une odeur de moisi quand le vent s'y engouffrait. C'était encore à l'Astor House. Le parquet semblait encore brûlant, devant le lit, malgré le coucher de soleil presque achevé qui ne diffusait plus qu'une légère tiédeur.

Elle était allongée de profil, tournée vers la fenêtre, deux oreillers empilés sous son aisselle. Elle se recroquevilla d'un air satisfait, tendit le postérieur et le frotta contre le ventre de Xue, un croiseur anglais passait à cet instant sous les fenêtres, la sirène retentit longuement et Teresa tendit inconsciemment l'oreille. Un dernier rayon de soleil fusait entre les nuages et se répandait en nappe de lumière éclatante sur les vitres, il projetait un reflet d'or juste sur Teresa allongée, illuminant le duvet à la pointe de sa hanche.

Dès le début il avait voulu lui parler, mais l'occasion ne s'était pas présentée. Elle l'avait déshabillé en un tournemain et s'était mise à l'exciter du bout des doigts. Son organe dressé vibrait et tressautait comme un punching-ball soumis à un assaut de coups de poing.

Jusqu'à ce jour il gardait les côtes endolories, Teresa les serrait entre ses jambes à lui couper le souffle. Elle calait ses genoux dans le creux de ses flancs et y restait accrochée comme une palourde apeurée. Dans ces moments-là, ses jambes se faisaient dures et solides, intrépides, le muscle se tendait sur toute sa longueur, sur la face interne de sa cuisse – juste avant Xue l'avait vu de si près, pressé contre l'os de sa pommette, qu'il en avait poussé un cri épouvanté (qui, dans les faits, s'était mué en gémissement assourdi).

Elle lui prit les doigts et les attira vers son aine pour qu'il la caresse dans les profondeurs tendres qui s'ouvraient entre ses jambes. Il se dit de nouveau qu'il lui fallait inventer une histoire. Une raison crédible... Une raison qu'il lui soit possible d'invoquer... A cours d'inspiration, il se sentit soudain comme un chien en train de pourchasser un lièvre, il la talonnait de nouveau, il était sur le point de la rattraper, de la faire atteindre la rive d'une confiance aveugle et heureuse... Il était réellement dans la position d'un chien de chasse (ainsi au moins il évitait d'avoir à la regarder en face).

Il retomba sur le dos de Teresa. A cet instant, une manière imaginative d'aborder les choses lui vint à l'esprit.

— Il faut que M. Chen quitte Shanghai.

Elle cessa brutalement de haleter. Il fallait qu'il poursuive :

— Il est en danger, et la piste pourrait conduire jusqu'à toi. Il est impliqué dans une transaction avec la Bande noire, une vente d'armes, précisa-t-il en fixant bravement l'épaule de Teresa. En réalité, il s'agit d'une petite faction de la Bande noire aux ambitions bien arrêtées, qui mène des activités terroristes dans la Concession.

— Comment as-tu été mis au courant ?

— J'en fais partie.

Cette affirmation pouvait être crédible, qui n'était pas membre d'une société secrète, à Shanghai ? Il continua dans la même veine, très fier de ses trouvailles, avec même un certain orgueil audible dans la voix :

— En réalité, je connais leur chef, en réalité, hum... c'est même un vieil ami à moi.

Il trouva que ses paroles s'éloignaient trop de la réalité et il perdit de sa superbe. Mais il poursuivit quand même :

— Je suis photographe, comme tu sais, et il leur arrive d'avoir besoin de mes services... C'est comme ça que je l'ai connu, il me demande parfois de l'aider pour des investigations. C'est ainsi que… j'ai eu à enquêter sur M. Chen, que je l'ai suivi…

Elle avait tendu la main vers la table de chevet, fouillait dans son sac, probablement à la recherche de son briquet, mais en sortit un pistolet d'un modèle raffiné. Avant même que Xue n'ait le temps d'avoir peur, le canon se trouva pointé sous son menton, dans le creux souple entre l'os de la mâchoire et la pomme d'Adam, si profondément enfoncé qu'il eut envie de vomir.

Il ouvrait des yeux épouvantés, leva les mains comme pour se rendre, les doigts tremblants.

— Dis-moi la vérité.

Le silence s'installa. Il n'y avait plus que le tic-tac de la pendule et les cris des mouettes en train de chercher leur pitance à la surface de l'eau, pendant un temps si long qu'il en devenait insupportable, comme lorsqu'on se retient d'uriner – Xue avait pour de bon l'impression qu'il n'allait pas tarder à se faire dessus. Il avait déjà vu, de ses propres yeux, comment une balle pénètre dans un menton et soulève la mâchoire inférieure à la façon d'une boîte qu'on ouvre. Il n'osait pas répondre, de peur, s'il bougeait ses maxillaires, de déclencher quelque chose dans cette arme, le plus incroyable était qu'il ne parvenait pas à trouver le bon mot et qu'il se mit à chercher, tout à fait hors de propos, dans sa tête, la détente ? le chien ? Il lui semblait qu'en se creusant les méninges il pourrait s'évader de la réalité et que réfléchir au sens des mots pourrait faire que la scène qui se déroulait en ce moment se passe exactement comme dans un roman.

Et Teresa, de nouveau, éclata de rire. Les yeux fixés sur son visage, elle tendit la main vers son nez et y cueillit un poil bouclé, un poil qui lui appartenait. Il retrouva cette odeur légèrement acide, une odeur de laitage auquel se mêlerait un peu de vinaigre de pomme. Pour se sortir d'un mauvais pas, il suffit parfois d'une arme, ou alors juste d'un poil.

— Pourquoi l'as-tu suivi, et où ? Dis-moi l'heure et l'endroit. Pourquoi est-il en danger ?

— Dimanche soir. Je l'ai suivi quand il est sorti de la YMCA, jusqu'au restaurant. Il est entré dans une maison, rue de l'Amiral-Bayle. C'est un lieu qui appartient à la Bande noire, un endroit où ce groupe factieux aux ambitions particulières se retrouve. Le chef de la Bande noire a ordonné des recherches, il pense que ces gens sont mécontents de lui et veulent organiser des attentats, il a demandé aux forces de police de s'en occuper, c'est une collaboration habituelle entre la police et le milieu. La maison est déjà surveillée, et comme M. Chen s'y est montré, certainement, il est suivi et va être arrêté. J'avais hâte de te prévenir…

Il sentait que sa version ne tenait pas la route, que toutes ces affirmations étaient absurdes. Il n'était qu'un petit con. Il vit Teresa qui prenait son étui à cigarettes dans la table de chevet. Il pressentait que les ennuis allaient vraiment commencer, il suffisait à Teresa d'un coup de fil pour que ses mensonges soient percés à jour.

— C'est le chef de cette faction qui t'a demandé de nous surveiller ? Il t'a demandé de suivre Chen ?

— Oui.

— Dis-moi son nom.

Le cerveau de Xue tournait à toute vitesse, il cherchait à retrouver dans quel article de presse apparaissait ce nom, il l'avait lu après le meurtre du quai Kin Lee Yuan, une gazette en lien avec les sociétés secrètes donnait sa version des faits et indiquait que l'homme vraisemblablement à la tête de l'organisation terroriste se nommait Gu – voilà, il l'avait, c'était bien Gu.

— Gu. Ils l'appellent tous M. Gu.

— C'est ce M. Gu qui t'a dit de me suivre ?

La voix de Teresa était devenue cassante. Xue faisait le rapprochement entre ce nom et les gens qu'il avait vus ce soir-là, il se rappelait leur aspect, malgré l'obscurité – il trouvait que le plus vieux d'entre eux, à l'allure mystérieuse, correspondait le mieux à l'idée qu'il se faisait de Gu. Il réalisa tout d'un coup l'erreur irréparable qu'il venait de commettre, si M. Gu et le Chen de Teresa faisaient affaire, pourquoi diable Gu aurait-il demandé à Xue de filer Chen ? Et il pensa, non sans une joie mauvaise à la perspective des catastrophes qui s'annonçaient – et voilà, si c'est le cas, cela signifie que Chen te trompe.

— Tu as osé me surveiller en douce pour le compte d'autrui ! Tu as osé suivre Chen !

Le canon du revolver avait recommencé à appuyer, Xue trouvait sa situation parfaitement tragique et comique, il sentit des bouffées de chagrin, se mit à s'apitoyer sur son triste sort. Le revolver, toujours pointé sur lui, aiguisait curieusement ses sensations, il parvenait même à ressentir l'irritation de ses glandes lacrymales, le voile qui brouillait ses pupilles, puis il perçut sa propre voix noyée – il parla en français, comme si cette langue aux inflexions douces allait amoindrir un peu le mouvement de son menton, éviter le contact avec la détente de l'arme. Il n'entendit pas vraiment les mots qu'il prononça, mais Teresa apparemment les perçut distinctement.

— Si je l'ai suivi, c'est parce qu'il est un mauvais ami, et parce que tu m'es chère… Parce que je t'aime.

XV

Jeudi 11 juin 1931 (an XX de la République), 18 h 35.

Ces jours-ci, le capitaine Sarly s'ennuyait de la France. Il ne se considérait pas comme un Shanghaien. Certains Européens, ici, oubliaient leur propre pays et changeaient en quelque sorte de nationalité. Quel que soit l'endroit d'où ils venaient, dès qu'ils débarquaient dans cette ville, ils appartenaient à une race nouvelle : les Shanghaiens blancs. Rien d'étonnant à cela, arrivés à Shanghai dépourvus de tout, ils y faisaient fortune, y ouvraient des commerces, se mariaient et avaient des enfants, pourquoi ne s'y seraient-ils pas sentis chez eux ?

Il fut un temps où Sarly avait pensé s'installer dans les colonies, mais sa femme, originaire de Corse comme lui, n'arrivait pas à se faire au climat humide. De Saigon, elle était repartie à Marseille en bateau avec leurs enfants. Lui, il n'était pas allé prendre une maîtresse chinoise, cela lui convenait de rentrer chaque année pour ses congés en France. Le consul général Baudez, au contraire, avait installé ici toute sa famille, malgré les changements de postes beaucoup plus fréquents dans la diplomatie que dans la police.

Le soir tombait et Sarly se tenait dans la bibliothèque de la résidence du consul. Les portes-fenêtres donnaient sur une grande terrasse qui occupait tout un côté de la maison, on apercevait les vastes pelouses au travers des balustres sculptés. Des cris apeurés résonnaient sous les feuillages des platanes. Le consul se leva et tendit le cou pour voir ce qui se passait. A la lisière du gazon, tout près des bosquets qui longeaient le mur d'enceinte, un petit garçon était tombé de sa bicyclette et restait affalé par terre sans bouger. Les hurlements provenaient d'une petite fille, debout en équilibre instable sur une des chaises semées le long des plates-bandes, un pied passé par-dessus le dossier ovale en fer forgé noir tacheté de rouille. Le garçon se redressait, ayant entrepris d'extraire ses pieds de l'enchevêtrement de tubes de métal et de caoutchouc.

— Ils ont fourni toutes ses dépositions, dit le capitaine, reprenant la conversation.

Selon l'habitude établie, il venait rendre compte au consul des dernières informations récoltées par ses services.

C'était l'émissaire de Nankin en costume Sun Yatsen – il s'intitulait lui-même professeur – qui avait apporté les dépositions. Le dossier était divisé en deux parties, la première constituée des rapports d'interrogatoires, la seconde des analyses et commentaires de différentes sources. D'après ce qui apparaissait à la fin du tout dernier document, les signataires appartenaient à un groupe de recherches. Il s'agissait vraisemblablement d'intellectuels issus de ces cohortes de jeunes gens qui avaient reflué, par centaines, voire par milliers, de l'arrière-pays vers les villes de la côte. Avec des ambitions bien arrêtées, ce groupe s'était donné pour chef un professeur d'université, le plus avancé en âge. L'université de Nankin en enrôlait en quantité, qui se constituaient en équipes de recherches ou sociétés d'études en tout genre. Oui, il y avait une appellation curieuse sur la carte de visite qu'il lui avait remise. Sarly ne s'en souvenait plus bien, comité de recherches ? cellule d'investigations ? Il se replongea dans le dossier qui était posé sur la table.

« Finalement, il s'est quand même décidé à parler », avait rapporté l'érudit en costume Sun Yat-sen. Ses pupilles étaient fuyantes derrière les verres de ses lunettes, il avait bien l'air gêné et timide d'un professeur d'université. « Il vaut mieux que les affaires chinoises se règlent entre Chinois. Vous êtes des visiteurs après tout, et les visiteurs sont toujours portés à la mansuétude. Pour aller au fond des choses, un jour viendra où vous repartirez. Il y a des traités pour régir les Concessions, n'est-ce pas ? » avait-il achevé martialement avant de se mettre à rire avec emphase. Le timide professeur avait changé de ton, pour bien montrer qu'il adhérait aux Trois Principes du Peuple.

Le groupe de recherches de Nankin avait tiré ses conclusions, ce M. Alexei Alexeievitch Petroff (enregistré dans les archives de la police de la Concession sous le nom de Brandt, n° 2578 au registre des empreintes digitales) n'était pas le commerçant allemand âgé de trente-sept ans qu'il prétendait être. Dans la salle d'interrogatoire de la route Stanislas-Chevalier, il avait obstinément refusé de répondre aux questions. Les autorités de Nankin avaient obtenu qu'il soit extradé et envoyé dans la prison de la garnison de Longhua et, de là, transféré dans la prison militaire dépendant de leur autorité. Sarly se disait que le consul n'avait pas envie de savoir comment ils avaient traité M. Brandt, il préférait lui-même l'ignorer. D'après ce qu'il avait entendu dire, on utilisait là-bas une sorte d'énorme étau sous lequel on vous faisait agenouiller pour vous y coincer le crâne. Quand on y imprimait trois tours de vis, les mâchoires de l'étau se rapprochaient d'un centimètre.

Il y avait eu quatre interrogatoires en tout. Brandt avait dominé la situation avec classe. Chacune de ses dépositions était très complète et formait en elle-même un tout cohérent. A chaque fois, il avait intégralement et systématiquement contredit ce qu'il avait affirmé lors de l'interrogatoire précédent. Les policiers pouvaient facilement être induits en erreur, croire que celui-ci était le bon et qu'il constituait une véritable avancée dans l'enquête. Pour Sarly, il était sûr que, jusqu'au dernier interrogatoire de Brandt, on n'avait pas abordé le noyau dur de son réseau de relations. Il n'aurait même pas pu garantir qu'Alexei Alexeievitch Petroff était son vrai nom. Mais ceci n'était pas très important, ces agitateurs ne savaient probablement même plus quel était leur véritable nom.

Quoi qu'il en soit, les informations en elles-mêmes étaient d'une valeur inestimable. Elles annonçaient de façon déterminante que Shanghai était en train de se transformer en poudrière. Lors de la perquisition chez Brandt, on avait découvert quantité de documents bancaires ainsi que des carnets de comptes. « Il y en a en tout pour sept cent trente-huit mille deux cents dollars », avait résumé le comptable de la garde municipale.

Ces documents attestaient de transferts d'argent très fréquents sur le compte de Brandt, mais étrangement il n'y figurait aucune pièce faisant référence aux transactions commerciales correspondantes. Ce défaut de la cuirasse avait été fatal à l'entêté M. Brandt. Il était incapable de dire d'où provenaient ces sommes, et tout aussi incapable de dire dans la poche de qui elles étaient allées après être sorties de son compte bancaire. Et Dieu sait qu'il y avait là de quoi acheter un immeuble entier. Brandt avait déclaré qu'il était le représentant d'une firme allemande basée à Hambourg qui s'apprêtait à acquérir un terrain à Hongkong ou Shanghai, première étape décisive en vue de son implantation en Asie.

A Nankin, les dépositions de M. Brandt avaient beaucoup varié, au début il s'agissait d'opium, ensuite d'armement. Au troisième interrogatoire – Sarly supposa qu'on en était au dixième tour de vis de l'étau – Brandt avait reconnu que sa firme allemande était la filiale occulte d'une entreprise commerciale moscovite. Depuis que le camarade Lénine avait pointé la nécessité où étaient les pays communistes émergents, pour se fournir suffisamment en céréales dans une économie mondiale capitaliste, d'en passer par le commerce international (cet outil de spoliation impérialiste), un grand nombre d'entreprises de ce genre s'étaient créées du jour au lendemain à Moscou.

Le groupe de recherches de Nankin ne s'était pas contenté de ces explications. Brandt l'ignorait, mais la police française, à Shanghai, n'arrêtait jamais inconsidérément des commerçants étrangers. Le parcours personnel compliqué de Brandt était attesté par deux canaux différents (il avait ensuite avoué que son père était né à Moscou et que seule sa mère était une pure Berlinoise). La Sûreté générale de l'Indochine française, basée à Hanoi, lors d'une descente surprise contre les activistes locaux, avait mis par hasard la main sur l'adresse postale de Brandt à Shanghai. Dans les services de Sarly, au début, on le prenait encore pour le coordinateur de l'Union syndicale ouvrière pan-Pacifique. Un peu plus tard, au cours d'une offensive éclair du Kuomintang dans un chef-lieu de district de la province du Jiangxi, le Soviet local, tout juste établi, avait été obligé de décamper en toute hâte sans avoir eu le temps de détruire ses archives. Les papiers saisis avaient permis aux autorités militaires du Kuomintang de procéder à une série de perquisitions et d'arrestations dans la province. Quelqu'un, sous la torture, avait lâché les coordonnées de plusieurs comptes bancaires à Shanghai.

Les rapports transmis par Nankin mentionnaient que Brandt, au cours du dernier interrogatoire, avait avoué être le responsable d'une structure récemment établie par le Komintern à Shanghai et destinée à diriger le mouvement communiste de toute la zone asiatique. De là devaient partir toutes les décisions concernant les militants, la stratégie, et – plus capital encore – les finances. Sarly n'avait qu'une confiance relative dans cette déposition, sa composition était trop bien étudiée, sa logique trop parfaite, elle ressemblait plutôt à une dissertation longuement réfléchie, astucieusement camouflée en simples matériaux d'enquête. D'un bout à l'autre, elle affichait un style brouillon, passant d'un ton hésitant à de soudains démentis de ce qui venait d'être affirmé, des paragraphes entiers étaient biffés, puis repris et à nouveau biffés. Mais les passages décisifs étaient clairs, nets et précis.

Le cas Brandt comportait encore de nombreuses zones d'ombre, mais toutes les parties concernées par l'affaire s'accordaient pour considérer un fait comme indubitable : la réalité qui se déployait sous leurs yeux, c'était un ennemi commun, avec un plan, des financements et une organisation rigoureuse. Manifestement, quand les mouvements avaient perdu du terrain en Europe (et principalement en Allemagne), ils avaient revu leur tactique, désormais, le Komintern considérait que, dans la chaîne de l'impérialisme international, le maillon faible se trouvait en Orient, et que le meilleur endroit où placer le baril de poudre et le mettre à feu pour détruire intégralement cette chaîne se trouvait justement à Shanghai. Pour la raison qu'elle était la ville la plus complexe et la plus difficile à administrer de toute l'Asie.

Lors de cette conversation privée, le capitaine Sarly et le consul Baudez s'entendirent pour considérer que la Concession constituait le lieu propice à une telle mise à feu. Dans la pensée d'un petit nombre de Blancs des Concessions – des hommes d'affaires et des investisseurs, en majorité –, le consul devait conserver sa neutralité. Mais lui-même estimait au contraire que l'occasion était toute trouvée. Peu de temps auparavant, un courrier personnel, expédié depuis Paris par la valise diplomatique, lui avait été remis en mains propres, où ce vœu du ministère des Affaires étrangères était stipulé en termes clairs : les autorités de la Concession auraient à mettre au jour certains faits importants, susceptibles d'attirer l'attention, et propres à illustrer la situation de jour en jour plus tendue entre la France et l'Union soviétique, le conflit de nature commerciale né entre les deux pays étant en train de s'étendre à tous les autres domaines de leurs relations.

Dans le cerveau du capitaine, un fil imaginaire reliait désormais l'affaire criminelle qui avait éclaté récemment à une entreprise privée vendant des armes en différentes places de l'Asie et à un photographe amateur qui œuvrait dans la Concession. Des informations démontraient que le chef du groupuscule terroriste appartenait à la mouvance soviétique. Sarly avait l'impression que la déesse du hasard tournait vers lui une épaule aguicheuse et lui faisait de l'œil.

Le plus extraordinaire, dans ce contexte, était que le photographe, le dénommé Xue, autrement dit Hsueh Weiss, se soit révélé le fils d'une de ses vieilles connaissances. Au cours de la Grande Guerre, Sarly avait servi avec le père de Xue dans une même compagnie des troupes d'outre-mer. Cet été-là, dans le bourbier des tranchées, tandis que Sarly fumait assidûment ses chères pipes, le père de Xue prenait assidûment des photos, dont Sarly conservait encore une petite quantité. Pendant l'hiver, la cagna où s'abritait son ami avait été la cible d'un obus. Sarly aurait pu aussi bien l'oublier complètement, si, dans une série de photos envoyées par la police du *baojia*, Maron n'en avait pas sélectionné un certain nombre, qu'il lui avait remis en lui disant que ce petit Xue avait des divertissements fort polissons.

Le chef de brigade Maron ne pouvait pas reconnaître cet homme sur les photos, Sarly était encore bien jeune à l'époque et ses vêtements tombaient en loques. Il avait arraché les manches de sa chemise d'uniforme, comme tous les soldats le faisaient, durant l'été dans les tranchées, parce qu'à force de macérer dans la sueur la peau sous les aisselles finissait par s'infecter et puer.

Sarly ne raconta rien de toutes ces histoires au consul, en partie parce qu'il y entrait des faits d'ordre strictement privé, mais surtout parce que, pour l'instant, l'état d'esprit confus où il se trouvait ne lui permettait pas de se faire une idée bien nette de la situation.

XVI

Dimanche 14 juin 1931 (an XX de la République),
8 h 35.

Leng Xiaoman se sentait abandonnée. On ne lui confiait aucune tâche, personne n'était venu la voir depuis des jours, elle se faisait l'effet d'une épouse délaissée. Hier soir, elle avait couru jusqu'à la quincaillerie en face pour téléphoner à Lao Gu. C'était manifestement une infraction à la règle, mais elle n'en pouvait plus. Sa voix se brisait. Lao Gu lui avait dit de rester tranquille là-bas, que Lin Peiwen viendrait la voir le lendemain. Elle avait eu l'impression de voir les nuages se dissiper et le soleil se remettre à briller.

La nuit, elle avait mieux dormi. Il ne fallait pas s'étonner de ses airs de femme trompée, on devient stupide, forcément, à rester claquemurée dans une maison vide à longueur de temps. Elle se leva et se prépara, choisit une robe chinoise en fine toile à carreaux, avec des chaussures blanches. Elle fit le projet d'aller acheter un poisson au marché. Peiwen aimait le poisson. C'était un ami précieux, le seul dans l'Organisation avec qui il était possible d'échanger quelques paroles un peu personnelles.

Elle tira les rideaux, le soleil inonda la pièce jusqu'à la moitié de la table, puis elle ouvrit la fenêtre, la brise du matin était vivifiante et tonique. En se penchant à l'extérieur, elle eut un coup au cœur : le type se tenait encore de l'autre côté de la rue Amiral-Bayle. Il était debout devant l'entrée du *longtang* au-delà de la quincaillerie et regardait par ici. Elle l'avait déjà aperçu dans le secteur, et en réalité elle l'avait déjà rencontré bien plus tôt – ce jeune homme étrange aperçu sur le pont du vapeur français, près du bastingage.

Elle se redressa posément et alla mettre ses chaussures. Ne pas refermer la fenêtre, ni tirer les rideaux, se dit-elle. Après un instant de réflexion, elle repassa même la tête à l'extérieur et mit à aérer la fine couverture qui lui avait servi pendant la nuit, en s'appliquant bien à ne pas tourner la tête, à ne pas regarder dans cette direction.

Elle sortit, descendit l'escalier en se rongeant les sangs, elle ne pouvait éviter de passer par la rue Amiral-Bayle, le *longtang* n'avait pas d'autre issue. Comment pouvait-elle juger des intentions de ce type ? Les autres l'avaient prévenue : sa photo était dans tous les journaux, tout le monde était en mesure de la reconnaître.

Au carrefour de la rue Amiral-Bayle avec la route Conty, les véritables ennuis commencèrent.

Elle avait repéré Lin Peiwen au premier coup d'œil. Un costume de toile blanche, un magazine roulé dans la main. C'est plus tard seulement qu'elle se rendrait compte qu'ils étaient deux, pour l'instant elle n'avait pas encore remarqué l'autre camarade. La présence d'un agent de la police française, à côté de Lin Peiwen, la saisit. Elle comprit immédiatement qu'une fouille avait lieu. Un Annamite à chapeau conique opérait, il fouillait Lin avec un zèle particulier, l'air passablement irrité par ses habits de gosse de riche. Il prit le magazine pour le montrer au policier français, qui secoua la tête. Pour finir, l'Annamite avança la main derrière la taille de Lin Peiwen, marqua une pause puis lui palpa le dos brusquement, comme s'il avait voulu effectuer au dernier moment une action propre à prendre le suspect au dépourvu.

A l'autre extrémité du barrage, un policier chinois soulevait les coussins du siège d'un pousse-pousse et en inspectait énergiquement le coffre, provoquant des plaintes et des récriminations. Les agents se désintéressèrent très vite de Lin Peiwen et, d'un geste de la main, lui signifièrent qu'il pouvait s'en aller.

Leng Xiaoman fut intriguée de ne pas le voir s'éclipser rapidement. Peiwen, tête baissée, semblait hésiter, il roula de nouveau la revue qu'il tenait en main, leva les yeux au ciel – il avait l'air de douter qu'une fouille policière ait lieu si tôt dans la journée. Il regarda derrière lui puis se frappa légèrement le front de son magazine, comme s'il se souvenait de quelque chose, se retourna et repartit en sens inverse – Leng Xiaoman avait déjà levé le bras dans l'idée de lui faire signe, mais Peiwen ne regardait plus du tout dans sa direction.

Presque au moment où il faisait demi-tour, des détonations retentirent, un vacarme à rendre sourd, et tous les regards convergèrent vers l'endroit d'où venaient les coups de feu, au-delà de Lin Peiwen.

Seule Leng Xiaoman ne l'avait pas quitté des yeux. Il avait tourné la tête – au moment des coups de feu, dans la panique, il avait trébuché (un instant Leng Xiaoman crut qu'il était touché).

Dans la rue Amiral-Bayle, quelqu'un courait en direction du sud, les passants se rangeaient précipitamment et, de profil, considéraient celui qui s'enfuyait. Les policiers avaient tout de suite retrouvé leur sang-froid, des sifflets et des coups de feu furent tirés en l'air, très réglementairement, et des agents chinois en civil se lancèrent à la poursuite du fuyard.

Celui qui avait fait feu, tout en courant, jetait des regards en arrière, puis en pleine action il changea d'attitude – il fit un pas de côté et se mit à sautiller, il avait l'air de vouloir se moquer de ceux qui le poursuivaient, comme un enfant farceur qui jouerait un bon tour. Il se détourna à demi, bizarrement, et tira dans le vide, en l'air, derrière lui, cherchant manifestement à provoquer la confusion.

Leng Xiaoman vit Lin Peiwen qui courait en direction de la route Conty, et chercha à le rattraper. Elle se doutait que l'homme qui s'était sauvé en tirant des coups de feu était un camarade. Il était arrivé en même temps que Lin Peiwen. Dans la rue, les gens commençaient à s'attrouper, affluant de toutes les entrées des *longtang* pour ne pas manquer toute cette animation, certains passaient la tête aux fenêtres des étages, les coups de feu ne semblaient pas du tout mériter qu'on s'en inquiète, comme s'il s'agissait du tournage d'une scène de cinéma.

Plus personne ne courait maintenant dans la rue. La route Conty avait recouvré le visage si paisible qu'elle présentait au petit matin.

Leng Xiaoman ignorait quand et comment, mais Lin Peiwen s'était perdu dans la foule. Elle ralentit, remuant mille idées dans sa tête. Elle se demandait s'il valait mieux qu'elle rentre maintenant au local, sans être sûre d'ailleurs de pouvoir le faire. Heureusement qu'elle avait vu ce type et décidé de sortir immédiatement, sinon elle n'aurait pas assisté à la scène et serait toujours aussi ignorante de la situation. Cette adresse était grillée désormais.

Pourquoi Lin Peiwen ne se dépêchait-il pas de venir la retrouver pour la prévenir et lui dire comment agir ? se demandait-elle avec colère.

Elle continuait à scruter les silhouettes qui marchaient au-devant d'elle. Peut-être aurait-elle dû appeler Lao Gu ? Elle n'osait pas utiliser le téléphone d'une boutique, il ne fallait pas qu'on l'entende. A l'angle d'une rue se trouvait un petit garni, elle hésita longuement, estimant que le téléphone posé sur le comptoir n'offrait pas une sécurité suffisante. Même avec un pourboire, le silence du réceptionniste n'était pas garanti. Dans les Concessions, on était partout dans le collimateur de la police.

Elle se dit qu'il y aurait sûrement une cabine sur l'avenue Dubail. Elle tourna dans un *longtang*. Il faisait grand jour et les portes en fer étaient ouvertes, à cette heure les rayons du soleil n'atteignaient pas plus bas que le deuxième étage. Dans les allées perpendiculaires, encore pleines de courants d'air et d'humidité, rôdaient les relents de friture de la veille auxquels se mêlait la puanteur des seaux d'aisance encore exposés, couvercle ouvert, pour les aérer. Des odeurs qui évoquaient des intestins et donnaient à penser que les méandres compliqués des *longtang* en remplissaient exactement la fonction, dans cette ville.

Elle crut entendre des pas derrière elle. Des chaussures en cuir marchaient sur le dallage de brique sombre. Dans la paix de ces ruelles, c'était un son clair et distinct, renvoyé par l'écho. A un tournant elle regarda derrière elle, toujours ce type, mais aujourd'hui il n'avait pas son gros appareil photo à l'épaule. Elle accéléra le pas. Qui pouvait-il bien être ? Pourquoi la suivait-il ? Elle était convaincue qu'il l'avait reconnue.

Elle se demanda s'il était impliqué dans l'incident qui venait d'avoir lieu, auquel cas la fouille n'avait pas été menée au hasard. Elle en voulait à Lin Peiwen de s'être sauvé si rapidement, s'il avait été là ils auraient pu tendre un piège à ce gars et l'assommer, à coups de brique ou de bâton, ou de n'importe quoi d'autre.

A n'en pas douter, c'était un ennemi. C'était lui, elle en était sûre maintenant, qui avait attiré la police dans ce coin. Il s'agissait vraisemblablement d'un indic. Elle ne comprenait pas comment il avait pu identifier le repaire de la rue Amiral-Bayle, il l'avait probablement vue en sortir. Les autres avaient dit vrai, elle était facilement repérable. Il lui fallait joindre Lao Gu au plus vite, la situation était critique et elle devait en référer immédiatement à l'Organisation.

L'allée perpendiculaire menait vers la route Lafayette. Elle sortit du *longtang* et attendit avec angoisse sur le trottoir. Il fallait attendre que l'agent annamite ait actionné le signal pour pouvoir rejoindre l'avenue Dubail. Après les platanes se dressaient les grilles peintes en noir qui délimitaient le parc de Koukaza. Au travers du grand portail en bois à claire-voie, aux motifs en forme d'étoiles à huit branches, elle voyait les pelouses inondées de soleil. Il y avait un kiosque où se trouvait une cabine téléphonique, à gauche du portail.

Deux bandes d'enfants se livraient bataille pour prendre possession du secteur autour du kiosque. Le battant de la porte rebondit sur la tête d'un garçon aux cheveux de paille blonde qui s'effondra. Les deux clans se débandèrent alors immédiatement. Assis dans le kiosque, le vieux chargé de percevoir la monnaie du téléphone regardait les enfants avec indifférence.

Lorsque Leng Xiaoman arriva devant lui, le combattant qui gisait à terre poussa un cri et sauta sur ses pieds, avant de se ruer en courant vers le portail.

La rue était redevenue paisible, seul le feuillage des platanes s'agitait dans la tiède brise printanière. Mais Leng Xiaoman n'avait pas pris son sac à main, elle n'avait pas d'argent sur elle, pas la moindre pièce de monnaie.

Xue lui raconterait plus tard que tandis qu'elle se rongeait d'angoisse dans la cabine téléphonique, elle ressemblait à un oiseau en cage.

Et voilà qu'à travers la vitre de la cabine, ce type souriait au petit oiseau éperdu. Il avait exactement la même expression que lorsqu'il l'avait observée sur le pont du bateau, le visage exposé au vent du fleuve et aux rayons du soleil matinal, près de Wusong.

Il tira sur la porte battante avec un grand sourire et passa la tête.

— Je vous ai vue sur le bateau.

— Quel bateau ? Je ne vous connais pas, répondit Leng Xiaoman, sans céder.

— Comme vous voulez. Mais je peux vous donner ça.

Il ressortit la tête de la cabine, mais maintenant, posé de l'autre côté de la vitre il y avait un jeton de cuivre pour le téléphone, qu'il faisait glisser de côté et d'autre avec son doigt.

Elle ouvrit brutalement la porte et quitta en trombe la cabine. La rosée n'était pas encore sèche sur les lourdes traverses du portail. L'homme, à l'entrée du parc, se mit en travers de sa route.

— Mais qui êtes-vous, à la fin ? Pourquoi me suivez-vous ? s'exclama Leng Xiaoman.

Un couple d'amoureux entrait dans le parc, l'un à la suite de l'autre, à bonne distance. Le garçon eut un regard d'indifférence parfaite pour Leng Xiaoman, ayant mieux à faire que se soucier des problèmes d'autrui (sinon, que serait-il venu faire dans le parc à une heure aussi matinale ?). Au coin de l'œil de Xiaoman flottaient des franges rouges, un policier annamite posté à l'entrée du parc, occupé à bâiller. Le toit de chaume du kiosque renvoyait un éclat doré, ses murs affectaient le style des maisons normandes, avec des murs de bauge à lourds colombages. Le policier, l'air soudain intéressé, s'avança d'un pas hésitant.

La panique la saisit. Fallait-il se mettre à crier ? Sa photo était parue dans les journaux, figurait dans les dossiers de la police et sur les tableaux des suspects dans les commissariats. Elle se décida et entra dans le parc, pleine de rancune qu'on ne lui ait pas fourni d'arme. Sinon elle l'aurait tué, à coup sûr, se disait-elle dans son exaspération.

On était dimanche, beaucoup de gens venaient dès le matin au parc. Ce n'étaient pas tant les promeneurs qu'elle craignait, que les agents de police. Des agents chinois ou annamites surgissaient sans prévenir aux embranchements de l'allée principale nord-sud, et les petits cavaliers corses de la police montée, armés jusqu'aux dents, avaient une vue plongeante sur la circulation, de la grande porte sud jusqu'à la sortie nord.

Et ce type continuait à la suivre, il lui collait aux basques, toujours à la même distance, à quelques pas derrière elle.

XVII

Dimanche 14 juin 1931 (an XX de la République),
10 h 12.

Xue ne manquait pas d'imagination. Un bon agent de renseignements se sert de son imagination, lui avait dit Sarly. Le capitaine n'avait pas consacré beaucoup de temps à lui enseigner comment s'y prendre. Il se remémorait l'époque de la guerre, la boue des tranchées et les effluves, tout à la fois la senteur de l'herbe brûlée par les obus et l'odeur unique des prés et de la terre sous la pluie, une odeur de fermentation qui remontait des profondeurs du sol. La veille, Sarly avait passé presque tout l'après-midi à évoquer le passé, ses souvenirs du père de Xue et de leur camaraderie en première ligne des combats. Sur son bureau se trouvaient des photos de Pierre, ainsi qu'il l'appelait. Je vais te donner ta chance. Maintenant tu vas avoir l'occasion de devenir quelqu'un dans la Concession, avait-il dit à Xue. Tout ce qu'il faisait pour lui, c'était en mémoire de Pierre (que Dieu ait son âme). La police de la Concession a toujours besoin de talents, d'autant plus – en matière de lignage, le capitaine privilégiait l'héritage paternel – d'autant plus que tu es français.

Pour faire un bon agent de renseignements, lui avait-il dit, il faut avant tout avoir de l'imagination. Les affaires ne se présentent jamais en pleine clarté, elles se révèlent par de minuscules indices, le reste dépend entièrement de ton imagination. Chaque inspecteur a plusieurs agents de renseignements sous ses ordres, encore plus nombreux lorsqu'il s'agit d'un inspecteur principal. Mais pour toi ce sera différent, tu viendras me faire tes rapports directement.

Le jour où Teresa avait braqué son revolver sur lui, aux abois, il avait perdu la tête et dans sa terreur n'avait pas trouvé d'autre issue que le mensonge pour se sortir de ce mauvais pas. Une fois calmé, après y avoir réfléchi longuement, il s'était demandé comment une femme qui osait vendre des armes et des munitions au Parti communiste et à la Bande noire pouvait se laisser aveugler par des mensonges aussi grossiers ? Pendant la nuit, la peur de se dévoiler avait commencé à l'envahir. Teresa irait interroger Lao Gu comme elle l'avait interrogé, et ils finiraient ensemble par y voir clair. La vérité éclaterait au grand jour, le fauteur de troubles, c'était lui, Xue, et on viendrait le chercher. Cela pouvait se passer de multiples façons, on profiterait de son sommeil pour faire irruption chez lui, on le coincerait au fin fond d'un *longtang*, jusque dans l'atmosphère saturée d'humidité d'un bain de vapeur public, là de multiples bras se ligueraient pour l'entraîner vers un bassin où on le pousserait du pied au fond d'eaux bouillonnantes et saumâtres.

Ses terreurs nocturnes le mettaient en sueur. Il commença à calculer le temps qui lui restait avant d'être emporté par ce tourbillon fatal. Teresa confierait ses doutes à Chen, ensuite – comme un coup croisé au billard – l'histoire de ce perfide petit salaud arriverait aux oreilles des deux jeunes types, et pour finir à celles de Lao Gu.

Et voilà que la situation se retournait, voilà que le capitaine lui proposait de devenir un agent secret qui disposerait de pouvoirs occultes dans la Concession. Comment n'aurait-il pas été éperdu de gratitude ? Il avait hâte de faire ses preuves. Le capitaine lui avait demandé de retourner rue Amiral-Bayle, afin d'identifier ce mystérieux *longtang* où il avait déjà suivi le commerçant hongkongais ainsi que les diverses personnes qui y étaient entrées avec lui avant de se disperser dans la nature.

Face à l'inspecteur Maron, il ne cessait d'inventer. Il lui faisait avaler tous les mensonges possibles. Mais il éprouvait tant de reconnaissance envers le capitaine, si attaché à cette amitié de jeunesse avec son père, que lorsqu'il avait été question de retourner sur les lieux, il n'avait pas pu refuser. Cependant, une fois impliqué dans cette opération pour laquelle Maron avait mobilisé un effectif impressionnant, il avait été pris de doutes. Sa colère était encore toute fraîche et il n'avait sûrement pas l'intention de lui faciliter les choses. S'il se souvenait de l'emplacement exact de cette maison ? Bien sûr que non, dans la rue Amiral-Bayle tous les *lilong* se ressemblaient – ce dont il se félicitait.

De très bonne heure, il avait parcouru la rue Amiral-Bayle plusieurs fois d'une extrémité à l'autre. Même le flegmatique inspecteur Maron semblait perdre patience, lui qui avait fait venir toute une équipe pour procéder à la perquisition. C'était une vieille pratique de la police française – créer une atmosphère oppressante afin d'observer ceux qui perdaient leur sang-froid.

Il avait vu cette femme s'arrêter brusquement et avait repéré, du côté où était disposé le barrage provisoire de la police, un jeune homme en complet-veston de toile blanche qui attendait de pouvoir passer. Il l'avait reconnu au premier coup d'œil, c'était un de ses vieux amis du Bendigo.

Malgré le désordre ambiant, elle n'avait pas réagi comme les badauds ordinaires, plantés là pour assister au spectacle. Elle avait fait demi-tour, s'était éclipsée à toute vitesse et avait profité de la confusion pour franchir la limite du bouclage. Rien de tout ça n'avait échappé à Xue : alors qu'elle suivait le jeune homme, elle avait perdu sa cible.

Il se souvint des mots péremptoires du capitaine, à propos de l'importance de l'imagination dans le travail d'un agent de renseignements. C'était bien grâce à son imagination qu'il avait su faire le lien entre la femme à sa fenêtre, dans la pièce au-dessus du porche du *longtang*, et les ventes d'armes, et ainsi deviné que c'était le lieu où ils avaient rendez-vous après la fameuse soirée au Bendigo. Il avait réellement l'étoffe d'un agent de renseignements. Sa seule cible, au début, celle dont il avait compulsivement épié les faits et gestes, c'était Teresa. Les autres n'avaient fait qu'entrer dans sa ligne de mire, en tant que personnages secondaires, des figurants qu'il avait dû engager dans l'urgence alors qu'il se creusait la cervelle à un moment où il lui fallait absolument ruser pour trouver une suite à son histoire. Lorsqu'il avait vu cette femme, tous les personnages avaient à l'instant pris leur place dans son esprit.

Mais pour l'heure, il consacrait toute son imagination à percer le motif de l'affolement de la femme.

Profitant du désordre engendré par les forces de police, il continuait à suivre sa piste. Elle s'enfonça à vive allure dans le dédale frais et ombreux de brique rouge. Le badigeon de ciment qui couvrait la moitié inférieure des murs était taché de rouille et de lichen vert sombre. Sous les rayons du soleil, elle semblait environnée de brins de ouate voletant autour de sa tête – aujourd'hui elle avait les cheveux courts et une permanente. Pendant la traversée, sur le bateau, elle portait le chignon ondulé à la mode shanghaienne. Sa robe chinoise, à carreaux jaune pâle et blancs, dépassait légèrement de son manteau. Au moment de tourner dans une allée transversale, elle s'était montrée de profil, elle avait légèrement penché la tête en avant, faisant mine d'avoir aperçu de ce côté de la ruelle une personne connue et de vouloir la surprendre. Lorsqu'elle leva le bras pour faire un signe, à l'instant où elle disparaissait à l'angle du mur, on eût dit qu'une carpe bondissait sous son manteau écru.

Le matin où il était revenu rue Amiral-Bayle, dès qu'il l'avait vue à sa fenêtre, il avait deviné une bonne moitié de l'histoire. Pour des raisons qui lui restaient encore à lui-même inconnues, il n'avait pas dit la vérité à Maron.

Désormais, il pouvait en remercier le capitaine, même les policiers annamites, aux réactions si bizarres et au visage toujours fermé, ne lui faisaient plus peur. Il agrippa le bras de la femme et héla joyeusement l'agent annamite en français, personne ne comprit ce qu'il avait dit, personne ne s'en inquiétait vraiment.

Elle le fixait avec de grands yeux, et pourtant elle le suivit docilement. Il l'entraîna dans une allée de galets qui s'enfonçait entre deux pelouses longées de barrières basses et menait vers une pièce d'eau où poussaient des nénuphars.

Il ne savait pas lui-même pourquoi il agissait ainsi, peut-être était-ce de l'avoir vue pleurer sur le bateau, peut-être qu'il ne voulait pas croire qu'une fille aussi belle puisse représenter un péril, peut-être qu'à travers son objectif il avait l'habitude de voir des scènes terrifiantes à vous glacer le sang. Mais, le capitaine le lui avait dit, ces gens étaient des communistes et le meurtre de Kin Lee Yuan avait été commis par des communistes.

— Vous n'avez pas votre appareil photo, aujourd'hui ? lui lança-t-elle soudain, tournant la tête vers lui, sans réaliser combien cette question sans conséquence représentait un aveu.

Elle fixait d'un œil pensif l'herbe et les pies bleues sur le bord de l'étang.

— Donc vous vous souvenez de moi ?

Lui-même se remémorait les paysages marins, l'éclat d'argent des bancs de poissons sous le soleil, les chaloupes de sauvetage recouvertes de bâches vertes, les petites tables de noyer sur le pont. Et elle, la mine morose, qui avait considéré avec surprise son appareil photo avant de faire demi-tour et de s'éloigner, l'air fâché.

Elle était tout aussi fâchée, à présent. Sans rien dire de plus, elle le toisa avec la plus grande indifférence, se détourna et s'en fut.

— Mais c'est mon métier, je suis photographe, oui, reporter photographe, poursuivit Xue derrière son dos.

Cela n'avait rien d'un mensonge. Il avait toujours vendu ses travaux aux journaux et aux agences de presse et allait d'autant plus continuer à le faire maintenant. Rien n'empêche que tu aies un autre métier, avait dit le capitaine. Il pouvait aussi lui donner un matricule de police, mais Xue devrait alors gravir tous les échelons depuis le plus bas, à l'ancienneté. Mais il était chef du service politique et pouvait aussi déroger à la règle pour recruter ses propres agents de renseignements. Si j'ajoute au moment opportun quelques mentions en bas de tes rapports de mission, la direction générale est susceptible de te nommer directement inspecteur, ou même inspecteur en chef. Ainsi, il est tout indiqué que tu aies une profession officielle tout en m'aidant discrètement dans mon travail.

Le capitaine avait donné un ou deux coups de fil pour lancer des invitations à boire un verre au Cercle sportif français. Dès le lendemain, Xue recevait un courrier de la part du rédacteur en chef du *Journal de Shanghai*. Il se présenta à leurs bureaux, où on lui remit une lettre d'embauche et une boîte de cartes de visite, imprimées en lettres d'or, en français sur une face et en chinois sur l'autre.

La femme fit halte, hésita un instant, puis tourna brusquement la tête, elle avait une lueur étrange dans les yeux. Xue réalisa soudain qu'il s'engageait en terrain périlleux avec ses manières frivoles.

Une foule de petites publications de la Concession avaient consacré leur une, pendant une semaine, à rapporter la réalité des faits aux simples citoyens attablés en quête d'informations sensationnelles : elle faisait partie des complices dans l'affaire de meurtre, voire était l'instigatrice de l'attentat, les rédactions s'étaient même procuré sa photo et la diffusaient comme preuve de sa beauté et de sa scélératesse.

Quelques journaux étrangers, et seulement une poignée parmi les journaux chinois, avaient avancé prudemment (preuve à l'appui) que l'attentat avait probablement à voir avec un groupe terroriste rouge. Ils publiaient en même temps la revendication officielle des assassins – fournie par un correspondant anonyme.

Le capitaine lui avait affirmé qu'il s'agissait de membres du Parti communiste.

Ils se trouvaient maintenant sur la rive de l'étang. Juste un petit bassin, en réalité. Ils firent encore quelques pas. Une gloriette en bois se dressait au milieu de l'eau, posée sur des rondins à l'endroit où elle était la moins profonde, dans la vase. Là, en été, avaient lieu des concerts nocturnes, Rachmaninov, Debussy, Satie. A cette heure, sous le grand soleil, il n'y avait là que des papillons et d'autres insectes au nom inconnu.

Les communistes ne lui faisaient pas tellement peur, ils appartenaient simplement à un autre monde. Peut-être que maintenant ils se cachaient ailleurs dans un coin perdu de la Concession. Des étudiants qui, avec une témérité folle, avaient terrifié Shanghai de leurs émeutes, quelques années auparavant, causant une peur bleue aux étrangers. Lui-même avait accueilli ces nouvelles avec une sorte de joie mauvaise, mais les choses s'étaient très vite calmées. De toute manière, leurs actions n'avaient rien à voir avec lui. La Concession était le seul endroit où il pouvait se considérer chez lui, ce qui ne voulait pas dire qu'il était en droit de les traiter comme ses invités.

— Rassurez-vous, je pourrais fort bien être un de vos compagnons de route.

Cette jolie formule à peine sortie de sa bouche, Xue s'était senti pris de vertige, secoué par un vent léger, des ombres pernicieuses ondulaient à la surface de l'étang, il se faisait l'effet d'un traître.

— Vous et les vôtres, vous m'êtes sympathiques, dit-il en changeant de tactique.

— Je ne comprends pas ce que vous me dites.

Elle avait raison de ne pas se livrer. Il ne fallait en aucun cas se livrer. Il l'observait d'un air presque taquin. Plus le silence s'imposerait entre eux, plus leur relation paraîtrait tourner au flirt. Et l'impression croissante de ressembler à un incurable séducteur augmentait sa confiance en lui.

Le vent l'avait un peu décoiffée, elle se lissa les cheveux de la main, le pouce relevé et les quatre autres doigts alignés, son geste ressemblait à celui d'un jeune scout saluant les couleurs. Elle était manifestement à bout.

— Quelles sont vos intentions ?

La question n'était pas agressive, elle montrait simplement combien elle se sentait démunie.

— De ne pas cesser de vous suivre.

— Ne pas cesser de me suivre, et dans quelle intention ?

— Je souhaite vous aider.

Il crut l'avoir convaincue, et s'exprima sincèrement :

— Je ne sais pas ce que vous fabriquez, apparemment vous n'avez pas envie que je le sache, et je n'ai pas envie de le savoir. Mais il y a des choses que vous ignorez et que moi je peux vous expliquer. D'autant plus que maintenant vous ne pouvez plus rentrer chez vous.

— Pourquoi devrais-je vous faire confiance ?

— Pourquoi ne suis-je pas allé vous dénoncer à la police ? Comment se fait-il que la police, venue faire une perquisition rue Amiral-Bayle, soit repartie sans savoir dans quelle maison vous habitiez ? Comment ai-je deviné que vous étiez une communiste ? Pourquoi ne pourriez-vous pas me faire confiance ?

Cette succession de points d'interrogation ressemblait à une véritable tirade, elle aurait dû lui valoir des applaudissements, sa prestation aurait récolté un franc succès au théâtre.

— Ce que je peux vous apprendre est de la plus haute importance pour vous, il faut me donner l'occasion de vous le dire, et pour cela il faut m'attendre. On est dimanche aujourd'hui, vous pouvez faire mine d'être venue lire un roman, je vais aller faire le point rue Amiral-Bayle.

Il commença à s'éloigner, puis après quelques pas tourna la tête :

— Ne partez pas, attendez-moi ici ! lui cria-t-il en montrant la gloriette.

Il se sentait comme un amoureux qui fait des recommandations, plein de sollicitude, mais elle semblait toujours aussi rongée d'angoisse.

XVIII

Dimanche 14 juin 1931 (an XX de la République),
13 h 05.

La boutique de chandelles Da Sheng You donnait sur la rue Palikao. Juste après les bains-douches « Béatitude », qui occupaient l'angle de la rue du Weikwei. Entre les deux s'ouvrait un *longtang* du nom de Youyi Li, près de l'entrée duquel s'entassait le charbon destiné à alimenter la chaudière des bains-douches. Le charbon était exposé à la pluie, et même par un jour ensoleillé comme celui-ci, il avait suffi à Lin Peiwen d'une seconde d'inattention pour que ses chaussures laissent derrière lui des traces noires sur les dalles sombres de la boutique.

— Tu es sûr qu'ils ignorent cette adresse ?

— Je ne leur en ai jamais parlé.

Gu Fuguang se tut pendant un long moment. Les cartons qui s'empilaient à l'étage répandaient des odeurs de poudre et de poussière surchauffée. De chez le ferblantier voisin parvenaient des coups de marteau à intervalles irréguliers, il s'y glissait à l'occasion quelques notes jouées à la vièle dans un coin éloigné du *longtang*, quelqu'un travaillait un air d'opéra vif et acrobatique, une voix féminine, probablement une élève du cours d'opéra traditionnel de la troupe de Bi Yanfang.

— Pourquoi avoir emporté une arme ? Si les autres ne réfléchissent pas, ce n'est pas une raison pour en faire autant.

Gu Fuguang contenait sa voix, dans la paix de cet après-midi, la voix pointue de la petite *huadan* résonnait par intermittence et l'exaspération de Gu Fuguang paraissait feinte, ou appartenir à un rêve.

Il attendait un coup de fil de Park Gye-song. Un incident surviendrait tôt ou tard avec ces jeunes gens, à peine sortis de l'enfance pour la plupart. En temps normal, à cet âge, ils auraient dû être sur les bancs de l'école, prêts à servir le thé à l'épouse du maître ou à parcourir les rues en criant et en se bagarrant. Il avait bien examiné la situation, pesé les avantages et les inconvénients. Les seconds sautaient aux yeux, quand un imprévu surgissait. Mais le bon côté de ces jeunes, c'était leur pureté, leur passion, l'élan qui les faisait agir sans tergiverser. Quand se présentaient des tâches dangereuses, ils s'y lançaient comme par jeu et s'en acquittaient en toute décontraction. Dans certains cas, se dit-il une fois de plus, même des experts ayant reçu la formation adéquate ne les vaudraient pas.

Il tira le téléphone de la réserve jusqu'à l'étage et laissa Qin Siquan garder la boutique. On n'y vendait pas seulement de l'encens, des bougies et des feuilles d'étain pour les lingots factices des funérailles, mais aussi des allumettes, des pétards et des feux d'artifice. Assis au milieu des cartons, on pouvait se croire sur un baril de poudre, mais Gu s'alluma quand même une cigarette sans s'embarrasser de précautions. Personne ne s'y connaissait mieux que lui en explosifs, il en avait d'ailleurs fabriqué à Khabarovsk.

De l'autre côté de la croisée à six carreaux, on tombait sur une maison, le n° 10 de Youyi Li, où donnait l'arrière de la boutique. Sur le parapet de la terrasse en surplomb de l'aile sud du bâtiment, était posée une bassine en fer-blanc hors d'usage, dans laquelle poussait toute une petite forêt de ciboules.

Par une habitude devenue naturelle chez lui, ancrée par sa formation, Gu Fuguang avait mis au point différentes stratégies de fuite. Il avait examiné toutes les issues qui s'offraient aux alentours, quel que soit l'endroit où il se trouvait. Dans ce domaine, leur disait Berzin, leur officier instructeur, un activiste clandestin devait se montrer aussi défiant qu'une personne atteinte de claustrophobie, avec une attitude plus positive, bien sûr, plus dynamique dans ses réactions.

Une fenêtre s'ouvrait dans le mur sud de la réserve, au rez-de-chaussée. Après avoir loué ce local, il avait décloué les traverses de bois qui condamnaient la fenêtre par mesure de prévention contre les vols. De l'autre côté, on était dans le *longtang*. A l'angle du mur, recouverte par le tas de charbon des bains-douches, se trouvait une brique amovible derrière laquelle était caché, emballé dans de la toile cirée et chargé, un Ruger, une arme de poing de fabrication allemande. La réserve avait une porte arrière qui ouvrait sur la cour d'un *shikumen*. Après l'avoir traversée, on pouvait sortir par le n° 10 de Youyi Li. En tournant à gauche, on rejoignait un autre *longtang*, rue du Weikwei, puis le boulevard de Montigny. Une fois qu'on avait atteint le parc d'attractions du Grand Monde, on pouvait se perdre dans la foule et disparaître. Si la situation était encore plus critique, on pouvait aussi, par la fenêtre ouest de l'étage, grimper sur la terrasse à l'arrière, atteindre le toit et profiter de cette position dominante pour s'enfuir au moment propice.

Des risques, il y en a toujours. Vous avez appris la lutte à mains nues, appris à tirer et à vous travestir pour changer de peau. Pendant la moitié de votre existence, vous avez appris à braver le danger, c'est pourquoi maintenant vous savez contrôler votre respiration, ne pas vous fâcher ni vous énerver.

Dans le pire des cas, même si le gars se faisait arrêter, il n'avait pas connaissance du point de contact de la rue Palikao. Et dans une hypothèse encore plus grave, à supposer qu'il ne supporte pas l'interrogatoire et qu'il donne l'adresse de la rue Amiral-Bayle, entraînant l'arrestation de Leng Xiaoman, bien sûr l'Organisation en serait gravement affectée mais le dommage ne serait pas fatal. Leng Xiaoman ne connaissait que le numéro de téléphone et une bonne journée serait nécessaire pour obtenir l'adresse par les renseignements, d'autant plus que la police de la Concession française était connue pour ses retards à l'allumage.

A presque quatorze heures, le téléphone sonna enfin. Park appelait d'une cabine publique. Il étouffait sa voix, la ligne était mauvaise et le son parvenait dans un chuintement, semblable à l'écho du vent dans le lointain, parmi la friture entremêlée de chocs sourds qui agressait les oreilles de Gu Fuguang.

Après avoir reposé le combiné, il s'alluma de nouveau une cigarette.

Lin Peiwen attendait, les yeux fixés sur lui, en se tortillant, mal à l'aise. Il observa l'allumette en train de finir de se consumer dans la main de Gu, transformée en mèche blanche recourbée que dispersa un courant d'air venu de la fenêtre, et ne put se retenir d'interroger :

— Alors ?

— Park confirme – le camarade Zhou Limin s'est sacrifié.

Gu Fuguang, les yeux à demi fermés, papillotait des paupières, probablement parce que la fumée lui entrait dans les yeux.

— Il a craint de fausses rumeurs et il est allé vérifier par lui-même sur les berges. On est encore en train de sonder le canal. Zhou Limin a été poursuivi par les policiers jusqu'à Siccawei Creek, il a sauté à l'eau, dans l'intention de nager jusqu'à l'autre rive, et les poursuivants ont tiré au hasard.

Silence.

Peiwen ne disait rien, Gu Fuguang l'observait. Est-ce qu'il était épouvanté par cette bonne farce qui s'achevait soudain en accident mortel – ou bien révolté ? La révolte avait son intérêt, mais il fallait savoir la dompter. Quand venait le moment d'agir, le plus important était la combativité.

— Zhou Limin a fait preuve d'héroïsme, il s'est sacrifié pour protéger ses camarades. On peut se désoler, mais il faut surtout s'appliquer à trouver comment le venger.

Il n'était pas sûr d'avoir donné une force suffisante à ses propos, il gardait la fumée dans sa bouche et la laissait se disperser d'elle-même au coin de ses lèvres au même rythme que ses paroles, sa voix était un peu rauque, comme si la fumée lui asséchait la gorge.

— Le problème, maintenant, c'est la disparition inopinée de Leng Xiaoman. Elle n'est plus rue Amiral-Bayle. Selon ce qui était convenu, elle devait attendre là-bas. Elle a sans doute eu peur des coups de feu, ce qui expliquerait sa fuite. Mais le plus dangereux serait qu'elle passe la journée toute seule à l'extérieur, au vu et au su de tous.

Lin Peiwen sembla se réveiller brutalement d'un rêve, il se leva tout d'un coup :

— Je vais la chercher.

Sa phrase à peine achevée, il s'agenouilla pour descendre par l'échelle.

— Réfléchis un peu, où vas-tu aller ? souffla Gu Fuguang, avant de poursuivre sur le même ton : Elle va téléphoner. Si elle n'a pas téléphoné à cinq heures, nous filerons d'ici.

Lin Peiwen n'avait pas envie de se rasseoir, il voulait agir, faire quelque chose pour empêcher la tristesse de le submerger. Il ne s'attardait pas sur la peur que pouvait inspirer la mort d'un camarade. Il était jeune. Lorsqu'il s'était joint, dans un élan de passion, au grand mouvement révolutionnaire, il était encore étudiant. Il ne cherchait pas à éclaircir ses motivations, il préférait agir à la va-vite, sans prendre le temps de s'interroger. La lutte se manifestait dans toute sa cruauté, il lui semblait que des nuages sombres s'amassaient dans un ciel clair et lui cachaient le soleil, précurseurs de la tempête. Certains de ses compagnons avaient été abattus par l'armée réactionnaire au cours des manifestations. Il avait soudainement perdu le contact avec sa base et il lui arrivait de se dire que si cela n'avait pas été le cas, il serait mort lui aussi depuis longtemps. Emportés par le tourbillon de la révolution, les différents mouvements avaient éclaté, et sous les coups des réactionnaires décidés à reprendre le dessus, nombreux étaient ceux qui, comme lui, avaient d'un jour à l'autre perdu le contact. Beaucoup de camarades s'étaient sacrifiés au cours de ripostes désespérées. Alors il n'avait pas eu peur. Il étouffait de colère et ne songeait qu'à participer à la contre-offensive, il avait même envisagé une attaque suicide. Et, par bonheur, il avait rencontré Lao Gu. Lao Gu était un révolutionnaire chevronné et réfléchi, fort d'un projet, il planifiait les assauts aussi bien que les moyens de se replier. Il avait la capacité de diriger les opérations et d'obtenir la victoire, les camarades lui vouaient désormais une confiance absolue.

Lin Peiwen s'en remettait totalement à lui. Les muscles tendus, comprimant sa douleur, il ressemblait à un chien de chasse qui attend les ordres, prêt à laisser éclater sa violence au premier signal de Lao Gu.

Les yeux toujours mi-clos dans la fumée de sa cigarette, Gu Fuguang percevait l'exaltation du jeune homme. Une aussi inépuisable vitalité ne laissait pas de l'étonner. La mort même ne les désarmait pas, ne pouvait éteindre cette soif d'agir. Il était grand temps de passer à l'action. Si toute cette énergie ne trouve pas un exutoire, se disait Gu, il va en résulter des catastrophes. Contraindre tous ces jeunes à l'inaction pourrait avoir des conséquences irrémédiables, mieux vaut leur donner du grain à moudre que de chercher comment les freiner.

Il projetait d'organiser un coup encore plus spectaculaire, un événement propre à provoquer la stupeur. Et qui puisse faire figure de symbole, que l'Organisation y gagne le respect. Il ne voulait pas d'un acte rapidement supplanté par des affaires plus récentes, comme les fois précédentes, son écho devait retentir longtemps et marquer les mémoires. Non pas un fait divers qui ferait la une d'une petite gazette à deux sous, mais une déflagration qui prendrait rapidement la dimension d'une légende.

Il l'annoncerait par de multiples canaux, officiels ou clandestins, pour que la nouvelle soit diffusée tous azimuts, et pas seulement par des journalistes (il en avait soupé, des journalistes). Tant de pouvoirs, et tant de détectives amateurs au service de chacun de ces pouvoirs, cohabitaient dans les Concessions. Par leur intermédiaire il clamerait la nouvelle à la face du monde : Gu Fuguang est là.

Le contenu du message ne pouvait être plus simple : faire savoir à tous qu'à Shanghai était présent un personnage tel que lui. Que ce soit pour la révolution ou pour n'importe quoi d'autre, il faut d'abord manifester son existence. Il n'avait pas l'intention de les tromper, ces jeunes : l'objectif visé est une chose, les moyens de l'atteindre en sont une autre.

Depuis si longtemps, il cherchait un moyen d'ébranler les sociétés secrètes. Les motivations ne manquaient pas : elles avaient aidé au massacre des révolutionnaires. Voilà qu'il était présent ici, et qu'on le regardait comme quantité négligeable. Il leur avait pourtant déjà envoyé un signal, par l'intermédiaire de Septième. Il n'avait pas trouvé d'autre solution que d'en passer par une femme, dont il n'était même pas sûr qu'elle connaisse vraiment des membres des sociétés secrètes. Ils ne l'avaient pas pris en considération. Ni lui, ni sa Société des Forces unies.

Il hésitait encore sur le choix de la cible. Le 181 de l'avenue Foch ? Plutôt le 65 Gordon Road. Deux bâtisses occidentales, d'apparence quasi semblable : des pelouses, des murs d'enceinte, un parking, deux entrées, le portail avec son poste de garde, l'entrée de service à l'arrière, un réseau complexe de couloirs et d'allées, difficiles à surveiller. Et les services de police situés dans un rayon de moins de cent mètres, dans les deux cas. Mais dans le premier cas, il s'agissait de la garde municipale de la Concession française, et dans le second, de la police du Settlement.

— Avenue Foch, répondit Lin Peiwen.

Un choix qui tenait uniquement à son désir de vengeance, se dit Gu Fuguang. La haine semblait pouvoir prendre une forme liquide, pour se mesurer dans des récipients de contenances différents. Le choix avait du bon, cependant, l'opération paraîtrait au moins encore plus justifiée, le patron du 181 de l'avenue Foch était une cible d'autant plus évidente pour la révolution qu'il avait participé directement aux grandes tueries. Mais il fallait y réfléchir à deux fois, le problème qui sautait immédiatement aux yeux étant le poste de garde, savamment équipé, de l'avenue Foch.

Ce serait une guerre en modèle réduit, l'épreuve du feu pour ses troupes. Ils savaient se servir de leurs armes, ils s'étaient entraînés sur les berges désertiques du fleuve, à Pudong, ils avaient tiré sur des mannequins de paille tout en crachant le résidu des cannes de sorgho à sucre qu'ils mâchaient, ou alors, ils louaient un bateau pour sortir en mer et visaient quelques mouettes malchanceuses dans les cieux grisâtres au-dessus du confluent, à Wusong. Mais le véritable combat consistait à rivaliser de terreur, ses hommes seraient-ils capables d'y tenir leur place ? En comparaison, l'attentat de Kin Lee Yuan ferait figure d'une démonstration de plaisantins, un camouflet à la face des victimes : on accélère le pas, on prend de l'avance, on sort son arme et on presse sur la détente, avant de les regarder doucement s'abattre sur le sol. Cela lui rappelait une action lors des mouvements ouvriers, il avait surgi des latrines et traversé la cour, un sac de feuilles de massette plein d'excréments à la main, et l'avait balancé sur la tête du type : ce gars qui, un instant auparavant, se pavanait d'un air satisfait, emprisonnant les manifestants et les grévistes derrière les portes de l'usine, sans cesser de pétrir les deux noix qu'il gardait continuellement au creux de sa main, avait en une seconde perdu complètement la face, dégoulinant de merde, il ne ferait plus jamais peur à personne, il ne pourrait plus jamais relever la tête, toutes les légendes qui couraient à propos de son cœur endurci et de ses brutalités avaient été balayées d'un coup par un sac d'excréments.

Du point de vue de la forme, l'assassinat avait du bon, mais si ce qu'il fomentait devait prendre des proportions bien différentes, l'efficacité serait comparable à ce sac de merde. C'est ainsi que se bâtiraient de nouvelles légendes, de nouveaux pouvoirs qui supplanteraient les autorités et les terreurs obsolètes. Dans les camps de réforme par le travail de l'Azerbaïdjan, il ne cessait de remâcher le passé. A force, il avait fini par trouver un sens particulier à cette petite anecdote. Elle lui avait pleinement prouvé une chose : détruire l'autorité en place et établir la sienne est une affaire très simple, il suffit de devenir un sujet de crainte. Il avait fini par s'évader, et lorsqu'il avait repassé le col des Alashan, au Ningxia, et qu'il était revenu en Chine, il savait ce qu'il lui restait à faire.

XIX

Dimanche 14 juin 1931 (an XX de la République),
18 h 18.

Un pousse-pousse la manqua de peu. Elle retrouva ses esprits, et se demanda comment elle avait pu aussi radicalement oublier d'appeler. Elle s'était bel et bien rendue dans la cabine, ce matin. S'il n'y avait pas eu ce type…

Elle n'avait repensé à téléphoner qu'à la tombée du jour.

Gu Fuguang lui avait donné l'adresse, elle trouva la boutique de chandelles, rue Palikao. A peine mettait-elle un pied dans l'escalier que Gu Fuguang attaquait, bille en tête :

— Pourquoi n'as-tu pas téléphoné ?

Que répondre ? Dire combien elle s'était inquiétée, et combien lui paraissait inimaginable, dans une ville de plusieurs millions d'habitants, d'avoir pu retomber inopinément sur cet homme. Ce… reporter photographe.

Même si tellement de choses lui paraissaient difficilement explicables, elle aurait dû, évidemment, trouver le temps d'en référer à l'Organisation et de faire un rapport sur les renseignements d'importance qu'elle venait de recueillir.

Comment s'expliquer clairement ? Il aurait fallu téléphoner immédiatement, rapporter à Lao Gu les dangers encourus rue Amiral-Bayle. Comment pourrait-elle expliquer avoir attendu cet homme pendant des heures (comme une amante anxieuse) dans la gloriette du parc français, puis l'avoir suivi dans le restaurant russe, expliquer que ce reporter photographe avait pensé la prendre en photo sur le bateau, qu'il était physionomiste, et d'une curiosité sans bornes, qu'il avait des façons un peu ridicules de poser au grand seigneur et qu'il lui inspirait une confiance totalement hors de propos, comment pouvait-elle exposer tout cela en quelques phrases ?

L'étrange engourdissement mental qui était le sien, comment l'exprimer ? A rester dans cette pièce au-dessus du porche, seule pendant des jours, elle avait fini par ressentir cet abandon qu'on éprouve sous un grand soleil, les après-midi d'été, un relâchement, une paresse. Et par croire que plus personne ne se rappelait son existence, que personne ne connaissait son implication dans l'attentat, comme si du fait de quelque mystérieux complot elle se retrouvait abandonnée de tous, non seulement ses camarades, mais aussi ses ennemis.

Elle parvenait à formuler des explications pour elle-même : qu'il lui avait fallu réunir tout son courage pour donner le change à ce type, le suivre, dîner et badiner avec lui, afin de comprendre qui il était et ce qu'il avait en tête. Pour quelque étrange raison psychologique, elle n'avait pas raconté à Lao Gu l'histoire du bateau, lui avait présenté Xue comme une vieille connaissance, un photographe rencontré il y a longtemps. Une personne… compatissante, sincère, qui souhaitait lui venir en aide.

Mais tout ceci ne comptait guère, et la vraie question était ailleurs : les renseignements sur la situation actuelle. Cet homme, qui s'était présenté sous le nom de Hsueh Weiss, affirmait avoir des accointances avec la garde municipale de la Concession française. Il venait spécialement la prévenir qu'il ne fallait plus retourner dans la maison de la rue Amiral-Bayle, car il avait appris par son informateur de la police qu'à la garde municipale on soupçonnait ce logement d'abriter des activistes préparant des opérations clandestines. Dès qu'ils auraient l'adresse exacte, ils lanceraient à coup sûr une perquisition. Cette nouvelle avait été transmise à son journal quelques jours auparavant, comme un cadeau qui lui permettrait de la publier avec une longueur d'avance sur tout le monde. Ce matin, accouru rue Amiral-Bayle sur les talons des policiers, il l'avait reconnue au premier coup d'œil et avait voulu la prévenir, mais sans trouver l'opportunité de le faire. La fouille, route Conty, c'était à coup sûr une tactique de la part des policiers pour « faire sortir le tigre de la montagne », selon l'expression qu'il avait employée.

— Pourquoi aurait-il voulu te révéler ces informations ?

— Parmi les personnes visées par la perquisition de la police, il y avait une femme. Dès qu'il m'a vue, il a su de quoi il retournait. Il m'avait reconnue, dans les journaux, il avait deviné que j'avais à voir avec les événements de Kin Lee Yuan.

— Tu le lui as confirmé ?

— Il ne croit pas que je sois capable de tuer – ni même d'être impliquée dans une action comme l'assassinat d'un officier réactionnaire.

Etrangement, ses propos lui semblaient correspondre plus ou moins à la réalité. Si elle brodait un peu, c'était pour rendre les choses plus simples, et elle découvrait que cela les compliquait davantage. Elle s'étonnait elle-même de n'avoir pas dit la vérité à Lao Gu à propos de sa rencontre avec Xue sur le bateau. Etait-ce parce que cela paraissait relever d'un hasard trop incroyable ? Que cela ressemblait à une idée de romancier, en train d'inventer l'histoire d'une fille et d'un garçon qui tombent amoureux ?

— Cependant il pense que tu es quand même mêlée à cette affaire, alors il t'a prévenu des projets de la police ?

— Oui. Il avait des doutes. Je lui ai dit, sans m'attarder, que cette affaire n'était pas aussi simple qu'il l'imaginait. Il a dit qu'il ne voulait pas me questionner si cela devait raviver des souvenirs douloureux.

— Dans le mauvais pas où tu te trouves, il a des conseils à te donner en tant qu'ami de longue date ?

— D'après lui, il faudrait que je quitte Shanghai au plus vite. Comme il ignore si j'ai des contraintes particulières, il ne se risquerait pas à faire des propositions. Mais il peut m'aider en s'informant plus précisément à la garde municipale.

— Des contraintes ?

— Il voulait dire par là, si j'ai des raisons de ne pas vouloir m'en aller.

— C'est sa présence qui t'a empêchée d'appeler ?

— Oui.

— Cela signifie que tu as passé la fin de la journée avec lui.

— Oui.

— Où ?

— Dans un restaurant russe, que je ne connaissais pas. Route Lafayette.

Un restaurant à côté du croisement avec l'avenue du Roi-Albert, le nom était écrit sur l'enseigne : Odessa. On y accédait par deux marches, du trottoir, il avait poussé le battant de la porte vitrée. Le serveur russe était un vieil ami, ils avaient discuté avec animation du menu, comme si c'était un cérémonial important.

— Qui est cette personne qu'il connaît, à la police, en fait ? Quelles sont ses fonctions ?

— Il ne m'a pas dit.

— Tu dois tirer au clair ses relations avec la garde municipale. C'est un élément primordial pour nous.

Elle se sentait épuisée, mais réalisa qu'il s'agissait là d'une tâche que lui confiait l'Organisation.

— Tu as bien tenu le coup. Très bien dominé la situation. Il faut garder le contact avec lui. Le fait qu'il ait des relations avec la police peut nous être très utile…

— Ce n'est pas quelqu'un comme nous.

Sa personne respirait une sorte de joie de vivre difficile à qualifier. Il paradait, faisait étalage de son savoir en matière de photographie et en matière de cuisine russe pour choisir les plats : le *zharkoe* est un sauté de bœuf, les *shashlik* sont des brochettes de petits morceaux de mouton qu'on met à griller. Elle avait toujours fréquenté des jeunes gens volontaires, forts d'un idéal plein de pureté, à commencer par le défunt Cao Zhenwu. Xue était un beau garçon, il avait même beaucoup d'allure. Il s'exprimait avec une sorte d'insouciance, ou tout au moins une grande douceur.

— Et à ton avis… qu'est-ce qu'il pense de toi ?

Lao Gu souffla sur l'allumette dans sa main.

Il ne cessait de la regarder. Sans se laisser aucunement distraire, il avait fait servir du vin mais ne buvait pas, curieux d'obtenir des réponses, sans oser poser de questions. Avait fait semblant de chercher dans sa poche, où il n'avait trouvé qu'un ticket de turf périmé. Il faut que vous me donniez un moyen de vous joindre, un numéro de téléphone, par exemple. S'il se passe quelque chose, je pourrai vous prévenir au plus vite. Un stylo-plume était sorti encore de sa poche, comme par magie, mais ses gestes étaient hâtifs, différents en cela de ceux d'un prestidigitateur. Le stylo était vide et n'avait laissé que des marques blanches sur le ticket. Devant son refus, il avait insisté avec véhémence.

— Il affirme que la police détient des preuves décisives et pour cette raison venait m'arrêter. Mais à ses yeux, je ne suis qu'une femme sans défense, il ne m'a pas posé la moindre question sur les liens que je pourrais avoir avec l'affaire du quai Kin Lee Yuan.

Elle s'employait de toutes ses forces à répondre de la manière la plus objective possible.

— Avez-vous fixé un moyen de reprendre contact ?

— Le téléphone de son agence. Mais il est rarement à son bureau. Il est reporter photographe. Il se balade toute la journée. Il a dit qu'il me donnerait des nouvelles demain, il doit m'attendre à midi à l'entrée du parc de Koukaza.

Il avait pris d'infinies précautions au moment où ils s'étaient séparés, employant les techniques habituelles pour se prémunir des filatures : s'arrêter brutalement, puis faire demi-tour avant de s'engouffrer dans une rue au milieu de la circulation des piétons et des voitures. Elle s'était attardée longuement dans un magasin de vêtements et accessoires féminins, observant la foule à travers la vitrine. Il lui fallait prendre garde avant toute chose à une filature triangulaire, un type qui marchait de l'autre côté de la rue à la même hauteur que vous était des plus faciles à découvrir, c'était en général le moins adroit des pisteurs, il ne cessait de vous observer, alors sa démarche prenait peu à peu le rythme de la vôtre.

Elle n'avait téléphoné qu'une fois certaine que personne ne la suivait.

Quelqu'un faisait du tapage en bas, elle reconnut la sonore voix rieuse de Peiwen. La rue Palikao était encore plus animée de nuit que de jour. Elle entendit un crépitement de légumes versés dans une poêle, le souffle d'un ventilateur et encore un curieux clapotis d'eau venu d'on ne sait où.

Lao Gu sourit, avec cette expression caractéristique des gens dépourvus d'humour qui tentent une plaisanterie :

— Il n'aurait pas eu le coup de foudre pour toi ?

— Nous sommes de vieilles connaissances.

— S'il prend le risque de te livrer des informations sur la garde municipale, c'est à coup sûr qu'il a des sentiments pour toi.

Quand la nuit tombe, à six ou sept heures du soir, on a toujours des réactions un peu émoussées. Elle observait Lao Gu d'un œil vague.

Avec ses chaussures en cuir bicolore, blanc et marron, il passait certainement beaucoup de temps à s'occuper de sa toilette. Accroupi, il relevait sa jambe de pantalon pour renouer son fixe-chaussette. Y faisait une rosette, retournait le bord de sa chaussette pour masquer le lien violet et n'en laisser paraître que les brins qui pendaient. Il avait réellement beaucoup d'allure, exerçait une grande séduction, bien plus que sur le bateau d'ailleurs, et il le savait. Il avait l'art de donner aux autres l'impression qu'ils étaient lourdauds et empotés. Il avait descendu les marches d'un bond, s'était retourné, avait poussé le battant de porte et, entrant à reculons en montrant juste la tête, lui avait de la main fait signe d'entrer.

Si tous les camarades sont aussi gracieux que vous, je brûle d'envie de participer à la révolution, avait-il dit.

Il parlait fort, oublieux de la taille réduite de l'établissement, ce qui l'avait obligée à le faire taire, la main posée sur son bras qui s'agitait.

— Réfléchis bien aux services qu'il pourra nous rendre. Tout dépend, bien sûr, s'il entretient des contacts aussi étroits qu'il le prétend avec la police, mais si c'est le cas, cela peut être capital pour le déploiement de notre action.

Avant de s'en aller du restaurant, il l'avait de nouveau mise en garde. Ne retournez surtout pas rue Amiral-Bayle. Si vous ne savez pas où loger pour l'instant, je vous trouverai une solution. Bien entendu, dans votre organisation, on doit connaître des endroits plus sûrs.

Des mouvements divers se produisirent au rez-de-chaussée, des bruits de chaises tirées, de caisses qu'on déplace, puis l'escalier en bambou grinça sous les pas de Lin Peiwen, dont le haut de la tête parut au niveau du plancher.

— Qu'est-ce qui se passe ? demanda Lao Gu.

L'autre rigola :

— Il y avait une souris.

Leng Xiaoman, toujours assise sans réaction, paraissait insensible à ce qui pouvait se produire dans la pièce. Elle avait gardé la tasse de thé depuis longtemps refroidie entre ses mains, son chagrin semblait se propager en elle, comme une plante poussée dans sa paume, lançant des tiges vers son cœur.

XX

Dimanche 14 juin 1931 (an XX de la République), 21 heures.

En fait, Teresa n'imaginait pas que Xue lui avait menti. Elle croyait à son récit. Depuis le temps qu'elle y vivait, Shanghai ne gardait plus pour elle qu'un seul mystère : les sociétés secrètes. Omniprésentes, omnipotentes. Elle repensait à cette nuit, à l'Astor House, où le corps de Xue lui était apparu tout couvert d'ecchymoses. Elle se doutait bien qu'il en avait rajouté, un parrain ne pouvait pas être son ami. Ils l'avaient passé à tabac pour le forcer à la surveiller, voilà ce qui s'était passé. Et de nouveau elle sentit son cœur s'attendrir.

Elle raffolait de lui, avait toujours raffolé de ce petit bâtard de métis derrière lequel flottait constamment un parfum de gardénia. Elle aimait aussi les photos qu'il prenait, ces images bizarres qui grouillaient de blessures sur des cadavres, de vomissures puant l'alcool, de torses de femmes. De son point de vue, elles révélaient en fait une sorte d'obsession de la pureté, un état d'esprit innocent et joyeux, et lui inspiraient un obscur sentiment de sécurité.

Désormais, maintenant que Xue s'était par ses curieuses pratiques immiscé dans sa vie – en ce qu'elle avait de plus vrai –, leurs jeux intimes, eux aussi, semblaient prendre un tour encore plus vrai. Ce jeune type, ce bâtard métis dominait la foule nocturne de tant de corps nus et blafards, comme une révélation, et non plus seulement par la grâce d'une posture étrange, d'un parfum qui la ravissait ou lui déplaisait, ni parce qu'il était pourvu d'une anatomie portant sa marque – elle en avait tant vu, des hommes, tant caressé de ces bibelots dotés de leur forme propre, certains recourbés en bec d'aigle, d'autres dont le prépuce pouvait s'étirer sur une longueur invraisemblable, comme un bas.

Si elle s'attendrissait une fois, elle ne cesserait plus de le faire, se dit-elle. Elle pourrait le tuer purement et simplement. Sans même avoir besoin de lui tirer dessus. Elle avait ses gardes du corps, qui lui étaient totalement dévoués, et des amis d'une fidélité à toute épreuve parmi la communauté des Russes blancs, dans le milieu.

Le soir où elle l'avait tenu en joue, le canon du revolver joyeusement planté sous son menton, il était visiblement prêt à pleurer, mais elle continuait d'appuyer cruellement l'arme contre l'os de sa mâchoire. C'était un châtiment mérité, sa main n'avait pas fléchi, mais tandis que lui parvenaient à l'oreille les murmures qu'il proférait d'une voix étranglée, elle avait été saisie d'une tendresse brûlante. Agenouillée complètement nue sur le lit, le creux des reins encore humide de sueur, elle gardait au coin de la bouche le sourire féroce du chasseur qui cherche à extorquer des aveux à sa proie. Comme elle se remettait à le caresser d'une main experte, elle avait pu sentir de manière palpable sa frayeur, son humiliation et son impuissance, et son refus de se laisser faire. Il n'avait pas pu s'empêcher de bander, ce qui aux yeux de Teresa était une preuve de sa soumission, une façon symbolique de rendre les armes.

Une ivresse d'une douceur à nulle autre pareille

l'avait submergée. C'est à cet instant, certainement, qu'elle était tombée amoureuse de lui. En y repensant, elle ne s'était même jamais posé la question, jusqu'à ce que la possibilité de le tuer se présente à elle. Depuis trois ans, leurs rendez-vous secrets se répétaient chaque fin de semaine à l'Astor House Hotel, il lui suffisait de l'appeler quand elle voulait en profiter à nouveau. C'était tellement facile, jamais l'idée de ne plus le revoir ne l'avait effleurée. Elle vivait une expérience nouvelle. De ce corps d'homme disponible, prêt à lui dispenser du plaisir, il s'était transformé en un être véritable et complexe. Il était jaloux, il la soupçonnait d'avoir d'autres amants et s'était mis bassement à l'espionner. Mais surtout, fait inouï, il se trouvait désormais au centre d'une intrigue : on l'avait arrêté, torturé, et forcé à la surveiller.

Depuis que les contours de ce nouvel amant avaient commencé à se dessiner, elle s'était mise à le scruter, à penser sans arrêt à lui, et le temps aidant, elle pouvait de moins en moins se passer de lui. Pendant qu'elle lui braquait l'arme sous le menton, il avait eu peur à se faire dessus, il le lui avait avoué, ensuite, alors qu'elle le caressait. Et pourtant ne lui avait-il pas déclaré qu'il était amoureux d'elle, envers et contre tout ?

Elle se moquait d'elle-même, elle n'était qu'une femme, décidément. Elle n'était en rien différente de son amie Margot, l'amour était la mauvaise étoile qui présidait à leur destinée. Elle avait traversé toutes sortes d'épreuves et elle avait survécu. A la guerre, à la faim et aux révolutions. Elle n'était pas si facile à berner, elle en avait vu des hypocrites et rencontré des menteurs. Elle était loin d'ignorer combien toute chose, sur ce territoire, se payait – richesses vraies ou supposées dont il suffisait d'acquitter le prix pour se les procurer. C'est pour cela qu'elle acceptait sa version des faits, tout en se doutant qu'il chercherait un jour ou l'autre à lui jouer un tour. Elle avait la capacité de l'acheter. Elle se vantait de s'être trouvé un bien meilleur amant que celui de Margot. Dans cette métropole d'Asie pleine de baroudeurs et pleine de mâles, sur ces Concessions au sol truffé de mines d'or et de pièges, elle ne croyait pas qu'on puisse vivre une aventure amoureuse bâtie sur l'égalité. Une des parties devait toujours passer la main et s'incliner, si ce n'était pas l'autre, c'était forcément toi.

Chen devait quitter Shanghai au plus vite. Elle l'avait prévenu, elle tenait ses informations d'une source fiable : la vente d'armes qu'il venait de négocier était liée aux luttes intestines entre sociétés secrètes, et les polices des Concessions avaient eu vent de l'affaire. Toutefois elle ne lui avait pas parlé de Xue. Chen était un collaborateur pour ses affaires, un auxiliaire précieux, mais pourquoi aurait-elle dû se confier à lui à propos de sa vie privée ? Est-ce qu'elle pouvait lui dire que l'homme avait qui elle couchait s'était justement vu confier la tâche de les surveiller ?

Pendant ce temps, dans les villas édouardiennes des quartiers ouest de Shanghai, parmi les foules de commerçants blancs d'Asie qui se faisaient passer pour des personnages respectables, on exultait. Dans les années où ils n'étaient que des mendigots, leurs ambitions n'avaient pas de bornes : rien ne pourrait leur échapper. Maintenant qu'ils avaient amassé des fortunes, ils étaient les maîtres de ce territoire, dans leur mère patrie ils s'étaient acheté des titres de noblesse qui ne valaient pas un rond, s'offraient des banquets somptueux, et avec l'argent qu'ils tiraient de leurs investissements fonciers, ils pouvaient offrir des perles russes à leurs épouses, et se permettre de petits extras pour que leurs maîtresses asiatiques, de leurs lèvres humides, ravivent leur virilité déprimée. Non sans trouver en outre des postes dans des entreprises amies pour leurs bâtards, qu'ils finiraient un jour, quand les affaires ne seraient plus rentables, par laisser choir et abandonner à leur sort.

Juste après sept heures du soir, alors que la rosée nocturne n'avait pas eu le temps de ramollir la terre du jardin et que l'eau des piscines miroitait encore dans le crépuscule, les invités d'un bal costumé se pressaient aux alentours et à l'intérieur d'une villa. Les salons et les pelouses étaient envahis par d'extravagants personnages, toute une rangée d'altesses arabes se tenaient à l'étage, le long de la rambarde de la galerie, les hommes ceints d'un cimeterre et les femmes portant le voile. Le thème du jour était le naufrage du Titanic.

Quand le « commandant » – un *tai-pan* du Raven Group, propriétaire des lieux – déclara la soirée ouverte, les Arabes du premier étage se mirent à pousser des youyous comme s'ils se tenaient sur les dunes du désert. Margot avait préparé son déguisement avec le plus grand soin et s'était vêtue en lady du début du siècle, d'une longue robe lourdement ornée. Elle glissa à l'oreille de Teresa, à ses côtés, que même ses dessous étaient brodés de motifs semblables, elle avait commandé spécialement au tailleur chinois d'antiques caleçons de soie brodée (des pantalons fendus, comme seuls les petits enfants en portaient encore aujourd'hui).

— Tu pourras trouver un coin à l'écart pour que Mr Brennan vienne se glisser sous ta jupe, dit Teresa, railleuse.

Le mari de Margot était déguisé en général, qui sait où il avait bien pu se procurer toutes ses décorations. Il avait aussi la fourragère ouvragée de fil d'or, sur le fond écarlate s'étalait une zébrure sombre, comme une dégoulinure de bortsch mal nettoyée. Le baron Pidol, déjà intégré dans les cercles de la bonne société de Shanghai, avait manifestement adopté le mode de vie oisif des blancs d'Asie, au point d'avoir la patience de dégoter une authentique fourragère de général.

Un jeune poète, qui s'était fait un nom depuis peu à Londres, arborait un turban de coton indigo sur le sommet du crâne, un pan descendait le long de son menton et lui entourait le cou, l'idée était probablement d'avoir l'air habillé en chef berbère. Il venait explorer la Chine, Shanghai constituant sa première étape, il n'avait pas encore eu le temps d'aller à l'intérieur des terres. Les commerçants enrichis de Shanghai (et spécialement leurs femmes) se mettaient à prendre des habitudes de personnes cultivées, les revues littéraires qui leur parvenaient de Londres avaient fait connaître les succès de ce jeune talent frais émoulu de Cambridge. Désormais tous espéraient s'attirer ses bonnes grâces, et on faisait la queue pour l'inviter à sa table. Son comparse, plus jeune de quelques années et plus fluet, s'était enduit le visage de peinture noire – et pour faciliter le nettoyage avait laissé son cou à nu. Il remontait haut le tapis de laine à grands carreaux bariolés posé sur ses épaules, afin de dissimuler sa vraie couleur de peau. De ce côté de la pelouse, parmi les gens qui se trouvaient sur le chemin de galets entourant la piscine, un type qu'on appelait Madier le Jeune donnait son avis du ton de celui qui en sait long :

— Il est déguisé en gigolo marocain, et ça lui va comme un gant. Ce que je veux dire ? Les poètes, dans une époque récente – Gide par exemple –, est-ce qu'ils n'aimaient pas tous aller au Maroc pour chercher ce genre d'aventures qui correspondaient à leurs goûts ?

Les personnes concernées, bien entendu, n'entendaient pas les paroles infamantes qui se disaient dans leur dos. Le poète n'en avait qu'après la musique. L'orchestre jouait un morceau des plus en vogue depuis l'année passée, *Body and Soul*, fait pour tanguer doucement en enlaçant sa partenaire. Il allait sans dire, dans les soirées des commerçants shanghaiens, que l'on devait jouer ce genre de musique pour montrer qu'ici on suivait la dernière mode, qu'elle vienne d'Amérique ou d'Europe. Ce qui ulcérait le poète, c'était précisément que cet air ne correspondait pas au thème imposé de la soirée costumée : les musiciens injustement sacrifiés, lorsque le bateau s'était fracassé contre l'iceberg au début du siècle, était-ce ce genre de rythme actuel qu'ils jouaient, par hasard ? Il ne s'avisait pas que, si tout s'était passé comme à l'époque, l'assistance ne se serait pas contentée de jaser derrière leur dos. Probablement y aurait-il eu parmi elle des personnes bien intentionnées pour l'envoyer au tribunal.

Ainsi étaient les gens, d'un côté ils se permettaient bien des licences, de l'autre ils stigmatisaient ce genre de conduite et n'avaient pas assez de mots pour s'en offusquer. Et si l'affaire était portée dans les journaux, c'était l'occasion, pendant des jours, de se réjouir avec une joie mauvaise du malheur d'autrui à la table familiale. Ainsi vont les colonies, vous croyez qu'elles sont à la pointe de la mode, alors que, dans bien des cas, y règnent le conservatisme et le respect des convenances. Pour prendre un exemple, cette femme qui était en train de chanter, debout à côté de l'orchestre : certains dans le Settlement émettaient l'opinion qu'elle aurait dû être expulsée parce qu'elle déshonorait l'Empire britannique.

Dans les clubs privés des commerçants libertins, elle sautait sur les tables, complètement dénudée, et copiait les danseuses légères des troupes de *Tiller Girls*, levant la jambe presque jusqu'aux lustres à montants en forme de branches d'arbre, sous les yeux gourmands, et pour le plus grand plaisir, de tous les célibataires avinés qui composaient l'assistance. Elle se permettait, paraît-il, des gestes encore plus honteux qu'une prostituée lorsqu'elle était ivre, allongée le dos contre la table, elle levait les jambes et les agitait, et pédalait, une fois elle avait même fait pipi dans un verre devant tout le monde. Maintenant que son mari, un Anglais ruiné par ses placements fonciers, qui s'était suicidé en se jetant du haut d'un immeuble, n'était plus là pour la contrôler, la police n'aurait-elle pas dû s'en charger ?

Quelqu'un discourait haut et fort : un de ses cousins, disait-il, lui avait affirmé dans une lettre que Londres n'avait pas du tout l'intention de démilitariser. Depuis 1927, chaque fois que le gouvernement de Nankin clamait son intention de s'opposer à l'impérialisme, Londres expédiait une ou deux compagnies indiennes supplémentaires à Shanghai. Les Concessions avaient un siècle d'opulence devant elles ! Aujourd'hui il fallait acheter des terres, ne pas cesser d'acheter de plus en plus de terrain à l'ouest de Shanghai. D'ici à cinq ans il prendrait cent fois sa valeur. Une ovation accueillit ses propos.

Le baron Pidol avait un petit coup dans le nez. Margot disparaissait et réapparaissait parmi la foule des danseurs et, malgré sa longue robe qui s'y prêtait fort mal, dansait le charleston, un fox-trot où on lance ses pieds de droite et de gauche, à la toute dernière mode à Shanghai, et qu'elle avait appris depuis son arrivée.

— Je n'aime pas ça, avait dit le baron Pidol à Teresa, les dames de la bonne société ne dansent pas de cette façon. Les deux mains qui se croisent sur leurs genoux, on dirait des singes du Sichuan.

Son fox-trot était légèrement titubant, Teresa le tira hors de la piste de danse. Les boys locaux, en courte tunique chinoise de soie jaune citron, fendaient l'assemblée avec des plateaux. Le baron reprit un verre de gin tonic.

— De cette boisson, je pourrais boire encore vingt verres et je serais toujours parfaitement lucide, vingt fois plus que quand je suis sobre. Et que ce Mr Brennan.

— Pour le coup, vous n'avez pas vraiment l'air aussi lucide que lui.

— Certes, Mr Brennan est très lucide, il est un cavalier d'une grande lucidité, même lorsque ses deux mains se croisent sur ses genoux, Mr Brennan est toujours un cavalier lucide. Mais elle, elle ressemble à une cocotte qui a perdu la boule.

— C'est votre femme.

— Exact. C'est ma femme, son alliance en témoigne, mademoiselle Margot, acceptez-vous de devenir l'épouse du baron Pidol ? Une épouse qui couche avec un autre.

— Cessez de divaguer.

— Je ne divague pas. Au mont Mogan, elle croyait sans doute que je raterais le spectacle. Et quand bien même je ne les aurais pas vus, est-ce que les faits n'étaient pas clairement inscrits sur son visage ? Même le temps de se laver lui avait manqué. Sa peau sentait encore l'odeur de ce type. Elle s'imaginait sans doute que cela m'échapperait, que je ne suis pas capable de reconnaître l'odeur du sperme ? Si les femmes peuvent porter mille parfums, les hommes peuvent au moins en avoir un, non ? Ce parfum de lait d'amande resté dehors toute la nuit…

— Vous n'avez rien vu, vous vous faites des idées.

— J'ai tout vu. Ils n'avaient même pas fermé la porte. Ils ne m'ont pas entendu monter, je courais pourtant bel et bien, en montant l'escalier, boum boum boum, boum boum boum. J'étais sorti avec mon fusil, mais j'avais oublié de prendre mon chapeau, un gentleman qui sort chasser ne peut pas se permettre d'oublier son chapeau, c'est ce qu'on dit, non ? C'est aussi simple que cela. Je suis redescendu sur la pointe des pieds, je leur ai laissé cinq minutes. Et je les ai appelés à grands cris depuis la cour, faisant mine de ne m'être aperçu de rien. Mais j'avais bien eu la scène sous les yeux. Et puis je l'ai vue qui dévalait l'escalier, dans tous ses états, j'ai vu ce visage, ces yeux humides – on aurait dit qu'elle avait la fièvre.

La liesse était à son comble. Des garçons ivres formaient une longue caravane, les mains posées sur les épaules du précédent, ils avançaient les jambes pliées comme des grenouilles, bondissant tout le long du grand hall, puis faisant le tour de la piscine, des pelouses, avant de revenir à l'intérieur, toujours bondissant, de monter à l'étage, de longer la galerie et de redescendre par l'escalier du côté gauche. Des gens ne cessaient d'entrer dans la ronde. Teresa entraîna le baron accablé à l'extérieur, vers la pelouse. Dans la fraîcheur nocturne, sous la lune, les costumes de soie des boys avaient des reflets d'argent, le baron poursuivait ses doléances d'une voix plaintive.

— Je vais prendre une place sur un bateau. Je hais cet endroit.

— Un gentleman ne fuit pas.

— Je saurai retourner la situation, je veux rentrer pour prévenir le conseil d'administration de ce qui se passe, que Shanghai est une ville où on roule sur l'or, et puis je reviendrai avec des liquidités et je pourrai acheter, acheter et encore acheter, sans m'arrêter.

Quelqu'un se mit à actionner une cloche d'alarme à incendie empruntée aux pompiers des Concessions, des invités parlaient fort dans le hall, leurs voix parvenaient par intermittence, Teresa tendit l'oreille pour écouter, quelqu'un annonçait : « Le navire a heurté un iceberg et ne va pas tarder à sombrer ! » La foule se mit à pousser des hurlements…

XXI

Dimanche 14 juin 1931 (an XX de la République),
21 h 15.

L'inspecteur Maron, chef de la brigade spéciale, n'avait pas dû manquer de le rapporter au capitaine Sarly : ce Xue leur avait filé entre les doigts au moment critique pour courir on ne sait où. Il faut dire que c'était une pagaille totale, ce jour-là, le dispositif de la perquisition avait été bouleversé. Xue avait finalement refait surface et clairement désigné l'emplacement de la maison concernée. Personne n'avait été appréhendé (ce qui était prévisible), mais on avait mis la main sur plusieurs pièces à conviction de grande valeur. Les détectives chinois avaient découvert, dans une pile de vêtements féminins, un permis de résidence falsifié, et le poète marseillais s'était exclamé : « Ce ne serait pas la femme du *Paul-Lécat* dont on a perdu la trace ? »

Il y avait aussi un Browning avec un chargeur de cinq cartouches. « S'il ne s'était pas permis de fausser compagnie à l'équipe, avait déclaré Maron devant Xue, on aurait pu se déployer très vite et, à tous les coups, arrêter la femme. »

Le capitaine lui avait demandé où il s'était précipité justement à ce moment-là, Xue avait répondu qu'il avait fait tous les *longtang* de la rue Amiral-Bayle afin de trouver la maison où la fille se cachait. Le capitaine s'était mis en colère contre lui, alors, en se massant le nez, Xue lui avait affirmé qu'il saurait la retrouver.

Sarly ne lui avait pas demandé comment il avait l'intention de s'y prendre, ce qui ne signifiait pas qu'il avait excessivement confiance en ses chances d'aboutir, mais qu'il savait qu'à l'intérieur même des Concessions existaient des principes de survie échappant au champ de vision de la police. Des principes proprement chinois. Par exemple, aussi bien dans la Concession française que dans le Settlement, il y avait des endroits – une ruelle, une courette protégée par une clôture de bambous peints en noir, ou encore un de ces labyrinthes de précaires baraques en bois – Etat dans l'Etat, Concession dans la Concession, qui étaient sous le contrôle de sociétés secrètes ou du Parti communiste, avec leur propre police et leur propre armée. Des lieux connus de tous les Chinois, cachés aux seuls regards des polices étrangères, les détectives autochtones ne révélant jamais ce genre d'informations à leurs supérieurs, à moins d'y être absolument forcés. Seul un Chinois pouvait s'y retrouver dans certaines affaires, c'était ce que Sarly appelait le « savoir local ». Un Blanc, même s'il avait passé trente ans de sa vie ici, ne pouvait en avoir une appréhension complète. Sa volonté de former Xue provenait de là. Il était convaincu que son physique chinois lui permettrait d'avoir accès à ce « savoir local », et que l'esprit français qu'il entretenait au fond de lui le pousserait à leur en transmettre le substrat.

Xue, en y repensant par la suite, se rappellerait qu'il avait alors le vague sentiment d'avoir tiré la bonne carte – comme un joueur impénitent, il se félicitait surtout de son flair. Il ne voulait pas s'avouer que d'autres éléments entraient en ligne de compte, cette impression de complicité qui naît inopinément entre un homme et une femme, comme s'ils se connaissaient depuis des siècles, tout le tralala. Son raisonnement était plus simple : si tu obtiens une information, comme quoi par exemple on va faire en sorte que tel tocard qui ne paye pas de mine remonte en tête, tu attendras que la cote soit au maximum avant de refiler le tuyau à d'autres, n'est-ce pas. Pas question de… Pas vrai ?

Il savait très bien que Teresa allait souvent déjeuner dans ce restaurant russe, dont elle traitait les serveurs comme des membres de sa famille, et voilà qu'il conduisait cette femme là-bas, probablement du fait d'une bonne dose d'inconscience… ou alors d'une volonté d'impressionner… il ne savait pas lui-même. Si par hasard elles se rencontraient, il y aurait du sport.

A la nuit, après avoir transvasé la moitié de ses Garrick dans son étui à cigarettes, il était allé chercher Li Baoyi. Il l'avait entraîné dans une boîte « à un dollar les cinq danses », le Moon Palace, pour lui soutirer de nouvelles informations sur les tenants et aboutissants de l'affaire du quai Kin Lee Yuan.

Il aurait pu ne rien demander. Il y avait de quoi trembler, le prévint Li Baoyi, qui ajouta que l'affaire n'était en rien isolée. L'information, par maints canaux confidentiels, courait maintenant dans la Concession, il s'agissait d'une organisation clandestine nouvellement implantée à Shanghai, avec des antécédents des plus troubles, et reliée à au moins trois assassinats.

— Mais ton journal n'a pas identifié cette organisation comme émanant du Parti communiste ? Et puis il y a cette déclaration.

— Les méthodes, tout réside dans les méthodes employées, répondit Li Baoyi.

Pendant ce temps, il lui avait déjà fumé la moitié de ses cigarettes.

Tao Lili, une des danseuses du Moon Palace, adorait venir s'asseoir à la table des journalistes, c'était Li Baoyi qui lui avait trouvé son surnom, paraît-il, Pêche-Abricot.

— Et pourquoi ça, Pêche-Abricot ? demanda-t-elle à Li Baoyi.

— A ton avis ?

Il se reniflait une main, qu'il venait de reposer sur la table.

— Eh bien, vas-y, goûte donc pour voir, dit-elle en se serrant contre lui.

Toutes les danseuses ne couchaient pas avec leur cavalier, à l'exemple de Tao Lili dont la réputation à ce sujet n'était plus à faire. Non contente de pratiquer, d'ailleurs, elle ne craignait pas d'en parler, et toute la ville savait qui de ses généreux clients était convenable et qui ne l'était pas. Les bruits couraient vite sur la place publique, les perversions de tel fils à papa, révélées dans son lit, c'était un petit gazetier planqué dans les toilettes des femmes qui en avait été informé à travers le mur. Tao Lili observait Xue, elle glissa quelques mots à l'oreille de Li Baoyi à ses côtés.

— Vicieuse ! lui jeta Li Baoyi en détournant la tête.

— Il est rare que les communistes fomentent des assassinats, ils éliminent les traîtres, mais seuls ceux qui ont nui gravement à l'Organisation encourent le châtiment. Du reste, le Parti a ses propres organes d'information, pourquoi viendraient-ils chercher un petit journaleux comme moi qui fait la pute dans le monde pour survivre ? Ils auraient donc changé de stratégie ?

Li Baoyi secouait le verre dans sa main, on disait que les capitaines de navires pirates écossais employaient ce type de verre ballon parce que même dans la pire tourmente, jamais une goutte d'alcool ne s'en renversait. Les pirates d'hier s'étaient métamorphosés, aujourd'hui réincarnés en magnats du continent asiatique.

— Et depuis quand tu t'intéresses à ces affaires ? demanda-t-il.

Xue sortit une carte de visite de son agence et la lui tendit.

— Les Français s'y intéressent, tout d'un coup. Ils se disent qu'il y a des articles à écrire là-dessus.

— Bien sûr qu'il y a long à écrire. En fait…

Li Baoyi s'interrompit soudain, il regarda Xue comme sous le coup d'une révélation, et se tut.

Ils étaient assis autour d'une table ronde assez basse, Xue pouvait suivre, par-dessus, ce que l'autre trafiquait avec ses mains. Tao Lili lui jeta un regard rapide, se tortilla sur son siège et lissa les pans de sa robe haut fendue sur les côtés, faisant prestement disparaître la bande de peau blanche visible au-dessus de ses bas de soie.

— Ces informations sont une mine d'or, il y a de quoi creuser, dit Li Baoyi en se donnant un air mystérieux.

— Ne fais donc pas trop l'important avec moi, espèce de rat qui joue au vénérable.

Même devant Tao Lili, Xue prenait un certain plaisir à rabaisser Li Baoyi.

Celui-ci, après cette pique, se redressa, haussa les épaules et, baissant le nez, s'alluma une cigarette, avant de jeter une information de valeur, susceptible de se monnayer en billets de cent dollars :

— Tu n'es pas le seul à être venu me demander des renseignements sur l'affaire. Et il ne s'agit pas de la police. Tu n'imagines même pas. L'autre jour, à la maison de thé du champ de courses, est venu me trouver Xiao Bao, de Morriss Village, et ce n'était pas lui qui avait besoin de moi, mais devine qui ? Le grand patron, qui avait des questions à me poser.

— Dans la Bande noire aussi on s'agite ?

— Quelqu'un aurait, paraît-il, versé une fortune pour que le patron s'implique dans l'identification du meurtrier. Il y a eu trois affaires. La première ne compte pas, la seconde est liée aux coups de force à la tête du gouvernement du Fujian : Sa Fuchou, qui en était le chef, a été arrêté trois jours après le meurtre et emprisonné à Nankin. Mais le dernier dossier est encore plus sérieux, celui de Kin Lee Yuan. Cao Zhenwu, la victime, n'est pas n'importe qui, il était lié à un personnage haut placé de Nankin, quelqu'un dont il venait préparer l'arrivée à Shanghai avant un déplacement dans le Sud. En l'assassinant, on a voulu empêcher ce quelqu'un de se rendre à Canton. Les ressorts de cette affaire sont extrêmement complexes, liés à l'actualité financière et à l'emprunt public, j'en ignore moi-même les dessous.

Il avait parlé comme s'il était personnellement chargé de rendre compte de la situation, puis, à la fin de son discours, il tendit le bras d'un air satisfait vers Tao Lili et la prit par la taille.

S'il n'était pas d'une telle incompétence, se dit Xue, il verrait qu'une affaire liée au marché des emprunts publics est très facile à tirer au clair. Il lui suffirait de consacrer quelques jours à examiner la presse. Xue décida de se rendre le soir même dans la salle de lecture de son agence et de consulter les journaux en langues occidentales de ces derniers mois.

Le commerce tournait au ralenti ce soir dans la boîte, personne ne venait inviter Pêche-Abricot, la danseuse vedette, pour un tour de danse. Quelqu'un devant la piste s'escrimait à chanter *De nouveau la bruine*, un succès local, puis, pendant la pause de l'orchestre, des cracheurs de feu tziganes présentèrent leur numéro, trois bouteilles de bière enflammées lancées par un jongleur montaient et redescendaient dans les airs. Li Baoyi ne cessait de tripoter Tao Lili, laquelle fixait d'un œil langoureux Xue, qui n'avait de pensées que pour Leng Xiaoman. « Ce ne serait pas… ce que vous appelez un nom de guerre ? » lui avait-il demandé, sans qu'elle accorde la moindre attention à sa question.

Il ne faisait pas trop confiance à Li Baoyi : les nouvelles qui circulaient dans les Concessions étaient parfois des produits au rabais. Cette organisation, à coup sûr, visait à faire la révolution. Toute la personne de Leng Xiaoman respirait le sérieux. Seul un être dont les pensées sont rivées à un but qui le dépasse peut avoir un regard aussi indifférent à ce qui l'entoure. Les badineries coutumières d'un petit coureur de jupons des colonies ne risquaient pas de l'en détourner.

Mais dès le lendemain, un doute le prit. Il venait de passer la nuit à compulser de vieux journaux, jusqu'à l'aube. En le voyant dormir tout habillé assis devant son bureau, le rédacteur en chef de l'agence, un Français, le complimenta pour son zèle.

— J'ignore à la recherche de quelle nouvelle tu es et je sais que la police doit être servie en premier, mais dès que l'affaire sera rendue publique, je veux mon article.

Il alla se laver dans un établissement de bains de la rue Vouillemont, et avant de faire un somme, demanda un massage complet. Il en profita pour s'informer sur les secteurs entrés dernièrement dans la zone d'influence des sociétés secrètes, et sur les renseignements qui se payaient le plus cher à l'heure actuelle.

— Celles qui concernent le groupe d'activistes clandestins qui vient de faire parler de lui récemment, bien entendu – la Société des Forces comment, déjà ?

A propos d'actualités concernant la Bande noire, nulle part ailleurs on ne pouvait être mieux renseigné. Même le pédicure, un petit plouc du Nord du Jiangsu, avait été parrainé et initié. Ils ne laissaient pas filtrer les nouvelles au hasard. Dans les hautes sphères, on avait l'art de trier ce qu'on voulait répandre ou dissimuler.

Aussi, lorsqu'il retrouva Leng Xiaoman à midi, il chercha un moyen détourné de placer le sujet à la première occasion.

— Je n'aurais pas imaginé qu'il y avait des experts de la finance au Parti communiste.

— C'est-à-dire ?

— Non, rien, je disais ça comme ça.

Leng Xiaoman commençait à s'habituer à cette manière qu'il avait de lancer des phrases au petit bonheur. Lorsque cette conversation lui reviendrait, des jours plus tard, elle se dirait que si elle avait rapporté chacune de ces phrases à Gu Fuguang, cela aurait grandement infléchi le cours des événements. Le talent de Xue, lorsqu'il se trouvait en difficulté, était de savoir réagir immédiatement, se composer une attitude et inventer une réponse. Il n'avait pas traîné, hier soir, il s'était rendu au dancing de North Szechuen Road pour rencontrer cet ami ayant des relations dans la garde municipale (voilà déjà qui n'était pas un mensonge, se dit-il). Certes, il n'allait quand même pas manifester trop d'enthousiasme, il n'avait fait que poser quelques questions anodines, faisant celui qui veut jouer les grands personnages devant les entraîneuses, prendre l'air du type bien (cette version ne sonnait pas trop faux non plus).

— Votre ami, c'est un Français ? demanda Leng Xiaoman.

— Oui, mais c'est un vieux de la vieille, ici, il parle le shanghaien, d'ailleurs.

Il avait senti la chaleur lui monter au visage et s'était dépêché de broder.

— C'est curieux que vous fréquentiez des Français et parliez leur langue.

— Je suis né d'un père français.

Voilà qui était la pure vérité, et quoique, dans la Concession, une telle identité ne fût pas sans offrir quelques avantages, il ne ressentit pas ce que ces mots pouvaient avoir de glorieux.

— C'est donc ça.

A l'étonnement de Xue, Leng Xiaoman s'exprimait soudain d'abondance. Elle était si taciturne, la veille, et paraissait sur la défensive, on aurait dit un hérisson qui va se transformer en une boule de piquants au moindre contact. Une hérissonne, plutôt, pensa-t-il.

L'après-midi, la garde municipale avait effectivement perquisitionné le local de la rue Amiral-Bayle. Il y avait un document qui portait sa photo. Le nom était faux, à moins que… ce ne soit celui-là votre vrai nom ? En apprenant cela, Leng Xiaoman perdit son calme (Quelle bande de chiens ! gronda-t-elle).

— Ils n'ont obtenu aucune nouvelle information. Aussi – Repos ! Rompez.

Xue fit un geste de la main au coin de son front, s'imaginant qu'il exécutait le salut militaire plein de panache des unités de la Légion étrangère.

Mais il devint perplexe quand Leng Xiaoman suggéra qu'ils aillent au cinéma. Au cinéma ? Bien sûr, pas de problème, et puis je vous inviterai à manger une côte de bœuf.

XXII

Lundi 15 juin 1931 (an XX de la République), 3 h 55.

Les autres avaient frappé sans même lui laisser le temps de réagir. Il s'était montré imprudent, comment appeler ça autrement ? Dans un tel contexte, il n'aurait jamais dû se rendre chez Septième. S'il les impressionnait aussi peu, ces gens allaient forcément venir le provoquer. Et s'ils voulaient se mesurer à lui, il était normal qu'ils viennent trouver Septième puisqu'il était passé par son intermédiaire pour entrer en pourparlers avec eux.

Il était parvenu à s'enfuir et, de retour rue Palikao, s'était fait ouvrir la porte au beau milieu de la nuit. Incapable de se remettre, il avait envoyé Xiao Qin se coucher pour pouvoir réfléchir plus à son aise.

Hier soir, en chemin, il avait un mauvais pressentiment. Le petit logement de Septième se trouvait à Baiyi Li, un *longtang* de la rue Eugène-Bard. Pour s'y rendre à pied de la rue Palikao, Gu Fuguang normalement ne mettait pas plus d'une dizaine de minutes, mais là il avait perdu une bonne demi-heure. Il empruntait d'ordinaire la rue du Consulat, pour tomber tout de suite dans le boulevard de Montigny, ainsi il ne quittait pas la Concession française et n'avait pas besoin de traverser le poste qui en contrôlait l'entrée. Pourquoi avait-il fallu qu'il passe en terrain chinois, par la barrière entre la rue Palikao et Ming Koo Road ? (Peut-être dans l'intention de s'exercer à « dominer sa respiration » dès qu'il en avait l'occasion, comme il l'avait enseigné à Lin Peiwen ?) Du coup, il avait dû contourner l'angle nord-ouest qui faisait un coin dans les terres de la Concession française, et seulement alors était ressorti de la vieille ville par l'autre poste qui se trouvait entre Ming Koo Road et la rue Voisin. C'était justement au passage de cette deuxième barrière que les policiers l'avaient fouillé.

Rien de grave, d'ailleurs, même le rythme de sa respiration était resté normal, il n'avait pas bu. Mais il avait eu un mauvais pressentiment, l'impression qu'un danger le guettait. Ou bien était-ce parce que la fouille avait été trop méticuleuse ? Il ne s'agissait pas de ces perquisitions courantes, une lubie qui pouvait surgir dans la tête des agents autochtones de se faire un passant après un repas trop bien arrosé, ou bien l'envie subite de se défouler sur des sujets chinois qui prenait parfois les policiers français lorsqu'ils étaient de garde la nuit. Et il ne semblait même pas s'agir d'une opération de police régulière.

Par chance, élément capital, il ne portait pas d'arme. Mais il était tendu (le dos crispé à lui faire mal). Probablement à cause de la fraîcheur nocturne, ou du clair de lune que les nuages ne voilaient pas. Il avait eu l'impression que des silhouettes se cachaient sous les arbres, il s'était arrêté, avait allumé une cigarette, protégeant l'allumette des deux mains, l'épaule et la tête rentrées, comme si le vent d'est venant du fleuve allait l'éteindre. La lumière de la lune transperçait pour l'instant les frondaisons des platanes, on aurait dit un voile d'argent suspendu à leurs branches sinueuses et noires. Cette chose qui accrochait la lumière, appuyée de travers à un arbre, n'était rien d'autre qu'une minuscule charrette à bras, avec de grands caractères peints en noir sur ses flancs éclairés par la lune : *lait de soja, succédané du lait de vache.* Les services de l'hygiène faisaient une vaste campagne de promotion du lait de soja, « nourrissant, savoureux et bon marché », comme boisson fortifiante pour améliorer la santé des citoyens. Une fois arrivé dans la ruelle, un frôlement l'avait fait se retourner mais ce n'était qu'un chat, sur l'auvent d'un toit, qui avant de se sauver avait eu l'air de le fixer de ses prunelles phosphorescentes. Leur lueur verte avait brillé dans les airs, une ou deux secondes, puis il avait disparu.

Il s'était d'ailleurs alarmé de l'expression de Septième quand elle lui avait ouvert, il n'aurait su dire si c'était parce qu'elle avait l'attendu longtemps ou pour une autre raison. Lequel, d'elle ou de lui, était le plus angoissé ? Lui, sans doute.

Une fois à l'intérieur, la vision de la pièce l'avait aidé à se détendre. Sur la table étaient posés un grand bol de bouillie de riz bien blanche et deux petites assiettes de légumes en saumure, un rideau à fleurs calfeutrait les vents coulis qui passaient par les fentes des fenêtres. Septième, en un tournemain, s'était déshabillée, ne gardant qu'un petit cache-ventre brodé, puis s'était glissée derrière le lit. Un léger friselis se fit entendre, elle était accroupie sur le seau et se lavait les fesses.

Gu Fuguang fumait, assis à la table, et Septième, ayant achevé ses préparatifs, vint l'aider à se déboutonner. Ses épaules souples dégageaient un parfum de gardénia.

Il avait l'impression que ce moment d'affolement ne rimait à rien.

Après avoir fumé, il prit de la bouillie de riz. Il avait tiré le coussin de son siège, l'avait posé sur la chaise à côté de lui puis épousseté, pour inviter Septième à s'y asseoir plutôt que se mettre au lit. Qui aurait imaginé qu'elle se ferait aussi soumise et obéissante, cette Septième, une régulière d'une maison close du *longtang* Fuzhi Li ? Gu Fuguang ne le devait qu'à ses allures de grand seigneur. « On aurait dit un monsieur, assis très grave dans son coin », avait-elle dit un jour. Il s'était mis à rire, et elle avait poursuivi : « Plus tard j'ai compris que tu n'étais pas un monsieur, mais de la graine d'assassin. »

Les gros titres de la presse locale entretenaient chez lui un illusoire sentiment de sécurité : *Les autorités municipales ferment un bar à Jukong Road. Le commis séduit la patronne* – l'article, en petits caractères, précisait : « Surpris par le patron qui les a tirés de sous le lit, ils ont été traduits en justice. »

Un lupanar clandestin fermé à l'hôtel Dongsheng.

Le principal organisateur du rapt de Wang Yunwu fusillé hier.

Un homme porteur d'une arme, rue Amiral-Bayle, dans la Concession française, a été abattu.

Il semblait avoir oublié l'existence de Septième, parcourant rapidement le journal, le nez dans son bol de bouillie de riz. Elle ne s'en formalisait pas, c'était sa manière de se comporter avec elle. Comme avec un petit chiot qu'il aurait élevé. Une femme, c'est son destin, si elle est née sous une mauvaise étoile. Et puis il lui avait sauvé la vie. Dans une inspiration subite, qui aurait pu lui être fatale, elle avait décidé d'ajouter un zéro sur un chèque. On l'avait retrouvée. D'une personne irréprochable, on se serait contenté qu'elle rende l'argent, mais elle était loin d'être irréprochable, et on l'avait tellement tourmentée que, sur un coup de tête, elle avait révélé l'affaire à une petite gazette et fait perdre la face à l'autre partie. Une bande de gros bras avait débarqué et, sans la présence de Gu Fuguang sur les lieux à Fuzhi Li (huit mois après, elle s'en étonnait encore, par quel hasard se trouvait-il là, justement ?), ils lui auraient fait un mauvais sort, défigurée à la chaux vive, peut-être, ou jetée dans le fleuve enveloppée d'une natte de massette. Se seraient-ils calmés, auraient-ils accepté de négocier, s'il n'avait pas été là pour frapper un grand coup sur la table avec son arme ? Et s'il n'avait pas stoppé le gars qui l'attaquait par-derrière à la machette, en lui jetant d'un crochet du pied sa chaise à la figure, s'il ne l'avait pas expédié au sol, d'un coup de coude dans le menton, les autres se seraient-ils défilés aussi vite ? Est-ce qu'ils seraient partis, l'air de rien, ajoutant juste que « l'eau du puits ne se mêle pas aux eaux du fleuve » ?

Aussi faisait-il d'elle ce qu'il voulait. Il aimait la contempler, nue, en train de lui servir le thé, et elle s'exécutait comme si les nuits étaient déjà moins fraîches, comme si elle était une Russe blanche travaillant dans un bordel occidental. S'il lui demandait de cacher un revolver, elle serrait l'arme sous son matelas comme son bien le plus précieux, puisque ce l'était pour son homme, et y puisait son courage puisqu'il en était ainsi pour lui. Elle se faisait son viatique quotidien, s'offrait en présent, et s'il venait un jour à manquer d'énergie, elle poussait des cris plus sonores au lit, haletait plus fort pour l'aider à retrouver sa vigueur. C'était son homme, et elle ferait passer tous les messages qu'il voudrait, même si, elle le lui avait dit, la seule vue des yeux injectés de sang de Morriss Xiao Bao l'épouvantait.

Gu Fuguang s'était glissé sous les couvertures, à travers sa tunique de coton il sentait contre son ventre les fesses gelées de Septième. Il attendit qu'elle se retourne et tire sur la ceinture de son pantalon en faisant mine de ne plus y tenir, selon leur petite comédie rituelle qui signifiait que la conduite indécente était bien de son fait à elle, qu'il avait donc raison de la mépriser en lui donnant du plaisir et qu'elle éprouverait d'autant plus de plaisir qu'il la mépriserait.

La ceinture dégrafée se tordit sur son ventre comme un serpent, une main cherchait ses parties intimes, mais comme distraitement. Septième, perdue dans ses pensées, semblait sur le point de dire quelque chose et, par inadvertance, sa main serra si fort que Gu Fuguang poussa un cri.

— Qu'est-ce qui te prend ? demanda-t-il d'un ton dur en la saisissant aux cheveux, le visage tout près du sien.

— Ils sont venus te chercher.

La voix de Septième avait viré à l'aigu sous le coup de la douleur.

— Quand ? Combien étaient-ils ?

— A la nuit tombante. Trois hommes. Ils ont fait le tour de la pièce, ont ouvert le placard, et ils ont regardé sous le lit.

Gu Fuguang se rassit, tendit la main sur le côté du matelas et sentit le revolver, alors il reprit un peu d'aplomb.

— Ils ont laissé un message avant de partir ?

— Il y en a un, il avait une cicatrice de coup de couteau sur la figure, il m'a giflée.

Elle rapportait ce qui lui paraissait le plus grave, avec un geste du tranchant de la main sur son visage qui évoquait soit la gifle, soit la cicatrice.

— Est-ce qu'ils ont dit quelque chose ?

— Ils ont dit qu'ils reviendraient.

Il éprouva de nouveau cette douloureuse tension du dos. Un malaise, de la tension, de la rage aussi. Il se tourna vers Septième, lui serra le poignet, et de son autre main tâta sous la literie un objet dur et métallique. La sueur lui ruisselait des aisselles, dégoulinait le long de ses côtes jusqu'à inonder la petite chemise toute froissée remontée sur la poitrine de Septième. Il la lui arracha comme on ôte les écailles d'une carpe, en dénudant le ventre, d'une blancheur immaculée.

Leurs mains se nouèrent, les doigts entrecroisés si fort que la peau qui les séparait aurait pu se déchirer, un fil de voix s'élevait de la gorge contractée de Septième, de longues plaintes, musicales et douces comme les cris apeurés des mouettes au-dessus de la surface du fleuve – qui couvrirent les chocs lourds assénés sur la porte.

Le raffut durait depuis un moment. Lorsque les sens émoussés de Gu Fuguang perçurent les bruits de pas pesants et désordonnés puis les coups sur la porte, les types étaient déjà là. Trois hommes, deux dans la chambre et un autre qui se tenait un pied de chaque côté de la barre de seuil. Deux armes, le Browning à l'intérieur et le Mauser à la porte.

Le Mauser avait encore un pied dans le séjour. Il fit une moue et pointa son arme sur Gu Fuguang. Celui-ci remarqua que le sélecteur de tir, sur le côté à l'arrière du canon, indiquait le coup par coup.

Négligeant les deux types les plus proches, les yeux fixés sur le Mauser, il fit un geste pour se lever.

— Tu ne bouges pas, dit le Mauser, le doigt désignant Gu, puis il poursuivit, la main tendue vers Septième : Toi, debout.

Gu Fuguang, sur ses gardes, avala sa salive, puis eut un sourire éteint :

— Vous ne ferez même pas de prisonniers ?

— On va juste de te faire regretter d'être vivant encore un ou deux jours.

Le ton était égal, calme comme s'il parlait à un mort.

Septième tendit une jambe hors du lit, puis la remit en place. Voulut tirer la couette à elle pour s'en couvrir.

— Laisse ça en place. Vous deux, ligotez-le.

Septième, dont seul le cache-ventre voilait la nudité, fut bien obligée de se lever et resta debout au pied du lit. La main crispée sur son pistolet, Gu Fuguang se mouvait très lentement derrière Septième, au même rythme qu'elle, jusqu'à ce que son arme soit en bonne place. Il faisait très attention à garder l'épaule parfaitement immobile.

Il continuait à guetter le Mauser, dans le creux de la hanche de Septième, debout devant lui. Il se déplaça légèrement vers la droite, et se dit que ces fesses, d'un blanc resplendissant, n'avaient jamais été aussi belles, aussi pleines. Il poursuivait sa progression tout en fixant la tache de naissance qui s'y trouvait. Curieusement, il n'avait plus du tout peur, il aurait même pu, saisi d'une obscure impulsion, tendre la main entre les cuisses devant lui, et la prendre, là, l'entraîner à lui et de nouveau la faire gémir, crier comme une mouette égarée dans l'air nocturne à la surface du Huangpu.

Lorsque le Browning fut devant ses yeux, sur la gauche de Septième, il fit feu. Il n'avait pas à se préoccuper du type aux mains vides, celui-là avait jeté sa hache loin de lui près de la porte, sûr que la victoire était à portée de main et que le Mauser suffirait pour dominer la situation.

Lao Gu atteignit du premier coup le Browning à la gorge, de bas en haut, lui défonçant la mâchoire. Il poussa Septième de toutes ses forces, cherchant le Mauser. Septième chancelait, elle pencha vers la droite et soudain se retourna, fit quelques pas vers la gauche, ouvrit les bras comme si elle voulait faire barrage de son corps, se faire le plus large possible, se transformer en un mur.

Le Mauser tira une seule balle sur Septième, à la hauteur du coccyx, qui la traversa de part en part et ressortit par le nombril, son corps vrillant sur lui-même fit dévier la trajectoire et la balle, à travers les couvertures, vint se loger dans le mur derrière le lit.

Gu Fuguang retenait le corps de Septième en train de basculer vers lui, il appuya de la main gauche sur la détente. Un coup, puis deux, puis un troisième dans une autre direction. Les cibles s'étaient abattues l'une après l'autre, le silence était revenu très vite, on entendait les cris de chats qui s'accouplaient, et même le sang s'échappant à petit bruit des blessures. Alors seulement il eut conscience de sa main droite posée sur le pubis de Septième. L'os qui s'arrondissait auparavant en une petite éminence pointait maintenant, aigu comme une roche dure, pressé contre sa paume, et lui repliait même la main en arrière, lui occasionnant une vive douleur au poignet. Il avait senti, au creux de sa main, la douce tiédeur humide qui en refluait peu à peu, le transformant en un bloc froid.

Assis à l'étage de la boutique de chandelles, Gu Fuguang fumait des cigarettes, l'une après l'autre, en remuant des pensées de vengeance.

XXIII

Mercredi 17 juin 1931 (an XX de la République),
15 heures.

Armé de jumelles pareilles à celles qu'utilisent les spectateurs des courses hippiques, Gu Fuguang observait du toit de l'hôtel Dexing la maison qui se trouvait en face, de l'autre côté de la route Ratard. Il avait retenu tout le deuxième étage de la pension. Une demi-heure plus tôt, il s'activait sur le balcon d'une chambre, équipé comme un électricien installateur d'enseignes lumineuses. Du poste plus élevé qu'il occupait maintenant, il embrassait tout le jardin de la maison, dont l'entrée principale donnait de l'autre côté, au nord, sur l'avenue Foch.

C'était l'illustrissime « Number 181 », autrement dit le club Fukang. Ce club privé abritait un casino qui constituait une source de revenus de premier ordre pour le grand patron de la Bande noire, et aussi un endroit où il nouait ses amitiés. Illustrissime, ce lieu l'était, mais tout le monde n'avait pas le pouvoir d'y mettre les pieds. Vous vouliez jouer de l'argent ? La Concession regorgeait d'endroits pour le faire. Depuis que le Settlement les avait interdites, toutes les salles de jeux s'étaient déplacées vers le sud. Seuls les richards avaient leurs entrées ici. Les joueurs devaient avoir un garant pour être admis, et dès lors qu'ils l'étaient, il leur fallait échanger mille taëls en jetons, le solde était réglé au départ.

C'était une villa à l'occidentale de deux étages, au large toit de tuiles rouges, dont les fenêtres et balcons à diverses hauteurs de la façade permettaient aux sentinelles en tenue militaire qui y étaient postées de contrôler n'importe quel endroit à l'intérieur du mur d'enceinte – quatre hectares de terrain au total, incluant les parties jardinées, la pelouse et la maison. Le corps de bâtiment, avec son architecture compliquée, ses corniches et ses pierres d'angle faisant saillie, était propre à résister aux coups de feu. Gu Fuguang vit Morriss Xiao Bao à la fenêtre de la galerie du premier étage, où se trouvait le poste de garde. La veille, Park Gye-Seong et Gu Fuguang étaient entrés, habillés en joueurs de haut vol. Park, qui avait joué dans une troupe de théâtre, était plus à son affaire que lui dans un rôle en costume. Du poste de garde, côté nord, on avait une vision panoramique depuis une large porte-fenêtre à trois vantaux donnant vers l'avenue Foch, ils tenaient en ligne de mire tout le mur d'enceinte avec deux pistolets-mitrailleurs, tandis qu'un seul suffisait depuis la porte-fenêtre côté sud pour l'arrière du bâtiment, y compris le jardin, la pelouse et la porte de service.

Leur homme s'apprêtait à sortir. Il avait trente gardes en uniforme sous ses ordres, l'argent circulait partout ici, et il se trouvait quantité de personnages importants dont on ne devait pas toucher un cheveu. Au milieu de l'après-midi, Morriss Xiao Bao pouvait s'absenter quelques heures, il faudrait qu'il soit de retour après le dîner. Vers huit heures, le grand patron arriverait à l'heure pour jouer de l'argent aux dominos du *pai gow*, et il chanterait en même temps, il lui arrivait de chanter quatre ou cinq heures d'affilée, *Un petit clou de trois pouces* ou *On m'appelle Bai le Lépreux*, jusqu'au moment où il ne serait même plus capable de mettre un pied devant l'autre. Ceci lui avait été rapporté par Lin Peiwen, qui le tenait d'un ouvrier travaillant dans les serres.

Morriss Xiao Bao n'était pas très grand, mais carré comme une tourelle de blindé. Il avait la fâcheuse habitude de papilloter des yeux, défaut qui s'accentuait quand il était nerveux. Pour l'instant, Lao Gu, qui avait descendu ses trois tueurs dimanche soir, ne voyait pas qu'il en fût le moins du monde inquiet.

Il venait de sortir de son champ de vision, à coup sûr parce qu'il commençait sa ronde. Toutes les petites salles de jeux étaient vides, seules deux ou trois personnes se tenaient dans la grande pièce, assises à des tables de roulette ou de jeux de dés. Morriss Xiao Bao réapparut de nouveau dans les jumelles, au bar, où les clients venaient se restaurer entre deux parties. Il glissait des cigares dans un étui en cuir, causait avec les serveuses, puis il revint faire un tour d'inspection à l'extérieur, de ce côté-ci du jardin. A l'arrière de la pelouse, non loin de la porte de service, soigneusement fermée, qui faisait face à l'hôtel Dexing où se trouvait Lao Gu, un garde assis près des serres piquait du nez au soleil.

Morriss Xiao Bao franchit le grand portail et disparut derrière le mur d'enceinte. Gu Fuguang ne s'en inquiéta nullement car maintenant Lin Peiwen l'aurait à l'œil. Cela faisait déjà plusieurs jours qu'ils le surveillaient, ils étaient parfaitement au fait de ses habitudes de déplacements. Il allait traverser l'avenue Foch en biais, comme s'il était seul sur la chaussée, comme s'il n'y avait aucun piéton et surtout aucune de ces autos qui filaient dans les deux sens. Il se rendrait directement au comptoir de la Continental pour commander une voiture. Il réglerait la facture, attendrait qu'un employé le prévienne que l'auto était prête, puis sortirait toujours aussi plein d'assurance (peut-être après avoir allumé une cigarette près de la sortie). Il tournerait dans le *longtang* voisin et se dirigerait vers le garage de la compagnie, tout au fond.

Entre le moment où serait dressée la facture au comptoir et celui où il entrerait dans le parking, il n'aurait pas besoin de plus de trois minutes. Un laps de temps suffisant pour que l'équipe de Lin Peiwen se tienne prête. Juste ce qu'il fallait pour monter en voiture (ils auraient réglé la facture et prévenu qu'ils attendaient quelqu'un au parking), inviter le chauffeur à se diriger vers la sortie (près de la porte, se trouvait un angle mort, les chauffeurs ne voyaient pas cet endroit de leur salle de repos) et le faire prisonnier (une arme pointée sur lui, ils le feraient descendre de voiture pour le conduire dans le local à outils à gauche de la porte, le ligoteraient solidement et le bâillonneraient avec un tampon de ouate).

Personne ne savait conduire dans l'équipe de Lin Peiwen, aussi Gu Fuguang leur avait-il adjoint Park Gye-Seong. Il s'installerait à la place du chauffeur, son drôle de petit bonnet de laine sur la tête. L'objet, de forme conique en son sommet, se repliait sur une bonne partie de sa hauteur et se terminait par un pompon aussi gros que les boulettes de viande dites « tête de lion de Yangchow ». C'était rigolo, on aurait dit un prépuce trop long.

Selon les instructions de Lao Gu, ils devaient tous avoir des habits passe-partout, mais en complétant leur tenue d'un accessoire aussi improbable et grotesque que possible. Lin Peiwen, par exemple, avait entortillé les montures d'écaille de ses lunettes de pansement adhésif et recouvert l'attache entre les deux verres d'une grosse couche de sparadrap. C'était un truc pour faire oublier sa physionomie. Il suffit d'avoir sur vous un élément qui fasse rire pour qu'on ne se souvienne que de ce détail saugrenu.

Le but de l'opération n'était pas seulement d'éliminer un tueur aux ordres de la Bande noire, dont la réputation de brutalité n'était plus à faire. Le plan de Gu Fuguang allait beaucoup plus loin.

A l'instant où Morriss Xiao Bao s'approcherait de la voiture en papillotant des yeux et en fronçant les sourcils, Park pousserait la portière, bondirait hors de l'auto et lancerait par-dessus la carrosserie noire de la voiture tchèque : « Le sieur Bao va fumer une pipe ? Veuillez vous donner la peine, Maître. » Gu Fuguang, considérant l'accent de Park, avait jugé qu'il devait s'exprimer comme dans le Nord de la Chine. Cela n'avait guère d'importance puisque les chauffeurs employés par la Continental étaient pour la plupart originaires du Shandong.

Morriss Xiao Bao fumait l'opium. Il n'avait pas envie que ça se sache, même si le club fournissait la marchandise gratuitement à tous ses clients – il ne souhaitait pas, cependant, que le patron soit au courant de ses petites récréations. Il se faisait toujours déposer à North Szechuen Road par les chauffeurs de la Continental.

Lorsque Park ferait le compte rendu à Lao Gu, il lui raconterait comment il avait volontairement effectué une manœuvre et reculé la voiture pour l'approcher au maximum du local à outils, « on ne lui a pas donné l'occasion de cligner des yeux », comment Lin Peiwen était entré de là par la porte arrière et avait sauté à l'intérieur de la voiture. Park, ayant ouvert la fenêtre de séparation avec l'arrière de la voiture, avait recommandé au passager de ne pas faire d'histoires. Il n'aurait pas osé en faire, de toute façon, avec le Mauser vingt coups braqué sur le crâne – enfoncé dans sa paupière, plutôt. Si l'envie l'avait pris à ce moment de papilloter des yeux et de froncer les sourcils, il n'aurait pas pu bouger d'un cil. Une sensation insolite, sûrement, avec le globe oculaire qui pique et le creux des sourcils qui vous démange, se disait Gu Fuguang, réjoui.

Une fois la nuit tombée, la grande villa du Number 181 ressemblait à une gigantesque lanterne. Elle brillait de tous ses feux, par ses fenêtres de toutes formes et de toutes tailles, comme un four à raffiner de l'or. Et en effet, à l'intérieur du bâtiment, l'or coulait à flots.

Supposer que c'était là la raison qui motivait leurs agissements, ç'aurait été méconnaître le sens politique de Gu Fuguang. L'action visait de multiples objectifs. La part qu'y tenait l'argent était assez mince, inutile d'en rajouter à ce sujet, s'ils atteignaient pleinement leur but, est-ce que tous les propriétaires de salles de jeux, grandes ou petites, ne se feraient pas un plaisir de verser leur tribut à la Société des Forces unies ? Dans un certain sens, se disait Gu Fuguang, leur entreprise était vraiment une révolution, tôt ou tard elle aboutirait à changer radicalement les structures de pouvoir dans les Concessions.

Dans les circonstances présentes, la vengeance était un autre objectif. Non seulement ces gens le considéraient de haut, mais ils avaient assassiné son amie. Si elle n'était pas venue s'interposer entre le tireur et lui et faire obstacle aux balles, la mort aurait mis un point final à toute cette entreprise. Mais s'il s'était fixé pour mission de la venger, c'était une affaire qui ne regardait que sa vie privée et dont il ne souhaitait pas parler aux camarades. Quand cette pensée lui vint, il sentit dans tout son être combien Septième lui manquait.

Il profita d'un moment où Lin Peiwen et les autres avaient le dos tourné pour lui envoyer un coup de genou dans les roustes, à cette brute, qui le fit tomber par terre et se tordre de douleur. L'hôtel Dexing, par chance, était une petite pension de famille, il avait réservé toutes les chambres au-dessus et en dessous, contre dix taëls, pour un jour entier. Lin Peiwen, au premier, entendit le choc lourd sur le parquet. Tous surgirent alors dans la pièce, et il ordonna à Lin d'emmener le prisonnier. Ce n'était qu'un début, il aurait d'autres occasions de s'amuser. La vision de ce type, incapable de se relever, porté sous les bras par deux gars, lui mit du baume au cœur. Ses hommes n'avaient pas besoin de savoir qu'il avait une vengeance personnelle à régler. Ces sociétés secrètes corrompues étaient l'ennemi à abattre, elles étaient le produit d'un système réactionnaire et c'étaient leurs hommes de main qui avaient contribué au massacre de la révolution.

Posté sur le balcon au deuxième étage de l'hôtel, il contemplait les murs hérissés de piques, de l'autre côté de la route Ratard, et la pelouse plongée dans l'ombre. Les buissons tout autour, à contre-jour, ressemblaient à des spectres affleurant à la surface de la terre. A l'entrée de la serre, une ampoule pendait au bout d'un fil électrique, sous sa lueur jaunâtre un homme fumait. L'isolation de la grande lanterne était parfaite, pas le moindre son ne filtrait au-dehors, avec toutes ces lampes qui brillaient à l'intérieur, l'effet était des plus étranges.

Il vit Lin Peiwen traverser la route Ratard, traînant Morriss Xiao Bao dont les bras étaient toujours ligotés. Le sobriquet qu'on lui donnait jadis, « Pâté de riz gluant farci » (du fait de sa lourde stature de tourelle de char), était plus réjouissant et mérité que jamais. Gu Fuguang remarqua que les passants qu'ils croisaient à l'occasion n'avaient aucunement l'air surpris, rien ne pouvait étonner de la part du Number 181, quoi qu'il y arrivât de bizarre. Les voyant approcher à quelques dizaines de pas, on les contournait soigneusement. Il craignait que la Bande noire ne dispose d'un poste de guet secret route Ratard, mais tout resta calme à cent mètres à la ronde, ce curieux incident ne suscita aucune réaction.

Ils frappaient à la porte. Les silhouettes auprès de la serre longèrent le mur, le petit judas qui servait à recueillir le courrier (ou à épier le voisinage) s'ouvrit, Lin Peiwen saisit la tête du gars et la maintint contre la paroi inférieure. Ils présentaient tous leur profil gauche, l'un, à droite de l'entrée, pointait son arme vers l'embrasure de la porte, et un troisième se tenait en bord de rue, tourné vers l'autre côté, à gauche du vantail de fer.

Cette bande de jeunots, ils étaient faits pour ce genre de réjouissances. Tant d'aisance et de désinvolture. La sentinelle venue leur ouvrir fut maîtrisée aussi. La porte de fer une fois entrouverte, dans le poste de garde à l'est de la villa on ne semblait pas avoir remarqué quoi que ce soit d'anormal.

Morris Xiao Bao fut traîné jusqu'au milieu de la pelouse. Ses jambes, maintenant, étaient entravées également et jamais son surnom n'aurait pu lui aller mieux. Il était roulé en tas sur la pelouse sombre comme la surface d'un lac, le crâne, les fesses et les jambes pointant en triangle.

Ils attendaient.

Ce type qui allait être exécuté attendait.

Gu Fuguang aussi attendait, tenant sur sa gauche un objet volumineux dont une extrémité reposait sur la rambarde en fer forgé. Sous le tissu bleu imprimé qui le recouvrait – une nappe de la pension –, on aurait cru une énorme fleur carnivore poussée là pendant la nuit. Il surveillait sa montre de gousset, guettant le moment où les aiguilles atteindraient l'heure dite.

Vingt heures. Un éclat rouge illumina un bref instant l'arrière de la villa. A très peu d'intervalle retentirent une, puis deux explosions. L'inébranlable lanterne d'or parut secouée. Du poste de garde surgirent soudain plusieurs faisceaux de lumière qui balayèrent la pelouse, avant de s'immobiliser, une seconde plus tard, sur le gâteau de riz triangulaire posé en plein milieu.

Tout se passait comme prévu. L'explosion faisait partie du plan, l'idée de départ se contentait de deux bouquets de grenades. La mort de Septième avait donné de l'ampleur au projet, la nouveauté concernait les feux d'artifice.

Dans les airs au-dessus de la pelouse s'épanouit une gerbe multicolore. De part et d'autre du balcon où se tenait Gu Fuguang, quelques pensionnaires alertés par le bruit ouvraient les portes-fenêtres, certains sortaient. Des coups de feu sporadiques retentirent, Gu Fuguang déploya la nappe en tissu bleu et en sortit un énorme mégaphone. Tenant fermement l'embouchure, il se mit à prononcer la déclaration préparée à l'avance :

« Citoyens, compatriotes, au nom de tous les camarades de la Société des Forces unies, j'annonce l'exécution de l'élément contre-révolutionnaire… »

Il n'avait pas imaginé un son aussi fort, il en avait mal aux tympans et n'entendait quasiment pas sa voix. Le message était le plus important, et s'il voulait qu'il soit entendu de tout le monde, il fallait le répéter. Il calma sa respiration, relut son texte. Ce mode opératoire était une invention des Soviétiques, une méthode d'une efficacité prouvée, importée à Canton par le conseiller Borodine.

Trois fois. Il la lut trois fois. Il avait vu Lin Peiwen qui brandissait son Mauser et tirait, le canon pointé sur le centre de la pelouse. Il avait vu les gardes qui se ruaient en masse hors de la villa. Le pistolet-mitrailleur s'était mis à tirer en rafales. Sous le fort faisceau de lumière, les mottes de terre et d'herbe arrachées ressemblaient à une vase compacte soulevée du fond d'un étang. Gu Fuguang quitta son poste, descendit en trombe l'escalier, courut s'asseoir à l'avant de l'auto, Lin Peiwen et ses hommes s'entassèrent en désordre sur le siège arrière, il mit le contact et démarra. Il savait que du côté nord de la villa, sur l'avenue Foch, Park Gye-Seong, monté lui aussi en voiture, filait vers l'est.

XXIV

Lundi 22 juin 1931 (an XX de la République),
21 heures.

Pendant un moment, Leng Xiaoman ne trouva nulle part où se loger. Gu Fuguang lui réserva une chambre au Singapore Hotel, rue du Consulat. Sa situation actuelle ne lui autorisait guère ce genre de lieux très fréquentés, où elle était à la merci des regards. C'était provisoire, avait dit Lao Gu, il faudrait changer souvent d'hôtel, ne rester que deux ou trois jours dans le même. De nouveau une impression d'errance la gagnait, la rendait récalcitrante à la tâche, elle avait l'impression de manquer de l'enthousiasme nécessaire à sa mission. Déjà, comment pouvait-elle avoir envie, dans ces conditions, d'accompagner un petit morveux des colonies au cinéma, au salon de thé ?

Nous n'avons pas d'échappatoire, disait Lao Gu. Nous devons être prêts à payer le prix, quel qu'il soit, pour l'accomplissement de notre entreprise. Certes, Leng Xiaoman n'avait pas d'échappatoire. Depuis qu'elle avait accepté la demande en mariage de Cao Zhenwu, dans le quartier général de Longhua, elle n'avait eu aucune alternative. Peut-être, un peu plus tôt… Ce devait être inscrit dans son destin. De telles pensées la stimulaient et ranimaient son enthousiasme.

Pas de sottes rêveries ! Fais ce que tu dois ! Elle se raccrochait désespérément à des vétilles, comme un chef d'orchestre sur un paquebot en train de sombrer, qui n'a plus que quelques heures à vivre mais s'escrime à trouver la note juste dans un passage difficile.

Elle s'escrimait à bien tenir son rôle. Recherchant la perfection dans sa technique de jeu, il lui semblait revenir chaque soir, harassée, d'un studio de tournage.

Elle réfléchissait, assise à la coiffeuse, face au miroir. Elle avait éteint toutes les lampes de la pièce, ouvert la fenêtre, et prêtait l'oreille au vacarme montant des arcades. L'enseigne au néon de la compagnie Guansheng Yuan, suspendue très haut de l'autre côté de la rue, l'enveloppait de son halo rouge sombre. Un visage aux expressions mystérieuses, inépuisablement changeantes. Elle profitait toujours de ce moment pour se remémorer les paroles prononcées, les faits et gestes de la journée. Est-ce que le style sincère et direct qu'elle visait ne paraissait pas trop léger et inconsidéré ? Ne ferait-elle pas mieux de laisser le doute s'installer, une demi-heure, dans l'atmosphère douce et chaleureuse qui régnait à leur table ? Elle écrivait dans un carnet les sujets qu'elle voulait aborder, comment se montrer plus pondérée le lendemain, ne pas laisser un sujet s'étirer en longueur si c'était ensuite pour poser à la file toutes les questions qui lui venaient de crainte de ne plus avoir assez de temps. Elle n'avait pourtant pas peur qu'il se méfie, il savait que ces informations étaient de la plus haute importance pour elle et pour l'Organisation. Mais elle ne voulait pas que leurs rendez-vous paraissent trop intéressés. Elle se reprochait de manquer d'entrain, s'évertuait à rester vigilante au moindre regard, au moindre geste qui pourrait constituer un signal chargé de sens.

De tels inventaires ravivaient son ardeur à la tâche. Par instants, la passion, qui est la marque des seuls comédiens de talent, quittait son corps le long de quelque méridien, comme aspirée à travers la plante du pied par une force souterraine et dispersée sans remède dans le sol. Dans ce genre de moment, toute sa ferveur l'abandonnait, il lui semblait qu'une autre personne surgissait de son cerveau pour l'observer et pointer combien ses manières d'agir et ses expressions étaient outrancières, vaines et dépourvues de conviction.

Si Xue, avec son œil si exercé, avait pu capter la scène à travers son objectif, il se serait aperçu que le jeu de Leng Xiaoman était forcé. Elle le fixait d'un regard appuyé, lui prenait la main comme si plus rien d'autre ne comptait, avant de la rejeter soudain, puis elle semblait se souvenir de quelque chose, elle se laissait envahir par l'agacement, elle n'avait plus envie d'écouter Xue, ses rires futiles. Elle le quittait, le suivait du regard, s'éloignait de quelques pas, avant de se retourner vers lui avec un sourire éclatant. D'autres fois, elle regardait au loin, pensive, ou alors elle se jetait dans ses bras en pleurant éperdument, lui insinuait une haleine douce et moite dans le col, entre les boutons de sa chemise – il n'était pas le premier homme dont la peau touchait la sienne, elle était bien consciente de la portée mortelle de ce genre de ruses.

Elle découvrait quel effet puissant pouvait avoir le fait de jouer sans cesse un rôle (une sorte de narcotique, pourrait-on dire). Xue, lui aussi, donnait dans l'outrance, comme s'il devait suivre son rythme et l'accompagner pour rendre la scène plus parfaite, plus flamboyante. Il commençait lui aussi à s'épancher, à se faire parfois plus sérieux qu'elle (comme un nouveau tour irritant qu'il aurait décidé de lui jouer). Certes il n'avait pas abandonné ses manières risibles de lui faire la cour, mais avec cet air grave qu'il prenait subitement, les plaisanteries qu'il poussait à outrance et la façon hypocrite qu'il avait de se repentir en hâte et de la consoler comme s'il avait commis une faute impardonnable, ses moments de frivolité, par contraste, paraissaient du coup étonnamment sincères et émouvants.

Il leur arrivait de s'amuser à se réciter pour de bon des dialogues de film. Cela donnait toujours à Leng Xiaoman une impression de sincérité profonde, l'authenticité des sentiments qui s'exprimaient se révélait en même temps leur plus sûr moyen de rédemption. Il lui semblait que les répliques qui naissaient de ces rôles superposés jaillissaient du fond de leur cœur.

You want to die so badly ?

I'm dead now. Just as surely as though there were a bullet in my heart. You killed me.

No. The brandy. (D'un geste espiègle, elle levait sa tasse de café.)

No, no. You.

Then why don't you give me up ?

Ce film[1], elle ne savait plus combien de fois ils l'avaient vu. Et le moyen de faire autrement ? Il se jouait dans presque toutes les salles. Dès qu'elle entrait dans un cinéma, elle se sentait rassurée, en sécurité. L'impression de tension perpétuelle s'évanouissait, loin des regards de la foule. Lorsqu'elle récitait les dialogues de ce film, elle se sentait aussi belle, aussi insaisissable que son héroïne – aussi sûre d'elle que l'espionne dont elle jouait le rôle…

Elle demanda à Xue quel était le point de vue du service politique de la police sur les événements

1. *Matahari*, réalisé en 1931 par George Fitzmaurice, avec Greta Garbo. *(N.d.T.)*

survenus avenue Foch (elle savait maintenant quelles étaient les fonctions de ses amis).

— Vous êtes impliqués là-dedans ? répondit Xue, qui était en train de découper son filet de bœuf au beurre maître d'hôtel.

Ils dînaient chez Fiaker, un restaurant de l'avenue du Roi-Albert. Un établissement chic qui ne servait que deux tablées de convives à la fois. Dehors il tombait des trombes d'eau, la pluie léchait les carreaux comme une langue et y laissait des traînées visqueuses. Le garçon (qui était aussi le cuisinier et le patron du restaurant), une fois les plats sur la table, fermait derrière lui la porte menant à la cuisine et n'en ressortait plus, comme pour permettre aux clients de se croire chez eux, dans leur propre salle à manger. Un mur de verre s'élevait du côté de la rue, les clients devaient emprunter la ruelle d'un *longtang* voisin et traverser la cuisine pour atteindre la salle, longue et étroite, du restaurant.

Elle n'avait pas répondu à sa question. Les sourcils froncés, elle tripotait du bout de sa fourchette en argent le rumsteck qui trônait dans son assiette :

— Je ne peux pas manger de bœuf, cela accélère mon rythme cardiaque et m'empêche de respirer. Et puis, cela me donne des boutons, ici.

Elle désignait un endroit sous ses clavicules.

— Oh, je suis désolé.

— Non, c'est moi qui devrais l'être, un plat tellement cher – j'aurais dû vous le dire plus tôt.

— Vous ne pouviez pas savoir, qui m'obligeait à faire tant de mystères ? Je voulais vous surprendre, voir votre réaction devant une aussi énorme pièce de viande, quel air vous feriez.

— Il y a quelqu'un qui souhaiterait vous rencontrer.

Elle fixait d'un regard doux une auréole sombre, autour d'un fragment de viande de la taille d'une fourmi sur la nappe, et ne put s'empêcher de la gratter du bout du doigt. Xue tendit aussi la main, armé de sa serviette, et se mit à frotter le tissu. Elle en fut touchée, tout en trouvant assez risible cette manière de la traiter comme une enfant.

Jamais elle n'avait rencontré quelqu'un de pareil, toujours attentif à de petits détails insignifiants, versatile, tellement dénué de passion – et tellement persuadé, justement, d'en déborder.

Le lendemain, il lui raconta qu'à la police on avait fait le lien entre les événements de l'avenue Foch et les autres affaires, et que le service politique s'était vu confier l'ensemble de l'enquête. Un inspecteur Cheng, surnommé « le Grêlé », cherchait partout des informations sur un certain personnage âgé d'une quarantaine d'années. Des membres chinois du conseil municipal de la Concession avaient fait un esclandre, ils voulaient savoir pourquoi on avait augmenté le montant des taxes commerciales au nom du maintien de l'ordre, si la police était incapable de garantir la sécurité des citoyens.

Il lui révéla que les Français avaient fondé une brigade spéciale chargée d'enquêter sur les actions violentes des groupes d'activistes. Elle comptait dans ses rangs son ami marseillais, celui qui se plaisait tant à formuler en mots la description des couleurs et des parfums. Xue avait même apporté une photo de lui, afin que Leng Xiaoman voie par elle-même l'expression un rien désabusée qui se lisait sur ce visage (manifestement il en avait après sa profession, si nuisible au genre humain). Leng Xiaoman reconnut du premier coup d'œil l'endroit, le débit d'eau bouillante, à l'entrée de la route Conty, juste derrière lui. Xue laissait entendre que les idées de ce gars féru de littérature penchaient à gauche (ce qui ne correspondait certes pas à ses fonctions, et ne pouvait que lui porter tort). Ainsi, lors d'assemblées de sympathisants européens à la cause des travailleurs, avait-il eu l'occasion de présenter des rapports sur les conditions de travail et d'existence des ouvriers à Shanghai.

Ils étaient les meilleurs amis du monde, s'entendaient si bien qu'ils auraient pu porter le même pantalon et que Xue ne refusait jamais, quel que fût son ennui, de l'écouter lui lire ses phrases qui chahutaient la grammaire ou lui répéter inlassablement les raisons qui l'avaient poussé à venir en Chine, une fille de Marseille dont les cheveux sentaient le fenouil et l'anguille rôtie – c'était toujours par là qu'il commençait…

Ce soir-là, au cinéma, Xue soudain attira Leng Xiaoman dans ses bras. Le film en était à la moitié (ils revoyaient toujours les mêmes films), elle revenait des lavabos et lui se trouvait à l'autre bout du couloir, sur le tapis grenat, sous les yeux de l'ouvreuse russe blanche postée à côté de la porte en cuir clouté. Les dialogues et la musique résonnaient dans le couloir obscur. Il tendit les mains, droit en avant, hésitant comme un somnambule. Et finalement, arrivé devant elle, il la serra dans ses bras et l'embrassa. Il n'entendit probablement pas les paroles qu'elle murmurait d'une voix étranglée :

— Mais qu'est-ce qui m'arrive ? Qu'est-ce qui m'arrive ?

XXV

Mercredi 24 juin 1931 (an XX de la République),
9 h 33.

Au dernier tiers de juin, on entrait dans la mousson, dite « saison des prunes ». Sous un ciel constamment chargé, avec cette pluie prête à tomber mais qui ne tombait jamais, il régnait une chaleur lourde, suffocante. Dans l'atmosphère saturée d'humidité, les lambris de noyer se marbraient par endroits de taches noires et dégageaient une odeur de moisi qui se mêlait à celle, prenant à la gorge, de la pipe de Sarly. Il ne cessait d'y ajouter un tabac verdâtre dont les brins se répandaient sur ses dossiers. Xue, arrivant dans le bureau, vit que Maron, le chef de la brigade spéciale, était là. La table du capitaine était couverte de documents, photos, formulaires en tous genres, blocs de papier et rapports soigneusement dactylographiés.

— Ta princesse russe, cette Teresa, qu'est-ce qu'elle fabrique, en ce moment ? Elle s'est reconvertie dans des activités honorables ? Elle se distrait avec son argent durement gagné, en honorant de sa présence des lieux où l'on festoie et s'amuse ?

Le capitaine était manifestement énervé. Si au moins il y avait eu un souffle d'air, fût-ce un vent chargé de sable du Sahara, comme dans les pays méditerranéens. Même la saison des pluies en Indochine était plus agréable.

— Tu es encore vivant, fiston, je m'imaginais qu'elle t'avait mangé tout cru en salade, s'exclama Maron, riant à gorge déployée.

Ces derniers jours, la simple pensée de Teresa lui donnait mal à la tête. Depuis qu'elle l'avait forcé, sous la menace de son pistolet, à faire ses révélations (qui sait pour quelle raison elle croyait à ce qu'il avait raconté), leurs relations avaient pris un tour inattendu. Cela faisait plus d'une semaine qu'il n'osait pas reprendre contact avec elle, craignant, si ses mensonges étaient percés à jour, d'être soumis à un feu roulant de questions et alors d'inventer tant de fables que la situation serait irrémédiable.

Il n'avait qu'à prendre l'initiative de rompre, se disait-il, pour mettre un point final à cette histoire. Depuis que le capitaine avait lu son dossier et découvert qu'il était le fils d'un vieil ami, et lui avait prouvé que la garde municipale n'était pas aussi effrayante qu'il y paraissait (même si les yeux de poisson mort de l'inspecteur Maron continuaient de l'épouvanter), il voyait de moins en moins de raisons de fréquenter cette Russe blanche trafiquante d'armes. Mais qu'il ne veuille plus la voir ne signifiait pas qu'il en irait de même pour elle. La dame avait de la ressource, elle avait pu se procurer facilement son adresse (la Concession est toute petite !). Quand il avait vu arriver ses gros bras hier soir chez lui, route Joseph-Frelupt, il s'était dit tout de suite qu'il était foutu. Ses mensonges étaient éventés, on allait lui braquer une arme sur le crâne, et cette fois, la balle ne se perdrait pas.

Les deux Cosaques l'avaient conduit à Mohawk Road. Après avoir enfilé un *longtang*, derrière les écuries, ils étaient entrés dans un bâtiment par une porte latérale. Il ne s'imaginait pas qu'on allait le mener dans un endroit pareil, avait-on l'intention, après l'avoir mis en jugement, de l'exécuter en public ? Allait-on le pendre sur ce podium, au beau milieu de tous ces spectateurs ?

C'était une sorte d'entrepôt, qui avait dû servir d'étable autrefois. Aux quatre coins du podium se dressaient des piquets reliés par des cordes. Debout là-dessus, quelqu'un hurlait on ne sait quoi, il était entouré par une foule en folie baignant dans une puanteur de sueur, de tabac et de rots de vodka qui fermentait dans les estomacs surchauffés. Suivant le mouvement, il enjambait les bouteilles vides, les bancs renversés et un entremêlement de jambes, et finit tout en trébuchant par se retrouver aux côtés de Teresa.

Il était loin d'imaginer qu'on allait le faire asseoir près d'elle, sur un des sièges en rotin. Il eut enfin le loisir de relever la tête, et comprit qu'il s'agissait d'un ring de boxe clandestin. Le milieu des Cosaques avait conclu des accords avec les marins du tsar pour monter avec eux des matchs et organisait des paris avec la bénédiction de la police, et donc sans subir aucune ingérence des sociétés secrètes.

Il était à la tribune des invités d'honneur. En tendant la main, il pouvait toucher le ring et ce coin de plancher tout humecté de sueur, sous le siège où les boxeurs s'assoient à la pause. A sa droite, dans l'étroit couloir ménagé entre le ring et le public, se trouvait la petite table du chronométreur où étaient posés le gong et une pendulette ronde. Les crochets assénés dans les côtes résonnaient aussi fort que les coups de merlin dans les abattoirs. La sueur éclaboussait de tous côtés. Des hurlements furieux éclataient dans le public, les paris se poursuivaient et des gens crachaient par terre en braillant des insultes, comme si jurer allait leur porter bonheur.

Regarder des hommes aux chairs à vif semblait procurer une exaltation sans bornes à Teresa, à moins que ce ne soit l'importance des sommes pariées. Elle tremblait de tout son corps et ne cessait de se passer la langue sur les lèvres, où perlaient des gouttes de sueur dont on n'aurait su dire si c'était la sienne ou celle qui giclait en pluie du ring. L'œil fixe, elle observait les boxeurs, observait l'entrejambe renflé de leurs shorts, fronçant par moments les narines comme si lui parvenait l'odeur qui s'en dégageait.

La nuit, elle le meurtrit de coups de bassin avec des cris aigus, aspira la sueur sur son cou, le chevaucha même en lui bourrant les épaules de coups de poing. Rompant avec ses habitudes, elle lui permit de l'accompagner à Beam Apartments et s'autorisa même, fait inédit, une longue matinée au lit avec lui. Elle voulut aussi qu'ils aillent au restaurant Odessa. « Si ton patron souhaite encore m'acheter de petites choses, je n'ai rien contre, ni que ce soit toi qui te charges de la transaction », lui annonça-t-elle, fort satisfaite, au cours du repas.

Il prenait conscience qu'il était incapable de se dépêtrer de cette relation. Il avait l'impression d'un malentendu. A l'origine, il y avait cette arme qu'elle avait braquée sur lui. Teresa devait estimer que cela suffisait à rendre crédibles les justifications de Xue. Le malentendu était d'ordre professionnel, en quelque sorte : une maîtresse de maison peut se persuader que tu l'aimes parce que tu goûtes religieusement sa cuisine, une petite main se persuadera que tu l'aimes parce que tu admires une nappe brodée de sa main ; de même Teresa s'était persuadé que Xue l'aimait à cause de la terreur sacrée qu'il avait manifestée devant le pistolet qu'elle braquait sur lui.

Mais s'il éprouvait un tant soit peu d'affection pour elle, c'était pour lui dorénavant la meilleure raison de rompre. Il était écrit qu'il allait la trahir, s'il s'agissait bien de la trafiquante d'armes repérée par la police qui avait passé un marché avec le groupe de Leng Xiaoman. A ce point de son raisonnement, Xue se retrouvait face à ses propres contradictions. Sur quoi se fondait le besoin irrépressible, qu'il sentait naître au fond de lui, de se rapprocher de Leng Xiaoman ? De découvrir ce que cachait ce visage grave, de sonder, analyser le personnage, de faire table rase pour permettre l'avènement d'une Leng Xiaoman toute neuve ?

— Tes rapports suivent tous la même trajectoire. Ils sont traversés par une série de faits, de l'existence de cette trafiquante d'armes jusqu'à la planque de la rue Amiral-Bayle, de cette même planque au meurtre de Cao Zhenwu, sans oublier le règlement de comptes de l'autre nuit, rue Eugène-Bard, et puis maintenant ce festival de feux d'artifice avenue Foch. Je voudrais que tu pénètres cette mystérieuse organisation, comme à la pointe d'une aiguille, et que tu la perces à jour.

— La pointe de l'aiguille nous mène jusqu'au patron, ajouta Maron d'un ton sec. Cet homme, dans la quarantaine, toujours resté en coulisses mais qui vient de montrer la tête, il y a quelqu'un qui l'a vu. Ta Teresa est la seule piste qui peut nous mener à lui.

— Ils ne se sont jamais rencontrés, ils passent par un intermédiaire, un comprador qui se charge des transactions, intervint Xue, qui contredisait Maron pour éviter que le capitaine ne s'obstine sur Teresa, et surtout qu'ils ne lui demandent de s'en charger.

Il n'avait plus envie de la voir. Justement maintenant qu'il pouvait se le permettre à tout moment, et sans avoir besoin de la pister dans la foule (il se demandait encore s'il l'avait filée uniquement parce que Maron l'y avait contraint, ou pour une autre raison). Il disposait d'une clé de Beam Apartements, remise par les soins de Teresa, et pouvait se servir comme il voulait de sa baignoire. Elle lui avait dit qu'en son absence elle ne cessait de penser à lui, qu'elle était « comme un fruit si mûr qu'il éclate et se répand ». C'étaient ses propres mots.

— Il se pourrait que je l'oublie, cette Russe. Que j'ouvre un œil et ferme l'autre, et que je la laisse passer à travers les mailles du filet, sans la poursuivre pour avoir vendu des armes à des terroristes. Le moment venu, je pourrais envisager de la laisser tranquille.

Sarly secoua la cendre de sa pipe sur le cendrier et enchaîna d'un air débonnaire :

— Les autorités de la Concession ont toujours à cœur les intérêts des commerçants.

— Ce ne sont pas des communistes, coupa Maron. Des bruits ont filtré des sociétés secrètes, où l'on maintient que ce ne sont pas des communistes. Les méthodes employées ne sont pas les leurs, cela ressemblerait plutôt à une nouvelle société secrète récemment apparue et qui voudrait se faire une place.

Maron réfléchissait. Malgré le temps chaud et humide, il était sanglé dans sa veste d'uniforme, fermée jusqu'aux deux boutons du haut. Il n'accordait pas un regard à la mouche qui se mêlait à la conversation à côté de son oreille. Xue pensait au visage si sérieux de Leng Xiaoman. Ils visaient un objectif d'une importance majeure, lui avait-elle dit.

— Je suis sûr qu'ils sont communistes, soutint le capitaine.

Maron se contenta de secouer la tête, bâilla.

— Leur action est liée à un nouveau réseau communiste international en Asie, et à l'offensive lancée récemment par le Parti communiste indochinois contre les autorités coloniales. Toutes les pièces concernant l'instruction de ce dossier, l'avancée de l'enquête et d'éventuelles arrestations doivent être transmises en copie à Paris, selon les instructions du consul. Ces informations sont capitales pour le gouvernement, qui veut renforcer le statut diplomatique de Shanghai à l'avenir.

— J'espère que ce ne sont pas des communistes, cela nous faciliterait grandement les choses. Le Parti communiste est difficile à vaincre, nos forces sont limitées, s'il s'agit du Parti communiste, il vaut mieux laisser le gouvernement de Nankin s'en occuper.

— Nous collaborerons avec Nankin. Mais auparavant, il nous faut… hum, avoir la main sur tout le renseignement. Nous devons avoir une longueur d'avance, ce qui pour nous… ce qui sera un avantage pour les autorités de la Concession.

Le capitaine distillait lentement ses phrases, comme s'il réfléchissait à la nécessité d'exposer à ses hommes la situation dans son intégralité. Xue pensa qu'à ce stade il pouvait intervenir :

— J'ai entendu dire que le meurtre de Cao Zhenwu avait à voir avec le milieu de la spéculation financière. Dans les quinze jours qui ont suivi, les bons du Trésor se seraient mis à remonter. Alors que depuis un mois ils ne cessaient pas de baisser. J'ai consulté la presse, les nouvelles à ce sujet évoquent certain haut dignitaire de Nankin, qui aurait clamé vouloir rejoindre le Sud pour fonder un nouveau gouvernement. Il s'apprêtait à descendre à Canton, où il avait le soutien de l'armée, et à rompre avec le Kuomintang. Dès que le nouveau gouvernement serait sur pied, il prendrait le contrôle des douanes du Guangdong. J'ai eu sous les yeux des rapports concernant l'émission de bons du Trésor : l'emprunt public est gagé par le produit des douanes. D'après la presse, toujours, Cao Zhenwu était envoyé en éclaireur par le personnage en question, il venait frapper aux portes en son nom et tâter le terrain. Son assassinat sur le quai Kin Lee Yuan a terrorisé les gens de son camp. Plus personne n'ose faire un pas en direction de Shanghai, sans parler d'aller à Canton. Le bruit court que le meurtrier était un espion à la solde de Nankin, or Nankin a juré vouloir tout mettre en œuvre pour éclaircir l'affaire et envoyé ce groupe de recherches à cette fin.

Xue n'était pas coutumier d'aussi longs exposés, et dans son discours entrait rarement ce genre de vocabulaire de communiqué de presse. Il y recourait à seule fin de chauffer son auditoire, de lui faire dresser l'oreille. Tant de choses nouvelles étaient intervenues dans sa vie avec ces événements. Des questions de vie ou de mort pour Leng Xiaoman, qu'elle abordait avec lui tandis qu'entre eux l'entente se faisait chaque jour plus cordiale.

Sarly l'observait d'un œil appréciateur, ce jeune homme ne manquait pas de discernement quand il voulait s'en donner la peine.

— Très malin. Finement analysé, commenta-t-il. Mais il faut se garder des conclusions hâtives – surtout si elles ne vont pas dans le sens du groupe de recherches de Nankin. Tous ces experts sont d'anciens communistes qui ont retourné leur veste, on peut se fier à ce qu'ils disent, à condition de faire le tri. Au Parti communiste aussi il y a d'habiles financiers. Marx en était un.

XXVI

Mercredi 24 juin 1931 (an XX de la République),
10 h 15.

L'inspecteur Maron n'appréciait guère la place à part désormais réservée à Xue au sein du service politique. Tu recueilles un chat errant dans la rue, avec l'idée de lui faire attraper les souris, tu le nourris, tu lui tapes dessus, tu le dresses, très bien. Mais qu'il devienne en un tournemain l'animal favori de ton supérieur, c'est dur à digérer, non ? Le malaise éprouvé par l'inspecteur Maron n'avait pas échappé à Xue, qui savait que l'autre ne l'avait jamais considéré comme un Français (une chose au moins sur laquelle ils étaient d'accord) et n'avait pas l'intention de mettre toute la brigade spéciale à son service – quoi qu'en pense le capitaine Sarly.

Telle était la situation, et voilà que le capitaine retenait Xue, comme s'il avait quelque chose à lui confier en particulier, alors qu'il s'apprêtait à quitter son bureau avec l'inspecteur Maron. Xue lui-même ressentit le malaise. Il vit le regard que lui jetait Maron en s'en allant.

Sarly sortit une photo de son tiroir et la tendit à Xue. On y voyait un groupe de gens alignés sur deux rangs auprès d'un bâtiment dont on distinguait mal l'architecture, car la photo était surexposée.

— C'est un cliché transmis par les services de sécurité britanniques en Inde, Martin me l'a fourni contre une caisse entière de documents.

Un toit arrondi donnait à imaginer une église orthodoxe, aux clochers en forme d'œuf de Pâques, des bulbes russes peut-être ? Parmi les personnages de la photo, certains souriaient sans beaucoup de naturel, les autres faisaient la tête, à cause du froid sans doute, ou parce que la nourriture était mauvaise ou qu'ils avaient les sphincters coincés.

— Regarde au dernier rang, la troisième personne en partant de la gauche, fit Sarly, ajoutant pour guider Xue un détail fort éloigné de critères d'appréciation esthétique : On ne discerne pas son visage, la bordure de son chapeau intercepte la lumière.

Seul le contour du menton était visible, le reste du visage restait dans l'ombre jusqu'au bas du nez, et les yeux dans une ombre plus épaisse encore, comme un puits de ténèbres.

— Quelle est la question ? Je te le demande, qu'est-ce que tu dois me demander ?

Ses mots prononcés d'un ton guilleret, comme s'il chantonnait, flottèrent dans l'atmosphère humide de la pièce.

— Qui est-ce ? répondit Xue, toujours soucieux de chercher à plaire.

— Mais oui, voilà : qui est-ce, mais qui est donc cet homme ?

Sarly déplia une feuille de papier et se mit à lire du même ton chantant, comme il aurait révélé à un public qui patientait depuis longtemps, et qu'il ne résistait plus à l'envie de satisfaire, la liste de bienfaiteurs consacrés avec passion à des œuvres de charité dans la Concession, ou retracé le parcours et l'action sublimes d'un grand humaniste.

— On le découvre pour la première fois en 1925 au beau milieu des mouvements ouvriers de Shanghai, ses collègues vantent son intelligence et sa détermination. D'aucuns disent que c'est un être cruel et sans pitié. Quoi qu'il en soit, on le perd très vite de vue, pour le retrouver six mois plus tard au consulat soviétique de Shanghai, en livrée de chauffeur : il conduit un véhicule pour messieurs les officiers, comme il est bon conducteur, il arrive même qu'y prenne place monsieur le consul lui-même. Rien d'étonnant, tout le monde dit qu'il apprend très vite. Personne n'a pu nous expliquer pourquoi sa carrière avait si peu duré, sa carrière de chauffeur, je veux dire, personne ne sait non plus ce qu'il est advenu de lui dans la période suivante. Toujours est-il qu'il refait surface en novembre 1927, devant le 10 Whangpoo Road, parmi une foule de pauvres hères, Russes blancs fidèles au tsar, qui caillassent les fenêtres du consulat soviétique. Il fait une déclaration à la police du Settlement, prétendant être un bon citoyen qui s'est fait molester par des cavaliers de l'ancienne garde cosaque. Où a-t-il pu se volatiliser ensuite ? Certains disent qu'il est à Khabarovsk, d'autres qu'il est déjà arrivé à Canton…

… Jusqu'au jour où il resurgit brusquement sur cette photo. Ce ne sont pas des collègues ou des condisciples, parmi eux les uns sont allés se former à Moscou ou ont fait des études en télécommunications, pour d'autres le parcours obligé consistait à introduire de l'essence, du caoutchouc et du magnésium en poudre dans des bouteilles de vodka – le secret c'est de bien doser l'essence, quand on en met trop, on noie le détonateur. Ensuite chacun a suivi sa propre voie, personne ne sait ce qu'il est devenu. A Bombay, les Anglais ont arrêté des types lors d'une perquisition au local d'un journal, où cette photo a été retrouvée. Dieu sait pourquoi ils l'avaient planquée aussi soigneusement, dans le double fond d'une valise, avec de faux passeports prêts à servir. S'ils ne l'avaient pas aussi bien cachée, personne n'y aurait prêté attention. Du coup, on a pu organiser un jeu avec les gens qui sont sur la photo : ceux qui répondaient bien aux questions étaient récompensés, les autres étaient punis. A la fin, toutes leurs réponses ont été dactylographiées sur un formulaire *ad hoc*, polycopiées, puis expédiées dans toute l'Asie. Des gens ont été arrêtés, on ne sait pas ce qu'ils sont devenus, l'un est mort il y a deux ans en prison, à Hankeou. Et tout récemment, en partie grâce aux recherches du groupe de Nankin, nous nous sommes intéressés de près à cet homme – celui dont le visage reste invisible dans l'ombre de son chapeau. Un mégalomane, à mon sens, car il n'a cessé de changer d'identité : Gu San, Gu Tinglong, Gu Fuguang, sans jamais vouloir changer son nom de famille, ce qui est pour moi une preuve irréfutable de tendances mégalomanes.

Le capitaine soupira avec satisfaction et s'appuya sur le dossier de sa chaise, tout en laissant sans se décider sa main se promener sur la rangée de pipes.

— Donc – il s'agirait de lui, l'homme d'une quarantaine d'années ?

Et donc ce serait le chef de Leng Xiaoman ? « Il y a quelqu'un qui souhaite vous rencontrer. » Ce serait lui ? Xue, pris de panique, se disait qu'il allait se faire démasquer au premier coup d'œil.

— Félicitations, tu as encore trouvé !

Sarly avait retrouvé son rythme allègre et chantonnant. Puis il se plongea dans ses pensées et le silence retomba. Dehors, sous les fenêtres, les agents en rangs étaient prêts à prendre leur service, des ordres retentissaient dans l'air pesant. On entendit marcher au pas de course, en désordre, des coups de sifflet aigus, puis deux brefs coups d'avertisseurs, lancés par les chauffeurs des véhicules de patrouille blindés, déchirèrent la lourde chape d'humidité qui enveloppait tout le bâtiment. En très peu de temps le calme revint.

— Ce que je veux, ce n'est pas seulement mettre la main sur lui, l'arrêter, le forcer à livrer les autres membres de son organisation. Là n'est pas seulement la question, elle n'est même pas là du tout. Ce que je veux, c'est que tu te familiarises avec lui, que tu l'étudies, que tu t'ingénies à percer ses habitudes, ses déplacements, à comprendre quelles actions ébouriffantes il nous prépare. Que tu en fasses une vedette…

Le capitaine Sarly se tut, il regardait Xue, l'air las, comme si ses longs discours l'avaient épuisé.

— Nous avons besoin d'une vedette, reprit-il dans un murmure.

Les intentions du capitaine étaient limpides. L'heure était venue pour lui de montrer pleinement ses capacités – tout en permettant par la même occasion à Xue (un pauvre orphelin, le fils d'un ami par surcroît) d'en faire autant.

Xue n'était pas du genre à s'interroger beaucoup sur ses actes, leurs justifications ou leurs conséquences – ni même sur leur sens. Il ne se préoccupait que de ce qu'il avait sous le nez, l'avenir à ses yeux se limitait au lendemain, ou dans le meilleur des cas la semaine d'après. Il se prenait pour un joueur, qui finira par gagner ou perdre et ne doit surtout pas se mêler de penser à autre chose. Plus la situation se révélait compliquée, plus il s'en remettait au destin. Cependant il ne suivait que sa propre pente, qui le conduisait toujours à agir, jamais à ne pas le faire. Il ne savait pas ce qu'était s'arrêter, réfléchir s'il pouvait encore faire machine arrière, il regardait toujours le chemin qui s'étirait devant lui pour continuer d'avancer.

Arrivé sous les arcades de la rue du Consulat, il fit une halte à la Banque industrielle de Chine. Au moins, la tâche que lui confiait la garde municipale lui donnait une certaine aisance financière. Avant son départ, le capitaine lui avait dit d'aller faire un tour à la brigade spéciale chez le poète marseillais, lequel lui avait remis un chèque, il ne s'agissait aucunement d'un salaire, le compte était au nom d'une entreprise de divertissements située avenue Foch, le chèque, à encaisser dans une succursale précise, constituait le soutien obligé à certaines investigations menées par la brigade spéciale de l'inspecteur Maron. « La petite enveloppe de la Bande noire », avait dit le poète marseillais. Xue toucha le chèque, alla acheter un panier d'oranges américaines chez un marchand de fruits, puis s'engouffra dans un escalier entre une petite boutique d'accessoires de mode et le disquaire « Renommée ».

L'escalier menait au Singapore Hotel, dont l'enseigne était visible près d'une fenêtre du premier étage, au-dessus des arcades. La réception se trouvait sur le palier. Il ouvrit la porte, Leng Xiaoman se trouvait derrière. Il voulut lui saisir les bras, juste à l'endroit où s'arrêtaient les manches courtes de sa robe chinoise, mais elle se détourna et lui échappa. Le temps qu'il enlève ses mains et prenne un air en coin pour se composer un sourire embarrassé, Leng Xiaoman se serrait contre lui et le prenait dans ses bras.

Elle avait un peu bu, il y avait une bouteille et un verre sur la table, son haleine sentait l'alcool, qu'elle n'aimait pas (elle touchait rarement à son verre de vin pendant les repas). Il fit mine d'ignorer ce que cela signifiait et simula la passivité, se laissa embrasser. Elle montrait trop d'excitation dans ses gestes, et parce qu'elle mettait tellement d'application à jouer avec flamme, il lui glissa une main dans le cou, puis, en un mouvement qui se voulait parfaitement naturel, du cou jusqu'aux reins.

Heureusement qu'il simula. Heureusement qu'il fit mine de ne pas comprendre et réagit en retard. S'il s'était mépris sur l'attitude équivoque de Leng Xiaoman, il aurait raté l'occasion unique de l'entendre lui raconter son histoire. Car elle échappa très vite à son étreinte (heureusement assez détendue).

Du pavillon d'un gramophone à l'extérieur s'échappait un dialogue d'opéra déclamé par des voix puissantes. Un instrument à cordes y mêlait sa mélodie virtuose, accompagnée par des percussions, qu'on avait du mal à distinguer des claquements incessants des dominos de *pai gow*. Parce qu'il avait beaucoup marché, et du fait de leur brève et ardente étreinte, sa chemise était trempée de sueur, la robe de Leng Xiaoman aussi était marquée d'auréoles sombres aux aisselles.

Ce qu'elle lui conta n'était qu'une succession d'épreuves et de drames. Xue s'imaginait qu'il n'y avait que des personnages de roman pour connaître de telles aventures et des décisions aussi difficiles. Comment un choix amoureux pouvait-il constituer une question de vie ou de mort, comment pouvait-on se trouver pris dans un enchaînement de causes à effets toujours plus inextricable ? (Quoique, à bien y réfléchir, il finissait par très bien s'y voir.) A un stade du récit de Leng Xiaoman, il se dit qu'au lieu de continuer à l'écouter, il aurait dû prendre une initiative beaucoup plus simple et légère, puis s'en aller d'ici pour ne plus jamais revenir. Il craignait d'être tombé dans un piège dont il ne se sortirait plus, alors qu'il eût suffi d'un pas pour l'éviter.

XXVII

Mercredi 24 juin 1931 (an XX de la République),
12 h 15.

Leng Xiaoman ne voyait pas d'autre moyen. Avait-elle une meilleure solution ? Il fallait convaincre Xue de rencontrer Lao Gu, l'Organisation devait se montrer et échanger avec lui. « Faire en sorte qu'il devienne un compagnon de route. » Sans cesser de veiller à la sécurité de l'Organisation. « Nous ne savons absolument pas qui il est. »

Une difficulté allait se présenter, du fait qu'elle avait menti. Leur première rencontre avait eu lieu sur le *Paul-Lécat*, près du bastingage, elle ne le connaissait pas avant. Ils n'étaient pas des amis d'enfance comme elle l'avait soutenu à Lao Gu. Et elle n'avait certes pas l'intention de demander à Xue de l'aider à rendre cette affirmation plausible.

Peut-être devait-elle prendre l'initiative. Profiter d'avoir encore un peu d'ascendant.

Une chose la stupéfiait, au début, dans son rôle de sainte femme éprouvée, elle doutait de sa foi, implorait les bonnes grâces de l'assistance… Mais elle s'était de plus en plus engagée dans le rôle, comme si la tension dramatique l'avait investie jusqu'au tréfonds de son être. Elle était lancée dans un débat intérieur sans fin. En cherchant à émouvoir et à rendre les faits plus crédibles, c'est à elle-même qu'elle procurait davantage d'émotion, c'est d'elle-même qu'elle exigeait toujours plus de sincérité.

Elle disait combien elle avait idolâtré Wang Yang. Sa vivacité d'esprit, sa fougue, ses discours intelligents et impétueux. Elle parlait aussi de ses manières despotiques, et du courage dont il avait fait montre en prison. L'avait-elle aimé ? s'interrogeait-elle (tout en balayant du regard son auditoire), avant de répondre par l'affirmative. Pourtant, par la suite… pourtant, par la suite – elle pesait ses mots, parce qu'elle arrivait à un épisode douloureux, une chose qu'elle n'avait jamais racontée à quiconque, même pas à l'Organisation. Par la suite, elle avait découvert l'importance du travail de Wang Yang au sein de l'Organisation. Tout ce qui l'environnait faisait désormais partie intégrante de son travail. Une partie secondaire et accessoire. Il se montrait toujours aussi chaleureux, particulièrement envers les femmes, mais sa chaleur ne trompait pas. Seul le travail comptait, tout le reste était accessoire.

En avait-elle éprouvé de la déception ? se questionnait-elle (le silence de Xue lui donnait une autre occasion de se sonder). La réponse surgit instantanément : elle n'avait pas eu le temps d'être déçue. Ils avaient été arrêtés, tous les deux en même temps, au cours d'un vaste coup de filet qui avait démantelé leur mouvement. Ce qu'elle avait subi juste après son arrestation, elle ne souhaitait pas trop s'y attarder, sans savoir pourquoi, elle avait l'impression, si elle le racontait, qu'elle se déshonorerait aux yeux de Xue. Ces choses étaient trop laides, si laides que toute personne qui s'en approchait de près ou de loin partagerait ce déshonneur.

Totalement entrée dans son rôle, elle attendait impatiemment les réactions du public. Elle espérait que Xue allait lui poser des questions propres à pousser l'introspection encore plus loin. Elle raconta le marché que lui avait proposé Cao Zhenwu : dans le contexte d'alors, et du fait de sa position, il pouvait la sortir de là. Mais la seule raison qu'il pouvait invoquer serait les liens qui les unissaient si elle acceptait d'être sa femme. Il saurait alors comment les convaincre de la libérer. Elle aurait voulu que Xue s'apitoie, qu'il proteste, ou qu'il se moque de sa faiblesse. Mais il gardait le silence, comme un bon spectateur transi de dévotion pour l'actrice en train de jouer son rôle.

Il y avait pourtant une question qu'elle aurait vraiment souhaité qu'il lui pose : la condition formulée par Cao Zhenwu – et le fait qu'elle avait d'abord décliné sa proposition – avait-elle oui ou non un lien avec la mort de Wang Yang ? Elle aurait pu ainsi lui répondre catégoriquement : Cao Zhenwu n'était pas ce genre d'homme. Cette phrase, qu'en aucun cas elle n'aurait pu prononcer devant l'Organisation, elle l'aurait dite à Xue. Elle avait soigneusement réfléchi lorsque Ge Yamin lui avait posé ce problème de chronologie, elle avait enquêté pour connaître la date exacte où Wang Yang avait été sacrifié, demandé qu'on se rappelle le temps qu'il faisait, s'il y avait du vent, quelle était la couleur du ciel, à quoi ressemblait l'uniforme des soldats, elle avait compté sur ses doigts pour tenter de déterminer le jour en question, s'il se situait entre celui où elle avait refusé et celui où elle avait accepté, ou tout à fait en dehors. Etait-ce le sentiment de culpabilité qui lui faisait croire, avec sa mémoire désormais bien embrouillée, qu'elle avait finalement accédé à la demande en mariage de Cao Zhenwu une fois qu'il lui avait appris que Wang Yang avait déjà été exécuté ? Elle retournait dans un passé si flou – il ne s'agissait pas d'une introspection mentale, mais de pures sensations, comme si elle se retrouvait physiquement dans ce bureau du tribunal militaire et expérimentait à nouveau ce sentiment (purement imaginaire, sans doute) d'être libérée d'un fardeau, pour lequel elle s'était tant méprisée ensuite.

D'après ce qu'elle connaissait du caractère de Xue, elle prévoyait qu'il lui dirait certainement, ce n'était pas de ta faute. Il la réconforterait, lui dirait, tu n'as rien à voir là-dedans, tu n'es absolument pour rien dans la mort de Wang Yang. Elle espérait pouvoir ainsi se pardonner, tout en sachant qu'elle détestait cette manière de se défausser.

Xue soupirait, soufflait un nuage de fumée blanche (il ne se débarrasserait donc jamais de sa futilité) qui se répandait devant lui, suspendu à quelques centimètres de son visage. Il resta longtemps silencieux, comme s'il cherchait un commentaire adéquat et s'inquiétait de ne pas être un spectateur à la hauteur, puis il conclut abruptement :

— C'est du cinéma, rien d'autre. Rien d'autre qu'un rôle que tu joues.

Elle avait cru deviner parfaitement ce qu'il éprouvait. Il était touché par son destin, le drame qui auréolait son existence, avec une intensité qu'il n'avait jamais ressentie ailleurs. Comme si le destin lui imposait de force un rôle tragique : ses choix, quels qu'ils soient, la mèneraient toujours à l'erreur.

Elle ne s'attendait pas à ce commentaire, et en fut émue aux larmes. Il la comprenait, et elle eut l'impression de le comprendre aussi. Ils étaient de la même espèce tous les deux, de ceux qui suivent le fil du courant, au gré des intrigues que d'autres écrivent pour eux. Malgré toutes les phrases qu'elle avait pu se dire à elle-même (assise dans la pièce au-dessus du porche, rue Amiral-Bayle), aucune ne sonnait aussi juste que celle qu'il venait de prononcer.

Le ton était compatissant, légèrement railleur (même si ce n'était pas prémédité). Mais vraiment, les mots tombaient on ne peut plus juste. C'était exactement ce qu'elle ressentait obscurément : son existence comportait une part d'irréalité. Elle n'arrivait pas à éclaircir si cette absence de vérité provenait de ses passions détruites ou de quelque autre motif de ce genre, ou bien si c'était la tâche confiée par Lao Gu qui la forçait à devenir quelqu'un d'autre.

Sa robe chinoise lui collait au corps, elle transpirait sans arrêt, les aisselles trempées et tout le corps baigné d'une sueur visqueuse, elle avait l'impression de baigner dans l'irréalité. Les bruits, aux alentours, devenaient compacts et paraissaient venir de très loin. Seuls les claquements de deux dominos, entrechoqués au creux d'une main, se faisaient de plus en plus sonores et distincts.

Les coups de sifflet semblèrent remonter en tourbillonnant du fond de l'eau, avant d'émerger lentement à la surface. Les crissements aigus de pneus sur le sol s'y superposèrent. Des pas précipités résonnèrent dans l'escalier. Puis on frappa.

La porte s'ouvrit. Le garçon d'étage se tenait sur le palier, plusieurs policiers l'escortaient.

— De quoi s'agit-il ?

Xue avait ouvert les persiennes et, penché à l'extérieur, regardait dans la rue.

— Commissariat de la Porte du Nord ! cria quelqu'un. Ne sortez pas de la chambre. Préparez vos pièces d'identité, attendez le contrôle.

Les échos du *pai gow* avaient cessé brutalement. Quelqu'un tirait une table, un couvercle de tasse tomba sur le sol, sans se briser, et continua gaiement sa course sur le parquet. Des pleurs d'enfants s'élevaient de la pièce à côté, un homme insultait sa femme devant les policiers. La voix grêle du groom cherchait à imposer son solo dans ce chœur discordant :

— Les forces de police préviennent tous les clients qu'il leur est interdit de sortir.

L'agent chinois matricule 198 pénétra dans la chambre, tandis que son chef français restait sur le palier, un peu mieux aéré. Celui-ci avait déjà revêtu sa tenue d'été, manifestement il souffrait du climat étouffant de Shanghai. La sueur lui dégoulinait des genoux, inondait ses mollets et lui plaquait les poils sur la peau, d'un blanc presque putride. Il ne cessait de jeter les pieds de droite et de gauche pour éviter les piqûres de moustiques, il n'avait pas de bandes molletières, qui pouvait porter ces choses par un temps pareil ? Les étrangers des Concessions avaient coutume de se protéger les jambes de gaze médicale par-dessus leurs chaussettes (la seule façon de se prémunir contre la malaria dans cette maudite région). Mais quel inspecteur de police aurait accepté d'avoir une allure aussi ridicule pendant le service ?

Il avait un visage livide, le regard un peu perdu, un air de résignation fataliste. L'agent 198, lui, semblait jouer la comédie et vouloir imiter un artiste de rue en train de faire un portrait. Il baissait la tête pour examiner la pièce d'identité, puis la relevait vers Leng Xiaoman, se penchait de nouveau sur sa photo, se tournait pour la regarder du côté droit, la fixait ensuite sur son profil gauche, comme s'il choisissait le meilleur angle pour la dessiner à la lumière qui s'infiltrait entre les persiennes.

— J'ai déjà vu ce visage, expliqua-t-il à son supérieur, d'un ton aussi neutre que s'il était devant une photo.

Ils descendirent sous les arcades où s'étaient regroupés les policiers, on les fit monter dans un fourgon pour les conduire au commissariat. La petite dizaine de minutes où ils furent assis dans la cabine de tôle suffit à Xue pour avoir le visage dégoulinant de sueur. Il ne cessait de s'éponger le tour des yeux avec son mouchoir. Le banc était si étroit et si bas qu'il permettait à peine de s'y tenir accroupi, dans une position plus indigne que celle qu'on a sur un seau hygiénique, se disait Leng Xiaoman. Elle retenait les deux côtés de sa robe pour éviter que Xue ne voie ses cuisses aux pores dilatés par la transpiration. Elle trouvait ça insupportablement laid. Elle se sentait comme une vedette de cinéma que des malfaiteurs ont kidnappée, soustraite aux feux des projecteurs, pour l'emporter en un lieu inconnu.

On les enferma dans des cachots en bois. Personne ne les interrogea. Cette fois, elle ne s'en sortirait pas, tout le monde l'avait vue en photo, jusque sur celle de son mariage, dans une tenue où elle se ressemblait d'ailleurs si peu. C'était Cao Zhenwu qui l'avait voulu – je n'arrive toujours pas à croire que tu aies accepté de m'épouser, j'accrocherai la photo partout dans la maison, comme preuve que tu es bien ma femme. Et de fait, cette photo avait suffi à prouver qu'elle était bien la femme de Cao Zhenwu.

Xue semblait abîmé dans ses pensées. Il ne remarquait pas les imperfections des jambes de Leng Xiaoman, pas plus que son regard empreint d'une rage désespérée.

Soudain il se mit à crier d'une voix forte, alertant l'agent 198 qui arriva devant le cachot.

— Je suis français ! Mon père est français ! Je veux parler à l'inspecteur ! Il faut que je lui parle !

Le matricule 198 ouvrit le cadenas. Il avait déjà déposé sa ceinture sur une table, sa matraque, son sifflet et sa torche, y lança ses clefs, s'apprêtant à régler son compte à ce type qui osait faire du raffut dans le commissariat.

L'inspecteur au triste visage et aux sourcils froncés entra. Il ordonna à l'agent de conduire Xue dans son bureau. Il avait hâte de s'en aller le plus vite possible pour trouver un bar où descendre quelques bières glacées, il n'en pouvait plus de cet endroit et de ce travail, de ces missions dont le chargeaient ses supérieurs par une chaleur pareille.

XXVIII

Mercredi 24 juin 1931 (an XX de la République),
16 h 18.

Xue avait été conduit dans le bureau de l'inspecteur. Sur la table, à côté d'un chapeau, se trouvait sa carte d'identité, ouverte. Le catalogue de meubles d'une firme étrangère, une fiole d'huile mentholée pour éloigner les moustiques. Sur un tableau peint en vert sombre accroché près de la porte, étaient indiquées à la craie les affaires à régler le jour même par l'inspecteur, une grande flèche oblique, pointée vers le créneau de quinze à dix-sept heures où il aurait dû être assis tranquillement dans son bureau frais et bien ventilé à fumer et boire du thé, venait y intercaler un cercle à l'intérieur duquel était écrit *Singapore Hotel.*

Un appareil téléphonique pendait au mur près du tableau.

— Vous aviez à me parler ? demanda l'inspecteur.

— Je voudrais téléphoner. Au capitaine Sarly, du service politique. Composez vous-même le numéro, dites-lui que Xue souhaite lui parler.

— On connaît des personnages haut placés, c'est ça ?

L'inspecteur avait les cuisses largement ouvertes pour laisser le courant d'air venu de l'extérieur lui rafraîchir l'entrejambe.

La voix du capitaine, à l'autre bout du fil, trahissait son impatience. Des bruits de papier froissé résonnaient dans l'appareil, il feuilletait des documents ou bien il y avait de la friture sur la ligne.

— Qu'est-ce que tu faisais au Singapore ?

— Une personne de ma connaissance habite là-bas…

Il avait l'impression de n'avoir aucune prise sur ses propres paroles, il avait beau dire la vérité, en s'écoutant parler cela lui paraissait du charabia.

— Une personne de ta connaissance… Une femme ?

Rien, dans le ton de Sarly, n'était fait pour le rassurer. Xue ne savait pas jusqu'à quel point il pouvait dire les choses, il fallait faire le tri. Il y eut des parasites dans l'écouteur qui lui donnèrent quelques secondes pour trouver une logique. Le plus important pour l'instant, c'est que ni lui ni Leng Xiaoman n'étaient au centre des préoccupations du capitaine, qui semblait en avoir d'autres. Donc…

— Si vous me faites confiance… je peux vous obtenir ce qu'il y a de mieux.

— Si je pouvais te faire confiance… Tu trouves qu'à présent j'ai encore des raisons de te faire confiance ?

Les parasites avaient cessé brusquement dans le récepteur, créant un vide soudain. La voix de Sarly devint très lointaine, on aurait dit un fil dans la bourrasque, un écho au fond d'un immense couloir.

Xue se sentait de plus en plus démuni, il ne se rendit même pas compte qu'il se mettait à crier :

— C'est très important ! Mettons… Vous verrez quand vous vous réveillerez et que vous trouverez mes notes sur votre bureau.

Il reposa le téléphone et attendit le verdict. Vaguement inquiet, il repensait à la scène que Leng Xiaoman s'était donné tant de mal à jouer. Elle était rodée à faire semblant, et il repensa aussi à la « valeur marchande » qu'il représentait pour elle et pour son organisation. Plus tard il se remémora ses larmes sur le bateau, il l'avait effrayée, elle avait un regard perdu quand elle s'était retournée vers lui. Même dans la situation la plus critique, elle n'oubliait jamais qu'elle était une femme, elle retenait à deux mains les pans de sa robe, comme si c'était l'unique moyen pour elle de revenir à la réalité quotidienne et de sortir d'une terreur dépassant l'entendement. A ce point de sa réflexion, l'inquiétude fit place à l'angoisse. Pendant ces instants, il se dit que s'il pouvait sortir Leng Xiaoman de ce guêpier, aucun prix ne serait trop cher payé, fût-ce la confiance du capitaine Sarly ou la vieille amitié qui l'unissait à son père, ou même n'importe quoi d'autre.

Une heure après, il vit arriver le poète marseillais.

Trente minutes plus tard, ils sortaient tous ensemble du commissariat de la Porte du Nord. Lorsque le poète marseillais l'accompagna vers l'autre cachot de bois, Xue nota le regard dont Leng Xiaoman l'accueillait et il sut qu'elle le reconnaissait.

Le poète marseillais lui expliqua que la descente de police au Singapore était un pur hasard. Ce matin, le garçon d'étage qui faisait le ménage de la chambre n° 2, au second, avait découvert une grenade à main au pied de la coiffeuse. Le comptable de l'hôtel, Gong Shanting, avait alerté le commissariat.

Parmi tous les officiers de police du service politique, Xue, en toute objectivité, n'avait de réelle sympathie que pour ce poète marseillais (raison pour laquelle celui-ci, justement, était chargé par le capitaine des contacts avec le photographe). Timide, les cheveux d'un blond paille, il nourrissait une tendresse pour Mallarmé et Verlaine et, avant de monter en voiture en sortant du commissariat, il s'était tourné vers Xue et lui avait glissé à l'oreille : « Avec sa mine terrorisée elle ressemble à un cygne. »

Un cygne qui, à l'heure présente, se tenait au beau milieu de son salon désert, posé là pour comme reprendre souffle au cours de son errance, avec un air de profonde mélancolie. Ils avaient décliné, pleins de reconnaissance, l'offre du poète marseillais de les raccompagner en voiture. Et une fois qu'ils avaient été assurés que personne ne les suivait, Leng Xiaoman était entrée dans une cabine du boulevard de Montigny. A travers la vitre, Xue la voyait, la main crispée sur le combiné, lancée dans de laborieuses explications. Il se disait combien il la trouvait gracieuse et touchante, et se demandait si c'était parce qu'il venait de la sauver du cachot. Quoi qu'il en soit, il savourait pour la première fois ce sentiment, incomparablement suave, d'être considéré en sauveur.

Le problème – lui avait-elle dit en sortant de la cabine – c'était que maintenant elle ne savait plus où aller. Pour des raisons de sécurité, elle devait rester provisoirement chez lui. Elle avait prononcé ces mots comme s'il s'agissait de régler une question administrative, sur un ton qui l'avait un tant soit peu déçu.

Il rangea sa table, le seul endroit qui avait besoin d'être rangé maintenant (il n'y avait qu'une table et deux chaises dans son salon). Il vida du café qui restait dans une tasse, revint à sa table, puis se dépêcha d'aller mettre de l'eau à chauffer. Jeta en tas de vieilles photos et des journaux, qui allèrent tenir compagnie, au coin du mur, à des flacons de révélateur. Près du seuil de la chambre, il débarrassa une chaise des habits qui l'encombraient. Il venait d'inviter Leng Xiaoman à s'asseoir quand il entendit dans la cuisine le couvercle de la bouilloire sautiller à un rythme effréné de danse irlandaise.

Il allait devoir lui donner des explications, se dit-il, venant à peine de prendre conscience de la chose. Les autres n'allaient-ils pas trouver curieux qu'ils aient quitté si facilement le commissariat de la Porte du Nord ? Il lui avait raconté l'histoire de la grenade à main, qui à ses oreilles sonnait encore plus faux qu'un mensonge. Il ne se préoccupait même pas de savoir comment il s'en tirerait avec le capitaine. Il n'avait pas conscience du fait que tôt ou tard, il finirait inéluctablement par les trahir, elle et son organisation. Tout en remuant des questions inextricables à longueur de journée dans sa tête, il ne savait guère voir plus loin que les problèmes immédiats.

Et dans l'immédiat, l'urgence était de passer en revue le désordre qui régnait ici. Il n'arrivait pas à repérer ce qui pourrait paraître suspect. Il était photographe, et non policier. Il avait des tas de vieux journaux, de vieilles photos, des négatifs et des produits chimiques. Une idée soudaine le fit se précipiter dans la chambre, plantant là Leng Xiaoman sur sa chaise dans le séjour.

Teresa, depuis qu'elle avait envoyé ses gardes du corps cosaques reconnaître l'endroit où il habitait, était venue une ou deux fois. Elle était du genre à laisser partout la marque de son passage, du rouge à lèvres sur des verres ou des mégots, une odeur de parfum sur les oreillers (et même jusque sur les murs), des slips sales – la soie portant la trace de son désir.

Il ne pouvait s'imaginer la scène, ni la confrontation entre les deux femmes, si Teresa se montrait à sa porte. Le mieux était de prendre l'initiative et d'aller la voir avant qu'elle ne débarque. C'est une question à laquelle il n'avait vraiment pas réfléchi quand il s'était décidé à faire venir Leng Xiaoman chez lui.

Il ne savait pas pourquoi le capitaine lui faisait confiance. L'après-midi, dans le fourgon de police, il avait cru un instant que Sarly l'avait fait suivre au Singapore (seule technique policière qu'il était capable d'imaginer). Il n'avait pas approfondi la question, il était distrait, ayant remarqué que Leng Xiaoman ne portait pas de bas. Par ce temps chaud et humide, la sueur perlait sur ses jambes.

Maintenant il finissait par croire que la perquisition avait eu lieu par hasard. Il n'y avait pas de raison de douter de la bonne foi du capitaine. Il admettait que la vie dans les tranchées, l'utilisation des mêmes masques à gaz, cela finissait bel et bien par vous unir d'une indéfectible amitié.

Le ciel s'était encore assombri mais la pluie ne se décidait toujours pas à tomber. Ils avaient dû traverser pratiquement toute la Concession pour arriver route Joseph-Frelupt au *longtang* où il habitait. Ils étaient assis de part et d'autre de la table, chacun pouvant sentir l'odeur de transpiration qui montait du corps de l'autre.

— C'est donc ce fameux poète marseillais. Qui lui avez-vous dit que j'étais ?

Ce sont ses gestes ralentis et son expression fatiguée, plus que le ton distant dont elle avait prononcé cette phrase impersonnelle, qui firent réaliser à Xue qu'elle n'était plus en train de jouer un rôle. L'actrice avait volé en éclats, comme une porcelaine luisante et lisse réduite en miettes.

Il la fixa, observa son visage et ses bras où la transpiration rendait les pores très visibles.

— Mon amoureuse, répondit-il.

La bouche entrouverte, elle ressemblait à quelqu'un qui encaisse un mauvais coup. Elle soupira doucement (s'imagina-t-il). Elle avait laissé sur sa narine une légère trace noirâtre en s'essuyant la sueur d'une main sale. Sur ce visage, l'endroit le plus émouvant était la paupière inférieure, dont les cils ombrageaient délicatement sa pupille.

— Pourquoi vouloir me sauver…

Le silence qui suivit voulait donner plus de force de conviction à ses paroles.

— Parce que je vous aime.

A peine formulée, la réponse lui sembla couler de source, évidente, il lui sembla aussi qu'il l'avait préparée depuis longtemps. C'était toujours au mauvais moment, dans ce genre de situation où il faut sauver sa mise, qu'il leur faisait ses déclarations. Mais une fois prononcés, les mots avaient l'air parfaitement naturels.

Leng Xiaoman pleurait sans bruit. Un courant d'air souleva le rideau, elle frissonna et se leva. Elle avait les yeux fixés sur Xue, ses jambes fléchirent et elle se jeta dans ses bras. Elle l'agrippa par le col de sa chemise puis elle desserra les mains et se mit à le frapper, aveuglément, sur la tête, sur les épaules.

— A quoi sert de m'aimer ? A quoi ça sert ? Les hommes qui m'ont aimée, ils n'y ont rien gagné !

C'était cela qui le surprenait le plus : les femmes qui entendaient ces mots étaient incapables d'y résister, comme si un sort qu'on leur aurait jeté les forçait à en absorber docilement le poison, comme si la logique de fer imposée par leur scénario les obligeait à entrer dans le rôle.

XXIX

Mercredi 24 juin 1931 (an XX de la République),
19 h 30.

Un pitoyable appât, voilà ce qu'elle était, se disait Leng Xiaoman. Un appât abandonné sur la rive d'un lac, suspendu au fil d'une canne à pêche dont le propriétaire avait disparu on ne sait où. Et voilà qu'elle se mettait à tomber amoureuse du poisson.

Quand elle avait eu Lao Gu au téléphone, elle avait résumé la situation en deux mots. Elle avait gardé pour elle, au dernier moment, le fait qu'ils avaient été emmenés au commissariat de la Porte du Nord, craignant que Lao Gu ne la prive de tout contact avec l'Organisation (le seul lien qu'elle conservait avec le monde réel, se disait-elle malgré elle). Heureusement que Xue était là, sinon… Les faits prouvaient qu'ils avaient – lui ou ses amis – beaucoup de pouvoir au sein de la police de la Concession. Lao Gu avait exprimé le plus grand intérêt pour ce point et enchaînait les questions :

— Ainsi le service politique avait envoyé quelqu'un participer à la fouille menée par le commissariat de la Porte du Nord ? Pour quelle raison ?

— Non, il n'y avait que les hommes de la Porte du Nord. Le garçon d'étage avait trouvé une grenade à main et prévenu le commissariat.

— Tu viens de me le dire.

— Les policiers voulaient perquisitionner la chambre et Xue a fait un scandale. Quand il a mentionné le nom de ses amis du service politique…

— Celui qui écrit des poèmes, apparemment, est quelqu'un d'important. Tu dis que tu l'as rencontré cet après-midi ?

— Ils ont appelé le service politique avec le téléphone de l'hôtel. Pour vérifier si Xue était bien reporter photographe dans un journal français. Quand son ami est arrivé, les policiers étaient déjà repartis.

Ses mots respiraient le mensonge. Elle avait honte d'avoir menti sans raison, elle se sentait comme une comédienne débutante qui sème la pagaille dans une répétition.

— La police n'est pas entrée dans la chambre ? Ils ne t'ont pas vue ? Et son ami du service politique, il ne t'a pas reconnue ?

C'était uniquement grâce à Xue, avait-elle répondu. Elle n'allait pas dire qu'elle avait eu de la chance (même elle n'y aurait pas cru), il valait mieux invoquer sa nouvelle coiffure, ou son visage amaigri – il lui arrivait de se demander, face au miroir, comment la souffrance pouvait à ce point changer l'apparence d'une personne.

— Tu dois te concentrer sur Xue, avait déclaré Lao Gu finalement. L'Organisation veut le gagner à notre cause, en faire un des nôtres. Les liens qu'il entretient avec la police seront de la plus grande utilité pour notre action, dans la prochaine phase.

— Que faut-il que je fasse ?

— Tu vas habiter chez lui. Il faut te souvenir que tu es chargée d'une mission, prendre en compte le projet de l'Organisation. Tu vas rester avec lui, l'observer et découvrir toutes ses relations. C'est la mission qui t'est confiée.

Désormais, elle en voulait presque au rôle qu'on la forçait à jouer. Comment aurait-elle pu faire semblant d'ignorer le sens caché de ce que lui disait Gu Fuguang ? Dans les films, une espionne qui joue de ses charmes peut certes passer pour une figure positive, du moment qu'elle est convaincue de se tenir du bon côté. Elle pouvait même éprouver des sentiments pour la cible à séduire, il suffisait qu'elle soit sûre d'elle. Mais maintenant que le rôle lui était confié pour de bon, Leng Xiaoman découvrait que c'était elle qui allait tomber dans le piège. Elle serait toujours la première à se faire avoir.

Elle sentait bien, cependant, que quelque chose faisait obstacle entre eux. Une sorte de voile invisible, comme une feuille de cellophane. L'état d'esprit qui prévalait dans leur relation, c'est elle qui l'avait créé – à cause du rôle qu'elle devait jouer. Maintenant, il lui incombait de surmonter l'obstacle. Elle ne savait pas comment s'y prendre, elle se disait, l'amour n'est pas le but recherché, ce dont nous avons besoin, c'est un moyen de percer à jour ce qu'il cache sous ses allures de noceur des Concessions, de comprendre le fond de son âme, de capter ce qu'il subsiste de pur en lui pour le contrôler (et faire qu'il nous soit utile). Sous ses apparences de produit d'une vie urbaine gangrenée par le luxe, il subsistait quelque chose d'authentique, Leng Xiaoman en était convaincue. Il lui semblait que si on le dépouillait de ses propos futiles, de ses attitudes superficielles, de ses calculs, de sa vanité, se révélerait en lui un reliquat inaltérable, nu comme un nourrisson, aussi pur et sans tache, aussi fragile. Un Xue débarrassé de sa gangue impure, qui croirait à la justice et à leur idéal, croirait en l'œuvre qu'elle (et son organisation) allait accomplir. Le projet qu'elle nourrissait la rendait pareille à n'importe quelle amante. Mais de cela, elle n'avait aucunement conscience.

Elle s'apprêtait donc, mue par l'esprit de sacrifice, à le séduire. Aussi se conduisait-elle avec une solennité presque comique. Elle l'aida à préparer du porridge. D'une grande boîte de conserve qui avait dû être dorée, elle versa les flocons d'avoine dans la casserole, y ajouta de l'eau et du lait en poudre. Ils cherchèrent du sucre et finirent par en trouver quelques morceaux sur le couvercle du pot à café.

Ils mangèrent leur porridge en silence. Lui avait la tête ailleurs. Quant à elle, elle semblait épuisée et désespérée, prenait des cuillerées les unes à la suite des autres, sourcils froncés, comme s'il s'agissait d'une potion amère destinée à l'anesthésier.

Elle tentait de lui parler. Se questionnait. Qu'est-ce qui l'avait entraînée à rejoindre la révolution, au début ? Elle passait en revue les événements de l'après-midi, simulait la colère contre l'incursion irraisonnée et despotique de la police, se disait ulcérée de leurs exactions (monnaie courante, cependant, dans la Concession). Ces choses suffisaient à provoquer une haine élémentaire contre l'impérialisme, pensait-elle. Puis elle réalisait qu'une telle indignation aurait du mal à le contaminer puisqu'en définitive l'ami qui les avait tirés de prison était lui-même un impérialiste. Qu'il était donc difficile de transformer une logique abstraite en un sentiment concret et intime ! Elle aurait voulu qu'il argumente, qu'il lui dise qu'à la garde municipale aussi il y avait des gens bien, des choses de ce genre. Et finalement c'est elle-même qui conclut :

— Ne crois pas que ton ami soit un type bien, il l'est peut-être en effet, mais le problème est que son métier en fait le représentant d'un système oppresseur.

Il répondit avec un rire amer qu'il estimait lui-même être quelqu'un de bien.

— Bien entendu ! Sinon pourquoi aurais-tu voulu me sauver ? lança-t-elle, presque en criant, sans vraiment ressentir ce que le présupposé de sa phrase pouvait avoir de douteux. De plus en plus absorbée par son but, elle avait cessé de s'interroger sur sa justification, elle n'avait même plus besoin de se contraindre. Elle ne cherchait plus, de toutes ses forces, qu'à le convaincre.

Xue, de son côté, devant une personne qu'il avait fait entrer chez lui, dans son espace de vie, n'avait plus à cœur que de lui prouver qu'il avait une profession, qu'il n'était pas un fils de famille désœuvré dont l'unique souci était de prendre du bon temps. Il s'employait à tripoter ses affaires entassées, produits chimiques, négatifs ou autres, ou bien, comme si les rideaux tirés ne suffisaient pas, il punaisait un morceau de tissu épais par-dessus la fenêtre, allumait l'ampoule rouge.

Elle se disait que le temps s'écoulait pour rien, que les mots ne suffiraient jamais à faire se rejoindre leurs idéaux. Xue était à quelques pas et lui tournait le dos. Elle s'avança, l'entoura de ses bras et lui prit les poignets, l'obligeant à lâcher la petite boîte métallique qu'il avait dans les mains, les pellicules photo tombèrent sur la table et s'immobilisèrent après quelques tours sur elles-mêmes.

Elle fit effort pour donner le ton d'une prière à ce qui, autrement, aurait trop eu l'air d'un ordre. Mais à l'entendre (s'il y avait bien quelqu'un pour l'entendre), sa voix semblait surtout pleine de larmes :

— Je voudrais de l'eau chaude, je voudrais me laver.

C'était par pur sens du devoir qu'elle souhaitait se laver et demandait de l'eau. Elle n'en voulut pas plus d'une bouilloire (jouer deux fois la même scène aurait été trop ridicule) et attendit patiemment que l'eau bouille. Et parce que c'était sa mission, elle ne sentit pas le froid malgré l'air frisquet de la nuit.

Ce fut une toilette vraiment solennelle. S'il s'était agi d'une scène de cinéma, à coup sûr on aurait choisi l'*Internationale* pour la mettre en musique. Une gêne diffuse flottait autour d'elle, comme une mélodie un peu fausse, quand elle en eut terminé… Elle se rendit compte qu'elle n'avait rien à se mettre après sa toilette, pas même un simple drap. Elle ne s'imaginait pas sortir toute nue comme ça de la salle de bains. Après avoir hésité longuement devant sa robe qui, bien que sèche, restait poisseuse de transpiration, elle réunit tout son courage, ouvrit la porte et sortit bravement.

Elle vit Xue, proprement sur le point de tomber de sa chaise. Il était assis face à la porte du cabinet de toilette, les pieds calés sur une chaise, et se balançait d'avant en arrière. Elle le vit qui ouvrait de grands yeux, il serait tombé en arrière s'il n'avait pas trouvé une prise où se rattraper, son dossier heurtant la table, et se remettre d'aplomb.

Elle s'était imaginé qu'elle marcherait martialement jusqu'à lui, l'attraperait par son col de chemise (elle ne se rappelait plus s'il avait encore sa ceinture) et le traînerait pas à pas jusqu'à la chambre où elle le pousserait sur le lit. Dieu sait d'où lui venaient des imaginations pareilles. Elle s'était probablement figuré qu'elle allait le déshabiller – bien sûr, elle ne le ferait pas toute seule, elle se contenterait de déboutonner sa chemise et les autres étapes suivraient d'elles-mêmes lorsqu'ils seraient tous deux enlacés, cela se passerait naturellement et leurs vêtements tomberaient pêle-mêle sur le sol.

Les choses prirent une tournure totalement inattendue, mettant à mal toutes ses prévisions. Comme une tocarde qui a oublié son texte – elle en avait vu quitter ainsi la scène, affolées, le visage dans les mains –, elle courut vers la chambre, le visage dans les mains.

C'est un fait auquel elle n'avait jamais vraiment réfléchi auparavant – si tu cherches à atteindre un but de toutes tes forces, il peut t'arriver de brûler certaines étapes, dans le déroulement concret du processus, oubliées dans un coin de ton cerveau. Elle n'était pourtant pas une oie blanche, nul n'aurait pu dire qu'elle était naïvement tombée dans le piège, elle avait été mariée deux fois et aurait pu devenir mère depuis longtemps, si Cao Zhenwu n'avait connu de temps en temps quelque souci dans ce domaine.

Allongée sur le lit, la tête sur l'oreiller, toujours aussi vide, elle reprenait doucement son souffle. Elle sentait un doux parfum de lait qui flottait non loin de ses narines, et au moment où sa vision se rétablit, elle vit qu'un reste de Quaker Oats lui était resté collé sous l'aréole du sein gauche. Elle s'interdit de formuler une pensée qui lui paraissait totalement banale, banalité accentuée par le fait qu'elle fût si conforme à la réalité. Et pourtant elle ne put s'empêcher de l'exprimer :

— Je crois… que je ne me suis jamais sentie aussi bien.

XXX

Jeudi 25 juin 1931 (an XX de la République), 9 h 45.

A Beam Apartments, dans le salon de Teresa, Xue reconnut immédiatement l'homme qu'il avait pris en filature. Chen Zimi : maintenant il connaissait son nom. Le capitaine Sarly, qui se passionnait pour le renseignement, lui avait conseillé d'aller consulter les dossiers dans la petite salle du secrétariat, au service politique, route Stanislas-Chevalier.

Il avait été bien léger – redoutant que Teresa fasse irruption chez lui, il s'était précipité le plus tôt possible chez elle. Inutile de dire que Teresa, peu portée à l'indulgence, ne supporterait pas qu'un homme qui venait de lui dire qu'il l'aimait s'amuse à cacher une femme chez lui.

Du côté de Leng Xiaoman, les choses allaient à peine mieux. Que de menaces autour de ces deux femmes ! Il avait l'impression de deux mécanismes de précision faits pour tuer, et dans les rouages desquels il risquait, à la moindre inattention, de se laisser broyer. Sa vie était devenue un jeu terriblement dangereux, il ne savait quand avaient été distribuées les cartes ni qui l'avait embringué dans cette partie où se misait sa propre existence, même s'il se connaissait joueur, cette fois c'était sa vie qui était en jeu.

Une autre personne était présente dans la pièce. Yindee Chen : son nom apparaissait dans des documents indiquant qu'elle était de la même famille que Chen. A présent, le frère et la sœur le fixaient d'un regard intrigué. Il aurait dû appeler, se dit-il. Teresa chargea Ah Kuei de l'installer dans une minuscule antichambre inondée de soleil, qui donnait sur sa suite personnelle. Devant des hôtes, elle le faisait conduire dans ses appartements ! Comme un gigolo invité à fournir ses services pendant les heures de travail.

D'aussi belles journées étaient rares pendant la saison des pluies, la petite pièce était douillette et tiède dans les rayons du soleil. De la vapeur d'eau arrivait par bouffées de la salle de bains, mêlée au parfum du jasmin sur le rebord de la fenêtre. Xue avait la tête qui tournait. Mais la conversation qui résonnait dans la pièce à côté l'inquiétait, est-ce qu'on parlait de lui ? S'interrogeait-on à son sujet ? Il suffisait d'une phrase, une simple question de la part de Teresa, par exemple, « Tu l'as déjà croisé chez ce M. Gu ? », pour qu'ensuite, dans d'autres lieux, devant d'autres personnes, Chen aille mentionner son existence sans en avoir l'air, et alors – il perdrait sa mise et la partie serait terminée pour lui.

Il n'aurait jamais imaginé auparavant que la lumière du soleil pouvait être désespérante. Sous ce soleil déprimant, Xue s'abîmait dans des pensées vertigineuses.

La main de Teresa se posa sur sa tête. La soie argentée miroitait dans la lumière, on aurait dit la longue tunique d'une héroïne mythologique. Il fixait sur elle un regard ébloui, à en avoir les yeux qui piquaient. Les visiteurs venaient de partir, cette chemise de nuit devait à l'instant être encore roulée sur le lit dans la chambre. Une succession de chocs lourds retentirent quelque part, désagréablement.

— Je l'ai revu.

Les mots lui étaient sortis tout seuls de la bouche, comme si la zone du cerveau qui commande la parole n'avait pas quitté l'état nébuleux où il se trouvait juste avant.

— Qui ?

— Ton M. Chen. Avant-hier, je l'ai vu.

Il disait les choses comme elles lui venaient, il avait l'impression de ne plus se contrôler. Tout ce qu'il avait lu dans les dossiers, tous ces gens qu'il avait aperçus, les coins de rue qu'il avait traversés, la nuit, dans le clair-obscur des arbres et des lampadaires, se mêlaient dans son esprit à ce que forgeait son imagination faramineuse, pour venir s'entasser d'un coup devant Teresa. On aurait dit un joueur qui dépose tout l'argent qu'il possède devant son adversaire dans l'espoir de l'impressionner.

Il vit le regard de plus en plus surpris de Teresa. Il sentit la main qui se retirait de sa tête bouillonnante, il la vit s'avancer jusqu'au coin de mur entre les deux fenêtres, puis lentement s'asseoir dans sa chauffeuse. Elle demanda :

— Tu dis qu'il discutait affaires avec ton patron ?

Il sut qu'il en avait trop dit. Il s'était engagé sur un terrain miné, où chaque phrase était un piège potentiel. Alors qu'il en savait si peu. Il se creusa désespérément la cervelle, à la recherche du plus petit indice qui avait pu se balader devant ses yeux et lui permettrait de se préparer à la prochaine question de Teresa.

— Avant-hier soir… M. Gu a organisé un rendez-vous.

— Avant-hier soir ?

Teresa alluma une cigarette, tendit l'oreille et fronça les sourcils quand Ah Kuei fit tomber un couvercle de marmite dans la cuisine. Dans le soleil, sa chevelure était plutôt brun foncé.

Il n'avait aucunement eu l'intention de se débarrasser d'un rival. En échafaudant ces contrevérités, il cherchait simplement à accumuler des mots et à les transformer en un rideau de fumée, histoire de gagner du temps. Puis vint une nouvelle question de Teresa.

— Mais de quelle affaire s'agissait-il ?

Il comprit à l'instant son erreur. Ce M. Gu, le supérieur hiérarchique à qui obéissait Leng Xiaoman, la fameuse vedette des archives de la police, n'était pas en affaires actuellement avec Teresa. Leurs tractations étaient depuis longtemps terminées, avaient donné pleine et entière satisfaction, après une belle collaboration on s'était dit au revoir et à la prochaine. Et voilà que lui, Xue, avait rouvert la porte pour accueillir de nouveau Chen Zimi et lui avait organisé un rendez-vous et de chaleureux entretiens avec ce personnage mythique, à propos d'un nouveau négoce dont personne ne savait rien de rien. La scène se bâtissait déjà dans son cerveau, dans son imagination délirante il voyait l'éclairage tamisé des suspensions, une table d'acajou carrée, l'atmosphère embuée par la vapeur des tasses de thé. Quelques personnages postés dans les endroits les plus sombres (dont lui-même, pourquoi pas), loin de l'éclat des lampes. Certains assis des deux côtés de la table, sous le halo de lumière. D'autres en bas, dans des recoins obscurs du *longtang*, allez savoir ce qu'ils pouvaient trafiquer.

Le problème, aussi près d'eux qu'il fût, un pas tout au plus, c'est qu'il n'entendait rien de ce qu'ils disaient. Il aurait eu besoin d'un signe, un début de souvenir au moins, qui puisse constituer une preuve bien réelle, n'importe quel bout de papier.

Cela lui revint en mémoire. Un papier, quelques mots en allemand qu'il ne comprenait pas. Il raconta à Teresa, avec des gestes des deux mains.

— Il y avait un dessin. Un croquis, un genre de fusil, avec un pied triangulaire, ou alors un fusil-mitrailleur. Ils ont dit que c'était un article d'une conception nouvelle, une arme d'une puissance colossale.

De toutes ses forces il tentait de raviver ses souvenirs, mais il parvenait à réunir bien peu de choses de ce croquis, tandis que le fil de ses pensées s'embrouillait maintenant, troublé par l'odeur du camphrier humide et les taches sombres sur le bois qui moisissait, par les cris des mouettes sur le Huangpu. Et Teresa, à quoi songeait-elle à présent ? Que cherchait-elle dans sa mémoire ?

C'était à son tour d'être plongée dans ses pensées. D'essayer de se rappeler.

— Ce serait donc vrai, toute cette histoire ? murmura-t-elle pour elle-même, on aurait dit qu'elle fredonnait un petit refrain.

— De la marchandise de luxe, à ce qu'il paraît, dit Xue, ayant retrouvé un certain aplomb. Cela vaut des sommes folles, M. Gu en paraissait un peu contrarié.

— Il tient donc tant que cela à l'avoir ? Qu'est-ce qu'il veut en faire ?

Ce n'étaient pas des questions auxquelles il était indispensable de répondre. Celui qui crée une fiction n'est pas obligé de donner ce genre de réponses à son auditoire. Mais pour quelqu'un qui est en train de raconter des événements fictifs, il n'y a pas de petits détails, il veut faire face à toutes les interrogations, même s'il n'est pas tenu de le faire. Et pour l'instant Xue était incapable d'imaginer : qu'est-ce qu'on peut bien vouloir faire d'une telle arme ?

Il voyait clair petit à petit. Il venait inconsciemment de lancer, de manière détournée, un assaut contre Teresa. La cible était son propre conseiller, son comprador, chargé des relations avec de dangereux clients. Xue venait d'annoncer à Teresa que cet homme la trahissait. De lui raconter qu'il se livrait derrière son dos à des transactions et se servait peut-être à cette fin de son argent. Ce qui, dans le contexte compliqué des Concessions, ne constituait plus une infraction à l'éthique commerciale, mais un oubli des plus élémentaires règles de survie.

La salve avait pris fin. Xue se dit qu'il était temps d'inspecter le champ de bataille, et surtout d'aller comptabiliser les dégâts humains pour se prémunir contre les rétorsions de l'adversaire.

— Pourquoi me poses-tu toutes ces questions ? J'ai l'impression que tu me prends pour un traître.

Il aurait aimé parler d'une voix décontractée, du ton futile d'un jeune coq de cinéma. Son regard s'abaissa vers les plis de la robe de Teresa, à l'endroit où la soie se tendait sur son ventre, juste au-dessus des cuisses. Ses pieds nus reposaient sur le tapis, près des mules de satin dont ils s'étaient débarrassés, les ongles vernis de la même teinte éclatante que son rouge à lèvres. A cet instant, Xue remarqua seulement que le corps qui figurait sur la peinture à l'huile accrochée au mur, cette masse de chair blanc pur, délimitée seulement par des arcs de cercle qui semblaient en expansion constante vers l'extérieur, s'étalant au milieu d'un réseau de fines mouchetures de couleurs violentes, n'était autre que Teresa, représentée dans toute l'explosion de son désir. Il ne put s'empêcher de songer à ces courbes jumelles qui se séparaient en deux hémisphères charnus, leurs lignes convergeant vers un centre qui semblait ne pas connaître de limites.

La plus grande différence entre le personnage du tableau et Teresa résidait dans la coiffure, sur la peinture on aurait dit un casque de cuir noir avec deux mèches arrondies en accroche-cœur sur les joues, alors que la chevelure de la véritable Teresa était plutôt ébouriffée et indocile. Il observa les callosités qu'elle avait aux pieds, se disant que probablement le peintre avait dû faire preuve de créativité et enjoliver de ce côté-là aussi.

Il fut pris d'un léger remords, surtout à la pensée que Leng Xiaoman était toujours là-bas à l'attendre. Mais une autre pensée vint interférer – n'était-ce pas à cause d'elle, elle et tous ses comparses, qu'il était dans ce bain ? Vous m'avez forcé à choisir entre devenir un des vôtres ou mourir (et vu les circonstances, la probabilité de sa mort était la plus forte).

Il vit le regard interloqué de Teresa, qui s'éveillait de ses méditations. Elle ouvrit la bouche et la fumée de cigarette qu'elle n'avait pas pris la peine de rejeter s'éleva en un doux panache autour de ses lèvres. Il eut l'impression que Leng Xiaoman était derrière lui et l'observait, Leng Xiaoman, debout derrière lui dans un lieu si éclaboussé de soleil qu'il en devenait transparent, et qui le scrutait. Cela lui faisait honte, et en même temps il en était révolté.

Maintenant, Teresa lui taquinait les oreilles de ses plantes de pieds calleuses. La robe retroussée jusqu'au menton et coincée sous les bras, elle semblait noyée dans une mousse argentée et fondante qui lui baignait le cou et la poitrine. Dans une posture acrobatique, les deux mains appuyées derrière ses fesses, elle ressemblait à un œuf de Pâques à demi peint, en équilibre instable sur son support et menacé de rouler on ne sait où. Sa tête roulait sur le coussin de la chauffeuse, comme une tête de déesse transformée en balancier d'horloge.

— Pour le coup je me sens – les yeux bien ouverts, elle cherchait une comparaison adéquate – je me sens comme une bouillotte percée de l'intérieur.

— *Neidan.* C'est comme ça qu'on dit en chinois.

Un mot de plus dans le vocabulaire de Teresa. Ils s'enfoncèrent ensemble dans un état à mi-chemin entre rêve et songerie. Il continuait de caresser cet endroit ruisselant comme une fontaine. Avec son ouïe devenue hypersensible, les tramways carillonnant dans l'avenue Joffre lui agaçaient tellement le tympan qu'il en avait le frisson. Il se dit que les poils de Teresa étaient d'une matière plus dure que ses cheveux, si consistants qu'ils crissaient presque, croustillants comme des fils de sucre sur un biscuit au cœur fondant.

— Mmm, mmm… Je veux deux doigts, pas un de plus, serre fort de tes deux doigts… Dis-moi, si je te chargeais de mener cette affaire… Oui. Comme ça… De faire la transaction avec ton patron… D'être mon émissaire, cela t'irait ?

XXXI

Vendredi 26 juin 1931 (an XX de la République),
7 h 45.

Si Teresa croyait à cette histoire, ce n'était pas seulement à cause du croquis en question, lequel était cependant assez convaincant en lui-même. Non, la raison principale était le rendez-vous dont Xue disait avoir été témoin entre M. Chen et M. Gu l'avant-veille au soir. Juste avant, Chen avait envoyé un télégramme de Hongkong pour dire qu'il serait de retour à Shanghai ce jour-là dans la matinée, mais il n'avait remis les pieds que le lendemain à Beam Apartments et l'avait baratinée en prétendant que son bateau s'était frotté au premier typhon de la saison à Zhoushan, qu'à Wusong il avait heurté les hauts-fonds et s'était ensablé, et que ce n'était qu'à la marée montante du petit matin qu'un remorqueur était venu le guider vers le chenal de navigation.

Avec cette affaire – sans compter que Chen n'arrivait jamais à expliquer clairement les erreurs qui apparaissaient dans les comptes (et ce malgré le concours et les précisions de Yindee) –, Teresa réalisait tout d'un coup que, derrière son dos, Chen menait des tractations pour son propre compte. Elle ne pouvait pas le virer, elle avait besoin d'un intermédiaire dans son commerce. Les compradors chinois se livraient toujours à ce genre de manigances à l'insu des *tai-pan*, les corbeaux ont partout le même plumage noir. Mais il lui fallait un bon avertissement. Reprendre la main sur cette négociation semblait un moyen efficace. Elle n'aurait même pas besoin de lui donner de justification, il suffirait qu'elle lui demande de produire les factures.

Peut-être éprouvez-vous l'envie de mieux comprendre et d'approfondir la psychologie de Teresa. Si elle faisait une telle confiance à Xue et prenait pour argent comptant tout ce qu'il pouvait lui dire, c'est que son monde intérieur traversait des turbulences d'un genre inédit.

Mercredi matin, à l'heure où Chen (selon sa version) vomissait tout ce qu'il savait dans un bateau naviguant au large de Zhoushan, ou bien se trouvait échoué à Wusong ou dans quelque autre foutu endroit du même style, Teresa avait reçu des mains d'un coursier un message dont l'expéditeur était le baron Pidol. Il apportait des nouvelles saisissantes : son amie Margot, épouse du baron Pidol, était actuellement à l'hôpital Sainte-Marie, route Père-Robert, où des spécialistes des voies digestives tentaient de la sauver. Avant d'entrer dans le coma, elle avait supplié qu'on lui permette de voir Teresa. Celle-ci s'était ruée dans l'ascenseur de Beam Apartments sans prendre le temps d'appeler un taxi et avait sauté dans un pousse-pousse pour se rendre à l'hôpital.

Quand elle était arrivée à Sainte-Marie, Margot avait les pupilles élargies et ne respirait plus. La cause de la mort était un empoisonnement aux barbituriques. Son visage portait encore des traces de transpiration glacée (comment se fait-il qu'elle transpire encore ? se demanda Teresa), sa peau avait déjà une pâleur cireuse, son visage s'était comme recroquevillé et le creux de son abdomen paraissait étrangement concave.

Du drap qui recouvrait le corps de Margot, le baron Pidol sortit une liasse de lettres réunies par un ruban de soie.

— Je ne les ai pas lues, c'est à vous qu'elles sont destinées. Elle me disait qu'elle n'avait pas envie d'écrire son journal devant sa fenêtre vide et que ces lettres qu'elle vous adressait en faisaient office. Elle disait que tant qu'elle vivrait, il ne serait pas question de vous les montrer, qu'elle en mourrait de honte.

La voix du baron trahissait plus de lassitude qu'une vraie douleur. Il semblait qu'après ce combat sans merci qui s'achevait par la mort d'un des adversaires, celui qui restait n'avait même plus la force de quitter le ring.

Teresa passa toute la nuit à lire les lettres, et recommença le lendemain matin. Les lettres de Margot ressemblaient aux devoirs de français d'un bon élève, avec des temps qui ne s'emploient que dans le style soutenu. Il s'agissait sans doute d'événements qu'elle rapportait longtemps après, se dit Teresa, elle distinguait soigneusement ceux qui s'étaient déroulés la veille de ceux qui venaient d'avoir lieu une heure plus tôt.

Les premières lettres n'étaient pas spécialement explicites. Elles contenaient des affirmations comme *Mr Brennan certainement pourra trancher au mieux ce débat, c'est assurément un ami des plus précieux, d'un grand dévouement* (ou alors *notre plus cher ami*), et autres amabilités de ce genre. Plus loin, leur auteur s'épanchait avec davantage de fougue, une ivresse croissante, comme si sa passion s'exacerbait de ses descriptions sans fard.

Avez-vous déjà expérimenté ce genre de pratique : lire, alors qu'elle est déjà morte, des lettres où une amie vous raconte en détail la liaison qu'elle entretient avec un autre homme sous le nez de son mari ?

Il m'arrive de voir le corps des femmes comme des serrures dont les hommes sont la clé, il y en a toujours une, une seule, qui corresponde, avec laquelle l'union soit parfaite, jusqu'au moindre cran, au moindre ergot. Il ne s'agit pas seulement de sensations ou de pensées, mais d'individualités qui se reconnaissent. Et, plus encore, c'est une question de corps, d'étreintes, et de ce que nous nommons nos « parties intimes ». Il n'y a que les siennes et les nôtres qui puissent se convenir à ce point, dès qu'il nous pénètre nous ressentons une félicité sans pareille. Tu sais, un après-midi, au club hippique, c'était la première fois, il était debout – je veux dire, nous étions debout tous les deux et bien qu'il ne m'eût pas encore pénétrée complètement, je sus que jamais je ne pourrais me sentir aussi bien…

Certaines phrases faisaient rougir Teresa (quand bien même celle qui les avait écrites était morte et son corps déjà froid).

Nous nous aventurons en terrain inconnu. Nous (les femmes) éprouvons jusque dans nos os ce désir de devenir l'esclave d'un homme, de le supplier à genoux de nous rendre heureuses. J'ai découvert combien l'odeur du sperme (pardonne-moi, n'est-ce pas le mot qu'emploient les médecins ?) me plaisait. Un parfum de farine d'orge fraîche, ou de massepain… mais bien sûr tout dépend du corps dont il provient.

Nagasaki, il me l'avait bien dit, est un merveilleux port maritime. L'hôtesse nous servit un poisson, le tétrodon, dont la chair est toxique, elle nous expliqua qu'on l'appelait fugu, *« poisson de la joie », quand j'eus fini mon assiette j'étais prise de vertige, j'avais l'impression d'être un poisson qui fait des ronds dans l'eau. La nuit, le bruit de semelles de bois au-dehors ne nous laissait pas en paix… les socques des geishas, qui passaient sous les fenêtres de l'hôtel. Tu ne peux pas t'imaginer, Nagasaki ressemble à une ville hollandaise du* XVII*e* *siècle, les rues sont pavées de grandes dalles de pierre sombre…*

Teresa ne pouvait concevoir que son amie ait sombré dans ce délire en moins de trois mois. Peut-être était-elle devenue folle avant même de partir à Nagasaki. Certaines lettres faisaient allusion à un psychiatre. Elle mentionnait à peine son mari, une fois c'était à propos d'un séjour dans une auberge au mont Mogan (un des placements du baron). Un autre jour, il se tenait dans le salon en compagnie de ses amis (sa bande d'aventuriers coloniaux à l'ancienne mode), ils discutaient en fumant des cigares de Luçon, faisaient des commentaires au sujet de « voies extraterritoriales », du « plan du Grand Shanghai » ou encore d'une « *free city* », comme s'il s'agissait d'une partie d'échecs. Cela avait peut-être trait à leurs investissements fonciers, se demandait Margot, mais qui donc l'argent avait-il le pouvoir de rendre libre ? Seul l'amour vous faisait ressentir une liberté sans limite.

Son amant était un jeune homme plein de ressources. Profitant d'un séjour de deux semaines du baron en Europe, Brennan avait embarqué clandestinement pour Nagasaki avec Margot, le plus loin qu'il se fût aventuré avec elle, en ce qui le concernait. Dans les journaux des Concessions, la rubrique des informations locales s'était intéressée de près à leur virée japonaise et quelqu'un avait trouvé le nom de l'hôtel où ils étaient descendus. Tout le poids de la faute retombant sur ses épaules, il avait été obligé de regagner le droit chemin. Le petit cercle d'amis que venait d'intégrer le baron Pidol n'avait pas de mots assez durs envers ce Mr Brennan : dans un endroit comme Shanghai, les jeunes gens de ce genre oubliaient trop facilement le sens des responsabilités. Grâce aux jolies fortunes qu'ils avaient amassées à

Shanghai, leur influence s'exerçait dans toutes les sphères du monde politique, jusqu'en métropole, et donc les opinions qu'ils exprimaient pesaient très lourd. Margot se retrouva comme un bateau sans pilote, qui s'échoue après avoir heurté un banc de sable, en pleine nuit, à Wusong.

Pour Teresa, c'était son égarement qui avait tué Margot. Mais elle était subjuguée par l'atmosphère de frénésie qui se lisait entre les lignes dans ses lettres. Son amie donnait l'impression d'avoir vécu une succession de festivités sans fin, elle se la représentait en train d'écrire pendant les répits que lui laissait cette joyeuse folie. Une matinée pluvieuse, ou un soir où son mari était invité à un dîner, elle prétextait un mal de tête et, assise à sa coiffeuse, dans sa chambre, se remémorait ces heures éblouies. Le vent du soir apportait un effluve d'osmanthe, elle y flottait parmi ses songes d'Orient où elle se perdait comme en un dédale.

Dire que Teresa faisait un rapprochement entre Brennan et Xue serait exagéré. Mais à en suivre le fil, ces pensées formulées sous l'emprise de la jouissance l'impressionnaient fortement. C'est avec une sorte de curiosité, dirions-nous, qu'elle se demandait ce qui avait pu pousser Margot à se donner si légèrement la mort. Cette violente crise pouvait presque paraître feinte, comme… une colère simulée de jolie femme. Si tu me fais souffrir, je ne veux plus de toi. Je vais aller dormir, et puis voilà.

Teresa se contemplait dans le miroir, les lignes de son visage semblaient durcies, les pommettes encore plus hautes que d'habitude, elle les estompa en renforçant un peu la nuance de son fard à joues. Elle n'aimait pas la couleur de ses bouts de seins et en profita pour y étaler un peu de fard avec le petit pinceau, afin de les faire paraître d'une teinte un peu plus claire, un rose presque transparent. Prise d'une lubie, elle étala aussi un peu de couleur sur ses parties intimes, mais cette fois elle se servit de son crayon à lèvres. Le geste lui donna un frisson qui lui parcourut l'échine. Nous les femmes, nous nous plaisons à étudier notre corps, se dit-elle, nous voulons le colorier pour marquer notre humeur du moment, comme des guerriers indiens.

C'était une femme capable de prendre des décisions soudaines, et de les mettre en œuvre immédiatement. Après le départ de Xue, elle avait rappelé les deux Chen et les avait convoqués, les trésors. Elle avait brièvement énoncé ses volontés. Le frère allait repartir à Hongkong pour préparer un transport de marchandises, un homme était venu la trouver de la part de M. Gu qui voulait lui commander un matériel particulier. Elle laissait la fumée de sa cigarette lui voiler le visage, sans un regard pour Chen, elle ne regrettait pas d'avoir recruté un tel collaborateur, dont à peine un soupçon de surprise avait filtré. Quant à la sœur, Teresa pouvait affirmer avec certitude qu'elle n'était au courant de rien. Elle mit Chen en garde : qu'il ne s'avise plus là-bas de contacter les clients, c'était elle-même qui s'en occuperait désormais, pour éviter tout imbroglio.

Chen devait s'exécuter sur-le-champ et réserver sa traversée le soir même.

— Vous allez traiter directement avec cette bande ?

Teresa lui répondit avec un plaisir indicible, une lueur de triomphe dans l'œil :

— Localement, je vais confier l'affaire à une autre personne, je veux former un nouveau collaborateur. Cela va être bénéfique au renforcement de mes activités.

— Bien.

Son ton montrait combien il était désorienté et déçu.

Elle s'était levée très tôt ce matin, le ciel était toujours aussi chargé, le temps aussi humide, elle resta assise deux bonnes heures à ne rien faire. On était vendredi, elle aurait dû, normalement, téléphoner à l'Astor House pour réserver une chambre. Finalement, elle ne put s'empêcher de reprendre les lettres de Margot, avant de décider de ne pas les relire une nouvelle fois. Elle ne voulut pas nettoyer les couleurs dont elle avait orné son corps, elle trouvait assez adéquat d'aller assister ainsi aux obsèques de son amie. Sans Margot, dans la Concession, elle redevenait une âme errante et solitaire. Depuis toutes les années qu'elle vivait à Shanghai, elle n'avait eu qu'elle pour véritable amie. Se sentant engloutir par une solitude sans nom, elle était prête à prendre bravement des décisions, elle allait changer ses habitudes et la vie qu'elle menait depuis si longtemps, et demander à Xue de venir habiter avec elle à Beam Apartments. Puis elle écarta finalement cette idée.

XXXII

Samedi 27 juin 1931 (an XX de la République),
4 heures.

Leng Xiaoman lui était complètement sortie de la tête, de toute la journée. Il l'avait abandonnée chez lui, comme on laisse de côté un personnage secondaire de l'intrigue, ou même comme l'héroïne d'une autre histoire, d'un autre livre qu'on a relégué sous l'oreiller pour le reprendre plus tard. En revenant chez lui juste avant l'aube, il avait vu les traces de larmes au coin de ses yeux et il en éprouvait un peu de remords.

L'après-midi, au sortir de Beam Apartments, il avait filé d'une traite route Stanislas-Chevalier, au siège de la police de la Concession. C'était le deuxième impératif à traiter le jour même. Quand il s'était aventuré à appeler le capitaine Sarly du commissariat, ce n'était pas à proprement parler sur un coup de tête, plutôt un choix dicté par l'urgence. Mais maintenant que la colique était passée, restait à s'essuyer les fesses.

Le soutien accordé si facilement par le capitaine le laissait perplexe. Il se disait que cela sentait le coup monté. N'allez surtout pas surestimer son courage et croire qu'il avait l'intention de se poser en justicier. Simplement, à entendre le ton du capitaine, son instinct, qui ne le servait pas toujours très bien, s'était réveillé.

De fait, Sarly avait commencé par lui passer un savon et le bombarder de questions :

— Tu vas me dire pourquoi tu es allé te fourrer dans cet hôtel ? Avec toutes les tâches qui t'incombent, qu'est-ce que tu fichais au Singapore ? Un rendez-vous crapuleux ? Qui est cette femme ? Qu'est-ce qui fait que nos collègues l'ont soupçonnée et embarquée au poste ? Quel lien a-t-elle avec ton travail actuel ? Et pourquoi es-tu entourée de femmes mystérieuses ? La Russe blanche, la fille de la rue Amiral-Bayle, et puis maintenant celle-ci, Seigneur, c'est à croire que tout Shanghai est aux mains des bonnes femmes ?

Xue pressentit que cette colère était légèrement surjouée, mais il n'aurait osé l'affirmer.

— Tu m'as fait perdre la face, lança le capitaine avant de poursuivre en hurlant : Tout le service politique s'est mouillé pour couvrir une partie de jambes en l'air ! Et à la Porte du Nord, ils trouvaient cette femme très suspecte, ses papiers étaient vraisemblablement des faux ! Qui est-elle à la fin ?

— Je ne peux pas vous répondre encore.

Xue n'arrivait plus à contenir le tremblement de ses genoux, ses jambes ne lui appartenaient plus, il contemplait le parquet, tête baissée, avec l'impression que les longues lames de teck ondulaient par vagues. Pour un peu, il aurait eu envie de vider son sac, cela lui aurait semblé plus facile. En cet instant il était bien loin de se soucier de Leng Xiaoman et cherchait juste à tout prix un moyen de calmer le capitaine.

— Pourquoi ? Pourquoi est-ce que tu ne peux pas me répondre ? Tu as donné ton bon cœur à bouffer aux chiens ?

Le capitaine s'exprimait comme des harengères se querellant sur un marché.

— Parce que cette femme est un contact ! jeta Xue comme un ultime coup de dés. Puis il devint aussi intarissable qu'un des rédacteurs de son agence, des je-m'en-foutistes, ordinairement, mais qu'une formidable inspiration transfigurait à la seconde précédant la mise sous presse. Alors on ne pouvait plus les arrêter :

— Il s'agit du développement le plus important depuis le début de l'affaire ! Je commence juste à gagner la confiance de la vendeuse d'armes, cette Russe blanche, Mme Irxmayer. Elle veut que je la représente auprès de l'envoyé d'une organisation clandestine, je crois qu'il s'agit des terroristes rouges que vous pistez. C'est vrai, la fille du Singapore Hotel et la fuyarde de la rue Amiral-Bayle ne forment qu'une seule et même personne. C'est vrai, je l'ai vue sur le bateau, je suis sûr de ne pas me tromper, à cent contre un. Mais vous ne devez pas l'arrêter pour l'instant, parce que nous sommes à Shanghai et qu'il faut en passer par les méthodes en usage dans la population locale, faire preuve d'autant de patience que les Chinois ! Ceux qui se cachent derrière cette fille, c'est sur eux que vous devez mettre la main.

— Mais pourquoi ne me l'as-tu pas dit plus tôt ? Le ton de Sarly avait brutalement baissé d'un cran, sa colère semblait soudain avoir perdu sa dynamique et quitté sa courbe ascendante pour retomber platement sur le sol. Son visage avait retrouvé sa couleur normale, il s'y lisait une expression un peu floue, comme un fondu enchaîné au cinéma. Le regard concentré sur Xue, à contre-jour, il avait presque l'air de monologuer ou de lui glisser une confidence, il pouvait tout aussi bien être en train de lui énoncer des vérités premières que de lui soumettre un projet confondant de perfidie :

— Peut-être que je pourrais changer de méthode. Peut-être que je pourrais l'arrêter, l'interroger, ou la remettre aux mains de la brigade spéciale, à l'inspecteur Maron. Ils ont de bons trucs, chez eux, ils arrivent toujours à faire parler les gens.

— Mais alors les grandes manœuvres s'interrompront aussi net et, badaboum, le compte à rebours s'arrêtera, répondit Xue qui se demandait si c'était bien le moment de fatiguer Sarly avec des trouvailles stylistiques – mais que voulez-vous, quand l'inspiration vous tient ? Il s'entendit continuer, sur sa lancée, à dérouler, triturer, emmêler les fils de sa pensée, à mi-chemin entre souvenirs et invention :

— Il me semble que vous réclamez la grande vedette, et non pas des figurantes uniquement chargées des petits tripatouillages. Ils vont frapper un grand coup, qui secouera la ville de Shanghai tout entière. Je n'ai pas encore pu découvrir exactement de quoi il retourne, mais je sais que ce sera ahurissant…

Il faisait un tri soigneux pour recaser les mots qu'il gardait en mémoire :

— Et j'ai compris qu'ils veulent utiliser à cette fin une arme d'une conception nouvelle, d'une puissance colossale.

— Une arme ? Laquelle ?

— Je ne sais pas, il existe un document avec des plans, il y a un pied, c'est une sorte de mitrailleuse sur un support.

— Une mitrailleuse ? Qu'est-ce qu'ils veulent en faire ?

— Je n'ai pas encore de réponse. Je vous dirai tout quand je le saurai. J'ai des moyens de savoir, si vous me faites confiance.

Xue avait l'impression qu'il contrôlait la situation. Il avait retrouvé suffisamment de disponibilité d'esprit pour d'autres préoccupations, par exemple Leng Xiaoman. Son optimisme naturel revenu l'aidait à fuir au plus vite de peu joyeuses perspectives. Il y aurait toujours un moyen, si le capitaine lui faisait réellement confiance, d'obtenir qu'il laisse libres Leng Xiaoman et Teresa. Les autres, de toute façon, il n'en avait que faire.

— Tu te souviens de quelque chose, dans le tracé de ces plans ?

Il se souvenait. Il était photographe et avant même d'avoir identifié exactement l'objet, la forme, le volume et les lignes générales lui étaient déjà entrés dans l'œil. Il fit deux ébauches sur des papiers qui encombraient le bureau de Sarly. Mais il n'avait vu qu'une esquisse et sur son croquis, le support était trop haut, du coup il avait l'impression d'avoir représenté le trépied d'un appareil photo. Sur la deuxième version, on pouvait affirmer qu'il s'agissait d'une mitrailleuse.

Il y avait des commentaires en allemand, dit-il. Sur cette feuille, il y avait des mots d'allemand. Le capitaine Sarly était d'accord, il s'agissait bien d'une mitrailleuse. Une autre pièce détachée apparaissait sur le papier, un objet cylindrique, divisé en deux tronçons… mais il s'était mépris et avait dessiné une des parties en bas de la feuille car il manquait d'espace, il croyait que c'était sans importance, les deux tronçons dans sa mémoire étant bien séparés.

Le capitaine dit qu'il ferait examiner son dessin par ses spécialistes. C'était secondaire, d'ailleurs, le principal était ce qu'ils comptaient en faire.

— Où est-elle, où est cette femme, actuellement ? demanda-t-il.

— Elle va reprendre contact avec moi. Je ne peux pas lui demander son adresse, ni le moyen de la joindre.

Il mentait, encore une fois. Quand il quitta Sarly, à cause de ces nouveaux mensonges, il n'osa pas retourner directement chez lui. Comme s'il suffisait d'éviter de rentrer pour que son logement de la route Joseph-Frelupt n'existe plus et que personne n'apprenne que Leng Xiaoman y était cachée… Bien sûr, dans une moindre part, c'était aussi parce qu'il avait peur de la revoir. Par tempérament, il aimait bien marchander, et pour ce qui était de sa vie, souhaitait payer le moins cher et le plus tard possible.

Il se rendit donc directement au fronton de pelote basque de l'avenue du Roi-Albert. Les compétitions de *jai alai* se multipliaient dernièrement, des paris avaient lieu tous les jours. Mais ils étaient fermés pour aujourd'hui. Il s'installa au Domino Café, juste en face du terrain, pour observer, au milieu des vapeurs d'oignon et de jambon fumé, ces Juan et ces Osa, tous de solides gaillards, qui s'interpellaient. Les leviers des machines à sous sonnaient sans interruption dans un coin reculé du café, avec parfois à la clé le tintement clair des pièces dégringolant en cascade. Sur une table de coin, les chisteras ressemblaient à d'énormes becs qu'on aurait prélevés sur de fantastiques volatiles, après les avoir abattus à la chasse.

A peine assis, Xue aperçut Pike, l'Amerlo. Vêtu tout de blanc, pantalon, chemisette et chaussures, il avait l'air de transpirer plus que les autres, deux grandes auréoles sombres s'élargissaient sous ses aisselles. Installé à la table des joueurs, il proclamait que c'était sa tournée (Xue ne l'aurait pas remarqué au premier coup d'œil s'il n'avait pas autant donné de la voix). Les hommes à sa droite et à sa gauche avaient l'un le crâne dégarni et l'autre une chevelure trop drue, mais tous deux le menton déjà rêche malgré le peu d'heures écoulées depuis le matin.

Pike, dès qu'il l'aperçut, se leva, planta là ses convives et se fraya un chemin jusqu'à lui, avant de se laisser tomber si pesamment sur une chaise que les coutures de son pantalon faillirent craquer.

— Ça fait longtemps... Qu'est-ce que tu deviens...

Pike se faisait toujours mousser, à croire qu'il n'était pas un criminel ayant traversé l'océan pour fuir en Extrême-Orient et que les années passées dans les prisons d'Etat américaines ne lui avaient rien appris, surtout pas à se tenir à carreau. Des salamalecs comme s'il croisait une connaissance devant le siège d'une grande firme internationale sur le Bund.

Sans la voiture blindée peinte en rouge passant à ce moment-là, toutes sirènes hurlantes, de l'autre côté de la vitrine, sans la mitrailleuse fixée sur sa tourelle, pointée vers les badauds qui grouillaient aux alentours comme le doigt tendu de Moïse fendant les flots, sans ce raffut qui, malgré la vitre, perçait le tympan de tous les clients dans le bar, Pike se serait-il mis à lui raconter toutes ces histoires ?

Le blindé convoyait les yuans argent de T. V. Soong entre la Monnaie de Shanghai et la chambre forte de la Banque centrale de Chine. Ce détour par l'avenue du Roi-Albert ne correspondait ni à l'itinéraire ni à l'horaire habituels, ce qui fit jurer Pike, qui s'exclama en crachant sur le plancher du café :

— Ah, si seulement John Dillinger était là...

C'est ainsi que Dillinger fit irruption et mit en coupe réglée le café, entre les jambons fumés et les tasses de café. Aux dires de Pike (bien qu'il y eût fort à parier qu'il se vantait), Dillinger était de ces *fellows* qui purgeaient leur peine en même temps que lui dans la prison d'Etat de l'Indiana. Lui, il ne trouvait rien d'exceptionnel, à ce Dillinger, ce type n'était bon qu'à rabâcher (plus que

Pike lui-même, était-ce possible ?), il échafaudait sans cesse de nouveaux plans d'attaques de banques. Comment il forcerait le passage et maîtriserait les gardiens, comment, une fois les clients terrorisés entassés dans un coin, quelqu'un parviendrait quand même à téléphoner à la police. Entre le coup de fil et l'arrivée des secours, le court laps de temps serait assez réjouissant. Il aurait équipé son véhicule d'un moteur capable de semer les voitures des policiers et sa puissance de feu surpasserait la leur. Même au prix d'une vraie guerre en pleine rue, il était capable de les descendre, tous ces salauds. Mais Pike n'aurait jamais cru que Dillinger arriverait à ses fins, qu'il parviendrait à s'évader et, aussi incroyable que cela puisse paraître, que lui-même se mêlerait à la masse vociférante qui, derrière Dillinger, réussirait à franchir la grande porte du pénitencier.

Pike cita aussi Baby Face Nelson, et Bonnie & Clyde, le fameux couple de gangsters. Il en parlait comme des membres d'une famille à laquelle il s'enorgueillissait d'appartenir. Il continua de discourir, même une fois assis derrière le filet métallique de la salle de pelote basque. Lorsque le gamin en veste bleue qui faisait le service était venu percevoir leur mise, Pike n'avait même pas relevé le numéro sur l'insigne qu'il portait.

A l'issue de la soirée, Xue avait récolté un double. Il n'était rentré qu'au petit matin et, à voir les larmes sur le visage de Leng Xiaoman, il se demandait s'il pouvait vraiment se considérer comme heureux en amour.

XXXIII

Samedi 27 juin 1931 (an XX de la République), 7 h 35.

La veille, alors que deux jours s'étaient écoulés depuis leur arrestation au Singapore Hotel, Leng Xiaoman avait perdu toute certitude. Sur elle-même, sur sa capacité à manœuvrer Xue, sur tout. Parce qu'elle était réfugiée dans cette maison de la route Joseph-Frelupt et n'avait rien à faire, parce que Xue avait quitté les lieux très tôt le matin. Une autre raison était que le soleil s'était enfin montré après une matinée entière de grisaille, et qu'elle se sentait le cœur plein d'une tendresse aux contours indéfinissables.

Mais surtout, ce qui l'avait mise dans cet état, c'était d'être tombée sur cette culotte sale. En faisant le ménage de Xue, elle l'avait trouvée chiffonnée sous le lit, une culotte en crêpe de soie à bordure en dentelle, d'où émanait, sous le soleil, un reste de parfum mêlé d'une odeur de poussière et d'un léger relent de stupre.

Ensuite, les indices s'étaient multipliés. Un mégot marqué de rouge à lèvres sous la pelle à poussière, une houppette à poudre, roulée en boule dans la poche d'un gilet de complet-veston en drap provenant du couturier londonien Fintex. Elle y trouva également un petit agenda à couverture de cuir, dans lequel était glissée une photo, on y voyait une femme avec un filet de fumée lui montant au coin de l'œil et, au dos, un nombre à cinq chiffres. Leng Xiaoman eut soudain l'impression de ne le connaître en rien, ce gosse de riche des Concessions. C'est ça qui la rendait le plus furieuse : non pas d'apprendre l'existence d'une autre femme, mais d'avoir pu faire tellement confiance à Xue.

Ecrasée de solitude, elle fut incapable de tenir la promesse qu'elle s'était faite de ne pas pleurer, même quand le soir tomberait, même une fois couchée. En pleine nuit, elle s'écroula sur le lit. La fatigue eut raison du sentiment de souillure qu'elle ressentait à s'y allonger.

Mais ce matin au réveil, Xue était là, le visage dans un rayon de soleil qui perçait à travers les rideaux. Alors, aspirant l'air étonnamment rafraîchi et stimulant, elle sentit renaître sa combativité (elle s'aperçut plus tard que ce jour marquait justement la fin de la « saison des prunes »). Elle se dit que c'était très bien, les choses seraient plus simples, le devoir allait se dresser de nouveau devant elle, comme un roc sortant de la brume, et s'imposer pour ne plus jamais disparaître dans les nuées opaques de la neurasthénie.

Elle pourrait vaincre sans difficulté celle qui laissait traîner ses culottes sales. Elle n'interrogea pas Xue, pas plus à ce moment-là que dans les jours qui suivirent. Elle le considérait désormais comme un ennemi, un adversaire dont il faut se rendre maître, la meilleure stratégie était probablement de le tenir à distance, de le provoquer, l'inciter à la traque. Dommage qu'elle n'ait aucun endroit où aller pour le fuir. D'une certaine façon, cependant, elle obtenait déjà des résultats avec ce revirement d'attitude, la froideur impénétrable qu'elle lui opposait semblait le plonger dans le désarroi.

Il sortait souvent et elle s'abstenait de le questionner, elle le regardait partir et le gratifiait, derrière son dos, d'un sourire ironique. Mais au deuxième jour de ce régime, alors qu'ils étaient le matin dans la cuisine, il l'interrogea :

— Il était question… Tu n'avais pas dit que votre chef souhaitait me rencontrer ?

Elle crut voir une lueur fugace dans ses yeux, il semblait éviter son regard et elle se dit qu'il avait des remords. Depuis qu'elle lui battait froid, il s'arrêtait souvent au milieu d'une phrase et renonçait à poursuivre. A l'évidence, il sentait son changement d'attitude et se repentait, ou peut-être lui venait-il un besoin inconscient de l'aider, de la soutenir en quelque façon.

— Rien ne presse, l'heure n'est pas encore venue. On nous le fera savoir en haut lieu.

Il était en train de moudre du café et elle de préparer le porridge, la cuisine s'emplissait d'odeurs appétissantes. L'ambiance était douce, on aurait dit deux amoureux s'occupant de leur ménage.

— Quel genre d'homme est-ce ?

Elle se tourna vers lui. Un pan de sa chemise dépassait de son pantalon.

— Votre chef, je veux dire, M. Gu ?

— Tu verras bien quand tu le rencontreras.

Elle sentait qu'il cherchait à nouer la conversation. Sa nouvelle façon d'agir était efficace, se dit-elle.

— Mais comment va-t-il prendre contact ? Par téléphone ? Il connaît le numéro ? Tu n'as pas dû lui donner celui de la propriétaire, d'ailleurs ce n'est pas commode d'utiliser son téléphone.

Il ruminait tout seul tandis que les grains de café craquaient dans le moulin.

— Je l'ai appelé.

— Je ne t'ai pas vue appeler, c'était hier ?

Elle trouva cela lassant, tout d'un coup, et se fâcha. Il faisait penser à un mari qui trouble la tranquillité du matin par ses chicaneries et tracasse son entourage dès le réveil.

— Comment sais-tu que je n'ai pas appelé ?

Elle jeta sa cuillère dans la casserole de porridge et sa voix se mit à monter graduellement :

— Tu étais là peut-être ? Est-ce que tu ne sors pas toute la journée ? Pourquoi es-tu si pressé de le voir, maintenant ? Tu n'as pas d'autres – elle s'arrêta net et ravala la fin de sa phrase, juste à temps.

Il paniquait. Elle était presque sûre d'avoir vu ses épaules s'affaisser. Elle l'observait, il finit par tourner la tête vers elle et elle crut lire dans ses yeux qu'il se sentait acculé. Il avait clairement l'air d'un salaud pris la main dans le sac. C'était le moment, jamais elle n'aurait autant la situation sous contrôle. Elle se calma, et d'une voix considérablement radoucie se mit à articuler chaque syllabe, en lui coulant un regard en biais :

— Tu ne serais pas en train de vouloir me dire que tu as des torts envers moi ?

Il était sur le point de parler, elle le mettait dans une position où il ne pouvait plus se taire, où il allait être forcé de s'expliquer. Mais elle ne voulait pas le pousser à inventer encore, elle voulait barrer la route à ses affabulations.

— Pourquoi es-tu sorti tous ces jours d'affilée ? Où vas-tu te promener en me reléguant toute seule ici ? Tu n'aurais pas une autre femme dans ta vie ?

Elle vit ses bras descendre d'un cran, l'entendit pousser un profond soupir, comme un grand chat tigré fourbe qui s'apprête au combat, remonte les épaules et puis se relâche tout à coup. Il a compris qu'il n'avait plus d'échappatoire, se dit-elle. Elle attendait qu'il parle, qu'il se justifie avec des mots pleinement sincères, lavés de tout mensonge.

Le grand chat tigré, visiblement, voulait tenter un dernier sursaut. Elle le vit faire volte-face et se ruer hors de la cuisine, pour lui donner probablement quelque ultime preuve de sa culpabilité ? Elle ne s'en faisait pas, sûre de la victoire, et elle s'avança résolument vers la chambre. Elle le vit plonger sous le lit, les fesses en l'air. Quel idiot, non mais quel grand niais. Tu avais fourré ça sous le lit et puis après tu l'y avais oublié ?

Elle récupéra, coincé entre le mur et l'armoire, un paquet fait d'un vieux numéro de *L'Impartial* qu'elle avait lu ces jours derniers. Il y avait un article sur la victoire de l'Armée rouge au Jiangxi. Les communistes, sortis vainqueurs de la contre-offensive livrée après l'assaut des nationalistes, avaient exécuté l'officier qui commandait les troupes adverses et n'avaient pas hésité à planter sa tête sur une pique en bambou et à la promener jusqu'au chef-lieu pour décourager l'ennemi de se livrer à un nouvel assaut.

Elle posa le paquet sur le guéridon, l'ouvrit, le tissu de crêpe se déploya comme la corolle défraîchie d'une fleur grasse et fanée, à côté se trouvait la houppette à poudre, transformée en une masse poisseuse par l'humidité, des taches de moisi y tremblaient dans le soleil. Leng Xiaoman se disait que ce journal symbolisait sa propre victoire.

Elle s'assit pour écouter Xue, en un long monologue, passer aux aveux.

Tu l'as vue, sur le bateau… commença-t-il. Une Russe blanche, qui faisait le commerce de bijoux. Il avait découvert qu'elle se livrait à d'autres transactions. Une chose impensable, poursuivit-il, il lui arrive de faire du trafic d'armes. Il l'avait aimée, mais maintenant c'était bien fini, sur le bateau déjà c'était fini entre eux. Il adoptait intentionnellement un ton précis et sans apprêt. En réalité, tu nous as probablement vus sur le bateau en train de nous disputer. Elle le crut, elle l'avait entendu jurer à voix basse, à l'avant du bateau près du bastingage. A Hongkong, elle couchait avec un autre, un Annamite d'origine chinoise, avec qui elle était liée pour ses affaires. J'étais vraiment amoureux… mais elle a eu une conduite tellement inqualifiable. J'étais rentré un jour plus tôt que prévu de Canton, quand j'ai ouvert avec ma clé, j'ai vu la scène, de mes yeux je les ai vus, ils avaient tiré le sofa, elle avait les jambes posées sur le rebord de la fenêtre, l'homme a relevé la tête, avec un tel air de se moquer… c'est ce regard qui faisait le plus mal, il m'a fait bien plus souffrir que de la voir elle, le corps complètement nu, sous celui d'un autre homme.

Sans doute vas-tu croire que c'est pour cela que je t'ai adressé la parole ? Je n'oserais dire que ce n'est pas le cas, il y a peut-être de ça, pourtant j'espère que tu ne t'arrêteras pas à cette idée. Elle et toi, vous n'êtes pas de la même espèce. L'autre soir, quand nous sommes sortis du commissariat de la Porte du Nord, j'ai su que j'étais guéri. Grâce à toi, mais en partie seulement, car cette histoire appartenait déjà au passé… Elle me semblait être déjà si loin de moi, et ton apparition a été comme un signe, la douleur m'avait rendu apathique, et au moment où je m'en sortais, le ciel m'a fait la grâce inestimable de m'envoyer l'inspiration. C'est pourquoi je me suis rendu là-bas hier, je suis allé lui rendre visite, comme à une amie. Je me suis dit que cette visite me serait bénéfique, à moi et aussi… J'ai du mal à m'exprimer, inconsciemment je savais qu'elle pourrait aussi vous être utile – à toi, à vous tous.

Il fait allusion aux armes, se dit Leng Xiaoman. Venant de lui, c'était une idée courageuse. S'il faisait réellement ce raisonnement, cela signifiait peut-être qu'il avait un vrai sentiment pour elle. Cela ne lui ressemblait pas, il était d'un naturel peureux, médiocre, c'était le fait de souffrir sans doute qui l'avait fait changer. Peut-être aussi recherchait-il de nouvelles sensations, comme avec l'alcool ou l'opium. Peu importait, même si c'était le cas, elle n'avait rien à y perdre, pour elle cela ne faisait pas de différence.

Il était temps de lui faire rencontrer Lao Gu. Quelle que soit la crise qui vous y pousse, si vous rejoignez les rangs de la révolution, pourvu que vous vous y lanciez à corps perdu, l'Organisation saura vous éduquer, vous former, faire de vous un guerrier. Et s'il en était ainsi, quel mal y avait-il à l'accepter parmi eux ? Quel mal y avait-il à l'aimer ? Même s'il se servait d'elle pour l'instant comme d'un anesthésique pour calmer sa peine, l'avenir lui permettrait d'évoluer. Ses relations à la garde municipale seraient d'une aide décisive pour leurs projets, voilà ce qui comptait.

Elle s'avança vers lui, l'enlaça et, de ses mains passées derrière son dos, arrangea ses vêtements, lissa le pan de chemise qui dépassait et le lui glissa dans son pantalon. Elle laissa sa main posée sur sa taille qu'elle frotta un instant, comme perdue dans ses pensées, elle n'avait pas envie de faire l'amour maintenant, elle n'en avait pas besoin, c'était inutile… on verrait ça plus tard, ce soir peut-être…

Il y avait mieux à faire pour l'instant : continuer à l'écouter raconter ses chagrins, se disait-elle sans réaliser que c'étaient ceux qu'elle-même avait tant remâchés qui lui inspiraient cette pensée.

XXXIV

Samedi 27 juin 1931 (an XX de la République),
16 h 25.

Telle était la conclusion des experts de Nankin : il s'agissait de vulgaires criminels. C'est une question de style, disaient-ils, jamais les groupuscules d'activistes du Parti communiste ne procéderaient de cette façon. En tant qu'experts sur les questions relatives au Parti communiste, ils s'estimaient très bien placés pour s'exprimer à ce sujet. Plusieurs de leurs principaux théoriciens avaient en la matière une expérience personnelle, beaucoup avaient été formés à cette école, c'est-à-dire, pour parler simplement, qu'ils avaient eux-mêmes été membres du Parti communiste avant d'en devenir des transfuges.

C'était précisément ce qui motivait les critiques de Sarly contre le groupe de Nankin. Leur réunion tripartite se déroulait en petit comité dans la résidence du Conseil d'administration municipale, route Pichon, une artère calme située à l'ouest de la Concession, ombragée par une voûte de platanes. Il avait été décidé qu'elle aurait lieu dans des appartements privés pour marquer son caractère informel. Même en l'absence du consul Baudez, elle était convoquée en son nom. En effet, le consul était également président du Conseil d'administration municipale, depuis 1865 où un conflit ouvert avait opposé certains de ses membres au consul de l'époque, le vicomte Brenier de Montmorand, sur des questions de prérogatives au sein des services de police. Brenier de Montmorand avait démis et fait arrêter cinq membres du Conseil, dont le président, et la police avait encerclé l'hôtel municipal. L'affaire avait fait grand bruit jusqu'à Paris, les prévenus avaient dû verser une caution de cent mille francs pour être libérés, trente jours plus tard. Le ministère des Affaires extérieures avait ensuite chargé une commission, constituée spécialement, de restaurer une gestion assainie dans l'administration de la Concession. Désormais, la garde municipale resterait sous le contrôle étroit du consul, ceux qui en assureraient le commandement ne pouvant être que des hommes en qui il avait toute confiance.

— Peut-être ces messieurs ont-ils le souci de ne pas présenter ces mouvements communistes sous un jour trop noir, en tout cas pas comme des organisations criminelles ? Au fond, ils ne sont mus que par l'enthousiasme et la vigueur de la jeunesse… Ah ! Ah !…

Le capitaine, bien entendu, raillait ces experts anticommunistes qui sortaient des rangs du Parti communiste. Il avait fait son enquête sur les membres de leur groupe. Le colonel Bichat, commandant en chef du *Shanghai Volunteer Corps*, rit avec lui, dans le débat actuel il adhérait sans condition aux vues de Sarly – tout comme Martin, qui participait également à la réunion. Depuis des années, les Blancs (surtout les commerçants les mieux placés et les plus influents) étaient nombreux à se plaindre du conflit qui opposait nationalistes et communistes. Les manifestations et les grèves avaient fait régner une pagaille sans nom dans toute la ville. S'il fallait encore y ajouter de probables opérations militaires et des actions de guérilla urbaine, les florissantes Concessions ne seraient bientôt plus qu'un champ de ruines. La solution pour y remédier, c'était peut-être de faire de Shanghai une…

Un coup d'avertisseur retentit sous les fenêtres, l'épouse du consul s'apprêtait à sortir. Un jour où le consul Baudez était de bonne humeur, il avait expliqué à Sarly que cette maison abritait trois beautés. Sa femme et sa fille étaient bien sûr les deux premières. Qui était la troisième, Sarly, heureusement, n'avait pas tenté de le deviner, que ce fût pour complaire ou déplaire au consul. Non, il ne s'agissait en aucun cas de la statue de marbre à demi dévêtue plantée au milieu de la pièce d'eau, le consul voulait parler de la petite mare en forme de croissant, dans le jardin. Etroite aux deux extrémités, la pièce d'eau était généreusement renflée en son centre, comme une belle croupe. Sarly s'était dit qu'en matière de femmes, le consul penchait plutôt vers des standards traditionnels. Tant qu'on y était, l'énorme camphrier qui poussait sur une avancée de terre au bord de la pièce d'eau, ployé vers elle, n'avait-il pas l'air d'un vieux libidineux ? Une de ses branches justement pointait vers les seins nus de la statue.

M. Zeng, porte-parole du groupe de Nankin, tenait à faire entendre son point de vue :

— Les sociétés secrètes communiquent de nombreuses informations…

— Dans la Bande noire, on a toujours été ennemi des communistes, comme vous.

— Et comme vous-mêmes ! rétorqua l'expert.

— Sans aucun doute – probablement devrions-nous engager encore davantage notre responsabilité dans la lutte contre la soviétisation de Shanghai. Nous ne devons pas trop nous en remettre au gouvernement nationaliste, répondit Sarly, qui remerciait en lui le Corse habile à user de sophismes – cela lui permettait d'infliger un bon revers à cette bande d'intellectuels. Vos idées sont désuètes, vous faites trop confiance à la force, vous ne comprenez rien à la gestion d'une ville, reprit-il. Vous prenez des actes de vengeance dans une lutte partisane pour une politique d'Etat. J'ai ouï dire que les troupes communistes avaient planté la tête d'un de vos officiers sur une pique de bambou et l'avaient fait flotter sur la Gan, et que vous, vous aviez fait fusiller les communistes qui étaient emprisonnés à Shanghai…

Contrairement à la plupart des Européens, Sarly lisait la presse en chinois et manifestait un intérêt véritable pour les opinions exprimées par les Chinois. Il se souvenait du titre de l'article : *Un crâne décapité suit le cours silencieux du fleuve.*

— … Shanghai pourrait devenir un modèle pour votre pays, le modèle de la ville moderne, le modèle d'une société gouvernée par la loi.

Seul Mr Brennan, l'observateur en relations internationales envoyé par le gouvernement britannique, montra qu'il approuvait les réflexions philosophiques de Sarly. Il avait un regard douloureux, épuisé, mais remplissait sa mission avec attention.

— Les désordres qui ont prévalu à Shanghai sont le résultat de votre politique à courte vue et de vos demi-mesures. Vous ne savez qu'attendre l'argent des Chinois ! intervint un jeune membre bouillonnant du groupe de Nankin. Ces troubles ont pour cause les entraves que vous mettez à l'action du gouvernement chinois dans les Concessions. Si le Parti communiste a installé son siège à Shanghai, c'est bien parce qu'ils bénéficient de votre protection ! Les Trois Principes du

Peuple, tels que les a énoncés le Père de la Nation, sont la meilleure réponse, au stade actuel, à donner à tous les problèmes que connaît la Chine ! Le temps est venu pour le Parti nationaliste d'exercer sa tutelle politique d'une poigne de fer. Tôt ou tard… nous reprendrons la gestion de cette ville… au moins dès que sera effective la réussite du projet du Grand Shanghai…

Son ton, sur la fin, avait baissé d'un cran.

Ces débats, qui s'éloignaient du sujet principal de la réunion, appartenaient à Londres et Paris, ou même aux politiques de Nankin, et le Major Martin estimait qu'eux-mêmes, ici présents, devaient s'efforcer de recentrer leur discussion vers des problèmes plus immédiats. M. Zeng, à la tête des experts de Nankin, suggéra que les membres de sa délégation puissent disposer d'une plus grande liberté d'action à l'intérieur des Concessions : les mécanismes d'échanges de renseignements actuellement mis en place y gagneraient en efficacité.

Martin et Sarly, au nom des autorités de tutelle des deux territoires, prirent avec le groupe d'experts les engagements adéquats, propres à donner plus de latitude aux agents de Nankin en matière de port d'armes, de fréquences radio, de plaques d'immatriculation spéciales et pour fixer le siège de leurs instances opérationnelles. Mais ils n'auraient pas le droit de procéder à des arrestations dans le périmètre des Concessions, asséna avec force le capitaine Sarly.

Cette déclaration modifia l'atmosphère de la réunion. Contrairement aux débats philosophiques abstraits, qui aboutissaient très vite à des doléances et des accusations mutuelles, les discussions de marchands de tapis pouvaient facilement devenir le point de départ d'une collaboration véritable. M. Zeng se fit de nouveau le porte-parole de son groupe : la pratique consistant à livrer des noms à la garde municipale et à la laisser effectuer les arrestations faisait manquer d'excellentes occasions de recueillir des témoignages. Il proposait un compromis : ils procéderaient eux-mêmes aux arrestations mais en avertiraient immédiatement les services de police. Bien sûr, les informations obtenues de cette façon seraient mises à la disposition de chacune des parties. Sarly répondit qu'il n'était pas question d'entamer le régime de juridiction mis en place dans la Concession. Si le groupe de Nankin s'avisait de procéder à des arrestations, il ne pouvait garantir que ce genre d'initiative ne serait pas considéré par ses services comme un kidnapping.

Un silence de mort s'étant abattu après cette annonce, le Major Martin s'employa à jouer les conciliateurs. Il reconnut tout d'abord la compétence évidente du groupe de Nankin dans la gestion de ses propres ressortissants. Rien ne nous empêche, ajouta-t-il finement, de changer nos définitions pour ce genre d'opération, il ne s'agirait ni d'arrestation, ni de kidnapping. Dans certaines circonstances, le groupe d'experts pourrait prier aimablement la personne concernée de participer à des échanges dans leurs locaux. Si les témoins oculaires attestaient qu'aucune contrainte ni pression n'avait été exercée, si les services de police des Concessions y gagnaient des explications convaincantes concernant les tenants et aboutissants de délits passés ou futurs, les conclusions retranscrites des entretiens leur étant dûment communiquées, si enfin, à l'issue de son séjour dans les locaux du groupe de Nankin, et dans un délai fixé préalablement (quarante-huit heures, par exemple), la personne concernée était remise à leur police qui se chargerait alors de sa surveillance et s'assurerait qu'elle puisse bénéficier en toute légalité d'une instruction de son affaire et d'un jugement, ou que soit procédé à son extradition, tout serait pour le mieux.

Sarly insista pour que tous les interrogatoires se déroulent obligatoirement sous le contrôle d'agents envoyés par ses soins. Après de nouvelles tractations, il fut établi que la garde municipale enverrait des observateurs pour chaque action du groupe de Nankin, qui de son côté serait tenu d'en avertir par un rapport écrit le service politique de la police de la Concession, au plus tard dans les vingt-quatre heures. Ce qui signifiait que dans ce délai de vingt-quatre heures, le groupe de Nankin aurait tout loisir de converser poliment avec la personne concernée, sur tous les sujets qui lui tenaient à cœur.

— Ainsi donc, quels invités souhaitez-vous le plus ardemment recevoir, actuellement ? demanda plaisamment en conclusion le capitaine Sarly pour amadouer ses interlocuteurs.

M. Zeng avait manifestement le sens de l'humour, contrairement à beaucoup de Chinois. A la différence de ses compatriotes, il savait se départir de son sérieux même devant des étrangers.

— En accord avec nos précédentes conclusions, répondit-il, nous ne manquerons pas, dans les vingt-quatre heures suivant leur arrivée, de vous prévenir de l'invitation faite à vos protégés.

— Juste le temps suffisant pour les faire accoucher, répondit gaiement le colonel Bichat.

Une fois que les experts de Nankin, cinq Chinois aux allures si évidentes d'intellectuels, furent sortis à la queue leu leu de la salle de réunion improvisée (une pièce latérale donnant sur le grand salon à l'étage), une fois qu'ils eurent traversé la terrasse, descendu le perron donnant sur la pelouse, et que leur limousine noire eut franchi le portail, le Major Martin s'exclama d'une voix forte :

— Seigneur, faut-il vraiment qu'ils envoient tant de monde pour une simple réunion ? Les Chinois sont donc vraiment si nombreux ?

Le consul Baudez ne fit son entrée qu'après leur départ. Dans cette petite portion de territoire colonial, son poste équivalait à celui d'un gouverneur général. Sa mission, dès lors, exigeait qu'il se tienne au-dessus des questions matérielles. Tendant à Brennan l'aide-mémoire qui venait d'être rédigé par son secrétaire, il le pria de le transmettre à monsieur le consul général d'Angleterre à Shanghai. La rédaction d'un aide-mémoire faisait suite à une proposition de Sarly.

— Selon des renseignements de source sûre, l'organisation clandestine dont il a été fait mention dans nos débats est en train d'acquérir un armement à la puissance de destruction démultipliée. Son action, sur laquelle nous n'avons pas encore toutes les données en main, est la preuve formelle qui vient confirmer nos craintes : Shanghai devient, chaque jour davantage, le terrain d'une lutte de harcèlement entre les communistes et le Kuomintang. Ce n'est un bien pour personne. Selon la stratégie qu'il s'est fixée et face à la complexité de la situation, le gouvernement français va prendre les mesures nécessaires pour l'envoi de troupes supplémentaires en provenance de Hanoi. Nous espérons que les autres gouvernements européens ayant des intérêts dans les Concessions prendront des décisions analogues.

Ce discours de Sarly s'adressait tout particulièrement au jeune Brennan, connu pour sa libido débridée. En tant qu'observateur envoyé par le ministère anglais, s'il était capable d'inspirer des désirs propres à faire mourir d'amour les femmes des commerçants du Settlement, il pourrait bien consacrer un peu de son énergie à aider leurs maris.

— Il y a aussi ce projet du Grand Shanghai…

Voilà qui faisait maugréer le colonel Bichat. Pour une majorité de Blancs, dans les Concessions, ce projet risquait de nuire considérablement aux intérêts des différentes puissances. Du point de vue de Sarly, le Grand Shanghai nuisait surtout aux intérêts des propriétaires immobiliers. Depuis longtemps, les spéculateurs européens (et les consortiums américains qui les avaient rejoints récemment) achetaient quantité de terrains à l'ouest et au sud de la ville, et en achetaient toujours davantage. Puis ils attendaient que les prix flambent, et ils vendaient. Puis ils recommençaient à acheter, toujours plus au sud et à l'ouest. Selon les plans publiés par le gouvernement de Nankin, le centre administratif du Grand Shanghai prendrait place dans la zone nord-est à la périphérie de la ville actuelle : là sortiraient de terre l'hôtel de ville mais aussi l'université, les écoles expérimentales ainsi qu'un gymnase. L'ouverture de voies de circulation, l'instauration d'équipements et de transports publics permettant aux activités commerciales de se multiplier dans ce coin désert, les futurs habitants ne tarderaient pas à vouloir y implanter leurs logements. Le moment venu, les terrains acquis à prix d'or par les spéculateurs, de l'autre côté de Shanghai, ne trouveraient plus preneur, ils ne récupéreraient même pas le capital investi. Ce n'étaient pas seulement eux, ni les banques, qui en pâtiraient, mais toute la chaîne d'intérêts en découlant.

— Tokyo ne cesse d'augmenter ses effectifs de marins et de fusiliers marins à Shanghai. Ils veulent élargir leur zone d'influence dans la région. Les commerçants japonais se font de moins en moins discrets dans le Settlement, ces six derniers mois, la police n'a cessé d'avoir à régler des combats de rue entre résidents chinois et japonais.

C'était Martin qui avait mis le sujet sur la table. Le commandant Pichat le regarda :

— S'ils en ont les moyens, je n'aurais rien contre une présence accrue de soldats japonais à Shanghai. A ce propos, à quoi pensez-vous que puissent servir les morceaux de chiffon qu'ils s'attachent derrière la tête ?

— Une manière d'éviter de se faire couper le cou, une chose qu'ils redoutent, car c'est dans leurs coutumes, répondit Martin avec un geste du tranchant de la main, de haut en bas.

— Les troupes de Meiji ont copié cette manière de faire de nos tirailleurs nord-africains. J'ai entendu dire que l'empereur s'était fait rapporter des coiffures de tous les régiments étrangers et que celle-ci lui avait plu. Peu importe qu'il n'y ait pas de désert au Japon, ni un soleil propre à vous brûler la peau, il a trouvé que cette coiffure s'approchait de celle des samouraïs, avec son couvre-nuque à l'arrière du casque. En fait, il ne s'agit pas d'un, mais de deux pans de tissu, et ce sont des talismans.

Sarly, qui aimait tant à se documenter, avait sous la main des informations dans toutes sortes de domaines.

— Ils me plaisent bien, à moi, ces paysans de Honshu, commenta le colonel Bichat. Peut-être que l'idée de faire de Shanghai une *free city* serait le choix le plus intelligent.

Sarly trouvait ces propos aussi bornés que les agissements des investisseurs sans scrupules qui mettaient la main sur toutes les terres agricoles accessibles aux alentours. De son point de vue, fixer une politique exigeait un processus ordonné et progressif, et le mieux à faire pour l'instant était d'envoyer à Shanghai de nouvelles troupes.

Sur le bassin éclairé par le soleil couchant, la surface de l'eau tremblait doucement, comme la peau d'une danseuse du ventre dont le corps aurait été passé à l'or fin.

XXXV

Lundi 29 juin 1931 (an XX de la République), 12 h 30.

Au début, Lin Peiwen n'avait eu aucun soupçon. Bien sûr, pris dans un combat impitoyable, il se faisait avec le temps plus méfiant. Il apprenait vite, surtout en s'inspirant des méthodes de Park Gye-song. Celui-ci avait coutume, en toutes circonstances, de retourner sur les lieux d'une action, pour écouter ce qui se disait auprès des commis occupés à rajuster leur ceinture, torse nu, à la porte de leur commerce.

Sans en référer à Lao Gu, Lin était retourné au Singapore Hotel. Il s'y était rendu à pied depuis la boutique de chandelles, cela ne prenait pas longtemps. En chemin, il réfléchissait au meilleur moyen d'entamer la conversation. Se faire passer pour un type louche qui souhaite ouvrir une salle de jeux ? Il ne pensait pas en avoir tellement l'air.

Il se trouvait au carrefour de la rue du Consulat, face au magasin Guansheng Yuan. Il attendit de voir quelqu'un emprunter l'escalier menant à l'hôtel et alors seulement il traversa la rue à grandes enjambées. Il se disait que la présence d'un client à la réception le rassurerait. Sur le palier, au comptoir, le gérant causait avec le nouvel arrivant, que Lin Peiwen contourna pour aller s'appuyer au mur du fond. Là il s'adressa au garçon d'étage perché sur son tabouret. Modérant sa voix, avec des coups d'œil entendus, Lin se renseignait sur les possibilités de l'endroit en matière de turbin, donnant à entendre que l'unique but de sa visite concernait les filles.

Il apprit que le coin n'était pas des plus tranquilles. Les agents venaient souvent perquisitionner. La police de la Concession avait interdit la prostitution irrégulière.

— J'habite dans le *longtang* en face, ajouta-t-il de manière assez inopportune, car les gens intéressés par ce genre de trafic n'iraient certainement pas indiquer où ils habitaient.

— Oui, ils sont venus la semaine dernière, ça vous fait peur ?

Lin secoua la tête, rentra le cou, puis haussa les épaules et agita les mains, on entendit des pièces de monnaie tinter dans ses poches.

— C'étaient des Rouges que la police recherchait, reprit l'autre.

— Comment ça, on n'a pas raconté que c'était une femme qu'ils avaient dans le collimateur ?

Le groom n'était pas vieux mais il avait de l'expérience, il avait vu du monde dans sa vie. Il releva la tête et jeta sur Lin Peiwen un regard plein de sous-entendus. Il secoua lui aussi la tête :

— Une femme célibataire. Qu'ils ont emmenée au commissariat. Il y avait un homme aussi.

C'était bien ce qu'on lui avait appris : dans une affaire, tu as toujours des informations utiles à glaner, en prêtant l'oreille à ce qui se raconte sur place.

Son départ avait été très maladroit, il s'était détourné et il avait décampé, tout à la honte et la consternation de ce qu'il venait d'entendre. Un comportement tellement suspect que le groom, alerté, allait peut-être s'en ouvrir au gérant dès qu'il aurait un instant de liberté. Il s'éloigna en toute hâte des arcades, pressé d'échapper au regard des mendiants. Il y en avait quelques-uns installés là par terre, dos appuyé aux piliers, profitant des rares minutes de tranquillité que leur laissait la pause de midi des agents.

Leng Xiaoman mentait ! Quand elle avait appelé Lao Gu, l'autre jour, il était juste à côté et avait lui-même décroché. Il se dit qu'il fallait au plus vite informer Lao Gu. Si on l'avait bien conduite au commissariat, quelle conclusion fallait-il en tirer ? Il n'avait pas vraiment le temps de réfléchir à la question. Mais Lao Gu n'était plus là, il avait quitté la boutique de chandelles pour son rendez-vous avec Leng Xiaoman. Une rencontre avait été organisée avec son nouvel ami, le reporter photographe. L'homme entretenait des relations étroites avec quelqu'un du service politique de la police de la Concession.

Lin Peiwen s'arrêta à l'angle de la rue Palikao. Il ne connaissait pas le lieu du rendez-vous. Très vite, la gravité de la situation lui avait sauté aux yeux. Et le pire était là : Leng Xiaoman était maintenant un personnage connu du public. Sa photo avait été diffusée dans tous les journaux de la Concession et très certainement se trouvait affichée dans les bureaux de la police, afin que les agents s'imprègnent de son image avant d'aller prendre leurs fonctions quotidiennes. Si elle avait été arrêtée et conduite au poste, elle n'avait pu qu'être reconnue, et pourtant ils l'avaient libérée comme s'ils étaient aveugles. Regarder sans voir ne signifie en rien qu'on ne voit pas, mais juste qu'on fait semblant de ne pas voir.

Il se sentait l'esprit embrouillé. Lao Gu et Park restés introuvables, il était privé des deux seules personnes vers qui il se tournait toujours quand il avait des questions sans réponses. Et voilà que pas un ne répondait à l'appel, le groupe entier avait été mobilisé. Ces derniers temps, Lao Gu, pour des raisons de sécurité, se montrait rarement en public et pour le rendez-vous ils avaient dû prendre des mesures de sécurité exceptionnelles.

La meilleure solution, se dit Lin, était d'aller réfléchir au calme dans leur nouveau local près du boulevard des Deux-Républiques. Après les problèmes de la rue Amiral-Bayle, ils avaient loué une maison dans un grand *longtang* entre la rue Buissonnet, la rue Voisin, Ming Koo Road et le boulevard de Montigny. Le boulevard des Deux-Républiques, qui devenait plus loin Ming Koo Road, marquait la limite entre la Concession française et la ville chinoise, mais les riverains dépendaient de la juridiction française parce que les ruelles s'ouvraient à l'ouest sur le boulevard de Montigny. Par les fenêtres, cependant, on donnait à l'est sur Ming Koo Road et de l'autre côté de la rue on était en territoire chinois. C'était lui, Lin Peiwen, qui avait loué le logement à son nom, mais l'idée venait de Lao Gu. Une nuit, alors qu'il avait subi une fouille des gardes français au poste de Ming Koo Road, il avait vu en haut une lumière allumée à une fenêtre, ce qui lui avait donné cette inspiration : en accrochant une corde à une fenêtre donnant à l'est, on aurait une issue facile en cas de péril imminent. Lin Peiwen se souvenait précisément des circonstances, Lao Gu parlait avec une tristesse dans le regard comme il lui en avait rarement vu.

Mais Lin Peiwen n'eut pas le temps d'arriver. En y repensant ensuite, il s'était fait prendre dans cette souricière par distraction, obsédé qu'il était par les mensonges de Leng Xiaoman. Il venait de tourner au coin d'une rue (sur quel carrefour, il fut incapable de s'en souvenir). Il se rappela ensuite qu'entre les doigts pressés sur ses yeux il distinguait des fruits empilés dans des caissettes en bambou tressé, des pêches en quantité, roses et vertes, de variétés différentes, nectarines ou pêches plates. Une main énorme lui masquait le haut du visage, les doigts s'enfonçaient dans ses orbites et aux points vitaux des tempes, à lui faire mal.

On l'avait saisi par-derrière, d'où venaient les bras et la voix, assez vague et mouvante, qui semblait flotter quelque part dans les airs au-dessus de lui.

— Devine qui c'est ? Devine qui c'est ? chantonnait la voix haut perchée, sur le ton allègre d'une comptine, accompagnée de rires de gens à proximité. Le vacarme qui régnait aux alentours couvrait les rires, tous ces bruits lui donnaient l'impression d'être sous l'eau mais il n'y avait rien d'étonnant à cela, avec les oreilles repliées par les mains qui les comprimaient.

Il entendit une auto qui freinait brutalement. Quelqu'un, devant lui, le poussa en avant puis, semble-t-il, le tira de côté. Il n'avait plus aussi mal aux yeux maintenant et, après des éblouissements d'éclairs multicolores, sa vision se limita à une obscurité encore plus complète. Il entendait des respirations lourdes de gens essoufflés, il devinait de nombreuses présences autour de lui.

Les bras fermement maintenus, il ne savait depuis quand, il eut l'impression qu'on le traînait sur le trottoir, ses pieds trébuchèrent dans le vide. Il ressentit une vive douleur, probablement due à un violent coup de poing. Mais à peine cela arrivait-il à sa conscience qu'une douleur plus forte encore lui traversait l'abdomen. Ses genoux plièrent, il s'affaissa et tomba face contre terre…

La surface sur laquelle il échoua n'avait pourtant pas la dureté du sol. C'était une consistance plutôt souple et élastique, avec une odeur de cuir neuf. Avant même qu'il ait eu le temps de reprendre ses esprits, une portière claqua. Il comprit qu'on l'avait embarqué dans une voiture, sa jambe de pantalon était restée coincée dans la porte.

L'auto quitta les lieux en trombe. Les mêmes mains lui maintenaient la tête contre le siège en pressant si fort qu'il avait la respiration coupée. Un millier de personnes assises sur son dos lui auraient fait le même effet. Le nez coincé dans l'interstice entre l'assise et le dossier, il sentit dans sa bouche un goût de métal rouillé, sans doute ses lèvres ou ses gencives qui saignaient.

On lui enfila un sac de toile sur le visage, l'ouverture serrée par une corde, juste au niveau de la bouche, avec une telle violence qu'il crut que les commissures de ses lèvres allaient se déchirer. Il se dit que c'était sûrement pour l'empêcher de crier, ce dont l'idée ne lui était même pas venue, et en effet il n'aurait pas pu sortir un son.

Plusieurs paires de mains le tirèrent hors de la voiture. Il n'avait aucune idée de l'endroit où il était, il n'avait pas eu le temps de s'en inquiéter ni de réfléchir à la durée du trajet. Il n'avait pas eu de formation dans ce domaine. Il fallait compter – il se rappelait vaguement que Park lui avait recommandé, s'il se trouvait dans ce genre de situation, de compter dans sa tête. Il fallait calculer selon certains rythmes du corps, les battements du cœur ou la respiration, et retenir le nombre de changements de direction du véhicule. Park lui avait dit, de toute façon ton corps perçoit la force centrifuge. On pouvait encore être attentif aux pentes, sentir si le terrain montait ou descendait, si le sol était dur et sec ou meuble et humide. Si tu gardes ton sang-froid, tu es capable d'identifier les joints des sols en brique sous la plante de tes pieds. Mais Lin Peiwen n'avait pas eu le temps de compter. Il n'entendit que le chant des oiseaux, les feuilles agitées par le vent, sentit un reste d'émanation de gaz d'échappement. Il n'eut même pas la présence d'esprit de compter les marches d'escalier, il savait seulement qu'on l'avait jeté dans une pièce vide, au deuxième étage, dont les murs dégageaient une morose odeur de chaux.

Maintenant, tout était silencieux. Aucune respiration lourde et bruyante, pas le moindre bruit de pas. Il se disait qu'on l'avait oublié dans cette pièce déserte, au fond d'un bâtiment désert. Pourtant, il lui sembla peu après qu'on parlait à voix basse, des chuchotements paraissaient sortir du plafond, sur sa gauche. Il retrouvait l'ouïe peu à peu. Il fut même capable de reconnaître le bruit du thé qu'on versait d'une bouteille thermos. Certainement, il n'était pas dans les locaux de la police, il n'entendait pas les chocs d'instruments métalliques, il n'y avait pas de menottes, les portes ne se fermaient pas dans un fracas de serrures et de barres de fer. D'autant que la police pouvait vous arrêter ouvertement. Il supposa qu'il était aux mains de la Bande noire. Au début, il se demanda si ce n'était pas un sale tour que lui avait joué le garçon du Singapore Hotel, une éventualité qu'il écarta très vite. La priorité absolue, c'était de se calmer. Il se rappela ce que disait Park, relâche-toi, libère ton odorat, ton ouïe, ton sens du toucher, toute ta peau, afin de percevoir la température ou l'humidité, les sons qui t'entourent, et de recueillir toutes les informations à ta portée.

Juste après lui revint ce qui s'était passé au Singapore Hotel, il se souvint qu'il n'avait pas eu le temps d'informer Lao Gu. Il eut l'impression que l'Organisation entière était mise en péril. Il se sentit au comble de l'impuissance, rongé d'inquiétude.

XXXVI

Lundi 29 juin 1931 (an XX de la République), 14 h 30.

Non, ces termes ne disaient rien à Xue, ils ne signifiaient rien pour lui et ne le regardaient en rien. Tout juste savait-il qu'il s'agissait de produits d'importation, des articles venant d'Europe, d'URSS, ou peut-être même, en majorité, du Japon. Un vrai raz-de-marée : ces appellations avaient envahi le marché depuis dix ou vingt ans, les gens en prenaient plein les yeux et avalaient toutes ces nouveautés en vrac, sans se préoccuper de les assimiler. Les noms arrivaient encore plus vite que les marchandises, se déplaçaient plus vite que les bateaux à vapeur, plus vite que les autos, les gens les apprenaient en un rien de temps, à commencer par les gazetiers, les grooms et les garçons de café : ils avaient tous quelque chose à dire à propos de « mouvements de gauche » ou d'« impérialisme », on aurait dit que si vous ne saviez pas utiliser ce genre de vocabulaire, c'est que vous étiez un attardé mental ou un paysan. Bien sûr, il trouvait certaines manières de parler intéressantes, par exemple pour dire qu'on couchait avec une demoiselle travaillant en maison, la formule consacrée était qu'on avait une « relation ». Ou, quand un homme s'intéressait à une femme, il pouvait appeler ça de l'« amour ». C'était très pratique, un moyen simple de rendre les choses claires pour tout le monde, si chacun était capable d'utiliser ces mots, leur seule énonciation était propre à envoûter l'auditeur. Quand ils concernaient l'amour, leur puissance de fascination était démultipliée par les romans, et plus encore par les films. D'après lui, il ne faudrait pas longtemps pour que la dernière bonniche montée de sa campagne se mette, à la seule évocation du mot « amour », à perdre la tête et à trembler de tout son corps, comme une héroïne de cinéma.

M. Gu – le camarade dirigeant auquel obéissait Leng Xiaoman – lui répondait. La fascination n'avait pas prise sur lui, mais la question le passionnait, cependant. Xue, de son côté, était agréablement surpris par l'allure de M. Gu.

Le rendez-vous avait été fixé devant l'entrée principale du parc de Koukaza, mais à l'heure dite il n'y avait personne.

Après cinq minutes, deux jeunes gens habillés en étudiants avaient surgi derrière eux. « Suivez-nous », avaient-ils murmuré. Leng Xiaoman et Xue leur avaient donc emboîté le pas dans l'allée centrale, ils avaient traversé le parc en direction du nord. A la sortie nord-ouest du parc, les deux étudiants avaient ralenti. « Attendez ici », avaient-ils dit à Xue, sans le regarder. Puis ils avaient accéléré et les avaient plantés là.

Deux minutes plus tard, un homme en complet-veston de toile noire se dirigeait vers eux. Xue se dit qu'il l'avait déjà vu, cette fois-là il portait une veste en cuir, noire également, visiblement il aimait s'habiller en noir. Il les mena vers une Peugeot où il les fit monter, avant de prendre le volant. Les rideaux étaient tirés, ils ne virent pas quelle route ils empruntaient. Xue pensait qu'ils devaient suivre l'avenue Joffre vers l'ouest.

L'auto s'arrêta dans une grande cour déserte cernée d'immeubles. Des bâtiments très hauts, qui ne laissaient passer le soleil que sur une toute petite portion de la cour, dans l'angle nord-ouest. Il y avait des pelouses, des plates-bandes soigneusement taillées et de nombreux camphriers, et aussi des arbres fruitiers en fleurs, le sol était tapissé de pétales. On les fit entrer dans un bâtiment par une porte en verre, il n'y avait pas de loge de gardien, ils prirent l'ascenseur sur la gauche. Dans une salle du cinquième étage, M. Gu les attendait.

Il était assis devant un grand bureau en fer à cheval. Leng Xiaoman et Xue prirent place chacun d'un côté, dans des chaises à coussin rembourré. Park (il connaissait maintenant son nom) s'assit derrière lui de travers sur un fauteuil, les jambes passées par-dessus l'accoudoir et posées sur une chaise pliante, se balançant sans cesse.

M. Gu exposait ses idées et la mission qui était actuellement la sienne et celle de son organisation. L'atmosphère était un peu réfrigérante, Leng Xiaoman, de l'autre côté de la table, ne cessait de tripoter un crayon et l'accoudoir du fauteuil de Park s'agitait encore plus furieusement. Ils firent une pause. Allons prendre l'air et fumer une cigarette sur la terrasse, avait dit M. Gu. Ils traversèrent une cuisine, passèrent une petite porte et grimpèrent sur la terrasse par un escalier en fer en colimaçon qui longeait le mur extérieur du bâtiment.

Sur la terrasse, appuyé dos au vent à la rambarde en ciment, Xue offrit du feu à M. Gu puis s'alluma une cigarette. Ils fumaient en silence. Le coin du muret était tapissé de mousse, des flaques d'eau parsemaient le sol inégal. La brise le faisait frissonner, il releva son col et leva la main pour laisser le vent emporter la cendre de sa cigarette.

— Dites-moi, pourquoi souhaitez-vous nous aider ? Donnez-moi une raison, demanda soudain M. Gu avec un sourire, parlant comme pour lui-même.

Xue le regardait, il secoua la tête, pris de court. Personne ne croirait à une raison pareille, pensa-t-il, et il se força à un sourire amer.

— A cause d'elle ?

Le vague sourire de Gu s'était accentué, on aurait dit quelqu'un qui vient de faire une plaisanterie qu'il est seul à pouvoir trouver drôle, et qui pense que cela ne lui ressemble pas parce qu'il n'a pas tellement l'habitude de plaisanter.

— Par amour. Cette raison vous paraît acceptable ? dit Xue, considérant une flaque à ses pieds, avant de poursuivre : Je veux dire, quand on souhaite rejoindre la révolution, l'amour peut-il constituer une motivation ?

— Hum hum, rejoindre… la révolution… M. Gu aspira une longue bouffée, avant de jeter son mégot. Si je comprends bien, c'est ce que vous vous êtes dit – que vous alliez rejoindre la révolution ?

Xue eut l'impression qu'une ombre voilait son regard, un chagrin, peut-être, ou alors de la solitude.

— C'est vrai. Oui, l'amour, cela peut donner envie de changer, ou même envie de changer la vie elle-même.

Il se dit que M. Gu était bien plus intelligent qu'il ne s'en donnait l'air, et qu'il savait mener une conversation là où il le souhaitait.

— Toute motivation peut être valable à nos yeux, simplement il faut nous le dire. Quand bien même ce serait… l'argent.

Il agita la main, comme pour affirmer qu'il s'agissait là de considérations méprisables, par ailleurs hautement improbables et dont l'idée lui répugnait, mais qu'il cherchait à tranquilliser son interlocuteur.

— Nous savons récompenser à leur juste valeur les services qui nous sont rendus. Non. Il leva de nouveau la main pour arrêter Xue qui voulait prendre la parole : Je ne parle pas de vous. Il peut nous arriver de rémunérer nos informateurs, s'ils en ont réellement besoin. Si… Par exemple, votre ami de la police française a-t-il besoin d'argent ? N'est-ce pas pour en gagner qu'il est venu en Chine ? S'il nous tient en sympathie, c'est très bien, mais si c'est seulement pour l'argent, aucun problème.

Il avait conclu rapidement, la voix diminuant peu à peu jusqu'à finalement se perdre dans le vent, afin peut-être d'adoucir toute acrimonie qui aurait pu s'y cacher, et de manifester qu'il n'avait surtout pas l'intention de nuire à la dignité de Xue.

Ils rentrèrent. L'entracte était terminé, le deuxième acte allait commencer. Leng Xiaoman passée on ne sait où, l'entretien prenait vraiment des allures d'interrogatoire. M. Gu se cala de nouveau derrière sa table de travail. Les rideaux étaient tirés. La chaise de Xue avait été déplacée et se trouvait maintenant sur la partie convexe du bureau, face à M. Gu. Park était toujours derrière lui, mais il ne se vautrait plus dans un fauteuil.

— Nous allons vous poser quelques questions. C'est la procédure obligatoire. N'ayez aucune crainte.

La voix était douce, mais brève et précise.

— Dites-moi votre nom…

Il ne prenait pas de notes, la question n'avait rien de nécessaire. D'après Xue, d'ailleurs, aucune de ses questions ne l'était. Mais elles se suffisaient à elles-mêmes par leur capacité à exercer une force hypnotique. Cette interminable succession de questions et réponses, selon un modèle préétabli, servait à produire un réflexe conditionné chez celui qui répondait, lui donner l'envie de plaire à l'examinateur et d'aller au-devant de ses demandes.

— Où l'avez-vous rencontrée ?

Le sujet tournait maintenant autour de Leng Xiaoman.

— Sur le bateau.

— Sur le bateau ?

Le ton s'était fait plus coupant. Xue fut immédiatement sur ses gardes – il avait totalement oublié ce qu'elle lui avait dit. Ces méthodes hypnotiques lui embrouillaient l'esprit. Il se rappela qu'elle lui avait fait des recommandations. Elle était restée dans le vague, elle ne voulait pas donner à penser qu'elle avait l'habitude de mentir. S'il te pose la question, dis-lui que nous nous connaissions avant. Ce n'est pas important, avait-elle ajouté, mais présente les choses comme ça. Xue s'était imaginé qu'elle ne voulait pas être taxée de légèreté, qu'on croie qu'elle s'était laissé séduire trop facilement. Quoi qu'il en soit, elle n'avait pas dû dire la vérité à son organisation.

— … Sur le bateau, et comment avez-vous fait connaissance ?

Le ton, toujours aussi posé, lui fit croire qu'il faisait peut-être fausse route.

— Je n'ai pas… ce n'est pas exactement cela… elle marchait vers le pont avant, toute seule. Il y avait beaucoup de vent, il faisait froid. Je l'ai vue, seulement vue de loin…

Et on aurait dit une guerrière frappée par le destin. Le soleil teignait ses joues d'un or transparent.

— Son visage me rappelait quelqu'un, il m'a semblé revoir une personne que j'avais connue autrefois. C'est ce que je lui ai dit, après. Elle m'a répondu qu'elle avait eu la même impression… Cela arrive parfois, entre un homme et une femme, je crois. Je pense que si elle affirmait que nous nous connaissons depuis toujours, cela n'aurait rien d'étrange pour moi. Vous me comprenez ?

— Oui. Etre faits l'un pour l'autre – une explication habile, pas vrai ? Et qui ne laisse pas de place à la suspicion. Aucune frivolité là-dedans, c'était écrit, le destin, n'est-ce pas ?

Il riait, de nouveau.

— Peut-être en va-t-il ainsi, répondit Xue, pour éviter de se prononcer.

— Explication habile, d'ailleurs vous êtes vous-même quelqu'un d'habile. Mais vous êtes aussi très sincère, concéda M. Gu.

Ce moment de détente fut de courte durée, la voix, très vite, se fit de nouveau sévère :

— Et par la suite… quand l'avez-vous revue, la fois suivante ?

— Je pense que c'est dans les journaux. On voyait tous les jours sa photo.

— Donc, la première fois que vous l'avez vue, sur le bateau, vous avez eu le coup de foudre. Par la suite, vous l'avez souvent vue dans les journaux, et bien qu'alors vous n'ayez pas eu d'autre occasion de la rencontrer, les photos qui paraissaient d'elle donnaient un nouvel espace à vos rêveries. Nous le savons, vous êtes reporter photographe. Ainsi, vous êtes tombé si désespérément amoureux que, dès que vous avez su que la police la recherchait rue Amiral-Bayle, vous n'avez rien eu de plus pressé que d'aller l'en informer ?

Xue ressentait l'ironie cruelle qui pointait dans ce discours, il se disait qu'il aurait dû réagir vertement, lancer une série d'arguments bien sentis à la figure de son examinateur. Mais il n'en avait pas la force. Il savait que sur ces questions il n'aurait pas les moyens de se justifier, pas même devant Leng Xiaoman.

— Dans les faits, c'est ainsi que les choses se sont passées, s'entendit-il répondre.

— Très bien. Dans les faits, c'est ainsi que les choses se sont passées. Nous vous croyons. Nous croyons que, justement parce que vos explications ne sont pas très élaborées, elles peuvent prêter le flanc à la suspicion. Nous croyons que vous êtes peut-être aussi romantique que ça. N'êtes-vous pas pour moitié d'origine française ?

Xue se disait que si ses explications passaient, elles légitimeraient encore plus ses précédentes allégations sur le pouvoir de fascination des mots. Un « métis franco-chinois » : celui que désignait cette expression n'était-il pas prédisposé à ce genre de comportement étrange ?

— Je ne crois pas aux versions des journaux. J'ai discuté avec elle, j'ai plongé mes yeux dans les siens, je pense que je suis en mesure de la comprendre.

Il fournissait péniblement de nouvelles explications.

L'examinateur abandonna ses recherches sur la façon dont naissait l'amour, laissant de côté ces débats empreints de poésie. Quand l'amour et la révolution entrent en collision, de petits mensonges ne sont pas interdits.

Le sujet se porta sur le contact de Xue dans la Concession. Son nom, sa profession. Il appartenait à ce nouveau service de renseignements, la brigade spéciale de l'inspecteur Maron, qui suscitait tant d'intérêt chez M. Gu. En réalité, Xue donnait déjà de nombreux détails dans un rapport qu'il avait rédigé à l'avance à l'intention de M. Gu. Hier au soir, assis à sa table de travail dans son salon de la route Joseph-Frelupt, il s'était creusé les méninges pour rédiger ce galimatias, selon les instructions que Leng Xiaoman avait reçues au téléphone. M. Gu ressemblait au capitaine, il aimait se documenter. Si ce rapport ne consistait qu'en bribes de phrases et bouts de textes sans suite (où les faits se combinaient aux bruits de couloir), l'ensemble comprenait déjà une quantité conséquente d'informations. Certaines concernaient les conjectures qu'on formait à la police sur le parcours de M. Gu lui-même, à commencer par l'opinion exprimée à ce sujet devant lui par le poète marseillais. Dans leur formulation directe, manquant de logique, ces propos révélaient qu'ils s'appuyaient sur des sources d'origines extrêmement diverses.

Xue avait inclus les bruits de couloir dans son rapport, sans se rendre compte de leur valeur. Par exemple, il ignorait tout ce que les conclusions de la police sur le meurtre du quai Kin Lee Yuan, ses hypothèses quant au processus opératoire et autres données résumées par le poète marseillais, devaient aux propositions des experts du groupe de Nankin. Il ignorait également que le verdict de la police sur l'affaire du club de l'avenue Foch, tendant à en faire un pur acte de vengeance, rejoignait les explications de la Bande noire. Enfin, il ne pouvait soupçonner qu'il avait fait particulièrement plaisir à M. Gu en lui remettant son rapport en main propre, au lieu de le présenter à Park Gye-song dès qu'il avait été en face de lui. Il soutint que Leng Xiaoman n'avait pas lu le document et qu'il avait répondu le plus sincèrement du monde aux questions de M. Gu, sans la moindre intention de cacher quoi que ce soit.

XXXVII

Lundi 29 juin 1931 (an XX de la République), 18 h 50.

Park Gye-song était en train de dîner avec leur hôte. Gu Fuguang, depuis une demi-heure, lisait attentivement le rapport de Xue. Seules de luxueuses villas bordaient cette portion de l'avenue Joffre, avec quelques rares commerces, fleuristes et magasins de haute couture. Park avait roulé jusqu'à l'avenue du Roi-Albert avant de trouver un restaurant qui servait des venaisons, il avait fait mettre les plats dans des boîtes et les avait rapportés à l'appartement.

Gu Fuguang lut une seconde fois les documents, fuma, réfléchit. Ensuite il jeta tous les papiers dans la cheminée et les brûla. Les informations importantes étant en sa possession, il lui fallait protéger ses sources, mais aussi préserver l'innocence de ses troupes, ne pas laisser la confusion idéologique perturber la discipline de l'Organisation.

Le texte présentait un certain désordre dans sa rédaction et n'avait aucune unité de style, la formulation et la grammaire étaient approximatives. Des paroles du poète marseillais y étaient citées telles quelles, ou rapportées sous une forme indirecte. Certains éléments passés sous silence, ainsi que les continuelles ratures et corrections, manifestaient un excès de prudence, on relevait néanmoins des témérités, des jugements et des analyses personnels dépassant les besoins de ce genre de notes. Les ruptures de logique, surtout, avaient attiré l'attention de Gu Fuguang, par exemple, après un passage affirmant que le poète marseillais considérait l'affaire de l'avenue Foch comme une vengeance personnelle, une phrase du même locuteur, citée dans le paragraphe suivant, disait que dans les services de police, « certains croient, au contraire, que ces gens appartiennent à une organisation clandestine d'activistes rouges ». Le poète marseillais était-il en désaccord avec sa direction ?

Aux yeux de Gu Fuguang, ces contradictions constituaient justement une preuve d'authenticité. Les faits rapportés provenaient d'échanges à bâtons rompus entre deux amis, parfois passés à plusieurs reprises de bouche à oreille, mis par écrit, fort médiocrement, par Xue, et donc inévitablement déformés. Ses approximations faisaient aussi le prix de ce document : si la cacophonie régnait déjà dans les services de police de la Concession, c'est qu'il était parvenu à les dérouter.

Avant le repas, il convoqua Leng Xiaoman, seule, et la sermonna durement. Il lui reprocha d'avoir enfreint la discipline du groupe, à un moment clé, en nouant indûment des liens avec une personne complètement étrangère à leur action. Et, ce qui pour lui représentait une menace encore plus grave, elle n'avait pas dit la vérité à l'Organisation. Alors qu'elle venait juste de le rencontrer, n'avait-elle pas prétendu que cet homme et elle étaient de vieux amis ? Gu la mettait en garde, elle ne devait pas se laisser tourner la tête par les bobards de cette sale graine de petit-bourgeois, et encore moins songer à tromper l'Organisation ! Ce fut seulement quand elle fut au bord des larmes, poussée à bout par ses critiques, qu'il changea d'attitude, pour la féliciter d'un ton bienveillant : elle leur avait, quoi qu'il en soit, rendu un fier service avec ce Xue.

Plus le combat est une question de vie et de mort, plus l'amour peut surgir sans prévenir, poursuivit-il. Il ne voyait là rien d'étrange. On avait l'exemple de camarades révolutionnaires qui s'étaient mariés sur le terrain d'exécution. D'un ton mi-sérieux, mi-badin, il ajouta que, peut-être, plus tard, ils élèveraient une paire de bambins révolutionnaires. Plus tard, quand ils auraient rempli la mission que l'Organisation leur réservait, ils déménageraient peut-être en zone soviétique, ou à Hongkong, ou même, qui sait, en France, n'était-il pas à moitié français ? Dans son enthousiasme, il s'oubliait un peu, Leng Xiaoman leva la tête et le fixa avec de grands yeux surpris. Il se reprit : rien d'étrange à cela, quand la révolution triomphe dans un pays, ses troupes ne doivent pas se reposer sur leurs lauriers, mais continuer de la porter là où subsistent encore des classes opprimées, il se peut qu'à l'avenir vous ayez votre contribution à apporter à la révolution communiste en France.

Après le départ de Leng Xiaoman, Gu Fuguang s'abîma dans ses pensées. Si cela continuait ainsi, il lui deviendrait difficile de les garder sous sa coupe. A l'époque des premières opérations, il arrivait à maintenir facilement son autorité et la stabilité du groupe. Ils formaient une bande joyeuse, prompte à se mobiliser et aux idéaux simples. Mais rien ne garantissait qu'à l'avenir, quand le champ d'action s'étendrait, il ne surgisse pas chez certains des turbulences idéologiques. Il se dit qu'il fallait donner sans cesse du mouvement à l'Organisation, lui fournir de nouvelles cibles. Pour le moment il se sentait vidé, trop de cigarettes sans doute, cela lui tournait la tête. Il avait l'impression d'avoir changé, ces derniers temps, il lui arrivait souvent de se sentir déprimé, sans aucun doute c'était lié à la mort de Septième.

Il téléphona à la planque de Ming Koo Road. La majorité de l'équipe de Lin Peiwen était ici avec lui, il avait eu besoin d'eux pour assurer des tâches, seul Lin Peiwen devait rester à attendre les instructions là-bas. Mais personne ne répondait au téléphone. Il était temps de planifier la suite des opérations, se dit Gu.

La situation était favorable. Il avait sous ses ordres trois équipes d'intervention, dont tous les membres étaient armés. Le groupe possédait une huit cylindres de marque française, et pourrait au besoin en acquérir une autre, grâce aux fonds dégagés par leurs actions successives. Avec ce nouvel avantage que représentait un informateur fiable dans la police, il disposait déjà d'une vraie assise dans cette partie des Concessions.

Après les événements de l'avenue Foch, on s'était rapproché de lui (il s'était lié à des familiers du Tout-Shanghai, des personnes à l'identité difficile à cerner). Le patron de la Bande noire était prêt à un accord. Des premières propositions lui avaient été faites, cent mille dollars contre la garantie qu'il ne s'attaquerait plus à leurs intérêts. Mais après ce ballon-sonde, il était resté silencieux. Ils s'imaginaient sans doute que sa position n'était pas assez affirmée et qu'il ferraillait à tort et à travers par souci de se faire connaître. Mais lui, il attendait bien davantage. Il se disait que c'était, aussi, une autre manière de faire la révolution. Une révolution qui modifierait les structures de pouvoir dans les Concessions.

Derrière les vitres, le mur brun du bâtiment d'en face reflétait la lumière d'un soleil mourant. Une femme étrangère, aux cheveux châtains, ouvrit sa fenêtre. Dans la lueur dorée du soir se perdaient des notes de piano. Une musique étrange, trop rapide, comme si l'on faisait tourner le disque à une mauvaise vitesse. Lao Gu avait un goût amer dans la bouche, il avait trop fumé et sentait venir la faim. Il sortit de la pièce pour aller prendre son repas.

— Les journaux l'appelaient l'Ennemi public n° 1...

Dans le salon, Xue était en plein récit. Leng Xiaoman tripotait ses baguettes, l'esprit ailleurs, et Park s'employait à repérer les erreurs de Xue :

— C'est impossible, infaisable – tu n'as jamais fait la guerre... Les Américains aiment fanfaronner, mais briser un cordon de sécurité en voiture et franchir une avenue bouclée, sous des tirs croisés, ça ne se peut pas.

— Et pourquoi pas ? Il suffit d'un moteur assez rapide, et d'être puissamment armés.

Dès que Gu entra, Xue se tut. Park expliqua qu'il était en train de raconter des histoires d'attaques de banques par des gangsters aux USA. Gu n'était là que pour dîner.

— C'est la vérité, le président des USA l'avait surnommé l'« Ennemi public n° 1 ». Imaginez un peu, les banques, les centres vitaux du capitalisme.

Il était comique, à faire son possible pour copier des expressions originales. Mais plus il s'y efforçait, plus les mots paraissaient artificiels dans sa bouche.

Gu avait pensé aux banques. Des actions de cette échelle, il devait y réfléchir à deux fois. Son groupe en avait-il seulement la capacité ?

Il ne s'agissait plus de coups de petite envergure, il fallait prendre garde à ne pas viser trop haut. Les banques étaient l'objet d'une surveillance sévère, une ligne de téléphone les reliait directement à la police et pour la plupart elles se situaient dans des quartiers surpeuplés, en plein cœur des Concessions, les véhicules blindés de la police y parvenaient en quelques minutes. Park l'avait bien dit, il était impossible de franchir un cordon de sécurité dans une avenue bouclée.

Il n'avait aucune envie d'écouter ces histoires à dormir debout. Il voulait du renseignement, du vrai. Une nouvelle conversation avec Xue était nécessaire, il allait dresser une liste des informations qu'il souhaitait obtenir, il lui fournirait des indications, des pistes de réflexion. Pour lui permettre, la prochaine fois qu'il prendrait un verre avec le poète marseillais, de poser des questions appropriées et d'obtenir des réponses exactes.

Une foule d'interrogations se présentaient à son esprit. La composition du personnel des six postes de police de la Concession, ainsi que quantité de détails concernant la brigade spéciale, commandée par cet inspecteur Maron qui enquêtait sur lui. Il voulait aussi obtenir de Xue des renseignements sur l'armement des blindés de la garde municipale et sur leur puissance de feu (ses récits venaient de lui en souffler l'inspiration).

Il se mettait dans la peau de Xue, pour estimer le niveau de vigilance du poète marseillais. Dans quelle mesure un banal reporter photographe était-il susceptible de s'informer sur les forces de police ? Et comment diable s'y prenait-il pour ne pas éveiller de soupçons ? Il fallait qu'il le dissuade absolument de balancer ses questions au petit bonheur. Xue devrait les glisser l'air de rien, entre deux apéros. Si l'autre restait silencieux, s'il se mettait à parler en jetant des coups d'œil à droite et à gauche ou s'il changeait de sujet comme si son interlocuteur n'avait pas ouvert la bouche ou parlait tout seul et n'avait besoin d'aucune réponse, alors il ne faudrait plus jamais reposer cette question, ni aborder ce sujet.

Il pria Xue de retourner dans la salle où ils étaient auparavant. Ils s'assirent côte à côte sur la face convexe de la table de travail, avec du papier et des crayons, comme un précepteur et son élève. Il avait maintenant beaucoup plus de demandes. Xue avait mentionné ce fameux capitaine, l'officier qui dirigeait le service politique. Le poète marseillais, d'après Xue, avait dit que le capitaine ne trouvait pas l'organisation de Gu Fuguang digne qu'on s'en inquiète et avait traité Gu Fuguang de « petite puce rouge » emmerdante (Xue avait longtemps hésité avant de se décider à lâcher ces mots) incapable de vraiment faire des dégâts. Gu ne se fâcha aucunement et se contenta d'aligner encore plus d'interrogations sur le capitaine.

— Toutefois, dans les services de police, il se dit qu'il doit se trouver d'excellents experts en finance dans vos rangs.

— Qu'est-ce que cela veut dire ?

— Moi non plus je ne comprends pas. La finance – ils ont dit ainsi – je pense qu'ils voulaient parler des banques, c'est ainsi que tout à l'heure… Sans achever, il sourit d'un air rusé.

Gu lui tapota gentiment l'épaule. Pour sa part, il pensait avoir compris. Lui aussi avait examiné la presse et, en récapitulant toute l'affaire, tiré ses conclusions. Son contact ne lui avait pas dit toute la vérité, à l'époque (il n'était peut-être pas au courant). Lui-même, au début, n'avait pas compris pourquoi on était prêt à verser vingt mille dollars argent pour le meurtre de Cao Zhenwu. Le lien mystérieux qui unissait tous ces événements ne lui était apparu qu'après : la mission que Cao Zhenwu venait remplir à Shanghai, les déclarations fracassantes de l'homme fort de Nankin (il n'avait appris que plus tard, en lisant les journaux, que Cao Zhenwu venait en tant que son représentant personnel), et enfin les liens avec les douanes du Guangdong et l'emprunt public. Mais même après l'avoir su, il n'avait rien regretté, puisque l'opération était un succès. C'était une première étape réussie : une action gagnante, qui portait leur marque et qui avait permis d'entraîner ses troupes. Sans oublier que Cao Zhenwu était un ennemi de la révolution et que l'Organisation, tout récemment mise en place, avait un urgent besoin de fonds.

Ce soir-là, ceux qui avaient regagné la planque de Ming Koo Road lui passèrent un coup de fil angoissé. Lin Peiwen avait disparu. Il devait rester dans le local et attendre les ordres, mais il ne s'y trouvait pas et n'était pas encore rentré à dix heures du soir passées. Gu était fou de rage. Son plus gros souci, c'étaient la négligence et l'absence de discipline. Le signal était alarmant, il avait depuis longtemps conscience que la caractéristique de ces jeunes était leur capacité à agir au-delà de vos espérances, mais que l'oisiveté leur donnait plus de facultés encore de tout faire échouer. Hors de lui, il se remémorait les paroles de cet inspecteur en chef du service politique qui, manifestement, ne le tenait pas en haute estime.

XXXVIII

Lundi 29 juin 1931 (an XX de la République), 19 h 35.

Quelqu'un défit le lien qui lui tordait les lèvres et ôta le sac enfoncé sur sa tête. Malgré cela, Lin Peiwen mit très longtemps à discerner quelque chose de l'espace exigu, plongé dans la pénombre, où il se trouvait.

Il était ligoté sur une chaise. Une odeur de moisi lui piquait le nez. Sans les voir, il devinait la poussière et les toiles d'araignées qui l'environnaient et distinguait, devant lui à gauche, un vague rai de lumière délimitant une minuscule zone blanc-gris. Sans doute venant d'une porte à persiennes, dont les volets étaient rabattus. Ainsi il tenait déjà une indication valable, il s'agissait probablement d'une maison d'habitation et ce réduit devait être un placard à habits attenant à une chambre, détourné de son usage, ou un débarras quelconque.

Il savait que des heures s'étaient écoulées. Moins d'une demi-journée, cependant, puisqu'au moment où les mains s'étaient posées sur son visage et où on l'avait poussé dans la voiture, il venait d'aller aux toilettes. Maintenant l'envie était revenue mais c'était encore supportable. Il était en bonne santé et n'avait pas bu du tout pendant son trajet jusqu'à Ming Koo Road, aussi estimait-il à trois heures environ la durée écoulée depuis son enlèvement. Il ne devait pas encore faire nuit.

Des propos de Park lui revinrent, sur le besoin d'uriner. Quand on ne disposait pas d'autre moyen, cela pouvait servir à mesurer le temps, comme il était justement en train de l'expérimenter. Autrement, si le fait d'être enfermé seul dans le noir finit par te porter sur les nerfs, tu peux user de ce moyen pour communiquer avec l'extérieur, car personne ne va te punir pour une envie de pisser. Si on veut vraiment te l'interdire, c'est pour éprouver tes limites physiques et ta capacité de résistance. Là tu as deux solutions, le principe étant d'aller dans la direction inverse de ton instinct. Si tu refuses de t'avouer vaincu et que tu as envie de résister, dépêche-toi de hurler le plus fort possible. Mais si tu te sens dépassé, près de hurler, il vaut encore mieux faire carrément dans ton pantalon, parce que la véritable épreuve de ta résistance à la douleur, c'est plus tard, dans les heures – ou les jours – à venir, qu'elle aura lieu. Plus tu induiras tes adversaires en erreur et plus tu diminueras le poids de ce qui t'attend. Lin Peiwen se dit qu'il fallait qu'il crie. Avec les liens qui l'entravaient, il lui était difficile de faire porter sa voix, mais il appela aussi fort qu'il le pouvait. Personne n'ouvrit la porte, aucun bruit de pas ne s'approcha, ses appels n'avaient fait bouger personne. Il se demanda s'il avait crié assez longtemps. Sûrement, on cherchait à le tester. Le sentiment de sa dignité l'empêchait de tirer la conclusion, il était incapable de pisser dans son pantalon. Il s'efforça de ralentir sa respiration et de retrouver son calme.

L'odeur de poussière le suffoquait. La porte s'ouvrit soudain, on le tira hors du placard avec sa chaise. Une salle entièrement vide, aux murs blancs. Dehors la nuit était tombée. On défit ses liens et on le poussa sur le sol, le ciment lui meurtrit le visage. Il se retrouva face contre terre, les poignets tirés vers le haut en arrière tandis que quelque chose appuyait sur son dos et l'arrière de son crâne, comme si on y actionnait un interrupteur à couteau. Les ligaments de ses omoplates étirés à se rompre, une douleur à couper le souffle. Le ciment lui râpait les parties saillantes du visage, nez, lèvres, menton. Il lui semblait que ses côtes, bandées comme un arc, allaient s'ouvrir et le vider de ses organes. Par moments, la pression cessait, puis on recommençait à appuyer. Il n'était même plus capable de crier, il n'émettait que des gémissements étranglés et se méprisait de sa propre faiblesse.

On finit par le relâcher. Quelqu'un lui ôta ses vêtements. Complètement nu désormais, il fut de nouveau attaché sur la chaise. Il était ligoté d'une manière bizarre, le bas des jambes étiré et attaché de part et d'autre des pieds arrière du lourd siège de bois, les cuisses ouvertes. Des projecteurs avaient été allumés sur sa gauche, leur faisceau de lumière violente braqué sur son visage, sur ses bourses aussi, ce qui le remplissait de honte et d'indignation. Et plus sa rage montait, plus il sentait la honte l'envahir, à vouloir rentrer sous terre, et ces deux sentiments mêlés semblaient lui être injectés dans le corps avec la précision d'une expérience de chimie effectuée dans une éprouvette en laboratoire. Le pire, c'est qu'il ne savait contre qui se révolter. Il ne distinguait pas les personnes qui l'entouraient, réduites à des ombres fantomatiques dans l'éclairage puissant des projecteurs.

Ils le laissèrent de nouveau. L'un d'eux, avant de partir, lui jeta une bassine d'eau, puis disposa devant lui un ventilateur, sorti on ne sait d'où, qu'il mit en marche.

Il claquait des dents de froid et sentait de nouveau ce goût de fer rouillé dans sa bouche. Sa peau, à l'endroit où les cordes l'entravaient, commençait à le brûler et sa vessie était près d'exploser, le lien autour de son bas-ventre s'incrustait dans sa peau, lui causant une douleur à peine tenable.

— Tu as envie de pisser ? Fais par terre, lui lança quelqu'un avant de refermer la porte.

La douleur se calma assez rapidement, et l'insupportable sensation de gonflement disparut aussi peu à peu. Il était pris d'une sorte d'engourdissement confortable. Un lourd sommeil s'abattit sur lui, mais quand il s'apprêtait à sombrer, la douleur le réveillait.

… Dès que ses liens se relâchèrent, il se demanda s'il avait vraiment dormi. Ses liens ôtés, tout son corps lui sembla transpercé par des milliers d'aiguilles. L'espace s'était comme rétréci, l'air s'emplissait de pointes acérées qui lui infligeaient leurs piqûres à travers un filet aux mailles fines.

Quelqu'un, derrière lui, appuyait sur son dos, les mains enfoncées dans ses omoplates. Des gens s'activaient à installer des tables et des chaises, et encore plus de lampes. Ils n'avaient donc pas l'intention de l'emmener ailleurs et voulaient qu'il reste à se geler ici. Mais lui voulait qu'on le fasse sortir, pouvoir changer d'air ! Park le lui avait dit, il s'en souvenait : toute modification dans ton environnement te remet l'esprit en alerte, te rappelle que tu es un être vivant, et pas un morceau de viande faisandée prêt à se faire débiter. Il se dit que de toute façon il était incapable de bouger, même sans les mains qui l'entravaient. Tout son corps lui faisait mal, la chair en lambeaux sous les piqûres d'aiguilles, il n'avait même plus la force de se tenir assis, s'abandonnait de faiblesse.

L'interrogatoire commença. Des questions sans conséquence, à ce qu'il lui sembla. Ton nom, ta nationalité. Ils veulent se faire passer pour des officiels d'une administration d'Etat, se dit-il.

Le faisceau des projecteurs était toujours braqué sur lui. Toujours nu, comme une bête épouvantée. La douleur sembla diminuer, les forces lui revenaient un peu. Il se dit qu'il commencerait à contre-attaquer dès qu'il aurait un peu récupéré. Celui dont la silhouette se découpait dans la lumière sur la droite devait être le chef de la bande, il ne posait pratiquement pas de questions, se contentait d'écouter et fumait des cigarettes dont la lueur rouge s'allumait et s'éteignait par intermittence.

Il fallait qu'il montre sa colère, mais il n'avait pas encore assez de force et à cette distance ces gens se trouvaient hors de portée.

Il refusait de répondre. Il restait silencieux. Où allait-il cet après-midi à Ming Koo Road ? Dans quel immeuble ? Le type derrière lui le frappa violemment sur le crâne. Il se dit qu'il ne fallait plus attendre et il se rua sur cette ombre, sautant en l'air comme une grenouille, les poings serrés… Mais un croc-en-jambe l'atteignit de côté et il retomba sur le sol. Le même pied qui l'avait fait trébucher lui asséna ensuite un coup dans les reins, lui piétina l'aisselle. L'ombre noire alors parla.

— Laissez-le, faites-le rasseoir, dit la voix calme et douce. Très bien, tu ne souhaites pas parler. Je vais donc moi-même te livrer quelques faits. Je peux te dire que nous avons été informés qu'au cours de deux affaires récentes, l'attaque de l'avenue Foch et le meurtre du quai Kin Lee Yuan, tu étais présent sur les lieux. Tu es un criminel, tu as été reconnu.

C'était du bluff. Pour Kin Lee Yuan, il n'était pas présent sur le quai, il n'était pas encore rompu à la pratique des actions dures, il était là seulement à faire le guet, dans les parages.

— Je suis étudiant, je sors de l'école supérieure de Nanyang et je cherche du travail.

— Ne te berce pas d'illusions…

L'homme alluma une nouvelle cigarette.

— ... Ne crois pas pouvoir nous leurrer avec ces salades. Tes interlocuteurs, ici présents, sont des experts. Qui sont ceux qui m'ont enlevé ? te demandes-tu sans doute. Tu penses être victime d'un kidnapping ? Un coup de main de la Bande noire ? Il faut que tu saches qu'il s'agit d'une arrestation tout à fait régulière et que tu t'entretiens avec une équipe d'enquêteurs spécialisés. Nous sommes capables de faire parler les plus entêtés. Même des communistes entraînés en Union soviétique. Alors vous… Vous n'êtes qu'une vulgaire bande de malfaiteurs, des pyromanes et des assassins.

Lin Peiwen était jeune, et trop prompt à se mettre en colère. Sous l'insulte, il réagit à pleine voix :

— Nous ne sommes pas des malfaiteurs, c'est vous les véritables criminels. Et le jour est proche…

Il ne pouvait plus se réfréner, il voyait le rire sur ce visage, derrière la cigarette qui émettait sa lueur rouge par intermittence :

— ... Le jour est proche où nous allons vous renverser, vous exterminer !

— Ainsi vous vous considérez comme des communistes ?

Le visage était retombé dans l'ombre. La voix poursuivit sa diatribe :

— Vous perpétrez des meurtres et des attentats à Shanghai, vous êtes une bande d'assassins, et rien d'autre. Vous vous servez de vos méfaits pour terroriser et pour soutirer de l'argent. Quant à nous, tu fais erreur, nous ne commettons aucun délit. Nous représentons le gouvernement. Le nom exact de notre formation, sache-le, est « Section d'enquête sur les affaires du Parti du bureau de l'organisation du Comité central du Kuomintang ». Nous avons de nombreuses occasions de nous entretenir avec de véritables membres du Parti communiste, ils sont bien obligés de nous parler.

Il rabâchait, intentionnellement, ne cessant de se répéter dans le but d'étourdir son interlocuteur, certainement, comme s'il voulait l'embrouiller avec des formules incantatoires.

— Vous avez tué Cao Zhenwu, pour l'empêcher de se rendre à Canton. Peut-être vaudrait-il mieux dire, d'ailleurs, pour empêcher son patron de se rendre à Canton – l'homme fort du Parti, cette girouette arriviste qui voulait faire plier Nankin en allant à Canton établir un autre centre du pouvoir. Un séparatiste, purement et simplement, bénéficiant assurément de solides soutiens : nous avions eu vent des espérances de certains seigneurs de la guerre, dans le Sud-Ouest, de briser l'unité, briser notre unité nationale établie à grand-peine. Ils pensaient ce faisant s'emparer des douanes de Canton, flanquant par la même occasion une belle frousse à la brochette de commerçants spéculateurs implantés ici. Car, nous l'avons entendu dire, le produit des douanes devait servir de fonds de garantie à l'emprunt public. Ce sont eux qui ont promis une récompense pour l'élimination de Cao Zhenwu. Voici comment ils l'ont trouvé, votre Gu Fuguang, c'est bien ainsi qu'il s'appelle, n'est-ce pas ? Tu vois que nous sommes au courant de bien des choses.

— Vous inventez ! Ce sont de pures inventions !

— Ne t'énerve pas. Tu me plais, nous aimons bien les jeunes gens au cœur pur.

Il avait vraiment le don d'exciter la fureur de Lin Peiwen. Son sourire, ce geste pour allumer ses cigarettes, la façon aussi qu'il avait d'enflammer des allumettes, sans les utiliser, et de les regarder brûler dans sa main.

— Venons-en à l'attentat de l'avenue Foch. Nous sommes persuadés qu'il s'agit, là encore, d'un délit de droit commun. L'affaire est loin d'être très complexe : une simple vengeance. Qui concerne une femme, une prostituée. Nous avons entendu dire que la Bande noire avait envoyé des hommes pour tuer M. Gu. Eux aussi ont leurs commanditaires, d'un autre bord. Le marché de la spéculation se joue entre rivaux, vois-tu, certains sont à la hausse, d'autres à la baisse. Mais ils ont échoué. Ce n'étaient pas des professionnels, ils ont agi sans plan établi et ont seulement abattu une prostituée. Nous nous sommes laissé dire que cette femme était l'amie de Gu Fuguang, sa concubine. Sa maîtresse.

De nouveau, Lin Peiwen se rua sur l'ombre noire. Il avait déjà oublié la honte, oublié sa nudité. Mais une fois encore il retomba sur le sol.

XXXIX

Lundi 29 juin 1931 (an XX de la République), 21 h 55.

Zeng Nanpu était rompu à l'art de briser les résistances psychologiques. C'était un domaine qui lui était familier. A divers titres, on pouvait le considérer comme un expert. En tant que transfuge du Parti communiste, il avait suivi l'enseignement des Soviétiques sur la façon de mener les interrogatoires et contre-interrogatoires. S'il avait choisi la méthode directe, frapper fort et vite, c'est que d'après son jugement le sujet était un innocent jeune homme qui croyait en ses idéaux. Il voulait saper les bases de ses convictions, l'irriter et le perturber jusqu'à ce qu'il se mette à douter de lui-même.

Il se réjouissait d'être revenu à la routine. Il savait que son poste lui avait été confié, par mesure exceptionnelle, non parce qu'il inspirait confiance, mais parce qu'on ne pouvait pas se passer de lui. Il trouvait très adéquate l'appellation de « groupe de recherches de Nankin » dont le capitaine Sarly, dans les documents de la police française, désignait la Section d'enquête (ils avaient leurs informateurs au secrétariat du service politique). Il n'aimait pas utiliser la violence. La souffrance corporelle avait ses seuils. La torture était un moyen expéditif et, parmi ceux qui subissaient les interrogatoires, il y en avait beaucoup qui s'avouaient vaincus et très vite se mettaient à parler. Mais la capacité d'endurance n'est pas la même d'une personne à l'autre et vous ne pouvez pas savoir où se situe le seuil, dès lors que vous le faites franchir de manière irréfléchie au sujet, il peut tomber dans l'engourdissement et ne plus sentir la douleur. A partir de là, toutes les tortures que vous pourrez lui infliger ne feront que le chatouiller. Zeng avait même entendu dire que certains en tiraient du plaisir.

Le fait est que la douleur corporelle accélère la circulation sanguine et augmente la sécrétion d'adrénaline dans le corps. Cette hormone est à la source de la résistance d'un individu, c'est elle qui provoque la colère, la combativité, suscite le désir de vengeance. Un sujet doté de suffisamment de maîtrise de soi et de sang-froid est capable d'élaborer des défenses psychologiques successives. Et quand il se décide à ouvrir la bouche, vous êtes incapable, dans ce qu'il dit, de faire la part du vrai et du faux. S'il est intelligent, il peut vous berner et vous lancer sur de fausses pistes au point de vous faire commettre des erreurs irréparables.

Il avait permis, au début, qu'on brutalise un tant soit peu ce jeune homme. Simplement pour le mettre dans un état d'épuisement physique. Parfois la violence constitue une sorte d'échauffement sportif, le sujet a les nerfs aussi tendus qu'une corde d'acier prête à rompre, et réagit comme un ressort au moindre contact. Dans ces matières, il était indubitablement un spécialiste. C'est pourquoi ils avaient besoin de lui à Nankin. Il avait du métier et savait réfléchir. Pour lui, si un usage mesuré de la violence était nécessaire dans les interrogatoires, il fallait l'employer avec discernement, la violence servait autant par sa valeur expressive, propre à terrifier, que par sa capacité à infliger une douleur physique.

Avec lui (et d'autres pareils à lui, se disait-il modestement), les jours des communistes étaient comptés. Les jours de tous ces agitateurs et opposants étaient comptés à Shanghai. Leurs manifestations, leurs émeutes, toutes ces gamineries, leur révolution qui avançait à coups de petites réunions et d'articles minables, c'était fini ! Autrefois ils arpentaient les rues comme en terrain conquis, tenaient des assemblées à l'issue desquelles ils poursuivaient haut et fort leurs débats dans les maisons de thé et les restaurants. Désormais la Section d'enquête avait établi un réseau de renseignements qui s'étendait en profondeur à Shanghai, les photos des éléments rouges déjà identifiés étaient diffusées et circulaient partout, afin qu'elles s'impriment dans la mémoire du plus grand nombre.

Le gouvernement de Nankin poursuivait l'avancement du projet du Grand Shanghai et on parlait d'un vaste mouvement d'éducation des citoyens décidé au plus haut niveau. Une stratégie se dessinait et les analyses et réflexions de la Section d'enquête fournissaient des bases au comité d'étude. Quand le projet serait devenu réalité, la vie des Rouges prendrait un tour encore plus difficile. Zeng était convaincu que ce Gu Fuguang et sa Société des Forces unies n'avaient rien à voir avec le Parti communiste. Ce n'était pas même une formation périphérique. Zheng Yunduan, le secrétaire affecté à son service au sein de la Section d'enquête, partageait son avis. (Prétendument nommé à ce poste pour l'assister, Zheng Yunduan était en réalité chargé de le surveiller.) Ils avaient dit leurs façons de voir à la police de la Concession française, qui n'y croyait pas.

Après avoir jeté ses deux bombes, il avait immédiatement fait stopper l'interrogatoire. Il voulait laisser ce jeune homme réfléchir sur ce qu'il venait d'apprendre, et avait ordonné qu'on lui serve à manger.

C'était une prise tout à fait inattendue. L'arrestation de ce Lin Peiwen relevait d'un pur hasard. D'après des rumeurs provenant de la Bande noire, le gang qui avait mené l'assaut de l'avenue Foch louait une maison dans les environs du boulevard des Deux-Républiques, on les avait vus dans la rue. Zeng avait ordonné de remonter à la source de l'information et avait appris qu'un ouvrier affecté aux serres au Number 181 était impliqué dans cette piste. Au moment de l'attaque, il était en train de faire ses besoins, accroupi dans l'ombre des arbres près du mur d'enceinte. Paralysé de frayeur, il était resté à regarder et certains visages, illuminés par les tirs, s'étaient gravés dans sa mémoire. Il en avait reconnu plusieurs parmi les photos que Zeng lui montrait tandis qu'il l'interrogeait sur l'affaire de l'avenue Foch. Aussi, lorsque l'un d'eux lui était tombé sous les yeux, il s'en était immédiatement souvenu. C'était boulevard de Montigny, il n'avait pas osé regarder le type en face mais l'avait suivi jusqu'à Ming Koo Road. Quand la nouvelle avait été connue, les sociétés secrètes avaient envoyé leurs sbires se renseigner dans le quartier et la piste s'était confirmée : dans un bazar de la rue Buissonnet, un vendeur avait déclaré qu'un inconnu venait depuis peu acheter des cigarettes, il en prenait à chaque fois cinq ou six paquets, de trois marques différentes. Aux bains-douches « La Source », rue Voisin, quelqu'un avait entendu des conversations suspectes dans un salon de réception attenant. Zeng avait alors ordonné une virée aux alentours de Ming Koo Road, ils prendraient l'ouvrier des serres en voiture et iraient fureter un peu partout, il n'imaginait pas qu'ils tomberaient justement sur ce jeune homme, dont les papiers attestaient la qualité d'étudiant.

Ce dossier l'intéressait prodigieusement. L'homme, ce Gu Fuguang, lui plaisait. Après avoir recoupé différents témoignages, il s'était convaincu que Gu Fuguang était son nom véritable. Autrefois agitateur dans un syndicat. Selon des personnes qui déclaraient l'avoir fréquenté à l'époque, il était entraîné aux arts martiaux et capable d'enfoncer une porte d'un coup de poing ou de casser des briques du tranchant de la main. On le disait extrêmement intelligent et d'un courage à toute épreuve. Dans les situations les plus chaotiques, il était prompt à prendre des décisions et à passer à l'action. Une anecdote, particulièrement, était révélatrice aux yeux de Zeng Nanpu : un jour, Gu avait lancé un sac d'excréments à la tête d'un contremaître affilié à la Bande noire, lui faisant perdre complètement la face devant des centaines de personnes, et ce simple fait d'armes l'avait du jour au lendemain propulsé au rang de leader dans les mouvements ouvriers. Il avait aussi brièvement participé à la protection de l'ambassade d'Union soviétique, ensuite on n'avait plus entendu parler de lui.

Selon certaines assertions, dûment vérifiées, il avait suivi un entraînement à Khabarovsk. La preuve avait été obtenue grâce à une photo d'une promotion d'étudiants découverte en Inde par la police britannique. Un protocole d'échange entre services de renseignements avait permis à la Section d'enquête d'en récupérer une copie. Un autre personnage avait été reconnu sur la photo, un homme qui était en train de purger une peine à la prison modèle de la cour martiale de Nankin. On l'avait immédiatement fait comparaître, et voici ce qui en était ressorti : Gu Fuguang, à une certaine période, opérait en Asie du Sud sous une identité de négociant, il s'était fait prendre dans une purge d'opposants par les services de renseignements soviétiques. Cet homme disait qu'à sa connaissance, Gu avait été fusillé.

Zeng Nanpu ignorait comment il était revenu à Shanghai, mais une chose ne faisait pas de doute : les anciennes convictions de Gu Fuguang l'avaient complètement abandonné (façon de dire encore un peu trop glorieuse – en avait-il jamais réellement eu, finalement ?).

La porte s'ouvrit doucement et Zheng Yunduan entra dans la pièce, une pomme bien entamée à la main. Pendant l'interrogatoire, il se tenait derrière le prisonnier et il était sorti discrètement au milieu de la séance. Zeng ne l'avait pas retenu, il se doutait qu'il allait faire son rapport aux autorités de Nankin.

— Tu as lu le procès-verbal ?

— Je finis à l'instant. Nous avons eu du nez apparemment. Ils se sont tous fait mystifier.

Même s'il n'ignorait pas que Zheng Yunduan était chargé de le surveiller au sein de la Section d'enquête, Zeng s'entendait bien avec lui. Cela devait beaucoup à son propre esprit d'ouverture, il était un homme qui savait s'y prendre avec les jeunes. Il avait d'ailleurs enseigné à l'université.

— Nous avons frappé fort, dit Zheng Yunduan, debout près de la table, du ton qu'adoptent les étudiants pour dire les apartés, quand ils jouent au théâtre. Il vient de subir une épreuve qui a ébranlé ses croyances. Il est déboussolé et c'est le moment d'en profiter. Ne lui donnons pas l'occasion de se refaire de nouvelles défenses.

— Il faut attendre, lui laisser le temps de réfléchir sur ce qu'il a appris. Vous pourriez lui donner à lire quelques journaux.

— Le temps presse, demain il faut avertir la police française. Nous devons le lui remettre au plus tard demain après-midi.

— Pour l'instant nous allons différer. Je préfère que nous fassions nous-mêmes toute la lumière sur ce dossier.

Il continuait à se demander pourquoi la police française ne partageait pas leurs analyses et persistait à croire qu'il s'agissait d'un groupe de militants communistes. Cette obstination, d'après lui, cachait des arrière-pensées.

— Pourquoi sont-ils donc aussi convaincus qu'il s'agit de communistes ?

Il avait parlé doucement et n'attendait pas réellement de réponse de la part de Zheng Yunduan.

Le jeune homme croqua bruyamment dans sa pomme et la jeta, sans la terminer, dans la corbeille à papier. Zeng le trouvait assez mal élevé dans ses façons de traiter la nourriture, mais il se dit que ces mauvaises habitudes des jeunes étaient négligeables, et qu'elles avaient somme toute l'effet de détendre l'atmosphère.

— C'est très simple, dit Zheng Yunduan. Cela les conforte dans leurs positions de toujours : ce sont les rivalités, les représailles continuelles entre le Kuomintang et le Parti communiste qui sèment le désordre dans les Concessions. Peut-être aussi ce capitaine cherche-t-il à faire une action d'éclat, peut-être pour cette raison veut-il que l'affaire reste dans les mains du service politique ? Confondre une bande criminelle de terroristes rouges serait sans doute un excellent moyen de redorer un peu ses états de service dans l'administration coloniale. Les relations sont très tendues entre la France et l'Union soviétique, paraît-il, on parle de rupture de relations commerciales, d'expulsion de diplomates, d'embargo. Je me suis laissé dire que désormais le plus grand ennemi de l'Union soviétique n'était plus Londres, mais Paris.

— Excellente analyse. Tu devrais rédiger une note à ce sujet. C'est pour toutes ces raisons qu'il ne faut pas remettre à la légère ce jeune homme aux services français. Il s'agit d'un coup monté.

— Un coup monté impérialiste.

En ajoutant ce qualificatif, Zheng Yunduan rendait ses accusations plus légitimes encore, et la supposée note destinée aux politiciens de Nankin plus adaptée à leurs habitudes de lecture.

— Tu devrais aller discuter avec lui, entre jeunes la communication passe mieux. La vérité réside là : il a été intoxiqué. Il suffit qu'il parle, et nous pouvons l'y aider. Nous pouvons apporter de légères corrections au procès-verbal, imputer des actes à d'autres gens. Nous pourrions même lui souffler certaines réponses, afin que la garde municipale voie en lui une brebis égarée, quelqu'un qui a été floué. Mieux, s'il est d'accord pour travailler avec nous, il pourrait ne pas être remis à la police française. On lui ferait intégrer une formation, et même éviter le camp de rééducation. Je suis convaincu que ces jeunes qui ont un idéal révolutionnaire peuvent constituer un terreau solide sur quoi on pourra construire. Celui qui ne voit pas l'injustice sociale à vingt ans ne peut devenir qu'un petit salopard sans consistance ni morale.

Il n'avait pas peur des rapports que Zheng Yunduan pourrait faire à Nankin. La Section d'enquête était constituée de spécialistes de la théorie révolutionnaire, du plus haut gradé au dernier gratte-papier, le personnel entier étudiait tous les documents existants ayant trait à l'idéologie communiste. Les archives du

Kuomintang les conservaient d'ailleurs en bien plus grand nombre, il ne craignait pas de l'affirmer, que le Comité central du Parti communiste lui-même, qui en brûlait la majorité pour prévenir les perquisitions.

XL

Mercredi 1er juillet 1931 (an XX de la République),
20 h 15.

Xue savait de moins en moins comment se sortir de ce sac de nœuds où il s'était empêtré lui-même, uniquement pour ne décevoir personne. Le problème majeur, c'était que d'autres que lui risquaient de payer et qu'il ne le souhaitait vraiment pas. Le danger se rapprochait de jour en jour et il lui était impossible de les alerter.

Arrivé au siège de la police route Stanislas-Chevalier, il longeait le passage étroit entre le mur d'enceinte et le bâtiment, en direction de l'entrée. Il avait quitté Beam Apartments après le déjeuner. La façon dont évoluait leur histoire s'accordait inopinément à la présence de Leng Xiaoman. Teresa était de plus en plus amoureuse, il s'en rendait parfaitement compte, elle ne semblait plus si pressée de faire l'amour (malgré ce que cette remarque pouvait avoir de comique et de contradictoire), mais appréciait de plus en plus de parler avec lui. Et c'était justement ce qu'il craignait, lui, puisque c'était en causant à tort et à travers qu'il en était arrivé là. Ce matin, ils s'étaient contentés de presque rien. Un presque rien consistant à la pénétrer à demi tandis qu'une main tendue entre leurs bas-ventres pressés l'un contre l'autre, elle glissait un doigt en anneau pour le caresser. En même temps, elle s'employait à le convaincre de partir au Guangdong avec elle, pour lui faire connaître le village dont il était originaire. Il lui avait parlé des châlits où l'on dormait, à la campagne, et où on se réveillait avec le tressage en bambou imprimé sur la peau, la figure aussi carrelée qu'une bouchée de riz sortant du panier de cuisson à la vapeur. Elle lui avait alors raconté, à son tour, le village resté dans sa mémoire, les vaches à lait, les mulets, les greniers pour le foin, et la grande mare fangeuse dont la surface restait pleine de glaçons une bonne moitié de l'année.

Il était resté dans cette semi-conscience pendant un bon moment, le soleil lui chauffant les côtes et éclairant l'épaule de Teresa. Il se sentait détendu, flottant, l'esprit presque débarrassé de tous ses tracas. Mais au cours du repas, elle avait de nouveau évoqué la transaction. Il avait bien été obligé de dire que M. Gu était très intéressé. La marchandise correspondait exactement à ses besoins et il souhaitait faire affaire. Le prix importait peu, il fallait seulement savoir si la puissance de feu de cette arme était aussi insurpassable que Teresa le prétendait.

— C'est vraiment si redoutable ?

Et elle, profitant de l'absence d'Ah Kuei partie à la cuisine, avait tendu la main sous la nappe brodée de pétales arrondis et lui avait empoigné l'entrejambe.

— Autant que toi.

Teresa avait critiqué son manque d'efficacité. Puisque le client voulait faire affaire, il fallait fixer rapidement une date. Il ne lui était pas nécessaire de le rencontrer, Xue pouvait se charger de mener les négociations. Mais il lui fallait des indications précises, le nombre et la date de livraison, afin de passer la commande.

Il savait maintenant ce qu'était cette arme de mort, un engin appelé « Schiessbecher », conçu et fabriqué par une entreprise allemande du nom de Rheinmetall. Il n'aurait pas su comment le qualifier ni quel nom lui donner en chinois, mais il savait que sa puissance de feu dépassait celle d'un canon et pouvait traverser le blindage d'un tank. Il savait combien ce Schiessbecher était dangereux, et combien il était dangereux d'être au courant d'une affaire concernant une telle arme. Son instinct du danger lui donnait l'irrésistible envie de fuir, et l'envie de garder pour lui ces connaissances toutes fraîches sans les transmettre au capitaine. Il avait obtenu un croquis précis accompagné de commentaires, et se dit que pour l'instant il se contenterait de le lui remettre.

Arrivant de l'escalier, il franchit tout le couloir pour se rendre à l'autre bout au bureau de Sarly, et sur son chemin passa devant la porte des services spéciaux, qui était grande ouverte. L'inspecteur Maron était absent, le poète marseillais se tenait à sa table de travail près du mur. Une pensée revint à Xue…

Il frappa sur l'encadrement de la porte et entra sans attendre que l'autre relève la tête. Il ne voyait pas comment lui poser la question. Surtout maintenant qu'il avait appris le degré d'efficacité de l'arme. Il prit la chaise pliante posée devant le bureau du poète marseillais et s'y assit, une jambe croisée sur l'autre, alluma une cigarette, et finit par décider de ne rien demander. Ce qu'il était censé rédiger le soir même sous la surveillance de Leng Xiaoman, pour le faire passer à Lao Gu le lendemain, mieux vaudrait l'inventer de toutes pièces en racontant ce qui lui passerait par la tête. De toute façon, des blindés, il y en avait qui allaient et venaient n'importe quand dans la rue, avec leurs mitrailleuses visibles par tous sur la tourelle, il estimait à une bonne vingtaine le nombre de fois où il en avait eu sous les yeux ces dernières années. Il fixa d'autorité à vingt-deux – il aimait les chiffres pairs, mais pas les nombres ronds, qui n'avaient pas l'air vrais – le nombre de véhicules blindés, pourvus de tout l'équipement, dont disposait la police de la Concession française.

Il sortit le croquis de la poche intérieure de son veston et le remit au capitaine, l'image avait de quoi faire passer son gribouillage de l'autre jour pour un dessin d'ivrogne, ou pour une copie bâclée rendue à la dernière minute par un élève.

Le capitaine voulait savoir quand aurait lieu la transaction. Cela, bien sûr, il n'en savait rien. Comment aurait-il pu le savoir ? Il n'était qu'un intermédiaire. Un amant comique qui avait obtenu sur l'oreiller une nomination bien au-dessus de ses capacités. Le ciel savait – et le capitaine aussi, sans doute – combien il s'était lancé sans réfléchir dans ce périlleux imbroglio !

Par moments, l'angoisse de devoir se surveiller constamment lui mettait les nerfs en boule, et il pouvait se mettre à déblatérer sans mesurer aucunement la portée de ses propos. La chose se produisit à nouveau :

— Pourquoi ne les arrêtez-vous pas ? demanda-t-il au capitaine. Ces gens sont dangereux – ils tuent, lancent des bombes, et ce Gu, je l'ai vu, cela se voit à l'œil nu qu'il est dangereux. C'est lui qu'il faut arrêter en premier, il pousse les autres à se sacrifier, à tuer et à jouer les incendiaires pour lui. Il y a des gens bien, certainement, parmi eux. Il faut l'arrêter avant qu'il ne projette d'autres actions. Il a l'intention d'attaquer une banque…

Il se rendit compte de l'absurdité de ces nouvelles déclarations, qui livraient une petite vérité avant de proférer un formidable mensonge. Le vrai, c'est qu'il avait bel et bien rencontré M. Gu. Le faux concernait la banque.

C'est le premier qui attira d'abord l'attention du capitaine :

— Tu l'as vu ?

Et sans attendre la réponse il enchaîna sur le second :

— Tu dis qu'il veut attaquer une banque ?

Xue, absorbé par la réalité des faits, mit plusieurs secondes à réagir.

— Oui… La transaction aura bientôt lieu, reprit-il sans se laisser de pause. Il a fait appel à moi, il veut que nous en fixions le moment, mais ce n'est pas en mon pouvoir, je ne suis qu'un intermédiaire. Cette femme, Leng Xiaoman, elle semble avoir peur. Elle trouve que les choses ne se passent pas comme elle l'imaginait. Elle dit que cette fois le projet auquel ils songent le plus serait d'attaquer une banque.

— Pourquoi veulent-ils s'en prendre à une banque ? Depuis quand les communistes s'intéressent-ils aux banques ?

— Cela n'a rien d'invraisemblable. Vous avez dit vous-même que chez eux il y avait des gens qui s'y connaissaient dans la banque et les choses de ce genre.

Il lui semblait que son ton pouvait s'affermir et que s'il insistait, son discours deviendrait encore plus fluide :

— C'est tout naturel, à mon avis. Il n'y a rien de plus normal, de leur point de vue, les banques sont le cœur du capitalisme, l'endroit où se fabrique son sang, c'est… la place forte.

Il n'était pas sûr d'employer les mots qui convenaient. Quand les gens utilisent ce genre de vocabulaire, c'est pour donner un nom à des choses inconcevables, incroyables et impossibles à décrire. Dans le but de vous convaincre, d'emporter votre adhésion, pour que vous les suiviez et fassiez ce qu'ils veulent vous faire faire, pensiez ce qu'ils veulent que vous pensiez.

Le capitaine non plus ne connaissait pas l'engin représenté sur le papier. Il n'avait probablement jamais entendu parler de ce genre d'arme. Elle n'attira même pas spécialement son attention, il continuait de curer sa pipe tout en parcourant le croquis des yeux. Il lissait le papier comme s'il voulait aplanir de légères traces de pliures. Puis il le glissa dans un porte-documents, l'envoyant rejoindre différents clichés, formulaires et autres procès-verbaux tous uniformément dactylographiés selon le même protocole.

Dans le discours qu'il venait de tenir au capitaine, Xue avait introduit pas mal de nouvelles données, lesquelles n'étaient pas le fruit d'une réflexion, mais de son talent inné à pétrir tout ce qu'il savait au petit bonheur dans ses propos – disons aussi que le plus décisif là-dedans était son éternel besoin de se rendre utile. Par exemple, il avait dit que Leng Xiaoman avait peur. Le terme semblait juste, et cette affirmation lui permettait en outre de préparer le terrain pour la suite. Il considérait le capitaine comme son ange gardien, et à un ange gardien on peut toujours demander des services. Cela se produirait sans doute à l'avenir, sa position lui permettrait d'obtenir que le capitaine relâche Leng Xiaoman ou Teresa. C'est ainsi qu'il dévoilait l'optimisme de ses convictions. Elles et lui, ils étaient pareils : des gens bien qui se sont fourvoyés, laissé entraîner sur la mauvaise pente.

Fort de ces dispositions optimistes, il se mit à rédiger un compte rendu d'une inventivité délirante. Dans son imagination, Gu Fuguang préparait un coup fumant capable d'ébranler le monde entier (certaines allusions faites devant lui par le capitaine n'étaient pas étrangères à cette façon de voir). Il en rajoutait tant et plus. Pour le service politique de la police française, Gu Fuguang était un dossier prioritaire, la quasi-totalité des effectifs étaient concentrés sur l'enquête le concernant. Il eut une envolée sur la question des véhicules blindés, en mêlant des souvenirs vagues qui lui étaient restés en tête à des connaissances approximatives dont il ne savait plus d'où il les tenait. Dans ce paragraphe qui lui sembla ensuite sans queue ni tête, il affirmait que les polices conjointes des deux Concessions se préparaient à commander de nouveaux véhicules blindés à l'entreprise Rolls Royce à cause des craintes qu'inspirait Gu Fuguang. Ils seraient utilisés non seulement à patrouiller dans les rues, mais on allait les pourvoir de la puissance de feu nécessaire pour qu'ils puissent être mis au service d'autres instances publiques ou privées. On les louerait – par exemple à des banques, avait-il complété – aux entités susceptibles d'en avoir besoin. Pris d'une soudaine inspiration, il avait intégré à ce paragraphe son savoir récent sur l'armement, alléguant que le blindage actuel des véhicules, bien que capable d'intercepter les balles ordinaires, ne pouvait pas résister à certain type d'obus perforants tirés par une force de frappe du genre lance-grenades, mais qu'une fois leur équipement parachevé ils seraient d'une résistance à toute épreuve.

Pendant un instant il s'effraya de sa propre imagination. Il eut comme un songe vague où c'était lui-même, et non Gu Fuguang, qui tramait un horrible attentat. Il était couvert de sueur froide, au point que Leng Xiaoman, qui lui tenait la main, s'en inquiéta.

XLI

Mercredi 1er juillet 1931 (an XX de la République),
20 h 35.

Leng Xiaoman regrettait un peu d'avoir raconté l'histoire de Xue et de cette femme qui vendait des bijoux et des armes. Lao Gu lui reprochait d'avoir trompé l'Organisation en prétendant que Xue était un vieil ami, alors qu'ils venaient de faire connaissance. Elle avait des remords, alors elle avait parlé de la Russe blanche à titre de compensation, ou comme une justification supplémentaire, pour se soulager. En y repensant, elle devinait que ses propres appréhensions entraient en ligne de compte, elle se sentait idiote, incapable qu'elle était de mesurer si Xue avait un peu de sentiment pour elle. Livrer cette histoire à l'Organisation lui permettrait d'y voir clair. Et si la femme vendait vraiment des armes, l'information pouvait leur être grandement utile. D'autant que si Lao Gu devenait son client, elle-même aurait ainsi l'occasion de savoir à quoi cette femme ressemblait.

Mais elle regrettait, maintenant. La main de Xue dans la sienne, moite et froide, elle se disait que la tension était trop forte, elle n'aurait pas dû l'entraîner là-dedans. Debout derrière lui, contre le dossier de sa chaise, elle regardait ses cheveux, légèrement ondulés, et elle se sentait tourmentée par une tendresse qui ne savait comment s'épancher et qui pesait quelque part en elle, lui bloquant le diaphragme.

Elle ôta sa mule gauche et frotta doucement de ses orteils son talon droit, ce geste la fit pencher légèrement en avant vers la nuque de Xue. Dommage qu'il ne pût voir son mouvement, ainsi elle était loin d'avoir l'air d'une allumeuse. Elle s'appliqua ensuite à récupérer sa mule du bout des orteils et faillit perdre l'équilibre.

Elle voulait remporter la victoire sur la femme qui occupait l'esprit de Xue, et prendre possession de ce cœur aguerri. Tel était le principe du jeu, fixé à l'avance : elle devait séduire Xue, l'occuper tout entier et, pour cela, prendre la place des autres, de toutes les autres femmes. Alors seulement elle obtiendrait de lui ce qu'elle voulait. Mais à l'époque elle ignorait qu'il avait une liaison. Et à l'époque elle croyait fermement en la mission que lui avait confiée l'Organisation. A présent elle n'était plus aussi sûre d'elle-même.

Elle avait essayé les attitudes qui, dans son imagination, étaient typiquement celles d'une allumeuse, et qu'elle prêtait à une Russe blanche. Au lit, par exemple, elle se retournait brusquement et prenait la place du dessus, mais une fois perchée sur Xue elle ne savait pas comment s'y prendre, cette position pouvait être aussi embarrassante que possible, elle se serait crue sur un autel, avec des spectateurs tout autour. Elle se demandait si elle devait s'aider de ses bras pour retenir son corps chancelant, et elle ne savait pas où poser les yeux, elle n'osait pas regarder Xue, parce qu'elle avait l'impression qu'il se moquait d'elle.

Elle s'imposait tout ça comme un devoir, parce que, dans son esprit, les hommes ne s'intéressaient qu'à ce genre de femmes et ne succombaient qu'à ce genre de charmes. Xue avait un avantage sur elle, qui tenait à un facteur psychologique subtil, impondérable : si elle ne parvenait pas à le captiver, à se l'attacher physiquement au point qu'il ne puisse plus se passer d'elle, il lui échapperait et se détournerait. Quel autre moyen efficace avait-elle à sa portée, avec ce genre d'homme, pour le convaincre d'affronter de tels dangers ?

Il sortait tous les jours. Et elle, elle profitait presque à chaque fois de son absence pour téléphoner à Lao Gu, qui avait toujours des nouvelles et des ordres à lui transmettre. Depuis leur rencontre, les appels avaient lieu deux fois par jour. Elle avait besoin de ces appels quotidiens pour se tenir en alerte, elle ne réussirait qu'à ce prix. C'était une mission, rien d'autre. Dès qu'il sortait, les soupçons revenaient, est-ce qu'il n'allait pas voir cette Russe blanche ? Au début, elle ne pouvait y penser sans colère, elle se mettait dans une rage folle. Après, elle se raisonna, elle n'était pas vraiment honnête non plus, finalement, on pouvait même dire qu'elle se servait de lui. Ce constat la calmait.

Une fois qu'il était de retour, le soir (ou parfois même à midi), elle oubliait progressivement ses résolutions de la journée. Ils se promenaient (une habitude prise elle ne savait quand) dans les petites ruelles aux pavés arrondis, la brise du soir était tiède et légère, ils marchaient vers le sud jusqu'au petit canal de Siccawei et faisaient une boucle pour revenir par un autre chemin. En ces moments-là, sa perception de l'existence se modifiait. Ce qu'elle aurait considéré à d'autres moments comme une comédie devenait réel et la réalité cruelle telle qu'elle la voyait en face en plein jour se vidait de sens, n'était plus qu'un mauvais rêve. Elle vivait dans ces deux mondes séparés du jour et de la nuit, et ce qui la tourmentait, c'est qu'elle préférait le second.

Une fois rentrés à la maison, ils commençaient par se débarrasser des habits de la journée. Elle ne voulait pas le faire devant lui, mais lui se déshabillait sans la moindre gêne. Elle occupait peu à peu l'espace, avec ses vêtements, la façon dont elle disposait les objets, les fleurs qu'elle avait achetées, la nourriture, les livres qu'elle allait choisir parmi les affaires pleines de poussière entassées sur sa table et qu'elle posait sur le meuble de chevet. Arrivée dans cet endroit les mains complètement vides, elle n'avait pas tardé à en faire son univers.

Le soir se passait surtout à parler et se reposer. Parfois ils faisaient l'amour. Mais à dire vrai, elle en avait rarement vraiment envie, parce qu'à chaque fois elle avait l'impression de retomber dans le rôle qu'elle devait jouer, pour se retransformer laborieusement en la séductrice qu'elle n'était pas. Il y avait souvent de longs silences, elle le sentait peu attentif, alors elle lui dispensait les gestes et les baisers nécessaires pour le ramener à elle, et les choses suivaient alors leur cours naturel. Elle avait peur de le trouver nerveux, ou au contraire trop détendu, dès qu'il lui semblait différent de d'habitude, elle laissait aller son inspiration pour l'aguicher et jouait ce rôle qui ne lui ressemblait aucunement.

A la fin, elle avait souvent la curieuse impression que plus elle avait interprété son rôle avec feu, à en être comique, plus Xue montrait un air comblé et heureux. La sincérité et la simulation agissaient comme deux liquides dans des vases communicants, tout excès de comédie provoquait un reflux qui les ramenait dans les eaux de la réalité.

Xue pliait en quatre les notes qu'il venait de rédiger et les tendait à Leng Xiaoman. Demain elle téléphonerait à Lao Gu pour savoir comment les lui transmettre. Si on avait respecté à la lettre les consignes habituelles,

elles auraient dû être codées ou écrites à l'encre sympathique, puis dissimulées dans un contenant quelconque, ou glissées dans un livre. Mais cela aurait paru tellement inconcevable à Xue qu'il aurait probablement cru à une bonne blague.

Il se leva de sa chaise brusquement et la saisit par les épaules.

— Tout cela est bien trop dangereux, il faut que tu partes d'ici. Tu ne dois pas continuer !

Elle le regardait, silencieuse.

— Tu n'es pas la personne qui leur convient ! Tu dois rompre tes liens avec l'Organisation, il y a trop de haine là-dedans ! Cela ne te correspond pas, abandonne !

Cette déclaration, bien que tellement attendue et banale, la toucha. Il se souciait d'elle, ceci suffisait à l'émouvoir. S'il consentait à récolter certains renseignements pour Lao Gu, c'était uniquement pour l'aider à mener à bien sa mission, uniquement pour la pousser à renoncer, et elle pouvait lui en être reconnaissante.

— Je ne peux pas partir. Il m'est impossible de renoncer… C'est mon travail… une œuvre, en quelque sorte. Je ne suis pas comme toi… La différence entre nous, c'est que je crois en la révolution.

Les mots se bousculaient dans sa bouche, elle n'arrivait pas à trouver ceux qui convenaient. Des flots de paroles lui venaient à l'esprit, mais trop théoriques, inadaptés à la situation.

— Je suis dans l'incapacité de partir. Je suis la principale suspecte dans une affaire de meurtre, la police a lancé un mandat d'arrêt contre moi.

Elle s'efforçait de s'expliquer d'une manière audible pour lui, sans réaliser que ses justifications l'entraînaient dans la mauvaise direction.

— Je peux trouver une solution. J'ai des amis dans la police française. De très bons amis. Un inspecteur du service politique. C'est un Français, haut placé, nous pourrons trouver un moyen de te tirer de cette glu.

— C'est infaisable… Tu n'y parviendras pas, même lui n'y parviendrait pas.

Elle se fourvoyait complètement, elle battait en retraite et abandonnait toutes ses lignes de défense. Elle aurait dû lui parler de la nature criminelle de l'impérialisme, du vrai visage de l'oppression de classe. Elle aurait dû lui dire qu'elle méprisait l'idée de la fuite et qu'elle ne s'abaisserait jamais à profiter de la générosité hypocrite d'éléments colonialistes, n'accepterait jamais leur aide. Mais elle savait que ces paroles n'auraient aucun effet sur Xue. Elle ne voulait pas prononcer des mots qu'il ne comprendrait pas, son but depuis le début n'était-il pas de capter ses pensées ? Ne recherchait-elle pas la meilleure façon de lui faire entendre raison ?

— On peut y arriver. Il suffit que tu le souhaites. Nous partirions d'ici.

Il se tut. Et elle ne perçut pas qu'il se vantait, qu'il parlait d'une chose qu'il ne pouvait réaliser. Elle se sentait tout d'un coup pleine de haine contre elle-même, contre sa propre faiblesse. Un instant, elle fut ébranlée, puis elle se rappela ce qui s'était passé en prison, les choix qu'elle avait faits autrefois. Elle se jeta sur lui en hurlant, elle se haïssait et débordait de colère contre lui, une colère dont elle voulait se servir pour se purifier :

— Lâche-moi ! N'essaie plus de me faire changer d'avis ! Tu m'humilies ! Je ne t'aime pas ! Je ne t'aime pas et je me sers de toi ! Je suis en service commandé !

Elle vit le regard effaré de Xue, et se mit à s'esclaffer intérieurement, comme une folle. Elle allait vaincre.

Certainement elle le vaincrait. Elle l'assommait de paroles, avec une joie méchante, elle n'avait pas l'intention de se réfréner, de s'arrêter au milieu de ce qu'elle avait à dire.

Elle se rua sur lui, et puis – seulement en imagination, parce qu'ils étaient debout face à face, trop près, à peine à plus de dix centimètres l'un de l'autre – leva le poing et le frappa, et comme si cela ne suffisait pas à calmer sa fureur, le gifla. Mais à cette distance, comme il avait tendu la main et l'avait prise par la taille, la gifle devint une petite tape qu'elle lui asséna sur le dos.

Il l'embrassa et elle sentit sa colère s'évanouir. C'était fichu. Il allait encore l'entraîner au lit. Et ce qui lui faisait le plus honte, c'est qu'elle ne voulait pas lui résister, juste un peu plus dégoûtée d'elle-même.

XLII

Jeudi 2 juillet 1931 (an XX de la République), 15 h 35.

Le laisser-aller était ce que Gu Fuguang craignait le plus, et il en percevait tous les indices. Cela faisait déjà trois jours que Lin Peiwen avait disparu. Au début, il avait craint une arrestation, mais d'après les renseignements arrivant par Leng Xiaoman, Lin Peiwen n'était pas à la garde municipale. Ses intermédiaires qui s'informaient du côté des sociétés secrètes n'avaient rien obtenu non plus. Il faisait surveiller les allées et venues autour de la maison de Ming Koo Road, il n'y avait pas eu de descente de police ni d'interpellation, ni aucun mouvement inhabituel dans le coin. La possibilité d'une défection de Lin Peiwen commençait à s'installer. Gu Fuguang pourtant ne s'en ouvrait à personne et continuait à soutenir que Lin Peiwen avait été arrêté.

Théoriquement, en cas d'arrestation, il fallait considérer que toutes les bases opérationnelles connues de la personne concernée étaient découvertes et devaient être évacuées au plus vite. Lin Peiwen commandait une équipe et connaissait tous les points de contact, aussi les autres avaient-ils demandé à Gu Fuguang s'il ne fallait pas abandonner immédiatement Ming Koo Road. Mais l'opération était imminente, ils n'avaient plus le temps. Il leur avait dit que, selon des informations de source sûre, Lin Peiwen était incarcéré à la garde municipale. Il montrait un courage à toute épreuve et n'avait rien déballé, le local de Ming Koo Road restait donc valide à l'heure actuelle. On avait juste placé quelques sentinelles pour faire le guet aux alentours de la boutique de chandelles de la rue Palikao.

Lin Peiwen pouvait avoir abandonné volontairement l'Organisation. C'était pour Gu Fuguang la pire des éventualités, mais il traitait toujours les problèmes selon l'angle le plus défavorable, un truc pour faire les bons choix dans les situations critiques.

Les mensonges de Leng Xiaoman aussi l'alertaient. Dans les strates les plus profondes de l'Organisation, pour tout ce qui concernait l'emprise idéologique, la stratégie, la lutte armée, il combattait seul, personne n'était là pour l'aider. La solitude s'infiltrait tel un poison dans son cœur, elle le désespérait, le démoralisait. L'unique moyen qui lui restait pour se défendre contre ce mal-être était de se lancer dans l'action, dès qu'il revenait à l'action concrète, il se sentait mieux. Auparavant, dans ce genre de moments, il allait trouver Septième.

Depuis sa mort, il n'avait plus de femme auprès de lui et n'en voulait pas d'autre. Quand elle était en vie, il lui arrivait souvent de se secouer, c'était une faiblesse de sa part, un vice caché qui menaçait sa sécurité. Il ne pouvait s'empêcher de penser toujours autant à elle. Comment faire autrement ? « Même le héros ne peut résister aux attraits d'une belle femme. » Il se servait de cette phrase, autrefois, pour se moquer de lui-même et pour se déculpabiliser. Maintenant elle le faisait souffrir.

Le plus douloureux, c'était que les traits de Septième échappaient à sa mémoire. L'arrondi de son visage, il s'en souvenait, la longue frange qui se partageait en deux et lui couvrait le coin des yeux et des tempes, dessinant des contours parfaits en forme de « graine de pastèque » ou d'« œuf de cane », tout ça il s'en souvenait. Mais son nez, sa bouche, ses sourcils et ses yeux, il était incapable de se rappeler à quoi ils ressemblaient.

Quand dans le calme des nuits il forçait son esprit à se souvenir, ce qui lui revenait immédiatement à la mémoire, c'étaient ses fesses. Qui souriaient quand il se rappelait les moments heureux ou pleuraient avec lui quand il s'affligeait de sa mort. Il y avait réfléchi sérieusement, cette vision était la dernière qu'il avait eue d'elle de son vivant, là était la raison, probablement. Les fesses de Septième lui apparaissaient maintenant comme ce qu'elle avait de plus beau. Dans son imagination, elles devenaient toujours plus rondes et lisses, pleines, fermes, assez fortes pour intercepter les balles tirées sur lui, pour détourner le danger qui le menaçait, pour être dépositaires de toutes ses victoires et toutes ses défaites.

Il arrivait du Bund et tourna dans Nanking Road. Vêtu d'une longue robe en fil-à-fil gris, d'un gilet et d'un pantalon de soie blanc nacré, les manchettes soigneusement pliées vers l'extérieur, avec son chapeau mou gris foncé posé bas sur les yeux, on aurait dit un haut dirigeant d'une banque privée qui venait de quitter son bureau et dont la vive lumière du soleil blessait le regard. Il semblait en promenade et observait les alentours, mais d'une façon qui ne ressemblait pas à celle d'un autre. Il étudiait la rue et les bâtiments de l'œil exercé d'un ingénieur du ministère des Travaux publics. Evaluant les distances, le temps mis à les parcourir, accordant une attention particulière à certains détails : le lieu où étaient implantées des guérites de police, dont celles deux fois plus hautes qu'un homme qui servaient à régler la circulation au milieu des carrefours, les abords de l'entrée des plus imposants buildings, les empilements de sacs de sable et les barrières qui marquaient la frontière entre les territoires. Il notait la couleur des uniformes, la teneur des équipements et surtout s'ils comportaient des armes.

Sur sa route il vit nombre de grandes banques et de sociétés financières, ainsi qu'une kyrielle d'établissements d'épargne et de crédit. Il n'aimait pas les banques étrangères, regroupées en général sur le Bund et aux alentours, au milieu d'une forêt de postes de police, la majorité dans de grands *mansions*. Il semblait trop difficile d'en prendre le contrôle. Les trop petits organismes ne lui convenaient pas non plus, car selon les principes de la guérilla enseignés à Khabarovsk, il fallait diriger l'assaut vers les parties vitales, seule façon d'avoir la mainmise sur l'ennemi en le forçant à se protéger et de ne pas lui laisser le loisir de contre-attaquer.

Il penchait pour une banque d'importance moyenne, à la limite entre les deux Concessions. Il tourna dans Yuyaching Road. Une rue bondée dans la journée, spécialement du côté du Shanghai Race Club. Des gens sur des bancs à l'ombre des arbres lisaient des journaux hippiques, après avoir feuilleté les pages en tous sens ils se plongeaient dans de laborieuses réflexions, puis, avec un crayon bicolore aux deux mines bien taillées, inscrivaient des signes sur le papier, ce qui semblait apaiser leur agitation intérieure. Gu Fuguang poursuivit vers le sud, le long des murs de l'hippodrome où s'élevait par vagues un tonnerre de voix et d'exclamations provenant de la tribune côté ouest, c'était un délire d'un autre genre que le sien. Mais lui, il pariait encore plus gros.

C'était peu de chose d'ailleurs, ici tout le monde pariait. Lui, il se doutait qu'un jour, tôt ou tard, il perdrait tout. Mais pas cette fois, certainement pas, se disait-il. Cela l'excitait, en fait, et si par hasard le traversait la certitude qu'en quelque circonstance il perdrait toute sa mise, cette perspective ne faisait que l'exciter davantage. Il savait parfaitement que c'était de la folie, mais sa folie ne datait pas d'hier, il en était atteint depuis son incarcération par les Soviétiques, c'était dans cette pièce sombre que son délire avait commencé. Il ne savait pas qu'il s'agissait de l'endroit où le comité d'épuration enfermait les contre-révolutionnaires, aujourd'hui il se rappelait seulement la porte en chêne, aussi haute et lourde qu'une falaise. On ne l'avait pas fusillé sur-le-champ, il avait eu de la chance, peut-être parce qu'il était étranger. On l'avait expédié dans un camp d'internement en Azerbaïdjan, son second coup de chance depuis qu'il était en proie au délire. Ce qui s'était passé par la suite prouvait qu'il avait bel et bien perdu la raison, sinon comment en serait-il venu à s'évader de cet endroit ?

Ce n'est qu'en donnant libre cours à sa folie que l'homme peut atteindre à la victoire pleine et entière. Le fou fait peur, mais plus encore le pari d'un fou. Si le parieur est doué d'une intelligence hors du commun et d'une grande acuité dans la prévision, alors c'est de la terreur qu'il peut inspirer, et au monde entier. La terreur est la source du pouvoir, la nature même du pouvoir. Une force nouvelle qui inspire la terreur est capable de modifier des structures de pouvoir obsolètes. Et alors une partie du territoire lui reviendra. Ceux qui avaient le pouvoir étaient faibles et corrompus, ils seraient bien obligés de composer avec cette force nouvelle, et si celle-ci parvenait à produire suffisamment de terreur, ils n'oseraient plus manifester leur morgue, ils demanderaient grâce et préféreraient négocier.

Un jour ou l'autre ils viendraient pour l'acheter, comme le faisaient les parrains de la Bande noire. Mais il n'était pas facile à acheter, il plaçait la barre très haut. C'est ce en quoi il était différent, lui, il le savait, il était, tout bien pesé, en train de mener une révolution d'une forme inédite.

Il traversa l'avenue et mit le pied sur l'autre trottoir devant la porte du Yi Pin Xiang. Ce côté fourmillait de grands magasins et de commerces de soieries, il dépassa aussi le cabaret Chantale, puis les attractions du Grand Monde. Une fois parvenu boulevard de Montigny, il tourna dans la rue du Consulat, et il se dit que c'était ce qu'il aimait le mieux, la Concession française. Les petites rues s'y croisaient sans régularité, les avenues n'étaient pas aussi ordonnées et la foule y envahissait parfois jusqu'à la moitié de la chaussée. Il se mit à réfléchir au trajet le plus direct pour traverser rapidement de part en part la Concession – et quitter sa zone de juridiction. Planté devant la boutique de soieries Xie Daxiang, rue du Weikwei, il observait, en face, le siège de la Kincheng Banking Corporation, ni trop grande ni trop petite, tout à fait à son goût. Les banques, de fait, étaient le cœur du capitalisme, mais restaient souvent aussi imprenables qu'une forteresse. En ce moment, il avait l'impression que son regard pouvait percer le rempart de leur cage thoracique et voir ce cœur en train de battre.

Il s'arrêta devant la porte du traiteur Lu Gao Jian, souleva le rideau et entra, puis demanda au vendeur une livre de viande marinée. Il n'était toujours pas désireux de regagner la boutique de chandelles, il avait convoqué les chefs d'équipes là-bas, mais avant cela il voulait se poser pour réfléchir. Alors qu'il entrait dans l'établissement de bains, il se dit que non, décidément, son choix n'était pas judicieux, trop proche de la rue Palikao, situé dans cette rue du Weikwei si courte : avoir décrit un tel périple à pied pour repérer un endroit presque à la porte de la boutique de chandelles, il y avait vraiment de quoi rire.

Plongé dans l'eau brûlante, il sentit le bien-être l'envahir, le visage et le crâne dégoulinant d'un jus de sueur saumâtre. Il aspirait à grandes goulées la vapeur brûlante qui lui faisait tourner la tête. Des chairs blafardes évoluaient lentement comme des spectres dans ce brouillard, quelqu'un lui écrasa les orteils mais l'eau l'engourdissait et il ne sentit pas la douleur. Juste devant lui, à une distance atteignable à bout de bras, des testicules brunâtres flottaient au-dessus de l'eau, environnés d'une mousse de crasse laiteuse, s'enfonçant dans l'eau puis remontant comme des ordures grasses poussées par le courant contre un cadavre flottant au fil du fleuve. Soudain, il fut pris d'un mauvais pressentiment… semblable à la lumière glauque des lampes qui clignotaient là-haut, à cette ampoule blafarde enveloppée d'une ouate de buée blanche, suspendue tout là-haut au milieu du plafond voûté.

Il n'arrivait pas à le formuler, il savait que c'était le signal du danger. Il était parfois atteint, inexplicablement, de perceptions inadaptées, qui surgissaient à l'improviste comme des douleurs articulaires, ainsi la sensation de froid qui l'avait pénétré jusqu'aux os, l'autre jour, alors qu'il se rendait chez Septième. Et comme le frisson glacial dont il se sentait parcouru maintenant tandis qu'il trempait dans l'eau brûlante. Mais il n'arrivait pas à préciser de quoi il s'agissait.

Il recommença à se détendre, des quatre membres, le dos collé contre le carrelage, l'eau du bassin lui montant jusqu'au cou. Il repoussa ses impressions. Cela pouvait être une preuve, parfois, qu'il était soumis à toujours plus de tension et devenait hypersensible. Il devait surtout penser au bon côté des choses. Dans les perspectives actuelles, se dit-il, le point positif était cette arme d'une conception nouvelle. Il en connaissait le dessin, à Khabarovsk. Dans le cours de technique des armes, les étudiants devaient apprendre à connaître tous les modèles, y compris ceux qui étaient à l'étude ou en cours d'expérimentation dans les laboratoires de l'Armée rouge. Il avait reconnu l'objet au premier coup d'œil. A l'avenir, dans la bataille décisive qui serait menée contre l'impérialisme, le pouvoir de nuisance unique de cette arme les servirait. Si dure fût la carapace derrière laquelle se retrancheraient les impérialistes, les obus auraient le pouvoir de la traverser, tel un aiguillon, avant d'exploser dans le cœur du système.

Il avait prévenu Xue, il voulait l'arme que vendait la Russe blanche. A n'importe quel prix, il voulait l'obtenir. Il avait l'intention d'y ajouter des nouveautés, afin de donner une nouvelle fonction à cet engin fait pour assurer la protection des lignes de défense contre les attaques de chars d'assaut. L'expérience prouverait que cet équipement de fantassin isolé pouvait se révéler particulièrement redoutable dans les actions de guérilla urbaine. La question qu'il devait régler d'urgence, maintenant, était de former ses troupes à l'utilisation de cette arme. Le meilleur moyen serait de sortir en mer jusqu'à Wusong en louant un bateau, l'équipe de Pudong comptait des hommes qui savaient naviguer et dont l'un connaissait dans ses moindres détails la configuration complexe du littoral dans l'estuaire. Il faudrait aussi commander une nouvelle huit cylindres dont le moteur serait assez puissant pour distancer les blindés de la garde municipale.

XLIII

Dimanche 12 juillet 1931 (an XX de la République),
13 h 35.

Juillet était bien là. Sous les rayons incandescents du soleil, l'air à dix centimètres au-dessus des pelouses avait la densité d'un liquide agité de vaguelettes, presque visible à l'œil nu. Il y avait encore des gens pour jouer au tennis, qui maniaient péniblement la raquette sous une chaleur de plomb. Le capitaine Sarly demanda au chauffeur de l'amener sous le porche. Le mortier sur les piliers lui parut plus rêche que d'habitude, on aurait dit une peau desséchée qui a rendu toute sa sueur.

La porte vitrée semblait un parallèle délimitant deux zones climatiques, l'intérieur était silencieux et frais, les boys portaient encore leurs livrées à manches longues. Sarly traversa le vestibule, quelques dizaines de femmes nues le regardaient de haut, certaines faisaient les effarouchées, détournant la tête, non sans sembler tout de même l'épier du coin de l'œil. En haut des cuisses opulentes et blanches s'épanouissaient des monts-de-Vénus rebondis comme des bouquets de mariée. Cela dénotait un besoin, sans doute, chez ces commerçants français qui avaient fait orner les lieux de flopées de statues de femmes nues, de ne pas faire mentir leur réputation, de correspondre à l'idée que se font ailleurs les gens sur la France.

Sarly posa la main sur la rampe en laiton sculpté, d'une propreté impeccable. Sur le palier, les tomettes assemblées en rosaces brillaient comme un miroir. Toutes les portes du grand salon étaient ouvertes, au premier étage, les boys à quatre pattes briquaient le plancher et de leurs genoux faisaient grincer en cadence les souples lattes de teck. L'un d'eux, debout sur un escabeau à deux pentes, était chargé du nettoyage de la mosaïque dorée sur les murs et la frottait d'un air aussi pénétré que s'il s'agissait d'inestimables joyaux. S'il en avait eu le temps, il n'aurait pas hésité visiblement à souffler de la buée sur chacune des tesselles pour éviter que l'eau douteuse de son seau ne leur cause des dommages irréparables. Le surlendemain avait lieu la fête nationale. Ici même, au consulat général de France, un grand bal serait donné pour l'occasion.

La galerie résonnait du grondement des boules de bois roulant dans leurs couloirs. Sarly, arrivé sur la terrasse attenante au bar du club, chercha des yeux les membres du cercle. Un bouquet de jasmin de nuit penchait dans un vase, l'air de quelqu'un qui tombe de sommeil. La fumée des cigares se dispersait dans les murmures de la brise. Il s'assit sur une chaise, dos à une colonne ionique.

— J'ai entendu dire que les deux compagnies en provenance de Haiphong allaient débarquer demain ? demanda Madier le jeune, de la banque Madier Frères. Son aîné dirigeait le siège parisien et se chargeait d'écouler la soie brute que lui-même achetait ici à l'intérieur des terres avant de la faire acheminer à Lyon. Les deux frères étaient des figures éminentes de la colonie, cela faisait déjà quinze ans qu'ils menaient cette affaire à Shanghai.

— Exact, à temps pour la parade militaire de la fête nationale, tonna le colonel Bichat, qui donnait de la voix comme si le climat n'avait aucun effet sur lui.

Sarly était invité par les membres à se joindre à leur rencontre de fin de semaine. Il était encore tôt. Le cercle en question réunissait des Anglais, des Américains, des Français et à l'occasion un ou deux Japonais. Les Allemands n'avaient jamais l'honneur d'être conviés, une conséquence des haines irrémédiables de la Grande Guerre. Le baron Pidol était un nouveau, mais accueilli chaleureusement du fait de plusieurs investissements courageux, et comme il se donnait des mines d'un aventurier d'Orient à l'ancienne mode, il s'était rallié les sympathies de toute cette bande de vieux réacs en un temps record.

Sarly savait très bien que rien d'autre ne les occupait que l'argent, et que s'ils voulaient protéger la Concession c'était uniquement pour protéger leur droit d'en accaparer tous les profits. Ils méprisaient les nouveaux venus fraîchement débarqués dans ces minuscules portions de territoire, ils se prétendaient les uniques héritiers des aventuriers de l'empire arrivés au siècle passé, les derniers spécimens d'une race disparue qu'ils étaient seuls à perpétuer encore. On aurait cru une arche de Noé miniature appelée à survivre après le naufrage général du capitalisme mondial. Pour préserver leur territoire, ils auraient été jusqu'à lancer des encouragements aux fusiliers japonais. Si le Kuomintang s'entêtait à fixer ici sa 19e Armée de route et à poursuivre son projet du Grand Shanghai, ils approuveraient même le Japon dans ses ambitions d'offensive militaire. Raisonnement stupide, aux yeux du capitaine Sarly. Stupide et suicidaire.

Pour l'instant il était dans leur camp. Il n'avait pas d'assises assez solides pour ce qu'il mijotait et ces types n'y voyaient pas plus loin que le bout de leur nez. Mais lui avait des visées plus vastes et plus radicales.

Tout était parti d'un groupe d'investisseurs immobiliers américains. Des gens peu raffinés mais pleins d'imagination, comme chacun sait. Quand ils avaient débarqué ici sur le tard, de l'argent plein les poches, les meilleures terres étaient déjà aux mains de gens qui n'avaient pas l'intention de s'en défaire. Ceux-ci formaient des alliances et vous auriez voulu acquérir un demi-pouce carré pour y planter un clou que vous n'y seriez pas arrivé. Ils pouvaient faire faillite, mourir, vous n'aviez aucune chance, même avec de l'argent, car ils s'arrogeaient la priorité et avaient déjà discuté des prix dans leurs fumoirs.

Il ne restait plus qu'à acheter des terres plus loin. C'était la Raven Trust Compagny, un groupe inscrit auprès du *Shanghai Municipal Council*, qui avait misé le plus gros, s'appropriant jusqu'aux berges incultes de l'embouchure du Yangtsé, avec le rêve de faire de cet endroit un nouvel Alaska. Lorsqu'ils eurent engagé jusqu'à leur dernier *cent*, ils découvrirent que l'affaire n'était pas aussi simple qu'ils l'avaient cru. On était à Shanghai, où ceux qui étaient là avant vous avaient fixé les règles du jeu. Ils avaient leurs propres organes du pouvoir, contrôlaient les Concessions, contrôlaient le Conseil d'administration municipale de l'une et le *Shanghai Municipal Council* de l'autre, seuls organes à pouvoir statuer sur le plan d'aménagement et l'ordonnancement des rues de la ville. Les terres incultes que vous aviez achetées resteraient incultes pour un siècle. Et voilà que ce projet du Grand Shanghai s'apprêtait à développer la ville vers le nord-est.

La seule solution était de susciter au sein des administrations étrangères une manœuvre interventionniste propre à élargir ce schéma. Faire que Shanghai devienne un nouveau Dantzig et se transforme en *free city*, en « ville libre ». L'équivalent d'un Etat indépendant, selon une inspiration folle née dans le cerveau de Napoléon. Une idée moyenâgeuse : le paradis des spéculateurs, une ville qui ne relèverait plus de la juridiction du gouvernement de la République, qui serait comme un petit morceau de gras bien juteux, prélevé sur l'abdomen de la Chine. Le moment venu, le capital du monde entier affluerait jusqu'ici, de l'argent en quantités colossales, les terres atteindraient des prix astronomiques même si elles devaient rester des déserts. Un canevas avait été élaboré et envoyé à la Société des Nations à Genève, et l'information paraîtrait très bientôt dans les journaux.

L'idée avait de quoi émoustiller, même les vieux conservateurs des Concessions en avaient le cœur battant. Les plus avisés et habiles avaient déjà flairé le vent et invité chez eux à dîner ces Amerloques qu'hier on regardait de haut, et ils en parlaient à tout le monde : « Mais oui, vous savez, cette fameuse, fort intéressante idée. » Ils s'étaient vite constitués en groupes d'influence, avec des banquiers, des politiciens, des journalistes, des conseillers juridiques, ces lobbys spécialisés dans les pressions sur les gouvernements. Certains poussaient l'idée jusqu'à l'absurde, imaginant d'étendre le projet, de lui faire suivre le cours du Yangtsé depuis Shanghai jusqu'à Wuhan, et d'inclure dans la *free city* toutes les terres à cinquante kilomètres des rives. Ce serait excellent pour la Chine, disaient-ils, la ville libre ferait rempart et dès lors les seigneurs de la guerre cesseraient leurs menées belliqueuses. Shanghai ne ferait que croître et embellir, toujours plus de richesses suivraient le cours du fleuve pour être acheminées vers le monde entier. Et eux-mêmes continueraient à faire fortune.

Le capitaine Sarly, au-delà de ce projet, entrevoyait des desseins plus grandioses. Il lui semblait, au milieu d'un tas d'immondices, distinguer un diamant de l'eau la plus pure. C'était un concours de circonstances unique. Shanghai allait sauver le monde, parce que l'Internationale communiste, y voyant le maillon faible du capitalisme mondial, voudrait mener ici sa prochaine offensive. Il suffirait de faire subir de légères modifications au projet, il serait alors plus logique, plus adapté aux intérêts du gouvernement français et même de tous les pays européens. Une ville libre attirerait l'attention du monde entier, et tous les gouvernements voudraient la sauvegarder pour ne pas donner au communisme le moindre soupçon de chance de la contaminer.

Gu Fuguang et son groupuscule de terroristes urbains serviraient de détonateur, se disait Sarly. Les actions violentes qu'ils fomentaient seraient les prémices des futurs assauts du Parti communiste et de son avancée implacable. Ils réveilleraient Paris. Ils réveilleraient tous ces politicards européens. Sarly devait tolérer leurs activités, ne pas les arrêter (Dieu sait combien cela lui aurait été facile), les laisser monter en puissance et se manifester un peu plus bruyamment. Il n'y avait aucune vertu là-dedans, il le savait, la réalisation des grandes entreprises mérite toujours qu'on en paie d'abord un minimum le prix. S'il lui arrivait de trouver que son idée était un peu folle, il se disait, pour s'apaiser, que l'époque aussi était folle. Une époque aussi éruptive qu'un volcan.

Un cri retentit du côté des pelouses, une femme qui jouait au tennis. D'un coup de raquette, elle avait intercepté la balle qui arrivait à toute vitesse avant qu'elle ne rebondisse sur le sol, et l'avait envoyée à cinq pieds de là dans l'herbe. Elle s'était manifestement déchiré un muscle à la jointure de l'épaule, ses jambes avaient fléchi et elle était tombée assise par terre en se massant le bras. Elle était en sueur, des brins d'herbe collaient à ses genoux. Sarly la reconnut, c'était une Américaine, elle était écrivain et il avait entendu dire qu'elle vivait avec un poète chinois et qu'ils avaient deux singes et un perroquet.

Il reconnut alors l'homme qui était de l'autre côté du terrain et s'avançait en direction du filet. C'était Mr Brennan, du Foreign Office.

— Il paraît qu'il va bientôt retourner à Londres, dit un businessman américain de leur assemblée, que Sarly connaissait mal.

Le Major Martin était gêné. Il jeta un œil en direction du baron Pidol, lequel gardait un silence hautain. Brennan s'était exclu de lui-même de leur cercle, personne ne le lui avait demandé mais il avait très vite senti que tout le monde était dressé contre lui, dans ce milieu où avoir une liaison était en général bien admis. Si vous couchiez avec la femme d'un autre, la plupart des commerçants des Concessions feignaient de ne pas le savoir. Mais que l'idylle vînt à se répandre dans la presse, et là il en allait tout autrement. A un tel stade, sa nature n'était plus la même, elle devenait une provocation, un défi jeté à la face de ces hommes blancs qui tenaient les rênes du pouvoir. Sans compter que la jeune femme s'était suicidée, ce qui lui avait même fait perdre la sympathie des épouses.

— Il n'y a plus que cette Américaine pour conserver des liens avec lui…

— Elle est comme les papillons de nuit chinois, commenta Madier le jeune, tout le corps lui chauffe dès qu'elle voit une flamme, elle se jette au-devant du danger en battant des ailes.

— Elle cherche simplement à écrire quelque chose sur lui, expliqua l'homme d'affaires américain, prenant les devants parce que manifestement il appréciait les textes de cette femme. Elle va bientôt publier un article dans le *New Yorker*, cette fois Brennan va réellement devenir célèbre.

— Il ne suffit pas de déplacer des troupes de Haiphong, intervint le baron Pidol, soucieux de recentrer la conversation vers des sujets plus sérieux. Le ministère des Affaires étrangères ferait mieux de transmettre au plus vite un mémorandum officiel à Nankin.

— L'idéal, ce serait que les différents gouvernements soumettent ensemble une note diplomatique.

Le colonel Bichat était tout feu tout flamme. C'était à croire qu'une fois ce projet de ville libre devenu réalité, son *Shanghai Volunteer Corps* allait se transformer en un ministère de la Défense indépendant.

XLIV

Dimanche 12 juillet 1931 (an XX de la République),
13 h 35.

Lin Peiwen s'étonnait : pourquoi les interrogatoires avaient-ils cessé ? Depuis trois jours, ce type qui se disait délégué spécial de la Section d'enquête du bureau de l'organisation centrale n'était pas revenu le trouver. Lin Peiwen ignorait s'il devait considérer cela comme une victoire, les ennemis s'étant heurtés à un mur avaient-ils décidé qu'il fallait changer de tactique ?

Il le sentait, la pression qu'ils exerçaient sur lui s'était relâchée. Ils ne le ligotaient plus et lui permettaient de se vêtir, mais continuaient de le reléguer dans ce placard où régnait le noir total. Un gars d'une trentaine d'années (il avait dit s'appeler Zheng) venait souvent parler avec lui. Il arrivait toujours avec un tas de journaux, le *Shanghai News* ou *L'Impartial*, lui indiquant quelques articles en particulier. Lin Peiwen n'y croyait pas une seconde, ils avaient élaboré un tissu de mensonges sur la base d'articles mis bout à bout, tirant le fil de leurs déductions révoltantes de ces comptes rendus sans fondement. Ils croyaient pouvoir le prendre à leur piège perfide, par le biais de cette fiction à dormir debout.

Comment aurait-il pu se laisser berner par l'ennemi ? Depuis le temps qu'ils ne cessaient d'incriminer les révolutionnaires. Mais il ne pouvait s'empêcher de lire les articles. Voilà exactement en quoi ils se montraient perfides. S'il était vrai que le meurtre de Cao Zhenwu avait entraîné une agitation sur le marché des bons du Trésor, cela prouvait qu'ils ne s'étaient pas trompés dans leur action et qu'ils avaient frappé exactement aux parties vitales de la classe dirigeante. Il ne croyait pas que la fusillade de la rue Eugène-Bard avait à voir avec Gu Fuguang, il était impossible que celui-ci entretienne des relations avec une prostituée, et encore plus impensable qu'il ait pu obtenir une prime comme un tueur à gages : si un groupement d'investisseurs en avait bénéficié, c'était un pur concours de circonstances. Certes, se disait Lin Peiwen, ils en ont provisoirement tiré avantage, mais nous ne tarderons pas à régler nos comptes avec eux.

Il faisait très chaud la journée, et tout particulièrement dans ce réduit. Les toiles d'araignée et la poussière faisaient éternuer, Lin Peiwen se disait que cette fois il serait très probablement sacrifié, même s'il ne passait pas aux aveux, l'affaire de l'avenue Foch suffisait à le faire condamner à mort par le tribunal mixte des Concessions. Ou peut-être le remettrait-on au Kuomintang, parce qu'il était du Parti communiste, et le résultat alors ne serait guère différent. Mais il n'avait pas peur. Ce qui l'inquiétait, c'était d'être dépeint comme un terroriste par ses ennemis. Ils pouvaient lui faire endosser des crimes, falsifier certaines pièces ou fabriquer de faux témoignages à seule fin de faire passer leur groupe d'activistes pour une bande de malfaiteurs. Il en avait déjà de forts soupçons. Tourmenté par cette perspective, il cherchait le moyen de déjouer ce coup monté.

On l'appelait de nouveau hors de son placard. A l'extérieur régnait un soleil lumineux. La disposition des lieux avait été modifiée depuis l'interrogatoire de l'autre jour. Les projecteurs avaient été emportés et les différentes tables remplacées par une seule, rectangulaire, à laquelle il s'asseyait durant les interrogatoires. Restait le ventilateur, qui tournait, posé par terre à l'angle du mur près de la fenêtre.

Celui qui se nommait Zheng lui apporta du thé, les feuilles tournaient dans le verre. Les autres petits flicards avaient quitté la pièce. Assis sur sa chaise, Lin Peiwen tenait le verre devant ses yeux et regardait l'autre à travers le liquide jaune pâle. Sa dernière ressource était de tenter de provoquer et déstabiliser l'adversaire.

Zheng ferma la porte, mit la sûreté, ferma la fenêtre, tira les rideaux. Enfin il prit la parole en souriant :

— Camarade Lin, je voudrais discuter avec toi de questions de théorie révolutionnaire.

— Nous ne sommes pas camarades, depuis que vous avez trahi la révolution en 1927, nous avons cessé d'être vos camarades, vous vous êtes fait volontairement les chiens courants de l'impérialisme et des comprados capitalistes, entre nous, désormais, c'est la lutte à mort.

Lin Peiwen espérait avoir parlé avec une voix suffisamment froide, suffisamment calme.

— Fais-moi confiance… Un jour ou l'autre nous serons des camarades… lui répondit-on d'une voix aussi enveloppante que la vapeur du thé. Le jour où la vérité se fera jour, à l'instant où toutes choses seront tirées au clair…

Il toussotait, manière d'introduire une ponctuation ou un alinéa, ou de changer de registre :

— J'étais pareil à toi quand j'étais jeune, j'étais un Rouge. Sur le Parti communiste, j'en sais bien davantage que tu ne peux l'imaginer.

— Savoir et croire sont deux choses bien différentes, ce que vous croyez savoir, ce ne sont que des apparences.

— Les révolutionnaires ne s'appuient certes pas que sur des croyances, ils doivent faire fonctionner leur cerveau et s'exercer à l'analyse. Tu es encore un tout jeune homme qui s'est fait berner, et nous souhaitons que tu retrouves le droit chemin.

Lin Peiwen siffla entre ses dents avec mépris, jamais il ne daignerait débattre de quelque sujet que ce soit avec ce minable indic qui se prétendait théoricien des affaires du Parti, et encore moins lui donner l'occasion de distiller l'idéologie toxique qu'il voulait lui infiltrer dans le cerveau.

— Tu as lu les journaux que je t'avais laissés ?

Lin Peiwen avait décidé de ne plus répondre à Zheng, à sa pensée empoisonnée, qui exerçait insensiblement son pouvoir de nuisance sur l'esprit.

— En réalité, ce que nous savons sur votre leader, ce Gu Fuguang, dépasse de très loin ce que tu en sais et même tout ce que tu peux en imaginer. Nous n'ignorons plus rien de son histoire. Nous savons qu'il est né à Pudong, Lanni Du, et qu'en son jeune temps il a d'abord été ouvrier dans le bois de charpente à la China Import & Export Lumber Company. Nous savons qu'il a été très tôt affilié à une société secrète de dockers. Tu refuses de croire qu'il entretenait des relations avec la prostituée qui a été tuée rue Eugène-Bard. Mais nous disposons de preuves irréfutables…

Il sortit deux photos de la poche de sa veste, les posa sur la table et les poussa du bout des doigts des deux côtés du verre de Lin Peiwen, comme des sentinelles montant la garde. Elles étaient floues et peu lisibles, c'étaient des prises de vue de deux documents : sur le premier un texte était tracé au pinceau dans des colonnes à l'encre rouge, l'autre était un formulaire aux cases remplies au stylo-plume.

Zheng désigna la photo à gauche du verre et dit à Lin Peiwen :

— Ceci est une lettre de caution concernant la location d'un logement se trouvant dans un *shikumen* du *longtang* Nanyi Li, rue Eugène-Bard. Deux pièces en enfilade dans l'aile ouest, au premier étage. La locataire est une femme, le propriétaire lui a demandé d'ajouter à côté de sa signature le mot « Septième » parce que c'est ainsi que cette femme se faisait appeler. Sa profession était assez obscure, le propriétaire la soupçonnait de se prostituer et pour cette raison a exigé d'elle une caution. Dans la rubrique du garant est apposé le sceau d'une boutique de chandelles. Nous sommes allés à l'adresse indiquée sur le sceau, le commerce se trouvait avoir depuis longtemps déménagé, mystérieusement, pour un lieu indéterminé. Le garant a ajouté ses nom et prénom, dont le premier au moins t'est familier. Il s'appelle Gu Tinglong. Nous avons demandé au photographe de faire la mise au point précisément sur ce nom, voilà pourquoi c'est le seul endroit de la photo qui est vraiment net.

Ensuite il présenta le deuxième document.

— Ceci est un certificat médical, suite à une intervention dans un dispensaire pour femmes de la rue Hennequin, tout près de la rue Eugène-Bard, une petite clinique privée qui occupe la totalité d'un *shikumen.* Il n'y a qu'un seul médecin à la direction, le Dr Komura Chen, qui a séjourné au Japon et en a visiblement rapporté son prénom. La patiente avait subi un avortement et son état était très grave. Dans le document, à la rubrique concernant les proches, nous avons à nouveau trouvé le nom de Gu Tinglong.

Lin Peiwen sentait la colère lui remonter à la gorge comme une coulée de lave, il aurait voulu pouvoir vomir, il attrapa son verre de thé et le lança sur le sol. Un bruit de pas précipités retentit dans le couloir, le canon de la serrure fut agité mais la porte ne s'ouvrait pas et on se mit à frapper. Quelqu'un criait des mots inaudibles, le bois très épais avait un bon pouvoir isolant.

Lin Peiwen, les deux coudes sur la table, fixait Zheng. Zheng lui rendit son regard, puis se tourna vers la porte et répondit d'une voix forte :

— Inutile d'intervenir, il n'y a pas à s'inquiéter ! Le camarade Lin est un peu énervé.

Les coups sur la porte avaient cessé, les pas s'éloignèrent puis ce fut le silence.

— Ne t'énerve pas. Mes propos te déplaisent – nous allons changer de sujet.

Sa poche de veste devenait un accessoire diabolique, il en sortit une nouvelle surprise, comme s'il jouait dans une pièce de théâtre.

— J'ai ici un exemplaire des principes fondateurs de votre Société des Forces unies.

Il feuilletait un petit livret ronéoté et se mit à réciter un article après l'autre. Au début, il semblait débiter un texte fastidieux, un menu ou l'œuvre médiocre d'un apprenti dramaturge, puis son ton se fit plus grave. Avant même d'en avoir terminé, il jeta le document sur la table comme si le papier était imprégné de poison.

— Dis-moi un peu tes impressions. C'est ainsi qu'il vous parle ? Votre leader, votre, comment déjà, Gu Fuguang ? C'est cela, les toutes dernières instructions du Comité central ?

— Nous avons tiré l'enseignement des tueries que vous avez perpétrées contre les révolutionnaires, nous rendrons dent pour dent.

Il le fixait d'un regard glacial et tâtait ses poches à deux mains, sans trouver de cigarettes. D'ailleurs il ne fumait pas.

— Jamais un véritable communiste n'écrirait ce genre de choses !

Il prend un ton indigné, se disait Lin Peiwen, parce qu'il veut attaquer ce document sur d'autres bases. Comme s'il croyait avoir enfin trouvé le moyen de me convaincre.

— Ce document a été forgé par Gu Fuguang, c'est un verbiage inconsistant qu'il a fabriqué, sans pourtant l'imaginer par lui-même, car il l'a recopié. Tu as participé aux grèves étudiantes du 30 mai 1925, n'est-ce pas ? Tu aurais dû étudier davantage la théorie, un véritable révolutionnaire doit étudier assidûment la théorie ! C'est un ramassis d'immondices plagiées d'un bout à l'autre. La version d'origine est l'œuvre d'un terroriste russe du nom de Netchaïev, un de ceux dont les activités anarchistes ont été depuis longtemps condamnées par Marx, qui ont fait de la révolution un one-man-show politique, un jeu de massacre à grand spectacle à leur usage personnel. Je vais te dire qui était ce Netchaïev : un affabulateur professionnel ! Il s'est taillé une position par ses bravades et sa forfanterie, il a inventé de toutes pièces une alliance révolutionnaire, dans le seul but de répandre la terreur ! Il était pareil à votre Gu Fuguang : des comploteurs et des intrigants, du début à la fin !

Son ton se radoucit un peu, et il se força à un semblant de sourire :

— Je vais te raconter une histoire, qui te permettra peut-être de percevoir quel genre d'homme est Gu Fuguang. Netchaïev, parce qu'il trouvait que son nom n'était pas assez connu, avait échafaudé une méthode amusante pour sortir de l'ombre. Il envoya une lettre à des étudiants, où il se faisait passer pour un de leurs condisciples. Celui-ci racontait qu'au cours d'une promenade, il avait croisé une voiture de police d'où avait été jeté un billet. Ce billet, prétendument écrit par Netchaïev alors qu'il venait de se faire arrêter, exhortait les étudiants à poursuivre son action. Il y affirmait aussi ne pas craindre pour lui-même le sacrifice. Plus tard, Netchaïev, passé en Suisse, se vantait partout de s'être enfui après avoir filé entre les doigts des policiers. C'est ainsi qu'il s'est transformé en héros, en légende de la révolution ! Voici de quel genre de méthodes ils usent pour tromper les camarades révolutionnaires et pour mettre la main sur le pouvoir !

Le courant d'air agité par le ventilateur glaçait la sueur sur la peau de Lin Peiwen. Sa chemise était sale à faire peur. Et dans son cœur aussi régnait un froid de glace.

XLV

Dimanche 12 juillet 1931, 17 h 15.

L'auto avait pris le ferry sur la jetée de l'Homme de Bronze, au bout de Peking Road. Le dernier de la journée, celui de dix-sept heures. Xue portait une veste de chasse beige en mince toile de bâche, à manches courtes et dos à soufflets, ceinturée à la taille, un costume imité des commerçants étrangers qui allaient chasser le lièvre et la belette à Pudong, le week-end. La valise sous la banquette arrière contenait un fusil à canon simple et un panier de pique-nique. Park Gye-song était dans une tenue à peu près identique, mais noire. Xue ne connaissait pas les deux hommes qui les accompagnaient, Park lui avait présenté l'un d'eux : Qin Siquan, mais les autres l'appelaient Xiao Qin.

Ils se dirigèrent vers l'est par la route qui longeait les docks attenants au fleuve, puis firent une pause dans une friche entre des entrepôts appartenant à la British American Tobacco Company et à la firme japonaise Iwasaki. Le soir approchait, ils franchirent le grillage qui séparait la route des docks, on apercevait le fleuve, par endroits, dans l'intervalle entre les hangars alignés le long des quais. Un croiseur japonais stationnait là, probablement pour une révision. Les officiers s'étant donné congé à terre, des hommes d'équipage s'affrontaient à la lutte sur le pont arrière devant une haie de spectateurs, d'où des braillements s'élevaient par moments. Leur écho tournoyait sur la rive déserte.

Ils quittèrent la route à la hauteur des docks de Mitsui et s'engagèrent sur un chemin de terre partant vers la campagne. Ils furent un peu retardés au passage d'un petit pont de pierre au tablier très étroit, Xue se tenait à l'extérieur pour guider la manœuvre tandis que Park faisait franchir le pont à la Peugeot, avec les plus grandes précautions, car les roues dépassaient presque d'une moitié dans le vide. Ils s'arrêtèrent de l'autre côté pour manger quelque chose.

Il faisait nuit, maintenant. Le colza dans les champs était depuis longtemps sec et monté en graines, mais après avoir cuit toute la journée sous un violent soleil, l'odeur des fleurs continuait d'en émaner comme si elle surgissait du sol. Au sortir d'un petit bois, le chemin de terre disparaissait brusquement. A la lumière des phares braqués sur une zone tortueuse et malaisée, les passagers mirent longtemps à comprendre que les talus autour d'eux étaient en fait des tombes. La nuit était sans nuages, les étoiles y dessinaient leurs entrelacs et, sous les arbres, les ombres mouvantes des feuilles se mêlaient aux lueurs des feux follets. Xue, qui avait l'impression qu'une sorte de pompe à eau lui vidait le cœur sans arrêt, sentait son angoisse augmenter par à-coups.

Une heure plus tard, ils avaient retrouvé la grand-route et, à l'approche de la rue Minsheng, tournèrent vers un hameau. Le lieu-dit, Yujia Hang, faisait partie d'un des vingt-six *bao* du canton de Gaochang. Le plan prévoyait un rendez-vous ici avec un cousin de Xiao Qin. En tant que capitaine, il avait commandé pour la famille Yu un bateau à moteur de cinquante tonnes naviguant au long de Soochow Creek, où il jetait l'ancre dans le moindre village. Devant la baisse irrémédiable des revenus issus des fermages, le chef du clan Yu, un notable local, avait reconverti son activité quelques années auparavant et ouvert un négoce de soies de porc et d'os de bovins, dont il avait été ensuite contraint de se défaire en la revendant à une firme étrangère.

Ils venaient ici pour emprunter le bateau de la famille.

Ils entrèrent dans des entrepôts d'où montait une violente odeur de pourriture. Le patron du bateau les attendait, à l'extérieur d'une remise, sous une ampoule à la lumière falote. Ils prirent place avec lui à une table jonchée d'épluchures de cacahuètes, le patron buvait et Xiao Qin l'accompagna. Park Gye-song ramassait des épluchures du bout des doigts et les pétrissait pour les faire craquer. Des grenouilles coassaient tout autour, mettant les nerfs à rude épreuve. Par terre, les soies de porc, désagrégées par l'humidité, se répandaient partout par paquets et se mêlaient au sol boueux d'où éclataient des bulles d'eau. A croire qu'ils avaient les pieds posés sur des animaux en décomposition.

Minuit était passé, on les conduisit jusqu'au bateau. Xue franchit la passerelle d'un pas incertain, avec l'impression d'être dans un rêve terrifiant. Il lui semblait vivre un cauchemar dont il n'arrivait pas à se réveiller.

Le bateau quitta la rive rapidement, puis descendit Yangkyung Creek en direction du Huangpu. Les coassements s'élevaient sans répit depuis les berges. Tous les hommes fumaient, une brise régulière soufflait, mais sans parvenir à chasser la puanteur dont le bateau était imprégné. Xue était en nage, dévoré d'angoisse, il ne parvenait pas à maîtriser le fil de ses pensées. L'odeur pestilentielle dominait, et sous le clair de lune un éclat onctueux tremblait à la surface de l'eau.

A l'endroit où le Yangkyung se jetait dans le Huangpu, toute la zone à gauche du confluent appartenait à la Blue Funnel Line Shipping Company. La marchandise qu'ils venaient réceptionner était à bord d'un vapeur anglais de huit mille tonnes, amarré à l'extrémité du ponton flottant, à la pointe entre les deux cours d'eau. Presque quotidiennement, à Kowloon, les vapeurs de la Blue Funnel Line appareillaient de Holt's Wharf, au sud de Signal Hill à Tsim Sha Tsui, quand ils quittaient Hongkong pour rallier Shanghai (l'endroit où avait dû accoster le vapeur postal, lorsque Xue s'était rendu là-bas).

Dans les équipages, les maîtres et les matelots pouvaient facilement se trouver à court d'argent, et aider au transport de marchandises illicites. Cela faisait des années que Teresa avait établi ce canal d'acheminement clandestin. Et quand bien même la Blue Funnel Line et la station de contrôle des douanes, située juste en face sur la rive opposée du Huangpu, se toisaient d'une rive à l'autre du fleuve, les marchandises prohibées de Teresa débarquaient toujours en toute sécurité.

Le petit bateau s'approchait en catimini du navire. Xue sentait ses aisselles ruisseler de sueur, ses mains étaient agitées de tremblements. Park, à la proue, le héla d'une voix sourde :

— Envoyez le signal !

Il sursauta si fort que la lampe torche faillit tomber à l'eau. Il appuya deux fois de suite sur le déclic avant d'allumer la lampe, selon le signal convenu, en direction de l'échelle de coupée arrière du navire, côté bâbord. Si le marin russe blanc voyait le signal, il devait répondre de la même façon. La coque énorme masquait la moitié du ciel, les étoiles traçaient une ligne de crête au-dessus du pont supérieur, dessinant vaguement les contours du navire.

Le silence. Seul résonnait le bruit de l'eau battant sur le ponton flottant, et par instants un languide cri d'oiseau de mer. La rive était complètement noire hormis une ou deux lumières qui brillaient dans l'alignement des hangars, déserté par les ouvriers et les veilleurs de nuit.

La police n'était pas là. Hier, Xue avait donné à Sarly l'emplacement du ponton et le nom du bateau. L'après-midi, profitant d'être sorti s'acheter des cigarettes avant qu'ils ne se mettent en route, il avait téléphoné au capitaine pour lui rapporter les conditions concrètes de réception de la marchandise. Il n'osait rien lui cacher, non qu'il ignorât quels dangers ses dénonciations faisaient courir à Teresa et à Leng Xiaoman, mais parce qu'il n'avait tout simplement pas le temps d'y réfléchir. En bien des choses, il ne trouvait rien de mieux à faire que de voir venir. *Qui vivra verra*, ainsi qu'il se disait.

Une lueur s'alluma sur le navire. Le signal se répétait, une lampe répondait par deux fois. L'obscurité revint et, après quelques minutes, un objet pesant se mit à glisser lentement le long de la coque.

Les deux colis enveloppés de toile cirée qui descendaient au-dessus de la petite embarcation atterrirent avec précision à l'avant, près de la cabine, le bateau tangua tandis qu'ils se posaient lourdement sur le pont. Park et ses deux hommes dénouèrent les cordes puis transportèrent la marchandise à l'intérieur.

Deux autres colis suivirent.

Le vapeur eut un léger frémissement. Le bruit du moteur était à peine perceptible, les vibrations se perdaient sur plusieurs mètres tout autour à la surface des eaux. Xue regarda à nouveau vers la rive, où rien ne se passait.

Il n'arrivait pas à comprendre pourquoi Sarly n'avait pris aucune mesure. Il en était plein de reconnaissance.

A son idée, c'était pour le protéger, à coup sûr, que Sarly avait décidé de ne rien faire. Lancée depuis la rive, une intervention aurait fait courir à Xue le risque d'être touché par des tirs. S'il s'était tenu tout le temps dans la cabine, juste derrière la porte, et n'en était sorti que pour envoyer le signal, et encore à peine à un demi-pas, c'était par crainte d'un échange de coups de feu. Il se disait que Sarly, avec son bon cœur, avait dû aussi s'en inquiéter.

En réalité, ses renseignements étaient largement insuffisants, il savait seulement que la livraison aurait lieu sur l'eau, mais ignorait le reste des arrangements fixés par Lao Gu, il n'était même pas capable de prévoir l'heure exacte à laquelle ils atteindraient les docks de la Blue Funnel Line. En outre, les minutes étaient comptées, jamais la police n'arriverait à temps pour arraisonner le navire. Le capitaine s'était tu un long moment, et comme le coup de fil s'éternisait, Xue avait de plus en plus l'impression de sentir Park l'épier dans son dos. Les hommes de Lao Gu l'avaient percé à jour, certainement ils allaient l'abattre dès qu'il sortirait du bazar.

Le capitaine n'avait ajouté que deux mots : « Sois prudent. » Il n'avait pas dit qu'il allait intervenir, n'avait pas demandé à Xue de retarder le rendez-vous ou d'agir de telle sorte que la livraison des marchandises soit perturbée – alors, certainement, le capitaine n'avait prévu aucune intervention.

Pour Xue, l'attitude de Sarly ne s'expliquait que par l'amitié qui l'avait lié à son père et qui, pour lui, restait indéchiffrable. Le capitaine lui faisait totalement confiance, il préférait attendre de nouvelles informations afin d'assurer parfaitement ses arrières pour procéder à un coup de filet. Xue était éperdu de reconnaissance, et c'est ce sentiment qui prévalait à cet instant-là, prenant le pas sur son attachement pour Teresa et pour Leng Xiaoman.

L'angoisse, l'épuisement physique auxquels il était soumis depuis trop longtemps, la sueur, et même cette odeur insupportable, l'avaient achevé. Quand il s'assit dans la Peugeot, il lui sembla que la moindre parcelle de sa chair sombrait dans un engourdissement bienheureux. Dès qu'il aurait quitté la bande de Lao Gu, à la première heure, il prévoyait de se rendre route Stanislas-Chevalier à la garde municipale. Auparavant, le mieux serait qu'il réussisse à localiser la cache où seraient entreposées les armes. Il devait bien ça au capitaine.

La marchandise était dans la voiture. Sous le siège arrière. Ils n'avaient pas ouvert les bâches. Il avait fait son possible pour évaluer le contenu lorsqu'il avait aidé à transporter les colis. A travers la toile cirée et le papier huilé qui la doublait à l'intérieur, il avait quand même pu sentir un courant froid sur ses mains (bien sûr, c'était une fausse impression). Il s'en dégageait de puissantes émanations d'huile de moteur, qui prenaient à la gorge. Park Gye-song, toujours vigilant, prit dans la remise de la famille Yu une poignée de chiffons à l'odeur de charogne, afin d'en recouvrir les colis et de combler le moindre espace entre eux.

Quand ils quittèrent les entrepôts de la famille Yu, l'horizon commençait à pâlir au-dessus de la passe de Wusong. La voiture filait à travers la campagne. Ils avaient ouvert les fenêtres pour laisser l'air du matin pénétrer à l'intérieur et chasser l'odeur putride, mais elle semblait avoir définitivement imprégné le cuir des banquettes et ne plus devoir jamais disparaître. Ils ne songeaient plus qu'à trouver un endroit pour dormir. Seul le Coréen, qui conduisait l'auto, débordait toujours autant d'énergie.

Une fois à l'embarcadère, il était trop tôt pour effectuer la traversée. Le premier ferry ne partait qu'à sept heures. Ils parquèrent le véhicule dans un petit bois. Sortirent les victuailles du panier à pique-nique. Xue n'avait pas le moindre appétit. Il attrapa une bouteille de soda et la vida d'un coup.

Park avait empoigné à deux mains un jeune arbre, au tronc mince comme une bouteille, et le tirait de toutes ses forces vers le haut pour soulager les muscles de ses épaules endoloris par la tension. Puis il lâcha l'arbre, s'étira et interrogea Xue :

— Où allez-vous, une fois arrivé de l'autre côté ? Vous voulez que je vous dépose quelque part ?

Xue avait dans sa poche le chèque de sept mille dollars. C'était l'argent de Teresa, il devait le lui porter. Il était comme ça, à mentir et fanfaronner quand on ne lui faisait pas confiance, mais plein de gratitude et du besoin de l'exprimer lorsqu'on croyait en lui. Hier après-midi, Teresa lui avait dit que ses gardes du corps ne s'ingéreraient pas dans cette transaction et que lui seul la mènerait de bout en bout, y compris pour percevoir le paiement. Il en avait été profondément touché, le même genre de sentiment qu'il éprouvait maintenant à l'égard du capitaine Sarly. Mais, dans les instants où l'angoisse avait été la plus forte, cette nuit, par exemple, quand il regardait par la vitre arrière au moment où l'auto dépassait les tombes, l'idée de s'enfuir l'avait traversé. Pendant une ou deux minutes, il s'était répété qu'il pourrait partir, prendre ces sept mille dollars et partir avec Leng Xiaoman, là où ça leur chanterait.

— Je dois aller porter cet argent.

Le plus curieux dans l'histoire était qu'il n'avait pas peur d'eux. Ces hommes étaient capables d'abattre une personne en pleine rue. Il se faisait l'effet d'un comédien qui a quitté la vie réelle pour la scène de théâtre et qui ne pourra jamais retrouver une disposition d'esprit normale. Il n'imaginait donc même pas un scénario encore plus noir, un crime dans le crime ? Les petites gazettes des Concessions en regorgeaient pourtant. Il se sentait vraiment au bout du rouleau, le cerveau rempli d'idées désordonnées.

XLVI

Lundi 13 juillet 1931 (an XX de la République),
8 h 45.

Teresa, nue devant sa coiffeuse, contemplait dans son miroir l'effet produit sur sa taille par une chaîne en maillons « gourmette ». Le pendentif en forme de revolver lui tombait sous le nombril et brillait d'un éclat d'or au beau milieu de sa toison. Pour que celle-ci dessine un triangle impeccable, Teresa l'égalisa à la pince à épiler. Depuis quelques jours, elle éprouvait un intense regain d'intérêt pour ce corps que lui montrait le miroir.

Dans un moment, elle verrait Xue. A l'Astor House. Elle s'habilla, sortit de sa chambre. Ah Kuei était toujours au marché.

Elle traversa le vestibule, le téléphone se mit à sonner.

A l'autre bout du fil, il ne se passait rien. Le silence sembla durer une éternité. Il n'y avait que des parasites sur la ligne, le bruit d'une respiration aussi. Teresa s'impatienta :

— Qui demandez-vous ?

De l'autre côté on ne parlait toujours pas.

— Qui est-ce ?

Teresa, cette fois, avait parlé la langue d'ici.

— Je suis une amie de Xue…

C'était une femme. La voix était hésitante, comme intimidée, ou perturbée.

— ... en danger…

Teresa ne percevait pas bien ce qu'elle disait, mais ces mots-là lui étaient entrés distinctement dans l'oreille.

Son interlocutrice répéta, le ton était précipité, mais les phrases s'entrecoupaient de longs silences. Elle n'élevait pas la voix :

— N'allez pas voir Xue… Quelqu'un veut vous tuer… Vous êtes en danger !

— Je ne comprends pas ce que vous voulez dire.

— J'ai trouvé votre numéro dans la poche d'un vêtement. Au dos d'une photo… J'ai deviné que c'était le vôtre.

Elle cherchait quelque chose de tangible dans ces paroles sans suite. Cette photo, elle s'en souvenait.

— Qui êtes-vous ? redemanda Teresa.

— Je suis une amie de Xue.

Le ton s'était un peu affermi depuis tout à l'heure.

— Pourquoi veut-on me tuer ?

Sa propre question lui parut très bizarre, comme si elle était une personne extérieure, qui demandait à propos d'une autre, pourquoi veut-on la tuer ?

— Après la transaction… Vous savez ce qu'il en est. Vous comprenez ? Ils ne sont pas assez nombreux, vous séquestrer, ce serait trop compliqué…

C'étaient de drôles d'explications, on aurait dit qu'elle parlait d'un reste de légumes. Et si on en gardait pour les finir demain ? Oh non, c'est trop compliqué.

— Et lui ? Et Xue ? Il n'est pas en danger ? Pourquoi ne le prévenez-vous pas ?

— Je ne sais pas où il est. Il est allé prendre livraison des marchandises, vous êtes au courant… Il va sûrement venir vous voir. Mais lui, il n'a rien à craindre. Ils ne veulent pas le supprimer, il leur sera encore utile. Ils sauront le tenir à l'œil.

La voix s'interrompit brutalement. Les grésillements sur la ligne avaient repris et n'arrêtaient plus. Après quelques instants, à l'autre bout du fil, on raccrocha doucement.

Elle se laissa glisser le long du mur de l'entrée et se retrouva assise par terre sur ses genoux repliés. Les dalles, contre ses jambes, étaient glacées. Des mètres et des mètres de fil de téléphone s'enroulaient à côté de ses mollets nus. Elle réfléchissait aussi vite qu'elle pouvait.

Il fallait sauver Xue. Elle se doutait qu'il était déjà sur la route de l'Astor House. Jamais elle n'arriverait avant lui. Elle prit le téléphone et appela la bijouterie.

Elle sortit en hâte, emprunta l'ascenseur et, une fois en bas, franchit le hall, gagna la rue. Elle traversa l'avenue Joffre sans attendre une éclaircie entre les voitures.

Dans la boutique, ses deux Cosaques avaient déjà fait le nécessaire. La Ford les attendait près de la porte de derrière, dans l'allée.

Ayant pris la direction du nord, ils se trouvèrent coincés par des chevaux de course qui sortaient des écuries, dans Mohawk Road. Après ce bref encombrement, la voiture prit de la vitesse. Ils suivirent South Soochow Road vers l'est, Teresa était à côté du chauffeur, elle sortit un paquet de cigarettes et en profita pour inspecter le pistolet dans son sac, pressa sur le déclic à droite de la poignée. Il était chargé, ses braves y avaient veillé.

Elle alluma une cigarette et retrouva un peu d'assurance. Mais la question resurgit dans son esprit : qui était cette femme ? Cette femme au courant de tout, qui était-elle ? Une fidèle de ce M. Gu, elle aussi ? Teresa n'avait jamais demandé à Xue quel genre d'homme était son patron, à quelle mouvance il appartenait. Dans les Concessions il existait une myriade de petites formations, dont un nombre incalculable lui avait déjà acheté des armes.

La voiture rencontra de nouveaux embouteillages à Garden Bridge. Trois camions militaires japonais qui arrivaient du nord, roulant à vide, passaient en force et refoulaient vers la gauche les autos et rickshaws qui se dirigeaient aussi vers la rive sud. Ceux-ci, du coup, obstruaient la voie opposée. Les véhicules venant d'en face étaient bloqués, une troupe de petits mendiants en haillons en profitaient pour les prendre d'assaut.

Il était presque dix heures, le soleil devenait brûlant, un relent nauséabond montait des eaux de Soochow Creek. Teresa, morte d'inquiétude, s'agitait sur son siège, elle sentit quelque chose qui lui piquait le pubis et se rappela qu'elle avait oublié d'enlever la chaîne d'or autour de sa taille. Elle alluma une nouvelle cigarette, ouvrit la fenêtre pour évacuer la fumée, tournant la tête pour regarder au-dehors.

Elle vit Xue assis à l'avant d'une voiture de marque française. Le conducteur semblait faire intentionnellement barrage au camion japonais qui arrivait en face. Fonçant vers le nord, la voiture s'inséra avec ostentation entre les deux camions de tête, et la file de véhicules venant du nord fut bloquée à son tour. Ayant livré leur ravitaillement, les camions militaires étaient vides de chargement, la capote de la benne avait été ôtée et repliée vers l'avant jusqu'à la cabine. Plusieurs soldats japonais se tenaient là-haut et considéraient d'un air indifférent la petite auto française, on aurait dit que les deux pans de tissu qui leur couvraient le cou comme des oreilles de porc interceptaient autant les bruits de la rue que les rayons du soleil.

Teresa observait les mouvements des passagers de la voiture où se tenait Xue. La nuque appuyée contre son dossier, il avait une main qui dépassait de la fenêtre, une cigarette entre les doigts. Teresa ouvrit plus grand sa vitre et le montra à ses deux gardes du corps. Leurs armes, des Mauser à répétition du dernier modèle, étaient posées sur leurs genoux.

Le cerveau de Teresa tournait à toute allure – elle projetait d'approcher sur la gauche du véhicule où se trouvait Xue pour lui faire signe, mais ne savait quel moyen employer, secouer la tête ou lui lancer des regards appuyés, pour lui communiquer les nouvelles. Elle craignait une réaction de sa part, connaissant son caractère, il pouvait aussi bien se mettre à répondre à pleine voix. La meilleure solution serait d'attendre qu'ils soient descendus de voiture et de faire stopper son chauffeur juste devant eux. Ses deux gardes, avec leurs Mauser, étaient de taille à dominer la situation et à intimider cette bande, les types n'oseraient pas se rebiffer et elle pourrait alors sans accroc rapporter ce qu'elle savait à Xue. Ils n'auraient plus qu'à prendre le large.

La Ford était toujours sur la voie de gauche, Teresa ordonna au chauffeur de ne pas lâcher l'autre voiture, qu'elle ne quittait pas des yeux. Elle remonta sa vitre, avec les reflets du soleil ils ne pouvaient pas la voir. Elle fixait le profil de Xue, sa joue et sa tempe, le trouvant comme toujours d'une suprême élégance.

L'embouteillage commençait à se résorber. Certains clients des rickshaws avaient décidé de repartir à pied de leur côté et les conducteurs tractaient leur véhicule vide vers le trottoir, l'un d'eux parvint le premier à franchir le pont en direction du nord, puis ce fut le tour d'un second. L'auto française était revenue sur la gauche de la chaussée et dépassait les camions à grand renfort de coups d'avertisseur, sans doute comme une démonstration de force adressée aux fusiliers marins japonais. La Ford la suivait toujours.

L'auto française passa North Soochow Road, puis tourna à droite, laissant à gauche Seward Road. Ils étaient engagés dans Whangpoo Road, Teresa ordonna au chauffeur de faire le tour par Astor Road au croisement suivant, puis de rouler au pas. Ils revinrent par ce côté en direction de l'entrée principale de l'hôtel, pour prendre les autres à revers. Devant eux, le soleil faisait resplendir la façade ocre de Broadway Mansions. Lorsque Teresa aperçut l'autre voiture garée le long du trottoir, les vitres en nombre incalculable, à l'arrière-plan, miroitaient sous les rayons du soleil.

— Droit sur eux ! lança-t-elle dans l'atmosphère étouffante de l'habitacle.

Le chauffeur appuya brutalement sur l'accélérateur, l'auto bondit à toute allure vers l'entrée de l'Astor House, puis freina d'un coup sec et stoppa presque perpendiculairement au trottoir.

Xue, qui avait mis pied à terre, s'esquiva d'un bond et se réfugia sous l'auvent de l'hôtel. La Ford coinçait contre le mur les deux autres passagers, qui venaient de descendre de voiture. Le conducteur était resté figé, la portière ouverte.

Les gardes du corps sautèrent de voiture et s'avancèrent à grandes enjambées vers les deux jeunes, sans s'occuper de Xue, qu'ils considéraient comme un des leurs. Ils se mouvaient avec hardiesse, braquèrent leurs automatiques et ordonnèrent en mauvais shanghaien :

— Vous deux pas bouger !

Personne ne bougea – dos au mur, les deux jeunes gens écarquillaient les yeux, ils avaient glissé les mains dans leurs vêtements mais sans avoir le temps de sortir leurs pistolets.

Les Cosaques avaient commis une erreur d'estimation. Inconsciemment, ils jugeaient les réactions de l'adversaire à l'aune de leur propre pratique, sans s'imaginer que le conducteur pût être armé. En cet instant, le vrai danger ne se trouvait pas devant eux, mais à côté, hors de leur champ de vision.

Les détonations claquèrent. Les coups de feu visaient les gardes du corps de Teresa, la violence des tirs les projeta sur les marches, sous l'auvent de l'Astor House. Une des cartouches, à mi-hauteur, faucha le premier, atteint à la tempe, avant qu'une autre ne touche au flanc le second, alors qu'il ajustait son Mauser. La balle, tirée de bas en haut, dut lui pénétrer directement dans le cœur. Son crâne heurta lourdement les marches et de grandes stries rouges barrèrent instantanément les mouchetures grises et noires tels des grains de sésame sur le fond blanc du marbre – rappelant ces toiles où des peintres fous projetaient la couleur avec des gestes convulsifs (Teresa l'avait vu faire dans l'atelier d'un Russe blanc qui avait appris les dernières techniques en usage à Paris). Ce n'était pourtant pas de sa blessure au flanc, mais de son crâne fracassé, que se répandait le sang du Cosaque.

Teresa se sentit bouillir d'une rage folle. Elle se souleva de son siège pour mettre pied à terre, afin d'appeler Xue. Avisant son sac à main derrière elle sur la banquette, elle tendit la main et attrapa le Browning sous l'étui à cigarettes. Alors qu'elle redressait le buste pour sortir, sa tête heurta le montant de la portière, sans qu'elle sente la douleur. Elle lança le bras droit dehors, appuya sur la détente.

Aucun coup ne partit. La détente, actionnée seulement de moitié, n'avait pas pressé suffisamment le percuteur, empêchant la mise à feu. Et à dire vrai, eût-elle eu lieu, la cartouche n'aurait pas atteint sa cible. Teresa, sans avoir le temps de viser, avait brandi son arme au jugé. Son adversaire avait sauté de son véhicule, tiré sur elle depuis le côté arrière droit de la Ford. Teresa était retombée sur son siège, la portière à demi ouverte, la balle qui l'avait atteinte, au travers des multiples épaisseurs de soie, logée dans son abdomen.

Avant de perdre connaissance, elle vit Xue se pencher vers elle, sentit qu'il serrait avec force le bras qui tenait toujours l'arme. Elle vit un des deux jeunes gens bloqués tout à l'heure contre le mur se précipiter vers Xue, l'entraîner vers une autre voiture. Avant de perdre conscience, elle eut un dernier éclair de lucidité : n'était-ce pas lui, finalement, qui venait pour lui sauver la vie ?

XLVII

Lundi 13 juillet 1931 (an XX de la République),
10 h 35.

Si ce n'avait pas été Park Gye-song qui conduisait, lui que la vue des soldats japonais mettait hors de lui (mais pourquoi fallait-il que ce gars soit coréen ?), ils seraient sûrement arrivés quelques minutes plus tôt à l'entrée de l'hôtel, les coups de feu n'auraient pas été échangés et maintenant, se disait Xue, Teresa serait probablement indemne. Et ils seraient arrivés encore plus tôt s'il n'avait pas fait tous ces efforts pour dissuader Park de le raccompagner et trouver un moyen de joindre Sarly.

C'est ce qu'il ruminait avant de s'évanouir, il se souvenait aussi qu'il n'avait toujours pas pu informer le capitaine. Un objet lourd et métallique l'avait frappé à l'occiput, il avait eu le temps de réaliser que ce devait être la crosse d'un pistolet, puis une seconde après avait perdu conscience. Quand il était revenu à lui, il se trouvait allongé sur un lit. Lao Gu était à côté, assis sur un tabouret, et le regardait en souriant.

— On se réveille ? Je ne vous aurais pas cru aussi impulsif.

Impulsif ? Xue ouvrit de grands yeux mais ne parvint à rien dire, son crâne le faisait souffrir, avec des élancements aussi douloureux que si on lui avait tapé sur la tête avec un marteau.

— La camarade Leng Xiaoman est introuvable depuis ce matin. Nous espérons qu'il ne lui est rien arrivé. Votre… hum, Dame Meiye s'est rendue chez vous ce matin et y a découvert Xiaoman, qui nous a appelés pour nous alerter. Nous sommes persuadés que cette femme russe vous attendait à l'Astor House pour attenter à votre vie. Ses gardes ont dégainé dès qu'ils sont descendus de voiture…

Xue se sentait dans un brouillard complet, il était incapable de mettre ses idées en ordre. Il aurait voulu analyser ce qu'il venait d'entendre, mais le simple fait d'écouter ce qu'on lui disait lui demandait des efforts.

— Rassurez-vous… Nous connaissons vos sentiments pour la camarade Leng Xiaoman. Tous la recherchent activement. Ils vont la trouver. Reposez-vous. Les camarades qui restent ici vous aideront, demandez-leur tout ce dont vous aurez besoin. Vous connaissez Xiao Qin.

Xue ne comprenait pas pourquoi Teresa aurait voulu tuer Leng Xiaoman. Il ne voyait pas quel motif aurait pu la pousser à le tuer. Il l'avait vue de ses propres yeux sortir son arme, pourtant il restait persuadé qu'elle ne s'en serait pas servie.

Gu Fuguang quitta les lieux en hâte. Des bruits de pas confus résonnèrent dans l'escalier, à coup sûr ils étaient nombreux à l'accompagner. Xue parcourut la pièce des yeux, les murs étaient couverts de lambris. Xiao Qin penchait la tête par la fenêtre, quelqu'un lui parlait d'en bas, il y avait certainement une cour. Xue regarda dehors, il se trouvait vraisemblablement dans une pièce latérale donnant vers l'est. Il entendait quelqu'un traverser la grande salle du milieu, contiguë à celle-ci.

Il voulut s'asseoir mais il n'avait aucune force dans les bras. Xiao Qin se retourna vers lui, puis s'approcha pour l'aider, redressa son oreiller contre le bois du lit pour lui permettre de s'asseoir et de s'adosser. Xue avait la bouche sèche, il demanda à boire.

Il but, et se sentit de nouveau épuisé de fatigue. Il était de toute façon exténué, il n'avait pas dormi de la nuit. Il fit des efforts pour se rappeler la cabane au milieu des champs. Ce matin, avant de retourner au débarcadère de Pudong, ils avaient fini leur expédition par un crochet vers Lanni Du, pour déposer la marchandise dans une cabane en contrebas de la grand-route. Il se souvenait d'avoir donné un coup de main pour transporter les colis, et qu'ils avaient descendu – dévalé, plutôt – la pente caillouteuse sur le bas-côté de la route. Il y avait là, en plein champ, un affaissement de terrain, la cabane se trouvait dans ce creux. Elle était bien à cinq ou six mètres au-dessous de la route, qui était donc nettement plus haute que le toit de chaume. Même en longeant le bord de la chaussée, il y avait peu de chances de l'apercevoir.

Le soleil donnait sur le plancher au pied du lit. Xue avait chaud, il écarta le vêtement dont on l'avait couvert, qui était son propre pardessus. Il repensait à Teresa, au coup de feu qui l'avait atteinte, à la balle entrée dans son ventre. Une douleur lui traversa aussi l'abdomen.

Il ne comprenait toujours pas pourquoi Teresa aurait cherché à tuer Leng Xiaoman. C'était à cette dernière qu'il pensait maintenant. La jalousie d'une femme pouvait-elle être si violente, la rendre si cruelle ? Mais les suppositions de Lao Gu étaient peut-être justes. Cette Russe blanche, elle avait toujours une arme cachée dans son sac à main.

Cependant on était à Shanghai, où vivaient et travaillaient plusieurs millions d'habitants, qui allait se permettre de dégainer une arme et de tuer des gens selon son bon vouloir ? Pour Xue, ce genre de règlements de comptes, c'étaient des histoires qu'on lisait dans les journaux des Concessions. Même s'il avait déjà vu de ses propres yeux des hommes se faire abattre en pleine rue – c'était plutôt fréquent, quelques années auparavant –, cela n'était jamais arrivé dans son entourage, parmi ceux qui avaient une existence concrète auprès de lui et partageaient sa vie. Ces histoires lui faisaient l'effet d'une intrigue de théâtre, il avait vu des pièces de ce genre, saisi par le suspense, avait tremblé au moment voulu, mais sitôt le dos tourné elles lui étaient sorties de la tête.

Il avait l'impression d'être sous hypnose. Teresa et Leng Xiaoman avaient sur lui un pouvoir hypnotique, le même que l'inspecteur Maron, que le capitaine, et que Gu Fuguang. Il était en train de rêver. Dans son rêve, des gens pouvaient sortir leur arme et en tuer d'autres selon leur bon vouloir. Il ne doutait pas un instant du caractère fantasmagorique de la chose, ce dont il doutait c'était s'il pourrait ou non se réveiller. Et si tout le monde n'était pas en train de devenir fou. Il lui revint en mémoire les paroles du capitaine, qui disait que Shanghai, à tout moment, pouvait exploser comme un volcan.

Et il se demandait aussi s'il avait vraiment envie de se réveiller. Ce nouvel état où il se trouvait, qui n'avait rien à voir avec sa vie d'avant, exerçait sur lui une étrange fascination. On aurait dit – même si la comparaison pouvait paraître inexacte, inadaptée, les battements de cœur que sa nouvelle condition lui procurait le lui rappelaient si fort – cette sorte de torpeur que procure le jeu, qui saisit le cerveau et vous fait oublier tous vos tracas quand vous êtes embarqué dans une partie échevelée, palpitante, ce moment où tout un chacun peut s'imaginer tenir la bonne carte en main. Il constatait, de nouveau, la justesse de ce qui se raconte sur les sécrétions d'hormones dans le corps et cherchait d'autres analogies : par exemple, cette sensation qu'on a quand on regarde en bas du haut d'un gratte-ciel, l'irrépressible sentiment que le corps penche en avant, qui vous remplit d'une ivresse probablement aussi vive que si l'on volait dans les airs, ou encore le plaisir que lui procurait une manie qu'il avait, en traversant la rue, de s'approcher des voitures à les toucher, pour les sentir frôler le pan de son manteau et saisir la demi-seconde où il pourrait se glisser dans le trafic.

Il aurait souhaité pouvoir partager ces réflexions quasi philosophiques, mais les deux garçons que Lao Gu avait laissés derrière lui, Xiao Qin et cet autre type qui ne cessait d'aller et venir entre la porte de la pièce et celle du séjour, ne lui semblaient pas des interlocuteurs valables.

Accoudé sur le rebord de la fenêtre, Xiao Qin regardait dans la cour, les cheveux inondés par la lumière du soleil, à les rendre brûlants sans doute. Xue s'endormit brusquement alors que cette pensée le traversait.

Lorsqu'il rouvrit les yeux, le soir tombait. Xiao Qin était toujours accoudé là, occupé à regarder dehors. Il tourna soudain la tête, l'air stupéfait, la bouche ouverte retenant une exclamation, posa à terre sa jambe droite qu'il tenait pliée sur la chaise puis héla doucement son collègue dans le séjour :

— Devine qui arrive…

Il n'avait pas achevé sa phrase qu'on frappait à la porte. Quand elle s'ouvrit, quelqu'un poussa une exclamation de surprise.

Des têtes s'agitaient à l'entrée de l'appartement et Xue reconnut l'une d'elles. Il avait déjà vu ce gars, il l'avait même pris en filature. L'homme venait de dîner avec le comprador de Teresa, M. Chen, il y avait aussi Park Gye-song à leur table. Il s'appelait Lin, Leng Xiaoman lui avait déjà parlé de lui, c'était celui en qui elle avait le plus confiance dans l'Organisation.

Il entendit quelqu'un dire qu'il allait faire le guet, puis des pas qui dévalaient l'escalier.

Le nouveau venu, de la porte, l'observait maintenant. Il était éclairé par la lumière mourante venue de l'extérieur. Il ne bougeait pas. Sa joue était largement tuméfiée, son menton et son cou marqués de nombreuses ecchymoses. Il portait aussi une large plaie sur l'arête du nez, la croûte en train de se former donnait l'impression qu'il s'était grimé. Xue l'avait reconnu quand même, d'après son profil, car de par son métier de photographe il avait l'œil exercé depuis longtemps.

— Ce sont les nôtres qui l'ont sauvé, des gens en voulaient à sa peau, expliqua Xiao Qin, avant de poursuivre à l'intention de Lin : Mais tu étais où ? Où étais-tu fourré ces derniers jours ? Lao Gu disait que la police t'avait arrêté. Pour tout dire, j'avais bien peur qu'on ne t'ait tué.

Xiao Qin lui attrapait les bras, les manches, comme il aurait fait à un petit frère. Lin ne disait rien. Il resta silencieux pendant un long moment.

— Où est Gu Fuguang ? finit-il par demander.

— Ils ont pris le ferry pour aller à Lanni Du. Tu ne sais pas…

Xiao Qin avait tourné la tête vers Xue, il réalisa soudain qu'il était dans le secret, et poursuivit :

— Tu ne sais pas, mais nous avons été très actifs ces derniers jours, Lao Gu projette une action énorme. Nous nous sommes procuré une arme exceptionnelle, et Lao

Gu est parti avec le commando qui va opérer pour s'entraîner au maniement de ce matériel à l'extérieur de la passe de Wusong… Ah oui, et puis Leng Xiaoman a disparu depuis ce matin, Lao Gu a bien peur qu'elle n'ait été sacrifiée, enchaîna-t-il sans reprendre souffle.

Son interlocuteur l'écoutait avec une attention extrême.

— Et pour quand est-ce…

Lin s'interrompit et se tourna vers Xue, puis il entraîna Xiao Qin dans le séjour.

Ils poursuivirent leur conversation là-bas, Xue dressa l'oreille mais ils parlaient à voix basse, il ne parvenait pas à entendre. Soudain Lin s'exclama beaucoup plus fort et répéta à plusieurs reprises « Ce n'est pas possible ! Pas possible ! » et sa voix montait de plus en plus, comme s'il reprenait un refrain entraînant.

Ils chuchotaient de nouveau, l'un d'eux s'était levé et arpentait le sol du séjour. Pourquoi Teresa s'était-elle rendue route Joseph-Frelupt, tôt le matin ? Est-ce qu'elle ne lui avait pas donné rendez-vous à l'Astor House ? Pourquoi Teresa était-elle accompagnée de ses hommes – elle et eux tous armés ? Pourquoi avaient-ils dégainé dès qu'ils les avaient vus ?

Tout ça lui donnait de plus en plus mal à la tête et une odeur de graillon lui agressait les narines. Quelqu'un en bas faisait sauter quelque plat, on entendait le bruit d'une écumoire qui inlassablement raclait la poêle et en brassait le contenu. Plus un son ne résonnait dans le séjour à côté. L'aiguille d'un gramophone, relevée brutalement, avait soudain rendu muette la voix joviale de Li Keyong, le héros de Shatuo, comme si on le bâillonnait. Xue perçut les pleurs d'un petit enfant qui faisait une colère, et des remontrances qu'on aurait pu prendre pour des encouragements.

Xue avait envie de se rendormir, il se sentait vraiment trop fatigué. Xiao Qin entra et l'interpella :

— Vous venez dîner avec nous ?

Il n'avait pas faim, mais l'autre l'aida à se lever. Une table était dressée dans le séjour et Lin y était installé.

XLVIII

Lundi 13 juillet 1931 (an XX de la République),
11 h 15.

Après avoir raccroché, Leng Xiaoman ne savait pas ce qu'elle allait faire.

Elle s'était éclipsée en catimini. Depuis le matin elle attendait l'occasion et, dès le départ de Lao Gu, avait accouru au pied du building. Il donnait sur l'avenue Joffre, côté ouest. Elle avait dit aux autres qu'elle éprouvait le besoin de se promener un peu et qu'elle allait dans le jardin en bas.

Debout près des plates-bandes, elle contemplait un buisson de camélias blancs. Sa floraison était tardive, le bord des feuilles avait roussi sous le soleil de juillet. Des visages s'agitaient aux fenêtres au-dessus d'elle et elle était paralysée de terreur. Elle se disait qu'elle faisait traîner les choses et que ça n'avait aucun sens.

Elle tourna la tête vers la plaque de cuivre du n° 1230, Gresham Apartments. Elle n'arrivait à déchiffrer que ces deux mots qui y étaient gravés en assez gros caractères. Il n'y avait personne derrière la porte vitrée, la loge du gardien était juste dans son dos de l'autre côté de l'allée, si on empruntait un passage menant vers un autre building, on arrivait à la grande porte donnant sur l'avenue Joffre. Progressant à tout petits pas le long de la courbe de la bordure en maçonnerie qui délimitait les plates-bandes, Leng Xiaoman faisait celle qui est désœuvrée, qui observe un papillon, avec l'impression que des yeux la scrutaient. Depuis là-haut, il suffisait de se poster de côté dans l'embrasure de la fenêtre, sans même avancer la tête vers l'extérieur on avait une vue plongeante sur la cour tout entière.

Elle stationna quelques instants près de l'entrée principale de l'immeuble, devant la devanture de Grigorieff, l'établissement de prêt-à-porter féminin de luxe, dont le patron était russe. Elle avait honte de s'éterniser là sans raison, et honte aussi de ce qu'elle s'apprêtait à faire.

C'était une quasi-trahison, se disait-elle. Mais si elle ne tentait rien, ce serait aussi une trahison. Hier après-midi, elle était là quand Lao Gu donnait ses instructions à Park Gye-song, qui s'apprêtait à monter en voiture pour aller à l'embarcadère de Peking Road et rejoindre Xue qui l'attendrait au guichet.

— On passe à l'action après-demain, avait dit Lao Gu. Rien ne doit être laissé au hasard. Après avoir pris livraison de la marchandise, tu devras tenir Xue sous contrôle, pour parer à toute éventualité.

Il ne l'avait pas mise à l'écart, avait parlé devant elle. C'étaient des mesures de prévention indispensables, elle devait admettre les exigences de l'Organisation.

— Et la Russe ? avait demandé Park. Elle sait beaucoup de choses.

— Vous la retenez aussi.

— Dans ces conditions nous n'y suffirons pas. Il faut être deux pour garder un prisonnier, et au moins trois pour en garder deux. La présence d'un camarade supplémentaire est nécessaire, et ce sera à peine suffisant pour garantir qu'il n'y ait pas le moindre accroc.

Lao Gu réfléchissait, il avait cherché du feu, allumé une cigarette, jeté un coup d'œil vers Leng Xiaoman.

— Xue est notre priorité. Il est très important pour l'Organisation, nous devons le protéger. Le considérer comme un des nôtres. Quant à la marchande d'armes russe… Elle en sait vraiment trop long. Même si l'opération réussit, elle en saura toujours trop.

Leng Xiaoman ne pouvait pas dissimuler qu'elle avait parfaitement compris la menace. Elle avait eu un coup au cœur et, sans doute, ouvert de grands yeux.

… LORSQU'UN CAMARADE EST EN DANGER, LE RÉVOLUTIONNAIRE, POUR DÉCIDER S'IL VA OU NON SE PORTER À SON SECOURS, DOIT AVOIR POUR SEUL CRITÈRE L'INTÉRÊT DE LA RÉVOLUTION ET NON PAS SES SENTIMENTS PERSONNELS. C'EST POURQUOI IL LUI FAUT CONSIDÉRER LES BÉNÉFICES QUE PEUT TIRER LA RÉVOLUTION DE CE CAMARADE ET LES PERTES QUE CAUSERAIT À LA RÉVOLUTION LE FAIT DE SE PORTER À SON SECOURS, PUIS PRENDRE SA DÉCISION EN PESANT LES UNS ET LES AUTRES… AU MOMENT DE FIXER LA LISTE DES CONDAMNÉS ET L'ORDRE DES EXÉCUTIONS, IL CONVIENT DE NE PAS RETENIR COMME CRITÈRE DE CHOIX LES MÉFAITS COMMIS PAR LES INDIVIDUS, NI MÊME LA HAINE QU'ÉPROUVE LE PEUPLE À LEUR ENCONTRE, CES MÉFAITS ET CETTE HAINE POUVANT AVOIR LEUR UTILITÉ… L'INTÉRÊT QUE REPRÉSENTE LEUR ÉLIMINATION POUR LA RÉVOLUTION EST LE PREMIER CRITÈRE. C'EST POURQUOI CEUX QUI DOIVENT ÊTRE ÉLIMINÉS EN PRIORITÉ SONT CEUX QUI NUISENT À L'ORGANISATION DE LA RÉVOLUTION…

Une nouvelle fois, ces phrases qu'elle avait apprises par cœur et si souvent repassées dans sa tête lui revenaient, avec la précision des dialogues inscrits en caractères noirs sous l'écran dans une scène de cinéma muet.

Il lui semblait être prise de bourdonnements d'oreilles et la conversation lui parvenait de loin, comme si elle était sous l'eau.

— On l'élimine ? C'est Park qui avait parlé.

… LES FEMMES DOIVENT ÊTRE RÉPARTIES EN TROIS CATÉGORIES : LES PREMIÈRES SONT DES FEMMES VAINES, STUPIDES ET BORNÉES DONT NOUS POUVONS NOUS SERVIR DE LA MÊME FAÇON QUE LES HOMMES DE LA TROISIÈME ET LA QUATRIÈME CATÉGORIE. LES DEUXIÈMES SONT DES PERSONNES LOYALES, ARDENTES ET COURAGEUSES, MAIS QUI NE FONT PAS PARTIE DES NÔTRES, PARCE QU'ELLES N'ONT PAS ENCORE ACQUIS UN NIVEAU DE CONNAISSANCE RÉVOLUTIONNAIRE VÉRITABLE ET SINCÈRE. ELLES PEUVENT NOUS SERVIR AU MÊME TITRE QUE LES HOMMES DE LA CINQUIÈME CATÉGORIE. LES DERNIÈRES, CE SONT LES FEMMES QUI SONT VRAIMENT DES NÔTRES, PARFAITEMENT LOYALES À NOTRE PROGRAMME ET L'AYANT PARFAITEMENT ASSIMILÉ. NOUS DEVONS LES CONSIDÉRER COMME NOTRE INESTIMABLE TRÉSOR, NOUS NE POUVONS NOUS PASSER DE LEUR ASSISTANCE.

Les phrases continuaient de s'imposer, obstinément, l'une à la suite de l'autre. C'était le vade-mecum de l'Organisation, un document écrit de la propre main de Lao Gu, des serments que tous les camarades de la Société des Forces unies devaient apprendre par cœur et retenir à tout jamais.

— Nous ne savons pas où elle se trouve, avait repris Park.

— Tu donneras le chèque à Xue. C'est une somme importante, il voudra certainement le remettre en main propre. Tu le conduiras en voiture…

Les oreilles de Leng Xiaoman bourdonnaient de plus en plus.

— … Quel que soit l'endroit où il voudra aller, il faut que tu insistes pour l'accompagner en voiture. A partir de ce soir, tu t'arranges pour le tenir sans arrêt à l'œil, pour ne pas le lâcher d'un pouce jusqu'à ce que tout soit terminé.

Elle avait pris la parole tout d'un coup, cela ne lui était jamais arrivé avant de donner son avis aussi abruptement :

— Mais sous ses yeux… je veux dire, si l'exécution a lieu devant lui, il va être horrifié. Elle est son amie, ils ont été… (elle hésita un moment avant d'achever sa phrase)… amants. Il sera horrifié. (Elle murmurait presque.) Il a toujours voulu nous aider. Vous ne pourrez pas lui expliquer…

— Qu'est-ce qu'il voudrait d'autre encore ? Il sera horrifié, mais qu'est-ce qu'il lui faudrait ? Il a commencé à nous aider dans notre action. Il ne peut que continuer. Qu'est-ce qu'il voudrait d'autre ? Il t'a, et maintenant il va avoir cet argent – une énorme somme d'argent. Nous lui expliquerons, tu as toi aussi une bonne raison de le lui expliquer. Tu es par toi-même une excellente raison…

Lao Gu suivait son raisonnement, comme s'il s'agissait d'une logique, d'une réalité dans lesquelles il n'interférait pas et qui ne reflétait pas ses propres idées.

Le soir, Lao Gu n'avait pas quitté l'appartement. Il fumait, replié dans une petite pièce, et échafaudait ses plans. Leng Xiaoman était entrée pour lui porter du thé, obnubilée par l'idée de réitérer ses objections. Mais en le voyant assis dans l'ombre, à l'écart du halo de la lampe, dans une immobilité totale, elle n'avait pas osé ouvrir la bouche. Park était déjà parti, muni de ses instructions. La mécanique était en marche et personne ne pouvait plus l'empêcher de tourner.

Le sommeil la fuyait. Elle ne connaissait pas cette femme russe et ne savait même pas à quoi elle ressemblait. Elle avait eu sa photo sous les yeux mais le visage était déformé. Le nez et la fumée de cigarette formaient un angle de soixante-dix degrés, le regard était tourné vers la droite, sans doute, pensait Leng Xiaoman, pour regarder l'appareil photo. Et elle était probablement allongée, parce que la fumée monte toujours verticalement. Teresa lui était une parfaite inconnue, c'est Xue qui lui avait appris son prénom. Elle n'avait pas envie de le prononcer, même dans sa tête, pourquoi l'aurait-elle désignée d'une manière aussi personnelle ?

Cette femme s'était introduite dans son univers d'une bien curieuse façon. Par une petite culotte – et par cette trace de désir charnel, qui était restée comme une salissure dans l'esprit de Leng Xiaoman, avec l'odeur corporelle de la nuit écoulée et ce fruste relent intime… au point que c'est cela qu'elle revoyait dès qu'elle pensait à cette femme. Le rouge à lèvres, la photo, tout cela n'apportait aucune information, mais le sous-vêtement – dont la soie moelleuse était devenue raide de poussière et d'humidité sous le lit – témoignait bien de son corps vivant.

Le cauchemar qui épouvantait Leng Xiaoman, qui la tourmentait depuis si longtemps, venait de nouveau l'engloutir. Elle n'osait pas s'endormir, balançant entre deux choix, comme dans un labyrinthe dont il lui serait devenu impossible de sortir.

Elle projetait de décider en fonction de la première idée qui lui viendrait en se réveillant le matin, mais elle ne dormit pas. Elle était incapable de déterminer quelle idée elle avait eue en ouvrant les yeux puisqu'elle croyait ne pas les avoir fermés. Elle tenta encore de s'endormir, mais l'idée qui la traversa quand elle rouvrit les yeux n'avait rien à voir avec celle qu'elle avait eue précédemment.

Une considération l'emporta finalement : l'Organisation devait se montrer loyale envers Xue. L'importance de sa contribution et le degré de conscience qu'elle supposait ne permettaient pas qu'on laisse le doute s'y glisser.

Une fois à la porte de l'immeuble, elle s'était demandé comment elle allait pouvoir faire : elle ne savait pas où trouver Xue, et encore moins où trouver la femme russe. Puis elle s'était souvenue de la photo au dos de laquelle figurait un numéro de téléphone. Elle avait attendu un taxi devant le marchand de fruits à la sortie de la station Shell. Le chauffeur lui avait dit qu'il n'avait pas le droit de charger des clients à cet endroit, qu'elle devait s'adresser au comptoir. Elle restait à le regarder d'un air malheureux, sans savoir quoi répondre, et il avait fini par la laisser monter.

Elle était arrivée, elle se tenait au beau milieu de l'appartement de la route Joseph-Frelupt. Elle savait où était la photo, c'était elle qui l'avait posée là, enveloppée dans de vieux journaux avec la culotte de soie. Les deux objets remisés ensemble dessinaient des contours à cette personne avec laquelle elle n'avait pas fait connaissance. Et voilà qu'elle avait décidé d'essayer de lui sauver la vie. Elle allait lui conseiller d'éviter de croiser Xue. De ne pas le voir. C'est ce qu'elle espérait depuis longtemps, se disait-elle. Elle aurait voulu envelopper cette femme de papier journal et la glisser dans un coin, bien rangée près du mur contre la commode. Mais au téléphone, dès qu'elle avait ouvert la bouche, elle s'était dit qu'elle ressemblait à une femme jalouse, une épouse qui conseille à une intrigante de ne plus essayer de rencontrer son mari en cachette. Il ne faut pas y aller, ne pas aller voir Xue…

Et maintenant elle se demandait ce qu'elle allait faire, où elle pourrait diriger ses pas. Bientôt, très probablement on avertirait Lao Gu de son absence, on le préviendrait qu'elle avait fait défection, alors que l'opération était imminente. Les autres, à coup sûr, interpréteraient son comportement, le verraient comme une trahison. Mais elle n'avait nulle part où aller. Elle n'avait pas trouvé Xue et elle était une suspecte sous le coup d'un mandat d'arrêt. Le seul fait de quitter l'appartement représentait un danger. Elle pouvait être reconnue dans la rue, par la police, ou alors par un autre journaliste qui aurait pour elle de l'intérêt, mais aucunement de l'affection.

Finalement, elle décida de retourner là-bas. Elle n'avait pas de famille, pas d'amis. L'Organisation, c'était sa famille et ses amis.

XLIX

Lundi 13 juillet 1931 (an XX de la République),
18 h 45.

Lin Peiwen n'était pas venu seul. Un homme arrivé avec lui était resté à l'extérieur et, depuis la maison de thé en face, dans Ming Koo Road, observait par la fenêtre celles de l'appartement où Lin Peiwen se trouvait. A côté de l'une d'elles, précisément, orientée à l'est, Xue reposait dans un lit.

En ce début d'été, il faisait encore grand jour, même à presque sept heures. Lin Peiwen, assis dans la pièce du milieu, pensait pouvoir exposer son affaire en quelques phrases, mais c'était beaucoup plus compliqué qu'il ne l'avait imaginé. Le revirement de situation était si invraisemblable qu'il avait du mal à reprendre son souffle.

Comment aurait-il pu se figurer que Zheng Yunduan était un communiste infiltré dans la Section d'enquête du Kuomintang ? Un authentique membre du Parti communiste ! Alors qu'il était en chemin pour venir, il repassait dans sa tête, inlassablement, les paroles qu'ils avaient échangées, et réalisait seulement combien les allusions de Zheng avaient été nombreuses à ce sujet. *Fais-moi confiance, un jour ou l'autre nous serons des camarades.* Pourquoi n'avait-il pas compris ? Et pourquoi n'avait-il pas perçu la sympathie qui pointait sous ces mots ?

Hier soir, profitant d'une heure où les agents secrets prenaient du bon temps après le repas du soir, Zheng Yunduan avait ouvert la porte à persiennes de son placard, mais sans l'apostropher d'une voix forte comme à son habitude. Il l'avait fixé avec toute l'amitié d'un camarade (ce regard que jusque-là Lin qualifiait de doucereux et hypocrite). Et, se penchant en avant pour glisser le haut du corps dans le réduit, il lui avait tendu les mains.

Sur le moment il n'avait eu aucune réaction, se demandant quel tour lui jouait encore ce mouchard. Le danger que l'autre courait en venant lui tendre la main, le prix qu'il pouvait lui en coûter, rien de tout cela ne lui était apparu. C'est après, quand il l'avait cru, quand il avait compris qu'il était sauvé, qu'il avait alors perçu quel enjeu représentait le fait de noyauter les organes les plus secrets de l'ennemi, d'y faire pénétrer un camarade révolutionnaire qui, au risque d'être découvert, venait pour le sauver. Récupérer quelques jeunes gens fourvoyés n'était pas une mince affaire.

Il avait repoussé ces mains qui se tendaient. Il examinait avec mépris Zheng Yunduan qui faisait irruption dans son réduit obscur. Le camarade Zheng n'avait pas beaucoup de temps, il s'était approché et lui avait dit à l'oreille :

— Demain, de bonne heure, on viendra te chercher pour te remettre à la police.

— Pour quoi faire ? Alors que vous n'avez encore obtenu de moi aucune déposition ? avait-il répondu froidement.

— L'organisation du Parti, par ses propres réseaux, a pu faire filtrer dans les bureaux de la police française la nouvelle de ton arrestation et de ta mise au secret par la Section d'enquête de Nankin. Le service politique des Français a téléphoné ce matin pour te réclamer.

— L'organisation du Parti ?

— Pas le temps de t'expliquer. Tu auras le temps de saisir plus tard. Tu dois te préparer. Dans les hautes sphères on veut te faire libérer.

Lin Peiwen se sentait pris de vertige, « sur un nuage », comme le disait le prénom de Zheng Yunduan.

— Tu dois être prudent. Ni trop anxieux, ni trop sûr de toi. Ce soir, il y aura encore un interrogatoire. Zeng Nanpu n'a pas le temps de revenir de Nankin, c'est moi qui en serai chargé. Fais juste comme d'habitude. Demain matin la garde municipale enverra une voiture pour ton transfert. Notre contact là-bas a déjà payé de fortes sommes, et l'auto fera en sorte de retarder son arrivée à destination d'une demi-heure, tandis qu'une autre voiture noire viendra te récupérer, il s'agit de la cellule chargée de te libérer. Si jamais cela venait à être découvert par l'ennemi, si jamais une lutte s'engage… souviens-toi bien, en cas d'imprévu, n'importe lequel, tu lâches seulement, sans en démordre, que le groupe est envoyé par Gu Fuguang.

L'interrogatoire du soir avait présenté une double particularité étonnante. Du point de vue de la forme, il était plus brutal que les précédents, Zheng Yunduan avait été jusqu'à lui flanquer deux gifles. Mais par le contenu des questions qu'il lui avait posées, cette séance semblait être de pure forme. Tout au plus une réitération des questions posées antérieurement. Lin perdait patience, durcissait son attitude, tandis qu'aux yeux des autres l'investigateur se faisait de plus en plus brutal.

Lin n'avait quasiment pas dormi de la nuit. Il était incapable de mettre de l'ordre dans le fil de leurs conversations. Le placard lui paraissait plus étouffant que jamais, les murs où il appuyait sa tête lui semblaient s'être encore rapprochés.

Et ce matin, une Ford noire était effectivement venue le chercher. Il n'avait pas revu le camarade Zheng (maintenant, dix heures plus tard, c'est ainsi qu'il l'appelait dans sa tête). Deux jeunes agents secrets l'avaient remis entre les mains de deux policiers en armes. Le fait que l'un d'eux soit un étranger l'avait surpris – plus tard dans la voiture, Lin Peiwen l'avait interrogé en anglais (qu'il avait étudié pendant deux ans à Nanyang), l'autre avait seulement souri, sans répondre. Il avait sorti un petit bout de crayon, avait écrit quelques lignes sur un papier d'étain tiré d'un paquet de cigarettes, et l'avait tendu à Lin Peiwen.

For we walked
changing our country
More often than our shoes
Through the class war[1] –

Il avait dit que c'était un poète du Komintern qui l'avait écrit. Le poème était en allemand et il venait de le traduire en anglais.

La voiture l'avait conduit à un *shikumen*, rue Wantz. Celui qui l'avait accueilli dans la pièce principale, sous le grand ventilateur suspendu, lui était connu depuis longtemps. Il le salua par son nom : Chen. Il se trouvait à la tribune, bien des années auparavant, alors que Lin Peiwen était présent dans la salle, le « chef de section Lao Chen » parlait en tant que camarade responsable des mouvements étudiants.

Quelques heures après, Lin quittait l'endroit. Il s'efforçait de réguler son attitude, s'efforçait de ne pas montrer sa fébrilité. Le revirement était intervenu de manière si imprévisible, avait bouleversé son univers. *Il*

---

1. Extrait d'un poème de Bertolt Brecht, *An die Nachgeborenen. Nous marchions, changeant de pays plus souvent que de chaussures, à travers les guerres de classe. (N.d.T.)*

s'agit d'un coup monté d'un bout à l'autre ! Un complot pour incriminer le Parti ! Si nous le laissons aller à son terme, les conséquences sur le cours de la révolution seront gravissimes ! Nous devons tout faire pour l'empêcher ! Démasquer ces agissements ! C'est une mission que te confie le Parti !

Pendant quatre ans, il s'était tenu aux côtés d'un escroc, quatre ans, quatre années entières à prendre un arnaqueur pour un représentant du Parti, pour le seul lien qui le reliait encore au Parti et pour un guide qui lui montrait la voie. Lors des tueries, au printemps 1927, il avait perdu le contact avec la section du Parti de son établissement, l'école supérieure de Nanyang. Parmi ses camarades, les uns avaient été arrêtés, les autres avaient quitté le Parti, et la personne qui comptait le plus dans son existence (il n'avait même pas eu le temps de le lui dire) avait été assommée d'un coup de matraque métallique par les nervis de la Bande noire et ne s'en était pas réveillée. Quand il était revenu de province en novembre, après avoir séjourné à Wuxi, il avait constaté que l'enthousiasme avait fondu comme neige au soleil. A peine quelques mois auparavant, tous se proclamaient des compagnons de route du Parti. Au mois de mars, un étudiant originaire de sa région était venu le trouver, annonçant qu'il allait participer au combat décisif contre l'impérialisme et les seigneurs de la guerre. Après une demi-heure d'un discours enflammé, il avait sorti brusquement que son oncle, originellement enseignant à Wuxi, était désormais sans emploi, cloîtré chez lui. Lin Peiwen avait-il la possibilité de lui trouver un poste ? Tu dois avoir les moyens, tu es membre du Parti communiste et aussi du comité des étudiants au bureau local du Kuomintang. Tous les établissements scolaires étaient régis à l'époque par ces bureaux de circonscription où siégeaient conjointement les deux partis.

Maintenant, s'il lui arrivait de croiser cet étudiant, celui-ci faisait semblant de ne pas le connaître et passait sans un regard. Il avait songé à un moment se rendre à Wuhan pour reprendre contact avec le Parti, mais, peu de temps après, les épurations avaient commencé là-bas aussi. Ceux qui l'indignaient le plus, ce n'étaient pas tant les ennemis (envers lesquels il n'éprouvait qu'une aversion froide), mais ces couards qu'un courant d'air couchait à terre comme des brins d'herbe.

C'est dans cette période qu'il avait rencontré Gu Fuguang. Il venait de franchir le seuil de la librairie désertée dont les rayons, quelques mois plus tôt, s'emplissaient encore de publications de gauche. Les services du Kuomintang n'avaient pas eu le temps d'y mettre les scellés. La librairie se trouvait dans le Settlement et le patron était un Allemand. Lin Peiwen, alors, sentait le danger qui se rapprochait – à la réflexion, il lui aurait été impossible de pressentir qu'un autre danger plus grave le guettait. Il avait senti des yeux fixés sur lui. Il s'était dirigé vers un *longtang* et, comme il était sur le point d'y entrer, il était tombé sur deux hommes en courte veste d'ouvrier qui regardaient dans sa direction. Il s'était affolé, avait accéléré et cru entendre des pas qui le poursuivaient. C'est alors que Gu Fuguang avait surgi, Gu Fuguang qui, de la ruelle perpendiculaire où il était retranché, était venu vers lui et l'avait appelé à voix basse : « Par ici ! » Lin s'était laissé entraîner vers l'entrée d'un *shikumen*, avait franchi la cour et était ressorti par une autre porte.

A bien y songer (surtout depuis les récits que lui avait faits le camarade Zheng), il se disait aujourd'hui que cet incident pouvait fort bien avoir prémédité par

Gu Fuguang. Il y avait là-dedans une bassesse telle qu'il n'aurait pas pu comprendre ce qui lui arrivait.

Il était honteux de s'être laissé avoir aussi naïvement. La cause première se trouvait en lui-même, il débordait de haine alors, il avait l'esprit plein d'idées de vengeance contre les ennemis de la révolution et ne savait comment les assouvir. *La rancune est dangereuse pour le révolutionnaire, il faut que sa vision soit plus vaste. L'ennemi, c'est un système, une classe, il doit faire preuve de sang-froid, dix mille fois plus que l'ennemi.* Dès que les paroles de Lao Chen lui revenaient, il aurait voulu rentrer sous terre.

Il avait formulé une requête officielle, celle d'être autorisé à réintégrer le Parti. Lao Chen lui avait répondu que l'organisation interne avait tiré l'enseignement des périodes d'affrontement féroce avec l'ennemi. Les troupes devaient se montrer encore plus résolues, les exigences envers les membres encore plus sévères et le processus de leur réintégration au sein du Parti encore plus strictement contrôlé. Pour l'heure, l'urgence était de travailler sans relâche et de remplir sa mission, *et la tienne consiste à aller expliquer la vérité aux camarades qui se sont laissé aveugler par Gu Fuguang, et de leur signifier que le Parti veut qu'ils reviennent à lui !*

Par la fenêtre de la bâtisse, Lin fit signe au camarade qui se tenait dans la maison de thé sur Ming Koo Road. Il rapportait avec lui des documents internes, destinés à transmettre aux camarades fourvoyés la ligne récente du Comité central. Mais la première chose à faire était de leur révéler, à tous, le complot ourdi par Gu Fuguang.

Ce Xue Weiss dormait profondément. Lin avait encore quelque chose à tirer au clair à son sujet, qui concernait l'épisode de l'arrestation au commissariat de la Porte du Nord. Lao Chen l'avait interrogé à propos de Xue. Leur réseau de renseignements, au Parti, était vraiment très fort d'avoir su si bien démêler cet imbroglio. Le camarade qui assurait la liaison rapportait que ce Xue avait un statut à part. Selon ce qu'avait dit Lao Chen, il avait des liens privilégiés, à l'intérieur du service politique de la police française, avec la brigade spéciale de l'inspecteur Maron. L'organisation du Parti alimentait un compte à la Banque industrielle de Chine, spécialement destiné à soudoyer ces policiers corrompus, et portait une attention toute particulière à cette fameuse brigade. Un camarade infiltré qui occupait un poste à la réception de l'agence de la banque située rue du Consulat avait découvert que ce type y était déjà venu, ce Xue, afin de toucher un chèque d'un montant assez faible. En haut lieu, on considérait après enquête qu'il ne pouvait être considéré comme réellement malfaisant ni classé parmi les réactionnaires. Il avait sauvé Leng Xiaoman à cause des sentiments qui les unissaient, certes, mais les mensonges de Leng Xiaoman à Gu Fuguang ne signifiaient aucunement qu'elle l'avait trahi, ni qu'elle bénéficiait de la protection de la police française.

Lin Peiwen dit à Xiao Qin de réveiller Xue Weiss et de lui proposer de venir dîner avec eux.

— Qu'est-ce qu'il s'est passé finalement, ce matin, à l'Astor House Hotel ? demanda-t-il à Xue en lui tendant un morceau de poisson fumé entre ses baguettes. Racontez-nous également en détail comment s'est déroulée la livraison de la marchandise, hier soir. De quelle arme s'agit-il, au final ?

— Comment va-t-elle ? Comment va Teresa ?

— Cela, nous ne le savons pas. Nous avons laissé quelqu'un sur place, les informations qui ont été transmises disent que la femme russe a été transportée au

Shanghai General Hospital par l'administration de l'hôtel. Il faut nous donner toutes les informations nécessaires, il y a de fortes probabilités que Gu Fuguang envoie des tueurs à l'hôpital.

— Je ne sais rien… Il faut aller demander à Leng Xiaoman…

L

Lundi 13 juillet 1931 (an XX de la République),
23 h 55.

Park Gye-song était assis sur le ciment, le dos contre une stèle de granit. La pierre tombale, ovale, faite d'un mélange de ciment et de sable de quartz, s'enfonçait d'un mètre sous le niveau du sol. Elle renfermait les restes d'un jésuite venu à Shanghai dans les dernières années de la dynastie Qing. On était dans le cimetière étranger de la rue Gaston-Kahn, le vent apportait la puanteur du Soochow Creek voisin, où des bateaux convoyaient les excréments humains vers la campagne. Si le vent tombait, c'était encore pire. Derrière le tertre du cimetière, à l'ouest, de l'autre côté de la rue Gaston-Kahn, se trouvait l'usine de teinture et textile Abraham Brothers, et au nord il y avait la fabrique de condiments fermentés Wanlong, qui répandaient l'une et l'autre des effluves pestilentiels.

Cinq minutes plus tard, tous ses hommes étaient réunis. Ils s'étaient rendus séparément au point de rassemblement afin de ne pas attirer l'attention des agents de police dans la rue.

— Allons-y, souffla Park à Xiao Fu, l'homme à ses côtés, après avoir regardé sa montre.

Il se mit à leur tête et sortit du cimetière par une brèche dans l'enceinte de grilles noires.

La lune était haute, les étoiles étincelaient, le ciel de cette nuit estivale paraissait un rêve. Des bruits de rames agitées dans l'eau parvenaient par instants de sous le grand pont de bois, vers le sud, faiblement, à peine le bruit d'un rat nageant à la surface de l'eau. La rue Gaston-Kahn était très courte, dépourvue d'arbres et d'éclairage. Le groupe marchait vers le nord, la rue se fit de plus en plus étroite jusqu'à devenir une simple ruelle, un *longtang* où le bitume laissa bientôt place à un sol de ciment. Ils se trouvaient dans la cour Tingyuan. Au fond on arrivait au mur d'enceinte du *longtang*, mais juste avant se trouvait, dans un baraquement, les studios de tournage de la compagnie des Sœurs Hua.

A l'intérieur brillait une vive lumière, cela retentissait d'éclats de voix. Park n'y connaissait rien en cinéma et ce que visait Lao Gu avec cette action lui échappait. Il avait longuement feuilleté le manuel de technique de prise de vues que Lao Gu lui avait mis dans les mains, puis il s'était tourné vers lui, l'avait interrogé. « Ne te pose pas trop de questions, rapporte simplement le matériel et l'équipe. »

Sans même laisser le gardien proférer un son, Park lui porta un coup à la gorge. Son chien, un berger allemand, se précipita sur Park, qui fit un quart de tour et, du poignard qu'il tenait dans sa manche, lui ouvrit le ventre du haut jusqu'en bas. L'homme et le chien s'écroulèrent ensemble sur le sol sans que personne n'ait été alerté.

Dans les studios avait lieu un tournage d'un film qui serait projeté en août. Sur les réclames, déjà placardées dans la Concession, apparaissait l'affiche en réduction d'un film précédent montrant Pearl Ing en esprit araignée, les épaules enveloppées d'une mousseline légère. Elle gardait le même rôle dans le nouveau film, mais mille ans plus tard, étant parvenue à sublimer et transmuter son corps, elle avait pris la forme gracieuse d'une jeune fille. Alors qu'elle réfléchissait aux meilleurs moyens de nuire aux humains, un moine taoïste en pèlerine noire faisait son entrée et la semonçait – sur les affiches on le voyait s'approcher d'elle pour lui parler à l'oreille, il avait le nez pratiquement posé sur son épaule. L'histoire se déroulait au cœur du Djambudvipa, dans une université shanghaïenne… Jetée au sein des éternels recommencements du monde du milieu, Pearl Ing était une habitante de la grande métropole. Toujours à la recherche de stratagèmes pour jeter le malheur parmi les populations et nuire aux autres en se nuisant à elle-même au long des cycles de la vie et de la mort, l'esprit araignée se réincarnait sous la forme d'une étudiante moderne et élégante s'habillant chez un tailleur russe.

Le groupe de Park entra dans le baraquement, ils restèrent dans l'ombre, personne ne les remarqua. Trois projecteurs étaient braqués vers le centre de la scène, inondant de lumière le décor en carton-pâte sur les côtés duquel des réflecteurs faisaient écran, protégeant le groupe des regards. Des techniciens en maillot de corps, debout sur un échafaudage en bois, tendaient une perche d'éclairage télescopique d'au moins sept ou huit mètres de long vers une baignoire, braquant sur elle un projecteur. Le décor représentait une salle de bains, un rideau de gaze voilait une fenêtre derrière laquelle étaient dessinés des buildings environnés de lueurs rouges.

La baignoire était bien réelle, comme l'eau chaude qu'elle contenait. De peur qu'elle ne produise pas suffisamment de vapeur, quelqu'un dissimulé derrière envoyait des bouffées de fumée blanche. Pearl Ing, dans la baignoire, était elle aussi bien réelle. Ses épaules et ses genoux de neige affleuraient à la surface de l'eau comme des corolles de méduse et valaient bien d'acheter au moins quinze places de cinéma, pour ne pas manquer les apparitions parcimonieuses de ce régal printanier.

Park observait la scène sans parvenir à se décider, c'était la première fois qu'il voyait un film sous cet angle. Aurait-il jamais pu en voir autant en allant au cinéma ? Une caméra était posée contre la baignoire, l'opérateur couché par terre… Sur l'écran on verrait les deux épaules potelées noyées dans un brouillard blanc… Mais là, derrière les réflecteurs, ils voyaient qu'elle portait un costume de bain, ils voyaient ses membres qui ondoyaient dans l'eau comme des serpents blancs et son corps qui donnait un bel aperçu de ses facultés de métamorphose.

Les compagnons de Park s'étaient accroupis, probablement pour faire comme tous ceux qui étaient là, en hôtes bien élevés. Il était le seul resté debout, hormis un autre personnage qui se tenait dans son champ de vision, dans le coin en face, et qui, appuyé à l'échafaudage, consultait une liasse de feuilles couvertes d'inscriptions serrées, posées sur un petit pupitre à ses pieds. Sur la gauche de la zone de tournage figurait un mur avec une porte, un acteur était assis derrière, prêt à faire son entrée au moment voulu dans la salle de bains.

Le réalisateur parlait à haute voix, apparemment au caméraman, mais également à Pearl Ing :

— Ne faudrait-il pas que l'assise soit plus haute ? Tu appuies la tête en arrière, le cou étiré, bien appuyé en arrière… Les yeux fermés, tu chantes, ta tête doit se balancer en rythme, tu chantes fort et tu marques le rythme de la tête. Est-ce que tu ne chantes pas, d'habitude, dans ta salle de bains ?

— Bien sûr que non ! répondit une voix pointue venant de la baignoire.

— Tu t'imagines que tu es une étudiante, tu es joyeuse, tu te baignes, tu te sens parfaitement à l'aise et tu chantes sans retenue. Un peu plus fort ! La bouche grande grande ouverte !

Elle chantait encore plus mal que Park quand il avait bu. Mais c'était un film muet et il fallait juste qu'on voie ses lèvres bouger.

— Que personne ne fasse un geste !

C'était Park qui avait parlé, dans son impeccable chinois du Nord.

Il n'y eut aucune réaction, personne n'avait semblé l'entendre. Il se précipita devant la baignoire, sous les projecteurs, et quelqu'un cria :

— Qui êtes-vous ? Dehors !

Park leva son automatique et tira vers le plafond. Il aurait même pu tirer deux fois, Lao Gu l'avait prévenu, venant d'un studio de tournage, les bruits les plus étranges étaient monnaie courante. Il est primordial de t'imposer dans le plus court délai possible. Tu dois faire preuve d'autorité, fixer le réalisateur parce que c'est lui qui détient l'autorité, tu dois en avoir plus que lui afin de prendre le contrôle sur le studio en entier.

Quand le coup de feu avait claqué, l'éclairage s'était mis à trembler, c'était la perche télescopique qui oscillait parce que l'homme qui la manipulait avait failli tomber de l'échafaudage. Les gens comprenaient peu à peu, ceux qui étaient accroupis avaient roulé sur le sol et le machiniste, jusque-là debout, s'était accroupi d'un coup derrière le pupitre. Seule Pear Ing avait crié, la balle avait fait éclater une ampoule et des morceaux de verre lui étaient tombés sur les épaules. Elle voulut se relever et sortir de la baignoire en prenant appui sur le rebord.

Park Gye-song la tira par le bras et la jeta à terre. Son maillot de bain trempé lui collait au corps, une ombre un peu plus marquée visible à hauteur du pubis, elle se recroquevilla sur le sol en cherchant à dissimuler les parties les plus exposées de son corps.

Impérieux, Park braquait son arme, il désigna le caméraman de la main gauche (il l'avait repéré dès qu'il était entré) :

— Toi, tu sors.

Il ordonna à Xiao Fu de l'extraire du groupe de personnes accroupies. Sous la menace de son arme, Xiao Fu lui fit préparer tout le matériel nécessaire à un tournage, dont la lourde caméra 35 mm qu'il lui chargea sur le dos, et Park lui indiqua également des boîtes de pellicule empilées par terre afin que l'ensemble soit emporté dans le camion.

— Il y en a assez pour tourner pendant plusieurs heures ? demanda-t-il.

Personne ne répondit, peu lui importait. Il voulait surtout que tout soit monté dans le véhicule. Ils n'étaient pas venus en auto, Lao Gu avait auparavant inspecté les studios et savait que la compagnie possédait son propre camion, garé toutes les nuits dans la cour.

Tout le monde devait être ligoté, avait dit Lao Gu. Personne ne devait bouger d'ici avant trois heures de l'après-midi. C'était une petite compagnie, un studio minuscule, aucune arrivée n'était à craindre. Ils aimaient travailler la nuit, le matin tous ces gens de cinéma faisaient la grasse matinée et personne d'autre ne se montrerait.

— Tu les feras tous attacher et tu laisseras deux hommes pour les surveiller afin de parer à toute éventualité, avait dit Lao Gu.

— Nous manquons de bras, à quoi ça va servir, en quoi est-ce nécessaire ? avait-il demandé.

— C'est nécessaire. Il faut le faire. Ce sont des choses qui t'échappent. Tu ne comprends pas le cinéma. Sa force de conviction. En 1929, j'étais en Union soviétique, j'ai vu le film. Tu connais le nom d'Eisenstein ? Un cinéaste. Son film s'appelle *Octobre*. Il raconte l'attaque du Palais d'hiver. Il y a eu, paraît-il, plus de personnes blessées au cours du tournage du film que dans l'assaut lui-même, et plus de morts dans le film que dans la réalité. On oublie facilement les victoires, on oublie facilement les morts, il n'y a que les films qui restent.

Park ne comprenait pas trop ce qu'il voulait dire, il trouvait ces paroles profondes mais impénétrables. Il avait l'impression que Lao Gu parlait tout seul, comme absorbé par un point de doctrine.

Les films pouvaient faire mourir dix personnes au lieu d'une, il suffisait de changer la position de la caméra. Ils pouvaient rendre la mort bien plus propre et agréable à regarder, sans spasmes ni cervelle répandue, en la réduisant à une image. Voilà une chose qu'il pouvait comprendre. Dans un film on pouvait, d'un mort, ne laisser paraître qu'une épaule.

Il ordonna à ses hommes de ligoter tout le monde, y compris le caméraman déjà assis dans le camion, y compris Pearl Ing. La grande vedette, il s'en chargea lui-même, il y avait des cordes en quantité suffisante. Il la garrotta avec soin, les mains derrière le dos, la corde faisant un tour au-dessus de ses épaules puis sous ses aisselles, s'entrecroisant sur son ventre, puis deux fois autour de ses cuisses, de ses mollets et jusqu'aux talons pour que ses pieds soient joints, et il fit un nœud solide. Quand l'humidité aurait séché sur son corps, se disait-il, la corde sécherait par la même occasion et serrerait encore davantage.

Les personnes qui travaillaient sur le tournage une fois empilées en tas sous le feu des projecteurs, Park Gye-song jeta Pearl Ing au milieu des autres, ficelée comme un paquet de viande, puis il arracha un rideau et l'en recouvrit à regret. Avec les deux hommes qu'il laissait pour les surveiller, il jugea inutile de bâillonner les prisonniers, même le jour venu ils n'oseraient pas appeler avec les armes braquées sur eux.

La bâche était posée sur la benne du camion. Il fit entrer le caméraman dans la cabine. Quand tu veux obtenir de quelqu'un du bon travail, tu dois lui témoigner un certain respect. Il était encore tôt. Assis au volant, il fuma une cigarette. Il devait conduire le camion, à l'aube, à Mohawk Road, et déposer le caméraman dans une écurie. Quant à lui, il se rendrait ensuite rue Palikao, où une autre équipe l'attendait avec Lao Gu.

— Où pose-t-on la caméra pour filmer en plein air ? On la transporte sur les épaules ? demanda-t-il au caméraman.

— Il y a un trépied.

Il dit aux autres d'aller chercher le trépied qui se trouvait dans un coin du baraquement.

— Et dans un camion qui se déplace ? Le trépied peut tenir debout ?

— Pas de problème, répondit le caméraman, avant de poursuivre avec hauteur : Pendant l'Expédition du Nord, je la portais à l'épaule pour filmer les combats.

Park Gye-song lui tapa sur l'épaule joyeusement et lui mit une cigarette dans la bouche.

LI

Mardi 14 juillet 1931 (an XX de la République),
4 h 35.

Leng Xiaoman se sentait horriblement mal. Pas seulement à cause de la fatigue ou de la faim. Les mains attachées derrière le dos, il lui était impossible de se retourner et elle n'avait d'autre solution que de rester allongée sur le côté. Des émanations de soufre envahissaient la pièce, à les avoir inhalées trop longtemps, elle avait l'impression que les muqueuses de son nez et de sa gorge se desséchaient.

Elle ne pouvait s'en prendre qu'à elle-même, c'était la deuxième fois qu'elle se jetait dans la gueule du loup. Quand elle s'apprêtait à remonter, hier après-midi, quelqu'un s'était mis en travers de son chemin. Xiao Li, un petit gars tout timide du groupe de Lin Peiwen, auparavant en apprentissage chez un pharmacien. Au fond du passage qui menait du jardin à l'avenue Joffre, dans un coin à l'écart, il l'avait mise en garde :

— Ne retourne pas là-haut ! Lao Gu dit que tu as trahi l'Organisation. Ordre est donné de t'abattre sans condition dès que tu referas surface.

— Je n'ai pas trahi l'Organisation.

— Je n'ai aucunement l'envie de te voir mourir… avait répondu Xiao Li avec un regard gentil. Mais c'est la Russe blanche, elle est arrivée ce matin à l'Astor

House, pour un peu elle aurait tué Park Gye-song. Dès que l'information lui est revenue, Lao Gu a dit que sûrement tu avais renseigné cette femme. Depuis ta disparition, il s'inquiétait, puis ces nouvelles n'ont pas tardé à arriver.

— Je n'ai pas trahi l'Organisation.

— Cela ne rime à rien de dire ça maintenant. Pars vite…

Lorsqu'elle logeait dans le local de la rue Amiral-Bayle, Xiao Li était un de ceux qui lui rendaient visite. Il l'aidait à monter du charbon ou à aller chercher de l'eau bouillie à la chaudière à l'entrée de la ruelle.

— Et Xue ? demanda-t-elle à brûle-pourpoint.

— Park Gye-song l'a ramené et conduit à l'autre local. Lao Gu a des doutes aussi sur lui, il pense qu'il représente un danger. Quand il surgit brusquement un type de ce genre, a dit Lao Gu, c'est qu'il a des liens avec la police… Et voilà que tu te mets à divulguer les secrets de l'Organisation. Xue peut encore nous être utile, Lao Gu doit statuer sur son compte, mais toi, il a dit que c'était la mort sans condition. Park Gye-song a tiré sur la Russe, mais elle n'est pas morte et a été transportée à l'hôpital. Lao Gu a dit que dès la fin de l'opération, il devait la faire éliminer. Maintenant, tous les trois, vous représentez une menace pour l'Organisation.

— Xue s'est engagé résolument dans la révolution. Et cette femme russe aussi, elle nous a été d'une grande aide. Nous ne pouvons pas supprimer ainsi des innocents.

— Tu oublies nos engagements ? Tu oublies le vademecum de la Société des Forces unies ? Mais inutile de reparler de tout ça, pars vite ! Je te laisse libre ! Ne monte pas !

Il la poussait pour qu'elle s'en aille, elle fit quelques pas et il la rappela : « Attends… » Il fouilla dans sa poche et en sortit un dollar, quelques billets, les lui tendit. Puis il réfléchit et tira de sous sa tunique un pistolet qu'il lui remit. C'était un Browning, grand comme la main.

Elle était retournée chez Xue, route Joseph-Frelupt. S'était assise à la table, hébétée. Elle ne pouvait plus faire un pas, ses jambes lui faisaient mal, elle ne savait pas où aller. Et brusquement elle s'était mise à pleurer. Effondrée sur le lit, respirant sur l'oreiller l'odeur des cheveux de Xue, elle avait pleuré tout ce qu'elle savait.

Lao Gu tenait Xue dans sa main. Elle décida de tout faire pour le lui reprendre, c'était la seule chose qu'il lui restait à faire. Il ne serait pas sacrifié, elle ne le voulait pas. Elle supplierait Gu Fuguang, elle ne croyait pas qu'il la tuerait, ni que l'Organisation avait l'intention de la supprimer. Nul besoin pour elle d'une réflexion sans fin, pour elle ce jour ne serait pas sans fin. Mais le temps qu'elle sorte, qu'elle trouve une cabine téléphonique, quand elle avait appelé Lao Gu, le soir tombait déjà.

Elle s'était rendue à la boutique de chandelles de la rue Palikao d'après l'adresse qu'il lui avait donnée. Ni Lao Gu ni Park ne s'y trouvaient. Elle ne connaissait pas beaucoup de monde dans le groupe. Quelqu'un la conduisit à l'étage et la ligota très poliment sur un lit.

Maintenant, elle n'avait plus qu'à attendre ici, allongée sur le côté.

Une vague lumière commençait à poindre par la fenêtre, le ciel bleuissait. Elle entendit le bruit d'une porte qui s'ouvrait et peu après l'échelle de bambou grinça, quelqu'un montait. C'était Park Gye-song.

Il s'assit à la table, il l'observait.

— Pourquoi t'es-tu échappée ?

Elle le fixait d'un regard buté.

— Pourquoi as-tu divulgué des informations ? Pourquoi as-tu trahi l'Organisation ?

Son ton sévère ne l'impressionnait pas, elle n'éprouvait que de l'humiliation. Elle avait tant donné d'elle-même et tant supporté, les choix déchirants, la solitude sans limite et les rôles qu'elle jouait contre sa volonté. Elle regardait Park, le visage de celui qui vient de passer une nuit blanche, encore plus émacié de n'être pas rasé. Elle se rappelait combien elle en avait vu, de ces traits marqués, qui lui paraissaient soudain quelque peu risibles de montrer tant de nervosité et de fatigue, l'excitation due à la fatigue excessive… Il lui sembla soudain qu'un autre moi libéré des choses de ce monde surgissait de son corps, hors de son cerveau à l'instant encore si plein de honte et de colère, et se tenait à ses côtés comme un spectateur indifférent.

Des visages de gens immergés dans l'action clandestine, immergés dans leur propre imaginaire. Des visages livides affleurant par éclairs au milieu de la foule anonyme, des visages hautains, apeurés, pleins d'espoir et pleins de mépris…

Désormais dans cette position de spectatrice, elle ne trouvait plus aucun sens à tout cela. Un gâchis pur et simple… se disait-elle en cherchant les mots pour l'exprimer. Mais très vite elle pardonna tout et pardonna ceux qui le lui infligeaient. Ils ne savaient pas ce qu'ils faisaient. Elle se dit que finalement ils n'étaient pas si risibles, elle non plus n'arrivait pas à dormir, des nuits entières, elle avait aussi ce visage livide et brouillé, ce visage d'une personne perpétuellement en proie à des rhumatismes articulaires.

Elle réfléchit aux paroles de Park – à la trahison…

C'étaient précisément des mots de ce genre qui ne cessaient de les tourmenter, elle et eux. Ils avaient le pouvoir de ronger l'âme, de rendre amer et anxieux, de faire perdre le sommeil. Personne ne prononce ces mots dans les conversations ordinaires, mais dès lors qu'on en use, la vie en est terriblement transformée, le monde devient une sorte de rêve. En repassant ce vocabulaire dans sa tête, elle en trouvait des ribambelles, *action, vade-mecum, patrie, oppression*... et puis encore *amour*.

Si ce mot-là, *amour*, n'avait pas existé, la relation en aurait-elle été rendue un peu meilleure, entre Xue et elle ? Aurait-elle été moins surfaite, moins jouée ? Ces gens et ce vocabulaire lui avaient attribué un beau rôle, mais maintenant elle en était fatiguée et le rejetait.

A l'approche de l'aube, elle entendit la voix de Lao Gu, voulut l'appeler, lui dire qu'elle n'avait pas trahi, mais seulement cherché à empêcher qu'on fasse du mal à Xue. Il ne pouvait avoir vraiment l'intention de la tuer. S'il ne prenait pas la peine de monter la voir, c'était peut-être qu'il se sentait un peu fautif, responsable, en quelque sorte, de sa fugue et du coup de fil qu'elle avait donné pour transmettre des informations. Elle se débarrassait de sa culpabilité, c'était celle des autres qu'elle éprouvait maintenant.

Elle se mit à appeler à pleine voix, Lao Gu, Lao Gu ! Park Gye-song monta quatre à quatre et lui dit, Lao Gu est parti. Il s'approcha, la libéra de ses liens, lui servit une tasse d'eau chaude. Elle aurait voulu se laver la figure, se rincer la bouche, se changer, mais elle se préoccupait encore plus de Xue.

Park lui tournait le dos et semblait examiner l'ampoule au-dessus de la table.

— Je vais t'emmener le voir, dit-il.

Son cœur se libéra d'un grand poids. Finalement, tout pourrait s'expliquer. Demain, tout serait terminé. Dans l'intervalle elle pouvait apporter sa contribution en s'occupant de Xue. Quant à la femme russe, Teresa, elle était à l'hôpital, non ? Cette petite épreuve ne pourrait pas lui faire de mal.

A cette heure, il n'y avait personne dans la rue Palikao. Un rat escaladait le tas de charbon des bains-douches voisins pour effectuer sa dernière partie de chasse avant le lever du jour. Le camion était garé de l'autre côté de l'avenue, bâché, un mince espace subsistait entre la toile bitumée et le hayon arrière, Park y passa la main, ouvrit le hayon et fit grimper Leng Xiaoman devant lui. Elle sentit qu'il la poussait et elle sauta à l'intérieur. Elle se retourna, alarmée, quand Park entra d'un bond à sa suite.

La bâche était retombée, dedans il faisait noir comme dans un four. Ses yeux n'avaient pas eu le temps de s'accoutumer à l'obscurité, quand des mains la saisirent à la gorge. L'évidence s'imposa immédiatement – Park Gye-song allait l'étrangler. L'exécuter dans le camion, cela évitait d'avoir à la transporter. Mais tandis qu'elle réalisait ce qui se passait, son cerveau commençait déjà à manquer d'oxygène, elle se mit à étouffer et à se débattre. Il l'avait repoussée dans un angle de la benne, elle cherchait à lui donner des coups de pied mais il était à genoux sur elle.

Elle était près de perdre connaissance et agitait les mains, l'une d'elles heurta soudain l'arme qu'elle avait cachée dans ses vêtements. Route Joseph-Frelupt, elle s'était changée exprès, quittant sa robe chinoise pour un pantalon, et avait glissé le pistolet dans sa ceinture par-derrière, comme elle avait vu faire Lin Peiwen. Heureusement, elle n'avait pas mis l'arme dans son sac à main, heureusement, on ne l'avait pas fouillée…

Elle savait que le cran de sûreté était engagé. De toute façon, son intention n'était pas de tuer, elle leva le bras, de toutes ses forces elle abattit la crosse sur la tempe de Park, et ses mains qui lui serraient le cou se relâchèrent. Sans perdre de temps à tousser, malgré une violente quinte, elle se laissa rouler hors de la benne et partit vers l'avant du camion. Elle entendit un choc à l'intérieur, puis le bruit sourd de quelque chose qui tombait sur le sol, elle n'osa pas se retourner et se mit à courir à toutes jambes, droit devant elle.

Elle aperçut Lin Peiwen à l'angle de la rue du Weikwei. Xue était là, sa tête apparaissait derrière Lin. Elle voulut crier au secours, mais elle n'entendit pas sa propre voix, elle avait l'impression de ne pas pouvoir respirer, elle les vit tourner la tête et regarder de son côté. Ils étaient là, debout, elle courait vers eux en titubant, agitant les bras. Elle entendit derrière elle un moteur qui se mettait en marche, le camion la frôla, les roues de gauche heurtèrent le trottoir et le camion passa en marche arrière et se mit à reculer à toute vitesse, laissant une trace de pneus en arc de cercle au carrefour, puis il s'engouffra dans la rue du Weikwei où il disparut en une fraction de seconde.

Leng Xiaoman se sentit mollir, elle tremblait de tous ses membres et se mit à pleurer et à tousser. Elle s'appuya contre Xue, qui la prit par les bras. Elle voulut tendre la main pour lui toucher le visage, mais elle tenait toujours son arme. Elle était passée à deux doigts de la mort, et elle revenait à la vie. Et puisqu'elle l'avait vue de si près, elle n'avait plus besoin d'avoir honte, de se demander comment on allait juger ses actes. Xue était là, si beau, lui qu'elle avait cru ne jamais revoir. Elle lui entoura le cou de ses bras et se mit à pleurer à chaudes larmes, appuyée contre lui.

LII

Mardi 14 juillet 1931 (an XX de la République),
6 h 55.

Le temps manquait à Lin Peiwen. Sans gaspiller une seule seconde, il avait bien failli arriver trop tard. A une minute près, probablement, ils n'auraient été là que pour constater la mort de Leng Xiaoman. Il ne voulait plus voir de camarades sacrifiés pour rien. La veille, quand Xue lui avait rapporté ce qu'avait dit Gu Fuguang au moment de s'en aller, il avait immédiatement réalisé qu'elle était en danger. Il pensait même que Lao Gu, ayant empêché Xue de la voir, l'avait déjà supprimée et comptait faire porter la responsabilité de son exécution à la Russe blanche. Ensuite, Xiao Li, un camarade de son groupe, était venu les retrouver à Ming Koo Road, il lui avait raconté sa rencontre avec Leng Xiaoman et lui avait dit qu'elle était hors de danger.

Après cela, elle lui était sortie de la tête. Il avait tant à faire, et tout cela dans la soirée. Il avait chargé les hommes de Xiao Qin d'aller transmettre les nouvelles aux autres, puis il avait réuni son équipe dans le local de Ming Koo Road. Il voulait leur expliquer en détail de quoi il retournait. Certains n'avaient pas pu être joints, Gu Fuguang ayant dispersé ses troupes et pris avec lui plusieurs camarades pour aller à Pudong.

Le plus urgent est de regrouper tes hommes, avait dit le chef de section Lao Chen. La plupart, au départ encore étudiants, avaient à peine plus de vingt ans. Gu Fuguang les avait mystifiés, mais ces jeunes gens constituaient la plus précieuse richesse de la révolution. Il fallait tout faire pour les récupérer et leur révéler la vérité. Les membres de son équipe étaient les meilleurs parmi les hommes sous les ordres de Gu Fuguang. Celui-ci se flattait d'avoir rassemblé d'importantes forces vives, mais les seuls dans sa troupe à avoir de réelles capacités, c'étaient ces jeunes. Lin avait appris par Lao Chen qu'une enquête était menée dans le Parti : les autres équipiers de Gu Fuguang n'étaient qu'un ramassis de voyous, des traficoteurs recrutés dans les Concessions, pour certains des sbires des syndicats jaunes, pour d'autres des rabatteurs qui racolaient le chaland dans les petites salles de jeux de la Bande noire, se faisant occasionnellement exécuteurs des basses œuvres lorsque des clients se sauvaient en ayant raflé le magot. Gu s'était aussi gagné des étrangers, Coréens, Indiens, Russes blancs, parmi les malfrats venus de différents points d'Asie trouver refuge à Shanghai.

Pour les camarades qu'il n'était pas parvenu à joindre, Lin Peiwen ne savait comment faire. Lao Chen disait qu'il fallait utiliser tous les moyens à sa disposition afin de faire la lumière sur ce complot visant à disqualifier le Parti. A l'issue de leur réunion, chacun des membres de l'équipe devait mener au plus vite ses propres investigations. Lin, de son côté, resterait avec le dénommé Xue pour tenter de déterminer quelles seraient les réactions de la garde municipale si elle était informée de la situation. Son opinion était qu'il fallait transmettre ces nouvelles à la police française, en trouvant les moyens opportuns de le faire.

— Où est Leng Xiaoman à l'heure actuelle ?

Voilà ce qu'avait répondu Xue. Ce type n'avait rien dans le ventre, il ne pensait qu'à lui et se comportait en parfait égoïste. Lin Peiwen refusait de comprendre, ils n'étaient décidément pas de la même espèce. Alors qu'il venait d'apprendre que la Russe blanche avait été conduite au Shanghai General Hospital et de montrer tout son soulagement, voilà qu'il se mettait à s'inquiéter de Leng Xiaoman. Lin Peiwen ne parvenait pas à concevoir qu'on navigue de la sorte entre deux femmes, cela lui paraissait d'une bassesse totale.

— Elle va très bien. Certains de nos camarades l'ont mise au courant des derniers événements et l'ont prévenue qu'il ne fallait pas qu'elle retourne auprès de Gu Fuguang.

Il voyait bien l'intérêt que Xue portait à Leng Xiaoman. Pourtant, qu'on puisse s'attacher ainsi à l'une, tout en restant attaché à l'autre, cela lui échappait complètement.

— Gu Fuguang n'est pas un authentique communiste. Il est en train de tramer un attentat, dont il veut faire porter la responsabilité au Parti. Nous souhaiterions que tu en informes la police française par l'intermédiaire de l'ami que tu as dans leurs services.

Lin Peiwen attendait une réponse. Sa lèvre supérieure avait un goût de sel, du fait de la transpiration. Il observait son interlocuteur. Celui-ci semblait prêt à dire quelque chose, Lin le vit tâter sa poche, à coup sûr à la recherche d'une cigarette, lui aussi avait envie de fumer, d'ailleurs.

— Pourquoi est-ce qu'ils me croiraient ?

Sur le mur en face d'eux, la fille d'une réclame de cold-cream les regardait, sous les lampes blafardes, les fleurs qui rivalisaient de coloris tout autour d'elle paraissaient ternes. Pourquoi est-ce qu'ils le croiraient ? De point de vue des impérialistes des Concessions, le Parti communiste représentait un danger bien plus grave que des criminels de droit commun, quelle raison auraient-ils de vouloir éclaircir la situation ?

Xue réfléchissait. Lin Peiwen le regardait avec un sourire, un peu mieux disposé. C'était un jeune comme eux, même s'il était banalement égoïste et même si son bon cœur n'avait jamais eu à passer au feu de la crise de conscience, on pouvait avoir l'espoir de le convertir.

— J'ai quand même une idée, articula enfin Xue.

Lin Peiwen attendit.

— C'est Shanghai, ici. Une grande ville, qui a ses propres ressources de grande ville. Ses propres canaux de transmission.

Il poursuivit, tout en continuant à raisonner :

— On pourrait transmettre l'information par voie de presse. Rédiger un communiqué. Le porter à une agence de presse. Une déclaration dénonçant le complot. Et puis il y a la radio. Il y a tellement de stations dans les Concessions. Toutes les rédactions sont au travail à cette heure, les journaux du matin ne sont pas encore sous presse, on a le temps. On en rédige plusieurs dizaines d'exemplaires, qu'on va porter aux journaux et aux radios, demain à la première heure le communiqué passera sur toutes les ondes. Et les journaux du matin le publieront en même temps.

L'idée était bonne, conclut, après mûre réflexion, Lin Peiwen. Si excellente même qu'on ne pouvait en rêver de meilleure.

Ils avaient écrit toute la soirée, corrigé à maintes reprises, Lin Peiwen était dans l'incapacité d'en référer en haut lieu, le temps manquait. Non sans ressentir un frisson de terreur sacrée, il ne lui restait plus qu'à coucher sur le papier la première ligne du message :

Le Comité de Shanghai du Parti communiste chinois s'adresse à ses concitoyens.

Xue pensait que cette déclaration ne pourrait pas, en l'état, paraître dans les journaux de la Concession. Pour lui, il valait mieux raconter toute l'histoire depuis le début, et si l'histoire collait avec le réel, on serait prêt dans les rédactions à la publier, parce que la population, ici, adorait le « sensationnel ». Lin Peiwen l'écoutait.

Fallait-il révéler ce qui allait se passer le lendemain ? Lin Peiwen s'interrogea longuement. Il s'inquiétait parce que quelques camarades n'étaient pas encore alertés. Il se décida finalement à reformuler son texte. Il en fit vingt exemplaires, aidé par Xue qui le recopiait aussi.

Ils allèrent les porter à bicyclette, Lin accompagné de Xue, bien plus familier que lui de toutes ces agences et ces stations radio. Quand ils regagnèrent Ming Koo Road, il était près de quatre heures.

Un des hommes de Lin revint de la rue Palikao, chargé par Park Gye-song de convoquer les membres de son équipe pour un rassemblement général. Lin Peiwen le mit au courant de la situation.

Il leur apprit une nouvelle qui les glaça : Leng Xiaoman était retournée là-bas ! Elle y était retenue prisonnière. Lin Peiwen, sans hésiter une seconde, s'était rendu immédiatement rue Palikao avec Xue. Par chance ils étaient arrivés à temps.

Lin Peiwen contemplait la boutique en désordre. Des restes de nourriture, des mégots en quantité jonchaient la pièce, les caisses auparavant rangées en piles bien alignées étaient maintenant éparpillées dans tous les sens, les armes et les munitions cachées sous le plancher derrière les caisses avaient été emportées.

Il se demandait si les informations avaient déjà transpiré dans l'autre camp. Les grandes manœuvres qu'il avait déployées pour récupérer son équipe ne pouvaient pas ne pas soulever les soupçons de Gu Fuguang. Et Park Gye-song ayant fait demi-tour avec son camion dès qu'il les avait vus, Lin Peiwen se doutait qu'ils savaient déjà que le complot était éventé. A coup sûr, Lao Gu allait tenter le tout pour le tout.

Ce que Gu Fuguang voulait faire des nouvelles armes qu'ils avaient achetées, Lin Peiwen l'ignorait. Il ne connaissait rien de ses plans, pas plus l'heure où il opérerait que la cible. Tout était dans la tête de Gu Fuguang. Parmi les camarades qu'il avait ralliés, l'un disait qu'une banque était visée, un autre affirmait que le rassemblement aurait lieu aux écuries proches du Shanghai Race Club. Il n'y avait pas une seule banque à proximité de Mohawk Road. C'était tout à fait dans le style de Gu Fuguang, il précisait toujours au dernier moment le détail du plan aux membres des commandos.

Ils pénétrèrent dans l'entrepôt derrière la boutique, une réunion y avait sans aucun doute eu lieu. Une boîte de conserve était remplie de mégots, il n'y avait que Gu Fuguang pour fumer les cigarettes comme ça à la file. Leng Xiaoman s'appuya à une étagère posée contre le mur. Elle ne lâchait pas la main de Xue.

Lin Peiwen parcourut la pièce des yeux, les fenêtres étaient condamnées, des planches y étaient clouées, entre lesquelles s'introduisaient la lumière matinale et la fumée des réchauds. Les boulets de charbon où s'était déposée l'humidité nocturne répandaient une odeur piquante qui prenait aux narines. De Youyi Li, le *long-tang* voisin, parvenait le bruit des seaux d'aisance nettoyés à grande eau. Lin Peiwen remarqua que certaines caisses, dans l'entrepôt, avaient été vidées d'une partie de leur contenu, une bonne moitié des pétards avaient disparu. Il trouva aussi une feuille de papier, posée devant la place où Gu Fuguang s'asseyait généralement.

Il prit le papier et l'examina à la lumière de la lampe. Il comprenait la signification de ce plan. Gu Fuguang était toujours d'une grande minutie quand il montait une opération, il allait d'abord observer minutieusement le terrain. Pendant les réunions, il traçait le plan des rues sur du papier blanc, notant leur largeur, l'emplacement des constructions, les portes et les fenêtres, précisant où se posteraient les hommes en armes et où seraient garés les véhicules…

Mais Lin ne comprenait pas à quoi pouvaient correspondre les petits carrés alignés de part et d'autre de la voie. Il remarqua que Gu Fuguang avait noté la position des hommes armés auprès de ces carrés, un d'un côté de la rue et deux de l'autre. L'emplacement de la cible était signalé, lui aussi, sur un côté de la rue, Gu Fuguang avait l'habitude de la représenter par une tête de cochon, deux grandes oreilles, un groin qui prenait presque toute la place avec deux petits ronds noirs. Sur la droite était dessiné un triangle, que Lin Peiwen identifia comme une guérite de police. Face à la tête de porc, de l'autre côté de la rue, il y avait un caractère très petit, qui semblait avoir été noté au vol au moment de commenter le croquis. Lin l'examina de plus près et vit qu'il s'agissait du caractère *guan.*

Il remit la feuille sur la table, éclairée par un rai de lumière perçant d'entre les planches sur la fenêtre. Leng Xiaoman s'en approcha.

— C'est la rue du Consulat, déclara-t-elle soudain.

Elle désignait des points sur le plan :

— Ici, c'est la rue à l'est du Gaz de Ville et là, la rue à l'ouest du Gaz de Ville, et ce caractère *guan*, c'est le Guansheng Yuan, sans aucun doute. Les carrés, ce sont les piliers des arcades. La cible, c'est la Banque industrielle de Chine ! Juste à côté se trouve le Singapore Hotel.

Lin Peiwen la regarda, une question lui venait qu'il ne pouvait pas ne pas lui poser, il avait besoin d'une réponse immédiate :

— Quand tu as été arrêtée au Singapore, tu as été conduite au commissariat de la Porte du Nord. Pourquoi as-tu menti ? Pourquoi n'as-tu pas voulu le dire à Gu Fuguang ?

— Je ne sais pas trop… j'avais peur que vous ne coupiez les ponts avec moi si je disais la vérité…

— Alors, dis-moi, poursuivit-il en s'adressant maintenant à Xue : Quelles étaient tes intentions quand, par l'entremise de Leng Xiaoman, tu as contacté Gu Fuguang ? Quels sont tes liens avec l'équipe de l'inspecteur Maron, à la garde municipale ?

Xue était incapable de répondre.

— Ce sont des connaissances, marmonna-t-il. Juste des connaissances… Non, ce sont des amis.

— Ne t'inquiète pas, répondit Lin Peiwen en souriant. Nous sommes parfaitement au courant de ta situation. Nous souhaitons garder le contact avec toi. Si tu nous fais confiance, si tu crois que notre action vise un but juste, alors nous pouvons devenir tes amis.

LIII

Mardi 14 juillet 1931 (an XX de la République), 9 h 10.

Dans les grandes rédactions comme celles de *L'Impartial* ou du *Shanghai News*, on se contenta de publier l'information dans la colonne des nouvelles locales. Cela devait leur paraître la seule façon adéquate de la traiter. Mais certains journaux moins prestigieux avaient pour ligne directrice la diffusion d'articles sur l'actualité. Ainsi, le *Nouveau Journal du Citadin,* publication *in octavo* d'audience modeste, passa le communiqué dans son intégralité, en bas à droite de la une. L'année précédente, ce journal avait subi les foudres du bureau de la censure du comité local du Kuomitang de la municipalité spéciale de Shanghai, pour avoir publié une photo du général Chiang Kai-shek, président du Conseil de gouvernement, chef des armées nationales, héros victorieux de l'Expédition du Nord, en grand uniforme, pour illustrer une réclame de médicament censé raffermir la virilité. Au moment de la victoire de ses troupes contre les seigneurs de la guerre, dans des temps encore troublés, ce genre de publicité mettant en boîte le commandant en chef des armées n'était pas rare, on en voyait partout avant qu'elles ne soient retirées progressivement de la circulation.

Lorsqu'un rédacteur en chef examinait le document avec un zèle trop tatillon, Xue lui faisait remarquer que ce communiqué ferait partie, dès le lendemain, des dépêches diffusées en grand par l'agence de presse Shenshi, et que rien alors ne l'empêcherait de le relayer sous cette caution. Cela prouverait simplement qu'il préférait en faire assumer la responsabilité par autrui. Au sujet de cette affaire compliquée, le *Nouveau Journal du Citadin* donnait un compte rendu sur deux pleines pages, en reproduisant en entier le texte rédigé par Lin Peiwen auquel n'avaient été apportées que de rares corrections.

Si seulement Xu avait pu tomber sur Li Baoyi, il lui aurait transmis le communiqué. Après tout, même l'agence Arsène Lupin avait ses lecteurs attitrés. Après avoir accompagné Leng Xiaoman au tramway, sur son chemin, il acheta un exemplaire du *Nouveau Journal du Citadin* au bazar-tabac qui faisait aussi marchand de journaux à côté de la station. Lin Peiwen, pendant ce temps, s'affairait à réunir les membres dispersés de son équipe. Quant à Leng Xiaoman, mieux valait qu'elle se rende toutes affaires cessantes chez Xue, route Joseph-Frelupt, pour se reposer.

Xue ne pouvait pas y aller avec elle, il avait trop à faire. D'une cabine du boulevard de Montigny, il demanda le bureau du capitaine Sarly, à la garde municipale.

Sarly devait attendre de pied ferme près du téléphone. Et avoir lu les journaux du matin. Avant que Xue n'ait eu le temps de s'expliquer, il éclata :

— Qu'est-ce que c'est que cette histoire qui est parue dans les journaux ? Tu as quelque chose d'autre à me raconter ? Tout y est ! Ce ne sont pas des communistes, mais une bande organisée, des bandits qui ont monté un coup qu'ils veulent faire endosser par le Parti communiste. Pourquoi n'es-tu pas venu me trouver en priorité ? Ces gens se préparent à une action violente, mais laquelle ? Pourquoi n'as-tu pas averti la police ? Mais qu'est-ce que tu as dans la tête, en définitive ?

Xue prenait un café dans une pâtisserie de la rue du Consulat. Les nouvelles qui passaient sur la TSF Westinghouse allumée dans un coin de la salle le ravirent. Décidément, l'idée était excellente.

L'information lui avait finalement valu, une nouvelle fois, le pardon de Sarly. Lequel d'ailleurs ne pouvait que le lui accorder : si Xue n'avait pas agi selon leurs exigences, les autres ne l'auraient pas lâché, et il n'aurait pas pu transmettre le moindre renseignement. Xue avait souvent l'impression que Sarly jouait au chat et à la souris avec lui, que rien ne lui échappait jamais. Ce devait être ce talent qui lui permettait de tenir la Concession sous son contrôle. Il vous guettait de sa position dominante et tolérait vos petites supercheries, aussi longtemps qu'il avait envie de continuer à s'amuser avec vous.

A onze heures pile, Xue se rendit comme convenu à la police. Le poète marseillais l'attendait à la porte. La brigade spéciale au grand complet était réunie dans la salle principale.

Le capitaine Sarly se tenait dans une petite pièce attenante. Face à ces stupéfiantes nouvelles, il affichait une fermeté de marbre. En 1912, il avait fait face à un soulèvement indigène en Côte d'Ivoire. Après la guerre de 14, en Indochine, il avait débusqué l'atelier de fabrication d'explosifs d'un groupuscule indépendantiste à Hanoi. Quand il était de bonne humeur, Sarly racontait à Xue les plus éclatants succès de sa carrière outremer. Ce qui le passionnait, à l'heure actuelle, c'était le Parti communiste, et les nouvelles qu'apportait Xue le dépitaient quelque peu. Il était surtout très dépité qu'elles aient été communiquées aux journaux et aux radios. Xue voyait bien à quoi tenait sa frustration : pour une bonne part, il était vexé et mécontent de s'être trompé dans ses estimations, mais ce qui le tracassait aussi, dans une moindre mesure, c'était sa gloriole contrariée.

Le capitaine fut très satisfait du plan que Xue dessina de mémoire. Il demanda à l'inspecteur Maron de le porter dans la salle où se réunissait la brigade spéciale. Si on parvenait à contrer l'action prévue par Gu Fuguang, Xue, assez décrédibilisé aux yeux du capitaine, retrouverait la face qu'il avait plus ou moins perdue, et par la même occasion il permettrait au capitaine d'en faire autant. Xue espérait bien que le projet de Lao Gu allait se conclure par un échec, et il espérait même que la police l'abattrait par la même occasion. Il était sûr que Lin Peiwen, son nouvel ami, pensait de même : Gu Fuguang avait pour projet de faire porter la responsabilité de l'attentat au Parti. Le problème était que personne ne savait quelle heure il avait fixée pour lancer son action.

Le capitaine n'en ressentait aucune angoisse particulière. Il fumait la pipe et attendait.

L'inspecteur Maron entra dans la pièce. Avec ses manières inciviles de boxeur retraité, il soumit un plan au capitaine :

— Il faut que nous bloquions les deux issues avec des véhicules blindés. Il y a trop de monde dans la rue, si nous ne vidons pas les lieux, il nous sera impossible de contrôler la zone après le début des opérations.

— Ils reviendront demain, ou après-demain.

La réponse du capitaine avait jailli, puis il s'était tu pour réfléchir.

— Mais aujourd'hui n'est pas un jour ordinaire. Aucun agent n'a été autorisé à prendre son jour et la moitié des effectifs est affectée au parc de Koukaza. A trois heures, le consul général et les conseillers municipaux vont assister au défilé militaire, le commandant de la garnison stationnée en Indochine sera même présent à la tribune d'honneur.

Xue se souvint brusquement qu'on était le 14 juillet. Gu Fuguang avait choisi le jour de la fête nationale, cela faisait évidemment partie du projet.

— J'y serai aussi, dit Sarly. J'attends la fin des opérations ici. Laissez-les passer à l'action avant d'intervenir. Dites-moi quelles dispositions vous avez prises.

Le capitaine laissait à l'inspecteur Maron le commandement sur le terrain.

— Un tireur armé d'une mitraillette sera caché dans la guérite de la rue des Pères. Des agents chinois en civil évolueront autour de la banque. A partir d'ici, deux minutes suffisent pour arriver sur place. Les deux postes de police de l'avenue Joffre et de l'avenue Foch sont mobilisés, tous les véhicules sont prêts et n'attendent que le signal, si la sirène retentit, les issues du quartier seront bloquées.

— Parfait. Et dans ces conditions, qu'est-ce qui vous soucie ?

Le capitaine avait réuni ses affaires dans une petite sacoche en cuir marron, il défaisait le lien qui la fermait, en ressortait son cure-pipe de cuivre et se préparait une deuxième pipe.

Une déflagration. Venant de l'ouest. Il était deux heures de l'après-midi. Plusieurs jours plus tard, lorsque toute cette série d'événements serait achevée, le capitaine y reviendrait dans une conversation à bâtons rompus avec Xue : « Je n'aurais jamais imaginé qu'il allait ouvrir le bal avec des explosifs. Quand on veut attaquer une banque, pourquoi commencer par jeter une bombe ? Jamais personne ne démarre un casse de cette façon. Je me suis dit qu'il devenait fou – n'importe qui entrerait sur les lieux sans se faire remarquer, prendrait calmement position, ferait allonger les clients sur le sol. Il avait besoin de temps, ils devaient mettre l'argent dans des sacs, dans des valises, la moitié était en pièces d'argent, les valises étaient lourdes et il fallait encore qu'ils les transbahutent dans leur véhicule. Je savais qu'il disposait d'une arme terrifiante et comptait s'en servir pour neutraliser les alentours. Nous avions pris toutes nos précautions, des agents étaient embusqués dans la banque avec des mitraillettes, prêts à ouvrir le feu dès qu'ils sortiraient. Ils se relâcheraient, une fois montés en voiture, l'excitation les prendrait sûrement à voir autant d'argent. Mais personne n'imaginait qu'ils commenceraient par jeter des bombes. Ils devaient être devenus fous, tout simplement. J'avais dit à mes hommes qu'ils auraient au moins dix minutes pour s'occuper des tireurs restés à l'extérieur de la banque. Mais s'ils ne voulaient pas nous laisser de temps, cela signifiait donc qu'ils n'avaient pas l'intention de s'en laisser à eux-mêmes. »

Xue entendait les détonations qui se succédaient. Puis les tirs d'armes de différents calibres. Certains en rafales, et aussi des coups de feu isolés, retentissant en rythme, obstinément, l'un après l'autre, comme refusant de se laisser noyer dans la masse. Il se disait que cela ressemblait aux feux d'artifice qu'on tire dans les mariages, et que s'il n'avait pas su de quoi il retournait, il aurait sans doute cru à un lancer de pétards. Les gens se disaient certainement, il doit y avoir un grand banquet de mariage à la maison Hong Yun, ou alors quelque nouveau commerce qui fête son inauguration sur la rue du Consulat.

L'inspecteur Maron sortit en trombe à la tête de la brigade spéciale, parfaitement avertie et fin prête depuis longtemps. Les explosions n'avaient semé aucun désordre dans leur dispositif, leurs véhicules les attendaient à la porte. Le capitaine ordonna à Xue de les suivre.

Ils s'installèrent dans un blindé Rolls Royce. Ils mirent plus de temps que prévu pour arriver sur place. Même s'il y avait moins d'un kilomètre à parcourir entre le poste de police et la banque, sept ou huit minutes furent nécessaires pour parvenir à destination, freinés comme ils l'étaient par des foules de gens terrorisés. Quand ils arrivèrent, la fusillade s'achevait.

L'officier qui dirigeait l'intervention était ce fameux inspecteur principal du commissariat de la Porte du Nord. Xue le connaissait. L'inspecteur lui jeta un coup d'œil avant même de faire son rapport au capitaine Sarly. On avait beau être prêts, expliqua-t-il, au commencement c'était la stupeur générale. Rien n'avait été négligé, pourtant. Oui, tout le monde avait vu la voiture se garer devant la banque, et immédiatement chacun a joué des muscles (pour parler comme le tireur à la mitraillette de la guérite). Oui, ils les avaient vues aussi, ces trois bicyclettes garées dans les arcades, l'une près de la banque et les deux autres de l'autre côté de la rue, exactement comme l'indiquait le croquis. Personne n'aurait pensé qu'après avoir sauté de la Peugeot, ils lanceraient ces charges, trois bombes, chacun une, devant l'entrée de la banque. A ce moment-là, des détonations ont retenti aussi près des bicyclettes, mais là il s'agissait de pétards, des pétards en pagaille, ajouta l'inspecteur principal, certainement noués ensemble de sorte qu'il suffit d'allumer le premier pour qu'ils explosent indéfiniment en chaîne.

C'étaient de parfaits amateurs, ces braqueurs de banque, résuma-t-il, ils devaient être morts de trouille avant même de s'emparer de l'argent. Ils n'imaginaient sans doute pas qu'il y aurait des tireurs embusqués. Les policiers ont ouvert le feu en moins de dix secondes et visiblement ils ne s'y attendaient pas, après être entrés dans la banque à travers la fumée des explosifs, ils se sont très vite rendu compte qu'ils ne pourraient pas ressortir. Des coups de feu étaient tirés aussi du comptoir et, une fois arrivés en haut des marches, dans le hall de la banque, les trois hommes ont été pris entre deux feux.

La situation est alors devenue un peu comique, poursuivit l'inspecteur. Les trois types aux bicyclettes se tenaient contre les piliers des arcades, prêts à faire feu pour aider leurs complices entrés dans la banque, mais au moment de dégainer, ils ont constaté que la situation leur échappait. Alors ils ont filé à travers les arcades et profité que les policiers n'aient pas le temps d'ajuster leur tir pour monter en voiture et s'enfuir à toute allure, sans même se préoccuper des autres restés dans la banque.

— Ils ont décampé en direction du boulevard de Montigny.

Des coups de feu retentirent vers l'ouest, du côté du pont des Immortels, comme une note en bas de page, venue commenter les propos de l'inspecteur.

— Ils ne pourront pas passer au travers. Ils n'iront pas plus loin que le boulevard de Montigny, conclut le capitaine, le regard tourné vers le spectacle chaotique qui s'offrait en haut des marches, où les bombes avaient explosé et où, derrière les portes battantes du petit vestibule vitré, les trois cadavres gisaient sur un tas de verre brisé. Il y avait aussi des victimes civiles, dont le nombre restait encore à déterminer.

LIV

Mardi 14 juillet 1931 (an XX de la République),
9 h 25.

Li Baoyi fit halte devant le *change money* « Entente cordiale », rue Vouillemont, et sortit de sa poche ses gains de la veille. Un billet de dix dollars flambant neuf imprimé par la Waterlow & Sons Limited de Londres. Au verso il n'y avait que des inscriptions étrangères avec, tout en bas, le paraphe du directeur. Un moyen inventé pour contrecarrer les faux-monnayeurs. Un jour, un établissement s'était fait dérober une somme en billets de banque qui n'avaient pas encore eu le temps d'être signés, résultat, il apparaissait régulièrement sur le marché des billets ornés de vagues pattes de mouche imitant une signature.

Le comptoir était protégé par des grilles. Li Baoyi tendit son billet au natif de Ningpo qui se trouvait derrière.

— Neuf dollars argent et le reste en pièces de dix *cents.*

Il aimait entendre l'argent tinter dans ses poches.

Il s'acheta des bouchées farcies à la viande chez le traiteur voisin, il savait que le nom sur son enseigne – *Da Hu Chun*, un traiteur renommé – était usurpé, mais qu'est-ce qu'on pouvait y faire ?

Il mit la monnaie en piécettes de cuivre dans une autre poche. Il comptait se rendre directement dans la maison de thé Morriss pour écouter les derniers échos, aujourd'hui, jour de fête nationale en France, le Shanghai Race Club avait ajouté ce « Prix du Champagne » pour la célébrer. Il avait eu une sacrée chance au jeu, hier soir, et il était persuadé qu'il le devait à un truc qu'il venait d'inventer, aussi avait-il décidé de ne rien tenter ce matin sans être retourné auprès de Pêche-Abricot quand elle ferait la sieste tout à l'heure, cet après-midi il ferait de nouveau un malheur.

En attendant que les bouchées farcies soient bien dorées, il écoutait les informations qui passaient à la radio chez le cambiste. Des mots attirèrent son attention : « Société des Forces unies ». Il avait déjà entendu ça un jour. Un jour où il avait eu une peur bleue.

Il traversa l'avenue Edouard-VII. A cette heure encore matinale, l'avenue était déserte, sans un seul taxi. Il marcha presque jusqu'au milieu de la chaussée, cette portion de l'avenue frôlait l'extrémité de l'hippodrome, dans sa partie courbe, les deux grands buildings de part et d'autre du passage qui y menait ressemblaient à deux cuisses de femmes s'ouvrant dans la direction des pistes. Il n'y avait qu'une vingtaine de mètres pour y parvenir. A gauche se trouvait une clinique de médecine chinoise spécialisée dans les maladies du rein et quelqu'un avait eu la curieuse idée de bâtir des toilettes publiques en plein milieu de la rue. Li Baoyi avait entendu dire que les joueurs impénitents venaient ici avant de miser, ils posaient les mains sur la porte des toilettes des femmes parce que, selon le fengshui, cela portait chance du fait de l'énergie *yin* qui y dominait.

La maison de thé Morriss était à l'autre angle du pâté de maisons. Li Baoyi gagna sa place au premier étage près de la fenêtre et s'assit sur un tabouret en forme de tonneau évidé. Il commanda du thé au jasmin, ouvrit le papier huileux qui contenait les bouchées, puis rappela le serveur pour se faire apporter aussi une soucoupe de vinaigre.

Il était un habitué, ici, et il lui arrivait d'avoir des dettes. Mais là, non seulement il allait payer, mais aussi régler tous ses arriérés. Et avec des dollars argent, en plus, aujourd'hui il allait faire le grossium. Il vérifia l'addition, sortit ses pièces d'argent, en tendit une au garçon puis soudain se ravisa. Un peu plus et il oubliait – aux pièces changées tout à l'heure, il avait mélangé celle avec laquelle il avait regagné sa mise hier, il n'allait quand même pas gaspiller ce trésor ! Alors il reprit ses pièces et les renifla une à une jusqu'à ce qu'il ait repéré la familière odeur intime.

Après avoir fait ses calculs, il eut une inspiration et pria le garçon d'aller en bas lui chercher les journaux. Un titre attira son attention. Il lut de près l'article et y vit un nom qu'il connaissait bien. L'auteur citait scrupuleusement ses sources, l'information provenait d'un reporter chevronné, travaillant pour un journal français de la Concession, du nom de Hsueh Weiss. Li recracha des feuilles de thé dans sa tasse. Il trouvait que Xue n'était pas très régulier de ne pas venir l'informer lui, Li Baoyi, en priorité, d'une actualité aussi détonante. Un gang de criminels ! Il cracha de nouveau dans sa tasse. Il avait toujours su que ce n'étaient pas des communistes, et il repensa aux questions que lui avait posées Xue au Moon Palace.

Il tourna les pages jusqu'à la chronique hippique et relégua ce qu'il venait d'apprendre dans un coin de son cerveau. Le Prix du Champagne qui se disputait aujourd'hui était un événement majeur, réunissant les chevaux les plus fameux que comptait aujourd'hui le Shanghai Race Club. Pour cette manifestation unique, les tickets étaient déjà mis en vente depuis une semaine. Mais Li Baoyi n'avait pas envie de se précipiter.

Pour la course des Australian Stock Horses, il avait décidé de parier sur Bullet, propriété de l'homme d'affaires anglais Gordon. Il avait beau servir comme « lièvre » pour garder bon train à la course, il montrait des aptitudes remarquables. Il tenait la distance, rapide jusqu'à la fin, même sur le parcours long qui faisait un mile vingt-cinq. Li Baoyi avait confiance en lui. Le jockey aussi avait belle allure, ce Captain Sokoloff issu de la cavalerie cosaque était le seul *driver* de toute la Concession à porter des étriers courts, ce qui donnait l'impression qu'il était presque à genoux sur la selle. Les chevaux mongols se montaient plutôt avec des étriers longs, les jockeys les faisaient accélérer à coups de pied dans le ventre. Sur les chevaux australiens, plus grands, ils se servaient de la cravache pour les stimuler, les étriers courts leur donnaient davantage de liberté de mouvement.

Li Baoyi décida d'acheter un *win ticket* pour la course des Australiens. Même un aveugle pouvait remporter ce genre de pari et le taux de perte était très bas, du bonus pour tout le monde. Mais c'était sur la course des chevaux mongols qu'il voulait remporter un maximum. Pour celle-ci il achèterait un ticket couplé gagnant, il dépenserait jusqu'au dernier dollar qu'il avait en poche. Il était sûr que cette course allait créer la surprise, il avait l'occasion de récupérer plusieurs dizaines de fois sa mise. Avec un peu de chance, pour peu que la chronique hippique se montre encore plus dithyrambique sur la pouliche blanche du vieux Mahler, il remporterait plusieurs centaines de fois sa mise. Depuis une semaine, il se rendait tous les jours à Mohawk Road et observait avec attention tout ce qui se passait derrière les murs de brique rouge. Il était sûr que Mirage, sujet à la robe grise, allait étonner les gens à leur en faire tomber les yeux de la tête. Son manque d'allant était corrigé, maintenant, Li Baoyi en était persuadé. Tout le monde disait que ce cheval mourait de peur devant les grilles de départ, qu'il transpirait du ventre, mais Li Baoyi avait vu de ses propres yeux un palefrenier agiter devant ses yeux un filet sans le faire aucunement broncher. Il avait vu aussi qu'avant de le mener à l'entraînement, on lui aspergeait le ventre pour faire croire aux parieurs, massés contre les barrières qui fermaient la piste d'entraînement, qu'il transpirait. Li Baoyi était sûr que Mirage était capable du meilleur, et aussi que le vieux Mahler avait raté son coup en décidant de faire monter la pouliche blanche par son fils, assurément trop gros. Même un crack ne pouvait arriver qu'à la deuxième place avec un poids pareil. Mirage serait en tête devant la Rose blanche du vieux Mahler, un coup double que personne n'imaginait et qui ferait gagner à Li Baoyi des centaines de fois sa mise.

Il devait absolument retourner chez Pêche-Abricot ce midi. Avant-hier soir, il avait eu l'idée subite de glisser deux dollars d'argent par l'ouverture de ses pantalons et de les placer dans les replis moites de son intimité pendant qu'elle dormait à poings fermés. Les deux pièces, dures et anguleuses, ne l'avaient pourtant pas réveillée et avaient aspiré toute son énergie *yin*, à coup sûr elles lui avaient porté chance. Il allait lui refaire le coup, cette fois avec une dizaine de dollars, qui lui rapporteraient gros.

Il se sentait gonflé à bloc, il leva la tête et regarda autour de lui, à l'étage de la maison de thé, ces bandes de parieurs toquards qui allaient perdre tout leur argent, et de journalistes hippiques qui se croyaient si forts.

Il vit alors une paire d'yeux et sursauta – il avait déjà vu cet homme. Il s'appelait…

Li Baoyi recherchait son nom dans sa mémoire. Il venait de le voir à l'instant, dans le journal, cet homme était venu un jour à son agence lui porter une enveloppe en kraft qui contenait une balle. Il l'avait ligoté et avait braqué son arme sur lui, il lui avait ordonné de publier une déclaration dans sa gazette. Cet homme – il s'appelait Gu Fuguang. Le nom qui se trouvait dans l'article lui revenait, ainsi que le message envoyé par la Bande noire, et aussi les informations, qui provenaient apparemment de Xue. Il sentait les yeux de cet homme posés sur lui, il n'osait pas lui rendre son regard et baissait le nez, il lui semblait qu'il suffisait de ne pas le voir pour ne pas en être vu.

Il n'osa pas appeler, ce type était armé et ses mains, posées en dessous de la table, restaient invisibles. Et son bras droit n'avait-il pas bougé légèrement ? N'était-il pas en train de chercher dans sa longue robe de drap ? Li Baoyi avait des nausées, il se dit que ces pâtés à la viande étaient décidément trop gras. Il avait l'impression d'avoir quelque chose en travers de la gorge, il voulut roter, sans y parvenir. Il prit sa tasse mais la reposa immédiatement. Il se dit qu'il valait mieux faire comme s'il ne l'avait pas reconnu. Dans l'état d'affolement où il se trouvait pourtant, la sottise serait de vouloir dissimuler, en face de ce type, jamais il ne parviendrait à cacher quoi que ce soit.

Il se leva et se dirigea vers l'escalier. Il accéléra le pas en descendant. Le serveur, sur le palier, le congratula et il lui répondit d'un signe exaspéré, il ne pouvait pas saluer quelqu'un d'autre, non – cet homme qu'il redoutait, par exemple – et le retenir un moment pendant qu'il fichait le camp ? Sans regarder en arrière, il n'en avait pas le temps ni le culot, Li Baoyi se précipita dehors et s'engagea dans le passage à gauche de la maison de thé. Il n'y avait pas encore beaucoup de monde dans la rue, les joueurs invétérés affluaient à l'heure actuelle au nord de l'hippodrome, du côté des haras de Mohawk Road. Quelques personnes se tenaient aux alentours des toilettes publiques et il se dirigea dans cette direction. Il y entra en trombe, au moment de passer la porte, il tourna la tête et vit l'homme qui sortait de la maison de thé et regardait vers le nord. Une fois réfugié à l'intérieur, il se dit que là au moins il était en sécurité. Il avait mal au ventre, il se glissa dans une cabine, dégrafa sa ceinture et s'accroupit, le cœur battant à tout rompre. Rien ne vint hormis une série ininterrompue de pets. Il se sentait glacé jusqu'aux os.

Il n'entendit pas les pas sur le sol. Il vit seulement de la lumière lorsque la porte s'ouvrit. Il se força à relever la tête, voulut sourire, mais n'y parvint pas. Une lame de couteau brilla, il sentit du froid sur son cou, et comme un courant d'air qui s'introduisait dans sa trachée. Aucun son ne lui sortit de la bouche. Il vit seulement le sang qui éclaboussait ses vêtements, et son pantalon roulé sur ses genoux. Ses mains se relâchèrent, ses jambes fléchirent, son pantalon glissa jusqu'à lui cacher les pieds. Il entendit sonner les pièces tombées de sa poche, et il n'eut plus qu'une idée.

Sa chère pièce était toujours là, il ne l'avait pas dépensée, sa chance ne devait pas l'avoir quitté.

Juste avant de mourir, il eut le temps de sentir, près de ses narines, l'odeur du dollar d'argent, l'odeur de Pêche-Abricot… Il eut la vision d'un mirage gris qui s'évaporait, ce cheval, sans doute…

LV

Mardi 14 juillet 1931 (an XX de la République),
10 h 35.

Ce qu'il redoutait le plus était arrivé. Gu Fuguang n'aimait pas le portrait qu'on dressait de lui. Il ne se voyait aucunement comme l'escroc qu'ils décrivaient. Un paragraphe de l'article le mettait particulièrement hors de lui, celui qui racontait comment il s'était fait coincer alors qu'il était au lit avec une prostituée, et comment il en avait surgi complètement nu. Il avait gardé son caleçon, sans l'ombre d'un doute. Surtout, c'était ce Xue qui le mettait en fureur. Il ne l'avait pas maltraité, ni tué. Quelle ingratitude d'aller déblatérer sur lui dans les journaux, d'autant qu'il s'était acoquiné avec Lin Peiwen, qui avait entraîné tous ses hommes avec lui. Et c'était le meilleur de ses troupes, les plus courageux, les plus déterminés dans l'action, ceux qui ne se défilaient pas en laissant la tâche inachevée. Il saurait retrouver ce Xue pour lui régler son compte, quand tout serait terminé. Ce Xue ne pouvait être qu'un espion de la police, il fallait l'éliminer au nom de la révolution.

En quittant la boutique de chandelles ce matin, il avait volontairement laissé traîner un papier où était tracé le plan de l'attaque. Il avait flairé un problème dès qu'ils avaient regagné la boutique. Trois des hommes qui devaient être au rendez-vous manquaient à l'appel, tous des membres de l'équipe de Lin Peiwen. Il ignorait d'où le danger allait surgir, mais il était sûr que cette planque était éventée et ne devait plus servir. Il avait ordonné la dispersion générale. En chargeant Park d'exécuter Leng Xiaoman, il avait montré du geste qu'il fallait l'étrangler, afin de ne pas alerter le voisinage. Dès lors qu'il était prouvé qu'elle trahissait l'Organisation, son existence constituait une menace. Faire croire à Xue que Teresa l'avait supprimée était une bonne solution, quand il avait encore besoin de lui et voulait le laisser en vie. Mais dorénavant, Xue ne pouvait plus lui être utile, et l'Organisation n'avait qu'une seule façon de faire avec ceux qui ne lui étaient plus utiles, surtout lorsqu'ils la mettaient en danger : l'exécution dans les plus brefs délais.

Il avait lu l'article, chez Morriss. Il fulminait tellement qu'il en avait perdu la tête. Les deux mains posées à plat sur ses cuisses, il se forçait à dominer sa respiration. Il commençait à se calmer lorsqu'il avait aperçu ce voyou de journaliste. Il savait que l'autre l'avait reconnu. Ce n'était pas son jour aujourd'hui, rien ne marchait droit ! Etouffant à nouveau de colère, il avait vu le journaliste qui cherchait à se tailler discrètement.

Il ne fallait pas le laisser échapper. L'attaque était imminente, il ne devait rien laisser au hasard. Il l'avait suivi dans les toilettes publiques et l'avait liquidé. Personne n'avait rien vu. Après avoir refermé la porte derrière lui, il avait mis le loquet en passant le bras au-dessus du battant qui arrivait à mi-hauteur. Il avait travaillé proprement, ses vêtements restaient impeccables. Décidé d'abord à retourner dans la maison de thé, il avait finalement renoncé.

L'affluence était à son comble sur Mohawk Road. Le premier contingent de chevaux de course avait traversé la rue et empruntait le couloir qui leur était réservé en direction des pistes. Une longue file d'attente se formait devant les guichets de vente de tickets, les gardes sikhs allaient et venaient nerveusement en surveillant la foule, qui se fendait au passage de la police montée. Par cette chaleur, les gens portaient des vêtements légers et ceux qui avaient sur eux de grosses sommes à miser serraient des sacs de cuir sur leur ventre pour se prémunir des vols à la tire.

Gu Fuguang obliqua dans Defu Li. Au fond du *long-tang* s'étendait un vaste espace dégagé où se trouvaient les box pour les chevaux. Gu Fuguang avait fait louer un des compartiments répartis entre les bureaux clos de murs à l'étage et les stalles au-dessous. Il se faisait passer pour un riche marchand de chevaux de Kalgan.

Park Gye-song était assis dans le premier box après l'entrée, son automatique à la main. Même sans ses troupes au complet, tout se déroulerait selon le plan prévu. Une rumeur gronda du côté de l'est, la première course était engagée. Puis le silence régna soudain aux alentours comme si le ciel lui-même se concentrait et retenait sa respiration, comme si chacun tendait le cou pour exhaler le souffle le plus ténu possible afin qu'il se fonde légèrement dans cette tranquillité. Lorsque le tumulte reprit de nouveau comme le mouvement des vagues, Gu Fuguang se douta que le cheval de tête était entré dans le sprint du dernier quart de mile.

L'heure de vérité avait sonné. Aujourd'hui aurait lieu le combat décisif, son heure de gloire, à lui, Gu Fuguang, sa consécration ! Désormais son nom serait craint de tous. Le siège du Shanghai Race Club non seulement constituait un trou sans fond attirant à lui de fabuleuses quantités d'argent, mais il était surtout le symbole sans égal, propre à ces Concessions, du pouvoir, de la fortune et de la convoitise. Sa position géographique le plaçait en plein cœur des Concessions : il *était* leur cœur. Lui, Gu Fuguang, allait y jeter une bombe et frapper de plein fouet le cœur des Concessions. L'engin que lui avait vendu la femme russe, un cadeau du ciel par sa capacité terrifiante à transpercer sa cible, donnerait à son geste la valeur d'une métaphore : il allait transpercer les défenses de l'ennemi pour l'atteindre au cœur, et puis – il le ferait exploser.

A l'étage, il vérifia qu'aucun journal du matin n'était disponible dans les bureaux. Une radio était posée dans un coin de la pièce, il ouvrit le capot et en ôta le tube le plus large à l'arrière. Il vit le caméraman assis sur un canapé avec son équipement, caméra et trépied, posé près de lui et il fit un signe de tête à celui qui le gardait.

Maintenant, il devait calmer sa respiration et se montrer patient…

A trois heures de l'après-midi, l'ardeur du soleil serait à son comble. Gu monta dans le camion et chargea Park de les conduire à l'angle de la rue Wagner et de la rue Vouillemont. A deux heures, ils entendirent des explosions vers l'est dans le secteur du boulevard de Montigny.

L'attaque de diversion était lancée. Il avait ordonné à ses hommes de semer la panique rue du Consulat, à la Banque industrielle de Chine. Il fallait que cela fasse du bruit afin d'attirer sur place toutes les forces de police de la Concession, qui dresseraient sans doute des barrages boulevard de Montigny. Mais la fusillade fut de courte durée et Gu Fuguang maudit en silence Lin Peiwen et Xue Weiss, qui lui avaient raflé ses meilleurs éléments. Ceux qui restaient n'étaient qu'une volée de corbeaux débandés.

Deux heures trois quarts. Une file de véhicules entra dans son champ de vision. Les deux derniers camions transportaient une foule de soldats français debout, en uniformes d'été, pantalons courts et bandes molletières, coiffés de képis et munis de différents instruments à vent. Il savait qu'ils revenaient du défilé militaire au parc de Koukaza. Les voitures de tête transportaient à n'en pas douter le gratin de la Concession française, qui venait assister à la dernière et plus importante des compétitions à l'hippodrome. Les concurrents franchiraient à quinze heures trente la ligne de départ, comme l'avaient annoncé les journaux, et les notables qui avaient passé les troupes en revue, le consul général de France, les commandants des garnisons militaires françaises et le Conseil d'administration municipale au complet seraient présents dans les salons du Shanghai Race Club, au moment de la course. Il espérait que tous seraient là aux premières loges, pour qu'il puisse leur annoncer la nouvelle : Gu Fuguang était à Shanghai !

Trois heures et quart. Il toqua à la vitre qui le séparait de la cabine du camion, pour ordonner à Park de mettre le contact. Ils roulèrent lentement en direction de l'entrée nord de la rue Vouillemont. Sur son flanc gauche, près de la portière du chauffeur, la bâche était entrouverte, laissant dépasser l'objectif de la caméra 35 mm.

Une minute plus tard, la cible débouchait sur l'avenue Edouard-VII.

En tête venait le blindé à tourelle de la police. Ensuite arrivait le fourgon. Gu Fuguang savait qu'il était également pourvu de blindage, c'était un véhicule affecté au convoi de fonds, pour l'heure rempli de tout l'argent gagné en ce jour par le Shanghai Race Club ! D'après les informations données dans les journaux, les bénéfices engrangés un jour ordinaire par le Shanghai Race Club pouvaient s'élever à cent mille dollars, mais un jour comme celui-ci, avec le Prix du Champagne, les montants atteindraient au bas mot les cinq cent mille, Gu Fuguang en était convaincu, comme il était convaincu que le coffre blindé de ce fourgon en contenait au moins cent mille en monnaie de valeurs diverses. C'était la première voiture qui sortait maintenant que les courses avaient pris fin. La majeure partie des bénéfices faits par l'hippodrome dans la journée était expédiée dans des coffres-forts. C'était sur eux que Gu Fuguang allait diriger son assaut.

Une arme était positionnée sur la terrasse de l'immeuble à gauche de la rue Vouillemont, fin prête. La marchandise de la femme russe. Il l'avait reconnue au premier coup d'œil, il en avait vu des photos durant la formation sur l'armement qu'il avait suivie en URSS. C'était proche d'un fusil-mitrailleur, cela pouvait se poser à terre en dépliant les deux pieds, toutefois cela ne tirait pas des munitions courantes, mais des obus ! Gu Fuguang ne savait pas comment on l'appelait en chinois et il se doutait qu'on n'en trouvait pas encore sur le marché des armes, en Chine. Ce qui l'excitait le plus, là-dedans (et qui d'ailleurs lui avait inspiré l'idée de cette attaque, au départ) était le fait qu'on puisse introduire dans le canon une espèce de missile, une sorte de grenade capable de perforer les blindages d'acier ! Capable de s'introduire en plein cœur de la cible, et d'exploser ensuite !

Son seul regret était de n'avoir pas eu beaucoup de temps pour former ses tireurs. Après la passe de Wusong, il avait fait déposer par ses hommes des cibles flottantes à la surface de l'eau, une fois le bateau éloigné à une cinquantaine de mètres, les tireurs allongés sur le toit de l'habitacle (ils seraient postés en hauteur au moment de l'action) s'étaient exercés à tirer à balles réelles. Pour garantir le succès de l'opération, il n'avait pas été chiche de ces coûteuses munitions. En l'absence de vent, tous les obus avaient atteint leur cible (il avait sélectionné les meilleurs parmi ses tireurs), mais dès qu'il y avait eu du vent, les cibles avaient commencé à se balancer et le taux de réussite avait diminué considérablement. Ils n'étaient pas familiers du collimateur, ni de l'orbite décrite par le projectile pour atteindre son but.

Peu importait d'ailleurs, il avait intégré ces données dans son projet. Son choix de la rue Vouillemont y était lié. Il avait suivi et étudié le parcours qu'empruntaient les convoyeurs de fonds du Shanghai Race Club et il savait que c'était ici qu'ils traversaient l'avenue Edouard-VII, cette artère marquant la limite entre le Settlement et la Concession française. Il savait que le fourgon tournerait ici et prendrait cette rue. Ces étrangers n'étaient décidément qu'une bande de vaniteux d'une folle arrogance, de ne jamais s'inquiéter qu'on puisse s'en prendre à eux ! Ils n'imaginaient même pas de modifier l'itinéraire de leurs convois.

L'International Settlement et la Concession française n'appliquaient pas les mêmes règles de circulation : dans le premier, les véhicules roulaient à gauche selon le système anglais, ce dont les Français se souciaient comme d'une guigne puisque le Conseil d'administration municipale avait fixé pour règle la circulation à droite.

(Tout cela, Gu Fuguang le savait bien, mais ce qu'il ignorait, en revanche, c'est que des débats avaient justement lieu entre les conseils municipaux des deux territoires pour harmoniser les règles de circulation et que tous les véhicules allaient bientôt rouler à gauche. Les nouvelles mesures seraient appliquées dès la fin de l'année, avant que finalement le gouvernement de Nankin n'applique la même règle à tout le territoire.)

Le convoi blindé contourna les toilettes publiques par l'est et prit le virage à l'intersection de l'avenue Edouard-VII. Avant de s'engager dans la rue Vouillemont, il lui fallait stopper un instant à gauche.

Tout ce que les Concessions étrangères comptaient de gens un peu instruits étaient d'accord là-dessus, les deux territoires devaient harmoniser leur politique en matière de sens de circulation. Pour prendre l'exemple de ce carrefour, lorsque des véhicules remontaient vers le nord la rue Vouillemont, où ils roulaient à droite, et s'engageaient dans l'avenue Edouard-VII, où ils allaient rouler à gauche, cela ne manquait pas de créer une belle confusion ! Certains conducteurs trop pressés tournaient déjà le volant avant même d'atteindre le croisement (avec le trafic intense dans l'avenue Edouard-VII, cela leur permettait de gagner un tout petit peu de temps sur le flot de véhicules qui attendaient de s'y engager). Et alors, ils se trouvaient nez à nez avec ceux qui, venant de l'avenue Edouard-VII et roulant à gauche, cherchaient à emprunter la rue Vouillemont en direction du sud. Gu Fuguang avait découvert que les convoyeurs de fonds, même s'ils actionnaient leur sirène, étaient obligés de rouler avec la plus extrême prudence et attendaient quelques secondes avant de s'engager dans le carrefour pour éviter de se faire rentrer dedans par des écervelés – ils transportaient de telles fortunes dans leur coffre !

Un soleil agressif frappait les carrosseries. Celles des blindés étaient peintes en rouge vif. Sur le véhicule d'escorte, le servant de la tourelle avait déserté son poste pour se réfugier à l'intérieur. Par l'entrebâillement de la bâche, Gu Fuguang observait la benne du fourgon. L'objectif de la caméra, tout proche de son menton, se déplaça légèrement vers la droite. Le caméraman semblait avoir oublié toute frayeur et toute fatigue depuis que sa machine tournait. Sur la chambre forte du fourgon, de forme cubique, Gu Fuguang distingua deux rangées de rivets alignés le long du blindage.

Il attendait.

Dans la rue chauffée à blanc par de soleil, les flammes surgies du canon restèrent invisibles, mais avant même que le choc des détonations ne frappe ses tympans, Gu Fuguang vit le blindage du véhicule militaire se déchirer, la tourelle voler en éclats et son capot s'élever dans les airs, puis stopper sa course sur les branches des platanes en bordure de rue.

Les explosions continuaient à se succéder à un rythme soutenu. Les pétards explosaient les uns après les autres le long des rues, sur l'avenue Edouard-VII puis vers le nord dans Race Course Road et Mohawk Road, cela crépitait à qui mieux mieux dans tous les endroits où ils les avaient disposés. Il avait besoin de cet effet pour annoncer la nouvelle, comme cela se faisait dans l'antiquité sur les tertres des feux d'alarme ! Enfin, c'est au siège du Shanghai Race Club que retentit la plus violente détonation, la seule bombe véritablement mortelle, une charge déposée sous la tribune des hôtes d'honneur, dans les toilettes !

Gu Fuguang vit Park Gye-song sauter de voiture, il allait courir jusqu'au fourgon, abattre les occupants, prendre le volant et s'enfuir. Puis, selon le plan, il conduirait le fourgon jusqu'aux studios de la rue Gaston-Kahn et passerait la nuit là-bas. Ensuite, il se rendrait sur la rive de Siccawei Creek où l'attendrait une petite embarcation.

La victoire à portée de main, Gu Fuguang se tourna vers le caméraman en train de tourner : il aurait tout loisir, le moment venu, d'admirer son chef-d'œuvre à sa juste valeur. Mais ce qu'il n'imaginait pas…

Une fente s'ouvrit dans le flanc droit du fourgon, Gu Fuguang repensa tout d'un coup à la ligne de rivets – un visage blanc comme un linge se profila dans l'ouverture noire, il vit des éclairs sortir du canon de mitrailleuse, il vit tomber à terre les deux hommes qui suivaient Park Gye-song, et celui-ci brandir son Mauser, les deux bras levés comme quelqu'un qui s'apprête à plonger, il le vit fauché par une rafale de mitrailleuse à l'épaule, son bras qui se détachait et tombait au sol, juste avant que ne le rejoigne son corps tout entier.

Tout le monde battait en retraite, ceux qui arrivaient en courant du *longtang* et ceux qui avaient sauté du camion. Et il les maudit, cette volée de corbeaux débandés ! Le feu de la colère lui remontait du cou vers les tempes, ses veines battant à rompre sous sa peau. Il saisit l'arme dans l'angle du camion, domina sa respiration tandis qu'il la chargeait. Il ouvrit la bâche, ajusta son tir, tira sans même avoir besoin de viser. Il vit que l'arrière du fourgon, complètement arraché, laissait échapper une épaisse fumée. Il sauta du camion, un petit calibre à la main, et se précipita vers la cabine, où les passagers étaient inanimés. Il ouvrit la porte et vida son arme sur eux, repoussa les corps du genou. Mit le contact. Sans se préoccuper des autres ni de leur camion resté sur place, ni même du film encore dans la caméra, il dirigea le fourgon blindé vers le sud, à toute vitesse…

Un instant, la pensée de Park l'attrista. Avec lui, il perdait un de ses fidèles les plus convaincus. Peut-être même un compagnon de route… Combien de fois se l'était-il demandé : lorsqu'il avait donné le coup de fil anonyme qui avait provoqué l'arrestation du frère de Park, le vouant à une mort certaine – peut-être en réalité souhaitait-il prendre la place du disparu ?

Il ne regarda pas en arrière, ne vit pas que la chambre forte du fourgon avait été coupée en deux par les explosifs, ni que l'argent se répandait sur le sol comme de l'eau, s'écoulait à sa suite tout au long du trajet. Il ignorait que les habitants de la Concession en seraient saisis de folie, et que durant trois jours entiers, les employés de la voierie municipale récupéreraient des myriades de pièces d'argent en explorant les caniveaux.

LVI

Dimanche 19 juillet 1931 (an XX de la République),
15 h 20.

Les événements étaient vieux de plusieurs jours, mais Yan Feng n'était pas encore remis de sa frayeur. Sur le moment il avait quitté la rue Vouillemont, sa caméra et son trépied à l'épaule, à la faveur de la confusion. Il s'était rué comme un fou sous le soleil accablant et se demandait aujourd'hui d'où pouvait lui venir autant d'énergie. Il avait intercepté un rickshaw devant l'entrée du cimetière étranger, dont la porte aurait pu être une de celles des anciens remparts de la vieille ville, et demandé au conducteur de le mener aux studios de cinéma, rue Gaston-Kahn.

Il y avait beaucoup de voitures à l'entrée de la cour Tingyuan. Yan Feng n'avait pas osé aller plus loin dans la ruelle, voyant qu'il s'agissait d'une descente de police. Pearl Ing, restée en peignoir, sortit en trombe et sauta dans un taxi qui démarra sur-le-champ.

Comment pourrait-il s'en tirer avec la police ? Et qu'est-ce qu'avaient pu raconter les autres ? Il se dit qu'il aurait du mal à expliquer ce qu'il avait fait, sous la menace d'une arme, pendant ses heures supplémentaires de l'après-midi.

Durant l'Expédition du Nord, il avait suivi et filmé le conflit tout du long. Il en avait tiré un court-métrage d'actualités qui était diffusé en première partie des films américains dans les salles de la Concession, et qui s'était vu primé par le comité de censure de la délégation locale du bureau de la propagande du Comité central du Kuomintang. Et pourtant, rien de ce qu'il n'avait filmé n'était vrai. Personne n'avait jamais exigé de lui qu'il risque sa vie en première ligne, sous les feux de la mitraille. En fait, crapahuter par monts et par vaux avec sa caméra 35 mm sur le dos aurait été proprement infaisable. Dans ces films d'actualités, des soldats jouaient leur propre rôle. Tout, jusqu'au scénario, était écrit à l'avance, des fantassins de l'Expédition du Nord gisant à terre, revêtus d'uniformes pris sur des morts dans les champs de bataille, figuraient les dépouilles des ennemis, et même les trous des projectiles étaient bricolés sur place.

Mais dans le film qu'il avait tourné l'autre jour, tous les cadavres étaient garantis authentiques et véritables. Planqué derrière sa caméra, Yan Feng se serait cru dans un rêve. Les murs de brique atteints par des balles s'effritaient, comme érodés par le vent, et des éclats ne cessaient de sauter en tous sens. Les gens touchés s'effondraient, secoués de spasmes, le sang ne coulait pas à flots mais ressemblait plutôt à de la sauce tomate pressée hors du tube. Le bruit des explosions l'assourdissait à tel point qu'il lui semblait être environné d'un espace tranquille, où seul parvenait à ses tympans un vrombissement pareil à un écho résonnant au fond d'un abîme de mille mètres. Sur le blindé, la tourelle ne ressemblait plus qu'à une coquille d'œuf brisée, déchirée plutôt, parce que la tôle roulée sur elle-même paraissait souple et finalement beaucoup plus friable qu'une coquille d'œuf. De la scène derrière le viseur, il ne distinguait que les étincelles provoquées par les cartouches frappant le blindage, sous leurs éclairs blancs éblouissants il ne pouvait d'ailleurs rien voir d'autre.

Il n'avait compris qu'après que ces hommes étaient des communistes. Avant le départ, dans les locaux de Mohawk Road, ils avaient prêté serment et fait une déclaration face à la caméra, promettant la mort aux impérialistes et aux réactionnaires. Il avait aussi filmé le drapeau du Parti, avec la faucille et le marteau.

Il repensait à ces jours où l'histoire fantastique qu'il avait filmée pour la compagnie des Sœurs Hua avait été envoyée au comité de censure, lequel les avait contraints à opérer des coupures. Après plusieurs allers et retours, l'autorisation officielle de distribution avait été donnée en haut lieu mais les plus belles scènes filmées de sa main avaient malheureusement été censurées. Il trouvait désormais que pas mal d'affirmations du Parti communiste se justifiaient. A propos d'impérialistes, des personnalités appartenant au monde du cinéma s'étaient fait remarquer l'année dernière : des gens avaient pris la parole et crié des slogans pendant la projection du film américain *Welcome Danger*, qui contenait des scènes et des éléments de scénario humiliants pour les Chinois. Lui-même n'avait pas été en reste, avec pour résultat de se retrouver en garde à vue pendant une demi-journée pour avoir rejoint le cortège de ceux qui criaient en agitant leurs drapeaux. De son point de vue, ce film à lui seul justifiait qu'on veuille mettre à bas l'impérialisme.

Il adorait tourner des films et adorait se servir d'une caméra. Pour l'une ou l'autre de ces deux passions, il était prêt à courir derrière n'importe qui, le cœur léger. Il n'aimait pas laisser d'autres se servir de sa caméra. D'ailleurs, en l'occurrence, c'est à lui qu'on avait demandé de filmer.

Il s'était mis à avoir peur, après coup. Il redoutait les interrogatoires de la police. Face à ce genre d'événement, ils auraient été capables de lui mettre n'importe quel crime sur le dos. S'ils apprenaient qu'il était en contact avec des communistes, ils le feraient traduire devant la cour d'assises du Jiangsu, et il écoperait au bas mot de huit à dix ans de prison. Il serait même fusillé si revenait l'époque des purges anticommunistes.

Il avait fait faire demi-tour au rickshaw.

Il se demanda s'il devait développer le film. A vrai dire, il n'était pas pleinement satisfait de son travail. Il avait dû se passer d'assistant, ces types n'y connaissaient rien en cinéma, ils n'avaient même pas pensé à prendre le sac de chargement nécessaire pour changer la pellicule. Debout dans la benne du camion, il se trouvait trop haut et manquait de profondeur de champ, la caméra en plus n'arrêtait pas de bouger et la lumière trop forte du soleil transformait tout l'arrière-plan en une étendue blanche. Mais il n'osait pas réduire trop l'ouverture du diaphragme, craignant que les visages ne soient trop sombres. Ces types, d'après lui, aimeraient que leur physionomie soit bien mise en évidence. Une surexposition serait catastrophique, pourtant il préférait risquer le tout pour le tout, et il n'avait pas son *Watkins Bee Meter* sous la main, l'indispensable posemètre qu'il s'était procuré à grand-peine et qui ne le quittait jamais habituellement, resté dans la poche de sa veste pendue au dossier d'une chaise dans les studios.

Toutefois, il savait que ce film n'était comparable à aucun de ceux qu'il avait tournés dans sa vie, car il était réel, plus réel encore que toutes ces armes mortelles vues de ses propres yeux. Ses choix de cadrage avaient sans cesse frôlé les extrêmes, il avait alterné tout le temps plans d'ensemble et gros plans, désireux d'exprimer la configuration constamment mouvante de la scène.

Il n'avait pas osé retourner travailler à la compagnie. Quand il avait téléphoné, on lui avait dit que Pearl Ing s'était fait excuser, mal remise de sa peur, elle annonçait qu'elle prenait du repos chez elle pour l'instant. La compagnie était obligée d'interrompre le tournage et la sortie du film serait vraisemblablement retardée, mais peu importait, les nouvelles incroyables diffusées dans les journaux attireraient encore plus de public dans les salles. La nuit suivante, il avait résisté à la tentation de détruire les bobines, rien n'aurait été plus facile car le celluloïd se composait principalement de nitrocellulose, il suffisait d'une allumette…

Hier soir, il lisait le journal, assis près de la fenêtre, le temps était d'une chaleur humide accablante, les nuages s'amoncelaient dans un ciel bas et traversé d'éclairs qui zébraient la nuit en silence. L'orage ne tarderait plus.

Il n'avait pas entendu tourner la clenche. Quand il avait relevé la tête, un homme en imperméable de toile de bâche se tenait dans la pièce, il connaissait cette silhouette. L'homme, après avoir fermé la porte, poussa le verrou, mit la sécurité. Il était maintenant face à Yan Feng, sa visière lui arrivait presque au ras des yeux.

Yan Feng, désarçonné par ses lunettes, verres fumés couleur thé et monture d'écaille, n'était plus sûr de le reconnaître. Quelques secondes lui suffirent pour être fixé. Le chef. Le rôle principal de son dernier film, et la vedette du quotidien qu'il tenait en main. Son nom y apparaissait noir sur blanc : Gu Fuguang. Le journal tomba sans bruit sur le sol.

— Je suis venu réclamer ce qui m'appartient.

— Les bobines ne sont plus ici. La police…

Il n'oserait pas les lui remettre. Et qu'est-ce qu'il pourrait bien en faire ? Les conserver précieusement en souvenir ? S'en faire une garantie en cas de mémoire défaillante ? Yan Feng imagina ce qu'il se passerait si le film était projeté en public, avec son propre nom au générique – crime de collusion avec des communistes avérés, il serait bon pour les dix ans de prison… Tu persistes à ne pas reconnaître les faits ? Très bien, ce sera donc la peine capitale, applicable immédiatement.

— Monsieur Yan…

L'homme portait une serviette de cuir comme en ont les représentants de commerce. Il la posa sur la table, en sortit ses cigarettes, ses allumettes et un pistolet, mit le tout à côté de la serviette.

— Ces derniers jours, je n'ai pas cessé de vous observer. Vous n'êtes pas allé travailler, vous êtes resté chez vous et la police n'est pas venue. L'objet en question est toujours chez vous.

Ce film était une commande, et toi, Yan Feng, tu n'étais que le chef opérateur, tu n'as aucun droit de le conserver. Tu oses ne pas le remettre à ton client et fomenter le projet de détourner son bien. Puisqu'il en est ainsi, nous te condamnons à la peine capitale, tu n'es pas autorisé à faire appel, l'exécution sera immédiate, le pistolet est sur la table, nous te donnons une minute, ou peut-être même pas, trente secondes…

— Il n'est pas ici, mais aux studios de cinéma – cela se conserve mal par cette chaleur, la pellicule colle, le film risque tout simplement de fondre. Et puis c'est très inflammable. Et il faut procéder au développement. Ensuite, il reste encore le montage et la synchronisation sonore avec les disques, plan par plan…

— Le développement ?

— Après le tournage on a un négatif. Dès qu'on ouvre le capot, il est exposé à la lumière. Il faut développer le film avant de le mettre dans le projecteur pour le regarder.

— Pas de problème, je vais vous accompagner tout de suite aux studios et vous pourrez le développer sans délai.

Il n'y avait aucun argument à opposer à une demande aussi raisonnable : Nous allons nous rendre comme deux amis à ta compagnie de cinéma, et je prendrai les bobines. J'ai absolument besoin de ces bobines et si tu ne me les donnes pas, je risque de me fâcher. Maintenant, tu vas t'habiller et sortir plein d'entrain avec moi, pour que nous nous rendions aux studios.

— Mais aujourd'hui c'est impossible. J'ai besoin de la présence d'un assistant. Le technicien du développement a fini sa journée.

L'homme réfléchissait. Il y eut une averse soudaine. Tout devint flou par la fenêtre, sous le rideau blanc de la pluie qui se mêlait à la vapeur exhalée par le bitume. Après un ou deux coups de tonnerre, le ciel se calma et il n'y eut plus que le bruit de l'eau dégouttant sur le sol.

— Très bien. Alors je viendrai vous chercher demain.

Il n'avait pas menacé Yan Feng. Son regard était fuyant derrière ses verres fumés. Il récupéra son pistolet et le rangea avec des gestes lents. Il s'en alla silencieusement, referma la porte derrière lui.

Il pleuvait toujours, avec le bruit de l'averse qui s'entremêlait à ses pensées, Yan Feng se sentait en plein rêve.

Ce matin, il avait décidé d'aller en douce aux studios pour faire développer le film par le technicien, un vieil ami avec qui il travaillait depuis de nombreuses années. On était dimanche, tout était calme. Ils avaient regardé le film en petit format sur la table de montagne, médusés par ces images qu'ils venaient de révéler. Il n'y avait même pas besoin de montage, ni de synchroniser le son enregistré sur les disques de cire, la déclaration du groupe pouvait être mise en voix off et rediffusée autant qu'on le voulait en accompagnement de ce documentaire, en tout point achevé – il durait vingt minutes en tout, Yan Feng avait utilisé cinq bobines de quatre cents *feet.* Chaque plan était criant de vérité, il n'aurait pas eu le cœur d'en retrancher un seul, pas même les images blanches. C'était son meilleur film, il n'aurait probablement jamais l'occasion d'en refaire un pareil, et à la vérité, pas la moindre envie non plus.

Il le regarda à de multiples reprises, son habitude de faire le tri, issue d'une longue pratique, avait repris le dessus, alors il avait fait quelques coupes pour donner plus de fluidité à l'ensemble. Plusieurs mouvements, dès lors qu'ils étaient captés par l'objectif, semblaient comme ralentis, s'il en comparait l'effet à la violence de la scène qu'il gardait en mémoire, cela perdait en rapidité et il supprima certains des plans afin qu'ils se succèdent en une scène de tuerie semblable à un déferlement d'étincelles de silex.

Un cri résonna par la fenêtre, on appelait au-dehors. Il alla ouvrir le rideau.

Des hommes de la garde municipale ! Un Français en uniforme de police, debout près de leur voiture, et l'autre, en civil, un Chinois. Tête levée, il regardait Yan Feng. Le gardien leur montra du doigt l'escalier. Yan Feng, de nouveau, eut l'impression de plonger dans un rêve.

Ils étaient donc venus le chercher. En cet instant, il lui semblait décidément qu'un point final allait être mis à sa carrière. Il pensa à sa dernière œuvre, qui quoi qu'il arrive resterait la meilleure. On lui parlait :

— Monsieur Yan, nous savons que vous détenez des pellicules, une pièce à conviction d'importance que la police recherche. Suivez-nous, s'il vous plaît.

LVII

Dimanche 19 juillet 1931 (an XX de la République),
21 h 35.

Xue avait passé trois jours enfermé au dépôt de la garde municipale, dans l'aile nord-ouest du bâtiment de la route Stanislas-Chevalier, lorsqu'il put enfin voir le capitaine Sarly. Ce temps avait été consacré à éclaircir la situation, dans laquelle la position du capitaine elle-même était devenue délicate. Xue apprit plus tard qu'une enquête interne avait été menée sous les ordres du directeur général de la police de la Concession française, le commandant Mallet.

Son statut était clair maintenant : agent spécial dans la brigade Maron, au service politique. Et ce, bien que n'ayant passé aucun examen ni suivi aucun cours de l'école de formation des agents de police des colonies françaises à Hanoi. Il était convaincu que ce n'était pas uniquement dans le souci de le soutenir que Sarly avait appuyé sa version.

Au cours des multiples entretiens qui avaient eu lieu (que jamais personne n'aurait appelé des interrogatoires), il y avait un point dont il n'avait pas démordu : à aucun moment, l'information selon laquelle Gu Fuguang avait l'intention d'attaquer le convoi blindé du Shanghai Race Club ne lui avait été communiquée. Là-dessus, en effet, il n'avait pas menti. Il ne mentionna devant aucun des officiers chargés de l'interroger les paroles du capitaine Sarly au sujet d'« un coup fumant propre à ébranler le monde entier » ou autres propos du même genre. Omission qui ne pouvait être considérée comme un mensonge, car le récit de conversations passées est toujours susceptible de dévier, les souvenirs trop précis indiquent parfois qu'on les arrange à sa sauce, qu'on affabule ou alors qu'on prend l'illusion pour la réalité. Ce qu'il avait volontairement caché, en revanche, concernait Teresa – son trafic d'armes et le type de marchandise en cause. Là non plus on ne pouvait parler de mensonge, personne ne l'ayant questionné sur ces points. Il le redoutait, mais par la suite s'était rendu compte que personne n'abordait le sujet. C'était donc probablement que Sarly n'en avait lui-même jamais parlé.

Lorsqu'ils y reviendraient, des années après (quand leurs relations seraient celles de vieux amis et collègues), Sarly dirait qu'à l'époque cette arme lui était inconnue, qu'il se la représentait comme un fusil-mitrailleur et voulait consulter un expert en armement. Mais les événements avaient pris un tour si rapide qu'il ne savait plus où donner de la tête tant il avait à faire, il avait mis la question de côté sans prendre le temps de s'en occuper. Xue, qui aurait acquis une certaine perspicacité, se douterait que Sarly avait probablement une idée derrière la tête lorsqu'il avait décidé de reléguer cette histoire de vente d'armes aux oubliettes. Mais, avec la sagesse que donne l'expérience, il garderait ses réflexions pour lui.

Il décida de ne rien dire sur Lin Peiwen et le Parti communiste. D'abord parce que ces gens s'étaient bien comportés envers lui, et ensuite parce qu'il n'avait aucune envie de s'attirer à nouveau des ennuis. Quant à

Leng Xiaoman, trop impliquée dans le meurtre de son mari, elle ne pourrait pas être mise hors de cause. Actuellement, tous les services de la garde municipale étaient sur les dents, mis sens dessus dessous par les récents événements, ils ne se souciaient pas d'elle, mais avant qu'ils ne s'en souviennent il vaudrait mieux qu'elle quitte Shanghai au plus vite. D'ailleurs, il se disait que pour lui aussi l'heure de partir avait sonné. Il avait de l'argent, maintenant. Par une inspiration subite, dès qu'il était entré dans la cellule, il avait plié le chèque que lui avait remis Gu Fuguang pour Teresa et en avait fait un petit rouleau de la taille d'une cigarette, il avait soulevé la semelle intérieure d'une de ses chaussures, coupé le fil de la couture et, par la fente ainsi ouverte, avait introduit le chèque dans le talon. La première chose qu'il ferait en sortant du dépôt, ce serait d'aller à la banque toucher ce chèque payable à vue, pour parer à toute éventualité si jamais le compte venait à être fermé. Juste après il rendrait visite à Teresa au Shanghai General Hospital. Il se disait qu'il avait presque aussi peur qu'envie de la voir, mais quoi qu'il en soit, à cause de cet argent, il lui devait bien ça.

Il lui tardait de pouvoir enfin couler des jours tranquilles avec Leng Xiaoman. Commenceraient-ils par Haiphong, pour rejoindre ensuite l'Europe ? Ou l'Amérique, mais il n'était pas sûr d'avoir assez d'argent pour s'y installer.

A sa sortie, le capitaine, dans sa grande bonté, lui avait accordé deux semaines de repos. Après quoi il reviendrait prendre son poste au service politique. Xue, bien sûr, n'allait pas lui confier ses intentions, mais il se dit que le congé accordé par Sarly lui donnait exactement le temps qu'il lui fallait. En deux semaines, il pourrait faire ses préparatifs, acheter des malles, réserver les billets.

A l'hôpital, il revit Teresa, encore plongée dans une semi-conscience, Ah Kuei lui tenait compagnie dans sa chambre individuelle. Elle s'éveilla un court laps de temps, marmonna quelques mots. Il lui serra la main, sans parler, sans rien lui répondre. Elle se rendormit quelques minutes après.

Il alla trouver le médecin allemand de l'hôpital. L'opération avait parfaitement réussi, elle vivrait encore cinquante ans, lui annonça celui-ci, mais la blessure avait causé un dommage irréversible. La balle avait été déviée par le bijou que Teresa portait à la taille, le pendentif qui l'avait sauvée était cause en même temps du préjudice, car l'utérus avait été atteint par contrecoup. Aussi Teresa ne pourrait jamais porter d'enfant.

Xue était revenu auprès du lit de Teresa, sa main dans la sienne, sentant ses doigts qui se contractaient. Il n'était pas parti tout de suite et avait attendu jusqu'à la nuit.

De retour chez lui, il échoua à convaincre Leng Xiaoman. Il n'eut même pas l'opportunité d'évoquer ses projets. Elle semblait différente, il se demandait quel changement nouveau s'était produit en elle pendant les quelques jours où il était resté enfermé, il sentait seulement qu'elle paraissait comme lavée et soudain ne se souciait plus que de se concentrer sur l'action. Il comprit alors que tous les projets qu'il avait échafaudés étaient morts de leur belle mort.

Comment le Parti pouvait-il avoir une telle influence sur elle ? Vraiment, cela lui échappait complètement. Tout était advenu par la faute de Gu Fuguang, répondit-elle. Mais maintenant, même si elle avait été trompée, elle avait trouvé le droit chemin du Parti et elle avait l'impression de revivre. Il lui dit qu'il souhaitait quitter Shanghai. Elle gardait le silence.

— Pourquoi est-ce que tu ne resterais pas ? Tu pourrais nous aider, dit-elle soudain.

— A quoi pourrais-je vous être utile ? rétorqua-t-il, sans la moindre conviction.

— Tu es quelqu'un de bien. Tu dois devenir notre compagnon de route.

Intentionnellement, elle reprenait la formule même qu'il avait prononcée un jour.

Il se dit encore une fois qu'elle ressemblait à une actrice qu'il avait vue dans un film, mais il ne parvenait toujours pas à se rappeler lequel. Il la voyait vaguement comme une comédienne qui aurait connu un revers de carrière, mais referait surface avec une énergie renouvelée et remonterait sur les planches, plus éclatante de santé que jamais. Il l'avait déjà vue perdre provisoirement toute vitalité, du fait de son épuisement sans doute, et d'un état violemment dépressif. Mais il ne savait pas laquelle il préférait, cette héroïne au charme enivrant qui se trouvait devant lui, ou la créature désemparée à en perdre pied et impuissante à régler sa conduite (au point parfois de se négliger). Il se disait qu'il était aussi désespérément amoureux de l'une que de l'autre.

— A quoi pourrais-je vous être utile ? répéta-t-il.

— Tu peux remplir une mission importante, tout de suite.

Cela lui parut un peu comique, elle recommençait, inconsciemment, à utiliser ce mot de « mission ».

— Avant les attentats, Gu Fuguang a enlevé un caméraman dans des studios de cinéma. Il lui a tout fait filmer. Plusieurs camarades repentis ont révélé ce détail. Ce film représente une grave menace car Gu Fuguang y fait une déclaration au nom du Parti communiste. Il faut absolument retrouver ce film et le détruire !

D'après les informations que détient le Parti, si le film tombait entre les mains des impérialistes, les conséquences seraient inimaginables !

— Des conséquences ? dit Xue, qui avait d'autres soucis en tête.

— Selon des camarades infiltrés, certains commerçants, parmi les impérialistes des Concessions, profiteraient de l'occasion, trop contents que les actes de Gu Fuguang puissent être imputés au Parti communiste. Cela constituerait un bon prétexte pour renforcer l'envoi de troupes à Shanghai, et faire de la ville tout entière une colonie !

L'idée consistait donc à envoyer Xue, sous son identité d'agent de la brigade spéciale, auprès du chef opérateur afin de récupérer le film. L'avantage étant que, photographe lui-même, il connaissait le métier.

Ayant besoin de l'escorte d'un véhicule de police, Xue s'adressa au poète marseillais. Celui avait reçu des ordres de Sarly : Xue, en mission spéciale, pouvait demander de l'aide sans avoir à en fournir le motif. Ensemble, ils se rendirent chez le chef opérateur. Il était absent. Une fois arrivés, de nouveau en voiture, aux studios, le gardien leur avait indiqué la salle de montage.

Voilà comment les films se trouvaient maintenant chez lui, dans le salon, en tas par terre à côté de la table. Les négatifs développés, et aussi les disques pour le son.

Ils attendaient Lin Peiwen, qui emporterait les films et les remettrait au Parti afin qu'ils soient examinés puis détruits.

Après l'orage de la veille, le soleil avait de nouveau tapé toute la journée mais une queue de typhon s'abattait maintenant sur Shanghai. Sous les bourrasques de vent et de pluie, la fermeture métallique de la fenêtre cliquetait continuellement. Leng Xiaoman rangeait la vaisselle à la cuisine et Xue, qui avait ouvert la boîte d'une des bobines développées, regardait des images l'une après l'autre. Certaines avaient de quoi rendre muet de stupéfaction.

Leng Xiaoman sortit de la cuisine, un torchon à la main :

— Avec ce temps, peut-être…

Elle se tut soudain, les yeux sur la porte.

La poignée tournait. Xue regarda Leng Xiaoman, puis la porte. Celle-ci s'ouvrit brusquement. Une ombre noire se profila, un chapeau de pluie posé très bas, un imperméable en toile de bâche. Gu Fuguang !

Le canon de son pistolet les visait alternativement. Des gouttes de pluie inondaient le plancher, elles formèrent bientôt une flaque ronde autour de lui. Le vent soufflait avec violence, la main qui tenait l'arme se crispait mais l'homme semblait réfléchir. Xue se dit que Gu Fuguang avait l'air à bout de fatigue, peut-être même semblait-il souffrir…

— Lao Gu… commença Xue en souriant.

Sans lui laisser le temps de poursuivre, Gu Fuguang prit sa décision, tourna le canon de l'arme vers lui.

— Non ! hurla Leng Xiaoman d'une voix désespérée, si perçante qu'elle couvrit le bruit de la tempête qui faisait rage au-dehors, qu'elle couvrit les chocs de la fenêtre qui battait. Elle se rua sur Xue.

Son cri retint pendant une ou deux secondes la main qui s'apprêtait à presser la détente…

Le coup de feu claqua. La voix qui hurlait fut stoppée net. Xue eut l'impression d'entendre la balle pénétrer dans le corps de Leng Xiaoman, un bruit indescriptible, qui paraissait résonner dans son propre corps, comme si c'était lui qui venait d'être touché.

Il regarda Gu Fuguang.

L'air désorienté par la vision qui s'offrait à lui, il avait l'air de revivre une scène passée, un certain chagrin dans le regard.

Xue saisit l'arme de Leng Xiaoman, elle se trouvait sous les bobines, c'était un pistolet qu'on lui avait offert, le matin elle avait dit à Xue de le prendre pour effectuer sa mission. Il était chargé, et hier au dîner elle avait enlevé la sécurité, Xue s'était moqué à part soi du rôle qu'elle se donnait à nouveau, du sérieux avec lequel elle promettait de protéger ce film jusqu'à la mort et de l'importance qu'elle et son groupe lui accordaient.

Il ne s'était jamais servi d'une arme à feu, mais avait vu quantité de scènes, pris quantité de photographies où d'autres le faisaient. Il tira pour la première fois de sa vie, appuya sur la détente à plusieurs reprises.

Gu Fuguang tomba dans la flaque d'eau, dans ce rond de pluie qui s'était formé, dessiné autour de lui, du fait qu'il se tenait là.

La balle avait atteint Leng Xiaoman au cœur. Elle était secouée de soubresauts, un phénomène qu'il avait toujours vu chez les gens touchés par un tir mortel…

Il la prit dans ses bras, regarda son visage aux sourcils froncés, qui se contractait sans doute du fait de la douleur, et il lui semblait qu'il pouvait la ressentir dans son propre corps.

L'oxygène cessa d'irriguer le cerveau de Leng Xiaoman, la douleur diminua et son visage se détendit lentement. Ses lèvres bougeaient, mais Xue ne parvenait pas à comprendre ce qu'elle disait. Ses lèvres continuaient de bouger, et à un moment, Xue eut l'impression enfin de comprendre, il crut même que ce qu'elle disait devenait plus vrai et plus sincère que jamais, beaucoup plus, dix mille fois plus. Il lui sembla qu'à cet instant elle ne jouait pas. Puis ses forces parurent l'abandonner.

ÉPILOGUE

Dimanche 7 février 1932 (an XX de la République).

Des tirs avaient atteint le croiseur italien *Libia*. Quatre obus. Sans compter les bombes lancées dans les Concessions et les attaques contre les populations menées par des soldats habillés en citadins ordinaires, que l'armée japonaise envoyait semer la panique dans les quartiers commerciaux (au point que maintenant l'armée chinoise infiltrait aussi les Concessions de ses propres hommes en civil, afin d'y démasquer les espions et les traîtres chinois à la solde des Japonais). Les hommes d'affaires européens, embusqués dans leurs clubs, se contentaient d'observer de loin les hostilités, avec l'espoir d'en tirer profit. Jusqu'au moment où ils réalisèrent qu'il s'agissait d'une vraie guerre : personne ne pouvait plus se tenir en dehors du conflit depuis les événements survenus dans la nuit du 28 janvier, dont les conséquences n'en finissaient plus de s'enchaîner – quand bien même les courriers diplomatiques s'obstinaient à évoquer pudiquement la « crise shanghaienne ».

Le corps diplomatique résidant à Shanghai vint tout entier rencontrer le général Wu Tiecheng, maire du Grand Shanghai. Le comte Ciano, ambassadeur d'Italie en Chine, convia le capitaine du *Libia* à exposer aux parties présentes les résultats de l'enquête. Les bombes avaient traversé le pont, heureusement sans exploser – presque tout l'équipage était sur le bateau en train de dormir. On avait très vite retrouvé les charges de trois pouces, intactes, avec la marque indiquant qu'elles étaient de fabrication chinoise. L'analyse balistique révélait que les projectiles avaient été tirés depuis les lignes chinoises. Le baron Harada (secrétaire privé de certain haut dignitaire de Tokyo), chargé du rôle de médiateur, n'avait pas manqué de le souligner avec une joie mauvaise.

Le maire avait d'abord exprimé ses plus profonds regrets des dommages causés par erreur à un pays neutre. L'armée chinoise ferait tout à l'avenir pour éviter d'aussi regrettables événements, il s'y engageait. Cependant, il en profita pour réitérer certaines doléances à messieurs les consuls : l'incident était-il étranger au fait que, tous autant qu'ils étaient, ils autorisaient des mouvements de troupes japonaises sur le sol des Concessions, où débarquaient les fusiliers marins japonais, où se trouvait le commandement du front japonais, où les bataillons japonais repliés se reposaient et se réorganisaient, et où le vaisseau amiral de la marine japonaise stationnait à quai juste à côté du *Libia* ? Fallait-il donc lier les mains des soldats chinois qui se défendaient en première ligne ?

En temps normal, ils ne seraient pas restés sans réaction après une telle bavure. Cette fois, pourtant – malgré les troupes présentes à Shanghai dépassant, toutes nationalités confondues, les dix mille hommes, malgré les dizaines de croiseurs équipés de canons lourds à l'ancre sur le Huangpu, malgré l'escadre américaine de Manille qui pouvait arriver en quarante-huit heures –, les représentants des pays neutres lésés gardèrent unanimement le silence, et l'incident fut clos.

Dans les conflits de multiples natures qui les opposaient régulièrement à Nankin, jamais ils n'avaient montré une telle patience. Mais qu'est-ce qu'ils pouvaient faire ? Chaque jour qui passait, les esprits étaient davantage marqués par l'ardeur patriotique des populations, éclatant comme jamais auparavant sur ces terres, et par l'énergie au combat soudain déployée par l'armée chinoise.

Le capitaine Sarly se tenait au milieu de la route Stanislas-Chevalier, devant l'entrée de la garde municipale, pour accueillir un hôte avec le directeur général des services de police. Il n'y avait que dans ce genre de circonstances exceptionnelles qu'il revêtait son uniforme d'officier supérieur. A l'intérieur de l'enceinte, près de la porte, l'ensemble des personnels non chinois de la garde attendaient sur trois rangs, casque noir à écusson blanc sur la tête, fusil à l'épaule, le passage de l'arrivant. Malgré les incessantes incursions des avions japonais dans l'espace aérien des Concessions, malgré les bombardements ayant occasionné maints « dommages causés par erreur » dans les quartiers commerciaux, il restait des curieux pour vouloir assister à l'événement, quelques citadins se massaient le long des grilles en bordure de rue, sur la face ouest du parc. Un petit kiosque au toit octogonal, dont le soleil d'hiver faisait briller les tuiles vernissées, conférait à ce jardin une atmosphère de paisible insouciance. En face, sous l'enseigne de la boutique Heng Tai & Co, se tenaient une bande d'enfants, l'air figé en plein milieu de leurs jeux par la peur que leur inspiraient les colonnes d'agents en armes, suspendus dans la position où ils étaient une minute auparavant, en train de faire les fous.

L'invité était le commandant de la garnison japonaise basée dans le Settlement, accompagné du premier secrétaire du consulat du Japon, M. Sawada, pour débattre des questions de sécurité publique qui allaient se poser avec la poursuite du conflit.

Le moral du capitaine Sarly était au plus bas. C'était le cas chez beaucoup de Blancs des Concessions, depuis la nuit du 28 janvier et les offensives lancées par l'armée japonaise en territoire chinois dans les secteurs nord de Shanghai. Mais chez le capitaine, la déprime avait débuté bien avant, dès les événements qui avaient secoué la ville au mois de juillet (et ému, jusqu'à Paris, gouvernants et administrés). Il pressentait avec acuité le destin tragique désormais promis aux Concessions – alors qu'il avait toujours été parfaitement optimiste auparavant. Les années bienheureuses qu'avaient coulées les Européens blancs dans leurs colonies d'Asie ne seraient bientôt plus qu'un beau souvenir. Personne jamais ne l'en blâmerait, mais lui se faisait d'amers reproches. C'étaient une poignée d'hommes à responsabilités comme lui qui n'avaient pas su voir que l'époque changeait et avaient persisté dans les méthodes périmées des aventuriers d'antan. Ils croyaient, en usant simplement d'intrigues et de stratagèmes, pouvoir régenter une population chinoise toujours plus nombreuse et conserver la haute main sur les Concessions afin d'en extraire à volonté les richesses. Voilà ce qui les avait menés là où ils étaient.

Sur les marches de la garde municipale, le secrétaire de service, sorti en trombe du bâtiment, arrivait en courant au portail, il tendit au directeur général une note écrite. Le commandant Mallet la lut, puis la fit passer à Sarly. On avait téléphoné du consulat japonais. La visite de M. Sawada, initialement prévue à dix heures, était annulée : ce matin vers huit heures trente, deux bombes avaient atteint le mur nord-est du consulat. Aucune victime n'était à déplorer, mais les Japonais considéraient que la sécurité des membres du corps consulaire ne pouvait plus être assurée lors de leurs déplacements. Après avoir réceptionné l'information, le secrétaire s'était immédiatement renseigné auprès de différents correspondants. Le Major Martin, de la police du Settlement, lui avait dit au téléphone que c'était depuis le toit d'un entrepôt jouxtant le consulat du Japon, sur Whangpoo Road, que les bombes avaient été lancées.

Le baron Pidol lisait le journal, assis au bar du Cercle sportif français. Derrière les fenêtres hermétiquement fermées, sur les pelouses jaunies et clairsemées, les platanes dressaient leurs branches nues, mais à l'intérieur régnait une douce chaleur printanière.

C'était ce dessin qui avait attiré son regard. Une caricature de Mario, le dessinateur italien. Au-dessus d'un plan de Shanghai, un avion qui le survolait venait de larguer plusieurs bombes. L'une avait fait un large trou dans l'angle nord-est. Un vent violent était en train de repousser les autres, encore très nombreuses à flotter dans les airs, vers le sud-ouest. Vers les terres dont lui et ses associés étaient devenus propriétaires au prix de sommes colossales.

Il lui avait fallu trois jours, après l'embrasement du conflit, pour mesurer la gravité de la situation. Avant cela, il considérait toujours les choses avec cynisme. Depuis des mois, tous ceux qui comme lui spéculaient sur les terres exprimaient en privé le même point de vue, si les fusiliers marins japonais s'apprêtaient vraiment à donner une bonne leçon à Nankin, cela aurait peut-être du bon. Au cours d'une réception au consulat du Japon, il avait même laissé filtrer subtilement leur point de vue à ce M. Sawada. De nombreux hommes d'affaires étrangers comme lui estimaient que rien n'empêchait un pays développé d'Asie d'assumer davantage de responsabilités dans la grande famille que constituaient les Concessions. Et pour aller au fond des choses, si la marine japonaise se bornait à détruire la ville nouvelle que le gouvernement nationaliste construisait en grande banlieue nord-est dans le cadre de ce qu'ils appelaient le Grand Shanghai, ce serait bénéfique pour tout le monde.

L'avant-veille, il avait vu de ses propres yeux des hommes de troupe japonais habillés en civil lancer d'une voiture leurs bombes dans la foule. Il avait vu les passants, la gorge ouverte par les éclats, il avait vu des intestins tomber en paquet d'un abdomen et se couvrir de poussière grise, on aurait dit une coquille de beurre maculée de miettes de pain et de confiture violette. Le baron Pidol tenait la main d'un ami (un spéculateur aux visées larges), dont le larynx tranché net comme un tuyau crevé s'était mis à exhaler des bouffées de vapeur rouge visqueuse. Il l'avait vu expirer sous ses yeux, sans rien pouvoir faire.

Lin Peiwen et Qin Siquan, à la faveur d'une accalmie dans les attaques des canonnières, descendaient en sampan Soochow Creek. Ils longèrent le jardin public au tournant du confluent avec le Huangpu puis filèrent plein sud jusqu'à la vieille ville. Ayant débarqué là, ils poursuivirent à pied en territoire chinois jusqu'à Ming Koo Road. La Concession française était bouclée par la police et les rives des petits bras d'eau qui traversaient la ville, du côté français, étaient hérissées de clôtures électrifiées, derrières lesquelles stationnaient des blindés surmontés de mitrailleuses. Les postes de douane dans les rues étaient strictement fermés par des barrages, interdisant le passage aux vagues de réfugiés qui ne cessaient d'affluer. Lin Peiwen et Qin Siquan, même dans un moment comme celui-ci, avaient toujours la possibilité d'entrer dans la Concession grâce à la configuration particulière du local de Ming Koo Road. Personne n'en avait vu l'avantage lorsqu'ils l'avaient loué pour en faire une de leurs planques. La maison se trouvait sur la Concession mais la fenêtre à l'est donnait en territoire chinois, or la police française avait établi des postes aux intersections des petites rues débouchant sur Ming Koo Road, sans prendre de dispositions particulières pour barrer l'entrée du boulevard des Deux-Républiques. Il suffisait aux deux hommes d'accrocher une échelle de corde à la fenêtre pour pénétrer sans encombre dans la Concession. Ce matin à l'aube, ils avaient suivi le même itinéraire en sens inverse et étaient allés s'introduire dans un entrepôt de Whangpoo Road d'où, en grimpant sur les toits, ils avaient jeté des bombes en direction du consulat du Japon, pour venger les citoyens ordinaires victimes des bombes des hommes en civil envoyés par l'armée japonaise.

Ces deux derniers jours, des rumeurs annonçaient que l'armée japonaise allait pilonner la vieille ville, alors les habitants des territoires chinois se ruaient paniqués dans l'espoir de se réfugier sur les Concessions, en terrain neutre. Ils étaient stoppés par les blindés et les mitrailleurs de la police française. Lin Peiwen avait immédiatement décidé d'utiliser leur échelle de corde pour prêter main-forte, autant que faire se peut, aux populations fuyant les désastres de la guerre. Plusieurs centaines de réfugiés étaient passés clandestinement dans la Concession par leur échelle de corde.

Xue sortait de Beam Apartments. Par les réseaux des Russes blancs, milieu bien connu de Teresa, il savait maintenant où se planquait le marchand russe.

L'homme avait loué des véhicules de son entreprise aux militaires japonais infiltrés qui s'en étaient pris aux civils. Le numéro de la plaque, 1359, avait été relevé et transmis à la garde municipale, Xue en avait informé les services spéciaux de Nankin basés à Shanghai, tout comme il avait renseigné son ami Lin Peiwen. Mais personne, d'un côté comme de l'autre, n'était parvenu à mettre la main sur ce Russe bien caché. Seul un tout petit cercle, parmi les Russes blancs, était capable de le localiser.

La convalescence de Teresa se poursuivait. Elle était revenue de la mort et son cœur s'était encore endurci. Il s'y était déjà bien entraîné, ce tendre cœur de femme, dans les prisons de la police japonaise, à Dairen ou Hoshigaura, à devenir aussi froid qu'un glaçon, aussi dur qu'un bloc d'acier. Ce qu'elle avait alors traversé avait infléchi son caractère, et même sa mémoire. Depuis ce temps, si elle en faisait à quelqu'un d'autre le récit ou se les racontait à elle-même dans la nuit noire, ses souvenirs semblaient tirés d'une fiction, parfois aussi lumineux qu'un rêve, parfois opaques comme des cauchemars. Elle n'avait aucune haine envers les policiers japonais malgré les sévices qu'ils lui avaient infligés pour lui faire avouer où était caché l'argent de Hugo. Envers l'Allemand non plus elle n'éprouvait aucune haine – lui dont elle avait fini par avouer qu'il avait les cheveux blonds et qu'il était autrichien. Hugo Irxmayer. Ce type qui lui avait laissé son nom, ne lui avait jamais révélé, lorsqu'ils étaient ensemble, qu'il était un pirate. Il mettait la main sur la soie et le charbon des vapeurs qui croisaient dans les eaux de la Chine septentrionale, pour les revendre ensuite à des commerçants japonais dans les docks de la South Manchurian Railway Company. Jusqu'au jour où la police japonaise avait fait irruption chez elle à Dairen, elle était une femme russe sans histoires. Ils avaient trouvé une arme à feu dans ses affaires, un pistolet de l'Arsenal royal d'Enfield (elle n'avait connu ce nom que bien plus tard). Elle ne leur avait rien dit, tout simplement parce qu'elle ne savait rien. C'est plus tard, une fois sortie de prison, que des hommes étaient venus la trouver et lui avaient dit que Hugo le Roux était mort dans une fusillade. Et de fait il lui laissait de l'argent et une bonne quantité de bijoux.

Le bruit des pas de Xue se perdait en direction de l'ascenseur.

Une question lui tournait dans la tête depuis ces six derniers mois. Elle se rappelait vaguement l'avoir posée à Xue, alors qu'elle était encore dans un état comateux à l'hôpital.

L'argent qui s'était perdu dans la nature. Une somme énorme – Xue ne s'en était jamais clairement expliqué. Par son intermédiaire, l'organisation terroriste de Gu Fuguang avait acheté des armes allemandes à un prix considérable. Selon ce qui était convenu, Xue devait toucher le chèque avant de déclencher la livraison. Au moment où se ferait la jonction, par le moyen de signaux lumineux, dont il était le seul à connaître le nombre et le rythme. Sans le chèque, le signal ne devait pas être donné.

Mais elle était encore si bien entichée de ses « côtes chinoises »… Elle les tenait étroitement serrées contre elle, contre sa cicatrice au ventre, où elle ressentait toujours une douleur sourde.

Par la fenêtre, venues du nord-est, retentissaient des détonations, un bruit qui l'enivrait toujours.

POSTFACE

Dans sa forme embryonnaire – au stade où ne se meuvent que de vagues silhouettes dans un environnement aux contours nébuleux – cette histoire démarre, par un matin brûlant du mois d'août, avec une phrase dont nous ne comprenons pas le sens, dépourvue de tout contexte (aussi accrocheuse, pourtant, que le rai de lumière qui perce l'atmosphère embrumée du fleuve et joue sur la table où nous avons pris place près d'une fenêtre, aux Archives municipales de Shanghai) :

Au début, c'était elle, la Russe blanche, qui avait retenu l'attention du capitaine Sarly.

Sans qu'il y ait à en tirer aucune gloire, la phrase ne dit rien d'autre que la pure vérité. En 1931, le capitaine Sarly, à la tête du service politique de la police, doit faire face dans la Concession française à une situation inextricable, et dans l'intention d'en démêler les fils, se saisit là d'une piste propre à faciliter l'enquête. En compulsant de vieux dossiers d'archives, il découvre cette Russe blanche. Quelque quatre-vingts ans plus tard, nous étions donc dans cette salle, cherchant (tout comme le capitaine) à reconstituer la configuration générale d'une série d'événements survenus à Shanghai au début des années 1930. Et de même, en consultant les archives, nous avons dès le début rencontré cette femme.

Les registres de la police de la Concession contenaient bel et bien un dossier constitué à son sujet (même s'il revêtait le style négligent et approximatif qui était la marque de l'administration coloniale française). Après l'invasion japonaise, le dossier resta entre les mains des autorités de la Concession française, théoriquement sous la juridiction du gouvernement de Vichy. Jusqu'en 1943, quand le gouvernement fantoche de Wang Jingwei déclara officielle la restitution des Concessions à la Chine, le dossier passa alors sous le contrôle de sa police, avec toutes les archives de la police française. Nous avons la certitude que les services spéciaux de l'armée d'occupation japonaise, ainsi que ceux du gouvernement Wang Jingwei (respectivement connus sous les noms de « Tokko » et de « n° 76 »), ont prélevé un certain nombre de pièces majeures du dossier pour étayer l'enquête, difficile et peu productive, qu'ils menèrent par la suite sur la trafiquante d'armes. Une autre éventualité (il existe toujours d'autres éventualités) serait que M. Hsueh Weiss (qui a toujours occupé une position stratégique dans ces services, à l'époque ou plus tard) ait saisi l'occasion, pour différents motifs personnels (ou visant l'intérêt supérieur de l'Etat) de subtiliser et détruire certaines pièces capitales du dossier – si son intention fut de les conserver, nous ne serons jamais en mesure de le savoir.

Après la victoire remportée comme chacun sait par l'Armée populaire de Chine sur le Japon en 1945, le dossier fut remis, durant la période où la ville se réorganisait, à la garde du commissariat de Lujiawan (situé au même endroit que les anciens services de la police française). Il y resta après l'avènement du PCC, en 1949, mais relevant désormais des services de sécurité de la République populaire de Chine pour la ville de Shanghai.

Notre position d'historien ne peut que nous pousser à l'indulgence pour les modes de traitement des archives d'un pays et d'une administration renaissants, et manquant cruellement de moyens. A certaines époques, il peut arriver que l'obligation de faire des économies passe avant la conservation des informations historiques. C'est tout simplement par manque de papier que les agents de la police de la République ont été contraints d'utiliser la face vierge des documents (d'autant que la valeur réelle de telles archives ne leur sautait pas aux yeux), pour y noter des faits dont la transcription leur paraissait plus urgente et d'une importance plus cruciale. C'est ainsi que notre dossier fut dispersé, personne ne se souciant de regarder au dos de ces pièces, déjà expertisées par le comité consultatif du renseignement (composé en majorité de membres des services spéciaux à la solde du gouvernement Wang Jingwei), et classées comme informations sans utilité historique. Nous pouvons avoir la certitude que de nombreuses pièces ont fini déchirées et roulées en boule dans des corbeilles à papier. Une partie d'entre elles resta encore ignorée, conservée au dos de documents n'ayant pas le moindre rapport avec elles (les chercheurs pouvant difficilement les découvrir, du fait qu'elles ont été reliées et insérées dans d'autres dossiers). Nous en avons pourtant exhumé un ensemble – au dos de rapports dressés sur les éléments réactionnaires dans les milieux capitalistes de l'industrie et du commerce au début du régime. Ces documents, retournés et collés sur du papier fort, avaient été insérés parmi d'autres, c'est uniquement grâce au fait qu'ils se sont décollés avec le temps que nous avons eu la chance de les retrouver. En raison des règles strictes de consultation des documents archivés, nous avons dû déchiffrer le texte par transparence, en le tenant à la lumière du jour par ses deux extrémités pour l'isoler des autres pages tout en garantissant l'intégrité de la reliure, et de la sorte en recopier intégralement le contenu.

Bien sûr, le dossier a été conservé. Comme quantité de documents historiques, il a ensuite été transmis par les autorités compétentes à des spécialistes qui en ont assuré l'expertise et la conservation. A ce stade, il ne subsiste plus du dossier que des fragments séparés, à partir desquels il n'est pas possible de reconstituer le lien logique permettant de mettre bout à bout les différents témoignages qui y sont consignés.

Dans cette perspective, le présent ouvrage doit être considéré comme une œuvre de fiction. Nous avons la conviction que l'affaire du rapt dans les studios de cinéma est une invention de l'auteur qui, saisi d'une inspiration subite, l'a imaginée par quelque douce soirée d'été (où la brise est toujours chargée d'un relent marin caractéristique, à Shanghai). Concernant les plans compliqués qui mûrissent dans l'esprit des héros, leurs aspirations et autres élucubrations mentales qui s'y cachent, nous avons encore plus de raisons de douter : comment l'auteur aurait-il pu les deviner ? Nous constatons combien l'auteur multiplie à plaisir les variations insondables de points de vue, afin de conférer trompeusement aux motivations, aux projets et aux actes qu'il prête à ses personnages une disposition confuse et chaotique, dévoilant un peu ici, donnant là du relief, pour persuader le lecteur de la véracité d'éléments qui relèvent purement de son talent de romancier, en l'absence d'informations précises. Ce qui est le plus difficile à percer, ce sont les sentiments humains. Quels sont les sentiments unissant réellement Hsueh Weiss et la trafiquante d'armes ? Quelle part y prennent la ruse, la volonté d'utiliser l'autre ? Quant à l'histoire qui naît entre ce même Hsueh Weiss et son autre amante, beaucoup plus naïve, Leng Xiaoman, quelle part y tient le fait d'être constamment en représentation ? A-t-il rendu les sentiments des protagonistes d'autant plus vifs qu'ils jouaient mieux leur rôle ?

Au tribunal de l'histoire, s'il existait réellement, nous devrions dénoncer l'auteur pour avoir prétendu reconstituer l'ensemble de l'affaire à partir d'une demi-douzaine de documents sans véritable lien logique entre eux. De preuves disparates et déconnectées, il a voulu déduire un enchaînement s'appuyant sur la médiation de la littérature, mais il manque de bases solides et crédibles. Le tribunal doit le rejeter comme irrecevable. Ainsi, certains développements postérieurs dans l'histoire de Hsueh Weiss (et de sa maîtresse russe) en offrent une bonne illustration. Comme nous l'avons détaillé plus haut, des défaillances se sont produites dans la conservation des archives, or M. Hsueh Weiss s'est trouvé sous le coup d'investigations sévères, une fois Shanghai libérée de l'occupation japonaise, de la part des autorités du Kuomintang, du fait de certains agissements commis (ou tolérés) sous la pression d'influences très troubles durant la période précédente où Shanghai était une « île isolée ». C'est précisément l'absence de documents qui a fait classer rapidement sans suite cette enquête, sur la seule foi d'une déclaration, assez peu crédible, de Sarly.

Mais les hommes ne vivent pas dans un monde fabuleux où (comme dans certains films) un magicien posséderait un livre où seraient consignés leurs entreprises, leurs actes et les variations les plus subtiles de leur fonctionnement mental, au moment même où ils se produiraient. Si un tel livre existait, les historiens seraient au chômage, les romanciers aussi.

ANNEXES

Descriptif des pièces relatives au dossier.

1. DOCUMENTS U731 – 2727 – 2922 – 7620

Description et synthèse :

Rapports et conclusions d'investigations, après l'enquête concernant un groupe terroriste et une affaire de trafic d'armes menée par les services spéciaux de la police impérialiste française ; coupures de journaux, notes de suivi de perquisitions et de fouilles aux douanes, photographies, extraits de fichiers dactyloscopiques et de l'annuaire des personnalités, relatifs au dossier.

Sujet principal : Irxmayer Therese

Au dos de sa photo nous relevons un nom : Hsueh Weiss. Le personnage ainsi désigné est manifestement le même que notre M. Xue Weishi. Après avoir réexaminé le cliché, nous avons découvert, dans l'angle inférieur droit, une silhouette dont une grande partie est restée hors du cadre. L'homme tourne le dos au photographe, il est vêtu d'un manteau de couleur claire et lève la main gauche vers son visage, comme dans un geste familier pour se frotter le nez, son visage est légèrement de profil, tourné vers sa main, révélant un menton harmonieux.

Le sujet de la prise de vue étant la marchande d'armes russe, la mise au point laisse dans le flou la seconde personne, dont la corpulence reste indéterminée. Malgré tout, nous pouvons considérer la photo comme la seule dont nous disposions de ce M. Xue Weishi.

2. FEUILLETS ISOLÉS

Description :

Ces pages ont probablement été prélevées dans un dossier pour un usage autre (mesure immédiate d'économie de matériaux stratégiques), postérieurement à la Libération. Il se peut aussi qu'elles n'aient jamais été intégrées au dossier (si l'on en croit les méthodes de travail et les habitudes de l'administration coloniale française). Il s'agit d'un rapport des renseignements britanniques transmis au service politique de la police française, au sujet de perquisitions effectuées par la police maritime des Concessions à l'encontre d'un groupe de pirates européens sévissant dans les eaux territoriales de Chine. Le prénom « Therese » apparaît griffonné sur un document, ainsi que le nom « Hugo Irxmayer », écrit entre parenthèses et surmonté d'une flèche pointant vers un énorme point d'interrogation tracé dans la marge à l'encre de Chine.

3. En réalité, hormis la photo mentionnée plus haut, il n'apparaît aucun document dans le dossier concernant M. Xue Weishi. Du fait de sa position au sein du service politique de la police de la Concession française, il était parfaitement en mesure de faire disparaître toute pièce qui aurait eu trait à des activités illégales de sa

part. Mais finalement, nous avons trouvé des indices dans un article intitulé *Mémoires* publié à la fin des années 1980 par un agent spécial du Kuomintang réfugié à Taiwan (ces articles étant vraisemblablement passés par l'examen minutieux et la censure des autorités concernées à Taiwan, des parties non autorisées à la diffusion doivent à l'heure actuelle dormir dans quelque dépôt d'archives). Cette piste nous a conduits à consulter le fonds de la Tokko, la police de l'armée japonaise à Shanghai, de l'époque dite de « l'île isolée ». Dans d'autres archives, conservées au bureau de la sécurité de Lujiawan à Shanghai après la victoire sur le Japon en 1945, nous avons retrouvé un témoignage, rédigé en français, au bas duquel le paraphe peut sans conteste être identifié comme la signature d'un personnage bien connu : le capitaine Sarly. Il y fait mention des contacts entretenus par M. Xue Weishi avec la marchande d'armes russe, et déclare être l'instigateur des activités menées par Xue. Dans les registres des salaires de la garde municipale, nous avons observé qu'à l'intérieur des services de police les émoluments et le grade de M. Xue Weishi n'avaient cessé de monter, et qu'il avait reçu toutes sortes d'encouragements et de distinctions (un paragraphe mentionne même une remise de décoration par l'amiral commandant la flotte de surveillance à Shanghai). Nous avons enfin trouvé sa signature sur de très nombreux rapports et comptes rendus de perquisitions.

4. Dans les journaux chinois et étrangers du début de l'été 1931, beaucoup d'articles donnent des informations liées aux agissements de Gu Fuguang. Malgré leur manque de précision et certains éléments qui ne sont

que pure affabulation des journalistes, il demeure que tous ces articles révèlent que dans une période bien définie, Gu Fuguang et son groupe terroriste ont réellement provoqué un choc dans les esprits parmi les habitants des Concessions. L'examen de la correspondance échangée entre les services diplomatiques français et britanniques, qui a été compilée et sur laquelle le secret est aujourd'hui levé, démontre qu'à cette époque certains courriers abordaient les thèmes de la « *free city of Shanghai* » et de la « multiplication des activités terroristes dans les Concessions ». Ce sont des rapports de mission du consulat britannique à Shanghai (cosignés ou transmis par le chef de la mission diplomatique à Pékin) envoyés aux ministères des Affaires étrangères français et britannique. Ces formules ne sont généralement employées que dans des notes informelles annexées aux documents maîtres, fidèles en cela aux pratiques qu'affectionnaient les hautes personnalités du monde diplomatique dans le traitement des questions délicates.

5. L'exemple de Shanghai est de nature à illustrer les stratégies qui ont prévalu dans les colonies européennes (la politique d'apaisement menée par les grandes puissances dans les années 1930 en Europe constitue le prolongement logique de cette tradition) : à propos du « projet de développement du Grand Shanghai » du gouvernement de la Chine nationaliste, nous pouvons observer que le centre du site se trouve exactement au nord-est de la ville, position qui le met en conflit avec les projets des spéculateurs étrangers d'étendre les voies extraterritoriales vers le sud et l'ouest de Shanghai. Dans les faits, à la suite de l'attaque japonaise sur

Shanghai, lors des « événements du 28/01 » (28 janvier 1932), les aménagements urbains déjà effectués dans la partie nord-est de Shanghai sous la conduite du gouvernement nationaliste ont été détruits du jour au lendemain. Il se trouve qu'à l'issue des combats, les voies extraterritoriales s'étendant vers l'ouest de la ville ont connu un développement de grande ampleur et que des investissements importants ont afflué, permettant la construction de routes, de logements, de bâtiments commerciaux, d'équipements de loisirs et maisons de santé de luxe. Bien entendu, aucun document d'archives n'existe qui nous permettrait de formuler des conclusions quant aux faits décrits ici.

6. Les renseignements concernant Gu Fuguang, Lin Peiwen, Leng Xiaoman, etc., se réduisent à des bribes de phrases, fragments isolés qui aujourd'hui sont probablement toujours conservés dans des archives confidentielles ne pouvant être révélées au public. Si l'auteur affirmait sournoisement que ces pratiques offrent au romancier un vaste espace ouvert à la fiction, les lecteurs ne lui en tiendraient certainement pas rigueur ?

LISTE DES PERSONNAGES

Ah Kuei : domestique de Teresa, originaire de Hongkong.

Ah Pau : employé du Shanghai Paper Hunt Club.

Baudez : consul général de France, président du Conseil d'administration municipale de la Concession française.

Bichat (colonel) : commandant en chef du *Shanghai Volunteers Corps.*

Brennan Blair : diplomate britannique, amant de Margot.

Cao Zhenwu : officier de l'armée du Kuomintang, mari de Leng Xiaoman.

Chen Zimi / Paul Tchen / Zung Ts Mih : comprador travaillant pour le compte de Teresa.

Cheng Youtao / Cheng le Grêlé : policier de la Concession française, inspecteur en chef du commissariat de la Porte du Nord.

Ge Yamin : membre de la Société des Forces unies, autrefois condisciple de Leng Xiaoman.

Gu Fuguang / Lao Gu : activiste politique, leader de la Société des Forces unies.

Irxmayer (Hugo) : mari de Teresa.

Leng Xiaoman : membre de la Société des Forces unies, épouse de Cao Zhenwu, veuve de Wang Yang.

Lao Chen : cadre du Parti communiste.

Li Baoyi : journaliste véreux, dirigeant l'agence Arsène Lupin.

Lin Peiwen : ami de Leng Xiaoman, membre de la Société des Forces unies.

Madier : commerçant français.

Mallet (commandant) : directeur général de la police de la Concession française.

Margot : amie de Teresa, épouse du baron Pidol.

Maron (inspecteur) : policier de la Concession française, chef de la brigade spéciale créée au sein du service politique.

Martin (Major) : policier britannique, chef du service politique au sein de la police de l'International Settlement.

Morholt (chevalier) : intermédiaire travaillant pour une entreprise d'armement allemande.

Morriss Xiao Bao : chef d'une milice aux ordres de la Bande noire.

Park Gye-song : activiste coréen, membre de la Société des Forces unies.

Pearl Ing : actrice de cinéma.

Pidol (baron Franz) : commerçant français récemment arrivé à Shanghai, époux de Margot.

Pierre Weiss : père de Xue.

Pike : repris de justice américain en fuite.

poète marseillais (le) : policier de la Concession française, membre de la brigade spéciale de Maron.

Qian Wenzhong / Lao Qian : garçon d'étage de l'Orient Hotel.

Qin Siquan / Xiao Qin : membre de la Société des Forces unies, dans l'équipe de Lin Peiwen.

Romantz (M. et Mme) : patrons du restaurant Bendigo.

Sarly (capitaine) : policier de la Concession française, chef du service politique de la garde municipale (nom officiel de la police française de Shanghai).

Sawada : commandant de la garnison japonaise basée dans les Concessions.

Septième : ancienne prostituée, compagne de Gu Fuguang.

Tao Lili / Pêche-Abricot : entraîneuse, amie de Li Baoyi.

Teresa / Therese Irxmayer / Dame Meiye : femme d'affaires d'origine russe.

Wang Yang : cadre communiste qui a été exécuté dans la prison de Longhua, premier mari de Leng Xiaoman.

Xiao Fu : membre de la Société des Forces unies.

Xiao Li : membre de la Société des Forces unies.

Xue Weishi / Hsueh Weiss : reporter photographe eurasien habitant dans la Concession française.

Yan Feng : caméraman.

Yindee Chen : sœur de Chen Zimi, secrétaire de Teresa.

Zeng Nanpu : cadre du groupe de recherches de Nankin, autrement appelé Section d'enquête sur les affaires du Parti du bureau de l'organisation du Comité central du Kuomintang. Responsable des interrogatoires.

Zheng Yunduan : secrétaire de Zeng Nanpu.

INDEX

Dans cette traduction, les noms de lieux sont pour la plupart restitués sous les formes utilisées à l'époque (indiquées dans le texte original ou, quand elles ne le sont pas, telles qu'elles figurent sur un plan de Shanghai des années 1930). Dans les autres cas, les noms sont donnés en pinyin, ou bien encore traduits en français (noms de boutiques et de lieux-dits, notamment).

28 janvier 1932 (« événements du 28/01 ») : attaque lancée sur Shanghai par l'aviation et l'infanterie japonaises, nouvelle étape de la politique d'expansionnisme du Japon en Chine et prélude à la guerre de 1937-1945.

76 (ou « n° 76 ») : à ce numéro de Jessfield Road se trouvait le siège des Chemises bleues, la redoutable police secrète de Chiang Kai-shek, créée en 1931, bras armé de la Section d'enquête (voir ce mot) qui apparaît dans le roman.

Amiral-Bayle (rue) : aujourd'hui rue Huangbei-Sud.

Amherst : lord Amherst, qui fut gouverneur général de l'Inde britannique de 1823 à 1825, avait mené en 1816 une mission diplomatique auprès de l'empereur de Chine pour tenter, après celle de lord Macartney en 1793, d'obtenir l'ouverture de ports chinois au commerce international, notamment pour y importer de l'opium. Ces tractations déséquilibrées aboutiront aux guerres de l'Opium, la Chine vaincue se verra contrainte à l'ouverture de Concessions étrangères sur son territoire.

Astor House Hotel : Licha Fandian ou hôtel Richard's, tel qu'il fut nommé à sa fondation. Aujourd'hui hôtel Pujiang.

Astor Road : aujourd'hui rue Jinshan.

Astrea Channel : le 5 mai 1909 (6e jour du 3e mois, an 1 du règne de l'empereur Xuantong), le croiseur anglais *Astrea* fut le premier à pénétrer à Shanghai par cette voie, d'où son nom.

Bande noire : la Bande noire (souvent traduit Bande verte) et, dans une moindre mesure à l'époque, la Bande rouge, étaient des sociétés secrètes de type mafieux, aux origines anciennes, sévissant à Shanghai dans les années 1920 et 1930.

bao : voir *baojia.*

baojia : système traditionnel, qui a existé sous différentes formes depuis le XIe siècle, d'enregistrement et d'îlotage de la population, répartissant celle-ci en groupes emboîtés (*bao* et *jia*), à des fins de surveillance et de sécurité.

Bendigo : le nom de ce restaurant rappelle celui d'une ville d'Australie, qui s'est développée considérablement à l'époque de la ruée vers l'or au milieu du XIXe siècle.

Bi Yanfang : professeur d'opéra de Pékin qui enseignait à Shanghai.

Bourgeat (rue) : aujourd'hui rue Changle.

Buissonnet (rue) : aujourd'hui rue Shouning.

Bund : réparti à l'époque entre « The Bund », « French Bund » et « Chinese Bund » (Quai de France), c'était la façade de la ville, le quai où débarquaient la plupart des passagers internationaux et le siège prestigieux d'un des premiers ports du monde. Dans les buildings qui le bordent siégeaient les plus importantes institutions financières et administratives.

Cao Zhenwu : un personnage de ce nom a réellement existé, sa biographie le rapproche de celui que le roman fait mourir assassiné sur le quai Kin Lee Yuan. Mais à la différence du Cao Zhenwu du roman, sa carrière politique et militaire s'est poursuivie brillamment, en 1949 il a rejoint Hongkong puis Taiwan, avant de mourir en 1964.

Cathay Mansion : Huamao Gongyu, bâtiment de l'actuel hôtel Jin Jiang.

Cardinal-Mercier (route) : aujourd'hui rue Maoming-Sud.

Chatham Road : rue du quartier Tsim Sha Tsui à Hongkong.

Concessions : la Concession internationale ou International Settlement et la Concession française sont des territoires concédés par la Chine aux puissances étrangères après les traités de 1842 et 1844 consécutifs aux guerres de l'Opium, accordant aux puissances qui en avaient la juridiction le droit de s'installer et d'exercer un commerce pour leurs ressortissants, le droit de douane et le droit de juridiction consulaire.

Chen Qun : homme politique influent et haut gradé de l'armée du Kuomintang durant l'Expédition du Nord (voir ce mot). Il présida avec Yang Hu aux massacres qui firent des milliers de morts et de disparus parmi les rangs des communistes à Shanghai, perpétrés le 12 avril 1927 et les semaines qui suivirent sous les ordres de Chiang Kai-shek et avec la complicité des milices de la Bande noire.

Conty (route) : aujourd'hui rue Jianguo-Est.

Consulat (rue du) : aujourd'hui rue Jinling-Est.

Da Hu Chun : célèbre restaurateur de Shanghai, spécialisé dans les pâtés fourrés à la viande de porc poêlés.

Deux-Républiques (boulevard des) : aujourd'hui rue Renmin.

Djambudvipa : partie du monde où vivent les humains, dans les cosmologies hindouiste, jaïniste et bouddhiste.

Dollfus (route) : aujourd'hui rue Nanchang-Est (portion comprise entre les rues Yandang et Chongqing-Sud).

Duan Qirui : homme politique et chef du gouvernement à plusieurs reprises et sous différentes présidences de 1912 à 1926, il organisa la répression très meurtrière d'une manifestation de protestation contre un incident provoqué par l'armée japonaise, le 18 mars 1926 à Pékin.

Dubail (avenue) : aujourd'hui rue Chongqing-Sud.

Edouard-VII (avenue) : aujourd'hui rue Yan'an-Est.

Eugène-Bard (rue) : aujourd'hui (dans sa partie est) rue Zizhong et (dans sa partie ouest) rue Taicang.

Expédition du Nord : campagne lancée en 1926 contre les seigneurs de la guerre (notamment Zhang Zuolin en Mandchourie) par l'Armée nationale révolutionnaire du Kuomintang, laquelle devint l'armée officielle du régime après sa victoire en 1928.

Fergusson (route) : aujourd'hui rue Wukang.

Foch (avenue) : aujourd'hui rue Jiangning.

free city : projet évoqué en 1862 par les puissances étrangères à propos de Shanghai – et rapidement abandonné –, sur le modèle de la république de Dantzig, semi-autonome, instaurée par Napoléon en 1807 et reprise de 1919 à 1939 suite aux accords du Traité de Versailles.

garde municipale : nom donné à la police de la Concession française.

Garden Bridge : aujourd'hui pont Waibaidu.

Gaston-Kahn (rue) : aujourd'hui rue Jiashan.

Gaz de Ville (rue à l'Est du Gaz de Ville et rue à l'Ouest du Gaz de Ville, Dong zilaihuo jie / Xi zilaihuo jie) : tel était le surnom des rues des Pères et de Saigon, dans une portion située de part et d'autre d'une usine à gaz.

Gordon Road : aujourd'hui rue Yan'an-Centre.

Grand Monde (Da Shijie) : fameux parc d'attractions créé en 1917, qui a continué d'exister jusqu'à aujourd'hui, sous diverses appellations.

Guansheng Yuan : magasin d'épicerie fine de Nankin, dont les succursales se multiplièrent dans les années 1920.

Gustave-de-Boissezon (route) : aujourd'hui rue Fuxing-Ouest.

huadan : rôle de jeune femme dans l'opéra classique.

Hennequin (rue) : aujourd'hui rue Dongtai.

Homme de Bronze (jetée de l') : Tongren matou, embarcadère ouvert en 1910 pour le passage vers Pudong. Il y avait là une statue de Harry Smith Parkes, fameux diplomate britannique mort en 1885 – Ba Xiali de son nom chinois.

Hongkew (Hongkou en pinyin) : quartier de Shanghai situé alors dans l'International Settlement, au nord de Soochow Creek.

Ing (Pearl) : de son nom chinois Yin Mingzhu, cette comédienne était l'héroïne des films *The Cave of the Silken Web I* et *II*, de Dan Duyu (1927 et 1930). Le roman la renomme Ye Mingzhu.

Joffre (avenue) : aujourd'hui rue Huaihai-Centre.

Joseph-Frelupt (route) : aujourd'hui rue Jianguo-Ouest.

Jukong Road : aujourd'hui rue Qiujiang.

Koukaza (parc de) : aujourd'hui parc Fuxing, à l'époque souvent appelé Parc français. Koukaza, en pinyin Gujiazhai, signifie « Habitation de la famille Gu ».

Lafayette (route) : aujourd'hui rue Fuxing-Centre.

lao / *xiao* : ces termes signifiant « vieux » et « jeune », placés devant le nom de famille, en font une appellation familière ou amicale.

lilong : voir *longtang.*

Longhua : près de la pagode du même nom se tenait la garnison de Shanghai, où eurent lieu des exécutions par milliers lors de la répression des soulèvements ouvriers en 1927.

longtang : quartier d'habitations typique de Shanghai. Les plus anciens étaient clos de murs, constitués de maisons le plus souvent mitoyennes, généralement sur deux niveaux et alignées le long de petites allées perpendiculaires. Ce mot typiquement shanghaien correspond à celui, qui s'est imposé dans la terminologie, de *lilong.*

Manor Inn : restaurant Zhuangyuan (Zhuangyuan canting).

Maslenitsa : fête russe correspondant au carnaval.

Ming Koo Road : aujourd'hui Renmin lu-Ouest.

Mohawk Road : aujourd'hui rue Huangbei-Nord.

Montigny (boulevard de) : aujourd'hui rue Xizang-Sud.

Morriss, Malisi en chinois, était l'ancien nom de la rue Dagu. Henry Morriss, patron de presse et homme d'affaires passionné de hippisme, avait la main sur tout un secteur proche du champ de courses, surnommé Morriss Village.

Nankin (gouvernement de) : en 1927 la République de Chine, sous le gouvernement du Kuomintang, a implanté sa capitale à Nankin.

Netchaïev (Sergueï Guennadievitch) : révolutionnaire russe auteur du *Catéchisme révolutionnaire* (1868), cité dans le roman.

Number 181 : casino ouvert en 1931 par les principaux parrains de Shanghai, Du Yuesheng, Huang Jinrong, Zhang Xiaolin, il devint très vite le lieu où se retrouvait le tout-Shanghai.

Oriou (rue) : aujourd'hui rue Liuhe.

Ouei Maloo : Wai Malu, « chemin équestre extérieur », partie sud du Bund.

Palikao (rue) : aujourd'hui rue Yunnan-Sud.

Paul-Beau (rue) : aujourd'hui rue Chongqing-Centre.

Pères (rue des) : aujourd'hui rue Yongshou.

Pichon (route) : aujourd'hui rue Fenyang.

Porte du Nord : une des portes des anciens remparts de la vieille ville, ou ville chinoise, encore appelée Nanshi (« marché/ville sud »).

Ratard (route) : aujourd'hui rue Julu.

Roi-Albert (avenue du) : aujourd'hui rue Shaanxi-Sud.

Rubicon Creek : ce petit cours d'eau aujourd'hui comblé longeait l'actuelle rue Hami.

Sa Fuchou : gouverneur de la province du Fujian, il se rallia au gouvernement collaborationniste de Wang Jingwei.

Saigon (rue de) : aujourd'hui rue Guangxi-Sud.

Sarly (Roland) : le véritable Sarly fut inspecteur principal de la police française à Shanghai, directeur du service politique, il connut en 1945 des démêlés avec la justice chinoise comparables à ceux qui sont prêtés à Xue dans le roman. D'autres personnalités des Concessions prêtent leur nom à des personnages du roman : l'inspecteur Maron, le consul Baudez, le Major Martin, les frères Madier, etc. On pourrait y inclure un certain Gu Shunzhang, qui débuta comme magicien et devint espion, d'abord du côté des communistes avant de rallier le Kuomintang.

Sassoon (Victor) : homme d'affaires aux activités multiples, influent et tout-puissant à Shanghai, il avait fait construire en 1929 le Peace Hotel (hôtel Heping, à l'époque Sassoon House puis Cathay Hotel), dont l'étage supérieur abritait ses appartements privés. Il avait réchappé à un accident d'avion, mais en avait gardé une forte claudication.

Section d'enquête sur les affaires du Parti du bureau de l'organisation du Comité central du Kuomintang : fondée en 1927, devenue ensuite le bureau d'enquêtes et de statistiques de la commission des Affaires militaires, principal organe de renseignements du régime.

Settlement : voir Concessions.

Seward Road : aujourd'hui rue Changzhi.

Shanghai Volunteer Corps : force constituée à Shanghai pour la défense des territoires étrangers en 1853, composée d'unités de différentes nationalités et contrôlée par le *Shanghai Municipal Council*.

Shatuo : nom d'un royaume du Nord de la Chine où se situe une pièce célèbre du répertoire de l'opéra de Pékin.

shikumen : littéralement « portail de pierre », maison à cour insérée dans le tissu des *longtang*.

Siccawei Creek : canal Zhaojiabang, partiellement couvert, de cours ouest-est, coulant au sud de la vieille ville ; aujourd'hui devenu rue Zhaojiabang.

Sir Victor : voir Sassoon.

Soochow Creek : rivière Suzhou, aujourd'hui Wusong, cours d'eau qui traverse Shanghai d'ouest en est et dont le confluent avec le Huangpu marque la limite nord du Bund.

Soochow Road : aujourd'hui rue Suzhou.

Stanislas-Chevalier (route) : aujourd'hui rue Jianguo-Centre.

Soong Tse-ven : homme d'affaires et politicien, beau-frère de Sun Yat-sen et de Chiang Kai-shek. En 1931 il est ministre des Finances et gouverneur de la Banque centrale de Chine.

Taikoo (rue) : aujourd'hui rue Gaoqiao.

Tokko : police secrète japonaise en place à Shanghai durant la période d'occupation.

Trois Principes du Peuple : doctrine de Sun Yat-sen, appelée aussi « triple démisme » – nationalisme, démocratie, socialisme.

Vallon (route) : aujourd'hui rue Nanchang-Ouest.

Voisin (rue) : aujourd'hui rue Kuaiji.

Vouillemont (rue) : aujourd'hui rue Pu'an.

Wagner (rue) : aujourd'hui rue Ninghai-Ouest.

Wang Jingwei : homme politique proche de Sun Yatsen, appartenant à l'aile gauche du Kuomintang, il opta ensuite pour un rapprochement avec les Japonais et devint le chef du gouvernement collaborationniste.

Wantz (rue) : aujourd'hui rue Xingzhi.

Weikwei (rue du) : aujourd'hui rue Ninghai-Est.

Whangpoo Road : aujourd'hui rue Huangpu.

xiao : voir *lao*.

Yang Hu : commandant en chef de la garnison de Shanghai (voir Chen Qun).

Yates Road : aujourd'hui rue Shi Men n° 1, célèbre autrefois pour ses nombreux magasins de haute couture.

yuan argent : en 1930, du fait des grandes fluctuations du marché mondial de l'argent, le ministre des Finances Soong décida d'arrêter la circulation de l'argent métal et fit émettre des yuans argent dans tout le pays.

Yuyaching Road : aujourd'hui rue Xizang-Centre.

Achevé d'imprimer
sur les presses
de l'imprimerie
Liberduplex - Espagne

Dépôt légal : avril 2016